HOLLY LISLE

Der Flug der Falken

W0217514

Buch

In ihrem verzweifelten Kampf gegen die Drachen, unsterbliche, Seelen verschlingende Nekromanten, setzen die Falken, eine Gemeinschaft flüchtiger Zauberer, zu denen auch die Gestaltwandler Kait Galweigh und Ry Sabir gehören, alles daran, die Mittel der alten Magie anzuwenden und ihre Welt zu retten. Zur gleichen Zeit erklären die tausend Stämme der seit langer Zeit verbannten Narbigen den Ländern der Zivilisation den Krieg. Der ihnen prophezeite Messias hat sie zu einer unaufhaltbaren Armee zusammengeschweißt. Zu Vernichtung und Rache entschlossen, schert es die Narbigen nicht, dass Luercas, ihr neuer Anführer, so bösartig ist, dass selbst die Drachen ihn fürchten. Um die Drachen zu besiegen, müssen Kait und Ry die Quelle der Macht dieser Zauberer zerstören, den magischen Spiegel der Seelen. Doch wenn ihnen das gelingt, büßen sie die einzige Waffe ein, die Luercas davon abhalten kann, zu einem dämonischen Gott zu werden und die gesamte Welt zu versklaven – für alle Zeit.

Autorin

Holly Lisle wurde 1960 in Salem (Ohio) geboren und zog mit ihrer Familie durch die gesamten USA und bis nach Costa Rica und Guatemala. Sie hat in Restaurants gesungen, Musik unterrichtet und professionell gezeichnet, bevor sie sich als Autorin in enger Zusammenarbeit mit Marion Zimmer Bradley selbstständig machte.

Bereits erschienen:

Der magische Spiegel: 1. Der Schlaf der Zauberkraft (26550), 2. Die Weissagung (26551), 3. Der Flug der Falken (26552)

Weitere Bücher von Holly Lisle sind in Vorbereitung.

Holly Lisle

Der Flug der Falken

Der magische Spiegel 3

Aus dem Amerikanischen
von Michaela Link

BLANVALET

Die amerikanische Originalausgabe erschien unter dem Titel
»The Secret Texts III. Courage of Falcons«
bei Aspect/Warner Books, Inc., New York

Umwelthinweis:
Alle bedruckten Materialien dieses Taschenbuches
sind chlorfrei und umweltschonend.
Das Papier enthält Recycling-Anteile.

Blanvalet Taschenbücher erscheinen im Goldmann Verlag,
einem Unternehmen der Verlagsgruppe Random House GmbH.

Deutsche Erstveröffentlichung 7/2001
Copyright © der Originalausgabe 2000 by Holly Lisle
All rights reserved
Published in agreement with the author,
c/o BAROR International, Inc., Armonk, New York, USA
Copyright © der deutschsprachigen Ausgabe 2001 by
Wilhelm Goldmann Verlag, München,
in der Verlagsgruppe Random House GmbH
Umschlaggestaltung: Design Team München
Umschlagillustration: Agt. Schlück/Maitz
Satz: deutsch-türkischer fotosatz, Berlin
Druck: GGP Media, Pößneck
Verlagsnummer: 26552
Redaktion: Patricia Haas
V. B. · Herstellung: Peter Papenbrok
Printed in Germany
ISBN 3-442-26552-5
www.blanvalet-verlag.de

1 3 5 7 9 10 8 6 4 2

Für Matt,
in Liebe und Hoffnung

Was in Der Schlaf der Zauberkraft geschah …

In der Welt von Matrin und vor allem in den iberischen Ländern, wo die letzten wahren Menschen leben, war das Studium der Magie tausend Jahre lang ebenso verboten wie verachtet. Aber Kait Galweigh, eine Tochter und viel versprechende Nachwuchsdiplomatin der mächtigen Familie Galweigh, hat trotz ihrer geheimen, sorgfältig verborgenen Narben der alten und gefährlichen Magie ihre Kindheit und Jugend überlebt. Kait ist als Narbige gezeichnet; sie ist eine Gestaltwandlerin, was bei Entdeckung selbst die Mitglieder ihrer eigenen Familie dazu veranlassen würde, sie unverzüglich hinrichten zu lassen. Als sie ihre Kusine zu deren Hochzeit als Anstandsdame in die Familie Dokteerak begleitet, kommt Kait einer Verschwörung zwischen den Dokteeraks und den alten Feinden der Galweighs, den Sabirs, auf die Spur. Die beiden Familien planen, die Galweighs bei der bevorstehenden Hochzeit gemeinsam auszulöschen.

Kait überlebt eine haarsträubende Flucht aus dem Haus Dokteerak, wobei ihr ein Fremder hilft, der wie sie durch den Fluch der Gestaltwandlung ein *Karnee* und damit ein Narbiger ist. Sie fühlt sich zu dem Fremden hingezogen und muss zu ihrem Entsetzen feststellen, dass es sich um einen Sohn der Familie Sabir handelt. Sie kehrt in die Botschaft zurück, wo sie die Galweighs von dem geplanten Verrat der Dokteeraks und der Sabirs informiert und versucht, sich den attraktiven Sabir-Karnee aus dem Sinn zu schlagen. Ihre Familie ergreift sowohl militärische als auch verbotene magische Schritte, um die Verschwörung zu vereiteln und die Verschwörer zu vernichten. Sie wären damit auch erfolgreich gewesen, hätten nicht die Sabirs ihre Verbündeten, die Dokteeraks, ebenfalls hintergangen. Denn die Sabirs beabsichtigten keineswegs, die Macht mit den Dokteeraks zu teilen; stattdessen benutzen sie sie, um die Armee der Galweighs aus der Reserve zu locken. Dann löschen sie an zwei sorgfältig organisierten Fronten sowohl die Armee der Dokteeraks als auch die der Galweighs aus, die in der Stadt Halles aufeinander treffen, und wenden Verrat und Magie an, um das zwischenzeitlich ungeschützte Haus Galweigh in der Prachtstadt Calimekka zu erobern.

Aber mit großem Energieaufwand gegen andere eingesetzte Magie ist immer von einem gewaltigen Rückstoß begleitet. Die Zauberer beider Familien, die sich Wölfe nennen, rechneten damit, mit ihren Zaubersprüchen auf unvorbereitete Ziele zu treffen. Um den unvermeidlichen Rückfluss magischer Energie abzufangen, haben beide Seiten Opfer vorbereitet. Aber ihre Angriffe trafen zur selben Zeit aufeinander, und die magischen Rückstöße verzehren die Opfer, geraten außer Kontrolle und löschen die Mehrheit beider Familien aus.

Gleichzeitig geschehen noch zwei andere Dinge, die beide unerheblich zu sein scheinen und dennoch das Antlitz der Welt von Matrin und das Leben all ihrer Bewohner zu ändern bestimmt sind. Zum einen weckt der gewaltige Ausbruch magischer Energie ein Artefakt namens Spiegel der Seelen. Der Spiegel, eine wunderschöne und vielschichtige Schöpfung der Alten, entstanden vor dem Ende des Zaubererkriegs vor tausend Jahren, hat nur auf eine so machtvolle magische Rückströmung oder *Rewhah* gewartet. Diese signalisiert ihm, dass die Welt zur Benutzung von Magie zurückgefunden hat … Und was wichtiger ist, zu einer Magie der richtigen Art. Der Spiegel weckt die Seelen, die in seinem Seelenbrunnen warten, und diese greifen nach Menschen, die ihnen vielleicht helfen können.

Zweitens wird durch die *Rewhah* ein junges Mädchen namens Danya Galweigh grausam vernarbt. Danya Galweigh ist eine Kusine von Kait und wurde von den Sabir-Wölfen entführt und als Opfer missbraucht, nachdem die Galweighs deren Lösegeldforderung nicht nachgekommen waren. Danya verändert sich bis zur Unkenntlichkeit, und das Kind, das sie, ohne es zu wissen, erwartet – ein Kind, das sie unter Folter und Vergewaltigung während ihrer Gefangenschaft empfangen hat, ist ebenfalls verändert, aber auf weniger augenfällige Art und Weise. Die Gewalt der *Rewhah* schleudert Danya in das eisige Ödland im Süden der Veral-Territorien, wo Danya ohne die Hilfe eines mysteriösen Geistes, der sich Luercas nennt, sterben würde.

Die für Magie empfängliche Kait wird durch die Gewalt der *Rewhah* bewusstlos, während sie mit ihrem Onkel Doghall und ihrer Kusine Tippa in einem Fluggerät aus Halles flieht; als sie allein erwacht, stellt sie fest, dass jemand sie im Frachtraum des Fluggeräts versteckt hat, das innerhalb der Mauern von Haus Galweigh in Calimekka gelandet ist. Das Haus ist in den Händen der Sabirs, und viele Mitglieder ihrer Familie sind bereits getötet worden. Sie macht sich allein mit dem Fluggerät der Galweighs davon und fliegt auf der Suche nach Hilfe zu der nahen Insel Goft, wo die Familie Galweigh weitere Besitztümer hat. Das Oberhaupt dieses geringeren Zweigs ihrer Familie sieht jedoch im Niedergang der Hauptlinie seine Chance, nach oben zu kommen, und befiehlt, Kait töten zu lassen. Eine Geisterstimme, die behauptet, eine lange verstorbene Ahnin Kaits zu sein, warnt diese vor dem geplanten Verrat, und sie entkommt abermals, diesmal nachdem sie aus der Schatzkammer des Hauses Geld gestohlen hat.

Der Geist sagt ihr, auf welche Weise sie ihrer Familie noch helfen kann, obwohl, wie er ebenfalls erklärt, inzwischen alle tot seien. Seinem Rat folgend, chartert sie im Hafen von Goft ein Schiff, das sie auf der Suche nach dem Spiegel der Seelen über den Ozean bringen soll. Der Geist sagt ihr, dass dieses uralte Artefakt es ihr ermöglichen werde, ihre ermordete Familie von den

Toten zurückzuholen. Sie versichert sich der Hilfe des Kapitäns, Ian Draclas, indem sie ihm erzählt, sie sei auf der Suche nach den verlorenen Städten der Alten. An einem solchen Ort würde ein Mann sein Glück machen können.

An Bord des Schiffs stößt sie auf einen Mann namens Hasmal rann Dorchan, dem sie in der Nacht der Hochzeitsfeier ihrer Kusine kurz begegnet ist. Hasmal, ein Zauberer der Sekte, deren Anhänger als die Falken bekannt sind, ist ebenfalls auf der Flucht. Er versucht, dem Verhängnis zu entrinnen, das ihn einem Orakel zufolge befallen würde, falls er mit Kait zusammen ist. Er ist wenig erfreut, sie zu treffen.

Hasmals Orakel verhöhnt ihn und erklärt, dass er, um sich zu schützen, Kait in die Magie einweihen müsse. Sie studiert die Magie, leugnet aber die Existenz des verhängnisvollen Schicksals, von dem Hasmal behauptet, dass sie es miteinander teilen.

Kait wird von Träumen heimgesucht, in denen der Sabir-Karnee ihr erscheint; schließlich gewinnt sie die Überzeugung, dass er ihr übers Meer folgt. Um sich von der zwanghaften Anziehung zu befreien, die er auf sie ausübt, gibt sie dem Werben des Schiffskapitäns nach, und sie und Ian Draclas werden ein Liebespaar. Aber Kaits Verlangen nach dem Sabir-Karnee wird nur schlimmer.

Als das Schiff sich seinem Bestimmungsort nähert, segelt es mitten hinein in einen Hexerzirkel, einen Ort, an dem magische Reste aus dem Zaubererkrieg vor tausend Jahren noch immer so stark sind, dass sie alles beherrschen, was sich in ihre Reichweite begibt. Hasmal wirkt einen Zauber, um das Schiff zu befreien, und Kait rettet in ihrer Karnee-Gestalt dem Kapitän das Leben. Durch diese Tat wird Kait jedoch als Ungeheuer und Hasmal als Zauberer entlarvt, und die Mannschaft wendet sich gegen sie beide. Sie erreichen das Ufer und entdecken die Stadt, aber während Kait, Hasmal, Ian und zwei seiner Männer sich aufmachen, den Spiegel der Seelen aus seinem fernen Versteck herbeizuschaffen, zettelt die Mannschaft eine Meuterei an und setzt Kait und ihre Gefährten in der unerkundeten Wildnis von Nord-Novtierra aus.

Was in Die Weissagung *geschah …*

Kait, Ian und Hasmal entrinnen den unbarmherzigen Gefahren der Wildnis in Nord-Novtierra, da Ry Sabir dort auftaucht, ein Sohn der mit Kaits Familie verfeindeten Sabirs und ebenfalls ein Karnee. Ry rettet sie, und Kait muss entdecken, dass die Götter sich einmal mehr in ihr Leben eingemischt haben, denn Ry und Ian enthüllen ihr, dass sie Halbbrüder sind … und bis aufs Blut verfeindet. Gemeinsam bringen sie den Spiegel der Seelen auf Rys Schiff, der *Windsbraut*, über den Bregischen Ozean und kommen ihrem Ziel auch sehr nahe, aber die Gofter Galweighs und das Haus Sabir haben sich verbündet, um den Spiegel in ihren Besitz zu bringen. Mit Hilfe von Fluggeräten und Magie greifen sie die *Windsbraut* an, und deren Mannschaft wird zum größten Teil getötet oder gefangen genommen. Kait, Ry, Ian, Hasmal und Rys überlebende Lieutenants fliehen mit einem der Beiboote, auf dem sie sich mit Hilfe von Falkenmagie verstecken können. Es wäre ihnen auch um ein Haar gelungen, den Spiegel der Seelen in Sicherheit zu bringen, hätte dieser Spiegel nicht aus eigenem Antrieb ihre Schilde mit einem Strahl durchbrochen, der den Feinden ihren Standort verriet. Kait muss den Spiegel ins Meer werfen. Zusammen mit ihren Begleitern findet sie Zuflucht auf einer der Inseln der Tausend Tänzer, wo sie auf ihren Onkel Doghall trifft, dem seine Magie gesagt hat, dass er dort gebraucht würde.

In der Zwischenzeit gelingt es Crispin Sabir, Rys Vetter, einem mächtigen Sabir-Wolf, den Spiegel der Seelen aus dem Meer zu bergen, woraufhin er seine Galweighschen Verbündeten tötet. Als Besitzer des Spiegels kehrt er nach Calimekka zurück, wo er den Anweisungen einer inneren Stimme folgt, die ihn auch bisher geleitet hat, und vor einer großen Ansammlung betender Iberaner aktiviert er den Spiegel. Er wird nicht unsterblich, wie er erwartet hat; stattdessen wird seine Seele aus seinem Körper gerissen und durch die Seele des uralten Drachen Dafril ersetzt – desselben, der ihn zuvor als innere Stimme leitete. Überall in der Stadt suchen sich die befreiten Drachen andere, junge, starke Körper, die sie stehlen können, und der Spiegel reißt die rechtmäßigen Seelen aus ihren Körpern heraus und setzt die Seelen von Drachen an ihre Stelle.

Kait, Ry, Doghall, Ian und Rys Männer schleichen sich verkleidet in Calimekka ein und versuchen, den Spiegel zu finden und wieder an sich zu bringen. Obwohl die Drachen befreit wurden, hoffen Kait und ihre Gefährten, dass sie mit Hilfe des Spiegels den Schaden wieder gutmachen können. Also behaupten sie, mit alten Artefakten zu handeln, und schaffen es auf diese Weise, die Identität mehrerer Drachen aufzudecken und sich eine Vorstellung davon zu machen, wo der Spiegel vielleicht sein könnte. Aber Kait fällt, als sie einer Spur folgt, sowohl den Drachen als auch den Sabirs in die Hände. Sie wollen sie foltern, um herauszufinden, mit wem sie zusammenarbeitet und was sie über die Verschwörung der Drachen bei ihrem Streben nach Unsterblichkeit weiß.

In der Zwischenzeit haben Doghall und Ian den Spiegel der Seelen ausfindig gemacht, und Doghall hat herausgefunden, nach welchem Prinzip er funktioniert. Während sie nun mit Hilfe von Magie beobachten, was mit Kait geschieht, ersinnt Doghall eine Miniaturversion des Spiegels und zieht die Seele des Drachen, der Kait foltern will, aus dem gestohlenen Körper heraus und nimmt sie in einem Ring gefangen. Aber der Mann, dessen Körper zuvor von der Seele des Drachen besessen war, kann Kait nicht mehr retten, bevor sie sich aus dem Turm stürzt, in dem sie gefangen war.

Unterdessen versteckt sich Kaits Kusine Danya in einem Dorf der Narbigen, in der unkartografierten Einöde der Veral-Territorien, wo sie einen Sohn zur Welt bringt. Das Baby trägt keine äußeren Zeichen der Narben, die aus der schönen jungen Danya ein Grauen erregendes Monster gemacht haben; allerdings verfügt der kleine Junge offenbar über eine gewaltige Zauberkraft. Außerdem wurde seine Mutter, eine einstige Galweigh-Wölfin, dazu ausgebildet, zu sehen, und sie spürt die magischen Verbindungen des Neugeborenen zu Falken überall auf der bekannten Welt. Die magische Einmischung der Falken, die Danya von Anfang an erzürnt hat, wird noch stärker, als das Baby seinen ersten Atemzug tut. Luercas erzählt Danya, dass das Baby der Wiedergeborene sei, der lang erwartete Held der Falken, und dass seine Mission im Leben darin bestehe, eine Welt erzwungenen Friedens zu schaffen … eine Welt, in der Danya für immer die Rache verwehrt sein würde, sei es an den Sabirs, die sie vernichtet haben, sei es an den Galweighs, von denen sie sich im Stich gelassen fühlt.

Nach einem furchtbaren inneren Kampf beschließt sie, ihren Sohn zu opfern, damit er seine Mission nicht ausführen kann. Sie will nicht auf ihre Rache verzichten. Im Todeskampf versucht ihr Sohn zuerst, mithilfe von Magie sein eigenes Leben zu retten, als aber dann klar wird, dass er dazu nicht imstande ist, benutzt er seine ihm noch verbliebenen Kräfte, um Danya ihre menschliche Gestalt zurückzugeben – bis auf die beiden Finger, die sie ihm ins Herz gebohrt hat und die jetzt zu Krallen werden. Selbst im Augenblick seines Sterbens liebt er sie, und sie kann seine Liebe spüren.

Sobald er tot ist, beansprucht Luercas – einer der mächtigsten Drachen – den Körper des Säuglings für sich. Er belebt ihn wieder und zwingt Danya mithilfe der angeborenen magischen Talente des Kindes, für ihn zu sorgen, bis sein neuer Körper so weit ausgereift ist, dass er keine fremde Hilfe mehr braucht.

In Calimekka hat sich Kait etwa zur selben Zeit aus dem Turm gestürzt und sich dabei in ihrer Verzweiflung verwandelt, und zum ersten Mal in ihrem Leben bekommt sie Flügel. Statt den Tod zu finden, wie sie erwartet hat, kann sie sich fliegend in Sicherheit bringen und kehrt in das Gasthaus zurück, wo sie sich mit dem Rest ihrer Gefährten versteckt. Aber die Tatsache, dass sie dem Tod ins Auge sehen musste, macht ihr klar, dass sie nicht den Rest ihrer Zeit damit verbringen kann, sich vor ihrem Leben zu verstecken. Sie und Ry werden ein Liebespaar. Als Ian das herausfindet, verlässt er die anderen heimlich und bietet den Drachen an, ihnen im Austausch für Macht sein Wissen zu verkaufen.

Während Ian seinen Handel mit den Drachen schließt, sind die Falken vollkommen niedergeschmettert durch den Tod Solanders, dessen Wiedergeburt ihnen seit tausend Jahren prophezeit war und der die Welt in ein neues Zeitalter des Friedens und der Erleuchtung führen sollte. Tausend Jahre Prophezeiung und eine zur Gänze auf Magie beruhende Religion sind soeben zerstört worden, und viele der gläubigen Anhänger verzweifeln oder nehmen sich gar das Leben. Doghall bringt Ry, Kait, Hasmal und die überlebenden Lieutenants von Ry aus Calimekka heraus, als er Beweise für Ians Verrat findet, aber er ist davon überzeugt, dass die Drachen von nun an über die Welt herrschen werden – er versinkt in Mutlosigkeit. Hasmal und Alarista, die Gyru-nalle-Frau, die Hasmal einst das Leben rettete und später seine Geliebte wurde, denken daran, nach Osten, in die unerforschten Länder Novtierras, zu fliehen, da auch sie fest daran glauben, dass alles verloren ist. Selbst Ry, der sich zu den Falken hingezogen fühlt, nachdem er Solanders Liebe gespürt hat, zieht sich in sich selbst zurück.

Kait verwandelt sich in ihre Karnee-Gestalt, um als Tier ihren Gedanken und ihrem Kummer aus dem Weg gehen zu können. Aber als sie in ihre menschliche Gestalt zurückkehrt, muss sie sich der Tatsache stellen, dass Solanders Tod tausend Jahre Hoffnung zunichte gemacht und die Prophezeiung der Falken Lügen gestraft hat. Nach langem Nachdenken findet sie in dieser Wahrheit Hoffnung, statt ebenfalls zu verzweifeln, denn nirgendwo in den Prophezeiungen ist davon die Rede, dass Solander möglicherweise sterben würde. Daher können nun alle Prophezeiungen in den Geheimen Texten als ungültig angesehen werden – unter anderem die Behauptung, dass die Falken ohne Solander besiegt würden oder dass die Drachen Unsterblichkeit als Götter erlangen könnten. Die Falken haben keine Garantie, dass sie siegen werden, aber es gibt auch keine Garantie für ihre Niederlage, da Solander nicht länger unter ihnen weilt.

Kait rüttelt die überlebenden Falken auf und entwickelt einen Plan – sie und Ry werden nach Calimekka zurückkehren und auf magische Weise jeden Drachen markieren, den sie finden können. Die Falken dagegen werden aus der relativen Sicherheit ihres Lagers in den Bergen von Südibera die Drachenseelen aus ihren gestohlenen Körpern herausziehen und sie in Ringen gefangen nehmen, so wie Doghall es mit der ersten Seele gemacht hat, als er Kait retten wollte. Sie wollen überdies versuchen, den Spiegel der Seelen wieder an sich zu bringen, und sobald ihnen das gelungen ist, wollen sie den Zauber der Drachen rückgängig machen. Sie hoffen, auf diese Weise alle Drachenseelen abermals in dem Spiegel festsetzen zu können.

Der erste Teil ihres Plans gelingt: Sowohl Ry als auch Kait finden eine Arbeit in dem Teil von Calimekka, den die Drachen für sich neu geschaffen haben, und beide können etliche Drachen markieren. Bei der Suche nach dem Spiegel der Seelen haben sie zwar kein Glück, aber sie sind geduldig und vertrauen darauf, dass sie früher oder später Erfolg haben werden. Dann jedoch entdecken die Drachen ihre Anwesenheit und nehmen sie gefangen.

Doghall und Hasmal versuchen, Kait und Ry mithilfe von Magie zu retten, aber die Magie schlägt auf sie zurück – Doghall wird so sehr geschwächt, dass er fast hilflos ist, während Dafril, der Drache, der Crispin Sabirs Körper gestohlen hat, das Glück zuteil wird, sich mit Hasmal verbinden zu können. Dafril reißt Hasmal mit Körper und Seele aus dem Lager der Falken fort und bringt ihn in eine Folterkammer im Zentrum des Drachenlagers. Dort wird Hasmal gefoltert, aber es gelingt ihm dennoch, Dafril mit der Magie zu markieren, durch die ein Falke seine Seele in einen Ring bannen kann; allerdings ist im Lager nun kein Falke mehr übrig geblieben, der eine so mächtige Seele wie die Dafrils beherrschen könnte.

Während all das geschieht, kann Ian den Platz der Wachen einnehmen, die Kait und Ry im Auge behalten sollen, und die beiden Liebenden sind davon überzeugt, dass er sie töten will. Stattdessen erzählt er ihnen, dass er sich den Drachen angeschlossen habe, um den Spiegel zu finden; er liebt Kait immer noch, und als sie sich für Ry entschied, beschloss er, ihr weiterhin nach Kräften beizustehen, obwohl er sie nicht haben kann. Er lässt Kait und Ry frei, und zu dritt holen sie den Spiegel aus seinem Versteck. Sie tragen ihn zu einer Kutsche, die Ian an einer günstigen Stelle postiert hat, und machen sich auf den Weg nach dem seit dem Eroberungsversuch der Sabirs leer stehenden Haus Galweigh.

Buch I

Nichts zerrt so sehr an den Nerven wie ein verlassenes Haus. Seine leeren Räume wispern von süßen, lang vergessenen Erinnerungen, von den Geistern der Freude und des Schmerzes, die unbeachtet durch die Korridore streichen, von Träumen, die ungeträumt geblieben waren. Hier, wo einst Menschen lebten und liebten, wo sie Leben hervorbrachten und dem Tod ins Gesicht blickten, streiche ich mit den Fingern über zerbröckelndes Mauerwerk und erschauere vor dem unvorstellbaren Verlust der Toten, die wir niemals kennen lernen werden, und ich fliehe – aus Angst, dass die Seele dieses vergessenen Ortes erwachen, sich an mich klammern und für sich fordern könnte … um sich dann zu weigern, mich wieder ziehen zu lassen.

Vincalis der Agitator
Aus *Das Land jenseits der Trauer*

Kapitel 1

Ein für die Jahreszeit ungewöhnlich später Schwall kalten Windes zerrte an den Zeltwänden und blies eisige Bergluft durch die fest verschnürten Klappen. Alarista hockte im Zelt auf dem Boden, blickte von einem Sehglas ins nächste und rang die in ihr aufsteigende Panik nieder.

In zwei Gläsern hatte sie Zwillingsbilder vom Inneren einer Kutsche, die durch die engen Hintergassen Calimekkas holperte – Kait und Ry, die mit dem Spiegel der Seelen vor den Drachen flohen. Trotz des stetigen Geklappers der Pferdehufe konnte sie Kait, Ry und Ian hören, wie sie einander berichteten, was ihnen seit ihrer letzten Begegnung widerfahren war.

In einem anderen Glas konnte Alarista die Überreste eines komplizierten Geräts aus Kristallspiralen und silbernen Schaltern sehen, das völlig zerstört auf einem Arbeitstisch lag. Die beiden Stimmen, die leise aus diesem Sehglas zu hören waren, klangen schrill vor Angst.

»… genauso habe ich ihn gefunden. Shamenar war hier, in diesem Raum, und hat daran gearbeitet, und jetzt ist er auch weg. Es wird mindestens einen Monat dauern, um ihn zu reparieren, selbst wenn wir Shamenar finden können …«

»Du denkst, *sie* haben ihn?«

»Ich möchte lieber gar nicht denken …«

Ein anderes Glas, ein anderes Bild. Mit den Augen eines Menschen gesehen, der durch einen langen, nur von einer Kältelampe beleuchteten Korridor läuft: Schatten, die zurückweichen und dann wieder vorschnellen, fantastische Gestalten, die die Wände hinaufkriechen und sich in ganz gewöhnliche, irdische Dinge verwandeln. Im Augenblick waren die angestrengten Atemstöße des Läufers das einzige Geräusch aus diesem Glas. Wer immer er war, er war bereits an vier Abzweigungen des Korridors vorbeigerannt und fragte jetzt den ersten Wachposten, den er erreichte, ob jemand mit einer schweren Last an ihm vorbeigekommen sei.

Ein Dutzend weitere Gläser zeigten Gruppen von Menschen, die im Stehen oder im Sitzen miteinander redeten, wieder andere gaben den Blick auf Springbrunnen oder Gärten frei, auf Bücher oder Papiere, die langsam durchgeblättert wurden. Mehrere Gläser waren vorübergehend dunkel geworden – ihre Eigentümer schliefen, aber vielleicht waren sie auch tot. Auf einer Seite des Zeltes standen in Reih und Glied noch hundert weitere Gläser, die niemals aktiviert wurden. Jetzt, da Kait und Ry fort waren, würde sich die Notwendigkeit dazu wahrscheinlich auch niemals ergeben, aber Alarista behielt die Sehgläser dennoch in Reichweite, weil Doghall und Hasmal es so angeordnet hatten. Mehr als einmal war in den vergangenen Tagen ein Glas plötzlich lebendig geworden, und Doghall oder Hasmal hatten etwas Nützliches erfahren. Solange nicht alle Hoffnung verloren war, würde Alarista sich an ihre Befehle halten, komme, was da wolle.

Hasmal war ihrer Schätzung nach seit einer halben Stunde fort – mitsamt seinem Körper aus dem Zelt weggerissen von einer unvorstellbaren Drachenmagie, die ihn an einen unbekannten Ort transportiert hatte. Bisher hatte ihr keins der Sehgläser das Bild enthüllt, nach dem sie suchte – einen Blick auf Hasmal. Alarista flüsterte ein endloses Gebet an Vodor Imrish, dass er ihr, wenn er immer noch zuhörte und wenn er sie immer noch liebte, ihren Hasmal zurückgeben möge. Wenn sie ihn sehen könnte, nur einen Augenblick lang, nur um zu wissen, dass er noch am Leben war, würde sie endlich wieder atmen können.

Die Zeltklappen wurden auseinander gezogen, und Yanth schlüpfte zwischen ihnen hindurch. Er ließ sich neben Jaim auf den Zeltboden fallen, der schweigend hinter Alarista gesessen hatte und ihr einfach durch seine Anwesenheit zur Seite stand. »Die Heilerin ist schon unterwegs«, sagte Yanth zu Jaim. »Gibt es irgendein Zeichen von Hasmal?«

Jaim antwortete mit leiser Stimme. »Sie hat sich nicht bewegt, solange du fort warst, daher nehme ich an, die Antwort lautet nein.«

Alarista nahm ihre ganze Energie zusammen, um zu sprechen, um sie wissen zu lassen, dass sie sie hören konnte und dass sie die Welt um sich herum immer noch wahrnahm, wenn auch nur am Rande. »Bisher kein Zeichen.«

»Das tut mir Leid. Kann ich irgendetwas tun, um zu helfen?«

»Bleib in der Nähe«, sagte sie. »Wenn sich etwas verändert, werde ich euch vielleicht beide brauchen.«

Einen Augenblick später trat die Heilerin durch die Zeltklappe; ihre Ausrüstung zog sie hinter sich her. Dann kniete sie sich neben Doghall auf den Boden und breitete ihr Handwerkszeug aus. Die Frau gehörte zu Doghalls Leuten – sie war ein Teil der Armee, die er vor einigen Monaten aufgebaut hatte. Sie war ein Falke, bereits betagt und mit einer guten Ausbildung in heilender Magie, und in Anbetracht der Umstände wirkte sie außerordentlich gelassen. Wenn Doghall überhaupt eine Chance hatte, sich zu erholen, war er bei ihr in besten Händen.

An den Zeltwänden knieten mehrere Wachposten mit gezücktem Schwert; sie hatten weder gelacht noch Witze gerissen, seit Hasmal mit einem Schrei und einem Aufblitzen von Licht verschwunden war. Angespannt und voller Angst beobachteten sie das Geschehen. Sie hatten die Aufgabe gehabt, Doghall oder Hasmal zu töten, falls eine Drachenseele zwar angezogen, aber nicht erfolgreich in einen der winzigen Seelenspiegel eingesperrt werden konnte und so von einem der beiden Männer Besitz ergriff. Jetzt lag Doghall teilnahmslos auf einer der Matten, Hasmal war verschwunden, und Alarista hatte den Männern bereits erklärt, dass sie weder über die Kraft noch über die magischen

Fähigkeiten verfügte, die es Hasmal und Doghall ermöglicht hatten, so viele Drachenseelen einzufangen. Die Männer wussten, dass sie Alarista wahrscheinlich würden töten müssen, falls diese versuchen sollte, es mit einem Drachen aufzunehmen.

Eine Hand legte sich auf ihre Schulter, und sie zuckte zusammen. »Sieh nur!«, flüsterte Yanth und zeigte auf eins der Sehgläser, das bis zu diesem Augenblick dunkel gewesen war.

Alarista wandte sich dem plötzlich aufflackernden Licht zu, dem Bild, das sich schnell wieder auflöste, und sie stöhnte. Hasmals Gesicht war mit einem Mal ganz nah an ihrem eigenen. Es hatte Schnitte quer über beide Wangen und über beiden Augenlidern, und die Wunden waren blutverkrustet. Seine Haut, die immer blass war, hatte die Farbe von ausgebleichten Knochen angenommen. Alarista konnte die Schweißperlen zählen, die ihm über die Stirn rannen und auf seiner Oberlippe glitzerten. »Wir haben eine Möglichkeit gefunden, unsere eigenen Seelenspiegel herzustellen«, flüsterte er.

Das Bild flackerte und bewegte sich zu einem langen, blutigen Messer hinunter und zu einem Daumen, der die Schneide erprobte. »Ach wirklich? Erzähl mir mehr davon.«

»Ich … ich erzähle dir alles, was du wissen willst. Alles.«

Sie hörte ein leises Kichern, bei dem sich ihre Nackenhaare aufstellten und ihr Magen zusammenkrampfte. »Ich weiß, dass du das tun wirst. Erzähl mir zuerst, *wie* ihr den Spiegel gemacht habt. Zu der Frage, wie ihr ihn benutzt habt, werden wir bald genug kommen.«

Alarista umklammerte Yanths Hand. »Er foltert ihn.«

»Ich weiß.«

»Oh, ihr Götter! O Hasmal! Wir müssen ihm helfen.«

»Ich weiß. Aber wie?«

Alarista konnte den Blick nicht von dem Albtraum vor ihr abwenden. »Ich muss die Seele des Drachen zu mir herüberziehen. Ich muss sie gefangen nehmen.«

»Dazu warst du bisher nicht in der Lage«, entgegnete Jaim leise.

»Diesmal werde ich dazu in der Lage sein müssen.«

»Und wenn du versagst, verlieren wir Hasmal *und* dich. Wir brauchen dich noch.«

Sie drehte sich zu Jaim um und fauchte ihn an. »Ich kann nicht hier herumsitzen und zusehen, wie er stirbt!«

Jaim parierte sofort. »Ich wollte auch nicht vorschlagen, dass du zusiehst, wie er stirbt.«

»Was dann?«

Jaim sah zu der Heilerin hinüber, die sich mit dem bewusstlosen Doghall beschäftigte. »Doghall könnte den Drachen besiegen, wenn er über seine ganze Kraft verfügte.«

»Genauso wie ich es könnte, wenn ich seine Fähigkeiten besäße.«

»Doghall sagte, du seiest eine ebenso gute Zauberin wie er, nur auf anderen Gebieten. Könntest du deine Magie benutzen, um der Heilerin zu helfen, ihn wieder auf die Beine zu bringen?«

Alarista starrte Jaim an. Sie war keine Heilerin, außerdem würde es ihr nichts nutzen, Doghall nur zu heilen. Selbst wenn er geheilt war, würde er kraftlos und außerstande sein, die Seele eines ausgeruhten und mächtigen Drachen zu bezwingen. Aber während die Heilerin ihn wieder gesund machen konnte, konnte sie ihm Kraft geben. Ihre Kraft. Der Preis, den sie dafür zahlen würde …

Sie zog es vor, nicht über diesen Preis nachzudenken.

Sie wandte sich an die Heilerin: »Namele, bist du bald fertig?«

»Ich habe alles getan, was ich kann – er ist noch nicht aufgewacht, aber jetzt schläft er nur noch. Ein paar Tage Ruhe, dann müsste er wieder in der Lage sein, sich wenigstens hinzusetzen. Er ist sehr schwach – was auch immer da passiert ist, es hätte ihn fast umgebracht.«

»Aber er ist geheilt.«

Namele sah sie mit wachsamem Blick an. »Soweit Magie ihn heilen kann, ja. Er ist alt, er ist entkräftet, und daran lässt sich mit heilender Magie nichts ändern. Er wird nicht in der Lage sein, mit weiteren Drachen zu kämpfen.«

Alarista wandte sich an Yanth und Jaim. Mit leiser Stimme sagte sie: »Tragt ihn hier herüber. Dann setzt euch neben mich – wenn ich mit dem, was ich tun muss, fertig bin, müsst ihr beide mich auffangen. Danach – und das ist das Wichtigste von allem –, wenn Doghall aufwacht, und zwar *genau in dem Augenblick*, in dem er aufwacht, müsst ihr ihm Hasmal zeigen. Lasst nicht zu, dass er irgendwelche Zeit auf mich verschwendet. Sagt ihm, er muss den Drachen aufhalten, bevor er Hasmal tötet.«

»Was willst du tun?«, fragte Yanth.

»Das Einzige, was ich tun kann. Er braucht Jugend und Kraft, um gegen die Drachen zu kämpfen. Ich werde ihm Jugend geben. Und Kraft.«

Sie hörte, wie die Heilerin scharf die Luft einsog. »Du kannst nicht …«

»Sei still. Ich kann.« Sie warf Yanth einen durchdringenden Blick zu. »Du kümmerst dich darum?«

Er nickte. »Das tue ich.«

Zusammen mit zwei Wachposten trugen sie Doghall zu Alarista hinüber, schoben die protestierende Heilerin beiseite und stützten schließlich den immer noch bewusstlosen Doghall, sodass er praktisch vor Alarista saß. Während ihn die Wachen in dieser Position festhielten, trat Yanth auf Alaristas linke Seite und Jaim auf ihre rechte. Sie hörte Hasmal noch einmal aufschreien und schauderte.

Halt durch, Has, dachte sie. Halt durch. Es ist Hilfe unterwegs.

Sie nahm ihren ganzen Mut zusammen und legte beide Hände auf Doghalls Schultern. Dann hob sie das Kinn, blickte gen Himmel, wo Vodor Imrish Hof hielt, und befahl mit lauter, klarer Stimme:

»Von meiner Kraft,
Von meinem Blut,
Von meinem Fleisch,
Von meinem Leben
Entbiete ich dir alles, was ich bin,
Alles, was ich habe,
Alles, was Doghall Draclas braucht,
Um ihn wieder zu dem zu machen, der er ist.
Nimm von mir, um ihm zu geben,
Kraft und Blut, Fleisch und Leben,
Auch wenn ich selbst dabei den Tod finde.
Ich biete meine Gabe aus freien Stücken dar
und bitte dich in seinem Namen, mein Geschenk anzunehmen.

Vodor Imrish, höre mich.«

Sie ließ weder etwas von ihrem eigenen Blut fließen, noch ritzte sie sich die Haut auf. Das war nicht nötig. Ihre beiden Körper berührten sich – der ihre kräftig und gesund, Doghalls geschwächt und ausgelaugt. Sie würde ihrem Geschenk keine Grenzen setzen oder mit einem Kreis die Teile ihrer selbst markieren, die sie zu geben bereit war und die sie zurückzuhalten wünschte. Was auch immer Vodor Imrish von ihr nehmen wollte, um es Doghall zu geben, das sollte er bekommen.

Sie wusste, dass sie ihr Opfer vielleicht mit dem Leben bezahlen würde, dass Doghall, der dem Tod so nahe war, vielleicht mehr von ihr nehmen würde, als sie geben konnte, ohne zu sterben. Er würde sie vielleicht ganz in sich aufsaugen. Aber Doghall wusste von Dingen, von denen sie nichts wusste, und er konnte für sie den Sieg davontragen, wo es ihr nicht möglich war. Wenn sie starb, würde sie es tun, um die Drachen zu vernichten und um Hasmal zu retten, und das würde ihr genügen. Wenn sie starb, würde ihre Seele weiterexistieren, und eines Tages würde sie Hasmal wiederfinden. In der Zwischenzeit aber würde ihr Hasmal weiterleben.

Sie spürte, wie das Feuer in ihre Adern floss, wie die göttliche Berührung die Magie von Matrin in ihr lebendig machte, und sie wusste, dass Vodor Imrish sie gehört hatte. Einen Moment lang jubilierte sie innerlich, denn bis zu diesem Augenblick war er für alle Gebete und alles Flehen taub gewesen. Dann erfüllte das Feuer ihr ganzes Sein, verbrannte sie von innen heraus und machte sie vollkommen leer. Ihre Welt wurde dunkel, und sie hörte ein Rauschen in den Ohren. Ihr Mund wurde trocken, ihr Körper schwer, und ein gewaltiges Gewicht drückte sie nieder, bis jeder Atemzug ein Kampf war.

Sie wusste, dass sie fiel, aber sie konnte es nicht verhindern. Ihre Seele zerrte an den Verankerungen ihres Fleisches, gerufen vom Wind des nahenden Todes. Sie wehrte sich nicht gegen diesen Wind, aber im letzten Augenblick, als sie schon sicher war, dass sie ihren Körper zurücklassen würde, durchflutete sie ein Energiestrom und hielt ihre Seele in ihrem Käfig aus Haut und Knochen fest. Sie war zu schwach, um sich zu bewegen – zu schwach, um auch nur die Augen zu öffnen –, aber sie lebte und wusste, dass sie noch ein Weilchen länger leben würde. Ihr letzter zusammenhängender Gedanke war ein Gebet: dass Doghall genug von ihr empfangen hatte, um zu tun, was er tun musste; dass Hasmal durchhalten würde, bis Doghall es geschafft hatte.

Kapitel 2

Doghall Draclas schnellte aus der Bewusstlosigkeit hervor wie ein Ertrinkender, der sich im allerletzten Augenblick von dem, was ihn unter Wasser festhält, losreißt und an die Oberfläche hinaufschießt. Er sprang auf die Beine, ächzend und mit geöffneten Augen, die jedoch für einen Moment lang blicklos waren.

Eine unbezähmbare Energie ließ seinen Körper beinahe bersten. Er hatte das Gefühl, als könne er fliegen, als könne er von einem Rand der bekannten Welt zum anderen laufen, ohne mit den Füßen jemals den Boden zu berühren, als könne er ganz allein die Gläsernen Türme wieder aufbauen. Er verspürte einen Hunger, so überwältigend, wie er ihn seit Jahren nicht mehr gekannt hatte; es verlangte ihn mit der ganzen zwanghaften, körperlichen Sehnsucht eines jungen Mannes nach geschlechtlicher Vereinigung.

Er sah sich mit weit aufgerissenen Augen um, betrachtete die verschwommenen, leuchtenden Farben und die Gestalten um sich herum, denen er jedoch keinen Sinn abringen konnte. Die Stimmen in seinen Ohren waren klar, erschreckend laut, voller Nuancen und Tiefen, aber ohne eine Bedeutung. Gerüche drangen an seine Nase, scharf und berauschend und voll. Es war alles neu, alles seltsam, alles unverständlich, aber wunderbar.

Ich bin wiedergeboren worden, dachte er. Ich bin gestorben und in einem neuen Körper in die Welt zurückgekehrt. Ich bin wieder ein schreiender Säugling, und in ein paar Augenblicken oder in ein paar Tagen werde ich vergessen, dass ich Doghall Draclas bin …

Die Geräusche waren das Erste, das sich in ein verständliches Muster fügte, das Erste, das seine Illusion zerstörte. »… weiß nicht, ob sie den Schock überleben wird.«

»Was ist mit ihm? Er sieht so gesund aus wie ein junger Bauer.«

»Doghall? Kannst du uns hören? Kannst du uns sehen?«

»Nichts. Sie hat einen schrecklichen Preis für nichts und wieder nichts gezahlt.«

Als Nächstes gewann er die Fähigkeit zu sehen zurück. Er war in einem Zelt … nein, er war in *dem* Zelt, in dem er und Hasmal den Drachen ihre Seelen aus dem Körper gezogen hatten. Taumelnd erhob er sich, einen Soldaten zu beiden Seiten, damit er nicht der Länge nach hinschlug. Er blickte hinab – Jaim starrte zu ihm empor, Yanth und die Heilerin Namele beugten sich über eine weißhaarige Frau, die er nicht erkannte.

Er leckte sich die Lippen, und sie fühlten sich … anders an. Dicker, fester, feuchter. Er spürte noch immer diese wunderbare Energie in sich, diese Illusion unglaublicher Kraft, dieses unbezwingbare geschlechtliche Feuer. »Was … ist passiert?«, fragte er und staunte über die neue Tiefe seiner Stimme, über die Fülle und die Reichweite. Über die Klarheit der Laute, wenn er sprach, über eine Weichheit in seiner Stimme, wie er sie seit Jahren nicht mehr gehört hatte. Seit Jahrzehnten.

Ein erleichtertes Lächeln huschte über Jaims Züge. »Doghall? Bist du wieder da?«

Doghall nickte. »Ja.«

»Dann haben wir keine Zeit für Erklärungen. Ein Drache hat Hasmal mitsamt seinem Körper durch die Verbindung zwischen ihnen gezogen. Er foltert ihn jetzt. Wenn du dem Drachen nicht seine Seele aus dem Körper ziehen kannst, wird er Hasmal töten. Du hast nicht viel Zeit; Hasmal sieht ziemlich schlimm aus.«

Yanth und die Heilerin zogen die alte Frau aus dem Weg, und Doghall ließ sich neben Jaim auf die Knie nieder. Er blickte in das Sehglas, auf das Jaim deutete, und sah flüchtige Bilder von Hasmal aufblitzen, von einem Messer, von Blut und Entsetzen. Er hörte einen Schrei – flüsterleise durch die Sehglasverbindung, aber nicht weniger entsetzlich, weil es ihm an Lautstärke mangelte –, dann hörte er eine sanfte, beschwichtigende Stimme sagen: »Mehr. Oder ich schneide dir einen Lungenflügel aus dem Leib, mein lieber Freund. Ich ziehe ihn dir vom Rücken her raus. Du *brauchst* im Grunde nämlich nur einen Lungenflügel.«

Jaim sagte: »Erst vor ein paar Sekunden ist es Hasmal gelungen, dem Bastard einen Talisman aufzudrücken. Und seitdem hat sich nichts verändert. Er hat gelogen – hat sich alle möglichen wilden Geschichten ausgedacht und geredet, so schnell er kann. Aber der Schlangen fickende Hurensohn schneidet die ganze Zeit an ihm rum.« Jaims Stimme klang gepresst, als sei seine Kehle wie ausgedörrt.

»Ich hole ihn mir«, sagte Doghall. »Ich werde dafür sorgen, dass das aufhört.«

Für den Augenblick fragte er nicht, woher seine Kraft kam. Er akzeptierte sie einfach und mit ihr das Wunder, das ihn aus dem Schmerz und der abgrundtiefen Erschöpfung zurückgeholt hatte, an die er sich nur allzu gut erinnern konnte. Jaim reichte ihm einen glatten Goldring, der an einem Dreifuß aus geflochtenem Silberdraht befestigt war; dieser Ring würde sich in einen winzigen Spiegel der Seelen verwandeln – in ein Haus und ein Gefängnis für die Seele des Drachen, der Hasmal folterte. Doghall stellte den Dreifuß direkt vor sich auf die Matte und kratzte sich mit einer schnellen Drehung seines Zeigefingers ein Stückchen Haut von der Innenseite seiner Wange.

Er hatte seine Technik verfeinert, seit er zum ersten Mal eine Drachenseele aus ihrem beschlagnahmten Körper gezogen hatte, aber das Ganze war immer noch sehr gefährlich. Er sah zu den Wachposten hinüber. »Sag ihnen, dass sie mich im Auge behalten sollen«, befahl er Yanth. »Wenn du auch nur den geringsten Grund zu der Annahme hast, dass der Drache gesiegt und *meine* Seele in den Ring gestoßen hat, dann gib ihnen ein Zeichen. Sie müssen diesen Körper ohne jede Frage töten.«

Jaim erbleichte. »Wie soll ich das erkennen?«

Doghall zuckte die Achseln. »Du wirst es vielleicht gar nicht erkennen. Du wirst vielleicht einen Fehler machen. Aber, Jaim, hör mir genau zu. Es ist besser, du machst einen Fehler und tötest mich dabei aus Versehen, als dass du versehentlich einen Drachen am Leben lässt. Hast du verstanden?«

Der junge Mann sah ihn mit erschrockenen Augen an und nickte langsam.

Hasmal schrie abermals.

»Ich muss es tun«, sagte Doghall. »Wie heißt der Drache dort?«

»Hasmal hat ihn Dafril genannt«, sagte Jaim.

Doghall nickte. »Dafril.« Er beugte sich über den winzigen Dreifuß, legte die Hände auf das Sehglas, das mit Dafrils Seele verbunden war, und zwang seine eigene Seele, über diese ätherische Brücke zu dem Ungeheuer auf der anderen Seite hinüberzugehen. Als er eine Sekunde später die heiße, dunkle Gegenwart dieses grundbösen anderen Geschöpfs spürte, konzentrierte er sich mit aller Macht auf den Goldreif und sagte:

»Folge meiner Seele, Vodor Imrish,
Zu der Drachenseele von Dafril,
dem Usurpator eines Körpers,
der nicht sein Eigen ist,
Und vertreibe den Eindringling aus diesem Körper.
Bringe kein Unheil über den Eindringling,
Den Drachen Dafril.
Sondern gib seiner Seele ein sicheres Heim und Zuflucht
In dem ungebrochenen Kreis hier vor mir –
Ungebrochen, auf dass er behüten möge
Die Unsterblichkeit Dafrils und
Die Essenz seines Lebens und Geistes bewahren,
während gleichzeitig der Körper und die Seele dessen,

Dem Dafril so großes Unrecht zugefügt hat,
wieder miteinander vereint werden.
Ich entbiete dir mein Fleisch – alles, was ich gegeben habe,
Und alles, das du nehmen willst –,
Aus freiem Willen und bei klarem Bewusstsein,
Da ich nichts Böses tue,
Sondern Böses, das getan wurde, wieder umkehre.«

Wieder loderte ein weiß glühendes magisches Feuer in seinem Körper auf und brannte den Anker weg, der seine Seele in seinem eigenen Körper festhielt, zerstörte die zarte Verbindung zwischen ihm und dem Drachen; und binnen eines Wimpernschlags umschlang das gleiche Feuer die Seele des Drachen.

Das Feuer pulsierte und wuchs, und Doghall spürte bei Dafril zuerst Erstaunen, dann Zorn. Da Dafrils Seele keinen dauerhaften Anker in dem gestohlenen Körper haben konnte, riss das Feuer ihn heraus und zog ihn zu Doghall hinüber, so schnell wie Licht durch ein Schlüsselloch schießt. Doghall machte sich bereit, und im selben Augenblick hatte ihn die feindliche Seele erreicht, und dieser Feind verfügte über eine Macht, wie er sie noch nie zuvor erlebt hatte.

Dafrils Seele bohrte sich auf der Suche nach Halt in seinen Geist und grub sich in sein Fleisch; der Drache kämpfte mit einer Erfahrung von tausend Jahren und genug Scharfsinn, um Doghall aus seinem Körper zu zerren und seine Seele in das ewige Gefängnis des Rings zu pressen. Doghall verstärkte seine Verbindungen zu seinem eigenen Fleisch. Er hatte das Gefühl, gegen einen Tintentisch zu kämpfen – kaum hatte er eine Schwachstelle gesichert, da hatte Dafril auch schon einen seiner Fangarme in eine andere Stelle hineingebohrt. Jeder Selbstzweifel, jede halb vergessene Schmach, jedes Unrecht, das er je getan hatte, wurde zu einem schwachen Punkt, den der Drache sich zunutze zu machen suchte.

Er fing flüchtige Gedanken und Bilder aus dem Geist seines Feindes auf; er erfuhr, dass er gegen das Oberhaupt der Drachen kämpfte. Dafril war das Ungeheuer, das vor tausend Jahren den Unsterblichkeitsapparat ersonnen und den Spiegel der Seelen geplant und entworfen hatte. Dies war das Ungeheuer, das, als der Zaubererkrieg sich zugunsten der Falken entwickelte, seine getreuen Anhänger um sich geschart und sie alle in den Spiegel der Seelen gesperrt hatte. Und dann hatte er den Spiegel so präpariert, dass er sie alle zurückbringen würde, wenn die Welt reif war für ihre Wiederkehr. Dies war der Meister.

Dafril drängte sich mit einem aus Eisen geschmiedeten Willen in seine Gedanken und trieb Befehle wie Messer in seine Seele. *Gib nach. Gib auf. Unterwirf dich.*

Doghall nahm seine ganze Kraft zusammen und rief sich sein Ziel und seine Entschlossenheit ins Gedächtnis. Er schuf sich ein Bild seiner selbst als Kern einer Sonne, die alles verbrannte, bis auf das eigene Wesen, die sich mit unaufhaltsamer Macht ausdehnte und all die Ritzen und Spalten, all die Schwächen und Demütigungen und Ungewissheiten seiner Existenz mit dem puren Feuer seines Lebens ausfüllte. Er akzeptierte seine Selbstzweifel und gestand sich seine Unvollkommenheiten ein, und als er das tat, hinterfragte er nicht länger die Berechtigung seiner Existenz.

In dem Augenblick, in dem Doghall sich so akzeptierte, wie er war, verlor Dafril seinen Halt. Seine Seele explodierte aus Doghalls Brust, ein feuriger Strom, der in das Zentrum des Rings hineinfloss. Das Licht kreiste durch den Ring, und der Raum wurde einen Augenblick lang von ohrenbetäubendem Lärm erfüllt – einem Heulen des Entsetzens und des Zorns, das so laut war, dass Doghall es mehr spüren als hören konnte. Aus dem Zentrum des Feuers quoll dichter weißer Nebel, der eisige Kälte verbreitete. Und einen winzigen Moment lang würgte Doghall der Gestank von Verwesung und Geißblatt im Hals.

Dann wurde die Luft wieder klar, und es kehrte Stille ein.

Ein reines, goldenes Licht stieg durch die Mitte des winzigen Dreifußes empor und ergoss sich wirbelnd in den Ring, wo es langsam zu kreisen begann. Der Ring war jetzt der Spiegel des Dafril – etwas Wunderschönes mit einem bösen Herzen.

Doghall schauderte und blickte zu Jaim auf. »Ich habe ihn besiegt«, sagte er leise. »Ich habe dieses Ungeheuer besiegt. Hasmal müsste jetzt eigentlich in Sicherheit sein.«

Jaim sah ihm forschend in die Augen, und Doghall spürte plötzlich die Spitze eines Schwerts, die sich leicht in seinen Rücken drückte, auf der linken Seite seiner Brust. Ein einziger Stoß würde die Klinge durch sein Herz treiben und ihn in Sekundenschnelle töten. Er erinnerte sich wieder daran, in welcher Gefahr er sich befand, und begriff ihr ganzes Ausmaß, als er den Zweifel und das Misstrauen in den Augen des Mannes sah, dessen Wort jetzt genügte, um sein Leben auszulöschen.

Jaims Hände zitterten. Er nagte an seiner Unterlippe und starrte Doghall an, als könne er ihn mit Blicken seiner Haut und seiner Knochen entkleiden, um die Seele darunter bloßzulegen. »Sag mir etwas, das nur wir beide, du und ich, wissen können«, verlangte er.

Doghall holte tief Luft und atmete dann langsam wieder aus. Er schüttelte den Kopf. »Das würde nicht funktionieren. Dafrils Seele hätte uneingeschränkten Zugang zu meinen Erinnerungen. Er könnte dir genauso viel sagen wie ich.«

Jaim runzelte die Stirn. Ein winziger Blutstropfen erschien auf seiner Unterlippe und wurde schnell wieder abgeleckt. Dann brach er plötzlich in Gelächter aus und blickte zu dem Wachposten auf. »Es ist Doghall«, sagte er, und der Druck des Schwertes in Doghalls Rücken verschwand.

Doghall nickte. »Ich bin es. Aber wie konntest du dir da so sicher sein?«

Jaim antwortete: »Dafril hätte mir irgendetwas erzählt, um

mich davon zu überzeugen, dass alles in Ordnung sei – um so schnell wie möglich sein Leben zu retten. Nur *du* würdest etwas sagen, das mich nicht im Mindesten beruhigt.«

In dem Sehglas konnten sie jetzt erkennen, dass Hasmal trotz Blut und Schmerz lächelte. »Du bist der rechtmäßige Besitzer des Körpers, nicht wahr?«, fragte er.

Doghall spürte, dass er sich jetzt entspannen konnte. Hasmal würde von dem dankbaren Mann, der sein Leben zurückbekommen hatte, versorgt werden. In der Zwischenzeit konnte er, Doghall, sich die Zeit nehmen, um herauszufinden, was ihm widerfahren war. Er reckte sich und zog die Hände von dem Sehglas zurück, in dem noch immer Bilder von Hasmal aufflackerten. »Sag mir, wie ich meine Kraft zurückbekommen habe.«

Jaim warf einen Blick auf die alte Frau, die immer noch dort lag, wo Yanth und die Heilerin sie hingezogen hatten. »Alarista wusste, dass sie es nicht mit dem Drachen würde aufnehmen können, der Hasmal folterte. Also hat sie dir ihre Jugend und ihre Kraft gegeben. Du siehst jetzt so aus, als wärest du Ende dreißig oder Anfang vierzig.«

Doghall besah sich seine Hände – sah sie zum ersten Mal, seit er aufgewacht war, wirklich. Die Haut war glatt; die Arthritis, die seine Knöchel verbogen hatte, war fort, die angeschwollenen Knoten auf seinen Fingern verschwunden. Er ballte eine Faust und sah den Muskel unter dem Gewebe zwischen seinem Daumen und dem Zeigefinger, groß wie eine Maus. Das Atmen fiel ihm leicht, seine Lungen hoben und senkten sich gleichmäßig und ohne Mühe. Sein Rückgrat fühlte sich gerade und kräftig an, und kein dumpf pulsierender Schmerz durchzuckte ihn, wenn er sich straffte oder den Kopf zur Seite wandte. Und in seinen Adern floss heißes Begehren, das seine Lenden mit einem unbezähmbaren Hunger erfüllte.

Er war wieder jung.

Und Alarista war alt.

Er fuhr herum und starrte den verwelkten Leib und das runzlige Gesicht der Frau auf der anderen Seite des Zelts an. Das war Alarista? Sie hatte sich geopfert, um Hasmal zu retten, hatte den größten Teil ihres Lebens genommen und ihm geschenkt. Er versuchte, sich eine Liebe vorzustellen, die das fertig brachte – im Laufe seines Lebens hatte er viele Frauen gekannt und begehrt und sich an ihnen erfreut, aber nie hatte er die eine Frau gefunden, für die er die Welt aus den Angeln hätte heben wollen.

Er beneidete sie um die Macht ihrer Leidenschaft und begriff im selben Augenblick, dass er das Geschenk, das sie ihm gemacht hatte, nicht behalten konnte. Er musste ihr ihr Leben zurückgeben, obwohl er nicht wusste, wie.

Schließlich wandte er sich wieder dem Sehglas zu, da er Hasmal sagen hörte: »Wirst du mich losschneiden? Ich brauche einen Heiler.«

»Du weißt nicht, wer ich bin, oder?«

Durch die Augen des Mannes, dem Doghall gerade sein Leben zurückgegeben hatte, sah Doghall, wie Hasmal den Kopf schüttelte. »Jemand, der es zu schätzen weiß, dass er seinen Körper wiederhat, hoffe ich.«

Der Mann, der Hasmal beobachtete, lachte, und Doghall konzentrierte seine ganze Aufmerksamkeit wieder auf das Sehglas. Er schauderte, als er dieses Lachen hörte. Es war falsch. Grausam. Es hätte genau den richtigen Klang gehabt, wäre es von Dafril gekommen – aber Doghall wusste, dass er Dafril in den Ring vor sich verbannt hatte. Was die Vermutung nahe legte, dass der Mann, dessen Körper Dafril beschlagnahmt hatte, ebenfalls böse war.

»Du hast ja gar keine Ahnung, wie dankbar ich dir bin«, sagte der Mann zu Hasmal. »Da stand ich nun und war im Begriff, die wunderbarsten Dinge zu tun, und plötzlich riss mich dieser verlogene Drache aus meinem Körper und warf meine Seele in den Schleier. Ich war nicht tot, aber ich war auch nicht lebendig.

Es gibt *Dinge* zwischen den Welten, die auf Jagd gehen – wusstest du das? Gewaltige, kalte, monströse Wesen mit unstillbarem Hunger suchen dort nach den strahlenden Lichtern der Seelen, die in der lichtlosen Leere gefangen sind, und sie trachten danach, diese Seelen zu verschlingen. Sie auszulöschen. Es waren auch andere Seelen dort gefangen – ich habe zugesehen, wie die Dunkelheit einige von ihnen verschlang. Sie haben für alle Ewigkeit aufgehört zu existieren. Ich selbst bin diesem Schicksal zweimal mit knapper Not entgangen. Zweimal. Ich war in der unendlichen Schwärze des Nichts gefangen, wurde von tobenden, Wirklichkeit gewordenen Albträumen gejagt und musste jeden Augenblick mit ewiger Vernichtung rechnen – ich weiß noch immer nicht, ob es eine echte Hölle gibt, aber für mich reichen die Gräuel jenes Ortes. Du, oder vielmehr derjenige, den du gerufen hast, hat mich dorthin gezogen.«

Er hatte Hasmals Gesicht die ganze Zeit über beobachtet und war langsam Schritt um Schritt näher getreten. Zweimal warf er einen Blick auf das Messer in seiner Hand.

Seine Worte schufen ein Bild der Dankbarkeit, aber ein seltsamer Unterton in seiner Stimme sprach von dunkleren Gefühlen. »Du und dein unsichtbarer Freund, ihr gebietet über eine machtvolle Magie. Ihr seid Falken, nicht wahr?«

Hasmals Gesicht zeigte, dass auch er diesen Unterton gehört hatte. Er nickte wachsam.

»Und ihr arbeitet mit drei Sabirs zusammen.«

Noch ein vorsichtiges Nicken.

»Dachte ich mir. Ry ist mein Vetter.«

Hasmal versuchte sich an einem zurückhaltenden Lächeln, aber es erstarb auf seinem Gesicht.

»Du hast richtig geraten«, sagte der Mann. »Wir waren nicht gerade Freunde, Ry und ich. Mein Name ist Crispin Sabir. Vielleicht hast du Ry ja einmal von mir sprechen hören?« Ein leises Kichern begleitete diese Worte. »Ich sehe an deinem Gesichtsausdruck, dass es so ist, und Ry hat sicher dafür gesorgt, dass du über all meine guten Seiten Bescheid weißt.«

Doghall ballte die Hände zu Fäusten. *Crispin Sabir.* Von allen Sabirs, die Doghall im Laufe seiner Jahre in Diensten der Familie Galweigh kennen gelernt hatte, war Crispin mit Abstand der schlimmste. Wenn es so etwas gab wie Fleisch gewordene Bosheit, dann hatte diese Beschreibung auf Crispin Sabir gepasst. Hasmal hätte es nicht schlimmer treffen können.

»Ich habe dir geholfen«, sagte Hasmal.

»Nun, ja. Unleugbar. Aber ich messe dieser Tatsache nicht allzu viel Gewicht bei. Ich bin dankbar dafür, dass ich meinen Körper wiederhabe – bitte glaube nicht, es wäre anders. Aber als du deinen Freund hier zur Rechenschaft gezogen hast, hast du nur versucht, dein eigenes Leben zu retten.«

»Wirst du mich gehen lassen?«, fragte Hasmal.

Crispin Sabir dachte lange schweigend nach. Sehr lange. Doghall spürte, wie seine Muskeln sich anspannten. Er hörte Jaims flache Atemzüge an seiner Seite und ein Rascheln einer Bewegung, als Yanth sich über seine linke Schulter beugte.

»Du bist ein Falke. Meine Magie kann dir nichts anhaben. Du bist irgendwie abgeschirmt – ich kann den Schild nicht einmal sehen, aber ich spüre seine Wirkung. Ich kann dich nicht beherrschen. Ich kann dich nicht dazu zwingen, für mich zu arbeiten. Wenn ich dich freilasse, hätte ich nicht die geringste Garantie dafür, dass du dich nicht gegen mich wenden wirst.«

»Mein Wort …«

»Ich habe nichts übrig für die Fallstricke von Ehre und Gewissen. Ich selbst habe zahllose Male mein Wort gegeben und es im nächsten Atemzug gebrochen. Eigennutz geht über Ehre – du weißt das, und ich weiß es, und ich würde es auch gar nicht anders haben wollen. Aber da es nun mal so ist, hat dein Wort nicht den geringsten Nutzen für mich.«

»Ich habe dir nichts Böses getan.«

»Soweit ich weiß, stimmt das. Das gebe ich zu. Aber du kannst mir nicht garantieren, dass du nicht in Zukunft etwas tun wirst, das mir schaden könnte.«

Hasmal zog eine Grimasse. »Ich schwöre bei Vodor Imrish, ich gebe mein Wort …«, hob er von neuem an, und abermals brachte Crispin ihn zum Schweigen.

»Nein. Verschwende nicht deinen Atem oder meine Zeit. Ich muss irgendetwas mit dir machen. Du würdest vielleicht einen guten Gefangenen abgeben oder mir ein hübsches Lösegeld eintragen. Aber ich bezweifle, dass selbst das höchste Lösegeld, das ich für dich bekommen könnte, die Mühe lohnen würde, die ich mit dir hätte.«

Jaim fragte: »Kannst du nicht irgendetwas tun? Noch einmal über die Brücke des Sehglases gehen – und diesen Sabir-Bastard zwingen, ihn freizulassen?«

Doghall knirschte mit den Zähnen. »Falkenmagie kann nichts erzwingen. Sie ist ganz und gar defensiver Natur. Meistens genügt das auch. Aber Crispin Sabir ist der rechtmäßige Besitzer dieses Körpers – ich kann nichts tun, um eine Entscheidung, die er aus freien Stücken trifft, zu beeinflussen.«

Doghall spürte, wie jemand seinen Arm umklammerte, und als er sich von dem Sehglas abwandte, war Yanth nur noch eine Handbreit von seinem Gesicht entfernt. »Drachenmagie könnte ihn zu etwas zwingen. *Wolfsmagie* könnte ihn zwingen.«

Doghall legte eine Hand auf Yanths Arm und bot seine ganze Willenskraft auf, um den anderen Mann zu beruhigen. »Das ist richtig. Aber ich bin weder ein Drache noch ein Wolf. Ich bin ein Falke und habe geschworen, dem Weg der Falkenmeister zu folgen. Genau wie Hasmal.«

»Du *musst* ihn retten«, sagte Jaim. »Alarista hat dir ihr Leben gegeben, damit du ihn retten kannst.«

Doghall drehte sich zu Jaim um. »Vielleicht könnte ich seinen Körper retten, aber auch das wäre nur um den Preis meiner –

und seiner – Seele möglich. Jaim, wenn er aus freien Stücken vom Weg der Falken abweichen wollte, könnte er vielleicht sein eigenes Leben retten. Stattdessen hält er seine Schilde aufrecht, um seine Seele zu schützen.«

»Rette ihn«, fauchte Yanth.

»Es gibt schlimmere Dinge als den Tod«, entgegnete Doghall leise. »Dinge, die schrecklicher sind, Dinge, die schmerzlicher sind. Und weitaus dauerhafter.«

»Du erbärmlicher Feigling«, sagte Yanth. Er machte Anstalten, sein Schwert zu ziehen. Im Handumdrehen zeigten die Klingen von drei Wachen auf die Kehle des jungen Schwertkämpfers. Yanth funkelte die Wachen wütend an und wandte sich wieder an Doghall. Er sagte: »Wenn ich könnte, würde ich dir schon dein Rückgrat zurechtstutzen, du Qualle.«

Im Sehglas legte Crispin gerade seine Klinge auf das Seil, mit dem Hasmals linke Hand gefesselt war. Er war näher an den gefangenen Falken herangetreten und sagte nun: »Vielleicht sollte ich dich wirklich gehen lassen. Ich frage mich, ob du wohl für deine Freiheit genauso dankbar wärest wie ich für meine.«

Hasmal lächelte plötzlich und sagte: »Doghall, hör mir zu. Ich brauche mehr Zeit. Ich bin hier noch nicht fertig.«

»Und ob du hier fertig bist«, sagte Crispin, und mit einem Stoß, dem man mit bloßem Auge kaum noch folgen konnte, bohrte er Hasmal das Messer bis zum Heft ins Herz.

Yanth brüllte: *»Nein!«,* und Jaim stieß einen erstickten Schrei aus. Alarista, die auf dem Boden in der Nähe der Heilerin gelegen hatte, erwachte und begann zu wehklagen.

Hasmal ächzte. Seine Augen weiteten sich und schlossen sich dann. Doghall hielt den Atem an. Hasmals Worte hallten in seinem Kopf wider – *ich brauche mehr Zeit. Ich bin hier noch nicht fertig.* Hasmals Botschaft war ein Code gewesen; er sprach von einem Plan, von dem Crispin Sabir nichts ahnen konnte und den er nicht für möglich halten würde.

»Mehr Zeit«, wisperte Doghall und betete innerlich, dass Hasmal Erfolg haben würde. »Mehr Zeit.«

Einen Augenblick später bildete sich ein schwaches weißes Licht um Hasmals Gesicht herum, sodass seine Züge wie unter einem dünnen Nebel verborgen zu sein schienen. Der Ausdruck von Schmerz, der seinen Mund verzerrt hatte, verflüchtigte sich allmählich; Hasmal sah friedlich und irgendwie triumphierend aus. Die feine, weiße Wolke aus Licht wurde heller und breitete sich über seinen ganzen Körper aus, sodass zuerst sein Leib zu glühen begann und dann seine Arme und Beine. Doghall konnte die Veränderungen deutlich erkennen – Crispin stand reglos vor dem liegenden Hasmal. Das einzige Geräusch, das aus dem Sehglas kam, war das Geräusch von Crispins Atem, der immer rauer und hektischer wirkte, während das Licht, das Hasmals Körper einhüllte, immer strahlender wurde. Als Hasmals ganzer Körper schließlich in das Licht getaucht war, wurde der Strahlenkranz um ihn herum immer heller und noch heller, bis das Licht zu grell war, um direkt hineinzusehen. Crispin wandte den Blick ab und musste dann beobachten, wie die Schatten im Raum sich veränderten.

Das Licht hatte sich über Hasmals Körper erhoben. Es bewahrte ganz kurz seine menschliche Gestalt, dann zog es sich zu einem strammen, leuchtenden Ball aus weißem Feuer zusammen.

»Rühr mich nicht an«, wisperte Crispin.

Die Lichtkugel schwebte auf ihn zu, lautlos, langsam, unausweichlich.

Im Sehglas konnte Doghall erkennen, wie Crispin die Hände hob, um einen Abwehrzauber der Wölfe zu formen. Licht strömte aus Crispins Fingerspitzen und floss durch die leuchtende Kugel hindurch. Aber die Kugel blieb unversehrt.

Stattdessen wurde sie immer strahlender, immer größer. Sie strebte weiter auf Crispin zu, immer noch schweigend, ohne Hast, unbeirrbar und unversöhnlich.

Endlich drehte Crispin sich um und begann zu rennen.

Im nächsten Augenblick zeigte das Sehglas nur noch eine weiße Fläche – ein strahlendes, blendendes Licht.

Und dann Schwärze.

In dem Zelt in jenen Bergen, die so weit südlich von Calimekka lagen, riss der Wind ungestüm an den Laschen, und kalte Luft wehte durch die Risse in dem gewachsten Tuch. Yanth und Jaim sahen erst einander an, dann Alarista, die immer noch reglos dalag, den Kopf zurückgeworfen, die Augen aufgerissen, aber mit vollkommen leerem Ausdruck. Und die Klage, die sie angestimmt hatte, riss nicht ab; ihre dünne, gebrechliche Stimme zerriss die Stille.

Yanth fand als Erster die Sprache wieder. »Was ist passiert? Was war das?«

Jaim sagte: »Hasmal hat Crispins Körper übernommen – wie die Drachen es getan haben.«

Doghall schüttelte den Kopf. Er sagte: »Hasmals letzte Worte waren Zitate aus den Geheimen Texten, aus dem Buch der Qualen. Die ganze Passage lautet folgendermaßen:

»Und dann, im Augenbick seines Todes, sprach Solander zu dem Schleier. ›Mehr Zeit‹, rief er. ›Ich bin noch nicht fertig hier.‹

Die Götter im Innern des Schleiers und die Götter jenseits des Schleiers lauschten, und obwohl Solanders Körper rettungslos zerstört war, hatten sie doch Mitleid mit ihm und beriefen seine Seele nicht aus der Welt ab. Stattdessen nahm Solander in den Augen von Drachen und Falken die Gestalt einer Sonne an, die Gestalt eines Lichts, das auf die Welt herabschien, während er sich aus seiner verwüsteten Hülle erhob.

Und er sprach zu allen, die das Geschehen mit ansahen: ›Ich bin noch immer unter euch.‹

Und als sie seine Worte hörten, waren die Drachen von einer großen Angst erfüllt, und die Falken jubilierten.«

Jaim sagte: »Sein Körper ist tot, aber seine Seele ist ... dieses Licht?«

»Ich glaube ja.«

»Was wird dann jetzt mit ihm geschehen?«

Doghall berührte das dunkel gewordene Sehglas. »Was das betrifft, können wir nur abwarten.«

Kapitel 3

Die Kutsche holperte über das Kopfsteinpflaster der Schifferstraße im Vagata-Distrikt von Calimekka – einer der wenigen Straßen, die bei Tageslicht dem Fahrzeugverkehr offen standen. Die Kutsche kam jedoch nur langsam voran; der Fahrer musste sich den Weg durch ein Gewimmel von anderen Fahrzeugen bahnen, zwischen Karren, die Schiffsvorräte zum Hafen brachten, vorbei an Eseln, Maultieren und Ochsen, die vom Land kommende Wagen zogen. Daneben gab es natürlich die öffentlichen Droschken, die Kaufleute zu ihren Lagerhäusern fuhren, und private Kutschen, in denen die Reichen sich zu ihren Schiffen bringen ließen.

Kait hielt Rys Hand; es war ihre erste Gelegenheit, ihn zu berühren, seit sie zusammen nach Calimekka gekommen waren, um sich in die Drachenstadt einzuschleichen. Jetzt waren sie endlich allein, bis auf Ian, und Ian drückte die ganze Fahrt über ein Auge an das Guckloch im hinteren Teil der Kutsche. Kait wusste, dass er mit Schwierigkeiten rechnete, aber sie argwöhnte auch, dass er nicht mit ansehen wollte, dass sie so nahe bei Ry saß. Sowohl sein

Verlangen nach ihr als auch das schmerzliche Wissen, dass sie Ry liebte, hatten klar und deutlich in seinen Augen gestanden, als er sie beide aus den Käfigen gerettet hatte. Und jeder Blick aus seinen Augen bestätigte ihr aufs Neue, was er für sie empfand.

Jetzt beugte Ry sich vor und strich mit den Lippen über Kaits Hals.

»Ich liebe dich«, flüsterte er, so leise, dass nur ein anderer Karnee es hören konnte.

Sie drückte seine Hand und murmelte: »Ich liebe dich auch.«

»Ich habe in einem der Hafengasthäuser Zimmer für uns reservieren lassen«, sagte Ian. Er kniete immer noch auf der Rückbank der Kutsche und hatte ihnen den Rücken zugewandt. Er musste sich an den Griffen festhalten, um durch das Guckloch auf die Straße zu sehen. »In dem Päckchen neben euch findet ihr gefälschte Papiere. Ihr werdet Parat und Parata Bosoppffer sein, aus dem Dorf am Dreipapageienberg, und eure Vornamen sind Rian und Kaevi. Ich wollte bäuerliche Namen benutzen, und diese kamen euren wirklichen Namen am nächsten. Ihr gehört zu einer unbedeutenderen Nebenlinie der Familie Masschanka und seid auf dem Weg nach Birstislavas in den Neuen Territorien, wo ihr ein kleines Stück Land bestellen wollt. Ihr kommt gerade von der Beerdigung von Tirkan Bosoppffer, der heute begraben wurde – er hat euch das Land in den Territorien vererbt, das ihr nun für euch beanspruchen wollt. Eure Papiere sind sehr gut«, bemerkte er beiläufig. »Sie würden es euch ermöglichen, eine Schiffspassage zu buchen, und wahrscheinlich würdet ihr aufgrund dieser Papiere tatsächlich besagtes Stück Land in den Territorien bekommen, falls ihr Calimekka verlassen wollt.«

»Wir werden die Stadt aber nicht verlassen«, sagte Kait. »Die Drachen sind nach wie vor hier, und solange sie hier sind, ist nichts und niemand hier sicher. So gern ich dieser Stadt für immer den Rücken kehren würde, im Augenblick können wir nirgendwo anders hingehen.«

Ian drehte sich um und nickte ihr zu. In seinem Mundwinkel spielte ein schiefes Lächeln. »Genau das habe ich von dir erwartet. Trotzdem möchte ich, dass dir eine Möglichkeit zur Flucht offen steht.« Er wandte sich wieder seinem Guckloch zu. »Wir werden zwei oder drei Tage in dem Gasthaus bleiben müssen. Der Verkehr über die Palmetto-Felsenstraße wird im Augenblick streng überwacht – um nach Haus Galweigh zu kommen, brauchen wir einen Esel, der den Spiegel der Seelen und unser Gepäck über einen Bergpfad dorthin trägt.«

»Hast du auch gefälschte Papiere, die erklären, was wir in Haus Galweigh wollen?«, fragte Kait.

»Nein. Niemand geht nach Haus Galweigh, ganz gleich über welche Route. Wenn man uns auf dem Weg dorthin erwischt, werden wir höchstwahrscheinlich sterben.«

Ry seufzte und sagte zu Ian: »Seit Kait und ich von einem Kliff gesprungen sind, um hierher zu kommen, hänge ich der Theorie an, dass ich bereits tot bin. Dieser Umstand hat mir eine ganz neue Wertschätzung für jeden Augenblick meines Lebens vermittelt und außerdem verhindert, dass ich in Panik gerate.«

Kait sah ihn interessiert an. »Und das funktioniert?«

Er sah sie an und grinste. »Du würdest staunen. Die Wachen kamen mit gezückten Schwertern auf mich zugestürmt, als sie uns einholten; ich dachte: Ich bin bereits tot – was können sie mir schon tun? Also habe ich dir eine Warnung zugerufen und mich zur Wehr gesetzt. Ich hatte gehofft, ich würde die Männer ablenken und dir Zeit zur Flucht verschaffen. Es hat nicht funktioniert … aber ich glaube immer noch, dass es die richtige Entscheidung war.«

Kait dachte lange darüber nach und beschloss, es einmal zu probieren. Sie stellte sich vor, wie sie am Boden lag, mit grauer Haut, stumpfen Augen, die ins Leere starrten, und einem Herzen, das zu schlagen aufgehört hatte. Ich bin bereits tot, sagte sie sich und zwang ihren widerstrebenden Verstand, daran zu glauben. Bereits tot. Bereits tot. Die Vorstellung war auf seltsame Weise tröstlich. Sobald sie ihren Tod voraussetzte, hatte sie bereits alles verloren, was sie verlieren konnte. Sie wurde unbesiegbar. Sie konnte sich plötzlich auf das konzentrieren, was sie tun musste, statt auf ihre Angst vor dem Tod zu warten. Ihre Ziele und die logischen Schritte, die sie dahin führen würden, erhoben sich plötzlich aus dem Hintergrundgeschnatter in ihren Gedanken, und die beharrlich schrille Affenstimme, die sie vor ihrem unmittelbar bevorstehenden Tod warnte, wurde zum Schweigen gebracht. »Es funktioniert«, sagte sie. »Es hilft wirklich.«

Reinigte.

Ian war weniger beeindruckt. Er sagte: »Wie ich bereits bemerkte, ihr müsst eine neue Identität annehmen, bevor wir nach Haus Galweigh gehen. Und jetzt müsst ihr die neuen Kleider anziehen, die ich für euch mitgebracht habe. In Kürze werden wir einen Kontrollpunkt erreichen – ihr müsst aussehen wie arme Verwandte, die gerade von einer Beerdigung kommen.« Er selbst hatte seine Soldatenuniform abgestreift, sobald sie in die Kutsche gesprungen waren, und trug bereits seine Verkleidung: eine mit einem Kupfergarn bestickte Seidentunika, dunkelblaue, gefältelte Kniehosen und wadenhohe bestickte Stiefel aus schwarzem Tuch. Auf seinem kurz geschnittenen Haar trug er eine lange blonde Perücke und sah insgesamt so aus wie ein Mann, der es sich leisten konnte, für sich und seine ärmeren Verwandten eine vierspännige Begräbniskutsche zu mieten.

»Wo sind die Kleider?«, fragte Kait.

»In dem Fach über euren Köpfen. Ihr habt durchaus noch etwas Zeit, aber beeilt euch trotzdem.«

Ry erhob sich, ein wenig schwankend in der fahrenden Kutsche, und reichte Kait ein Bündel aus grünem Stoff hinunter. Dann zog er ein zweites Bündel aus dem Fach, ein braunes diesmal.

Kait schlüpfte in das Gewand, das Ian für sie gekauft hatte. Wer immer es geschneidert hatte, hatte die elegante Beerdigungsmode der oberen Klassen zu seinem Vorbild genommen, obwohl die Farben trüb waren und der Stoff selbst billig. Außerdem war der Schnitt schon seit einigen Jahren nicht mehr gerade der letzte Schrei, und statt einfach nur hässlich zu sein, war es jetzt absolut abscheulich. Während Kait die Schnüre des Mieders stramm zog und die Knöchelbänder der Beinkleider anlegte, kam sie zu dem Schluss, dass man ihr in dieser Aufmachung die arme Kusine dritten Grades ganz bestimmt abkaufen würde.

Während sie sich angekleidet hatte, war Ry ebenfalls in seine neuen Sachen geschlüpft, die es an Hässlichkeit mit ihren durchaus aufnehmen konnten – aber sie fand, dass er genauso gut aussah wie zuvor.

Er blickte an sich herab, schnitt eine Grimasse und sah dann Kait an. »Donner und Doria«, sagte er mit breitestem Hinterlandakzent. »Lass uns ein Bananenbier auf den guten alten Onkel Tirkan trinken und tanzen, bis der Hahn kräht, um uns von ihm zu verabschieden. Und wenn wir fertig sind, kannst du deine Röcke raffen, und wir ziehen los, die Felder zu pflügen.«

Ian wandte sich für einen Augenblick von dem Guckloch ab und unterzog Kait und Ry einer kurzen Musterung. Er zuckte mit den Schultern. »Ihr seht genauso aus wie jeder andere Parat, der mit seiner Parata Calimekka verlässt, um irgendwo anders neu anzufangen. Wenn ihr euch hier Juwelen und Seidengewänder leisten könntet, warum solltet ihr dann in die Neuen Territorien reisen, um euer Glück zu machen?« Er drehte sich um und setzte sich auf die Bank ihnen gegenüber. »Holt eure Papiere heraus«, sagte er. »Der Kontrollpunkt liegt gleich vor uns. Ach übrigens, falls man euch danach fragen sollte, ich bin Ian Bosoppfer, euer Vetter ersten Grades, und frisch aus den Territorien gekommen, um euch in meine Heimat zu begleiten.«

Kait nickte und prägte sich ihre Geschichten genau ein. Ihr

Herzschlag beschleunigte sich. Der Spiegel der Seelen lag in dem Fach über Ian versteckt, wo man ihn schon bei der oberflächlichsten Suche finden würde.

»Mach dich bereit«, sagte Ry und drückte Kait ein letztes Mal die Hand.

»Ich bin bereit«, sagte Kait. »So gut ich es sein kann.«

»Man weiß mittlerweile vielleicht, dass wir geflohen sind«, erklärte er ihr. »Falls Soldaten uns Fragen stellen sollten oder falls sie die Kutsche durchsuchen wollen, werden wir sie töten müssen.«

»Ich weiß.«

Ry sagte: »Wir dürfen nicht zulassen, dass sie den Spiegel zurückbekommen.«

»Auch das weiß ich.«

Die Kutsche kam holpernd zum Stehen. Ein Soldat zog die Tür auf und beugte sich hinein. »Es tut mit Leid, dass ich euch in eurer Trauer stören muss«, sagte er. »Aber ich muss mir eure Papiere ansehen.« Er blickte ihnen allen flüchtig ins Gesicht, aber Kait wusste aus ihrer Erfahrung mit den Wachposten der großen Familien, dass der Mann mit diesem kurzen Blick ungezählte Einzelheiten über sie wahrgenommen hatte, die er bei einer Befragung genau würde wiedergeben können.

Ry gab dem Mann seine und Kaits gefälschte Dokumente, und Ian reichte seine eigenen Papiere hinüber.

Der Soldat überprüfte zuerst die Papiere von Kait und Ry. Er las die Einträge und schnaubte. »Der Dreipapageienberg? Zagtasht stehe euch bei!« Dann reichte er Ry die Papiere zurück und sagte: »Ich gebe dir einen guten Rat, mein ländlicher Freund. Die Leute in der Stadt sind nicht so wie die, die du von zu Hause kennst. Wenn ihr euer Quartier bezogen habt, bleibt dort und haltet eure Totenwache allein. Und spiel nicht Würfel mit den Matrosen, spendier den Huren keine Getränke, und geh nicht mit irgendwelchen Männern in dunkle Nebenstraßen, auch wenn sie dir eine Wundermaschine zeigen wollen, mit der du garantiert dein Glück machen wirst.«

Ry nickte mit ernster Miene. »Ich werde nichts dergleichen machen.« Sein Akzent war finsterste Provinz.

Der Wachposten erwiderte: »Das sagst du jetzt. Aber ich wette mit dir, du wirst etwas ähnlich Dummes tun und das Geld für eure Überfahrt verlieren – und dann sitzt ihr hier fest wie viele tausend andere Bauerntrampel, die glaubten, sie wüssten, wie das Leben in der Stadt funktioniert.«

Als Nächstes sah der Wachposten sich Ians Papiere an.

Nach einem nicht minder oberflächlichen Blick zuckte er die Achseln. »Du warst schon mal drüben in den Territorien, was?«

»Ja.«

»Dann kennst du dich ja vielleicht ein bisschen aus in der Stadt. Pass auf die beiden auf, ja?« Er richtete seine Aufmerksamkeit wieder auf Ry. Diesmal war sein Blick keineswegs flüchtig, sondern sehr eindringlich.

Kait lief es kalt den Rücken herunter.

Ry zuckte die Achseln.

Schließlich sagte der Wachmann: »Du erinnerst mich an den letzten Provinzler, den ich gewarnt habe, er solle sich aus Schwierigkeiten raushalten. Er ist noch in derselben gottverdammten Nacht auf der Wachstation gelandet und hat über seine verlorenen Lebensersparnisse geflennt und sich gefragt, wie er jetzt jemals sein Land in den Territorien erreichen sollte.« Der Soldat schnaubte angewidert und sprang von der Kutsche herunter. »Als könnten wir – in dieser Stadt – den Gauner ausfindig machen, der ihm sein Gold abgeschwatzt hatte, als könnten wir den Hurensohn dazu bringen, es zurückzugeben.« Er schlug die Tür der Kutsche zu und winkte dem Fahrer. »Weiter. Der Nächste!«

Als sie den Kontrollpunkt hinter sich hatten, sank Ry neben Kait in sich zusammen.

»Was ist los?«

»Ich kannte ihn«, sagte Ry. »Er war einer der Wachposten im Haus Sabir, bevor ich mich auf die Suche nach dir gemacht habe. Sein Name ist … verdammt. Wie war das noch gleich? Lerri? Herri? Nein, aber irgendwas in der Art. Guerri? Ja, das war es. Guerri. Und was noch schlimmer ist, er kennt mich ebenfalls. Er hat mein Gesicht noch nicht mit einem Namen in Verbindung gebracht, aber es wird ihm schon noch gelingen.«

Ian schnitt eine Grimasse. »In dem Fall hätten wir ihn töten sollen.«

Ry schüttelte den Kopf. »Nein. Dann wären wir nicht über den nächsten Kontrollpunkt hinausgekommen. Auf diese Weise haben wir vielleicht gerade noch Zeit, uns im Hafen unters Volk zu mischen. Allerdings besorgen wir uns wohl besser neue Papiere.«

Kait sah erst Ry an, dann Ian. »Er wusste, wer du bist, Ry«, sagte sie. »Er wusste es. Ich habe ein Gefühl der Überraschung in seinen Augen aufflackern sehen, als er dir die Papiere abnahm. Ich wusste nicht, was ich davon halten sollte, und als er nichts sagte, dachte ich, ich hätte es mir vielleicht eingebildet.«

»Unsinn«, erklärte Ian. »Wenn er Ry erkannt hätte, hätte er Alarm gegeben. Er wäre ein wohlhabender Mann geworden, wenn er ihn ausgeliefert hätte – eine Tatsache, von der *ich* weiß, dass er es weiß. Der Erlass, mit dem Ry zum *Barzanne* erklärt wurde, hängt in allen Wachstationen, in den Schlafsälen und an den öffentlichen Anschlagtafeln.«

Kait sah Ry an. »Ich bin davon überzeugt, dass er dich erkannt hat«, beharrte sie.

Ry lehnte sich an die hölzerne Rückbank an und schloss die Augen. »Ich war gut zu ihm, als er am Tor arbeitete«, sagte er nachdenklich. »Nichts Spektakuläres … aber ich habe mich an seinen Namen erinnert, und ich habe ihm zum Haledansfest und zum Fest der Tausend Heiligen ein paar Münzen geschenkt.«

Ian zog eine Augenbraue hoch. »Wenn man bedenkt, wie der Rest deiner Familie ist, muss er dich als einen wahren Heiligen betrachtet haben.«

»Die Sabirs haben sich ihren schlechten Ruf im Umgang mit den anderen Familien verdient«, entgegnete Ry steif. »Und nicht, weil sie sich ihren Untergebenen gegenüber grausam gezeigt hätten.«

Ian sagte: »Es war auch meine Familie, Bruder. Erinnerst du dich? Ich habe meine ersten Lebensjahre in Haus Sabir zugebracht und eine Menge Grausamkeiten gesehen, die sich gegen Dienstboten richteten. Meine *Mutter* war eine Dienstbotin.«

Ry zuckte die Achseln. »Vielleicht hast du Recht. Wie dem auch sei, er hat uns nicht angezeigt, und wenn Kait Recht hatte und er mich erkannt hat, dann glaube ich, wird er uns auch in Zukunft nicht anzeigen.«

»Ich hoffe nur, sie hat Recht. Er kennt die Namen, unter denen wir reisen, er kennt unsere Gesichter und die Geschichte, die wir uns ausgedacht haben, und er weiß ungefähr, wohin wir wollen. Wenn er uns in den nächsten Tagen die Soldaten der Sabirs auf den Hals schickt, werden sie keine Probleme haben, uns aufzuspüren.«

Kapitel 4

Hasmals letzte Worte hallten in seinen eigenen Gedanken wider wie die reinen Klänge einer Meditationsglocke. *Doghall, höre mich. Ich brauche mehr Zeit. Ich bin hier noch nicht fertig.*

Er war tot, das wusste er – und er konnte den Sog des Schleiers spüren, der noch immer an ihm zog, wie die Wellen der Flut an einem Stück Treibholz zerrten. Aber das Licht, das seine Seele durchtränkte, gab ihm die Kraft, dem Sog zu widerstehen, und seine Gedanken waren immer noch seine eigenen – nicht verwirrt, nicht verständnislos und chaotisch wie die Gedanken anderer Menschen, die er gehört hatte, wenn diese Menschen durch einen plötzlichen Akt der Gewalt getötet wurden. Er wusste genau, was ihm widerfahren war. Crispin Sabir hatte das Werk des Drachen vollendet und ihn getötet. Und Vodor Imrish hatte seine Rufe gehört und sein Gebet beantwortet. Selbst im Tod hatte Hasmal zumindest noch ein klein wenig Zeit, um die Dinge zu beenden, die er ungetan gelassen hatte, und obwohl er keine Ahnung hatte, wie er in seinem neuen Bewusstseinszustand etwas bewirken sollte, war ihm doch klar, dass er irgendwelche Mittel und Wege hatte, um Veränderungen herbeizuführen.

Er erhob sich langsam und verspürte einen unangenehmen, beunruhigenden Sog, als sein Geist sich von seinem Körper trennte. Nachdem er sein Fleisch hinter sich zurückgelassen hatte, fühlte er sich sowohl leichter als auch sauberer. Gleichzeitig überschwemmte ihn jedoch die erste Woge des schrecklichen Verlusts, den er erlitten hatte. Sein Herz schrie nach Alarista; er wusste, dass er sie nie wieder in den Armen halten, sie nie wieder berühren oder küssen würde, dass er sie nie wieder lieben würde. Die letzten Worte, die sie gesprochen hatten, waren die letzten Worte, die sie jemals sprechen würden; der letzte Kuss, den sie miteinander geteilt hatten, war der allerletzte gewesen. Seine Träume, mit Alarista Kinder zu haben, mit ihr zusammen alt zu werden – sie würden nun nie mehr Wirklichkeit werden.

Er hoffte, dass ihre Seelen sich jenseits des Schleiers wiederfinden würden – dass sie ihr jenseitiges Leben miteinander teilen oder in Körpern wiedergeboren würden, in denen sie andere Leben miteinander teilen konnten. Es war eine Hoffnung für die Zukunft. Aber das Glück *dieses* Augenblicks, *dieser* Liebe, *dieses* Lebens, all das hatte er nun verloren.

Er schwebte noch einen Augenblick lang in der Luft und blickte auf sein totes Ich auf dem Tisch hinunter, und er war voller Trauer. Er hatte noch so viel vorgehabt.

Dann riss er sich zusammen. Vodor Imrish hatte ihm diese zweite Chance nicht gegeben, damit er seinen eigenen Tod beklagen konnte. Er war ein Falke – er hatte sich dem Guten verschrieben, dem zu dienen er gelobt hatte, und auch wenn er nicht mehr Hasmal rann Dorchan, Sohn des Hasmal rann Halles, war, so hatte er dennoch eine Aufgabe zu erfüllen.

Er war ganz sicher, dass Doghall seine letzten Worte gehört hatte. Er hatte die Gegenwart des alten Meisters noch gespürt, kurz bevor die Drachenseele Dafril aus Crispins Körper herausgerissen wurde. Genauso sicher war er, dass Doghall seine Absicht erkennen würde, seine Seele an die Dimension der Lebenden zu binden, so wie man es sich von Solander dem Wiedergeborenen erzählte, der auf diese Weise das Schicksal erfüllen wollte, das ihm die Drachen gestohlen hatten. Jetzt musste er darauf hoffen, dass Doghall eine Möglichkeit finden würde, um ihn mit einem offenen Kanal zu versorgen, so wie es den Geheimen Texten zufolge Vincalis für Solander nach dessen Tod getan hatte.

Hasmal würde nicht versuchen, ein zweiter Wiedergeborener zu werden. Nicht einen Augenblick glaubte er, dass Vodor Imrish ihm ein solches Schicksal zugedacht hatte. Aber sein Gott hatte ihn Dafril ausgeliefert, einem mächtigen Drachen, der damit angegeben hatte, der alleinige und einzige Schöpfer des ursprünglichen Spiegels der Seelen zu sein. Und sein Gott hatte ihm gestattet, mitzuerleben, wie Dafril gefangen genommen und hilflos gemacht wurde, während der Körper, den Dafril bewohnt hatte, in der Nähe blieb. Und dann hatte der rechtmäßige Besitzer dieses Körpers, Crispin Sabir, ihn getötet, und Hasmal glaubte, dass Vodor Imrish einen Grund gehabt hatte, das zuzulassen. Er glaubte, dass er gestorben war, um die einzige Gestalt annehmen zu können, die den Zugang zu den Informationen gewähren würde, mit deren Hilfe die Falken die Drachen ein und für alle Mal bezwingen konnten.

Vodor Imrish war kein Kriegsgott; er zerstörte nicht absolut einwandfreie Jünger, nur um sich an dem Schauspiel ihres Todes zu weiden, wie es die Kriegsgötter taten. Vodor Imrish vergoss kein Blut um des Blutes willen, und er fügte keine Schmerzen zu, nur weil es ihm Freude bereitete. Er würde die Toten genauso gut einzusetzen wissen, wie er die Lebenden einsetzte.

Crispin Sabir stand noch immer an der Stelle, von der aus er Hasmal getötet hatte. Hasmal spürte, dass Crispin ihn ebenfalls sehen konnte; die Wolfsaugen waren auf die Stelle im Raum gerichtet, wo er, Hasmal, schwebte, und Crispins Atem ging schneller und flacher, als es normalerweise der Fall war. Hasmal konnte Crispins Furcht als ein Vibrieren in der Luft wahrnehmen.

Als Nächstes fand er heraus, dass er sich kraft seines Willens mit einem einzigen Gedanken in jede gewünschte Richtung bewegen konnte. Er schwebte langsam auf Crispin zu, obwohl er nicht genau wusste, was er tun würde, wenn er ihn erreichte; er wusste nur, dass Crispin sein erstes Ziel sein musste.

Ein Summen ging von dem Wolf aus; es war Magie – Macht, gewonnen aus der Energie, die er aus Hasmals Tod gezogen hatte. Als Hasmal sich auf ihn zubewegte, griff Crispin ihn mit dieser Magie an.

Die Magie, die Crispin als Waffe einzusetzen beabsichtigt hatte, funktionierte jedoch nicht wie eine Waffe, als sie auf Hasmals substanzlose Gestalt traf. Die Magie floss durch Hasmal hindurch, fügte ihm aber keinen Schaden zu. Stattdessen gab sie ihm etwas von der Lebenskraft zurück, die Crispin gestohlen hatte, sie schenkte ihm zusätzliche Kraft und machte sein Denken klarer. Der Zauber, der mit dieser Energie verbunden war, fiel jedoch auf Crispin zurück, und die *Rewhah*, die Rückstoßenergie des Todeszaubers, traf den Wolf im selben Augenblick. Die vereinten Kräfte des Zauberbanns und der *Rewhah* betäubten den Wolf, sodass er sich nicht von der Stelle bewegen konnte. Hasmal spürte, wie die Vibrationen von Crispins Angst intensiver wurden.

Er schwebte weiter langsam auf Crispin zu. Im letzten Moment, bevor sie sich berührten, gewann Crispin die Kontrolle über seinen Körper zurück. Er drehte sich um und versuchte wegzulaufen. Hasmal umschlang ihn, und ihre Seelen berührten sich.

Unverzüglich brach ein Gemisch der verschiedensten Gefühle über seine geschärften Sinne herein und ihm wurde übel. Sein erster Eindruck von Crispins Seele war der von Fäulnis, vieler übereinander liegender Schichten von Fäulnis. Da war Perversion und das Schwelgen in Perversion; da war Hass, der sich auf Zorn gründete, und dieser Zorn hatte seine Wurzeln in einer von Habgier und Machthunger verzerrten Begierde. Jeder Teil von Crispins Seele jammerte von seinem Verlangen, und dieses Jammern war ein niemals endender Strom; jede einzelne Erinnerung und jede einzelne Perversion bekamen in dem Geplärr eine eigene Stimme. Hasmal versuchte, sich vor diesem Ekel erregenden Missklang zu beschirmen, aber in seiner neuen Gestalt konnte er keinen Schild mehr heraufbeschwören. Frustriert und überwältigt von dem Lärm in Crispins Gedanken, stemmte er sich mit aller Kraft gegen diese unerträglichen Geräusche, wobei er eigentlich nur ein klein wenig Ruhe und Frieden für sich schaffen wollte, um ungestört seine Umgebung betrachten zu können. Die Decke, die er auf diese Weise schuf, blieb für Crispin jedoch nicht ohne Konsequenzen; der Wolf fiel besinnungslos zu Boden. Er atmete weiter, und seine Herz schlug, aber seine chaotischen Gedanken wurden still, und die vielen widerstreitenden Stimmen in seinem Kopf waren vollends zum Schweigen gebracht oder mussten nun wenigstens flüstern.

Was unbedingt eine Verbesserung war, befand Hasmal.

Er verwandte einige Augenblicke darauf, zu lernen, wie man

die Gestalten dieser tumultuarischen Gedanken deuten konnte und jene, die Crispin gehörten, von den tiefen Eindrücken zu unterscheiden, die Dafrils Gegenwart hinterlassen hatte. Hasmal hatte das Gefühl, als grabe er in einem Fluss aus Unrat nach Diamanten, aber er ließ nicht locker. Und schließlich fand er auch nach und nach seine Diamanten.

Der erste Edelstein war eine Information: dass nämlich Crispin in der paranoiden Furcht lebte, man könne das einzige Geheimnis entdecken, das er nicht nur vor dem Rest der Welt verborgen hielt, sondern auch vor seinem Bruder Anwyn und seinem Vetter Andrew. Er hatte ein Kind gezeugt, eine Tochter, und ihre Mutter war eine Frau, die ihm wirklich etwas bedeutet hatte. Die Mutter war in eine innerfamiliäre Intrige verwickelt gewesen; nachdem Crispin entdeckt hatte, dass auch er von ihr verraten worden war, hatte er sie eigenhändig getötet. Aber ihr gemeinsames Kind hatte er verschont. Allerdings fürchtete er, dass ein Mitglied seiner eigenen Familie oder jemand aus den anderen großen Familien das Baby benutzen könnte, um ihn unter Druck zu setzen. Deshalb hatte er eine Amme für die Kleine gekauft und diese Amme mitsamt dem Säugling nach Novtierra geschickt. Jahrelang hatte er das Kind in der Stadt Stosta auf der Sabirenischen Landenge versteckt gehalten. In der Tat war sie dort gewesen, bis er von der Existenz des Spiegels der Seelen erfahren und zum ersten Mal beschlossen hatte, sich zu einem Gott zu erheben. An dem Tag, an dem die *Windtänzer* in die Tausend Tänzer gesegelt war und sich damit in seine Reichweite gebracht hatte, hatte er drei Albatrossen das zwangharte Verlangen eingegeben, übers Meer zu seiner Tochter zu fliegen, und jedem der Vögel die Botschaft ans Bein gebunden, dass sie nach Hause kommen und in einer geheimen Wohnung auf ihn warten soll, die er für sie vorbereitet hatte. Sie bekam Anweisung, nicht mit ihm Kontakt aufzunehmen – er würde zu ihr kommen.

Allerdings hatte Dafril Crispins Körper in dem Augenblick übernommen, in dem er geglaubt hatte, er würde zu einem Gott aufsteigen. Er hatte diesen Triumph nie auskosten können. Seine Vision, der Gottkönig zu sein, der seine geliebte Tochter in dem Reich willkommen hieß, das einst ihr Eigentum sein würde, diese Vision hatte sich nicht erfüllt. Seine Tochter war in Calimekka angekommen und befand sich im Augenblick in der Wohnung. Dafril hatte ihre Ankunft bemerkt und einen Spion dazu abgestellt, das Mädchen mit allem Notwendigen zu versorgen und zu überwachen, aber bisher hatte er noch keine zwingende Verwendung für Crispins Tochter gefunden. Also hatte er sie in Ruhe gelassen.

Und weil Dafril Crispins Körper beherrscht hatte, bis er von Doghall ausgetrieben wurde, hatten Vater und Tochter sich noch nicht kennen gelernt.

Hasmal kannte ihren Namen; er wusste, wo sie sich versteckte, er kannte die Worte, an denen sie Crispin erkennen würde, die Worte, die ihr sagten, dass er der einzige Mensch in ganz Calimekka war, dem sie vertrauen konnte.

Dafrils Anwesenheit in Crispins Körper hatte dunkle, starke Spuren hinterlassen, und Hasmal fand Erinnerungen, die weitaus merkwürdiger waren als die Crispins, Erinnerungen, die ihn bis ins Mark erschütterten. Dafril und einer seiner Gefährten mit Namen Luercas waren die Zauberer gewesen, die vor mehr als tausend Jahren Solanders Leben ein Ende gemacht hatten. Er und Luercas hatten viele Einzelheiten der Unsterblichkeitsmaschine ausgearbeitet. Dafril war außerdem der alleinige Anführer der Drachen in Calimekka gewesen – denn bei ihrer Rückkehr aus dem Inneren des Spiegels der Seelen, wo sie lange Zeit gefangen gewesen waren, war etwas mit Luercas geschehen. Hasmal fand heraus, dass Dafril sich in diesem Punkt Sorgen gemacht hatte. Dafril hatte es für möglich gehalten, dass Luercas vielleicht gegen ihn arbeitete, dass er eigene Pläne verfolgte.

Dieser Gedanke erfüllte Hasmal mit einem unbehaglichen Frösteln, aber er verfolgte die Spur dennoch weiter.

Seine größte Entdeckung erwartete ihn inmitten der abscheulichsten Gedanken Dafrils. Der Drache Dafril war der ursprüngliche Schöpfer des Spiegels der Seelen gewesen. Er und Luercas sowie einige andere Drachen hatten den Spiegel angefertigt, als sie langsam ahnten, dass sie den Zaubererkrieg vielleicht nicht gewinnen würden. Dafril kannte die Bedeutung eines jeden magischen Zeichens, das dem Spiegel eingeritzt war, er kannte die Verwendungsweise eines jeden eingearbeiteten Edelsteins, die Nuancen eines jeden Zaubers, den der Spiegel aufbauen und lenken konnte.

Und da er über all diese Dinge Bescheid wusste, wusste Hasmal es nun ebenfalls.

Hasmal erinnerte sich plötzlich und mit einer kristallenen Klarheit an die Worte der Sprecherin, die er vor so langer Zeit gerufen hatte – jener Sprecherin, die ihn veranlasste, aus seinem sicheren Heim in Halles zu fliehen und sich Kait Galweigh und den Schicksalsgöttern in den Weg zu stellen. Die Sprecherin hatte seinerzeit gesagt: »Du bist ein Gefäß, auserwählt von dem Wiedergeborenen, Hasmal. Dein Schicksal ist Schmerz und Ruhm. Dein Opfer wird den Falken zu neuer Größe verhelfen, und dein Name wird zu aller Zeit gepriesen werden.«

Vielleicht war sie in diesem Punkt ehrlich zu ihm gewesen, obwohl ihre Worte ansonsten ein Gespinst aus Halbwahrheiten und faustdicken Lügen gewesen waren. Wenn Hasmal jetzt schnell genug war und wenn er sein unkörperliches Ich lange genug zusammenhalten konnte, dann konnte er den Falken die Schlüssel überreichen, mit denen sie Matrin ein und für alle Mal von den Drachen würden befreien können. Und sie würden zwei Fliegen mit einer Klappe schlagen; sie würden die Möglichkeit haben, Crispin zu beherrschen, den jetzigen Führer der noch verbliebenen Wölfe Iberas. Bevor er in das Dunkle Land fiel, bevor er den

Willkommensgesang der *Karae* in seinen toten Ohren hörte, würde er Doghall aufsuchen. Wenn er seine Botschaft an die Falken weitergeben konnte, dann wäre er nicht umsonst gestorben.

Er konzentrierte seine Energie, lokalisierte den durch den Talisman aufgebauten Kanal, der Crispin an Doghalls Sehglas band, und stürzte sich hinein.

Kapitel 5

Luercas sagte: »Ein bisschen schneller, Danya. Es wäre nicht schicklich, wenn du bei unserer triumphalen Rückkehr ins Dorf ein paar Schritte hinter mir her gingest. Immerhin bist du meine Mutter … und wir wissen ja, welche Verehrung die Mütter bei den Karganesen genießen.«

Sie ritten riesige Lorrags – größere Ausgaben jener tödlichen Raubtiere, die die Karganesen überall in der Tundra der Veral-Territorien jagten. Luercas hatte zwei der Tiere nach In-kanmerea gelockt, der Zitadelle der Alten, die in der Nähe des karganesischen Dorfs tief unter der Tundra begraben lag. Als die beiden Raubtiere die Stufen zu dem riesigen Eingangsgewölbe hinuntergeschlichen waren, hatten sie ihre normale Größe gehabt. Luercas hatte einen der Zauberapparate der Alten benutzt, um der Lebenskraft und den Seelen der Karganesen Energie zu stehlen, dann hatte er diese Energie zu einem Zauber gewoben, der nicht nur die Größe der Ungeheuer hatte anschwellen lassen, sondern ihm auch die Kontrolle über ihren Willen gab. Sie waren nach wie vor wilde Bestien und immer noch tödlich, aber jetzt konnten sie nichts tun, um Luercas oder Danya Schaden zuzufügen.

Luercas bemerkte nun: »Das ist der Augenblick, auf den du

gewartet hast, Mädchen. Mach nicht so ein verdrossenes Gesicht.«

Danya nickte, erwiderte aber nichts. Sie sprach überhaupt kaum noch mit Luercas; er ergötzte sich daran, ihr das Wort im Mund herumzudrehen und jede ihrer Bemerkungen dazu zu benutzen, sie zu demütigen und lächerlich zu machen. Er tat allerdings niemals etwas Derartiges, wenn irgendjemand bei ihnen war; er hatte ganz bestimmte Pläne mit den Karganesen, und es war erforderlich, dass diese stark behaarten Narbigen sowohl ihn als auch Danya nicht nur liebten, sondern geradezu anbeteten. Aber wenn sie allein waren, zog er sie gnadenlos mit ihrer Schwäche, ihrer Feigheit, ihrer mangelnden Voraussicht und ihren jämmerlichen magischen Fähigkeiten auf, und er ließ auch sonst keinen Spott aus, um sie immer wieder daran zu erinnern, dass sie ihm gehörte, ganz gleich, wie ihre Beziehung nach außen hin aussehen mochte.

Jetzt sah Danya ihn von der Seite an. Luercas wirkte wie ein Kind von etwa zwölf Jahren, obwohl er erst vor einem halben Jahr auf die Welt gekommen war. Sein goldenes Haar hing ihm in einem kurzen Zopf über den Rücken, und er sah sie mit seinen blauen Augen arglos an. Sie hatte niemals ein schöneres menschliches Kind gesehen als ihn, und sie hasste ihn mit einem Ingrimm, den sie nicht einmal in Worte hätte fassen können. Wenn sie schlief, träumte sie davon, ihn zu verletzen; wenn sie aufwachte, weinte sie manchmal über die Entdeckung, dass er nicht wirklich unter ihren Händen gestorben war.

Sie tröstete sich mit der Tatsache, dass sie ihm Rache geschworen hatte, und zwar zur selben Zeit, als sie ihre Racheschwüre gegen die Sabirs und ihre eigene Familie, die Galweighs, erneuert hatte. Sie hatte ihren Sohn geopfert, um diesen Eid zu besiegeln – und wenn jetzt Luercas Seele den Körper ihres toten Sohns bewohnte, so würde dessen Blut dann auch sicherstellen, dass der Drachenzauberer unter Qualen sterben würde.

Sie ritten durch ein Gebüsch aus Feuergräsern, deren Blüten sich zu ihrer vollen, herrlichen Pracht entfaltet hatten. Hätte Danya auf dem Boden gestanden, so wären die Blüten hoch über ihrem Kopf gewesen. Auf dem ausgezehrten Rücken des Lorrags sitzend, konnte sie gerade eben über das wogende Meer aus Blüten hinwegblicken.

»Also, Danya-mit-den-zwei-Krallen, bist du bereit, eine Göttin zu werden?«, fragte Luercas. Danya sagte nichts.

Er drehte sich um und sah sie an, und sie spürte, wie sein Blick Gewicht und Gestalt annahm. Ihre Kehle wurde enger und immer enger. Sie rang um Atem, und ihre Luftröhre zog sich endgültig zusammen. Unsichtbare Finger drückten sie zu, und obwohl Danya sich mit beiden Händen an den Hals griff und den Mund öffnete, um Luft in ihre Lungen zu ziehen – nichts geschah.

»Ich bin es müde, schweigend vor mich hinzureiten«, erklärte Luercas. »Ich möchte jemanden zum Reden … und da die Lorrags nicht reden können, bleibst nur du übrig. Wirst du mit mir reden?«

Ein feiner roter Film lag über der Welt um sie herum, und vom Rand ihres Wahrnehmungsfeldes kroch die Dunkelheit immer näher. Danya nickte.

Luercas lachte. »Du wirst noch lernen, dass du dich nicht gegen mich wehren kannst, Danya. Warum wirst du nicht einfach meine Freundin?«

Er schnitt ihr noch immer die Luft ab. Sie nickte.

»Du wirst meine Freundin sein?«

Sie nickte noch einmal, verzweifelt und hektisch. Die Welt um sie herum drehte sich, und ihr Schädel fühlte sich an, als wollte er bersten.

»Nun, dann ist es ja gut. Ich freue mich, wirklich.«

Plötzlich strömte die Luft zurück in ihre ausgehungerten Lungen. Sie sank in sich zusammen, erleichtert und entsetzt gleichzeitig.

Er sah sie an, und das gleiche starre, humorlose Lächeln lag auf seinen Zügen. »Fühlst du dich nicht besser, jetzt, da wir Freunde sind?«

Sie nickte noch einmal.

Er lächelte. »Dann sind wir also so weit. Freunde. Ich werde Karganesen-Gestalt annehmen, bevor wir das Dorf erreichen. Behalte den roten Umhang um, bis ich vor den Augen der Karganesen Menschengestalt annehme, dann wirf ihn vor meinen Füßen auf den Boden, damit ich darauf treten kann, wenn ich vom Pferd steige. Die Karganesen haben eine Prophezeiung, nach der ihr Retter bei seiner Ankunft ›auf Rot geht‹. Der Umhang dürfte diese Forderung hinreichend erfüllen. Und solange wir die Lorrags reiten und ich gelegentlich Karganesengestalt trage, werden sie wohl bereit sein, anzunehmen, dass ihre Prophezeiung sich erfüllt hat.«

Danya nickte. »Du hast von mir verlangt, dass ich etwas sagen soll.«

Luercas erwiderte: »Ich will, dass du die rechte Hand hebst, damit die Dörfler deine beiden Klauen gut sehen können. Und dann sagst du: ›Ihr habt mich willkommen geheißen und zu einer der euren gemacht. Ihr habt mich in immer fremdartigeren Gestalten akzeptiert, ihr habt mir von euren Tischen Speise gegeben, ihr habt mir Heim und Herd und eure Freundschaft geschenkt. Nun, meine braven und getreuen Kinder, offenbare ich mich euch: Ich bin Ki Ika, und ich bringe euch meinen Sohn, Iksahsha, wie ich es vor langer Zeit versprach.‹«

»Ki Ika und Iksahsha – die Sommergöttin und ihr Sohn, Überreicher Fischfang. Du glaubst wirklich und wahrhaftig, dass sie in uns ihre Helden sehen werden? Ich bin nicht einmal Karganesin.«

»Die karganesischen Legenden sprechen von dem Tag, da sie zu Menschen werden – sie glauben voll und ganz, dass sie eines Tages wieder menschliche Wesen sein werden. Wenn Ki Ika sich ihnen in Menschengestalt offenbart, was soll daran besonders sein? Du bist das, was sie zu sein hoffen. Außerdem reiten wir Lorrags, ich kann mich, wann immer es mir beliebt, in einen Karganesen verwandeln, und wir gebieten beide über magische Kräfte. Wir kommen dem Bild, das sie von ihren Göttern haben, so nah, wie sie es sich nur wünschen können.«

»Wenn du das sagst. Und was soll dann weiter passieren?«

»Als Nächstes erzähle ich ihnen, die Tage der Prophezeiung seien gekommen, die Zeit, da die Narbigen ihre rechtmäßigen Plätze in den Ländern und den Häusern der Menschen zurückbekommen und sie, wenn es ihr Wunsch ist, wieder ihre menschlichen Gestalten annehmen können.« Er zuckte mit den Schultern. »Ich sage ihnen, dass sie uns folgen sollen – dass wir sie in die Reichen Länder führen werden, sie und alle anderen Narbigen.«

»Und dann benutzen wir sie, um unsere Armee aufzustellen und Ibera anzugreifen.«

»Ja. Warum klingst du mit einem Mal so zweifelnd?«

»Weil ich jetzt auf dem Rücken eines Lorrags sitze und es mir nicht nur vorstelle. Und weil ich dich auf dem Rücken deines Tieres sehe, und du siehst für mich weder unsterblich noch besonders beeindruckend aus. Wir haben keine goldgewirkten Roben, keine Edelsteine, keine Diener. Die Götter wissen, ich wurde in einem der Fünf Häuser großgezogen. Ich habe *gesehen*, wie Macht auszusehen hat. Und wir entsprechen diesem Bild nicht im Mindesten.«

»Mein liebes, törichtes Kind, *ich* war vor tausend Jahren der Anführer der mächtigsten Zauberergilde in der bekannten Welt, in einer Zeit, da Flugwagen über den Himmel glitten, angetrieben von den bloßen Gedanken der Zauberer, einer Zeit, da Gärten in der Luft wuchsen und die Menschen in diesen Gärten umherschlenderten, als gingen sie auf Wolken. *Ich* habe die Macht in so prächtigen und wunderbaren Gestalten gesehen, dass du vor ihr auf die Knie fallen und glauben würdest, du stündest vor deinen eigenen jämmerlichen Göttern. Ich sage dir, sie werden es glauben – deine Vorstellung von Macht ist für die Karganesen etwas vollkommen Fremdes. Was sie sehen werden, wenn sie uns erblicken, wird die Macht in einer Gestalt sein, die sie begreifen können. Wir werden das sein, was seit ungezahlten Generationen ihre Gebete und ihre Träume beherrscht.«

Kapitel 6

Doghall bemerkte, wie Crispin Sabirs Sehglas dunkel wurde. Er wartete mit angehaltenem Atem ab und harrte eines Zeichens von Hasmal. Er wusste nicht, was sein junger Freund tun würde, aber er hoffte, dass Hasmal vielleicht irgendeine Möglichkeit fand, die Kontrolle über Crispins Körper zu erlangen. Dass er vielleicht sogar eine Möglichkeit fand, Crispins Seele zu verdrängen und seinen Körper zu beschlagnahmen.

Dann trat an die Stelle der Dunkelheit in dem Glas ein strahlendes Licht, und Hasmals Stimme erfüllte das Zelt.

»Wir müssen uns beeilen«, sagte Hasmal. »Ich habe euch so viel zu erzählen und so wenig Zeit. Crispin wird bald erwachen, und vorher muss ein Großteil der Dinge, die wir tun müssen, vollendet sein.«

Doghall unterdrückte seinen Wunsch, zu fragen, wo Hasmal sich befand und was mit ihm passierte. Ebenso versagte er es sich, dem anderen Trost oder Mut zuzusprechen. Stattdessen sagte er nur: »Erzähl es mir.«

Hasmals Stimme kam aus dem Licht. »Nimm mich in deinen Körper und deine Gedanken hinein, damit du erfährst, was ich erfahren habe.«

Doghall zögerte nur einen Augenblick lang. Dann griff er nach dem Sehglas und blickte in dessen Tiefen. Sofort stellte Hasmal die Verbindung zu ihm her. Eine tröstliche Wärme und Hasmals vertraute Persönlichkeit strömten in Doghall hinein – und einen halben Herzschlag später spürte er die frischen, scharfen Erinnerungen von Hasmals Folter und von seinem Tod, von seiner Trauer über den Verlust Alaristas – und dann wusste auch Doghall von Crispins Tochter, wusste, wie man den Spiegel der Seelen bediente. Während er herausfand, was Hasmal wusste, erfuhr Hasmal seinerseits, dass Kait und Ry bereits geflohen waren, dass Ian sie nicht verraten hatte und dass sich der Spiegel der Seelen bereits wieder in den Händen der Falken befand.

Doghall spürte Hasmals Abdruck in seiner Seele – und auch Crispin Sabir und der Drache Dafril hatten ihre Spuren hinterlassen. Und er spürte, wie Hasmal entdeckte, welchen Preis Alarista gezahlt hatte, um ihn zu retten, und diese Entdeckung bereitete Hasmal tiefen Kummer.

Sie liebt dich immer noch, sagte Doghall zu ihm.

Ich weiß. Genauso wie ich sie liebe. Im Augenblick tut das, was geschehen ist, deshalb nur umso mehr weh. Bitte sag mir, dass du aus meinen Entdeckungen Nutzen ziehen kannst, sagte Hasmal. *Dass nicht alles umsonst war.*

Es wird uns helfen, ja. Wir werden uns das Mädchen holen, bevor Crispin aufwacht und sie findet. Wir werden den Spiegel aktivieren und die restlichen Drachenseelen zurückrufen, um sie dann durch den Schleier zu schicken. Und wenn sie nicht mehr da sind, werden wir den Spiegel zerstören. Du hast uns gerettet, Hasmal. Du hast uns die Chance gegeben, in allen Punkten zu siegen. Dein Name wird in die Annalen der Falken eingehen, man wird sich bis ans Ende der Zeit an dich erinnern.

Und ich würde alle Erinnerungen der Falken und alle Ehre eintauschen gegen einen einzigen Tag mit Alarista … berühre sie für mich, bitte. Hilf mir, dass ich noch ein allerletztes Mal bei ihr sein kann.

Doghall ging zu Alarista hinüber und legte eine Hand auf ihre Stirn. Warmes Licht strömte seinen Arm hinunter, und erst in diesem Augenblick begriff er, dass er, während Hasmal in ihm gewesen war, wie eine kleine Sonne geleuchtet hatte. Als Hasmal ihn nun verließ, spürte er von neuem die Kälte im Zelt. Das Licht strömte in Alaristas gebrechlichen Körper hinein und ließ sie von innen heraus leuchten; ihr gequälter Gesichtsausdruck verschwand, und an seine Stelle trat ein glückseliges Lächeln.

Doghall beobachtete sie nur eine kurze Zeit, dann wandte er sich ab, weil er das Gefühl hatte, bei etwas sehr Privatem zu stören.

»Hol mir die Sehgläser von Kait und Ry«, sagte er zu Yanth. Er hatte einen dicken Kloß in der Kehle, und seine Stimme klang rau. Er blinzelte gegen die Trübung in seinen Augen an und brummte in Jaims Richtung: »Sieh nicht zu ihnen hin. Es ist eine Frage des Anstands, Mann, dreh dich um. Nein, ich weiß noch etwas Besseres: Bring mir Feder und Papier und Tinte. Ich muss eine Magie wirken, wie sie noch nie zuvor benutzt wurde, und ich werde nur diese eine Chance haben. Ich will es so tun wie die Kinder, mit den Worten vor meinen Augen.«

Als er nicht nur auf Papier festgehalten, sondern sich auch im Gedächtnis genau eingeprägt hatte, was zu tun war, ließ Doghall sich abermals in der Mitte des Zelts auf die Knie nieder. »Ry zuerst«, sagte er.

Sie hatten ihr Gasthaus erreicht. Ry und Kait aßen, Ian ging im Raum auf und ab und blieb nur von Zeit zu Zeit stehen, um aus dem Fenster zu blicken.

Die vertraute Dunkelheit bemächtigte sich Doghalls, als er eine Verbindung zu Rys Sehglas herstellte, und einen Moment später sah er mit Augen, die nicht die seinen waren.

Ry, ich bin es, Doghall, sagte er.

Ry hielt mitten in der Bewegung inne. *Ich erkenne deine Berührung.*

Wir haben fast gewonnen. Hasmal hat herausgefunden, dass Crispin eine Tochter hat. Ihr Name ist Ulwe. Er hat sie in einer Wohnung auf der Seidenstraße versteckt, in einem Ausländergetto im Kaufmannsviertel, direkt hinter dem Schwarzen Brunnen und über der Färberei von Nathis Farhills.

Doghall konnte spüren, wie Ry die Information in sich aufnahm. Die Enthüllung, was die Tochter seines Vetters betraf, verblüffte ihn, aber er erholte sich schnell von der Überraschung und kam zur Sache.

Wie komme ich an sie heran? Warum sollte sie mit mir gehen?

Sie hat ihren Vater noch nicht kennen gelernt. Wenn Crispin aufmacht, wird er zweifellos als Erstes zu ihr gehen – Hasmals Gedanken werden genauso ein Teil von ihm sein, wie seine Gedanken ein Teil von Hasmal geworden sind. Er weiß alles, was Hasmal wusste, und das bedeutet eine tödliche Gefahr für uns. Aber wenn du dich beeilst, kannst du vor ihm bei dem Mädchen sein und seine Stelle einnehmen. Wenn wir Crispins Tochter in unserer Obhut haben …

Das brauchst du mir nicht zu erzählen, ich werde mich beeilen. Was soll ich ihr sagen?

Sag ihr: »Eine Tochter ist ihres Vaters größter Segen, seine größte Schwäche und seine größte Furcht.« Sie ist jung, Ry, und ihr Vater hat bisher keinerlei Einfluss auf ihre Erziehung gehabt. Sie ist ein unschuldiges Kind.

Ich werde ihr nicht wehtun.

Beschütze sie.

Ich bin schon unterwegs.

Doghall brach die Verbindung mit Ry ab. Er wartete einen Augenblick – Ry würde Kait und Ian gewiss irgendetwas erzählen, bevor er aus dem Zimmer stürzte, und Doghall wollte sich versichern, dass Ry aus dem Weg war, bevor er zu Kait Kontakt aufnahm. Was als Nächstes geschehen würde, würde gefährlich sein – vielleicht tödlich –, und Ry sollte nicht erfahren, dass Kait sich einer Gefahr stellen musste, die er zweifellos lieber selbst auf sich genommen hätte.

Sowohl Kait als auch Ry hätten den Spiegel aktivieren und mit ihm tun können, was getan werden musste, aber das Mädchen, Ulwe, erwartete einen Mann, und wenn sie je ein Bild ihres Vaters gesehen hatte, würde sie sich von Rys Äußerem eher täuschen lassen als von Ians.

Endlich war so viel Zeit verstrichen, dass er sich sicher war, Kait und Ian allein vorzufinden. Er griff nach Kaits Sehglas und berührte ihre Gedanken.

Kapitel 7

Kait lehnte an den Blendläden und blickte durch einen der Schlitze darin dorthin, wo sie noch einen Augenblick zuvor Ry gesehen hatte. Er war mit denkbar dürftigen Erklärungen zur Tür gestürzt und hatte sie und Ian sprachlos zurückgelassen. Hinter ihr lief Ian aufgeregt im Raum hin und her. »Wo sollen wir ein kleines Mädchen verstecken? Ihre eigenen Papiere können wir nicht benutzen – ihr Vater wird in der Stadt Himmel und Hölle in Bewegung setzen, um sie zu finden. Und an dem ersten Kontrollpunkt, den wir passieren, wird sie um Hilfe schreien, und die ganze Stadt wird sich auf uns stürzen.«

»Ich weiß nicht, was wir tun sollen.« Kait seufzte und beobachtete den niemals endenden Strom von Fremden, die über die Hafenpromenade hasteten. Sie wünschte, einer dieser Fremden würde sich plötzlich in Ry verwandeln – wünschte, sie könnte sicher sein, dass er wohlbehalten zu ihr zurückkehrte. »Wir überlegen uns etwas, wenn das Kind hier ist.«

»Vielleicht sollte ich in eine Apotheke gehen und einen Schlaftrank kaufen«, sagte Ian. »Wenn wir ihr eine kräftige Dosis Nachtglocke oder Phadins Elixier verabreichen, können wir sie vielleicht nach Haus Galweigh schaffen, ohne dass sie uns noch zusätzliche Probleme bereitet.«

Kait drehte sich um und starrte ihn an. »Du würdest einem Kind wirklich und wahrhaftig Phadins Elixier zu trinken geben?«

Sie beobachtete mit einiger Befriedigung, dass sein Gesicht dunkelrot anlief. »Nein. Wahrscheinlich nicht. Aber irgendetwas müssen wir tun.«

»Das werden wir auch. Aber das können wir uns später überlegen. Lass uns abwarten. Wir werden die Kleine kennen lernen, und wenn sie erst hier ist, wird ihr Verhalten das unsere bestimmen.«

»Sie ist Crispin Sabirs Tochter. Wenn wir uns an ihrem Verhalten orientieren wollen, werden wir sie wahrscheinlich töten müssen.«

Kait warf ihm einen bösen Blick zu. »So etwas darf man nicht einmal im Scherz sagen.«

Ian seufzte.

Kait drehte sich wieder zum Fenster um.

Kait.

»Was?«

»Ich habe nichts gesagt«, erwiderte Ian.

Kait. Ich bin es, Doghall.

Kait stand ganz still und atmete langsam ein. Durch den Talisman, der in ihrer Haut verankert war, spürte sie eine denkbar winzige Berührung.

Ich höre dich, Onkel.

Es ist an der Zeit, den Spiegel zu benutzen, sagte er. *Es ist an der Zeit, die Drachen durch den Schleier zu schicken.*

Kait drehte sich zu Ian um. »Hilf mir, den Spiegel herzuholen«, sagte sie.

Er sah sie mit einem Stirnrunzeln an. »Hältst du es für klug, hier mit ihm herumzuspielen …«, wollte er einwenden, aber als er ihr Gesicht sah, verloren seine Worte sich. »Du sprichst mit ihm, nicht wahr?«

»Mit Doghall«, sagte sie.

»Er sagt dir, was du tun sollst.«

»Er sagt, Hasmal habe herausgefunden, wie der Spiegel funktioniert. Jetzt werden wir sämtliche Drachen aus Calimekka vertreiben.«

»Wir?«

Kait nickte.

»Oh, verdammt!« Ian ging zu dem Schrank in der Ecke des Raums hinüber und zerrte mit Kaits Hilfe den Spiegel der Seelen daraus hervor. Als Kait, Ry und Ian angekommen waren, hatten sie noch Decken aus dem Schrank dazugenommen und um den Spiegel gewickelt; weder die Decken noch der Schrank würden jedoch viel nützen, um den Spiegel zu verbergen, wenn er beschloss, sie zu verraten, wie er es in den Tausend Tänzern getan hatte. Trotzdem war es ihnen sinnvoller erschienen, den Spiegel einzuwickeln und zu verstecken, als ihn einfach in der Mitte des Raums zur Schau zu stellen. »Lass mich aus dem Fenster sehen«, murmelte Ian und drängte sich auch schon an ihr vorbei. »Ich möchte einen letzten Blick auf die Welt da draußen und auf das Leben werfen.«

Kait rang sich ein kleines Lächeln für ihn ab, während sie die Decken vom Spiegel herunterzog. Dann stand sie mit zitternden Händen vor dem Artefakt. Seine Schöpfer hatten ihm eine wunderschöne Gestalt gegeben; die Schönheit des Spiegels verschleierte in einem hohen Maß das in ihm wohnende Böse. Kait bekam eine Gänsehaut, als sie den Spiegel nun ansah; er konnte ihre Seele aus ihrem Körper reißen und in den Schleier werfen, um ihr Fleisch dann einem Fremden zu geben. Sie wusste, wozu der Spiegel imstande war, und sie hatte eine tödliche Angst vor ihm. Und jetzt würde sie ihn berühren und seine juwelenbesetzten Glyphen bedienen müssen, sie würde sich ihm auf Gedeih und Verderb ausliefern müssen, um die Drachen loszuwerden.

Nach einer Weile wurde ihr bewusst, dass Ian ihr gegenüberstand und sie beobachtete, und sie begriff, dass sie eine ganze Weile reglos vor dem Spiegel gestanden haben musste. »Worauf wartest du?«, fragte Ian.

»Auf Mut.« Sie ballte die Hände zu Fäusten. Selbstlosigkeit war eine schöne und noble Regung, aber wenn es darum ging, für wildfremde Menschen oder sogar für Freunde, Gefährten und einen Geliebten ins Feuer zu treten, erwachte, wie Kait nun entdeckte, in den dunklen Winkeln des Geistes, laut schreiend und um sich tretend, der Überlebensinstinkt, der Bedenkzeit forderte.

Du musst es nicht tun, sagte Doghall zu ihr.

Ich weiß. Sie starrte die kühlen, sinnlichen Wölbungen des Spiegels an. Der Spiegel repräsentierte das Böse, er stand für den Weg des Grauens, den die Zukunft ohne ihr, Kaits, Eingreifen nehmen würde, geradeso wie Solander den Weg von Hoffnung und Glück repräsentiert hatte. Der Gedanke an Solander gab Kait etwas von ihrer Fassung zurück – sie erinnerte sich daran, was für ein Gefühl es gewesen war, seine Seele zu berühren. Zum ersten Mal in ihrem Leben hatte jemand sie bis in die letzten Winkel ihres Wesens gekannt und sie trotzdem durch und durch und um ihrer selbst willen akzeptiert. Für Solander war sie kein Ungeheuer gewesen. Sie war Kait gewesen, Frau und Karnee, und er hatte sie ohne Vorbehalte geliebt.

Bis sie ihm begegnet war, hatte sie Solander als einen Gott angesehen; sie war maßlos verblüfft gewesen, zu entdecken, dass er ein Mann war – und durch und durch menschlich. Aber trotz seiner menschlichen Beschränkungen hatte er in sich eine Schönheit gefunden, die es ihm möglich machte, ohne Vorbehalte zu lieben, und er hatte beteuert, das gleiche Potenzial für die gleiche Schönheit existiere auch in ihr, in Kait, und in allen Lebewesen, seien sie Menschen oder Narbige.

Ich habe dieses Potenzial in mir. Ich bin zu der gleichen Liebe fähig.

Sie spürte ein kurzes Aufflackern von Scham bei Doghall. *Das ist der Punkt, an dem ich scheitere, was Solanders Lehren betrifft. Der Punkt, an dem ich immer gescheitert bin,* gestand er. *Selbst heute tue ich, was ich tue, mehr für mich als für irgendjemand sonst.*

Kait hätte dieses Gespräch gern fortgesetzt, aber er hielt sie davon ab.

Ich weiß, was ich bin, erklärte er ihr. *Ich weiß, dass ich eines Tages mehr sein muss. Irgendwie. Aber in diesem Augenblick bin ich nicht wichtig. Du bist wichtig. Und der Spiegel ist wichtig. Es ist wichtig, was du tun kannst, um uns alle zu retten.*

Kait atmete langsam ein und machte den letzten Schritt nach vorn, der es ihr gestattete, die Hände auf das glatte Metall des Spiegels zu legen. Der Spiegel der Seelen erinnerte sie noch immer an eine riesige Blume – ein aus Platinblättern geformter Kelch, der auf einem Dreifuß aus zierlich geschwungenen, schwertähnlichen Blättern ruhte. Als sie das Artefakt zum ersten Mal gesehen hatte, hatte es außerdem noch einen Stängel gehabt – eine schlanke Säule aus goldenem Licht, das sich aus dem Sockel erhob, durch den Mittelpunkt des Dreifußes emporströmte und sich im Herzen des Blütenkelchs in einen bewegten, leuchtenden See ergoss. Dieser Stängel fehlte jedoch im Augenblick. Er würde zurückkommen, wenn Kait den Spiegel aktivierte … und sobald dieses Licht wieder zu fließen begann, würde sie in Gefahr sein, das wusste sie.

Wenn du so weit bist, werden wir anfangen. Ich werde mit deinen Augen sehen, sagte Doghall. *Aber ich werde nicht versu-*

chen, die Kontrolle über deine Hände zu ergreifen. Du bist diejenige, die in Gefahr sein wird, wenn wir das tun; du musst diejenige sein, die bei jedem neuen Schritt entscheidet, ob wir weitermachen sollen oder nicht.

Du könntest mich leiten …

Das könnte ich. Aber ich werde es nicht.

Ich verstehe.

Sie spürte Doghalls Erregung und auch seine Angst. *Dann lass uns beginnen.*

Sie sah jetzt mit seinen Augen, und die in Reihen angeordneten, geschliffenen Edelsteine in dem Blütenkelch veränderten sich. Sie waren nicht länger nur hübsches Zierwerk; plötzlich bedeutete jedes Juwel mit seinen eingeritzten, scheinbar chaotischen Markierungen und Schnörkeln etwas ganz Bestimmtes: »Zündung«, »Leeren«, »Kontakt-Herstellen«, »Verstärken«, »Ziehen« oder »Regulieren.« Plötzlich wurde ihr klar, dass sie den Spiegel nicht nur mit Doghalls Augen sah – sie hatte auch Verbindung zu den Erinnerungen eines Drachen bekommen. Sie konnte die Verbindung des Drachen mit Doghall spüren – und sie konnte auch eine Brücke zu Hasmal spüren, obwohl sie nicht begriff, wie das möglich war.

Sie holte ein paar Mal tief Luft, um sich zu beruhigen und sich zu entspannen. Schließlich gab sie ihrer Verbindung zu Doghall zusätzlichen Halt. Sie traf zuerst auf Widerstand, als Doghall sich zurückzog, aber sie hatte das Gefühl, eine tiefere Verbindung zu den Erinnerungen des Drachen herstellen zu müssen, die in Doghalls Gedanken verankert waren. Als er ihr erlaubte, den von ihm geschaffenen Puffer zu durchdringen, wurde sie eines jähen und gewaltigen Wissens teilhaftig, da ungezählte andere Erinnerungen sich ihr plötzlich offenbarten. Sie entdeckte, dass der Drache derjenige gewesen war, der behauptet hatte, ihre Urahnin Amalee zu sein – der Drache also, der sie auf der Suche nach dem Spiegel übers Meer geführt hatte. Ferner entdeckte Kait, dass dieser Drache beabsichtigt hatte, ihren Körper zu übernehmen, aber durch den Schild, den zu errichten Hasmal sie gelehrt hatte, davon abgehalten worden war. Sie fand heraus, dass der Körper, den er in Besitz genommen hatte – der Körper Crispin Sabirs –, einer der Männer gewesen war, die ihre Kusine Danya gefoltert hatten; außerdem wusste sie jetzt, dass Crispin Sabir derjenige war, der Danyas Kind gezeugt hatte, jenes Kind, das der Wiedergeborene gewesen wäre. Kait spürte das ganze Gewicht von Crispins durch und durch bösem Leben, sie spürte die tausend Jahre, die Dafril geplant und manipuliert hatte, spürte Hasmals zahlreiche Ängste, seine große Liebe und seinen qualvollen Tod ... all diese Eindrücke überrollten sie wie ein von hundert galoppierenden Pferden gezogener Lastkarren. Die Eindrücke waren Schwindel erregend, die Erinnerungen – Hasmals, Crispins, Dafrils und Doghalls – waren überwältigend. Brutale, sich widersprechende und unverständliche Bilder fluteten durch ihre Gedanken, und ihre Knie wurden schwach. Sie sank vor dem Spiegel zusammen, von Schwindel und Übelkeit geschüttelt.

Starke Arme legten sich um ihre Taille und zogen sie zurück.

»Kait. Ist alles in Ordnung?«

Die Stimme, die sie aus so weiter Ferne erreichte, war eine wirkliche Stimme, und sie erhob sich aus der Dunkelheit, die sie zu verschlingen drohte, und klammerte sich an diese Stimme.

»Es geht gleich wieder.« Sie schloss die Augen und hoffte, dass es die Wahrheit war. »Gib mir nur etwas Zeit.«

»Lass mich den Spiegel bedienen«, erbot er sich. »Sag mir, was ich zu tun habe, und lass mich die Gefahren auf mich nehmen.«

Sie atmete tief durch, dann richtete sie sich mühsam auf und drückte die Knie durch. Als sie wieder aus eigener Kraft stehen konnte, wandte sie sich wieder dem Spiegel der Seelen zu. »Ich kann nicht. Ich weiß, dass du mir das abnehmen würdest, wenn du könntest, aber um den Spiegel zu bedienen, musst du in der

Lage sein, mit Magie zu arbeiten und sie zu leiten.« Sie legte ihm eine Hand auf den Unterarm und sagte: »Pass einfach nur auf, dass ich nicht hinfalle, falls es noch einmal zu viel für mich werden sollte.«

Er blickte in ihre Augen und nahm dann ihre Hand in seine. »Ich werde es tun, wenn das alles ist, was du mir zu tun erlaubst«, sagte er. »Aber falls du feststellen solltest, dass ich mehr tun könnte … bitte … dann erlaube es mir.«

Sie drehte sich um und sah ihn an. Die Liebe in seinen Augen war zu offensichtlich und zu schmerzlich. Das Herz tat ihr weh für ihn. Sie wünschte, sie hätte die Frau sein können, die er in ihr sehen wollte. Plötzlich hatte sie einen Kloß in der Kehle, und in ihren Augen brannten Tränen. Außerstande, die richtigen Worte zu finden, nickte sie nur, umarmte ihn schnell und wandte sich wieder dem Spiegel der Seelen zu.

Kapitel 8

Als Crispin erwachte, umgab ihn vollkommene Schwärze, und in seinen Ohren dröhnte es. Einen langen, quälenden Augenblick lang glaubte er, wieder im Schleier zu sein, glaubte, seine Rettung sei nichts gewesen als ein Traum. Aber der Geruch seines eigenen Körpers stach ihm in der Nase, und von irgendwoher in weiter Ferne wehte die Brise den süßen Duft von nachtblütigem Jasmin zu ihm hinüber, und, weniger weit entfernt, konnte er den Gestank von trocknendem Blut und Urin ausmachen. Dann verebbte das Dröhnen in seinen Ohren, und er begriff, dass in jedem Tempel und jeder Panisserie der Stadt – und davon gab es Hunderte – die Glöckner zur Anrufung Paldins riefen, um das Ende des Tages zu markieren. Die Dämmerung hatte eingesetzt.

Crispin richtete sich auf und fuhr sich mit den Fingern übers Gesicht. Es war sein Gesicht. Er berührte sein Haar, seinen Hals und seine Brust, drückte die Handinnenflächen fest gegeneinander und spürte den Puls des Blutes in seinen Fingerspitzen. Er füllte seine Lungen mit Luft, bis sie zu bersten drohten, dann stieß er die Luft mit einem unterdrückten Jubelschrei wieder aus.

Er wackelte mit den Füßen, reckte die Arme hoch über den Kopf, drückte den Rücken durch und spürte das befriedigende Knacken, als ein Wirbel nach dem anderen auf seine Bewegung reagierte.

»Wieder da«, flüsterte er und grinste. »Verdammt seien die Drachen zu ewiger Dunkelheit, ich bin wieder da.«

Seine Augen gewöhnten sich langsam an den beinahe lichtlosen Raum, und er stellte fest, dass er sich in der Folterkammer in der Zitadelle der Götter befand, der Stadt in der Stadt, die die Drachen in Calimekka errichtet hatten. Ein Leichnam lag auf dem Tisch, noch immer in Fesseln; dieser Leichnam war es, von dem der Gestank ausging.

Dieser Leichnam ...

Erinnerungen überfluteten ihn – nicht nur seine eigenen Erinnerungen, sondern auch die Erinnerungen, die dem Toten auf dem Tisch gehörten, und die Erinnerungen des Drachen, der seinen Körper gestohlen und ihn wie einen billigen Klepper geritten hatte. Aber nicht genug damit, hatte er auch noch Zugriff auf die Erinnerung eines überaus beängstigenden Zauberers, der sich in den fernen Hügeln versteckte – eines Zauberers, der, wie Crispin jetzt feststellte, immer noch das Gleiche sah, was er sah, und der ohne Vorwarnung in seinen Körper eindringen und seinen geheimsten Gedanken lauschen konnte.

Er knurrte leise. Wegen dieser Erinnerungen wusste er jetzt vieles von dem, was der alte Zauberer wusste – er verstand, wie er in Trance zu dem Ort reisen konnte, wo sich der Falke Doghall mit seinen Anhängern versteckte: Er brauchte nur dem Energiestrahl des Talismans zu folgen, der in der Haut des Toten steckte. Er konnte die Falken beobachten, und vielleicht fand er sogar eine Möglichkeit, sie zu vernichten.

Aber noch während er sich an diesem angenehmen Gedanken ergötzte, wusste er, dass er keine Zeit haben würde, seine Verfolger zu verfolgen. Sie hatten von Ulwe erfahren. Und sie beabsichtigten, sie zu entführen und sie als Waffe gegen ihn einzusetzen.

Er knurrte abermals. Der kalte, weiße Zorn, den er für die hinterhältigen Falken und die Drachen empfand, verwandelte sich in etwas anderes – in etwas, das heißer und röter und primitiver war. Sein Blut begann zu sieden, und seine Muskeln brannten und wurden ganz schlaff unter seiner Haut. Er hatte sein ganzes Leben darauf verwandt, die Bestie zu beherrschen, die in ihm schlummerte, aber jetzt wollte er keine solche Beherrschung. Er umarmte das Tier, das in seinem Schädel nach Blut schrie; er war ein Gestaltwandler, und jetzt bot er sich den hungrigen, wortlosen Leidenschaften dieser Kreatur dar.

Im Handumdrehen hatte er seine Kleider abgestreift. Er faltete sie ordentlich zusammen, verschnürte sie mit einer Kordel und hängte sich das Bündel um den Hals. Seine Kleidung war aus einer leichten Seide gefertigt – eine Last, die kaum auffiel.

Er gierte nach dem Geschmack von Blut in seinem Mund, nach dem Gefühl von Knochen, die zwischen seinen Kiefern barsten. Es verlangte ihn danach, zu verstümmeln, zu zerfetzen, zu vernichten – jeden, der versuchte, seine Tochter zu entführen. Er nahm die vierbeinige Karnee-Gestalt an, und die Welt um ihn herum wurde unnatürlich klar, die Gerüche wurden schärfer und waren plötzlich voller verborgener Bedeutungen, und alle Geräusche waren tiefer und voller und lauter. Er keuchte, kostete die klare Luft und richtete seine Schnauze auf die Tür.

Er musste sich beeilen. Der Entführer war gewiss bereits auf dem Weg, um Ulwe zu holen, und sie würde nicht wissen, in welcher Gefahr sie sich befand. Sie war nur ein Kind und hatte keine

Ahnung von den Tücken der Stadt und jener, die sie bewohnten. Sie würde vertrauensvoll mit dem ersten Mann mitgehen, der die richtigen Worte zu ihr sagte – und Hasmal hatte diese Worte aus Crispins Gedanken erfahren. Es gab kaum eine Hoffnung, dass Hasmals Handlanger etwas falsch verstehen würde. Er konnte nur hoffen, schnell genug zu sein, um Ulwe zuerst zu finden.

Oder dass die Fährte des Entführers lange genug erhalten blieb, um ihn in seine Höhle zurückzuverfolgen.

Crispin sprang durch die langen, weißen Korridore der Zitadelle der Götter, wobei er den umherhastenden Drachen auswich und ihre offenkundige Erregung und ihr Entsetzen ignorierte. Mit den Drachen würde er sich später beschäftigen.

Zuerst wartete da ein Entführer auf ihn, den er töten musste, und ein Kind, das er retten musste.

Kapitel 9

Die Seidenstraße brodelte nach Einbruch der Dämmerung nur so von Leben.

Die Seidenläden, nach denen die Straße benannt war, hatten geschlossen, und auf den erhöhten Gehwegen zu beiden Seiten der gepflasterten Straße hatten jetzt *om-bindili*-Orchester Aufstellung genommen. Die Bewohner der Räume über den Läden kamen auf ihre Balkons hinaus, um die kühle Abendluft zu genießen. Sie tranken und tanzten zu der Musik oder fielen in den Gesang der Sänger ein, oder sie gingen auf die Straße hinunter, wo sie im Würfelspiel ihr Glück versuchten oder Hand in Hand die abendliche Promenade entlangschlenderten. Alle trugen sie ihre schönsten Gewänder, um zu sehen und gesehen zu werden.

Die Lieder von Wilhene und Glaswherry Hala und dem fernen

Varhees, in den Ursprungssprachen jener Völker und Länder gesungen, fügten sich zu einem reichen und seltsam tröstlichen Gemisch zusammen. Das Ausländergetto war überraschend gut geeignet, um ein kleines Mädchen zu verstecken, dachte Ry. Diese Menschen akzeptierten einander und gaben aufeinander Acht, weil sie wussten, dass sie sich brauchten. Da sie keine Bürger Calimekkas waren, blieb ihnen der mannigfache Schutz, den Calimekka seinen Bürgern bot, verwehrt. Aus Selbstschutz waren sie Nachbarn und Freunde geworden.

Die Spaziergänger beobachteten ihn. Er war ein Fremder auf der abendlichen Seidenstraße; die Menschen um ihn herum prägten sich sein Gesicht, seine Kleidung und die Art, wie er ging, genau ein. Er konnte es nicht verhindern, dass er auffiel, dass man sich später an ihn erinnern würde. Er konnte sich nicht in jemanden verwandeln, den sie kannten. Innerlich krümmte er sich bei dieser Feststellung, aber nach außen hin nickte er höflich und ging, so schnell er konnte, zwischen den spielenden, schwatzenden und müßig umherschlendernden Menschen hindurch.

Sein wichtigster Orientierungspunkt, der Schwarze Brunnen, befand sich inmitten eines Parks. Sorgfältig gestutzte Sträucher und süß duftende Blumen wuchsen in den vier Ecken des Parks in großen Kübeln; die Blumenkübel selbst waren mit Mosaiken geschmückt, wie man sie in den kühnen, stilisierten Straßengemälden entlang der großen Alleen des Stadtstaats Wilhene kannte. Um den Brunnen herum waren Bänke aufgestellt, und auf diesen Bänken saßen alte Frauen, die sich miteinander unterhielten und das Treiben auf der Promenade beobachteten. Auch alte Männer hatten sich an diesem Treffpunkt eingefunden, um ihre alten Witze zu erzählen und sich vor Lachen auf die Knie zu schlagen, über Geschichten, die sie schon hundertmal gehört hatten. Als Ry an dem Park vorbeiging, erstarb jedoch das fröhliche Geplapper und wich einem leisen Getuschel, und er spürte die Blicke der Menschen in seinem Rücken.

Wenn Crispin herkam, um nach seiner Tochter zu suchen, würden ihm tausend Personen eine klare Beschreibung von Ry geben können.

Er würde eine Möglichkeit finden müssen, um diese Beschreibung wertlos zu machen.

Hinter dem Brunnen und auf der anderen Seite der Straße sah Ry das Zeichen der Färberei und las den Namen Nathis Farhills, der auf Iberisch und in einem halben Dutzend anderer weit verbreiteter Sprachen dort angeschlagen war. Auf dem Balkon über dem Laden stand ein hübsches Mädchen und blickte auf Ry hinab. Die Kleine war schlank und feinknochig, und ihr Haar sah im Zwielicht weiß aus, war wahrscheinlich aber von einem blassen Goldton. Jetzt beugte sie sich, die Hände auf das Geländer gelegt, vor, und ihre Augen, so hell wie seine eigenen, waren vollkommen ausdruckslos, als er aufsah. Er hatte eigentlich nur einen kurzen Blick in ihre Richtung werfen wollen, aber ihre ruhige Miene blieb völlig ungerührt, und er stellte fest, dass er nicht wegsehen konnte. Sie schien ihm beinahe zu alt, um Crispins Tochter zu sein, aber sie trug die Gesichtszüge ihres Vaters. Sie musste Ulwe sein.

Er blieb stehen, starrte zu ihr empor und kam sich plötzlich wie ein Narr vor. Wie konnte er hoffen, dass sie ihn für ihren Vater halten würde. Er war Anfang zwanzig und damit viel zu jung, um eine Tochter zu haben, die bereits auf der Schwelle zum Frausein stand, und er wusste nichts über die Vergangenheit, die sie mit ihrem wahren Vater teilte. Was konnte er zu ihr sagen, das ihn nicht als Hochstapler auswies?

Um ein Haar hätte er sich wieder abgewandt. Aber Crispin war … Crispin. Die Falken würden den Kampf mit ihm aufnehmen müssen. Und dieses Mädchen, dieses aufmerksame, reglose Geschöpf war der Schlüssel, der ihnen die Kontrolle über Crispin geben würde.

Rys Herz jagte. Er löste sich von diesem ruhigen Blick, lief über die Straße und stieg die Außentreppe an der Seite des Gebäudes hinauf. Als er oben ankam, erwartete ihn das Mädchen bereits an der Tür.

Ihr Vater hätte sie vor den Gefahren dieser Stadt warnen müssen, dachte Ry. Auf alle Fälle hätte er ihr klar machen müssen, dass sie niemals einem Fremden die Tür öffnen durfte.

»Ich habe gespürt, dass du heute Abend kommen würdest«, sagte sie, bevor er irgendeine Bemerkung machen konnte. »Den ganzen Tag schon hat die Luft von Ärger und Schwierigkeiten gewispert. Der Boden erzittert unter den Veränderungen, die sich zusammenbrauen.« Ihre Stimme war hoch und süß. Eine sehr junge Stimme. Aus der Nähe betrachtet, war sie jünger, als er sie von der Straße aus geschätzt hatte. Ihr Benehmen, ihre Bewegungen, ihre verblüffende Anmut und ihre unglaubliche Schönheit, all diese Dinge verliehen ihr eine Reife, die ihr wahres Alter Lügen strafte. Ry schätzte, dass sie nicht älter als zwölf war, vielleicht sogar erst zehn. Sie hatte einen seltsamen Akzent. Schließlich konnte er ihn unterbringen – sie sprach gedehnt und langsam wie die Siedler von der Sabirenischen Landenge. Sie hatte vermutlich den größten Teil ihres Lebens in Stosta verbracht, wo sie von ihrer Mutter großgezogen worden war oder von Fremden, die Crispin zu diesem Zweck eingestellt hatte. Alles Dinge, die er nicht wusste und die er nicht zu fragen wagte.

»Ich bin …« Am liebsten hätte er gesagt: *Ich bin nicht der, für den du mich hältst,* aber er biss sich gerade noch rechtzeitig auf die Zunge. Stattdessen sagte er nun: »Eine Tochter ist ihres Vater größter Segen, seine größte Schwäche und seine größte Furcht.«

Sie sah ihn an und zog langsam eine Augenbraue in die Höhe, und um ihre Mundwinkel zuckte ein kaum merkliches Lächeln.

»Das haben mir die Vögel bereits erzählt«, antwortete sie.

»Wir können nicht länger hier bleiben.«

Sie nickte. »Das weiß ich. Ich spüre die Gefahr, die dir auf dem

Fuß folgt. Wir haben nur wenig Zeit.« Dann schlang sie ihm jäh die Arme um den Hals und drückte sich an ihn. »Danke, dass du hergekommen bist. Ich habe … Angst gehabt.«

Er nickte, weil er es nicht wagte, zu sprechen. Sie war ein liebes Kind und so vertrauensvoll. Entsetzlich vertrauensvoll. Er hätte es vorgezogen, wenn sie ihn angefaucht und sich abscheulich benommen hätte – dann wäre es ihm nicht so schrecklich gewesen, sie ihrem Vater zu stehlen und sie aus dieser Wohnung fortzubringen, damit sie ihnen als Geisel dienen konnte. Ulwe hatte jedes Recht, ihren Vater kennen zu lernen; sie hatte jedes Recht darauf, dass die Welt einige ihrer Erwartungen erfüllte. Das würde die Welt jedoch nicht tun, und in vieler Hinsicht war das nicht seine Schuld, aber trotzdem machte sein Gewissen ihm zu schaffen, nur weil er jetzt neben ihr stand.

Sie sah lächelnd zu ihm auf, dann wandte sie sich ab und trat in die Wohnung hinein, um mit jemandem zu sprechen – Ry war bis zu diesem Augenblick nicht klar gewesen, dass Ulwe nicht allein war. Er hätte den Atem dieser zweiten Person hören müssen, hätte ihren Duft in der Luft wahrnehmen müssen, aber Ulwe und seine eigenen Zweifel hatten ihn zu sehr abgelenkt. Er musste sich wieder auf seine Aufgabe konzentrieren, und zwar schnell.

Er hörte das Klirren von Gold, dann Ulwes leise Stimme, die sagte: »Ihr wart sehr gut zu mir, Parata Tershe. Ich hoffe, wir werden uns eines Tages wiedersehen.« Eine alte Frau antwortete: »Ich hoffe, du wirst glücklich, Kind. Du hast es verdient, glücklich zu sein.«

Einen Moment später stand Ulwe wieder vor ihm, eine Tasche in jeder Hand. »Würdest du eine Tasche für mich tragen?«, bat sie. »Sie sind nicht schwer; meine *Nante* hat mir eingeschärft, nur ja nicht zu viel Gepäck mitzunehmen, als ich Stosta verließ. Sie sagte, wenn ich hierher käme, würde ich jede Menge neue Kleider und Spielzeuge bekommen und solle nur die Dinge mitnehmen, die mir am teuersten sind.«

»Das ist gut«, sagte Ry. »Ich nehme beide Taschen.«

»Dann kannst du aber nicht meine Hand halten.«

Er blickte in ihr ernstes kleines Gesicht hinab. »Du möchtest meine Hand halten?«

»Ja. Bitte.«

»Dann nehme ich also nur eine Tasche.«

»Wir sollten jetzt gehen«, sagte sie.

Er nickte. »Du hast Recht.« Er nahm die Tasche, die sie ihm hinhielt. Sie war tatsächlich sehr leicht. Er fragte sich, was sie von der anderen Seite der Welt mitgenommen haben mochte – welche »teuersten Dinge« ihr vielleicht auf ihrer einsamen Schiffsfahrt Trost geschenkt hatten, auf dem Weg zu einem Mann, den sie noch nie zuvor gesehen hatte und der seinen Anspruch auf sie geltend gemacht und sie von allen Menschen weggerissen hatte, die sie je gekannt hatte.

Sie liefen die Treppe hinunter, und es überraschte Ry, dass Ulwe das Tempo vorgab, noch dazu so schnell. Er musste längere Schritte machen, um mit ihr mithalten zu können. Auf der Straße winkte sie einigen der Spaziergänger zu, und mehrere Leute riefen ihr nach: »Ist er das?«

»Ja, das ist er«, antwortete sie fröhlich. »Ist er nicht genauso wunderbar, wie ich gesagt habe?«

Jetzt lag ein Lächeln auf den Gesichtern der Menschen, die ihn ansahen. Einige winkten sogar. Eine ältere Frau gratulierte ihm zu Ulwe: »Ihr habt eine reizende Tochter. Ich bin froh, dass Ihr endlich wohlbehalten von Eurer Reise zurückgekehrt seid.«

»Das bin ich auch«, erwiderte er. Jetzt war er nicht länger ein Fremder in ihrer Mitte – durch Ulwes Anwesenheit und ihre Worte war er ihr Vater geworden, und die Menschen kannten Ulwe, sie schätzten und akzeptierten sie. Ry verstand durchaus, warum das so war. Jetzt drückte sie seine Hand und sah mit einem strahlenden Lächeln zu ihm auf. In diesem Augenblick wünschte er, sie wäre wirklich seine Tochter.

Dann hatten sie das Ausländergetto hinter sich gelassen, und der Charakter der Seidenstraße veränderte sich. Die Menschen, die in der hereinbrechenden Dunkelheit umherhuschten, vermieden es, einander in die Augen zu sehen und starrten stur geradeaus. Die *om-bindili*-Orchester waren verschwunden, an die Stelle der fröhlichen Spaziergänger traten hohläugige Frauen und ausgezehrte Männer, die ihre Körper zum Vergnügen anderer feilboten, die vor den Caberra-Häusern um Kundschaft wetteiferten oder einfach nur darauf warteten, dass ein unachtsames Opfer des Weges kam. Ulwe rückte näher an Ry heran. Sie beklagte sich auch nicht, als er seinen Schritt beschleunigte. Vielleicht, so überlegte er, konnte er sie huckepack nehmen, und wenn sie die Beine um seine Ellenbogen schlang, würde er sie und ihre beiden Taschen eine ganze Weile tragen und trotzdem weiterrennen können. Er drehte sich zu ihr um, um ihr diesen Vorschlag zu unterbreiten.

Aber sie sagte: »Wir müssen eine Kutsche nehmen.«

Er fragte: »Wirst du müde?«

Sie schüttelte den Kopf. »Ich doch nicht. Ich könnte tagelang laufen. Aber wir hinterlassen eine deutliche Fährte, und er ist inzwischen hinter uns her. Und er ist wirklich wütend.«

Ry runzelte die Stirn. »Wer ist wütend?«

»Mein Vater«, antwortete sie schlicht.

Kapitel 10

Kein Kummer kann uns hier berühren.

Alarista breitete die Arme aus und wirbelte in schwerelosen Kreisen umher, genoss die Wärme, die sie berührte und sie durchdrang, und spürte das Licht, das um sie herum – und durch sie hindurchfloss. Sie tanzte, verloren in Schönheit und Glück, und Hasmal tanzte mit ihr. Dies war das Leben jenseits des Todes, war Glückseligkeit jenseits des Schmerzes; Alarista und Hasmal waren an dem Ort vereint, wo kein Drache sie berühren und wo nichts Böses hingelangen konnte.

Alarista konnte den Gestalten, die sich um sie herum in dem schattenlosen Leuchten bewegten, keine Namen geben, aber die Gestalten brauchten auch keine Namen. Sie waren ein Teil dieser unvergänglichen Welt, die Hüter dieses Ortes, Wächter gegen jene Wesen, die durch Kälte und Dunkelheit streiften und im Schleier jagten. Sie waren ein Teil des Lichts, empfingen Freundlichkeit und verschenkten sie im gleichen Maße.

Kein Kummer kann uns hier berühren.

Sie wusste, dass Hasmals Körper gestorben war – wusste, dass ihrer dem Tode nah war. Sie erinnerte sich mit kristallener Klarheit an das Opfer, das sie gebracht hatte; noch immer konnte sie die Last des ungewohnten Alters spüren, die ihr sterbendes Fleisch trug, die durchdringenden Schmerzen und das mühsame Atmen. Ein dünner Faden verband sie noch mit dieser einengenden Gestalt, mit ihren stumpf gewordenen Sinnen, die ihr ein Rascheln von Bewegung um sie herum übermittelten, Hinweise auf verzweifelte Versuche, die darauf zielten, ihr Leben zu retten. Sie hatte nur eine einzige Erleichterung – ihre fleischlichen Schmerzen würden bald enden, ihr Tanz mit Hasmal würde die Ewigkeit überdauern, und sie beide würden als wiedervereinte Seelengefährten über diesen Treffpunkt hinausgehen, den unendlichen Mysterien entgegen, die dahinter lagen.

Dies war ihr Schicksal.

Alarista und Hasmal lagen sich glückselig in den Armen.

Einer der namenlosen Wächter dieses Reichs des Lichts strich über Alarista hinweg, durch sie hindurch. Sie spürte, wie sich ein ruhiger Druck um sie herum aufbaute, eine Aura der Gewissheit, ein Gefühl der Vorahnung.

Die Wächterin sagte: *Warte.*

Alarista trat noch näher an Hasmal heran, und die Grenzen ihres Seins vermischten sich mit ihm, strömten in ihn hinein. Sie versuchte, die Wächterin zum Schweigen zu bringen, versuchte, sie durch das Tor zurückzudrängen, durch das sie Einlass gefunden hatte.

Sie sagte: *Endlich sind wir zusammen. Es ist uns bestimmt, zusammen zu sein. Kein Kummer kann uns hier berühren.*

Dich kann kein Kummer hier berühren, stimmte die Wächterin ihr zu, *aber die Welt hinter dir erwartet von dir die Vollendung deiner selbst gewählten Aufgabe. Du bist noch nicht fertig.*

Hasmal löste sich von ihr, und ihr gemeinsamer Tanz ging zu Ende.

Die Zeit, in der du noch zurückkehren kannst, wird knapp. Wirst du zurückkehren, oder wirst du weitergehen?

Alarista spürte in dieser Frage die Last des Wissens, das sie zu Lebzeiten vor sich selbst verborgen hatte. Sie hatte ihr Leben gewählt, hatte sich selbst einen Weg vorgegeben und diesen Weg so geplant, dass er sich mit dem ihres Seelenzwillings kreuzen musste, ihrem geliebten Hasmal. Aber andere Dinge, die sie geplant hatte, waren noch nicht geschehen. Sie war dem Leben zu früh entglitten, und wenn sie jetzt fortging, würde alle Arbeit, die sie ungetan gelassen hatte, auf immer ungetan bleiben. Niemand sonst hatte ihren Weg gewählt. Niemand sonst würde ihre selbst erwählte Aufgabe vollenden.

Der Sog des zerbrechlichen Energiefadens, der sie mit ihrem Körper verband, wurde schwächer.

Sie blickte hinter sich, zurück in die träge, schwere Welt des Fleischs, und sah die Heilerin, die sich über sie beugte, wie sie einen letzten, verzweifelten Zauber wob.

Ihr Körper atmete in ungleichmäßigen, abgerissenen Ächzern, der Mund war erschlafft, und die weit aufgerissenen Augen starrten ins Leere. Wie konnte sie diese Last noch einmal auf sich nehmen? Wie konnte sie zurückkehren zu diesem trägen Denken, zu Unwissenheit, Schmerz und Müdigkeit?

Wie konnte sie Hasmal verlassen?

Aber ihre Aufgabe war noch nicht erfüllt, und niemand außer ihr würde sie je erfüllen können.

Sie streckte beide Hände nach Hasmal aus. Er drückte ihre Finger, und sie spürte seine Sehnsucht nach ihr, sein Verlangen danach, sich mit ihr zu vereinen, um ein Ganzes zu werden. Sein Hunger nach ihr war genauso groß wie ihrer nach ihm. Nach mehreren Existenzen der Trennung waren sie endlich wieder zusammen. Wenn sie jetzt in ihr fleischliches Ich zurückkehrte, würde sie vielleicht noch weitere Existenzen durchlaufen müssen, bevor sie und Hasmal einander wiederfinden würden. Vielleicht würden sie einander *niemals* wiederfinden, wenn einer von ihnen beiden vom Weg abkam. Jede Seele konnte in das Maul eines dunklen Jägers des Schleiers geraten; jede Seele konnte sterben. Dieser wunderbare Augenblick, der für alle Ewigkeit hätte ihr gehören sollen, würde stattdessen vielleicht enden, um niemals eine Wiederholung zu finden.

Niemand außer ihr konnte tun, was sie in ihrem Leben als Alarista sich zu tun vorgenommen hatte.

Die Aufgabe, die sie sich selbst erwählt hatte, war wichtig.

Gibt es irgendeine Möglichkeit, dass ich Hasmal mit mir zurücknehmen kann?, fragte sie die Wächterin.

Du weißt, dass es eine solche Möglichkeit gibt.

Sie wusste es tatsächlich. Aber sie dachte über die verschiedenen Möglichkeiten nach, die ihm offen standen, und schauderte. Wie leicht konnte er sich bei einem solchen Versuch verirren.

Sie sagte: *Mein Liebster, ich kann nicht hier bleiben.*

Ich weiß. Er liebkoste sie mit einem Gedanken, und sie machte die Entdeckung, dass sie selbst hier, an diesem Ort der Freude und des Lichts, nicht vor Kummer sicher war.

Pass auf dich auf. Warte auf mich.

Bis in alle Ewigkeit, wenn es sein muss.

Sie löste sich in großer Hast von ihm und stürzte über die zerbrechliche Brücke zurück, die sie mit Fleisch und Leben verband: Sie hatte keine Zeit mehr. Die Brücke begann bereits zu zerfallen, als Alarista sich wieder in ihr Fleisch hineinzwängte und Dunkelheit, Kälte, Verwirrung und Schmerz sie umschlangen. Ein Feuer schien in ihren Lungen zu brennen, und sie holte mühsam und unter Qualen Luft, stieß den Atem wieder aus und holte abermals Luft. Sie erzwang sich den Weg zurück in ihr Fleisch, ein Schmetterling, der sich in das Gefängnis seines Kokons zurückkämpfte. Die Schönheit des Ortes, den sie hinter sich ließ, verblasste, und die Erinnerungen, die sie mitgebracht hatte, lösten sich zu einem schimmernden Nichts auf, als seien sie genauso körperlos wie ein Lichtstrahl, der über grauen Rauch glitt.

Alarista wusste, dass sie etwas furchtbar Wichtiges tun musste. Sie wusste, dass Hasmal tot war. Und sie wusste, dass sie hätte bei ihm sein können, aber stattdessen zurückgekommen war.

Weinend erwachte sie.

Kait schluckte nervös und leckte sich die Lippen. Die Edelsteinglyphen lagen unter ihren Fingern, und ihre Inschriften hatten jetzt eine konkrete Bedeutung für sie, sie kannte mit der Gewissheit von tausend Jahren die verschiedenen Kombinationen. *Caffell* kam zuerst. *Zündung*. Sie drückte auf den geschliffenen Rubin, und er versank mit einem leisen Klicken. In dem Edelstein, den sie gedrückt hatte, schimmerte ein strahlendes Licht auf. Der Spiegel gab ein leises, wisperndes Geräusch von sich, und am unteren Ende der Säule bildete sich wabernder Nebel, der sich in trägen Spiralen durch den Seelenbrunnen zu erheben begann.

Du machst das gut, Kait, versicherte Doghall ihr. *Ich bin bei dir.*

Ich weiß, Onkel. Aber das hier macht mir … Sie brach ab.

Todesangst.

Todesangst, pflichtete sie ihm bei.

Sie suchte den Schalter mit der Aufschrift *Benate* in Blutstein geritzt – und *Tirrs* – aus geschnitzter Jade. Kait drückte den ersten Schalter, dann den zweiten. Wieder waren da die leisen Klicklaute, wieder die winzigen Lichter, die durch die jeweiligen Edelsteine hindurchschienen. Ein schwacher Duft von Geißblatt machte sich bemerkbar, und ein sanftes goldenes Licht kräuselte die Säule aus Nebel und floss langsam aufwärts.

Kaits Mund war trocken, ihre Hände juckten. Sie trat von einem Fuß auf den anderen. Doghalls tröstliche Gegenwart erfüllte sie, konnte ihr aber nicht die Angst vor der uralten Drachenmagie nehmen, die unter ihren Fingerspitzen lebendig wurde. Sie kam sich vor, als weckte sie ein Ungeheuer, und zwar eines, das, wenn es erst zur Gänze erwacht war, sie verschlingen konnte, noch ehe es sich seines Tuns recht bewusst wurde.

Sie verstand nicht, wie sie jemals hatte glauben können, der Spiegel der Seelen sei etwas anderes als böse. Die schleimige Berührung seiner Magie züngelte über ihre Haut, und sie schauderte. Sie hatte sich ein Wunder gewünscht – hatte sich gewünscht, dass ihre Familie von den Toten zu ihr zurückkehren würde –, und sie war verzweifelt genug gewesen, um an alles zu glauben, was dieses Wunder vielleicht Wirklichkeit werden lassen würde. So verzweifelt war sie gewesen, dass sie vollkommen blind geworden war. Jetzt fragte sie sich, ob das Böse vielleicht deshalb so oft Erfolg hatte, weil es die Fähigkeit besaß, sich den Anschein des dringend Notwendigen zu geben, die Fähigkeit, verzweifelten Menschen Hoffnung darzubieten wie ein süßes Eis am Stiel.

Sie atmete in flachen Stößen und schloss die Augen. Hinter ihren geschlossenen Lidern konnte sie die Erinnerungen der Fremden sehen, und sie beobachtete sie mit großer Aufmerksamkeit. Aus Crispins Gedanken fing sie das Bild von vielen zehntausend unschuldigen Menschen auf, die sich auf den Plätzen der Parnisserien überall in der Stadt versammelt hatten, als Crispin den

Spiegel reaktivierte. Kait sah, wie der Spiegel mithilfe von Magie Verbindung zu den Türmen der Alten aufnahm, die in der Stadt verteilt standen, und sie sah auch das grelle blaue Licht schier unvorstellbarer Macht, das sich aus dem Spiegel ergoss und zum Himmel emporzüngelte. Durch Dafrils Erinnerungen konnte sie auch den Sinn dieses Bildes ergründen – sie entdeckte, dass der Spiegel seine Macht aus der Lebenskraft jener bezog, die auf den Plätzen zusammengekommen waren, und dass er diese gewaltige Macht zu einem bestimmten Zweck benutzte: Er spürte die Opfer auf, die die Drachen sich erwählt hatten, vertrieb die Seelen dieser Menschen aus ihren Körpern und ersetzte sie durch die Drachenseelen. Seit jenem Tag hatte der Spiegel hart gearbeitet, um diese unermesslichen Energien festzuhalten, als wäre er ein Damm, der einer Flut Einhalt gebot.

Und Kait stand nun im Begriff, die Schleusentore vor dieser Flut zu öffnen, und obwohl sie Dafrils Kenntnisse darüber besaß, was als Nächstes geschehen sollte, wusste sie noch etwas anderes, was Dafril gewusst hatte: dass nämlich der Spiegel erst ein einziges Mal benutzt worden war. Weder Dafril noch irgendjemand sonst konnte mit Sicherheit sagen, dass die Theorien der Drachen richtig waren.

Kait öffnete die Augen. »Ich glaube, du musst das Zimmer verlassen«, sagte sie zu Ian.

Er hatte an der Mauer direkt hinter ihr gelehnt und machte jetzt einen Schritt auf sie zu. »Ich werde dich nicht mit diesem Ding da allein lassen«, erwiderte er.

Sie konnte seine Furcht so deutlich riechen wie ihre eigene. Ian bedeutete ihr viel – er war ihr Freund, auch wenn sie ihn nicht so lieben konnte, wie er es gern gewollt hätte. Sie sagte: »Ich möchte nicht, dass du unnötigerweise stirbst, wenn das hier nicht funktioniert.«

»Das versteht sich von selbst.«

»Bitte ... ich werde mich besser konzentrieren können, wenn

ich mir nicht auch noch Sorgen machen muss, dass dir etwas zustoßen könnte.«

»Kait …« Er kam noch näher, ging um sie herum, sodass sie ihn jetzt sehen konnte. Er runzelte die Stirn. »Ich begreife, was du sagst, aber ich kann dich trotzdem nicht allein lassen. Ich kann nicht. Du weißt nicht, was passieren wird, deshalb kannst du auch nicht wissen, ob du mich nicht vielleicht doch brauchen wirst. Deshalb muss ich bleiben.«

Sie konnte ihm nicht sagen, dass er sich irrte. Er hatte vollkommen Recht mit seiner Behauptung, dass sie nichts über diese Dinge wusste. Also nickte sie und sagte: »Ich danke dir, Ian.«

Er presste die Lippen zusammen und zog sich wieder an seinen Platz an der Mauer hinter Kait zurück; er sagte nichts, aber Kait konnte seine Gedanken erraten.

Sie legte beide Hände auf den Rand des Spiegels. Die nächsten drei Knöpfe, die sie drücken musste, würden die Verbindung zwischen dem Spiegel der Seelen und den Seelen der Drachen wieder öffnen.

Die betreffenden Schalter lagen säuberlich nebeneinander angeordnet rechts von Kait, markiert mit den Glyphen *Pethyose, Meril* und *Inshus*. Modulieren, Sammeln und Festhalten. Kait drückte auf das goldene Katzenauge, den funkelnden Hyazinth und den blassen Aquamarin – und dann hielt sie den Atem an.

Wieder das leise Klicken, wieder das Licht, das durch die aktivierten Hieroglyphen schimmerte. Das sanfte Wispern, das von dem Spiegel ausging, wurde lauter und heller, und eine schwache Brise wehte durch den Raum. Das Licht aus dem Seelenbrunnen nahm zu und färbte sich grünlich.

Kait glaubte beinahe, einzelne Worte in diesem leisen, stetigen Wispern verstehen zu können. Eine Gänsehaut überzog ihre Arme, und eisige Schweißperlen rollten ihr Hals und Rücken hinunter, sodass sie zu zittern begann. Der Raum kam ihr gleichzeitig heiß wie ein Schmelzofen und kalt wie der Tod vor.

Sie konnte Ians schneller werdenden Atem hören. Sie spürte, wie ihr Blut durch ihre Adern strömte, als suchte es verzweifelt nach einem Weg ins Freie. Die Energie, die in dem See aus Licht in der Mitte des Spiegels kreiste, erschien ihr schwer, hungrig und wachsam.

Und sie würde diese Energie in sich aufnehmen müssen. Sie musste ihr gestatten, ihren Körper als Blitzableiter zu benutzen – sie musste als Erdung für dieses wabernde grüne Feuer dienen. Sie suchte den Glyphen *Peldone* – Ziehen – und ließ ihren Zeigefinger kurz darüber verharren. Dann fand sie *Galoin* – Umkehren – und legte ihren anderen Zeigefinger darauf. Wenn sie beide Knöpfe gleichzeitig drückte, würde sie die Richtung, in die die Seelen zuvor geflossen waren, umkehren und sie in den Spiegel zurückziehen. Mit den Seelen würde all die Energie zurückkommen, die den Menschen von Ibera gestohlen worden war. Wenn Dafrils Theorie korrekt war, würde diese Energie dann vom Spiegel der Seelen in den nächsten verfügbaren lebendigen Körper überspringen, um von diesem Körper aus an die Stellen zurückzukehren, von denen sie gekommen war. Möglich, dass das Ganze ein gewaltsamer Prozess war. Möglich, dass sie, Kait, dabei getötet wurde. Es hatte noch nie jemand versucht, daher konnte Kait noch nicht einmal aus den Erinnerungen des Drachen Dafril Gewissheit schöpfen.

Doghall sagte: *Ich bin immer noch bei dir, Kait. Ich werde bei dir bleiben, was auch geschieht.*

Sie sandte ihm einen kurzen, liebevollen Gruß, dann drückte sie mit beiden Fingern gleichzeitig die juwelenbesetzten Hieroglyphen.

Das grüne Licht verwandelte sich in ein hypnotisches, strahlendes Blau. Die leichte Brise im Raum verwandelte sich in einen kräftigen Wind, der jetzt an Kait riss und sie immer näher zu der sich windenden Lichtsäule hinzog, die sich nach oben und unten hin ausdehnte, die die Decke durchbrach und den Bretterboden. Das Wispern in Kaits Schädel wurde zu einem Schreien. Sie spürte, wie das Gebäude um sie herum zu zittern begann, und sie sah geisterhafte Gestalten aus den Mauern hervorbrechen. Der Raum füllte sich mit Nebel, kalt und feucht und dicht wie gepresste Baumwolle. Der Nebel wirbelte um den Spiegel der Seelen herum und vereinte sich mit der Säule aus Licht, und der Geißblattgeruch wurde zu einem widerlich klebrigen, zähen Miasma, überlagert von der süßen Fäulnis der Verwesung – der Geruch, den Kait als den Geruch der Drachenmagie zu erkennen gelernt hatte. Durch den Nebel im Raum konnte sie nichts anderes sehen als das blaue Licht, das sich wie ein Schwert aus dem Spiegel erhob. Aber in einiger Entfernung hörte sie ein Krachen und Rumoren – Donner und Blitz, die mit der Geschwindigkeit eines Wirbelsturms näher kamen.

Die Wände bebten, der Fußboden bebte, und begleitet von zehntausend unsichtbaren, gequälten Schreien strömte eine Kaskade blauen Lichts in den Spiegel hinein, nur um gleich darauf wieder mit gewaltiger Wucht daraus hervorzubrechen und wie eine mannsgroße Faust zum Schlag gegen Kait auszuholen. Kaits Arme wurden zu den Seiten gerissen und ihre Beine so heftig auseinander gedrückt, dass sie ihre Hüften krachen hören konnte; ihr Mund wurde gewaltsam geöffnet und ihre Kiefer immer weiter und weiter auseinander gedrückt, ihre Finger wurden bis zur Unerträglichkeit gespreizt, das Haar stand ihr zu Berge, und ihre Augäpfel wurden aus den Höhlen gezogen, als wollten sie aus ihrem Gesicht herauskriechen und fliehen. Jedes Gelenk in ihrem Körper war bis zum Äußersten gedehnt worden, als wollten ihre Knochen nicht länger beieinander verweilen.

Sie konnte nicht atmen, konnte sich nicht bewegen, konnte nicht schreien. Tausende pfeildünner Bolzen aus blauem Licht explodierten aus ihrem Körper und schossen in alle Richtungen davon. Feuer brannte unter ihrer Haut; die Schreie machten sie taub, der Donner ließ sie erzittern, und von der Decke rieselte

Staub. Sie wurde von Schmerzen geschüttelt, und der Mangel an Sauerstoff raubte ihr die Sicht. Sie begann zu sterben.

Dann wurden die blauen Feuer, die ihr entströmten, langsam schwächer; zuerst gerieten nur einige wenige ins Wanken und verschwanden, darin folgten ihnen in jäher Eile immer mehr und mehr, bis schließlich die letzten zehn oder zwölf zaudernden Bolzen von ihr abließen.

Kait sog Luft in ihre gequälten Lungen und brach auf dem Boden zusammen, wo sie glaubte, von Schmerz verzehrt zu werden. Sie rollte sich zu einem Ball zusammen und starrte ins Leere, bis ihre Sehkraft nach und nach zurückkehrte.

Der Nebel um sie herum wurde dünner. Das blaue Licht wirkte gedämpfter. Kait hielt den Atem an. Das Schreien war wieder zu einem leisen, stetigen Wispern verblasst. Und die letzten Nebelfetzen verschmolzen nach und nach mit der Säule aus Licht – Kait, die zusah, wie der Nebel durch den Raum waberte und langsam verschwand, musste an einen Riesen denken, der Rauch einsaugte.

Der letzte Rest des Lichts, das in den Spiegel floss, schien sich selbst hineinzuzwängen, schien von selbst die richtige Form anzunehmen, um hineingleiten zu können. Das Licht füllte den Seelenbrunnen und bewegte sich wieder spiralförmig durch das Becken des Spiegels der Seelen. Es war jedoch nicht dasselbe Licht wie zuvor, bevor Kait die Hieroglyphen gedrückt hatte. Im Augenblick vermittelte es das gleiche Gefühl wie seinerzeit, als sie den Spiegel in den Ruinen in Nord-Novtierra gefunden hatte. Sie spürte, dass es *gefüllt* war; bis zu diesem Moment war Kait sich dieses Unterschiedes nicht bewusst gewesen.

Jetzt waren die flüsternden Stimmen klar – es waren Dutzende, vielleicht sogar hundert, alle redeten sie gleichzeitig, alle wetteiferten sie miteinander, um Kaits Bewusstsein zu erreichen. Als sie nach der Energie tastete, die sie brauchte, um sich gegen dieses böse Wispern zu beschirmen, fand sie die notwendige

Energie und zog einen Schild um sich selbst herum und dann einen um Ian. Sie wusste, was diese Stimmen zu sagen hatten. Sie wusste es, und sie würde ihnen nicht noch einmal zuhören.

Es hat funktioniert, sagte Doghall zu ihr. *Bei allen Göttern, es hat funktioniert. Wir sind gerettet, und die Drachen sind besiegt.*

Dann nahm sie plötzlich ein Gefühl der Überraschung bei Doghall wahr – die Verbindung zwischen ihm und ihr veränderte sich in Gestalt und Form, und ein Geist, der nicht Kait war und nicht Doghall, bewegte sich durch Kait hindurch und floss schimmernd durch ihre Fingerspitzen, um zum Spiegel der Seelen zu springen. Ian, der hinter Kait stand, sog zischend die Luft ein und zückte sein Schwert; Kait trat von dem Spiegel weg. Die glatte Oberfläche des Lichtsees begann sich nach innen zu ziehen, in sich selbst hinein, dann erhob sie sich zu einer runden Blase, nahm kurz darauf die Form eines Rechtecks an und entwickelte schließlich Vertiefungen, die zu Augen und einem Mund wurden, und Wölbungen, die sich zu einer Nase und Ohren formten. Kaits Herz begann zu rasen.

»Kait«, sagte das Gesicht in der Mitte des Spiegels, »ich bin es. Hasmal.«

»Hasmal?«

Doghall sagte: *Das war Hasmal. Ich habe ihn bei Alarista gelassen, aber das war er.*

Hasmal sagte: »Du bist noch nicht fertig. Du bist nur so weit, wie wir es gewesen wären, wenn wir den Spiegel nach Glaswherry Hala geschafft hätten, statt ihn an die Sabirs zu verlieren.«

Kait nickte. »Ich weiß. Ich werde die Seelen in den Schleier entlassen.«

»Und was dann?«

»Dann werden Ian, Ry und ich den Spiegel in Haus Galweigh verstecken.«

»Das reicht nicht. Wie viele Menschen werden wohl wissentlich die Möglichkeit ignorieren, unsterblich werden zu können – Götter werden zu können? Wenn du den Spiegel der Seelen weiterexistieren lässt, wird ihn eines Tages jemand anderes benutzen.«

»Die Drachen sind gefangen. Schon bald werden sie für alle Ewigkeit fort sein. Niemand außer ihnen weiß, wie man eine Unsterblichkeitsmaschine baut oder wie man den Spiegel benutzt.«

»Ich weiß es«, sagte Hasmal. »Doghall weiß es. Du weißt es.«

Kait wollte einwenden, dass sie das natürlich nicht wisse. Aber dann stellte sie fest, dass das ein Irrtum war. Sie wusste alles, was der Anführer der Drachen gewusst hatte; sie besaß Mittel und Wege, um sich zu einer Göttin zu machen. Sie konnte Ry, Doghall, Hasmal und Alarista zu Göttern machen. Sie alle könnten ewiges Leben haben.

Sie könnten ewiges Leben haben.

Kait starrte den Spiegel der Seelen an, und ihre Haut begann zu prickeln, während um sie herum der Geruch von Geißblatt und Fäulnis immer stärker wurde. Sie hielt in ihren Händen die Magie, um den Tod abzuwehren. Gleichzeitig aber wusste sie um den furchtbaren Preis dieser Errungenschaft. Sie konnte die Fäulnis der Drachenseele in sich spüren, konnte die Zeichen spüren, die die Vernichtung ungezählter anderer Seelen dort eingebrannt hatte.

In ihren Gedanken sagte Doghall: *Man könnte den Spiegel zum Bösen benutzen, Kait, aber man könnte ihn auch zum Guten nutzen. Denk an Hasmal. Wir brauchen ihn, um alles wieder aufzubauen, Kait. Und Alarista braucht ihn. Sobald du den Spiegel von den Seelen der Drachen gereinigt hast, könntest du ihn ein letztes Mal benutzen, um Hasmal in Crispin Sabirs Körper zu führen. Du könntest ihm das Leben zurückgeben.*

Der Spiegel bezog seine Magie aus dem Leben anderer Menschen. Kait dachte darüber nach. Sie wusste, wie er funktionierte. Sie konnte die Energie für den benötigten Zauber ausschließlich von solchen Menschen beziehen, die anderen Leid zugefügt hatten. Von den Sabir-Wölfen, von Mördern, Dieben, Vergewaltigern und Folterern und Kinderschändern. Vielleicht von Sklavenhändlern. Vielleicht …

Ihr wurde klar, dass sie am Rand eines Abgrunds stand. Sie gestattete sich nicht, die gewaltige Leere, die sich unter ihren Füßen auftat, allzu genau anzusehen. Stattdessen sagte sie: »Hasmal, ich könnte dir Crispins Körper geben. Du könntest wieder mit Alarista zusammen sein.«

Hasmals Bild wurde vollkommen reglos. Für eine Zeit, die Kait wie eine Ewigkeit erschien, hing er dort über dem Spiegel, schweigend, bewegungslos, ohne zu blinzeln.

»Oh, Vodor Imrish«, flüsterte er, »ich würde fast alles dafür geben, wieder mit Alarista zusammen sein zu können. Du kannst nicht ahnen …«

In Kaits Gedanken erhob abermals Doghall die Stimme. *Sag ihm, dass ich ihn brauche. Ich bin nur einer, und so viele der anderen Falken sind tot – ich brauche jemanden, der mir hilft.*

Kait gab die Nachricht mit bebender Stimme weiter.

Wieder blieb Hasmal sehr lange still. »Ich kann nicht lügen, Kait. Ich möchte zurückkommen. Du ahnst ja nicht, wie es ist, zu wissen, dass dieses Ding da mir einen starken, jungen Körper geben könnte und eine neue Chance mit Alarista. Du kannst nicht ahnen, was für ein Gefühl es für mich ist, mich jenseits des Schleiers zu bewegen und zu wissen, dass andere fleischliche Existenzen auf mich warten, mit ihrer Achtlosigkeit, ihrem Kampf und ihrem Schmerz und der Wahrheit, dass, ganz gleich wann oder wo ich Alarista wiederfinden werde, sie nicht länger Alarista sein wird. Und ich werde nicht Hasmal sein.« Er hielt inne, dann sagte er: »Ich liebe sie. Ich wünsche mir so sehr, jetzt mit ihr zusammen zu sein. Nicht später, nicht in anderen Körpern. Genau jetzt.«

Kait spürte einen Kloß in ihrer Kehle. Sie schluckte heftig.

»Ich habe die Liebe gefunden, nach der ich mein Leben lang gehungert habe.« Ein schiefes Lächeln huschte über sein Gesicht.

»Und ich habe sogar ein gewisses Maß an Mut gefunden, ganz am Ende.« Er hielt inne, und Kait sah, wie die Erinnerung an Schmerz sich über Hasmals Gesicht legte wie Wolken über die Sonne. »Aber es war tatsächlich ein Ende. Mein Körper ist gestorben, und diesen Körper kann ich nicht zurückbekommen. Jeder andere Körper, den ich haben könnte … wäre gestohlen. Im Augenblick ist noch ein klein wenig von dem Mut in mir, den ich entdeckt habe. Solange ich mich noch daran erinnere, was Recht ist und was Unrecht, und solange mir diese Frage noch wichtig ist, musst du mir zuhören. Verschließe den Spiegel. Verschließe ihn, und wenn die Drachenseelen fort sind, zerstöre ihn. Gib der Drachenmagie keine Chance, sich noch einmal zu befreien.«

»Was ist mit dir?«, fragte Kait. Ihre Stimme war kaum mehr als ein Krächzen. »Gibt es denn nicht irgendeine Möglichkeit, wie ich dich retten kann?«

»Die gibt es«, sagte er leise. »Du kannst mich ziehen lassen. Und ich kann Manns genug sein, zu gehen.«

Er fing an sich aufzulösen. Kait hatte Mühe zu atmen. »Warte! Es gibt noch so viel, was ich dir sagen möchte.«

Er schüttelte den Kopf. »Wir sind Freunde, Kait. Freunde brauchen keine Worte. Aber du musst dich jetzt beeilen. Dies ist möglicherweise das Wichtigste, was du jemals tun wirst, für mich oder für Matrin.«

Sie ballte die Hände zu Fäusten und grub sich die Nägel ins Fleisch und gestattete es sich nicht, zu weinen. Sie stand sehr aufrecht da, als sie nun sagte: »Wir werden immer Freunde sein. Auf Wiedersehen, Hasmal.«

Ohne ein Kräuseln verschwand Hasmal in dem Licht.

Kait starrte den Spiegel der Seelen an, die leuchtenden, metallenen Blütenblätter, die sich emporwölbten, um das Becken für den See aus Licht zu formen, die anmutigen Stängel, die den Seelenbrunnen darunter umschlangen, die in Reih und Glied angeordneten juwelenbesetzten Hieroglyphen vor ihr.

Verschließe ihn.

Andere Köpfe erhoben sich jetzt aus dem See aus Licht, von Panik verzerrte Gesichter, die ihr entgegenschrien: »Du darfst ihn nicht verschließen«, und aus Licht geformte Hände, die sich nach ihr ausstreckten, die durch sie hindurchgriffen, in dem verzweifelten Versuch, sie abzuwehren.

Aber sie war hinter ihren Schilden in Sicherheit. Sie konnten ihr nichts anhaben.

Die Drachen hatten Vorkehrungen zu ihrem eigenen Schutz getroffen – sie hatten dafür gesorgt, dass das Verschließen des Spiegels zu einem schwierigen Manöver wurde. Aber es gab durchaus eine Möglichkeit, für den Fall, dass etwas schief ging. Und es reichte tatsächlich eine einzige Person aus, um den Spiegel zu verschließen, weil im Notfall vielleicht nur eine einzige Person würde tun können, was getan werden musste.

Es mussten drei Knöpfe gleichzeitig gedrückt werden – eine Kombination, die es erforderlich machte, dass sie eine Hand fast unmenschlich streckte, während sie mit der anderen genau arbeitete. Kait drückte die drei Knöpfe, und die Drachen im Spiegel der Seelen sprangen aus dem See aus Licht heraus, streckten ihre schauerlichen Hände aus, um Kait die Augen und das Herz herauszureißen, zielten mit körperlosen Mäulern und gebleckten Zähnen auf ihre Kehle. Einige schrien, andere flehten, wieder andere boten ihr jeden nur erdenklichen Lohn, wenn sie sie einfach in ihre Körper zurückließe, in ihr neues Leben. Sie versprachen, sich zu ändern, gute Werke zu tun, Calimekka zu einem besseren Ort zu machen.

Die drei Knöpfe klickten.

Kait hob beide Hände, und die Knöpfe blieben gedrückt. Sie wusste, dass sie nicht viel Zeit hatte. Sie nahm alle Kraft zusammen und griff durch die Masse der verzweifelt schreienden Geister nach der anderen Seite der Schale und fand dort den Knopf, der *Nichts* bedeutete. Fast versteckt unter dem Rand des am weitesten entfernten Blütenblatts, schmucklos und schlicht, war es ein kleiner Onyxkreis, den jeder, der es nicht besser wusste, gänzlich übersehen hätte.

Sie drückte auf den Onyxknopf, und die Geister hatten nur noch Zeit, um gellend »Nein« zu schreien.

Dann flackerte das Licht, das seinen erhabenen Tanz durch das Herz des Spiegels der Seelen getanzt hatte, einmal kurz auf – und war erloschen.

Der Geruch nach Geißblatt und Fäulnis verschwand, als hätte es ihn nie gegeben. Auch der Druck des Bösen, der auf dem Raum gelastet hatte, verschwand. Die Last, die die Gegenwart der Drachen bedeutet hatte, die es gewagt hatten, eine ganze Welt zu ihrem Opfer zu erklären, und die es gewagt hatten, dieser Welt tausend Jahre lang aufzulauern – all das löste sich in einem Nichts auf, ohne einen Laut, ohne Licht, ohne jeden Aufruhr.

»Sie sind fort«, sagte Kait und bemerkte, dass ihr die Tränen über die Wangen strömten. »Es ist vorbei. Und wir haben gesiegt.«

Das haben wir, ja, sagte Doghall. *Die Drachen sind nicht mehr in dieser Welt. Aber was für einen Preis haben wir für ihre Vertreibung bezahlt. Unten in der Stadt kann ich bereits das Wehklagen der Lebenden um die jüngst Verstorbenen hören. Und wenn wir den Spiegel der Drachen nicht zerstören, wird noch Schlimmeres kommen.*

Kapitel 11

Crispin, nun wieder in menschlicher Gestalt und bekleidet mit seinen blutverschmierten Seidengewändern, ging mit hoch erhobenem Haupt durch die Menge auf der Seidenstraße. Die Männer und Frauen sprangen beiseite, wenn sie ihn kommen sahen – er trug seinen Status als Mitglied einer der großen Familien vor sich her wie einen Rammbock, den niemand ignorieren konnte. Als er die Treppe zu der Wohnung erreichte, die er für Ulwe gemietet hatte, nahm er immer drei Stufen gleichzeitig, um zu seiner Tochter zu gelangen.

Aber noch bevor er die Tür öffnete, wusste er, dass er sie nicht mehr hier vorfinden würde; schon an der Tür selbst konnte er die Gegenwart seines Vetters Ry riechen. Er knurrte, riss die Tür aber trotzdem weit auf; vielleicht würde er ja irgendetwas finden, das ihm sagen würde, wohin man sie gebracht hatte.

Sie war in Sicherheit gewesen in dieser Wohnung. Wäre er früher aufgewacht, wäre er schneller gelaufen, hätte er vor seinem verfluchten Vetter bei ihr sein können. Dann wäre sie jetzt an seiner Seite, wo sie hingehörte. Und nun … nun war sie eine Gefangene, eine Geisel. Und Ry hasste Crispin mit der gleichen tiefen Leidenschaft, mit der Crispin Ry hasste. Ry würde der Kleinen vielleicht wehtun, würde sie foltern, ja sogar töten, nur weil er wusste, dass er auf diese Weise Crispin traf, und das würde dem Hurensohn eine Macht geben, wie er sie noch nie in seinem Leben besessen hatte.

Nur dass Ry für die *echte* Ausübung der Macht nie genug Mumm gehabt hatte, ging es Crispin jetzt durch den Sinn. Er hatte sich nicht an der Politik der Familie Sabir beteiligt – er hatte sich hinter den Kulissen gehalten, während andere um einen Platz in der Hierarchie der Wölfe rangelten. Er hatte versucht, den Eindruck zu erwecken, über all diesen Dingen zu stehen … aber Crispin glaubte, dass Ry einfach zu feige war, ein klein wenig Blut hier und da zu vergießen, um selbst weiterzukommen.

Ulwe war für eine Weile vielleicht doch in Sicherheit.

Crispin ging mit langen Schritten in der Wohnung auf und ab. Keine Spuren von Gewaltanwendung, kein Geruch von Angst. Die Frau, die er zur Versorgung des Mädchens angestellt hatte –

durch Mittelsmänner, verflucht noch mal, da ihm das zu jener Zeit am klügsten erschienen war –, diese Frau hatte die Wohnung sauber und ordentlich hinterlassen und war fortgegangen. Keine Nachricht von Ry, keine Nachricht von Ulwe. Ulwe hielt Ry vielleicht für ihren Vater, und Ry gab sich möglicherweise als Crispin aus, um sich Ulwe gefügig zu machen.

Crispin eilte hinaus ins Freie, wo er Rys Fährte aufnahm. Er hielt die Nase in die Luft, ging die Treppe, über die er gekommen war, wieder hinunter und machte sich an die Verfolgung der beiden. Die Leute auf der Straße starrten ihn an – Männer und Frauen mit kalten Augen und feindseligen Gesichtern.

Wenn es ihm nicht gelang, Ulwe zu finden, würde er wieder hierher kommen. Möglich, dass sie ihm nützliche Hinweise geben konnten.

Die Spur führte bis weit über die Seidenstraße hinaus, als wolle Ry sich so weit wie möglich von Crispin entfernen, indem er nach Südosten reiste. Seine Route führte ihn aus dem Kaufmannsviertel hinaus, in den Pelhemme-Distrikt und von dort aus weiter durch Stadtbezirke, in die kein vernünftiger Mensch ein Kind bringen würde. Aber an der nächsten viel befahrenen Kreuzung brach die Fährte, der Crispin gefolgt war, vollkommen ab. Er kämpfte sich durch den Kutschverkehr zu jeder der vier Straßenecken hinüber, aber der Boden verriet keine weiteren Spuren, weder von Ulwe noch von Ry.

Also hatten sie eine Kutsche genommen. Sie konnten in jede Richtung gefahren sein, sie konnten inzwischen praktisch überall sein. Und je länger er brauchte, um ihre Fährte wiederzufinden, umso schwieriger würde es sein, sie aufzuspüren.

Er sah sich um, ballte die Hände zu Fäusten und spürte, wie sich seine sorgfältig manikürten menschlichen Nägel in harte, scharfe Spitzen verwandelten. Er wollte Ry töten, aber für den Augenblick war Ry außer Reichweite. Plötzlich bemerkte er einige Gestalten, die in der Dunkelheit herumlungerten, und spürte ihre auf ihn gerichteten Blicke. Ja. Ja. Irgendjemand aus diesem menschlichen Abschaum, der das Viertel hier bewohnte, musste die beiden gesehen haben. Ein junger Mann aus einer der Fünf Familien, ein hübsches junges Mädchen – in dieser Gegend, nach Einbruch der Dämmerung – ja. Hier trieben sich in jeder Ecke Huren, Zuhälter und Straßenräuber herum; einer von ihnen würde ihm gewiss sagen können, in welche Richtung seine Tochter und ihr Entführer gefahren waren.

Er wandte sich einem Schatten zu, roch Hunger und Zorn und Erregung in der wartenden Dunkelheit, hörte den sich beschleunigenden Atem und das leise Klicken einer Klinge, die aus einer Scheide gezogen wurde, und er lächelte.

»Ah, guter Herr«, murmelte er und ging in die immer tiefer werdende Schwärze hinein. Gleichzeitig ließ er ein winziges Rinnsal seines Zorns frei, ließ seine Hände – und nichts als seine Hände – die Karneeflut willkommen heißen. »Ich hoffe beinahe, dass du mir nicht helfen willst.«

Der Mann trat, einen langen Dolch in der Hand, auf Crispin zu und ließ ein wölfisches Grinsen sehen. »Ich werde dir in dein Grab helfen, auch wenn du ein hübscher Bastard bist. Hier wird keiner nach deiner Familie rufen, wenn du zu Boden gehst.«

Crispin lachte und dehnte seine Krallen.

Und dann war der Himmel plötzlich von einem blauen Feuer erfüllt, und eine Welle wilder Magie jagte über Crispin hinweg und durch ihn hindurch, und eine Dunkelheit, dichter als die schwärzeste Nacht, rollte über ihn hinweg, machte ihn blind, machte ihn taub und warf ihn wie einen von der Armbrust gefällten Ochsen zu Boden.

Im Fallen nahm er einen schnellen, harten Schmerz in seiner Seite wahr und dann noch einen und noch einen. Sein letzter Gedanke war: Er erdolcht mich! Der Hurensohn erdolcht mich!

Kapitel 12

Danya spürte den Aufprall der Magie, als sie den roten Umhang auf den Boden warf. Die Karganesen bemerkten natürlich nichts; sie hatten kein Gefühl für Magie – sie waren blind und taub für all ihre Manifestationen. Aber Luercas erbleichte, daher wusste Danya, dass er es ebenfalls gespürt hatte.

Er landete auf dem roten Umhang, aber sein Abstieg vom Rücken des Lorrags war eher ein Sturz als ein Sprung. Er sagte seinen Spruch auf, und die Karganesen empfingen ihn als die Verkörperung ihres Retters, und dann umarmten sie Danya – etwas, das sie nicht mehr getan hatten, seit sie ihre menschliche Gestalt wiedergewonnen hatte. Anschließend rannten sie kreuz und quer durchs Dorf, um ein Festmahl vorzubereiten. Erst jetzt bekam Luercas die Gelegenheit, allein mit Danya zu sprechen.

»Du hast es gespürt?«

»Natürlich.«

Er nickte. »Weißt du, was es war?«

»Nein.«

»Das war die Vernichtung meiner ehemaligen Gefährten.« Er kicherte und legte den Kopf in den Nacken. Die Augen fest geschlossen und mit einem breiten Grinsen auf dem Gesicht, wirkte er so zufrieden wie eine Katze in einem Sonnenstrahl.

Danya hatte niemals etwas übrig gehabt für Katzen.

Sie sagte: »Du bist dir deiner Sache sehr sicher.«

»Absolut sicher. Dieses Aufwallen von Magie, das du gespürt hast, war der Spiegel der Seelen – er hat die Lebenskraft, die er gestohlen hat, den Menschen zurückgegeben, von denen sie gekommen war. Und es gibt nur einen Grund, warum der Spiegel das tun sollte: dass nämlich meine Drachenfreunde aus den Körpern, die sie beschlagnahmt hatten, vertrieben und durch den

Schleier gejagt worden sind. Eine Menge kraftloser, müder Menschen werden heute Abend plötzlich eine überquellende Energie in sich spüren, und ich wette mit dir, dass in neun Monaten in Calimekka fast doppelt so viele Kinder geboren werden wie normalerweise.« Luercas trat erregt von einem Fuß auf den anderen und sah im Augenblick wie ein aufgeregter kleiner Junge aus, nicht wie das Ungeheuer, das er in Wirklichkeit war. »Ich habe ihnen vor tausend Jahren gesagt, dass Sie einen Weg finden müssten, um die beschlagnahmten Körper ganz und gar für sich zu gewinnen, weil sonst genau das passieren würde, was jetzt passiert ist.« Er lächelte sie an und breitete die Arme aus. »Du hast nicht erlebt, dass der Spiegel *meine* Seele in den Schleier geschleudert hat, nicht wahr?«

»Nein. Ein Jammer.«

Sein Gesichtsausdruck wurde ernst, und er tätschelte ihr väterlich die Schulter. »Ah, Danya – du musst diese Bitterkeit wirklich langsam abschütteln. Wir haben inzwischen eine Menge erreicht, Mädchen. Eine Hand voll von unseren Feinden haben unsere gefährlichsten und tödlichsten Widersacher in Ibera ausgelöscht. Für die Karganesen sind wir jetzt schon Götter; die Nachricht von unserer Anwesenheit hier wird in diesem Augenblick bereits zu den anderen Karganesenlagern weitergetragen. Nicht mehr lange, und wir werden auch für die Hattra, die Ikvanikan und die Myryr-Völker Götter sein. Wir werden unsere Armee von Fanatikern bekommen, die uns den Weg bahnt, und noch bevor ein Jahr verstrichen ist, werden wir unsere Stadt haben, unsere Sklaven und unsere Unsterblichkeit.«

»Ich glaube dir aufs Wort, dass du sehr zufrieden mit dir bist.«

Er schlug die Augen auf und sah sie überrascht an. »Aber das solltest du ebenfalls sein. Mein hübsches Kind, es gibt nur noch ein einziges großes Hindernis, das zwischen uns und unserer Eroberung Iberas steht.«

»Und das wäre?«

»Die Zerstörung des Spiegels der Seelen.«

»Ich dachte, du hättest gesagt, der Spiegel könne dir nichts anhaben, weil du der einzige Besitzer des … des Körpers bist.« Um ein Haar hätte sie gesagt *des Körpers meines Sohnes,* aber sie konnte sich gerade noch rechtzeitig bremsen.

»Der Spiegel hat meine Seele nicht in diesen Körper gebracht, daher konnte er sie auch nicht durch die rechtmäßige Seele dieses Körpers ersetzen. Ich *bin* die rechtmäßige Seele dieses Körpers. Jetzt jedenfalls … Was ich dir zu verdanken habe.« Er ließ sich keine Gelegenheit entgehen, um sie damit in Wut zu bringen. Sie funkelte ihn an. Er lächelte süß und fuhr fort: »Allerdings wurde der Spiegel der Seelen dazu konstruiert, *jede* Seele aus *jedem* Körper zu entfernen und diese Seele auf unbegrenzte Zeit festzuhalten. Auf diese Weise haben die anderen Drachen und ich die Jahrhunderte überstanden.«

»Dann könnte also jemand den Spiegel benutzen, um dich aus deinem Körper herauszuziehen – falls dieser Jemand von dir wüsste.«

»Wenn derjenige, der den Spiegel bedient, wüsste, wie man eine solche Seelenentfernung durchführt.«

Danya musterte ihn nachdenklich. »Ist das schwierig?«

»Nein.«

»Ein Jammer, dass *ich* den Spiegel der Seelen nicht habe.«

»Ja, nicht wahr?« Er zog die Augenbrauen hoch und sagte: »Vielleicht kannst du dich mit Fantasien unterhalten, in denen du den Spiegel in deine Hände bekommst, bevor ihn seine jetzigen Besitzer zerstören können. Du kannst dir ausmalen, wie du den Spiegel gegen mich richtest und meine Seele aus der Verankerung dieses Fleischs herausreißt – dieses Bild müsste dir eigentlich Kraft genug geben, um die lange Reise zu überstehen, die vor uns liegt.«

Danya drehte sich um und entfernte sich von ihm, und diesmal ließ er sie gehen. Er lachte sie aus, aber sie dachte: Hm, ja, ich kann tatsächlich hoffen, den Spiegel an mich zu bringen, du Ausgeburt der Hölle. Ich würde dich mit größtem Vergnügen sterben sehen, und noch größeres Vergnügen würde es mir bereiten, deinen Tod eigenhändig herbeiführen zu können.

In der Zwischenzeit musste sie eine Armee aufstellen und einen Feind besiegen. Ihre lang ersehnte Rache wartete. Sie konnte sich an ihrer Fantasie von Luercas' Tod weiden, während sie an seiner Seite an ihrem gemeinsamen Ziel arbeitete. Tatsächlich, dachte sie, würde ein solches Tun ihre ganze erzwungene Beziehung erheblich erträglicher gestalten.

Kapitel 13

Das Knarren der Tür ließ Kait aufblicken. Ry kam in den Raum gestolpert, graugesichtig und verschwitzt, und er stützte sich halb auf ein hübsches junges Mädchen. Das Mädchen sagte: »Er ist in der Kutsche ohnmächtig geworden, und ich konnte nicht mehr für ihn tun, als ihn die Treppe hinaufzuschieben.«

Kait stand mühsam auf und half dem Mädchen, Ry zum Bett zu schaffen. »Wie fühlst du dich jetzt?«

Er ließ sich auf die Decke fallen und schloss die Augen. »Ich werde es überleben. Du hast sie besiegt, nicht wahr?«

Kait nickte. »Doghall hat herausgefunden, wie man den Spiegel benutzt. Er hat es mir erklärt.«

»Und dazu gewartet, bis ich weg war, dieser Bastard.«

»Du hättest mir nicht helfen können. Und du musstest etwas tun, das nur du tun konntest.«

»Trotzdem werde ich ihm den Schädel spalten, wenn ich ihn das nächste Mal sehe. Er hätte es dir nicht zumuten dürfen, das allein durchzumachen. Ich hätte bei dir sein müssen.«

Kait sparte sich die Bemerkung, dass Ian bei ihr gewesen war. Das, dachte sie, wäre schrecklich undiplomatisch gewesen. Stattdessen sagte sie: »Die Drachen sind besiegt. Fort. Und du bist hier mit …«

»Ulwe«, sagte Ry. Er setzte sich mit letzter Kraft aufrecht hin. »Ulwe, ich möchte dir Kait Galweigh vorstellen, die ich liebe und die eines Tages meine Parata sein wird. Kait, hiermit stelle ich dir Ulwe Sabir vor, die Tochter von Crispin Sabir, die mir Neuigkeiten gebracht hat, die ich gar nicht gern höre.«

Kait zog eine Augenbraue hoch und sah erst Ulwe, dann wieder Ry an.

Ry deutete ihren Blick richtig. »Ulwe weiß, dass ich nicht ihr Vater bin. Sie wusste es, noch bevor ich bei ihr ankam. Sie …« Er zuckte mit den Schultern. »Sie benutzt eine Art von Magie, die mir noch nie zuvor begegnet ist.«

»Es ist keine Magie«, widersprach Ulwe. »Ich habe keinerlei magische Fähigkeiten.«

»Du wusstest, dass ich kommen würde, bevor ich an deine Tür klopfte«, sagte Ry. »Du wusstest, dass ich nicht dein Vater bin. Du hast mir erzählt, dass Crispin uns verfolgt. Wie sonst hättest du all das wissen können, es sei denn durch Magie?«

Ulwe sagte: »Ich bin eine *be'ehan khan jhekil.* Eine Straßengängerin. Und ich weiß, dass du mich mit dem Namen meines Geburtsvaters angesprochen hast, aber das ist nicht *mein* Name. Ich bin Ulwe Fuchstochter Die-die-Straße-geht, vom Volk der Sieben Affen.« Ihr Lächeln, mit dem sie dies sagte, war ein sehr erwachsenes, wissendes Lächeln. »Für das Volk der Sieben Affen sind Namen sehr wichtig. Ich musste für meinen hart arbeiten.«

Ry nickte dem Mädchen zu und sagte: »Ich entschuldige mich. Ich würde dich niemals wissentlich beim falschen Namen nennen.« Dann fügte er mit einem Lächeln hinzu: »Aber was ist eine Straßengängerin?«

Ulwe zog die Schuhe aus, stieg auf das Bett und setzte sich auf ihre Füße. Mit auf dem Schoß verschränkten Händen sagte sie: »Wenn du in der Mitte eines stillen Weges stehst, erscheint der Weg dir leer. Für dich ist dieser Weg einfach ein Weg, der zu anderen Orten führt, an denen du vielleicht gern wärest. Aber der Weg führt nicht zu diesen Orten. Er ist bereits dort – der Weg, der sich noch immer dort befindet, wo du stehst, ist eine belebte Straße dreizehn Leguas entfernt; und noch mal dreiundzwanzig Leguas dahinter ist der Weg das Herz und das Kernstück einer großen Stadt. Dieselbe Straße, die deine langsamen Schritte spürt, spürt im selben Augenblick die Schritte ungezählter anderer Menschen auf ihrem Leib. Die Straße lebt, sie lauscht. Sie hört Stimmen und Gedanken und Gefühle. Und wenn du weißt, wie du sie fragen musst, wird sie dir erzählen, was sie hört.« Sie sah Kait und Ry mit einem entschuldigenden Lächeln an. »Aber ich bin keine sehr gute Straßengängerin. Meine Nante kann die Stimme der Straße von jedem Ort hören, zu dem sie führt. Ich kann nur die Stimmen in der Nähe hören. Und ich kann keine alten Geschichten hören – nur neue. Die Straße kann mir erzählen, was sie gestern gehört hat, manchmal auch Geschichten von vorgestern … aber ich kann nicht hören, was sie von Menschen zu berichten weiß, die vor einem Monat oder vor einem Jahr dort entlanggegangen sind.« Ulwe seufzte. »Aber ich bin ein Mensch, deshalb ist es für mich schwieriger.«

Kait und Ry tauschten überraschte Blicke.

»Wer ist denn *kein* Mensch?«

»Meine Nante. Ich habe es euch doch *erzählt* – ich wurde vom Volk der Sieben Affen adoptiert.«

Kait zuckte die Achseln und hob verwirrt die Hände. »Ich weiß nichts über dieses Volk.«

»Mein Vater hat mich nach Stosta geschickt, als ich noch in den Windeln lag. Ich weiß nicht, was aus meiner Mutter geworden ist, aber nach dem, was ich über meinen Vater in Erfahrung gebracht habe, nehme ich an, dass sie schon lange tot ist. Eine Amme reiste mit mir, aber sie starb, kurz nachdem wir die Stadt Stosta erreicht hatten, und die Stostaner hatten keine Ammen, die sie entbehren konnten – wir sind in einer Seuchenzeit dort angekommen, und die gleiche Krankheit, die meine Amme tötete, raubte auch vielen anderen das Leben. Verwaiste Kleinkinder wären für die Überlebenden nichts als eine Last gewesen. Also brachte man mich in die Parnisserie, wo man dem Parnissa meine Papiere gab. Ich sollte ausgesetzt werden, und jemand sollte die Nachricht von meinem Tod nach Calimekka bringen.

Aber meine Nante – ihr Name ist Kooshe, was *Fuchs* bedeutet – kam durch die Stadttore und ging direkt zur Parnisserie. Als sie dort ankam, verlangte sie, den Parnissa zu sehen. Sie erklärte ihm, sie sei wegen des Säuglings gekommen. Es befanden sich eine ganze Anzahl verwaister Säuglinge in der Parnisserie, und sie lagen alle nackt auf den Steinen des Innenhofs. Einige von ihnen waren bereits tot, andere waren noch ziemlich gesund. Ich war weder das eine noch das andere – zu dem Zeitpunkt hatte ich bereits eine Nacht draußen gelegen und zwei Tage nichts mehr zu essen bekommen, daher war ich krank und schwach.

Der Parnissa führte meine Nante zu den gesunden Säuglingen und sagte, sie könne sich aussuchen, was sie haben wolle, aber Kooshe sagte, sie sei wegen des Säuglings gekommen, der das Westliche Wasser überquert habe.

Sie ging direkt auf mich zu, hob mich vom Boden auf und erklärte dem Parnissa, dass sie meine Sachen haben wolle. Sie sagte, sie werde für mich sorgen, bis es an der Zeit sei, dass ich nach Hause zurückkehrte.«

Kait sagte: »Dann wusste sie also, dass du dort warst?«

»Die Straße hatte es ihr erzählt. Die Straße führte sie zu mir.«

Ry sagte: »Dann hat dir also diese Fremde, die aus dem Nichts kam, das Leben gerettet. Warum?«

»Die Straße erzählte ihr meine Geschichte, und sie fand, es sei an der Zeit, dass das Volk der Sieben Affen einen Menschen kennen lernte. Sie brachte mich in die *kezmoot* ihres Volks, in die verborgene Clanstadt des Volks der Sieben Affen, wo man mir zu essen gab und mich gesund machte. Als ich alt genug war, lehrte Kooshe mich, mit ihr die Straße zu gehen. Wenn ich in die Stadt meines Vaters zurückkehren würde, so sagte sie immer, werde die Straße mir verraten, wie ich überleben könne. Und als mein Vater endlich Nachricht schickte, dass ich nach Hause kommen solle, begleitete Kooshe mich zu dem Schiff, das mich hierher brachte, und winkte mir von der Kaimauer nach, bis das Schiff außer Sicht war.« Kait sah Tränen in den Augenwinkeln des Mädchens aufblitzen.

Ry hatte Ulwes Geschichte offensichtlich zutiefst bestürzt. »Du bist den ganzen Weg von der Sabirenischen Landenge bis nach Calimekka gesegelt – allein?«

»Ja.«

»Warum hat sie dich nicht begleitet?«, fragte Ian. »Das ist eine schreckliche Reise für ein Kind.«

Ulwes Lächeln wurde traurig. »*Diese* Stadt wäre Kooshes Tod gewesen. In dieser Stadt hätte man sie eine Narbige genannt, und die Straße hat mir erzählt, was man hier mit Narbigen macht.«

Kait und Ry tauschten einen Blick. Ry sagte: »Aber wenn sie so offensichtlich eine Narbige war, wie konnte sie dann überhaupt nach Stosta hinein? Wie konnte sie eine Parnisserie betreten und verlangen, dass man ihr einen Säugling überlassen solle – und warum sollte der Parnissa es ihr geben?«

Kait fügte hinzu: »Kein Narbiger durchschreitet das Tor einer Parnisserie und überlebt – so will es das Gesetz.«

Ulwe sah erst Kait, dann Ry an. Schließlich sagte sie: »Ihr beide lebt doch auch noch, obwohl auch ihr Narbige seid.«

Kait bekam plötzlich eine Gänsehaut. Ulwe hatte sie und Ry gesehen – hatte durch Schilde und sorgfältige Maskerade hindurchgesehen und ihr Geheimnis erraten, obwohl sie beide ein

Leben lang als rein menschlich durchgegangen waren. Das Mädchen hatte das Geheimnis ausgeplaudert, das, falls man es entdeckte, für Kait und Ry den Tod bedeuten würde. Ulwe mochte zwar nur ein Kind sein, aber sie war ein gefährliches Kind. Kait sagte: »Wir sehen menschlich aus, und die Parnissas wissen nicht über uns Bescheid.« Die jäh aufwallende Furcht verursachte ihr einen bitteren Geschmack im Mund.

Ulwe sagte: »Die Stostaner wissen nicht, dass das Volk der Sieben Affen überhaupt existiert. Sie wähnen sich allein in den Roten Hügeln. Das Sieben-Affen-Volk kann sich praktisch unsichtbar machen – wenn sie nicht gesehen werden wollen, können sie … ein Bild der Welt um sie herum zurechtbiegen, so wie sie es brauchen.« Sie zuckte entschuldigend mit den Schultern. »Ich habe es noch nie geschafft, die richtigen Worte dafür zu finden. Und da ich selbst es nicht tun kann, kann ich es euch nicht zeigen.«

Kait dachte, dass es ein wenig so klang wie die Beschirmung mit einem Schild. Sie nickte, sagte jedoch: »Aber deine Nante hat mit dem Parnissa gesprochen, um dich zu bekommen.«

»Wenn sie sichtbar sein *müssen,* können sie die Menschen dazu bringen, in ihnen das zu sehen, was sie sehen wollen, jedenfalls für eine kurze Zeit. Und es dürfen nicht zu viele Leute dabei sein. Eine einzelne Person ist kein Problem für die Sieben-Affen-Leute. Zwei oder drei lassen sich auch noch bewältigen. Nur wenn es noch mehr sind, dann funktioniert der … der Trick … nicht so gut. Meine Nante sieht nicht menschlich aus. Aber die Straße hat ihr gesagt, zu welchem Zeitpunkt sie einen einzigen Parnissa allein in der Parnisserie antreffen würde – den Parnissa, dem es so besonders verhasst war, das Schreien der Säuglinge zu hören, die auf den kalten Steinen lagen. Kooshe ging zu ihm, als er müde war, als er sich besonders schuldig fühlte, weil er den Kindern nichts zu essen gab oder sich um sie kümmerte. Er *wollte,* dass jemand die Säuglinge rettete, und war nur allzu bereit, zu glauben, was Kooshe ihn glauben machen wollte – dass sie nämlich eine menschliche Frau sei, die ein eigenes Baby wolle.«

Ry blickte nachdenklich ins Leere. Kait sah ihn an; es machte sie neugierig, dass er plötzlich so in sich gekehrt war. Er schien sehr weit weg zu sein. »Die Siedlung in Stosta gehört uns«, sagte er nach einer Weile. »Sie besteht jetzt schon seit fast hundert Jahren. Meine Familie erntet in den Hügeln in der Nähe von Stosta Caberra, fällt dort Holz und sammelt in dem umliegenden Land Gummi, Kaetzle und viele andere Reichtümer – seit nunmehr hundert Jahren, die wir dort ansässig sind. Ich habe die Berichte gelesen, die der Paraglese von Stosta auf den Schiffen mit den Steuerabgaben herüberschickt. Es wurde niemals jemand dort gesehen, der kein Siedler gewesen wäre. Man hat nie irgendwelche Hinweise darauf gefunden, dass dieser Landstrich von anderen Lebewesen bewohnt wird.«

Ulwe lächelte. »Das Volk der Sieben Affen hat fünf Städte in den Roten Hügeln, die genauso groß sind wie Stosta. Zwei davon kann man in einem Fußmarsch von weniger als einem Tag erreichen.«

»Das ist unmöglich.«

Ulwe sagte: »Aber es ist wahr. Das Volk der Sieben Affen hat Freundschaft mit den Straßen geschlossen. Und Freunde bewahren die Geheimnisse ihrer Freunde.«

Ry schüttelte halsstarrig den Kopf. »In hundert Jahren hätten wir doch *irgendetwas* finden müssen. Ein Lagerfeuer ... einen Fußabdruck ... Müll.« Ulwes Bericht hatte ihn sichtlich erschüttert.

»Die Sieben-Affen-Leute beobachten die Stostaner sehr sorgfältig. Sie wollen nicht gefunden werden. Die Menschen würden sie nicht akzeptieren.«

»Einige der Stostaner sind *Karnee*«, sagte Ry. »Ich kann mir vorstellen, dass die Sieben-Affen-Leute sich vor Menschen versteckt halten können, aber wie können sie sich vor den Karnee verstecken?«

Ulwes Lächeln war voller Geheimnisse. »Wenn die Straße dein Freund ist, ist es gar nicht so schwer.«

Kait sah, wie eine Mischung aus Unbehagen und Begreifen in Rys Augen aufflackerte. »Du hättest überall sein können – du hast dich von mir finden *lassen*. Aber du brauchtest mich nicht, damit ich dich vor deinem Vater beschütze – wenn du nicht von ihm gefunden werden willst, würde er dich niemals finden.«

Sie nickte.

»Warum warst du dann in der Wohnung, als ich dich holen kam?«

»Irgendwann werde ich meinen Vater wohl kennen lernen müssen – ich bin hierher gekommen, um ihn zu retten. Aber im Augenblick seid ihr beide der Punkt, zu dem alle Straßen hinführen. Ihr zieht Schwierigkeiten an, wie der Geruch von Blut Jäger anlockt. Es wird nicht mehr lange dauern, bis mein Vater zu euch kommt, und wenn er das tut, werde ich ihn sehen. Und bevor er kommt, werde ich euch einen Grund geben, mir bei seiner Rettung zu helfen.« Ulwe schloss die Augen und ballte die Fäuste, und in diesem Moment sah sie so jung und zerbrechlich und hilflos aus, dass Kaits Herz ihr zuflog. »Ich weiß, er hat euren Freund getötet«, flüsterte Ulwe. »Ich weiß, dass er viele böse Dinge getan hat. Aber vor sehr langer Zeit hat er alles riskiert, um mich zu retten. Ich muss einfach glauben, dass es auch etwas Gutes in ihm gibt.« Eine Träne kullerte ihre Wange hinunter; sie wischte sie unwillig weg.

Kait legte eine Hand auf die Schulter des Mädchens. Ulwe konnte nichts dafür, dass Crispin ein Ungeheuer war; für sie war er nur ihr Vater, der sie genug geliebt hatte, um sie an einen sicheren Ort zu bringen, weit weg von der Stadt. Sie wollte in ihm einen Mann sehen, den sie lieben konnte, weil er alles war, was sie hatte.

Kait verstand sie nur zu gut.

Ry sah sie ausdruckslos an. »Welchen Freund hat Crispin getötet?«, fragte er leise.

Kait zuckte zusammen. Sie hatte ganz vergessen, dass Ry es noch nicht wusste. »Er …«

Sie versuchte, Worte zu finden, die den Schlag mildern würden. »Hasmal«, sagte sie.

»Hasmal ist tot?«

Kait nickte. »Die Drachenmagie kann Dinge tun, die wir nicht einmal im Entferntesten für möglich gehalten hätten. Der Drache Dafril hat durch die Verbindung gegriffen, die Hasmal benutzte, und ihn zu sich herübergerissen, mit Leib und Seele.« Kait schloss die Augen. Hasmals Erinnerungen an seine Folterung hallten noch immer in ihren Gedanken wider. Wenn sie sich gestattete, daran zu denken, konnte sie spüren, was er in den letzten schrecklichen Augenblicken seines Lebens gefühlt hatte. Die Erinnerungen verursachten ihr Übelkeit. »Als Doghall Dafril einfing, bekam Crispin seinen Körper zurück. Er sah keinen Grund, Hasmal am Leben zu lassen, daher hat er ihn getötet.«

»Lebte Hasmal noch, als Doghall mir den Befehl gab, Ulwe zu holen?«

»Nein.«

Rys Miene verdüsterte sich. »Noch etwas, das der alte Mann vor mir geheim gehalten hat. Wenn wir uns das nächste Mal begegnen, wird er mir für einige Dinge Rede und Antwort stehen müssen.«

»Lass uns hoffen, dass du nicht lange auf dein Wiedersehen warten musst«, sagte Kait leise. »Wir haben die Drachen besiegt, aber wir müssen noch den Spiegel der Seelen zerstören. Und ich glaube nicht, dass wir ohne Doghall dazu in der Lage sein werden.«

Kapitel 14

Die Gyru-nalle hatten ein Dutzend Feuer innerhalb der Lichtung entzündet und mehrere Zelte aufgebaut, wo man essen und trinken konnte. Sie hatten neun Wagen in einem Kreis aufgestellt, und aus diesem Kreis drang fröhliche Musik, das Lachen der Tänzer und ausgelassenes Geplänkel. Doghall hielt sich am Rand der Festgesellschaft und nippte an allem, was die feiernden Gyru-nalle und die Soldaten ihm in die Hand drückten, und auch wenn er das Schulterklopfen und die leutseligen Beglückwünschungen mit Anstand ertrug, war er nicht mit dem Herz bei der Sache.

»Die Drachen sind tot, lang lebe die Welt«, murmelte er, als die Gesellschaft sich kurzfristig von ihm entfernte und ihn in relativer Stille zurückließ. Er hob das Glas, das eins der singenden Gyru-Mädchen ihm gerade gegeben hatte, und nahm einen Schluck. Das Getränk brannte ihm in der Kehle und schmeckte wie die Hölle. Wie eine klumpige Hölle. Fermentierte Ziegenmilch, das Getränk, auf das die Gyrus schworen … und das sie verfluchten. Er hätte sich sein Glas näher ansehen sollen, bevor er daraus trank.

Aber es war nun mal fermentierte Ziegenmilch, die er in der Hand hielt, und er hatte noch einiges zu sagen. »Auf verlorene Gefährten und gefallene Freunde, die wir niemals vergessen werden!«, rief er, hob sein Glas und nahm einen kräftigen Zug von dem ekelhaften Gebräu.

»Und auf die Zukunft – möge sie besser sein als die Vergangenheit.« Er nahm einen letzten Schluck, dann warf er den Tonbecher auf den festgestampften Erdboden und zertrat die Scherben, um den Trinkspruch zu besiegeln.

»Du hast dein Glas fallen gelassen«, sagte einer seiner jüngeren Söhne und grinste dabei. »Warte, ich hole dir ein neues.«

Aber Doghall hatte so viel gelächelt, wie ihm das in einer Nacht möglich war. Er musterte den jungen Mann – Doghall hatte Hunderte von Söhnen und Töchtern, und sie waren alle ein Produkt von Doghalls Status als Fruchtbarkeitsgott Imumbarras. Jetzt fragte er sich, wie der Junge sich wohl so weit fern von daheim fühlen mochte, beim Warten auf eine Chance, auf fremdem Boden für eine fremde Sache zu sterben. Wie er zu Doghalls plötzlicher Jugend stand, hatte er klar gemacht, gleich als er seinem Vater nach der Veränderung zum ersten Mal begegnet war. Er hatte mit den Schultern gezuckt und gelächelt – Götter taten nun einmal komische Dinge, und Doghall hatte, indem er jünger geworden war, lediglich seinen Status als Gott unter Beweis gestellt. Der Rest von Doghalls Söhnen hatte mit gleicher Ungerührtheit reagiert. Doghall schüttelte den Kopf und erklärte dem jungen Mann: »Für mich nichts mehr. Ich möchte jetzt nach Alarista sehen. Du … du hältst für mich die Gesellschaft bei Laune.«

Ein Dudelsackspieler und drei Trommler hatten sich soeben zu den Fiedlern gesellt, die in der letzten Stunde gespielt hatten. Die ganze bunt gescheckte Schar stellte sich jetzt zu einem ausgelassenen Bauerntanz auf. Doghalls Sohn grinste und ergriff die Hand der jungen Gyru-Frau, mit der er so manches Stelldichein gehabt hatte, und die beiden suchten sich ein freies Fleckchen Erde zwischen den anderen Tänzern. Sie begannen mit den Füßen aufzustampfen und in die Hände zu klatschen und hatten nur noch Augen füreinander.

Doghall wandte sich ab und glitt in die Dunkelheit jenseits der Lagerfeuer davon. Das Hauptlager wurde weiterhin von einigen Soldaten bewacht, die Heilerin, die Alarista versorgte, war nach wie vor auf ihrem Posten, und eine Hand voll Leute, die schon jetzt so viel getrunken oder einfach für den Abend genug Lärm und Bewegung gehabt hatten, schlenderten zurück zu den Zelten und Wagen.

Doghall blickte zu den hellen Sternen empor und staunte im

Stillen darüber, wie schal ein Sieg doch sein konnte. Wir haben gewonnen, dachte er. Aber wir haben so viel verloren, um hierher zu kommen. Der Wiedergeborene ist tot und kann der Welt nicht mehr helfen; die meisten Falken leben nicht mehr; Hasmal ist ermordet worden, und Alarista ist alt und gebrechlich und dem Tode nahe; die Götter allein mögen wissen, wie viele Menschen in Calimekka gestorben sind und für alle Ewigkeit ihre Seelen verloren haben, um Platz zu schaffen für die große weiße Zitadelle der Drachen. Ich bin jung, aber meine Jugend wurde bezahlt mit dem Leben einer guten Freundin – und ich bin nur im Fleisch jung. Mein Geist fühlt sich älter und müder denn je. Was wir gelitten haben, hätte weitaus schlimmer sein können, ich weiß … aber es war schon schlimm genug. Und einer von uns muss sich in dieser Nacht des Feierns des Preises entsinnen, den wir gezahlt haben, und in die Zukunft blicken, um sicherzustellen, dass wir unseren Sieg weise benutzen werden.

Doghall blieb lange genug in Alaristas Wagen, um sich mit der Heilerin zu besprechen; schließlich hatte er behauptet, dass er das Fest verlasse, um sie zu besuchen. Die Heilerin sagte, Alarista sei in einen tiefen Schlaf gesunken, und der Trank, den sie bekommen habe, werde sie für den Rest der Nacht vor Albträumen schützen. Doghall, der solchermaßen Pflicht und Ehre genügt hatte, ging weiter zu seinem Zelt.

Er schlüpfte hinein, zog die Laschen hinter sich zu und zündete seine Laterne an. Er schirmte die Lampe ab, damit sie ihre Helligkeit nach unten ergoss und den Rest des Zeltes im Dunkeln ließ. Wenn ein Lichtschimmer durch die Wände seines Zelts fiel, würden sich vielleicht wohlmeinende Kameraden angezogen fühlen, und Doghall wollte keine Gesellschaft.

Er rollte sein *Zanda* aus bestickter schwarzer Seide auf und versenkte sich einen Augenblick lang in die Betrachtung des aufgestickten Kreises – der Silberfaden zeichnete die zwölf dreiwinkligen Quadranten nach, die für die verschiedenen Flächen eines Kleinods der Falken standen. Der Zweifache Kubus der Existenz repräsentierte die Bereiche Familie, Leben, Geist, Vergnügen, Pflicht, Wohlstand, Gesundheit, Ziele, Träume, Vergangenheit, Gegenwart und Zukunft. Eine jede in Silber gefasste Glyphe strahlte Doghall in dem fahlen Licht entgegen; er spürte die Anwesenheit der Götter in den bleichen Zeichnungen und auch in dem Schwarz der Seide, das den Schleier repräsentierte – das Medium, durch das Menschen und Götter miteinander kommunizierten.

Doghall nahm die silbernen *Zanda*-Münzen aus ihrem Seidenbeutel. Das Silber lag kühl und schwer in seiner Hand. Im Gebet, so ging es Doghall durch den Sinn, bitten die Menschen die Götter um Hilfe; in der Meditation geben die Götter ihre Antwort. Ich höre. Sprich zu mir.

Er setzte sich mit untergeschlagenen Beinen auf den Boden, schloss einen Moment lang die Augen und brachte sein Denken zu einem vollkommenen Stillstand. Als die Welt verschwand und sein Geist nur noch ein tiefer See war, über dem nicht der leiseste Windhauch ging, warf er die Münzen auf das *Zanda*.

Doghall öffnete die Augen.

Er wünschte, er hätte sie wieder schließen können.

Er hatte gehofft, simple Anweisungen zu finden, die ihn und seine Anhänger nach Calimekka zurückführen würden; er hatte sich verzweifelt gewünscht, die Beruhigung zu erhalten, dass die Welt nun wieder dem ihr bestimmten Lauf folgen würde und dass die einzigen Gefahren jene waren, die heimtückische Menschen und korrupte Regierungen selbst heraufbeschworen. Aber die schimmernden Münzen auf dem schwarzen Seidentuch leuchteten in höhnischem Trotz zu ihm empor.

Im Quadrant »Familie« lag allein und isoliert die Münze *Glückliches Geschick* mit der Vorderseite nach oben, aber auf dem Kopf. Das bedeutete nicht nur Missgeschick, sondern eine dräuende Katastrophe. Im Quadranten »Leben« überlappte die

Münze *Familie* die Kehrseite von *Die Götter greifen ein* – eine rätselhafte Warnung. Dunkle Götter verbündeten sich mit einem Mitglied der Großen Familien gegen die Welt?

Der Quadrant »Geist« übermittelte eine Botschaft, die Doghall als *Versprengte Kräfte verbünden sich* interpretierte, aber er war sich nicht sicher, ob das gut oder schlecht war, und das *Zanda* gab ihm in dieser Hinsicht keinen Fingerzeig. Der Quadrant »Vergnügen« enthielt eine gute und eine schlechte Nachricht zugleich: *Bewährte Freunde warten und Leiden für einen geliebten Menschen.* Der verdammungswürdige Quadrant »Pflicht« sagte: *Du hast noch nicht bezahlt* – noch mehr schlechte Neuigkeiten.

In »Wohlstand« zeichneten sich für die Zukunft gewaltige Ausgaben ab; in »Gesundheit« bekam Doghall nur die Bestätigung seiner plötzlichen Rückkehr in die Jugend, ohne einen Kommentar darüber, was er damit anfangen solle; die »Ziele« rieten ihm, sich für eine Reise zu rüsten; in »Träume« kündigte sich ein Albtraum an; im Quadranten »Vergangenheit« fand sich ein Hinweis auf einen Teilsieg, der nicht ganz das war, was er zu sein schien; der Quadrant »Gegenwart« sagte gar nichts, und was die »Zukunft« betraf …

Doghall blickte in den Quadranten »Zukunft« und schloss die Augen. Fünf Münzen waren in diesen Quadranten gefallen, und zwar so, dass sie innerhalb der gestickten Linien lagen, ohne auch nur eine einzige davon zu berühren – was ihm erlaubt hätte, die Münzen als bedeutungslos abtun zu können. Und alle fünf Münzen überlappten einander, sodass eine jede die Bedeutung der anderen auf subtile Weise beeinflusste. Doghall war sich nicht sicher, ob er die Münzen zu einem so komplizierten Muster hätte auslegen können, selbst wenn er es beabsichtigt hätte.

Er machte sich an das schwierige Werk, die Münzen zu deuten, wobei er gegen die Versuchung kämpfen musste, das Ganze einfach mit den Worten *Die Zukunft wird ein Chaos sein* zusammenzufassen und es damit bewenden zu lassen. Wenn man die Götter um Rat fragte, konnte man ihre Antwort nur auf eigenes Risiko ignorieren. Doghall hatte gefragt. Jetzt musste er zuhören.

Die erste Münze. *Ein bekannter Freund,* aber mit der Rückseite nach oben und das Bild darauf auf dem Kopf stehend. *Ein unbekannter Feind* also, jedoch überlappt von der Münze *Bereits erhaltene Botschaften,* sodass es einen unbekannten Feind ergab, von dem er, Doghall, jedoch bereits gehört hatte, oder jedenfalls einen, den er kannte, ohne indes zu wissen, dass er ihn kannte. *Bereits erhaltene Botschaften* überdeckte zudem teilweise die Kehrseite der Münze *Hoffnung* – eine Warnung, dass seine Hoffnungen entweder irrig waren oder zerstört werden würden. Die Münze *Reise* lag ebenfalls in diesem Quadranten, aber sie wurde halb von *Hoffnung* verdeckt, sodass Doghall annehmen musste, dass er zwar eine Reise machen würde, aber nicht die Art Reise, die er sich vielleicht wünschte. Außerdem lag diese Münze halb über der fünften, dem *Triumph,* und mit dem Bild leicht nach rechts gedreht, sodass sie sich in *Möglichen Triumph* verwandelte. Doghall würde reisen müssen, wenn er zu siegen hoffte.

Und *Möglicher Triumph* wurde, wenn auch nur ganz knapp, von *Ein unbekannter Feind* überlappt.

Dies hätte Hoffnung bedeutet, wäre Doghall nicht schon im gleichen Quadranten davor gewarnt worden, nur ja nicht auf seine Hoffnungen zu bauen.

Er hatte beabsichtigt, seinem Tross ein oder zwei Tage Ruhe zu gönnen, damit die Leute sich von den Feiern erholen konnten, bevor er ihnen vorschlug, alles zusammenzupacken und sich auf den Marsch zurück nach Calimekka zu machen. Er hatte mit dem Gedanken gespielt, den Soldaten, die er angeworben hatte, zu danken und ihnen ihren Lohn auszuzahlen, damit sie zu ihren eigenen Familien zurückkehren konnten. Er hatte mit dem Gedanken gespielt, seine Söhne auf die Inseln zurückzuschicken – und vielleicht hätte er ein oder zwei der jüngeren, die weniger in der Welt herumgekommen waren, auf die Reise nach Calimekka mitgenommen, nur damit sie sich einmal die Stadt ansehen konnten. Er hatte mit dem Gedanken gespielt, auf dem Weg nach Calimekka Ausschau nach überlebenden Falken zu halten; er hätte sie nach ihren Vorstellungen gefragt, wie die Zukunft der Falken sich gestalten sollte, jetzt, da die Drachen besiegt und der Wiedergeborene verloren war.

Aber die stärkste Botschaft, die das *Zanda* ihm übermittelte, raubte ihm den Mut, irgendwelche Pläne zu schmieden, ohne um weiteren Rat zu bitten. Er brauchte Anweisungen, die klar und zwingend waren und in einfachem Iberisch formuliert.

Und das bedeutete ein Orakel, das gefährlicher war als das *Zanda,* dafür aber beträchtlich direkter.

Doghall holte seinen Spiegel und seine Aderlassdornen hervor und zeichnete mit Salz einen kleinen Kreis auf die Oberfläche des Spiegels. Dann ließ er drei Blutstropfen in die Mitte des Kreises fallen und wandte sich mit einer gemurmelten Beschwörung an die Sprecher, damit einer aus ihrer Schar ihm behilflich wäre.

Er zitierte die letzten Zeilen der Verhaltensmaßregeln für die Sichere Beschränkung von Orakeln:

Sprecher, tritt zwischen die Mauern
aus Erde und Blut und Luft;
gebunden vom Willen, gebunden vom Geist,
bist du eine Gefangene dieses Ortes.
Beantworte meine Fragen klar und wahr,
tue nur Gutes, und dann
kehre zurück in das Reich, aus dem du kamst,
und komme nicht wieder.

Schon im nächsten Augenblick stand in der Mitte des Spiegels, eingesperrt in dem Ring aus Salz, das Bildnis einer winzigen, menschlich aussehenden Frau. Der Wind einer anderen Dimension peitschte ihr das lange Haar um die Schultern und schmiegte ihr das dünne Kleid fest auf den Leib. Die Frau blickte zu Doghall auf; ihre Augen glitzerten hungrig, und ihre Lippen waren zu einem gefährlichen kleinen Halblächeln verzogen.

»Was willst denn *du*?«

»Ich soll einem Feind gegenübertreten, den ich nicht kenne, der mir aber irgendwie schon einmal begegnet sein muss. Ich soll reisen, aber nicht auf die Weise, wie ich es mir erhofft hatte. Meine Welt und mein Volk sind in Gefahr, wo wir glaubten, eben diese Gefahr ausgemerzt zu haben. Ich suche eine Aufklärung dieser Rätsel und erbitte praktischen Rat.«

»Nun, damit stehst du nicht allein da, wie?« Sie grinste ihn an, dann zuckte sie mit den Achseln. »Na schön. Wenn du reist, reise mit Freunden, aber lass deine Armee zurück, damit sie dir den Rücken deckt. Geh, ohne innezuhalten, zu jenem einen Mitglied deiner Familie, von dem du ohne jeden Zweifel weißt, dass es an deiner Seite kämpfen wird, denn ein Kampf steht dir bevor, ein Kampf, der anders als alles ist, was du bisher je erlebt hast. Dein Feind wird dich zu gegebener Zeit erreichen – er wird stärker sein, als du denkst, und auch klüger, und wenn du auch nur einen Augenblick lang zögerst, wird er dich und deine Welt verschlingen. Die Zeit, die dir für die Vorbereitung auf die Ankunft deines Feindes gegeben ist, ist kurz, und die Arbeit, die du leisten musst, ist gewaltig. Und selbst wenn du keine Fehler machst, wirst du wahrscheinlich verlieren.«

Doghall stieß einen verärgerten Seufzer aus. »Wer ist dieser Feind? Was kann er tun? Was muss ich tun, um mich vorzubereiten?«

»Wenn du mit Leben konfrontiert wirst, das kein wahres Leben ist, wirst du ihn erkennen. Wenn du daran denkst, dass der Tod kein wahrer Tod ist, dann wirst du deinen Feind vielleicht besiegen.«

»Drück dich einfacher aus!«, fuhr er die Sprecherin an.

»Du willst einen einfachen Rat? Schön. Zerstöre nichts, was du nicht wieder reparieren kannst.«

Dann lachte sie und hob das Kinn, sodass sie, winzig wie sie war, auf Doghall herabsehen konnte. Die Arme vor der Brust verkreuzt, verströmte sie von Kopf bis Fuß verbissenen Trotz.

Die Flammen, in deren Kreis ihr Abbild tanzte, erloschen flackernd, und die Sprecherin war fort. Eine Müdigkeit warf Doghall nieder wie die hohen Wellen in einem Wirbelsturm – es kostete enorme Energie, einen Sprecher aus seiner eigenen Dimension herbeizurufen, und er war schon vorher erschöpft gewesen. Jetzt konnte er sich kaum mehr aufrecht halten. Er wagte es nicht, auf der Stelle einen anderen Sprecher zu rufen, der vielleicht eher geneigt wäre, ihm zu helfen, als es derjenige gewesen war, der sich gerade verabschiedet hatte; er verfügte nicht mehr über genug Energie, um einen weiteren Sprecher innerhalb der Mauern seines Willens gefangen zu halten. Und er würde nicht das Risiko eingehen, verschlungen zu werden.

Warum hatte diese Sprecherin ihm nicht mit einfachen Worten sagen können, was er wissen musste? Er starrte wütend auf den Spiegel in seiner Hand hinab und wünschte, er hätte seinem Ärger Luft machen können, indem er ihn zerbrach. Einen praktischen Rat hatte die Sprecherin ihm jedoch mit auf den Weg gegeben. »Zerstöre nichts, was du nicht wieder reparieren kannst.« Er konnte ebenso gut gleich damit anfangen, dieser Ermahnung Folge zu leisten.

Er nahm sein Tagebuch heraus und schrieb die *Zandadeutung* und die Botschaft auf, die er von der Sprecherin erhalten hatte. Er vertraute seinem Gedächtnis nicht genug, um alle Einzelheiten im Kopf zu behalten, und über einige Teile des Orakels würde er noch Tage, wenn nicht gar Wochen nachgrübeln.

Allerdings glaubte er nicht, dass er mit dieser Grübelei genau jetzt beginnen müsse. Er legte seine Sachen weg, blies die Flamme seiner Laterne aus und verzog sich in sein Bett, wo er sich sogleich die Decken über den Kopf zog. Die Dämmerung würde jetzt nicht mehr lange auf sich warten lassen, und er hatte keine Lust, sie zu begrüßen.

Kapitel 15

Entlang der Bergkämme heulten die Wölfe; ihr Gesang hallte gespenstisch durch die Dunkelheit. Kait hatte dem Tor von Haus Galweigh den Rücken zugewandt und blickte auf die Stadt hinunter, die zu ihren Füßen lag. Die Gipfel des Patmas-Gebirges erhoben sich über Calimekka, wie Felsbrocken sich aus einem überfluteten Flussbett erheben, und von Kaits Standort auf dem höchsten dieser Gipfel aus betrachtet, floss die Stadt um die Hügel herum wie ein Fluss aus Feuer, der dunkle und gefährliche Inseln umbrandete. Kait Galweigh blickte auf diesen schimmernden Fluss hinab und sehnte sich nach seiner Wärme. Dann wandte sie sich wieder dem gewaltigen, lichtlosen Gemäuer zu, das hinter ihr wartete.

Sie legte eine Hand auf das glatte, durchscheinend weiße Tor. Haus Galweigh war für den größten Teil ihres Lebens ihr Zuhause gewesen. All die Menschen, die sie auf der Welt liebte, hatten dort gelebt; wenn sie jetzt die Augen schloss, konnte sie sie noch immer durchs Haus gehen sehen, konnte sie reden und lachen und miteinander streiten hören; sie saßen in behaglichen kleinen Nischen oder in großen Hallen, sie debattierten und planten und berieten sich. Solange sie nur vor diesen Toren stehen blieb, konnte sie die Korridore in ihrer Fantasie mit Erinnerungen füllen und sich selbst vorgaukeln, dass diese Erinnerungen immer noch ein Körnchen Wahrheit enthielten.

Sobald sie aber das Haus wieder betrat und sich der Leere jener Räume stellte und den Widerhall ihrer eigenen Schritte in den Hallen hörte, würden ihre Erinnerungen verblassen, überlagert von einer hohlen, neuen Realität. Dann würde ihre Familie, nach der sie sich so sehr sehnte, wirklich tot sein für sie, nicht nur auf eine ferne, theoretische Art und Weise, sondern mit der Unerbittlichkeit sichtbarer Wahrheit. Während sie nun am Tor stand, flackerte in ihr der kurze, schmerzliche Wunsch auf, wegzurennen, um nie wieder einen Blick auf Haus Galweigh werfen zu müssen.

Die Wölfe begannen wieder zu heulen, und ihre klagenden Rufe waren jetzt näher und lauter als zuvor. Kait hielt die Nase in den Wind und legte den Kopf zur Seite, um auf die Stimmen zu lauschen.

Dann wandte sie sich zu ihren Begleitern um, Ry, Ian und Ulwe. »Geht ohne mich vor. Ich werde noch einen Augenblick hier warten. Ich komme nach … sobald ich fertig bin.«

Auch Ry hatte jetzt die Witterung der Wölfe aufgenommen. »Sie kommen in unsere Richtung«, sagte er.

Kait nickte. Der Esel hinter ihr wurde langsam nervös. Er tänzelte von einem Fuß auf den anderen, zerrte an seinem Führzügel und verdrehte die Augen. Gleich würde er die Ohren flach an den Schädel legen und anfangen auszuschlagen.

Ry sagte: »Ian und Ulwe können ihn ins Haus bringen. Ich bleibe hier bei dir.«

Sie schüttelte den Kopf. »Ich möchte das lieber allein erledigen.« Ein sehnsüchtiges Lächeln spielte um ihre Mundwinkel. »Ein Freund ist auf dem Weg hierher, um mich zu sehen.«

Ein neuerliches Heulen erklang, diesmal nur eine einzelne Stimme, ein dunkler, lang gezogener Sologesang. Sowohl die Stimme als auch der Geruch waren ihr zutiefst vertraut. *Gashta.*

»Ein Freund. Ein Wolf?«

Kait nickte, ohne jedoch eine Erklärung abzugeben. Sie schloss die Augen und nahm den Duft des Wolfs in sich auf.

»Kait?« Ry legte ihr eine Hand auf die Schulter.

Sie schüttelte ihn ab und machte einen Schritt nach vorn. Sie konnte jetzt eine Bewegung hören – leichte Schritte im Unterholz, raschelndes Laub und das Knistern der vermoderten Blätter auf dem Boden. Hinter sich hörte sie Ian und Ulwe, die mit dem Esel eilig auf die Sicherheit des hinter Mauern geborgenen Hauses zustrebten.

Das Dickicht teilte sich, und ein gewaltiges, zotteliges Tier trat auf die Lichtung. Kait machte ein paar Schritte nach vorn. »Gashta«, flüsterte sie.

Der riesige Wolf sprang auf sie zu, das Maul zu einem hündischen Grinsen geöffnet, die Ohren gespitzt. Schwanzwedelnd stellte er sich auf die Hinterbeine und leckte Kait das Gesicht; sie schlang die Arme um seinen Hals, drückte die Nase in seinen Pelz und atmete seinen wohltuenden, vertrauten Duft tief ein.

Dann hörte sie, wie hinter ihr die Tore geschlossen wurden, und auf der anderen Seite der Grundstücksmauern wurde das verzweifelte Schreien eines Esels laut.

»Ich spüre bei ihm keine Magie«, sagte Ry.

»Er ist nur ein Wolf«, antwortete Kait und achtete darauf, mit ruhigem, gleichmäßigem Tonfall zu sprechen. Gashta war sehr empfänglich für die Zwischentöne in einer Stimme. »Ich habe ihm vor langer Zeit das Leben gerettet. In der Nacht, als die Sabirs den größten Teil meiner Familie töteten, hat er sich bei mir revanchiert.«

»Er ist … wild?«

Kait hörte die Überraschung in seiner Stimme. »Ja. Er und ich sind früher in diesen Hügeln zusammen auf Jagd gegangen, wenn ich mich verwandelt hatte.«

Kait rieb dem großen Tier die Ohren und drückte noch einmal das Gesicht in sein Fell. Sie hatte ihn seit fast zwei Jahren nicht gesehen und freute sich darüber, dass er sich noch an sie erinnerte; genauso freute sie sich aber darüber, dass er sie gefunden hatte. Sie hatte so viele verloren, die ihr teuer waren – das Überleben eines Freundes, wer er auch sein mochte, schien ihr im Augenblick wie ein Wunder.

»Wir sollten hineingehen«, sagte Ry nun. »Wir haben viel zu tun.«

»Ich weiß.« Kait sah ihn nicht an. Stattdessen strich sie mit den Fingern durch das Fell des Wolfs und ertastete die harten Ränder des Narbengewebes, das sich über die linke Schulter des Tieres zog. Spuren der Vergangenheit, eine greifbare Erinnerung an seine Schuld ihr gegenüber – eine Schuld, die jetzt beglichen war. Kait trug ihre Narben im Innern.

Sie stand auf, und der Wolf setzte sich auf die Hinterbeine und lehnte sich an sie. Er war so groß, dass sein Kopf, wenn er saß, bis an Kaits Brustkorb reichte. Er wirkte sehr zufrieden, wie er dort saß: Die Zunge hing ihm aus dem Maul, als sei er ein großer Hund, und er hatte die Augen halb geschlossen, während Kait ihn hinter den Ohren kraulte. »Ich weiß«, sagte sie noch einmal, leiser jetzt. Dann blickte sie zu Ry auf. Er war genauso schön wie der Wolf und genauso wild und tausendmal fesselnder als jedes Geschöpf, das sie jemals kennen gelernt hatte. Er war für sie der Inbegriff der Magie, die Verkörperung von Wundern, an die zu denken sie sich nicht einmal im Traum gestattet hätte. Als er nun in ihre Augen blickte, flackerte in der Dunkelheit, die sie erfüllte, ein Licht auf.

»Ich habe Angst davor, hineinzugehen, Ry. Hier draußen kann ich Gashta streicheln und mir vormachen, dass im Haus alles so sein wird, wie ich es in Erinnerung habe. Aber sobald ich hineingehe …« Sie zuckte mit den Schultern und schwieg.

»Du fürchtest dich vor den Geistern.«

»Nein.« Sie trat vor ihn hin. Der Wolf ging neben ihr her, und als sie stehen blieb, blieb er ebenfalls stehen. Ry streckte eine Hand aus, und Kait ergriff sie. »Ich fürchte nicht die Geister. Ich fürchte vielmehr, dass die Geister fort sein werden … dass die

Leere selbst sie getötet hat und dass ich, sobald ich erst im Haus bin, nichts mehr haben werde. Selbst Geister sind besser als Leere.«

Ry strich ihr übers Haar und küsste sie aufs Kinn. »Ich werde bei dir sein. Was immer dir in diesem Haus begegnen wird, du wirst nicht allein sein.«

Sie standen noch lange vor dem Tor, die Frau, der Wolf und der Mann. Dann erhob sich der Wolf und trottete in den Wald zurück, und in der hohlen Tiefe der Nacht, während der Rote Jäger am Himmel die Weiße Dame jagte, traten der Mann und die Frau Hand in Hand durch das Tor, das wie ein Maul in der Mauer aufklaffte, hinein in das Schweigen, das sie auf der anderen Seite erwartete.

Kapitel 16

Doghall nahm seinen Sohn Ranan in den Arm. »Ich weiß nur, dass Ärger bevorsteht, und du sollst unseren Rücken decken. Sieh zu, dass die Soldaten auch weiter bezahlt werden – wenn du Probleme hast, schick eine Nachricht nach Haus Galweigh. Kait, Ry und Ian sind inzwischen dort angekommen, und sie haben sowohl das kleine Mädchen als auch den Spiegel der Seelen bei sich. Ich werde also auf direktem Weg dort hingehen.«

Ranan blickte in das Tal hinab, wo das Lager noch nicht erwacht war. Er war ein guter Mann – kräftig, geduldig und verlässlich. Er hatte wenig von Doghalls ungestümem Temperament an sich – er schlug viel mehr nach seiner Mutter. Wachsam, entschlossen, unerschütterlich. Er hatte viele seiner Veteranen durch die Schlachten zwischen den Insulanern geführt; er war durch Feuer gegangen, hatte seine Wunden empfangen und überlebt.

Wenn die Zeiten gut waren, konnte er lachen und trinken und huren, aber was wichtiger war, er konnte auch zuhören und für sich behalten, was er erfahren hatte. Er gab nicht viel von sich preis – wenn er jemals Angst gehabt hatte, so wusste außer ihm niemand davon. Seine Männer bewunderten ihn. Doghall war stolz auf ihn. Er sagte: »Ich werde wachsam sein. Was immer kommt, wird erst uns überwinden müssen, bevor es dir zu schaffen macht.«

Doghall blickte auf die Lagerfeuer hinab. Sie waren zu Kohle verbrannt – und diese Kohlen glühten jetzt wie die halb geöffneten Augen von Dämonen, mit schweren Lidern, aber nichtsdestoweniger wachsam. Ein Schaudern überfuhr Doghalls Rücken, ergriff seinen Leib und umklammerte sein Herz. Er fragte sich, ob er seinen Sohn jemals wiedersehen würde, und die Leere in seinem Magen deutete eine Antwort an, die er lieber nicht wissen wollte.

»Vertraue nur dir selbst«, sagte er, legte eine Hand auf Ranans Schulter und drehte ihn zu sich herum. »Glaube nur das, wovon du weißt, dass es wahr ist, nicht das, wovon du *hoffst,* dass es wahr sein könnte.«

Ranan presste die Lippen aufeinander, bis sie nur noch eine dünne Linie waren. Er sah seinem Vater in die Augen und griff nach der Hand, die auf seiner Schulter lag. »Wir werden es schon schaffen. In der Schatzkammer liegt noch jede Menge Silber, und die Männer sind uns treu ergeben. Sie haben gesehen, wogegen du gekämpft hast. Sie werden nicht desertieren.«

Die Vorahnung verebbte so schnell, wie sie gekommen war. Doghall zwang sich zu einem Lächeln. Ranan sollte nicht unter den gestaltlosen Geistern der Furcht zu leiden haben, die seinen Vater quälten. Doghall sagte: »Wenn euch das Geld knapp wird, werde ich tun, was ich kann, um mehr zu schicken. Ich werde so oft wie möglich durch das Sehglas nach dir Ausschau halten. Lass die Männer arbeiten – wenn du es nicht tust, wird ihr Kampfgeist zur Hölle gehen.«

»Die Dörfer hier in der Gegend sind arm. Die Dorfbewohner brauchen bessere Straßen, bessere Häuser, tiefere Brunnen ... Ich werde mehr als genug finden, um die Männer zu beschäftigen. Und wir werden uns auf diese Weise gleichzeitig ein wenig beliebt machen.«

»Dann überlasse ich dich jetzt deinen Pflichten.« Doghall sah zu seinen Gefährten hinüber, die wenige Schritte die Straße hinunter auf ihn warteten. Yanth und Jaim saßen auf Pferden, die sie von den Gyru-nalle bekommen hatten. Alarista ritt, weißhaarig, bleich und gebeugt, eins ihrer eigenen Tiere. Doghalls Pferd und die übrigen Tiere, die abwechselnd ihre Vorräte trugen und als Reitpferde dienen sollten, grasten am Straßenrand.

Sein Sohn umarmte ihn schnell noch ein letztes Mal und flüsterte: »Jetzt, da du so jung bist, erscheinst du mir mehr wie ein Bruder. Es ist mir einfach nicht mehr möglich, deinen Unwillen so zu fürchten, wie ich es getan habe, als ich noch ein kleiner Junge war und du zu Besuch kamst.«

»Wenn alles gut geht, werde ich, wenn wir uns das nächste Mal sehen, wieder ein alter Mann sein.«

Ranan sagte: »Genieße die Liebe einer Frau, bevor du deine Jahre wieder auf dich nimmst. Und einmal solltest du kämpfen, einmal trinken, einmal tanzen ... Und einmal die Wellen am Ufer mit jungen Augen sehen, einmal das grüne Licht aufblitzen sehen, wenn am Horizont überm Wasser die Sonne aufgeht.«

Doghall rang sich ein klägliches Lächeln ab. »Das werde ich tun.«

»Dann geh mit dem Segen der Götter.«

»Und mögen die Götter dich, der du hier bleibst, gleichfalls segnen.« Er wandte sich ab und ging eilig zu seinem Reitpferd. Als er im Sattel saß und sich umdrehte, um noch einmal zu winken, war Ranan bereits fort.

Die Straße erstreckte sich in graue Ferne. Nebelfetzen verdichteten sich zu einer undurchdringlichen Mauer; während sie immer weiterritten, schob sich die Sonne über die Berge, verschwand aber fast so schnell, wie sie erschienen war, hinter den dunklen Bäuchen tief hängender Wolken. Die nebelgeschwängerte Luft dämpfte das Geräusch ihrer Stimmen und das Klappern der Pferdehufe und machte sie blind füreinander, sodass sie das Gefühl hatten, vollkommen allein zu sein, wenn nicht gerade ihre Pferde Flanke an Flanke aneinander vorbeistrichen. Keinem von ihnen war nach Reden zumute, und die Trostlosigkeit des Tages machte jedem unbeholfenen Versuch, ein Gespräch in Gang zu bringen, schnell ein Ende. Dafür, dass sie angeblich im Triumph nach Hause ritten, waren sie ein trauriges kleines Häuflein Menschen.

Der Ritt nach Brelst würde annähernd zwei Wochen in Anspruch nehmen. Von dort aus würden sie, so die Götter es wollten, ein Schiff nehmen, das sie nach Calimekka bringen sollte. Und in Calimekka würde Doghall herausfinden, was für eine Plage das war, die ihn dort erwartete. Und vielleicht würde er dann verstehen, warum er das Gefühl hatte, als habe sich die Erde selbst gegen ihn gewandt, als beobachte der Himmel über ihm mit spöttischem Blick … Und vielleicht würde er auch erfahren, warum er ausgerechnet jetzt sich dem Tode näher fühlte denn je, obwohl er wieder jung und stark war, obwohl die Drachen besiegt waren und die Falken triumphiert hatten.

Kapitel 17

Kait wurde von dem zarten Licht der Morgendämmerung geweckt, das durch durchscheinende Wände fiel, und einen Augenblick lang glaubte sie, wieder ein Kind zu sein, und all die Grauen der vergangenen zwei Jahre waren nichts als ein hässlicher

Traum gewesen. Sie lag in ihrem eigenen Bett, in ihrem eigenen Zimmer, umgeben von Dingen, die ihr gehörten – rote und schwarze Seidenkleider, Röcke und Umhänge aus dem Spitzenstoff, der das Muster der Galweighs trug, Rose und Dorn. An den Wänden hingen kleine Porträts von ihrem Vater und ihrer Mutter, die ein geschickter Maler mit einer ruhigen Hand und einem guten Blick für die Wahrheit angefertigt hatte. In der Stadt unten ließen tausend Glocken ihre Altstimmen hören, die sich in Wellen voll und klar aus den fernen Tälern erhoben – das Lied eines Meeres aus Musik.

Beinahe glaubte sie, sie müsse nur durch die Tür treten, dann würde sie ihre Mutter im Flur finden, wo sie ihre jüngere Schwester ausschalt, weil sie den Dienstboten einen Streich gespielt hatte. Beinahe konnte sie ihren Vater vor sich sehen, wie er in einem der vielen Arbeitszimmer des Hauses mit dem Paraglese über eine Handelskarte gebeugt saß und über die letzten diplomatischen Nachrichten aus Galweigia, Varhees oder Strithia diskutierte. Beinahe konnte sie ihre Hand auf das Sprachrohr legen und der Köchin unten in der Küche zurufen, sie möge ihr Fleisch nach oben bringen lassen, blutig und ungewürzt, und eine Schale Bittergemüse dazu.

Aber als sie sich aufrichtete, sah sie Ry auf seinem Bettzeug vor ihrer Tür liegen; er schlief noch, und in seinem zerzausten goldenen Haar fing sich das Sonnenlicht. Kait konnte sich nicht daran erinnern, dass er ins Zimmer gekommen war – er hatte darauf bestanden, allein die unteren Stockwerke zu überprüfen, bevor er sich für die Nacht zurückzog – und sie konnte sich nicht vorstellen, warum er nicht die andere Hälfte ihres Bettes genommen hatte, als er in ihr Zimmer gekommen war. Aber verrückterweise war sie froh, dass er es nicht getan hatte. Sie wusste nicht, wie sie den Geistern, die sie aus ihrer Vergangenheit beobachteten, erklären sollte, dass sie in Haus Galweigh ihr Bett mit einem Sabir teilte.

Sie schlüpfte lautlos unter ihrer Decke hervor und ging zum Ostfenster. Wenn sie sich an den Fensterrahmen lehnte und mit beiden Händen auf das Sims stützte, konnte sie in den verborgenen Garten hinabblicken, der unter ihrem Fenster lag. Früher einmal war er wunderschön gewesen – voller Blauregen und nachtblühendem Jasmin und Frangipani. Die Sabirs hatten den Garten bei ihrem Angriff auf das Haus in Brand gesteckt, und jetzt waren die Beete und Pfade von Unkraut überwuchert, und der Brunnen lag begraben unter Algen, halb verbrannten Ästen und noch mehr Unkraut. Kait presste die Augen fest zu. Die Morgensonne küsste ihr Gesicht, wie sie es früher so oft getan hatte, und die letzten Echos der Glocken ließen die Erinnerungen umso schärfer erscheinen.

Eigentlich sollte sie jetzt ihre Schwester Loriann im Nebenzimmer hören können, wie sie jammerte, dass ihr Zwilling, Marciann, sich wieder einmal ohne zu fragen ihre Kleider geborgt hatte. Weiter unten im Korridor hätten ihre Brüder Fangen spielen und sich darüber beklagen sollen, dass sie zum Morgengebet in die Parnisserie mussten. Sie hätte die Stimme ihrer Mutter hören sollen, die mit ihrer Schwägerin über Hauslehrer oder die Frauen der niedereren Familien schwatzte. Nichten und Neffen, Vettern und Kusinen, Onkel und Tanten, sie alle hätten da sein sollen, sie hätten gelacht und gezankt und Bemerkungen über alles und jeden gemacht, angefangen vom Essen bis hin zu Kleidern und Politik; Dienstboten hätten durch die Korridore huschen sollen, um an Türen zu klopfen, Essen und frische Kleidung zu bringen, Blumen zu schneiden und die Betten zu machen. Der Strom der Menschen, die durch die Räume zogen, hatte dem Haus Leben gegeben.

Jetzt war es tot. Wie ein Grab barg seine leere Hülle kalte, schweigende Räume, in denen nur noch Schmerz und nichts als Schmerz zurückgeblieben war.

Tränen brannten in ihrer Kehle und quollen aus den Winkeln

ihrer immer noch geschlossenen Augen. Ich bin jetzt hier, dachte Kait. Ich habe den Spiegel der Seelen bei mir – ich habe eine halbe Welt durchquert und bin durch die Hölle gegangen, um diesen Spiegel zu holen, und jetzt ist er hier, und ich kann nichts, aber auch gar nichts ändern. Ich kann nicht einen Einzigen von ihnen zurückholen. Ich kann genauso wenig ausrichten, wie ich es hätte tun können, wenn ich hier geblieben wäre.

Aber das war nicht die Wahrheit. Wenn sie daheim geblieben wäre, hätte sie mit ihrer Familie sterben können. Dann stünde sie jetzt nicht mutterseelenallein in dem toten Haus und würde ihre Eltern und Geschwister vermissen.

Warme Arme legten sich um ihre Taille, und sanfte Lippen strichen über ihren Nacken.

Sie schlug die Augen auf und blickte zu den verschwommenen, blauen Gipfeln in der Ferne und in das warme Gold der Sonne, das die weißen Mauern des Hauses beleuchtete. »Ich vermisse sie so sehr«, flüsterte sie.

»Ich weiß.«

»Ich will sie zurückhaben.«

Er zog sie fester an sich. »Ich weiß.«

»Sie sind tot. Fort. Ich werde sie nie wiedersehen, und ich kann nichts tun, *gar nichts,* um das zu ändern.«

Er strich mit seiner Wange über ihre, und sie spürte die Feuchtigkeit seiner Tränen auf ihrer Haut. »Es tut mir Leid. Es tut mir Leid, was meine Familie getan hat. Es tut mir Leid, dass du so allein bist. Wenn ich irgendetwas ändern könnte an dem, was geschehen ist, täte ich es. Ich liebe dich, Kait. Ich hätte niemals zugelassen, dass man dir so wehtut.«

Jetzt konnte sie ihre Tränen nicht länger halten, und sie rollten ihr übers Gesicht. »Ich weiß«, sagte sie. Dann drehte sie sich um und barg den Kopf an Rys Brust. Ihre Eltern und Geschwister waren für immer verloren. Niemals würde sie die Magie finden, die sie zu ihr zurückbringen würde – diese Magie existierte nicht. Der Tod war eine endgültige Form des Weiterziehens, und die Menschen, die sie liebte, waren ohne sie weitergezogen. Nach all der Zeit drang diese Erkenntnis nun zu ihr durch, und endlich gestattete sie es sich, zu weinen. Während sie weinte, hielt Ry sie fest umfangen und strich ihr übers Haar, als sei sie ein Kind. Beide sprachen sie kein Wort.

Schließlich holte Kait tief und ein wenig zittrig Atem und löste sich aus seiner Umarmung. Sie wischte sich mit dem Ärmel übers Gesicht und blickte zu Ry auf. »Wir haben heute viel zu tun. Ich schlage vor, wir fangen langsam an.«

Er nickte.

Sie legte die Hände auf seine Brust, stellte sich auf die Zehenspitzen und küsste ihn sachte. »Ich liebe dich.«

Er zog sie noch einmal an sich. Das Sonnenlicht, das durchs Fenster fiel, wärmte ihren Nacken wie der Kuss einer Mutter, und Rys Nähe flößte ihr Kraft ein. Sie war bereit, sich der Leere des Hauses zu stellen.

Ulwe und Ian erwarteten sie bereits, als Kait und Ry in den Flur hinaustraten.

»Ich dachte, wir wollten früh anfangen«, bemerkte Ian.

Ry zog eine Augenbraue hoch. »Es *ist* früh.«

Ulwe sagte: »Ich habe Hunger. Ian und ich haben bereits etwas von den Vorräten gegessen, aber Kait meinte, dass wir unter den Notvorräten Besseres finden würden.«

Kait nickte. »Wir brauchen nicht vom Reiseproviant zu leben, und wir müssen auch nicht zurück in die Stadt, um uns die Dinge zu besorgen, die wir benötigen. Die Notlager wurden dazu angelegt, um tausend Menschen ein Jahr lang mit Nahrung zu versorgen. Zu viert müssten wir eigentlich für den Rest unseres Lebens damit auskommen … Falls die Sachen vorher nicht verderben.« Sie lächelte Ulwe zu.

»Du brauchst keinen Hunger zu leiden. Wir verschaffen uns einen schnellen Überblick über das, was wir haben, und stellen fest, wo die einzelnen Dinge sind, und wenn wir schon mal dabei sind, können wir gleich genug für ein oder zwei Wochen mitbringen, damit wir nicht jeden Tag den ganzen Weg bis hinunter in die Notlager gehen müssen. Sobald das erledigt ist, überlegen wir uns, was wir als Nächstes tun wollen.«

»Die Drachen haben gewaltige Mengen an Vorräten aus dem Haus mitgenommen«, meldete Ian sich zu Wort. »Ich fürchte, du wirst enttäuscht sein von dem, was du hier vorfindest.«

Kait zuckte die Achseln. »Sie haben sicher die großen Speisekammern leer geräumt. Aber die Notlager liegen versteckt. Das ist ja der Sinn dieser Lager, dass sie uns in Notfällen versorgen, und zwar an einem Ort, der unseren Feinden nicht zugänglich ist, wenn wir überrannt werden.«

»Die Sabirs und später die Drachen haben … Informationen von den Überlebenden bekommen«, sagte Ian leise.

Er hatte seine Bemerkung vorsichtig formuliert und nicht von Folter gesprochen. Aber Kait hatte das Wort Folter aus seinem Tonfall herausgehört, und sie sah es an der Art und Weise, wie er den Blick von ihr abwandte. Sie versteifte sich und spürte, wie ihr Blut kalt wurde; die Bilder, die ihre Fantasie ihr entgegenschleuderte, weckten in ihr den Wunsch zu schreien. Sie zwang sich, ihre Stimme ruhig zu halten, und sagte: »Wir werden erst wissen, was sie herausgefunden haben, wenn wir nachsehen.«

Sie führte die anderen über eine der vielen Dienstbotentreppen nach unten. Bisher hatte sie keine Spuren von Blut und Knochen gefunden, nicht den leisesten Hinweis auf die Gräuel, die das Haus miterlebt hatte, aber sie wappnete sich dennoch gegen das Kommende. Sie hatte Angst davor, über Skelette zu stolpern, die vertraute Kleidungsstücke trugen; sie fürchtete sich davor, auf die Knochen von Menschen zu treffen, die sie einst geliebt hatte.

Ein Strom von Erinnerungen an bessere Zeiten flutete über sie hinweg. Mit grimmiger Entschlossenheit beschleunigte sie ihren

Schritt. Hinter sich hörte sie Ulwe plötzlich flüstern: »Ry, so schnell kann ich nicht laufen.« Kait grub ihre Nägel in das Fleisch ihrer Hände und zwang sich, langsamer zu gehen. Sie erreichten das erste Untergeschoss, wo die Hauptküchen und die meisten der allgemeinen Vorratskammern lagen. Kait bog in einen dunklen Korridor ein, dann warf sie Ian einen Blick über die Schulter zu. »Seid ihr in diese Richtung gegangen?«

»Ich persönlich nicht, aber das heißt nicht, dass nicht vielleicht ein anderer hier war.«

Sie blickte zu Boden. Es lag kein Staub darauf. Sie runzelte die Stirn, dann ging ihr plötzlich auf, dass sie nirgendwo im Haus Staub gesehen hatte, obwohl es versperrt gewesen war, seit die Drachen es verlassen und in ihre Zitadelle der Götter übergesiedelt waren. Sie dachte über diese seltsame Tatsache nach, konnte aber nicht entscheiden, ob sie wichtig war oder nicht. »Dann bleibt dicht hinter mir«, sagte sie zu den anderen. »Was wir vorhaben, ist eine heikle Angelegenheit. Es haben sich schon Menschen in diesen Untergeschossen verirrt und sind nie wieder aufgetaucht.«

Sie bog in einen Durchgang ein, wandte sich an der ersten Kreuzung nach links und an der zweiten nach rechts und dann wieder nach rechts in einen Korridor, der wie eine kleine Sackgasse mit einer halbkreisförmigen Steinbank darin aussah. Die Laternen brannten nicht. Aber Kait zündete sie an, woraufhin die hüpfenden Schatten ihr vertraute Bilder zeigten. Die Luft roch abgestanden, aber hier zumindest strahlte das Haus noch etwas Zivilisiertes aus. Es wirkte verständlich. Als sei es einfach nur ein Gebäude. Tiefer in dem unterirdischen Labyrinth, unerreichbar für Sonne und Luft, wälzten sich Gerüche an der Nase vorbei, die an Grauen denken ließen, huschten Geräusche an der Grenze des gerade noch Hörbaren entlang und barg die Dunkelheit in sich das Gefühl von Augen, die beobachteten, von Klauen, die warteten. Die oberflächliche Freundlichkeit von Haus

Galweigh verhüllte einen Kern geduldiger, wachsamer Geheimnisse. In diesen tieferen, dunkleren Bereichen wollte nicht einmal Kait allein umherwandern.

Sie ließ sich auf ein Knie nieder, griff unter die Bank und ließ einen Finger über die Rückseite des hölzernen Beins der Bank gleiten. Als sie den dort versteckten Druckpunkt fand, legte sie den Schalter um. Der Mechanismus öffnete sich lautlos, und mit einem unendlich leisen Wispern bewegten sich die Bank und die Wand dahinter rückwärts.

»Diese Speisekammer ist ziemlich leicht zu finden«, sagte Kait. »Wenn sie leer ist, gibt es noch andere, die besser versteckt sind. Die nehmen wir uns dann als Nächstes vor.«

Kait trat in die Lücke, die sich in der Mauer zu ihrer Linken aufgetan hatte. Die Regale waren kahl.

Sie kam wieder heraus, zuckte die Achseln, kniete sich abermals hin und verschloss den Mechanismus, der den Korridor verbarg. Sie war nicht besonders enttäuscht. »Also dann, nach unten. Weiter unten im Haus sind die Lager besser verborgen.«

Aber die Sabirs oder die Drachen oder vielleicht auch beide hatten die meisten Vorräte gefunden, die die Galweighs angelegt hatten. Nach einem halben Tag des Suchens und sechs weiteren versteckten Räumen, die bis auf die Mauern ausgeräumt worden waren, führte Kait ihre Gefährten endlich in ein Lager, das unberührt geblieben war. Es lag ein gutes Stück abseits von den Hauptwohnbereichen, in einem Korridor, in den nicht der leiseste Lichtschimmer vordrang, sodass die Laternen die Dunkelheit dort nur ein Stück zurückzudrängen schienen, statt sie zu zerstreuen. Der verborgene Mechanismus schloss zwei Druckpunkte und ein rhythmisches Muster ein – Kait brauchte fünf Anläufe, bevor die Tür sich endlich öffnete. Aber als sie es geschafft hatte, wurde sie reich belohnt: Vor ihr standen Deckelkrüge und mit Wachs versiegelte Amphoren, große und kleine Fässer, Kisten und Kästen und Schachteln und Truhen. Die Luft war geschwängert von den Düften von Pfeffer, Salbei, Zimt und einem Dutzend anderer Gewürze. Leere Haken baumelten von der Decke herab, und auf einem der Regale an der rechten Wand lag nichts als einige Ballen zerknitterten Stoffs, aber trotz allem, was fehlen mochte, reichte dieser eine Lagerraum, um sie, wenn nötig, alle vier ein Jahr lang mit Nahrung zu versorgen.

»Ich hatte mir langsam Sorgen gemacht, dass du dich irren könntest«, sagte Ry. Er trat hinter sie und legte einen Arm um ihre Taille.

»Ich auch. Ich hätte es nie für möglich gehalten, dass irgendjemand je den Raum entdecken würde, in dem wir zuletzt waren.«

»Die Drachen haben all diese Häuser geschaffen.«

»Das weiß ich. Aber ich dachte auch, dass nur der Drache, der das Haus geschaffen hatte, all diese Räume würde finden können – und wenn dieser Drache zurückgekommen ist, hätte er doch sicher sein Haus für sich gefordert und wäre geblieben.«

»Es sieht so aus, als hättest du Recht mit deiner Vermutung.«

Kait unterzog die Vorräte einer genauen Musterung. »Wir haben genug von allem, was wir zum Überleben brauchen. Trotzdem würde ich gern auch die anderen Räume untersuchen, von denen ich weiß. Vielleicht sind wir vier nicht die Einzigen, die von den Vorräten werden leben müssen. Wir können zuerst etwas essen, dann kannst du die Vorräte nach oben bringen, während ich allein durch den Rest des Hauses gehe. Oder wir nehmen uns die übrigen Vorratskammern erst morgen vor.«

Ian hatte sich ebenfalls gründlich in dem Raum umgesehen. »Wir suchen am besten weiter«, sagte er. »In diesem Lager gibt es kein Fleisch – ihr werdet sicher etwas haben wollen, bevor wir für heute Schluss machen.«

Kait war erschrocken. Sie schnupperte – sie konnte den Duft von geräuchertem Schwein, gedörrtem Wildbret, von Rindfleisch und getrockneter Python ausmachen. Aber tatsächlich sah sie keine eingewickelten Schinken von den Haken an der Decke baumeln, und die Säcke für das Dörrfleisch, die auf den Regalen lagen, waren beängstigend flach.

»Wir haben dafür gesorgt, dass sich in jedem der Lagerräume alles für das Überleben Notwendige befindet. An der hinteren Wand gibt es sogar eine Süßwasserquelle und einen Abtritt sowie ein Waschbecken, und man kann die Tür von innen abschließen, für den Fall, dass Überlebende eines Massakers sich für eine Weile verstecken müssen. In einigen der kleineren Truhen dort drüben wird sogar Gold liegen.« Kait machte sich daran, den Inhalt der Regale zu überprüfen. Aber Ian hatte Recht. Nichts anderes war angerührt worden, aber irgendjemand hatte sämtliche Fleischstücke entfernt.

»Einige dieser Fässer enthalten gesalzenen Fisch«, sagte Kait. »Der wird Ry und mir fürs Erste genügen.«

Ry runzelte die Stirn. Er zeigte auf die leeren Haken, dann auf die gewachsten Tücher und die Bindfäden, die achtlos hingeworfen auf dem Boden lagen. »Warum sollte jemand das ganze Fleisch auswickeln, bevor er es mitnimmt?«, fragte er. »Ausgepackt hält es sich nicht lange, und niemand könnte so viel auf einmal essen.«

Kait wusste keine Antwort auf diese Frage. »Vielleicht sollte ich lieber mal nach dem Fisch sehen«, sagte sie.

Sie stemmte den Deckel von einem der Fischfässer hoch und spähte hinein. Das Fass hätte randvoll mit Fisch sein müssen, war aber bis zum untersten Drittel leer. Und dieses Drittel – dunkle Salzlake – verriet mit nichts, dass es jemals Fisch enthalten hatte. Kait konnte im Wasser nicht eine einzige Schuppe finden, und an den Seiten des Fasses klebte auch nicht das winzigste Stückchen Schwanz. Sie nahm einen der Fischhaken von der Wand und stocherte damit in der Flüssigkeit herum. »Nichts«, sagte sie. »Nicht ein einziger Fisch. Wenn ich es nicht besser wüsste, würde ich sagen, dass hier nie ein Fisch drin war.«

»Vielleicht hatte irgendjemand die Absicht, das Fass später aufzufüllen«, meinte Ry.

Kait warf ihm einen langen Blick zu.

Er zuckte die Achseln. »Nein, wahrscheinlich nicht. Wir hätten auch nichts in unsere Vorratskammern gestellt, das nicht zur Benutzung bereit gewesen wäre. Ich kann mir nicht vorstellen, was hier passiert sein mag.«

»Ich auch nicht. Aber du und ich, wir *müssen* Fleisch haben. Die beiden anderen werden auch ohne zurechtkommen, wenn sie müssen …«

»Ich esse kein Fleisch«, unterbrach Ulwe sie.

Kait nickte und fuhr dann fort: »… aber wenn wir beide während der Verwandlung und direkt danach kein Fleisch bekommen, das uns neue Kraft gibt, werden wir nicht lange leben.«

»Also auf in die nächste Vorratskammer«, sagte Ian.

Die nächste versteckte Kammer war vollkommen ausgeräumt worden. In der folgenden waren die Vorräte unversehrt. Wieder hatte irgendjemand nur das Fleisch genommen. Und wieder lagen die mit Kräutern gefüllten und gewachsten Verpackungen zusammengeknüllt auf dem Boden, und die Fässer waren versiegelt. Kait hob eine der leeren Verpackungen auf und stellte fest, dass sie unversehrt war. Das Wachssiegel war unberührt, der in Wachs getauchte Stoff unzertrennt. Niemand hätte das Fleisch herausnehmen können, ohne den Stoff aufzuschneiden oder das Siegel zu zerbrechen. Dennoch, so unmöglich es schien, das Fleisch war nicht mehr da.

»Es ist nicht einmal so, dass die Schinken sich in Staub verwandelt hätten«, sagte Kait frustriert. »Wenn das Fleisch verdorben und faul geworden wäre, hätten wir wenigstens Knochen in diesen Beuteln. Aber sie sind *leer.*«

Ry durchstöberte die Vorräte mit unverhohlenem Staunen. »Was mag denn bloß mit den Sachen passiert sein?«

»Es ergibt keinen Sinn.« Kait ließ sich erschöpft auf eine Truhe sinken, die noch immer Gold und Silber in einer großen Vielzahl von Währungen und Prägungen enthielt. »Wer würde nur das Fleisch nehmen und alles andere zurücklassen – den Wein, die Kräuter, die Gewürze, die Früchte und das Gemüse? Und was das betrifft, wer würde getrocknetes Fleisch mitnehmen und das Gold dalassen, mit dem man ein Tausendfaches an frischem Fleisch kaufen könnte?«

»Und wie, in allen Höllen, sind diese Leute an das Fleisch herangekommen?«, brummte Ian.

Ulwe hockte sich mitten im Raum hin, presste die Augen fest zusammen und legte die Hände mit gespreizten Fingern auf den Boden. Kait bemerkte die seltsame Haltung des Kindes sofort, ebenso wie die angespannte Konzentration, die von ihm ausging.

Durch Kaits Schweigen aufmerksam geworden, folgten Ry und Ian ihrem Blick. Sie wurden ebenfalls still, und alle drei sahen sie neugierig zu dem Kind hinüber.

Mit fest geschlossenen Augen begann Ulwe zu sprechen. »Ihr seid die ersten Menschen, die diesen Raum betreten seit dem … dem bösen Tag. Dem Tag der schrecklichen Zauber und der schrecklichen Tode«, sagte sie leise. »Nichts Lebendiges … ist seit jenem Tag über diesen Boden gegangen. Nichts … Menschliches … hat irgendetwas aus diesem Raum fortgenommen.«

Kait beugte sich vor, die Ellbogen auf die Knie gestemmt: »Aber was war es dann?«

»Die Toten haben hier gespeist. Man hat den Toten Fleisch gegeben …« Ein Schaudern lief durch Ulwes Körper, und sie presste die Augen noch fester zusammen. »Man hat ihnen totes Fleisch als Opfergabe dargeboten.«

Ihr Zittern wurde heftiger, und ihre Stimme veränderte sich, wurde langsamer und träger. »Das Versprechen, das ihnen gegeben wurde, hallt noch immer in den Mauern wider. Sie hören es noch immer und sehen es als verbindlich an.« Sie schwieg kurz, dann stimmte sie einen rhythmischen Singsang an:

»Beim Blute der Lebenden
Und beim Fleische der Toten
Rufe ich die Geister der Familie,
Die vor uns gegangen sind.
Außerhalb der Mauern dieses Raumes,
Aber innerhalb der Mauern dieses Hauses
Haben sich Feinde eingenistet
Und getötet,
Haben geplündert
Und geraubt,
Haben erobert
Und unterworfen.
Kommt, Geister der Toten.
Alles tote Fleisch innerhalb der Mauern des Hauses Galweigh
Entbiete ich euch als Lohn,
Wenn ihr aus den Mauern dieses Hauses jagt,
Alles Lebende außerhalb dieses Raumes.
Tut niemandem Böses; vergießt kein lebendes Blut;
Fügt niemandem Schmerz zu.
Ich bitte nicht um Rache;
Ich bitte nur um Hilfe.
Bei meinem eigenen Geist und meinem eigenen Blut
Entbiete ich mich selbst als Preis,
Um die Sicherheit jedes lebenden Geschöpfes zu gewahren,
Sei es Freund oder Feind,
Das innerhalb der Mauern des Hauses weilt,
Bis dieser Zauber sich erfüllt hat.
So sei es.«

»Ein Zauber«, flüsterte Kait.

»Ja. Dargeboten von einem Mann, der ebenso mächtig wie klug ist. Ich spüre das Echo seiner Schritte ganz deutlich an diesem Ort. Er ist durch sein eigenes Blut und seinen Geist an das Haus gebunden, obwohl er gar nicht lange hier war.«

»Dann hat er also die Toten gerufen.«

Ulwe öffnete die Augen und blickte zu Kait auf. »Und sie sind gekommen. Sie haben immer noch ein Auge auf das Haus. Selbst jetzt beobachten sie uns. Die Feinde, die schon einmal hier waren, sind gekommen, aber sie konnten hier nicht leben. Die Toten sind heute nicht mehr so stark wie damals, als der Zauber ausgesprochen wurde, aber sie sind stark genug, um ... um ... Dinge zu tun.« Ulwe schlang sich die dünnen Arme um den Leib, und Kait sah die Gänsehaut auf ihren Unterarmen. »Niemand kann in diesem Haus leben, der nicht dein Freund ist oder der Freund deiner Familie. Die Toten fordern alles tote Fleisch innerhalb dieser Mauern als ihren Lohn, und wenn innerhalb der Mauern etwas stirbt oder jemand das Fleisch eines toten Geschöpfes hierher bringt, zehren die Geister davon und werden für eine Weile kräftiger. Und wenn sie stark genug sind, tun sie den Willen des einen, der sie rief.«

Ian begann zu lachen.

Kait sah ihn an. »Was ist denn?«

»Kein Wunder, dass die Sabirs und die Drachen dieses Haus aufgegeben haben. Fleisch fressende Geister.«

»Das wird die Dinge für uns erschweren«, bemerkte Ry. »Wir *brauchen* Fleisch, um zu überleben.«

»Wir können jagen«, sagte Kait. »Und wir können unser Fleisch außerhalb der Mauern verzehren.«

»Ja, wahrscheinlich. Trotzdem, auf diese Weise enthüllen wir unsere Anwesenheit jedem, der das Haus möglicherweise beobachtet.«

Kait nickte. »Ein gewisses Risiko ist natürlich dabei. Andererseits bin ich viele Jahre hier auf die Jagd gegangen. Ich weiß, an welchen Stellen man selbst vor den wachsamsten Blicken geschützt ist.«

Ulwe hob eine Hand, die Innenseite nach vorn gedreht. »Kait. Ich habe noch etwas herausgefunden, das vielleicht wichtig sein könnte. Lass mich die Straße ein wenig breiter für dich abgehen.«

Kait nickte und wartete. Das Mädchen schloss abermals die Augen. Lange Sekunden hockte Ulwe auf dem Boden, so reglos, dass sie kaum atmete, die Augen geschlossen und die Lippen leicht geöffnet. Sie erinnerte Kait an ein Rehkitz, das sich im hohen Gras versteckte und hoffte, auf diese Weise nicht aufgespürt zu werden. Das Bild brachte eine Saite in Kait zum Klingen – das Kind war in keiner offenkundigen Gefahr, aber Kaits Raubtiersinne erlaubten es ihr nicht, dieses Bild beiseite zu drängen oder durch etwas Passenderes zu ersetzen. Sie fragte sich, was sie aus der Beobachtung des Mädchens gelernt haben mochte, von dem sie in diesem Augenblick noch nicht wusste, dass sie es wusste.

Endlich sagte Ulwe: »In der Nähe dieses Raums haben eine Mutter und ihre beiden Kinder Zuflucht gesucht. Es gibt noch einen Raum … ganz ähnlich diesem hier. Sie haben die Tür von innen abgeschlossen. Sie ernähren sich von den Vorräten. Sie verstecken sich dort, seit das Haus zum zweiten Mal gefallen ist … aber – nein. Nur zwei von ihnen verstecken sich seit jenem Tag. Der Dritte … kam später.«

Kait erstarrte. »Es gibt noch Überlebende hier?«

Ulwe nickte. »So erzählt es mir der Pfad. So spricht die Straße.«

Das Haus konnte sie verbergen. Das Haus konnte eine ganze Armee verbergen, wenn diese Armee rechtzeitig an die richtigen Plätze gelangte und sich innerhalb der schlauen Mauern absonderte. So viele waren unvorbereitet gewesen. Aber irgendjemand hatte es irgendwie geschafft, zu überleben.

Kait sagte: »Kannst du mich zu ihnen führen?«

Ulwe nickte, die Augen weit aufgerissen. »Sie haben solche Angst, Kait. Sie haben jeden Tag damit gerechnet, aufgestöbert zu werden. Ich kann das Entsetzen spüren. Sie wissen nicht, dass das Haus leer ist.«

Sie würden vielleicht bis ans Ende ihrer Tage in ihrem Versteck bleiben, fern von Sonnenlicht und frischer Luft, sodass sie immer schwächer und blasser und kränklicher würden. Sie musste sie finden. Eine Mutter. Zwei Kinder.

Sie versuchte, jede Hoffnung im Keim zu ersticken, es könnte sich um Mitglieder ihrer Familie handeln. Doghall hatte ihr erzählt, dass ihre gesamte unmittelbare Familie seines Wissens nach tot war. Aber vielleicht hatte eine der Kusinen überlebt. Kait rief sich ins Gedächtnis, dass die Mehrzahl der Bewohner des Hauses nicht zu ihrer Familie gehört hatten – bei den Überlebenden handelte es sich höchstwahrscheinlich um eine zu Tode verängstigte Dienstmagd und ihre beiden Kinder.

Sie erhob sich. Selbst wenn es so war, handelte es sich vielleicht dennoch um Menschen, die sie kannte. Sie würde an jeder Verbindung zu ihrer Vergangenheit, die sie nur finden konnte, festhalten.

»Sollen wir uns dann jetzt auf die Suche nach ihnen machen?«, fragte Ry.

»Vielleicht sollte ich besser allein gehen.« Kait legte eine Hand an die Mauer.

»Ich werde dich hinführen müssen«, sagte Ulwe. »Ich kann der Straße folgen, bis zu dem Ort, an dem sie jetzt sind. Ihre Schritte sprechen zu mir.«

Ry zuckte mit den Schultern. »Ich habe ganz gewiss nicht die Absicht, euch zwei hier unten allein zu lassen.«

Kait holte langsam Atem und stieß ihn noch langsamer wieder aus. »Vielleicht sollten wir bis morgen warten und noch einmal hier herunterkommen, wenn der Tag noch jung ist.« In dem verborgenen Raum, den sie noch nicht erreicht hatte, wartete entweder eine große Freude auf sie oder eine große Enttäuschung. Die Ereignisse ihrer jüngsten Vergangenheit hatten sie gelehrt, sich nicht vorschnell irgendwelchen Hoffnungen hinzugeben; sie war vorsichtig geworden.

»Vielleicht sollten wir's besser gleich hinter uns bringen«, sagte Ian. »Bevor du den Mut verlierst.«

Kait zuckte leicht zusammen, nickte aber. »Vielleicht hast du Recht.«

Ulwe führte sie aus dem Lagerraum heraus zu den Balkonen. Während sie zusammen durch hellere Korridore gingen, vorbei an hohen Zimmern mit geöffneten Türen und eleganten Möbeln, hob Kaits Stimmung sich ein wenig. Die beinahe ewige Finsternis des tiefsten Herzens des Hauses machte ihr mehr zu schaffen, als sie jemals hätte erklären können. Sie war in der Dunkelheit ebenso heimisch wie im Hellen – aber sie fragte sich dennoch, warum die ursprünglichen Erbauer von Haus Galweigh so viele dunkle, luft- und fensterlose Räume geschaffen haben mochten. Wer hatte dort gelebt, und was hatten die Bewohner dieser Räume dort getan? Und warum hatte jemand so viel Platz gebraucht?

Ulwes Weg wand sich wie eine Schlange durch das Haus; sie folgten ihr in ein unteres Stockwerk, dann ging es wieder aufwärts, dann wiederum ein Stockwerk weiter nach unten. Sie waren inzwischen ganz in der Nähe der Balkonräume; Kait wusste nichts von irgendwelchen Lagerräumen, die so dicht bei den Balkonen lagen. Und als Ulwe sie endlich durch einen Korridor führte, den sie erkannte – einen, der in eine Sackgasse mit zwei Balkonräumen und zwei kleinen Lagerräumen führte –, sprach sie diesen Gedanken laut aus.

»Du bist falsch abgebogen. Ich kenne diesen Teil des Hauses.«

»Das ist der richtige Weg«, sagte Ulwe und ging weiter. Kait protestierte nicht. Es würde nicht weiter schwierig sein, ihr zu beweisen, dass sie einem Irrtum erlegen war, und wenn sie ein wenig Zeit verschwendeten, nun, sie wollte sich nicht beschweren, wenn ihre Enttäuschung noch für eine Weile hinausgezögert wurde.

Die beiden Türen auf der linken Seite führten in die wunderschönen Balkonräume, während auf der rechten Seite zwei Vorratskammern lagen. Alle vier Türen waren geschlossen. Ulwe öffnete die Tür zur zweiten Vorratskammer und ging zwischen den Regalen hindurch. Schließlich legte sie eine Hand auf die rückwärtige Mauer. »Da. Dort sind sie.«

Kait sah zuerst die glatte Fläche der Mauer an, dann das Kind. »Da drin?«

»Ja.«

Kait trat dicht vor die Wand hin und schnupperte. Sie konnte tatsächlich menschliche Gerüche dort wahrnehmen. Sie waren ganz schwach – viel zu schwach, als dass sie sie hätte identifizieren können –, aber es stand fest, dass in diesem Raum Menschen gewesen waren. Sie fuhr mit den Fingern über die Ecken der Mauer, dann über die hinteren Kanten eines jeden Regals. Zu ihrem Erstaunen fand sie am rechten unteren Regal an der Wandzeile die dünnen Nähte eines Druckpolsters. Sie drückte, aber das Polster gab nicht nach. Das hieß also … die Tür war von innen abgeschlossen.

Ihr Puls beschleunigte sich, und sie blickte zu dem kleinen Mädchen auf. »Du hattest Recht. Es ist jemand in dem Raum auf der anderen Seite.«

»Ich kann sie dort spüren«, sagte Ulwe. »Sie leben.«

»Dann können sie mich auch hören.«

»Ja.«

Kait stand auf, stemmte sich mit beiden Händen gegen die Wand und rief: »Heya! Ihr in dem Raum dort! Ich bin es! Kait Galweigh!«

Sie legte ein Ohr auf die glatte Oberfläche der aus dem Stein der Alten gemauerten Wand und lauschte. Sie konnte keine Bewegung hören, keine Stimmen, nichts. Sie wartete kurz ab, dann rief sie noch einmal: »Die Sabirs sind fort. Ihr drei könnt herauskommen. Ich bin es! Kait! Ihr seid jetzt in Sicherheit.«

Wieder drückte sie ein Ohr auf die Mauer und lauschte. Lange Zeit blieb es still auf der anderen Seite, dann hörte sie ein kaum wahrnehmbares Flüstern: »Du *könntest* Kait sein.« Es war die Stimme eines Kindes.

»Kait ist tot. Es sind die bösen Leute. Sei still, dann werden sie weggehen.«

Dann war wieder alles still.

»Ich bin es!«, rief Kait. »Ich kann es beweisen.«

Kein Laut. Keine Bewegung. Die Stimme, die geantwortet hatte, hätte jedem gehören können – aber das Kind hatte den Namen Kait mit einem hoffnungsvollen Unterton ausgesprochen. Es gab noch andere Kaits auf der Welt – es hatte sogar andere Kaits innerhalb des Hauses gegeben –, aber vielleicht hatten die Menschen dort drin sie ja doch gekannt. Vielleicht hatte sie ihnen etwas bedeutet.

Was konnte sie ihnen erzählen, das sie überzeugen würde? Sollte sie mit Dingen anfangen, die die Dienstboten vielleicht gewusst haben könnten, oder mit solchen Dingen, die ihre Verwandten gewusst hätten? Welche der Kinder hatten sie besonders gemocht? Nichten und Neffen? Sehr junge Vettern und Kusinen? Die Kinder der Dienstboten, die in den oberen Stockwerken gearbeitet hatten?

»Ich hatte sieben Schwestern«, sagte sie. »Zwei überlebende Brüder. Meine älteren Schwestern waren Alcie, Drusa und Echo. Meine jüngeren Schwestern waren die Zwillinge, Loriann und Marciann, und dann Luciann und Helena. Kestrell und Ewan waren die beiden Brüder, die gestorben sind. Willim und Simman sind die anderen Brüder – beide waren jünger als ich.«

Kein Laut. Keine Antwort.

Kait sprach weiter. »Meine Kammerzofe hieß Danfaith – sie kam aus dem Dorf Hopsett an der Nordküste, nahe Radan. Der Name meiner Mutter war Grace Draclas – sie entstammte der Linie des Imus Draclas und der Wintermarch Corwyn. Mein Vater war Strahan Galweigh. Väterlicherseits entsprang er der Linie Ewan Galweighs. Was seine Herkunft mütterlicherseits betrifft, so können wir die Linie nicht weiter als bis zu Brassias Karnee und seinen Mätressen zurückverfolgen.«

Nichts. Bitte, dachte sie. Bitte, antwortet mir. Bitte, kommt heraus. Bitte, ihr Götter, gebt, dass ich jetzt das Richtige sage, damit ich die Menschen dort drinnen davon überzeugen kann, dass ich diejenige bin, die zu sein ich behaupte.

»Ich hatte das Eckzimmer in der Weidenhalle«, fuhr sie fort. »Ich hatte eine Muschel, die ich in einem geschnitzten Kästchen unter meinem Kissen aufbewahrt habe – die Muschel habe ich am Strand in der Nähe unseres Landhauses gefunden. Sie war ganz schlicht – braun auf der einen Seite und weiß auf der anderen –, aber wenn ich sie ins Licht hielt, leuchtete sie wie rosafarbenes Feuer. In diesem Kästchen hatte ich außerdem noch eine Feder, von einem Eichelhäher, und einen Kristall, den meine Schwester Echo mir geschenkt hat. Ich habe mir immer Alcies Pferd ausgeborgt, weil es das schnellste war und obendrein ein zuverlässiger Springer, aber das Pferd mochte mich nicht, und Alcie wurde regelmäßig wütend auf mich, wenn ich es ritt.«

Sie hörte Schritte, die sich langsam der Mauer näherten. Sie kamen näher und näher. Verharrten direkt auf der anderen Seite der Wand. Kait hielt den Atem an und wartete darauf, dass die Wand zur Seite rollen würde. Aber es geschah nichts dergleichen, und sie konnte auch keine Geräusche mehr hören.

»Bitte, kommt heraus«, sagte sie.

»Erzähl mir … erzähl mir, warum deine Brüder gestorben sind.« Immer noch dieses Flüstern. Kait wusste nicht, wer auf der anderen Seite der Tür stand. Sie konnte die Menschen dort nicht riechen, konnte sie nicht hören.

»Sie wurden beide von Spionen der Sabirs getötet. Sie waren noch Säuglinge, als sie starben.«

»Ja. Aber *warum* wurden sie getötet?«

Kaits Herzschlag beschleunigte sich. Nur die Mitglieder ihrer eigenen Familie – ihre Eltern, ihre Schwestern und ihre überlebenden Brüder – hatten jemals die Antwort auf diese Frage gekannt. Tatsächlich waren sie die Einzigen, die auf die Idee kommen konnten, diese Frage überhaupt zu stellen – und sie hatten die Wahrheit geheim gehalten, um ihr Leben zu retten. Eine Wahrheit, die Kait auch heute noch ihr eigenes Leben kosten konnte.

Sie schloss die Augen und drückte die Wange gegen die Mauer. Wenn sie diese Worte aussprach, ging sie ein tödliches Risiko ein – aber manchmal hatte man keine andere Wahl, als einem Menschen blind zu vertrauen.

»Sie waren Karnee«, sagte sie endlich. »So wie ich.«

Sie hörte ein leises Schluchzen. Dann glitt die Wand langsam zurück, weg von ihr. Aus dem versiegelten Lagerraum schlug ihr eine Woge von süß vertrauten Gerüchen entgegen, und eine schlanke Gestalt trat durch die Öffnung.

Kaits Nase erkannte ihre Schwester, bevor ihre Augen es taten. In der Tat hätten ihre Augen diese zerbrechliche Frau, die ihre älteste Schwester war, vielleicht niemals wiedererkannt.

»Alcie«, wisperte sie.

Sie fielen einander in die Arme und weinten. Als sie sich wieder voneinander lösten, fragte Kait: »Wen hast du bei dir?« Alcie hatte fünf Kinder gehabt.

»Lonar. Und das neue Baby. Es ist ein Mädchen, und ich habe ihr den Namen Rethen gegeben.«

Sie führte Kait in den Raum, in dem sie so lange ausgeharrt hatte. Kaits Neffe Lonar versteckte sich in einer Ecke hinter einem Stapel Kisten, ein kleines Mädchen fest an sich gedrückt. Als er Kait sah, trat an die Stelle seiner gehetzten Miene ein breites Lächeln. »Du bist nicht tot!«, kreischte er.

»Und du auch nicht.« Kait ließ sich auf die Knie fallen und streckte die Arme aus, und Lonar kam, ohne das Baby loszulassen, auf sie zugelaufen. »Ich bin ja so froh, dich zu sehen, Lonar. Und deine neue Schwester. Du kannst dir nicht vorstellen, wie froh.«

Das Baby, das sich erschreckt hatte, begann zu weinen.

Kapitel 18

»Dann hattest du ursprünglich gar nicht vorgehabt, hier unten zu sein.« Kait und Alcie saßen bequem in den tiefen Sesseln in dem Salon, den ihre Familie bewohnt hatte, und sahen einander an. Alcie stillte ihr Baby und knabberte an frischem Gemüse, das aus einem der unberührten Kräuterbeete auf dem Grundstück stammte. Kait trank mit kleinen Schlucken warmen, bernsteinfarbenen Branntwein aus Varhees direkt aus der Flasche.

Ry und Ian schleppten Vorräte aus den am nächsten gelegenen unversehrten Lagerräumen nach oben; Ulwe und Lonar lagen bereits im Bett. Auf diese Weise hatte Kait Alcies Geschichte hören können, ohne unterbrochen zu werden, und sie hatte ihr ihrerseits von ihren Erlebnissen berichtet. Es war den beiden Schwestern gelungen, einander gründlich zu entsetzen.

»Es war einfach nur Glück. Lonar fühlte sich einsam, und ich wusste, dass ich weniger Zeit für ihn haben würde, wenn das Baby erst da wäre. Er wollte zu den Balkonräumen hinuntergehen, und ich dachte, ich zeige ihm den geheimen Raum, den ich als Kind gefunden hatte.«

»Von diesem Raum habe ich nie etwas gehört.«

»Ich habe der Familie auch nie davon erzählt, dass ich ihn gefunden hatte. Es war mein Versteck. Als ich Omil heiratete, habe ich ihm den Raum gezeigt, und wir haben beschlossen, uns dort ein kleines Vorratslager anzulegen. Nur für den Notfall. Wir haben dafür gesorgt, dass stets genug zu essen dort war, und wir haben die Vorräte regelmäßig erneuert. Das war der Hauptgrund, warum wir die Balkonsuite haben wollten, die so weit vom oberen Haus entfernt liegt. Auf diese Weise hatten wir eine plausible Entschuldigung, um so oft dort hinunterzugehen, wie wir es wollten.«

Alcie hielt in ihrem Bericht inne. Sie blickte auf ihre kleine Tochter hinab, und Kait bemerkte das plötzliche Glitzern ungeweinter Tränen in ihren Augen. Erinnerungen konnten die Hölle sein.

»Ich bin so froh, dass du es geschafft hast«, flüsterte sie.

»Das bin ich auch ... manchmal«, sagte Alcie. Sie strich über Rethens Wange und legte sie an die andere Brust. »Wenn ich Rethen oder Lonar ansehe, bin ich dankbar, dass ich nicht bei den anderen war, als die ersten Schreie laut wurden. Aber ich muss zugeben, dass ich mir mehr als einmal gewünscht habe, ich wäre mit Omil und meinen anderen Kindern gestorben.«

Kait nahm einen langen Schluck von dem Branntwein. »Ich habe mir selbst oft das Gleiche gewünscht.«

»Aber du hast so viel unternommen. Und du und Ry ...« Sie lächelte. »Ich freue mich, dass du jemanden gefunden hast.«

»Deine Freude wird vielleicht nicht mehr so groß sein, wenn ich dir erzähle, wer er ist.«

»Ich weiß bereits, wer er ist. Er und Ian sind Brüder, stimmt's? Und Ian ist ein Draclas. Das hat er mir erzählt.« Sie nippte an einem Glas mit Quellwasser. »Keine Sorge. Es gibt keine Draclas, die eng mit uns verwandt wären.«

»Das ist es auch nicht, was mir Kopfzerbrechen macht.« Kait blickte in das kleine Feuer, das im Kamin flackerte. »Ian und Ry sind Halbbrüder. Ry ... ist ein Sabir.«

Sie hörte keinen Laut von Alcie. Nicht einmal Atmen. Kait sah zu ihrer Schwester hinüber. Alcie sah sie an, und auf ihrem Gesicht spiegelte sich Unglauben wider.

»Ein Sabir?«, brachte sie schließlich heraus.

Kait nickte.

»Wie nah verwandt mit den Sabirs?«

»Er ist ein Sohn der Hauptlinie. Er hätte nach dem Tod seines Vaters einen Zweig der Sabir-Familie übernehmen sollen.« Sie erwähnte nicht, um *welchen* Zweig es sich dabei gehandelt hätte. Sie fand, dass sie auch so schon genug Probleme hatte, ohne Ry mit heimlichen Zauberern in Verbindung zu bringen.

Alcie schien zutiefst bestürzt zu sein. Als sie endlich wieder zu sprechen begann, stellte sie nur eine einzige Frage: »Wie *konntest* du?«

Was genau die Frage war, die Kait selbst sich wieder und wieder gestellt hatte. Trotz ihrer Liebe zu Ry und trotz des überwältigenden Gefühls, dass sie zusammengehörten, hatte Kait noch immer keine befriedigende Antwort auf diese Frage gefunden. Als eine Galweigh wäre es ihre Pflicht gewesen, auf ihn zu verzichten, ganz gleich, wie sehr sie ihn begehren mochte; stattdessen hatte sie für Begehren und Liebe ihre Pflicht verraten. Sie starrte ins Feuer und versuchte, Worte zu finden, die Alcie klar machen konnten, warum sie sich so entschieden hatte. Aber sie kannte die Worte bereits. Sie wollte sie nur nicht auf sich selbst angewandt sehen.

Sie war eine Verräterin. Ein Feigling. Ein schwaches und törichtes Kind.

»Doghall muss es doch gewusst haben«, sagte Alcie.

»Er wusste es. Er … er hat Ry zu schätzen gelernt. Ry hat auf unserer Seite gestanden und gegen die Interessen seiner eigenen Familie gehandelt. Er hat uns geholfen … Doghall geholfen. In den Kämpfen, die wir ausgefochten haben.« Und wie konnte sie Alcie erklären, was für ein Mensch Doghall war? Alcie glaubte, ihr Onkel wäre ein Diplomat – ein ältlicher Politiker –, ein respektabler Mann eben. Sie wusste nichts von seiner geheimen Verbindung mit Zauberern, nichts von seiner Religion, die auf die Rückkehr des Wiedergeborenen gewartet hatte. Sie wusste nichts von den Wundern, die ihrer Welt um ein Haar zuteil geworden wären, oder dass diese Wunder ihnen für alle Zeit gestohlen worden waren, und zwar von ihrer eigenen Kusine, Danya. Alcie wusste von Kaits Flucht, vom Verrat der Gofter Galweighs und von Kaits langer und gefährlicher Reise. Aber Kait hatte das ganze Martyrium auf eine Weise dargestellt, die nichts von den magischen Verstrickungen erkennbar werden ließ.

»Und Doghall hat deinen … deinen Verrat hingenommen?« Kait wurde klar, dass Alcie niemals begreifen würde, was geschehen war, wenn sie nichts über die Magie wusste – über den Kampf zwischen den Wölfen der einzelnen Familien, über die Falken und die Drachen, über den Wiedergeborenen, über die Prophezeiungen und Danya. Wahrscheinlich, so dachte Kait, war es das Beste, wenn Alcie nichts von der Rückkehr der Magie in ihre Welt erführe; diese Dinge würden dann nicht ihre Gedanken vergiften oder ihre Kinder in Gefahr bringen. Sie würde sicher sein, auch wenn sie Kait für den Rest ihres Lebens hassen würde. Kait glaubte, mit diesem Hass leben zu können, solange sie nur wusste, dass Alcie und zwei ihrer Kinder das Massaker überstanden hatten.

Aber welches Recht hatte sie, Alcie die Wahrheit vorzuenthalten? Selbst die bitterste Wahrheit war süßer als die süßeste Lüge. Warum ging sie einfach davon aus, dass Alcie beschützt werden müsse? Ihre Schwester hatte so viel an die Wölfe und die Drachen verloren – noch mehr sogar als Kait. Neben ihren Geschwistern und ihren Eltern hatte sie ihren Ehemann und ihre Kinder verloren. Wenn die Situation umgekehrt gewesen wäre, hätte Kait wissen wollen, was wirklich geschehen war.

Am Ende gab diese Tatsache für sie den Ausschlag.

»Du weißt noch nicht alles«, erklärte sie.

Diesmal sagte sie ihrer Schwester die ganze Wahrheit.

Buch II

Wenn Männer sich zur Schlacht sammeln,
Füllen die Raben den Himmel,
Sie warten auf das Blut des Krieges
Und auf ihr Festmahl, die Augen der Männer.

Aus einem Volkslied der Gyru-nalle,
Autor unbekannt

Kapitel 19

Die Vorreiter näherten sich mit flackernden Bannern dem karganesischen Fischerlager. Ein gutes Stück vor dem Lager machten sie Halt, um zu warten.

Danya trug die wunderschöne Caspah aus besticktem, gespaltenem Wildleder und die Reithosen, die die karganesischen Frauen für sie angefertigt hatten. Sie stieg auf ihren Lorrag und ritt den Spähern allein entgegen. Schließlich musste sie den Schein wahren. Für die Karganesen war sie Ki Ika – die Sommergöttin, die Mutter ihres Retters, Iksahsha, der ihnen vor langer Zeit prophezeit worden war. Luercas hatte in seiner Rolle als Iksahsha die notwendigen Wunder gewirkt, und die Geschichten hatten sich wie ein Lauffeuer verbreitet, verbreiteten sich immer noch. Die Narbigen – vor tausend Jahren geboren aus Zauberermagie und Zaubererwahn – kamen in all ihren verzerrten und widernatürlichen Gestalten, und sie alle wollten Beweise dafür, dass ihre Zeit des Exils in dem kalten, unwirtlichen Ödland der Veral-Territorien sich dem Ende näherte. Bei jeder neuen Schar, die zu ihnen stieß, begrüßte Danya die Anführer, und Luercas überredete sie, sich ihnen anzuschließen, und sie blieben – oder wenn sie wieder abzogen, so doch nur, um den Rest ihrer Familien ins Lager zu holen. Schon jetzt war das Sommerlager, das ursprünglich aus weniger als hundert Narbigen bestanden hatte, zu einer Stadt von annähernd zehntausend gewachsen. In Bälde würden sie alle nach Norden ziehen müssen, in wärmere Gegenden mit reicheren Feldern, denn die hungrigen Legionen saugten diesen Ort vollkommen aus. Er würde Jahrzehnte brauchen, um sich zu erholen.

»Seid mir gegrüßt, Fremde«, sagte sie in der Handelssprache. »Ich bin Ki Ika – die Sommermutter und Trägerin des Sohnes der Tausend Völker.« Sie hob die rechte Hand – die Hand, die immer noch narbig war, mit zwei grimmig wirkenden, schuppenbewehrten Krallen, wo einst ihr Zeigefinger und der Mittelfinger gewesen waren. Diese Finger waren ihr Brandmal, ihr Zeichen, der Beweis dafür, dass sie nicht ganz menschlich war, sondern eine dieser Ausgestoßenen, genauso wie die grässlichsten Gestalten unter ihnen.

Der Anführer trat vor und hob seine eigene dreiklauige Pfote zum Gruß. »Wir Sturmschlucker«, sagte er, »wir kommen sehen Wahrheit mit eigenen Augen. Wir hören, Hammer des Menschen jetzt hier. Wir wollen kämpfen für Grüne Länder.« Diese jüngsten Narbigen gehörten zu einem Stamm, den Danya noch nie zuvor gesehen hatte. Sie waren untersetzt, mit breiten Leibern und schwerem Pelzbewuchs, und sie trugen nur lederne Geschirre, an denen Werkzeuge und Waffen hingen.

Der Hammer des Menschen. Zweifellos eine der vielen Versionen des Retters, an den die Narbigen glaubten. Wie Kempi für die bärenhaften Wishtaka oder Er-Der-Keine-Fußabdrücke-Hinterlässt für die Schrecken gebietenden Flammenleute oder Pfeilherz für die leichenhaften, augenlosen Oauk, so war »Hammer des Menschen« gewiss ein anderer Name für den Mythos, den Danya zusammen mit Luercas zum Leben erweckt hatte – den Mythos, dass das Unrecht, das vergangenen, unglücklichen Generationen angetan worden war, irgendwie wieder gutgemacht werden würde.

All diese armen, verwachsenen Ungeheuer kannten irgendeine Version jener Geschichte, die von dem Tag kündete, da die wahren Menschen ihnen ihr Geburtsrecht gestohlen hatten – ihre eigene Menschlichkeit nämlich – und sie in die Ödländer dieser Welt verbannt hatten. Und sie alle kannten irgendeine Form der gleichen Prophezeiung – die Geschichte des Tages, da sie Rache über die Häupter der Narbenlosen bringen würden. Die Prophezeiung schien immer von einem anderen Ungeheuer zu künden, das sie anführen würde, und sie versprach den Narbigen, dass sie nicht länger auf einem bitterkalten Schneefeld leben und Tierhäute würden tragen müssen, dass sie ihre Nahrung nicht länger der feindseligen, kargen Erde würden abringen müssen, sobald ihr Retter unter ihnen erschienen war. Sie würden nach Norden reiten, in die Grünen oder Schönen Länder, in die Reichen Länder oder die Himmlischen Felder, und dort würden sie die wahren Menschen unterwerfen. Und dann würden sie sich Wärme und Weichheit zurückerobern, Zivilisation und Wohlstand und all die Annehmlichkeiten einer Welt, die sie nie gekannt, die sie aber in ihrer Fantasie mit ungezählten Wundern ausgekleidet hatten.

Und Danya und Luercas erzählten ihnen genau das, was sie hören wollten.

Es war so einfach, wirklich. Luercas nahm jede albtraumhafte Gestalt an, die sie zu sehen erwarteten – nur um sich gleich darauf in die Gestalt eines Menschen zu verwandeln. Er erzählte ihnen, dass sie ihre rechtmäßige menschliche Gestalt bekommen würden, sobald die Usurpatoren der Grünen Länder besiegt waren.

Sie schluckten diese Lügen, weil sie sie glauben wollten. Am Ende würden sie alle ihre Leiber gegen die brutale Mauer der menschlichen Zivilisation werfen – erwachsene Männer und Frauen, Greise, Kinder, Mütter mit Säuglingen in den Armen. Viele von ihnen – vielleicht die meisten – würden sterben. Und sie und Luercas, sie würden auf den zerbrochenen Leibern ihrer Anhänger nach Calimekka einreiten und die Stadt für sich fordern. Und nach dem großen Stadtstaat Calimekka würde ganz Ibera folgen.

Es war eine hässliche Zukunft, aber Rache hatte ihren Preis. Danya hatte gezahlt. Sie hatte mit dem Leben ihres Sohnes gezahlt und, so argwöhnte sie, mit ihrer Seele. Nachdem sie bezahlt hatte, akzeptierte sie nun die Opfer, die andere ihr darboten, als ihr gutes Recht, und sie gestattete es sich nicht, zu viel über das Leben und Sterben derer nachzudenken, die diese Opfer darbrachten. Sie lächelte und hieß die Ungeheuer willkommen, weil sie die Münze waren, mit der sie ihre Rache kaufen würde.

Diesmal begrüßte sie die Sturmschlucker, und Luercas vollführte die notwendigen Wunder, um die Neuankömmlinge davon zu überzeugen, dass er sowohl einer der ihren als auch etwas Größeres war. Sie sahen ihn, sie huldigten ihm, und sie blieben. Und die Armee der Narbigen, der Verdammten, der Unerwünschten wuchs um weitere tausend Mitstreiter an.

Kapitel 20

Doghall nahm Kait müde in die Arme. »Die Reise war die Hölle. Und das Schlimmste kam, als wir Calimekka erreichten. Die Stadt brodelt von Aufruhr und Rebellion – die Drachen fort, die Galweighs fort, die Sabirs geschwächt und in Misskredit gebracht, die Parnisserie in Aufruhr wegen der Verräter in ihren eigenen Reihen, und sowohl die Masschankas als auch die Kairns wissen nichts Besseres zu tun, als zu versuchen, sich Scheiben von dem Territorium abzuschneiden, das früher einmal überlegenen Familien gehörte …« Doghall schüttelte den Kopf. »Und damit nicht genug, sie versuchen den Einheimischen einzureden, dass sie vielleicht besser von ihnen regiert werden sollten statt von uns.« Er warf Ry, Jaim und Yanth, die noch damit beschäftigt waren, einander zu begrüßen, einen Blick zu und unterbrach sie. »Jaim, Yanth – seht zu, dass ihr Alarista ein bequemes Bett besorgt, ja? Und gebt ihr zu essen. Die Reise den Berg hinauf hat sie fast ihre ganze Kraft gekostet.«

Kait starrte die alte Frau an, die nun von ihrem Pferd gehoben wurde, dann drehte sie sich wieder zu ihrem Onkel um. »Du bist nicht viel älter als ich, und sie ist jetzt im gleichen Alter wie Großmutter Corwyn. Was ist denn nur *passiert*?«

»Es ist eine lange und hässliche Geschichte – eine, die wir besser später bereden.« Er senkte die Stimme. »Wo ist er?«

Kait brauchte nicht zu fragen, was er meinte. »In der Nacht, in der wir hier ankamen, habe ich ihn in eine der Schatzkammern gebracht, hinter Fingerschlosstüren. Die Tür habe ich selbst abgesperrt. Niemand kann an ihn heran.«

»Aber du weißt, dass das keine Rolle spielt.«

Kait hatte sich seit ihrer Ankunft in Haus Galweigh nicht einmal selbst gestattet, an den Spiegel der Seelen zu denken – bis jetzt. Dunkle Ängste in den Erinnerungen, die sie von dem Drachen Dafril empfangen hatte, hatten sie von dem Spiegel fern gehalten, hatten sie daran gehindert, auch nur an den Spiegel zu denken oder mit irgendjemandem über ihn zu sprechen. Sie hatte es nicht einmal gewagt, diese Ängste näher zu untersuchen, um herauszufinden, was hinter ihnen lag. Stattdessen hatte sie sich einfach auf andere Dinge konzentriert und auf Doghall gewartet. »So etwas in der Art habe ich mir gedacht.«

Doghall schloss die Augen und rieb sich die Schläfen. »Ich schlage vor, dass wir beide einen Spaziergang außerhalb der Grundstücksmauern machen, während wir … über unsere Reise sprechen.«

Kait nickte, dann wandte sie sich an Ulwe. »Geh du mit Ry. Hilf ihm, sich um Alarista zu kümmern. Sie wird jemanden brauchen, der kleine Handreichungen für sie macht.«

Ulwe nickte. »Ich habe das Gefühl, sie irgendwie zu kennen. Ich helfe ihr gern.«

Kait wollte nicht ausgerechnet jetzt die Rätsel aufdecken, die Ulwe umgaben. Das Kind konnte Alarista auf keinen Fall kennen, aber während der letzten zwei Jahre waren so viele unmögliche Dinge plötzlich nicht nur möglich geworden, sondern auch wahr. Deshalb sagte sie nur: »Gut. Sei sanft mit ihr.«

Ulwe lief hinter den anderen her, und Doghall wandte sich mit hochgezogenen Augenbrauen an Kait: »Crispins Tochter?«

»Eben die. Und sie ist sicher nicht das, was er – oder wir – erwartet haben.« Kait zog das Tor hinter sich gerade so weit zu, dass sie und Doghall schnell und ohne Hilfe wieder hindurchschlüpfen konnten, falls es Probleme gab. Wenn man bedachte, worüber sie sprechen wollten, schien das mehr als nur eine entfernte Möglichkeit zu sein. »Wie weit möchtest du gehen?«

»Was hältst du von der anderen Seite der Welt?«

Kaits Lachen klang selbst in ihren eigenen Ohren hohl. Eine ganze Weile sagten sie nichts, sondern schlenderten nur Seite an Seite einen der Nebenwege hinab, der über den Bergkamm führte und von dort aus weiter durch ein dichtes Unterholz, das sehr bald in alten Regenwald überging. Die ganze Zeit über hielten sie ihre magischen Schilde fest um sich geschlungen, ließen nichts nach außen dringen und versteckten sich vor jedem magischen Auge, das sie vielleicht beobachtete, und jedem magischen Ohr, das vielleicht lauschte. Als sie ein gutes Stück von Haus Galweigh entfernt waren, drehte Doghall sich zu Kait um.

»Das ist jetzt weit genug. Wenn der Spiegel wahrnehmen kann, was wir hier tun, glaube ich nicht, dass wir an irgendeinem anderen Ort vor ihm geschützt wären.«

Kait nickte. Sie suchte sich einen Platz auf dem halb verfaulten Stumpf einer umgestürzten Akazie und wartete, bis ihr Onkel es sich in der Schlaufe einer riesigen Liane bequem gemacht hatte. Als er saß, sagte sie: »Du glaubst also, dass … er … lebt.« Sie sprach die Worte *Spiegel der Seelen* nicht aus. Sie brachte es nicht über sich.

»Das sagen mir meine Erinnerungen.«

»So wie mir meine. Wenn er lebt, was will er dann noch, jetzt, da die Drachen aus der Welt verbannt wurden?«

»Genau das weiß ich nicht. Aber ein typisches Merkmal lebendiger Dinge ist ein starker Selbsterhaltungstrieb. Und ein starker Drang, ihren Zweck zu erfüllen, worin auch immer dieser Zweck bestehen mag.«

»Der Spiegel ist ein *Ding*. Er dürfte eigentlich kein Gefühl dafür haben, einen bestimmten Zweck erfüllen zu müssen.«

Doghall zuckte die Achseln und wiegte sich auf seiner Lianenschaukel hin und her. »Er hätte von Anfang an nicht erschaffen werden dürfen. Er wurde zum Bösen geboren, er lebt für das Böse, und er wird um seine eigene Freiheit kämpfen, damit er tun kann, wonach es ihn verlangt. Ich kann spüren, dass er im Augenblick schläft, dass er eingenickt ist. Aber er wird nicht für immer schlafen. Er wartet auf ... auf etwas, und wir beide werden uns diesem Etwas stellen müssen.«

»Wir sind aber doch einer Meinung, dass der Spiegel zerstört werden muss?«

»Ich sehe keine andere Alternative. Dank Dafrils Erinnerungen wissen wir beide, wie man den Spiegel benutzt, und das macht mir schon genug zu schaffen. Die Versuchung wird wachsen, je älter wir werden – der unmittelbar bevorstehende Tod weckt im Menschen Instinkte, denen ich mich lieber nicht ausgesetzt sehen möchte, während ich in einer Hand ein Tor zur Unsterblichkeit halte. Aber auch Crispin hat die alten Drachenerinnerungen in seinem Schädel – und während wir beide, du und ich, die Seelen anderer hoch achten und deshalb vielleicht unseren eigenen Tod ohne Zögern in Kauf nehmen würden, habe ich, was Crispin betrifft, keine derartigen Hoffnungen. Wenn der Spiegel existiert und wenn Crispin ihn finden kann, wird er ihn benutzen, und zur Hölle mit dem Preis.«

»Dann bleibt nur noch eine Frage – wie zerstören wir den Spiegel? Er wurde dazu konstruiert, seine eigene Zerstörung zu verhindern, und er kann aus jeder Seele in Calimekka Kraft ziehen, um gegen uns zu kämpfen.«

»Ich habe auf dem Weg hierher über kaum etwas anderes nachgedacht als über die Antwort auf eben diese Frage.« Doghall seufzte und stützte den Kopf gegen die Liane, in der er saß. Er stieß sich mit einem Fuß am Boden ab – vor und zurück, vor und zurück –, und die Liane knarrte leise, während hoch über ihnen die Blätter des Zweiges, der die Liane stützte, im Rhythmus von Doghalls Bewegungen raschelten. Er hätte ein Kind sein können, wie er dort saß, ein Kind, das von einer fernen Zukunft träumte, in der es ein Held sein würde.

»Und?«

Doghall konzentrierte sich wieder auf seine Nichte. Sein Blick, so direkt und so gedankenvoll, ließ ihr das Blut in den Adern gefrieren. »Zuerst müssen wir klären, was mit dir wird. Ich brauche deine Hilfe; du musst ein Falke werden, Kait.«

Sie blickte in seine Augen und versuchte, die Drohung in diesen Worten zu sehen, aber nach kurzer Bedenkzeit zuckte sie nur die Achseln. »Hasmal wollte mich bei den Falken einführen«, erwiderte sie. »Er wollte, dass ich eine Meisterin werde. Das klingt nicht allzu bedrohlich.«

»Nein, das tut es nicht. Aber wenn du dich der Falkenzunft verschwörst, bist du automatisch durch deinen Eid an die Falken gebunden.«

Sie war davon ausgegangen, dass sie einen Eid würde ablegen müssen. Auch das schien ihr nicht ein solches Martyrium zu sein. »Na und?«

»Du bist durch den Eid gebunden«, sagte Doghall mit leicht ungeduldiger Stimme.

Kait hatte das Gefühl, dass sie nicht begriff, worauf er eigentlich hinauswollte. »Ich habe schon früher Eide geschworen.«

»Aber du warst noch nie durch einen Eid gebunden. Durch einen Eid ... *gebunden.* Gefesselt von der Kraft deines Wortes – eingesperrt in gewisse Formen des Handelns von den Banden, die dich mit jedem anderen Falken verbinden, lebendig oder tot.

Der Eid der Falken ist nicht nur eine Aneinanderreihung leerer Geräusche, die man in den Wind flüstert, Kait. In diesen Eid sind tausend Jahre Menschenleben hineinverwoben. Tausend Jahre Magie, Schicht auf Schicht gegossen, Leben auf Leben. Du legst deinen Eid ab, und es ist wie … wie …« Doghall schloss die Augen und schien sich für einen Moment sehr weit zu entfernen. Als er Kait wieder ansah, sah sie den alten Mann, der er trotz seines jungen Körpers in Wirklichkeit war. »Es ist so, als stürztest du dich von einer Kaimauer in eine wütende See. Die Wellen ergreifen dich und werfen dich, wohin sie wollen, und du wirst lange brauchen, um deinen Atem und deinen Herzschlag wiederzufinden und dich gegen die Strömung zu stemmen, um ans Ufer zurückzugelangen. Und selbst wenn du wieder trockenen Grund unter die Füße bekommst, wirst du für den Rest deines Lebens diese wütende See in dir tragen. Es ist eine große Last, und du kannst sie bei jedem Schritt spüren, den du machst, bei jedem Atemzug, den du tust. Ich will nicht leugnen, dass es Zeiten gibt, in denen der Eid dich tröstet. In Augenblicken der Krise kannst du den Pfad spüren, den die Falken wählen würden – du kannst die Strömung dieser gewaltigen See spüren, die dich zu richtigem Verhalten hinzieht, weg von falschem. Der Eid kann ein zweites Gewissen sein, eins, das niemals erlahmt und dir sagt, was du gern hören würdest.«

»Das alles klingt immer noch nicht so schrecklich.«

Doghall seufzte. »Der Eid kann dich auch blind machen gegen neue Wege, neue Ideen, neue Möglichkeiten. Als der Wiedergeborene … starb …, wogte die Flut der Verzweiflung entgegen. Es hatte durchaus seinen Grund, dass so viele Falken sich damals das Leben nahmen. Tausend Jahre Hoffnung und Träume und Streben, tausend Jahre, in denen man einen ganz konkreten Grund hatte, überhaupt zu existieren, all das starb im Augenblick seines Todes, und der Schock dieser Erkenntnis schoss durch uns hindurch wie eine gewaltige Flutwelle. Die Falkenzunft hatte keine Antworten, keinen Grund weiterzumachen und keinen Weg vor Augen, der in eine neue Zukunft geführt hätte. Aneinander gefesselt, wären wir gemeinsam ertrunken. Du hast uns ein Stück festen Boden unter den Füßen gegeben, Kait – Hoffnung und eine neue Richtung. Du konntest diese Dinge sehen, weil du draußen warst. Sobald du drinnen bist …«

Endlich begriff Kait, was für einer Gefahr sie sich da stellte. »Dann will es mir scheinen, Onkel, dass ich den Falken besser dienen kann, wenn ich nur ein Freund bin und nicht selbst ein Falke werde.«

»Und wenn genug Falken überlebt hätten, um zu tun, was getan werden muss, und wenn sie hier wären, wo ich sie brauche und wenn ich sie brauche, würde ich dir aus ganzem Herzen Recht geben.« Er stellte beide Füße fest auf den Boden und beugte sich vor.« Aber der … das *Artefakt*, das du dort drin stehen hast … es stellt eine Gefahr dar, die mit jedem Tag und jedem Augenblick, in dem es uns beobachtet, wächst. Ein falscher Schritt von uns – ein falsches Wort, eine falsche Bewegung –, und der Spiegel wird andere Hüter zu sich rufen. Wenn er das tut, kann er uns vernichten. Er *wird* uns vernichten.«

Kait wusste nur allzu gut, was der Spiegel anrichten konnte, wenn er andere Hüter zu sich rief – sie erinnerte sich an den blutroten Strahl, der den nächtlichen Himmel durchpflügte, an den Spiegel der Seelen, wie er ins Meer stürzte, an ihre verzweifelte Fahrt durch die Buchten und Meeresarme der Tausend Tänzer zusammen mit Hasmal, Ry und Rys Männern, mit Ian am Ruder, der sie drängte, schneller zu rudern … und schneller … Kait schloss die Augen und holte tief Atem. »Wir sollten ihm keine Gelegenheit geben, das noch einmal zu tun.«

Doghall kannte die Geschichte ihrer Flucht, die auf des Messers Schneide gestanden hatte. Er sagte: »Nein, das wollen wir nicht.« Dann erhob er sich und begann, auf und ab zu gehen. »Wir brauchen große Macht, um den Spiegel zu zerstören – und wir brauchen diese Macht sehr schnell, bevor einer von uns einen Fehler begeht. Du und ich und Ry, wir können zusammen über eine gewaltige Magie verfügen. Alarista wird sich vielleicht zu uns gesellen, obwohl ich fürchte, dass sie in ihrem gebrechlichen Zustand das schwache Glied in der Kette werden könnte, mit der wir versuchen, den Spiegel in Stücke zu reißen. Aber drei müssten eigentlich genügen, sofern wir drei den Eidesbund der Falken teilen. Auf diese Weise können wir einen *Thathbund* schaffen – einen Ring der Macht. Alle überlebenden Falken können ihre Kraft in diesen *Thathbund* hineinfließen lassen, und auch die Toten der Falken, deren Seelen uns noch immer beobachten, können uns ihre Kraft leihen. Wir werden dann mehr sein als drei. Wir werden … Legion sein.«

»Und mit dieser vermehrten Kraft meinst du, dass wir den … das Artefakt vernichten können?«

»Ja.«

»Ich wünschte, Hasmal wäre hier.«

»Mir geht es genauso. Wenn er hier wäre, würde ich nur Ry bitten, sich mir anzuschließen. Ich würde dich nicht in diese Sache mit hineinziehen.«

»Warum Ry? Warum nicht mich?«

Doghall schürzte die Lippen und stieß scharf den Atem aus. »Aus Gründen, die du nicht gern hören wirst«, antwortete er. »Aber vielleicht ist es besser, du hörst sie dennoch.«

Kait verschränkte die Arme vor der Brust und wartete ab.

»Er ist ein Sabir, Kait.« Doghall begegnete ihrem trotzigen Blick mit einem traurigen Lächeln. »Als Sabir geboren, als Sabir erzogen, als Sabir ausgebildet. Trotz all seiner Liebe zu dir, trotz all seiner neu gefundenen Bereitschaft, die Wolfsmagie und die Ausbildung zum Wolf gegen die Magie der Falken einzutauschen, ja sogar trotz seines Hasses auf seine Familie, die deiner Familie so schlimme Dinge zugefügt hat, ist er im Herzen dennoch ein Sabir und wird es immer sein. Wenn der Wiedergeborene überlebt hätte, wäre vielleicht alles anders gewesen. Die Liebe des Wiedergeborenen hat Ry berührt. Sie hat die Art und Weise, wie er die Welt sieht, verändert. Wenn der Wiedergeborene überlebt hätte, hätte Ry ihm gedient, und er hätte ihm gut gedient, glaube ich. Aber der Wiedergeborene ist gestorben, und diese Liebe ist mit ihm gestorben, und jetzt bezieht Ry seine Kraft aus Erinnerungen, die immer schwächer werden, und aus seiner Liebe zu dir, die, wenn es zum Allerletzten kommt, nur wenig damit zu tun hat, wie er sein Leben lebt. In die Enge getrieben und bedrängt, kann ich nicht umhin, zu glauben, dass er jede ihm verfügbare Waffe benutzen würde, um sich zu retten … Und wenn diese Waffe Wolfsmagie wäre, könnten wir beide, du und ich, sehr gut mit unserem Leben dafür zahlen. Oder mit Schlimmerem.«

»Er würde nichts tun, was mir schadet.«

»Das glaubst du. Und ich hoffe es. Und wenn ich einen Goldpreis hätte für jede Frau, die je gesagt hat: ›Er wird nichts tun, was mir schaden könnte‹ – von einem Mann, der sie später einmal zu Tode prügeln sollte –, wäre ich der reichste Mann auf der Welt.«

Kait spürte, wie eine kalte Wut in ihr aufkeimte. »Du glaubst, er würde mich schlagen? Mich?«

»Nein. Ich glaube nicht, dass er etwas in dieser Art tun würde. Aber ich *weiß*, dass du nicht weißt, was er tun wird. Du *kannst* es nicht wissen. Er ist ein Mensch, mit freiem Willen und eigenen Entscheidungen, und als solcher ist er ebenso unberechenbar wie jeder andere Mensch.« Doghall lehnte sich zurück. »Wenn er den Eid der Falken ablegt, dann wird das … seine Möglichkeiten ein wenig einschränken. Auf eine *gute* Art und Weise. Deshalb also würde ich, wenn ich einen von euch beiden wählen könnte, ihn wählen. Wenn er durch Eid und Magie an unsere Seite gebunden wäre, würde er mir nicht mehr solche Sorgen bereiten.«

Kait brachte ein kleines Lächeln zustande. »Ich verstehe. Ich kann nicht behaupten, dass mir deine Gedankengänge besonders gefallen, aber ich verstehe sie jedenfalls.« Sie pflückte ein weiches Stück Holz von dem fauligen Baumstamm unter ihr. Der kräftige Geruch, der ihr daraufhin in die Nase stieg, war vertraut und tröstend. »Also, wie lange wird es dauern, um uns auf den Eid vorzubereiten?«

Doghall schnalzte leise mit der Zunge. »Ihr könntet es noch heute tun. Es ist nicht so wie der Eid des Iberismus, den man vor dem Parnissa ablegt – man braucht sich weder einen Katechismus oder eine Litanei einzuprägen, noch muss man die Huldigungen oder die ›Zeichen der Menschlichkeit‹ auswendig lernen. Du schwörst, nur die Macht zu benutzen, die dir gehört oder die dir aus freiem Willen zur Verfügung gestellt wird; du schwörst, Leben zu bewahren – sowohl sterbliches wie auch ewiges – und es als heilig anzusehen; niemandem mit deiner Magie zu schaden, sei es durch Taten oder das Unterlassen von Taten oder, wenn ein Schaden unvermeidlich ist, dafür zu sorgen, dass dieser möglichst gering ausfällt und zum größten Nutzen verwandt wird; und du schwörst, unerschütterlich auf das Kommen von Paranne und die Rückkehr des Wiedergeborenen hinzuarbeiten. Sobald du den Eid geleistet hast, ist dieser absolut imstande, sich Geltung zu verschaffen.« Doghall runzelte nachdenklich die Stirn und starrte den Boden unter seinen Füßen an. »Was diese letzte Klausel betrifft, bin ich mir allerdings nicht mehr so sicher. Der Wiedergeborene wird kein drittes Mal kommen, und ohne ihn wird es keine Stadt Paranne geben, keine Welt der vollkommenen Liebe. Ich frage mich, ob man diesen Passus aus dem Eid für neue Falken streichen sollte …«

Kait brachte ihn wieder auf das eigentliche Thema ihres Gesprächs zurück. »Wenn du uns heute unsere Eide abnehmen würdest, könnten wir … ihn … morgen zerstören?«

»Hm?« Doghall wandte ihr wieder seine Aufmerksamkeit zu. »Oh. Nein, ich glaube nicht. Wir müssten uns einen Angriffsplan zurechtlegen. Das Artefakt wird sich mit Sicherheit selbst verteidigen – wir müssen uns davon überzeugen, dass wir, wenn es so weit kommt, unsere Kraft auf die effektivste Weise vereinen. Ich denke, dass wir es erst mit ihm aufnehmen können, wenn wir einige Tage miteinander geübt haben. Und selbst dann schätze ich, dass unsere Erfolgschancen ungefähr genauso groß sind wie die Gefahr einer Niederlage.«

»Dann bist du optimistischer als ich.« Kait erinnerte sich nur allzu gut daran, wie der Spiegel der Seelen ihren Schild zerschmettert hatte, als hätte es ihn nie gegeben, und wie er Crispin zu sich gerufen hatte, als sie mit ihm eine Richtung einschlugen, die ihm missfiel. Sie fürchtete den Spiegel und fragte sich, wie sie zu dritt, selbst mit der zusätzlichen Kraft von Doghalls Falkenzunft, hoffen konnten, den Angriff dieses Artefakts abzuwehren.

»Vielleicht bist du aus gutem Grund weniger optimistisch«, sagte Doghall leise. »Du hast das Ding aus nächster Nähe erlebt, ich nicht. Du siehst es sicher klarer, als ich es kann.«

Sie saßen noch ein paar Minuten lang schweigend da, ein jeder in seinen eigenen Gedanken verloren. Schließlich stand Kait auf und klopfte sich Holzbröckchen und Staub von den Kleidern. »Ich denke, wir sollten jetzt langsam zurückkehren.«

»Ja, das ist richtig.« Doghall erhob sich ebenfalls und blickte zum Haus hinüber. »Du wirst mit Ry sprechen, ja? Ich erkläre ihm, was es mit dem Eid auf sich hat, wenn du möchtest, aber ich denke, es wäre das Beste, wenn er von dir sowohl über die positiven als auch über die negativen Aspekte der Falkenzunft aufgeklärt würde, bevor er mit mir spricht. Ich werde ... und kann ... ihn nicht zu etwas überreden, das er nicht will.«

»Er wird vielleicht ablehnen.« Kait dachte über diese Möglichkeit nach. Sie war selbst in Versuchung, abzulehnen. Ohne das Versprechen, mit dem Wiedergeborenen in Verbindung treten und eines Tages die Stadt Paranne aufbauen zu können, schien ihr die Falkenzunft wenig zu bieten zu haben. Und während diese zwar den Wiedergeborenen verloren hatte, der jedes Opfer gerechtfertigt hätte, hatte sie all ihre Fallstricke bewahrt.

»Dessen bin ich mir bewusst. Wenn er ablehnt, stehen unsere Erfolgschancen sehr schlecht. Aber er muss aus freien Stücken zu den Falken kommen.« Doghall sah sie kurz an. »Das Gleiche gilt übrigens für dich. Wenn du den Eid nicht mit willigem Herzen ablegst, wird man ihn nicht akzeptieren.«

Das Lächeln auf Doghalls Gesicht sagte ihr, dass sie ziemlich überrascht ausgesehen haben musste.

Doghall lachte leise auf. »Du dachtest, wenn du nur die Worte sprichst, bist du durch den Eid gebunden, ganz gleich, ob du ein Falke werden möchtest oder nicht?«

Sie nickte.

»Ich habe dir doch erklärt, dass der Eid nicht allein durch die Worte ausgemacht wird. Wenn du in Wahrheit nicht den Wunsch verspürst, ein Falke zu werden, kann *nichts* dich dazu machen. Die Worte, die du sprechen wirst, müssen einem tief empfundenen Verlangen entspringen und der Bereitschaft deiner Seele, sich über das Leben hinaus an die Lehren der Falkenzunft zu binden. Nichts Geringeres kann dich zu einer der unseren machen.«

Kait dachte einen Augenblick lang über seine Worte nach. »Ich spreche mit Ry«, sagte sie schließlich. »Und wenn wir miteinander geredet haben, werden wir dich unsere Entscheidung wissen lassen.«

»Das ist alles, was ich verlangen kann.«

Kapitel 21

Doghall beendete seine Arbeit mit dem *Zanda* und erhob sich, aber seine Miene war besorgt. Er verstand die Anweisungen nicht, die er bekommen hatte; die Richtung, in die die Götter ihn wiesen, behagte ihm nicht. Er hatte sein Leben lang Magie benutzt, um Harmonie zu schaffen, um Frieden herbeizuführen, um andere in positive Richtungen zu leiten. Jetzt wurde er selbst angewiesen, etwas zu tun, das all seinen Instinkten zuwiderlief – und dennoch hatte das *Zanda* dreimal darauf beharrt, dass dies die Richtung sei, die er einschlagen müsse, wenn er und die Falken gegen den letzten Drachen und die Armee, die dieser aufgestellt hatte, triumphieren wollten.

Er sammelte die verschiedenen Utensilien ein, die er zum Weben eines Zaubers benötigte, und ließ sich mit untergeschlagenen Beinen auf dem Boden nieder. Er dachte lange nach und komponierte den Zauber so, dass er keinen Schaden anrichten würde, obwohl es nach außen hin sicher so aussehen musste. Dann schnitt er sich eine Haarsträhne ab, kratzte sich ein Fetzchen Haut aus der Innenseite seiner Wange und bot beides in der Blutschale den Geistern dar. Auf ein Stück schwarze Seide, das er auf dem steinernen Fußboden ausgebreitet hatte, warf er zwei winzige, weiße Kugeln. Als die Kugeln lagen, tauchte Doghall die Fingerspitzen in eine Phiole mit einem durchsichtigen Gel und ließ die Schicht auf seiner Haut trocken werden.

Sobald er mit seinen äußeren Vorbereitungen fertig war, begann er zu rezitieren:

»Vodor Imrish, höre mich,
Dieser Weg, der durch scheinbare Nacht führt,
Muss zu guter Letzt ans Licht des Tages kommen,
Und all mein Tun soll offenbart werden,
Um mich für dieses scheinbare Verbrechen zu brandmarken.
Ich gebe mein Fleisch, um meinen Preis zu zahlen,
Und lenke meine Tat in reiner Absicht.
Gemäß den Worten von Göttern
Und Geistern werfe ich dieses Los.
Lass Ehrlichkeit unter uns walten und schicke
Das Feuer des Zorns und den Samen

Der Unzufriedenheit jenen, auf die ich mein Zeichen gebe.
Lass Gedanken, die kluge Männer für sich behalten würden,
Ausgesprochen werden, und lass Ohren,
Die geneigt wären, zu verstehen,
Stattdessen eine jede Silbe hören, die
Gesprochen wird, und jedes Wort sich zu Herzen nehmen.
Ich bitte um nichts als die Wahrheit,
In dem Wissen, dass die Wahrheit auch unfreundlich sein kann.
Keinen Schmerz und keine Kränkung würde ich dann verursachen,
Bis auf solche, die unabwendbar sind,
Um das Werk zu tun, das dieser Zauber tun muss.«

Er hielt eine Hand über die mit Silber ausgeschlagene Schale und wartete ab – und die Schale füllte sich nach und nach mit weißem Licht, während Vodor Imrish sein Opfer annahm. Nach einer Weile wurde das Licht kalt und glänzend und formte sich zu einer Flamme. Doghall leitete diese wunderschöne Flamme in die beiden kleinen Kugeln, die sie mit der gleichen Schnelligkeit aufnahmen, wie Wasser eine Kerze löschen würde.

Als das letzte Glitzern des Gotteslichts erstorben war, drückte Doghall mit seinem linken Zeigefinger auf die eine Kugel und mit dem rechten auf die andere. Sie blieben dort haften, ganz und gar unauffällig, solange Doghall nicht wild mit den Händen gestikulierte.

Dann beeilte er sich, die Zeremonie zu beenden, denn er spürte, dass er nur wenig Zeit für das hatte, was er tun musste, wenn er auf Erfolg hoffte. Als er fertig war, machte er sich in den Korridoren des Hauses auf die Suche.

»Kait«, sagte er, als er an seiner Nichte vorbeikam, »bring Ry später in mein Quartier, damit wir die Einzelheiten der Falkenzeremonie durchgehen können.« Er tätschelte ihren nackten

Arm – eine Geste, die nach geistesabwesender Zuneigung aussah –, dann ging er weiter, um eine Kugel leichter geworden und in dem Bewusstsein, dass Kait in dem Korridor hinter ihm stehen geblieben war und ihn mit plötzlich unsicheren Blicken beobachtete.

In einem der oberen Korridore begegnete er Ry. »Oh, mein Sohn«, sagte er, tippte Ry mit einem Finger aufs Handgelenk und spürte das leichte Ziehen auf der Haut, mit dem sich die zweite Kugel löste: »Kait hat gerade vor ein paar Sekunden nach dir gesucht. Ich habe sie in dem Korridor am Westsalon gesehen, aber ich glaube, sie war vielleicht gar nicht auf dem Weg dorthin, sondern hatte ein anderes Ziel.«

Nachdem das erledigt war, ging Doghall weiter in sein Quartier und setzte sich zitternd in einen der eleganten, brokatbezogenen Sessel. Er hatte das Gefühl, dass er sich vielleicht übergeben würde, und legte den Kopf zwischen die Knie, bis der Schwindel endlich verflog.

So. Es war geschehen. Er wusste nicht, was sein Zauber vielleicht bewirken würde, und er wusste nicht, warum die Geister ihm diesen Weg gewiesen hatten. Er wünschte, er hätte ein klares Bild der Zukunft bekommen – eine Landkarte, die ihm deutlich die Konsequenzen seines Tuns aufgezeigt hätte und den Preis, den andere für die Dinge würden zahlen müssen, die er jetzt tat.

Zu guter Letzt betete er, dass er nicht irregeleitet worden war.

»Es gefällt mir nicht«, sagte Ry. »Nach dem Tod des Wiedergeborenen haben die Falken keinen Grund, weiterzumachen. Sie haben nur dafür gelebt, ihm den Weg zu bereiten … und jetzt ist er tot, und es wird kein Paranne geben, keine Welt der vollkommenen Liebe.« Ry, der in dem zerstörten Garten nervös auf und ab gegangen war, drehte sich jetzt zu Kait um. »Ich würde mein Leben für ihn geben, Kait. Für den Wiedergeborenen. Aber nicht für eine verstaubte, heimlichtuerische Gesellschaft pazifistischer

Zauberer. Sie haben kein Oberhaupt. Keine Richtung. Keine Ziele mehr, jetzt, da …« Er unterbrach sich gerade noch rechtzeitig, bevor er dem Spiegel den Namen nennen konnte, und erschauerte. Um ein Haar … »Jetzt, da sie diese letzte Tat vollbracht haben.«

Kait saß auf dem Rand des Springbrunnens, so reglos wie die Statuen um sie herum. Das Sonnenlicht spielte auf ihrem Haar und strich über ihre straffen Wangen, sodass ihre dunklen Augen und die sanfte Wölbung ihrer Unterlippe im Schatten lagen. Sie beobachtete Ry, nachdenklich, angespannt und voller Sorge. »Ich weiß. Und doch, ohne uns werden sie diese letzte Tat nicht vollbringen.«

»Da kannst du nicht sicher sein.«

»Nein, kann ich nicht.«

»Du weißt, wir könnten abwarten, ob nicht einer von ihnen auf Doghalls Ruf antwortet.«

»Das ist mir klar.«

Er warf ihr einen harten Blick zu. »Hör auf zu versuchen, so vernünftig zu klingen. Zeig ein wenig Gefühl. Sei nicht so verdammt ungerührt, um Himmels willen.«

Bei diesen Worten hätte sie um ein Haar gelächelt. Er sah, dass ihre Mundwinkel zuckten. Dann schüttelte sie den Kopf. »Mit Leidenschaft ist dieser Sache nicht gedient. Die Entscheidung muss der Logik entspringen – und ich bin vernünftig, denn wenn ich es nicht bin, wird es niemand sein.«

»Dann hältst du es also für vernünftig, dich lebenslänglich und unauflöslich an eine Gruppe von Menschen zu binden, die kein Konzept haben, kein klar umrissenes Ziel und keinen besonderen Ehrgeiz, die heute nichts mehr sind als das Relikt einer untergegangenen Zivilisation?«

Jetzt musste sie doch lächeln. »So ausgedrückt, klingt es verrückt.«

»Es *ist* verrückt.«

»Das wäre es, wenn du Recht hättest. Aber ob mit oder ohne den Wiedergeborenen, es stimmt nicht, dass die Falken kein Konzept haben. Die Falken stehen für den vernünftigen Einsatz von Magie – dafür, dass man nur die Macht benutzt, die einem rechtmäßig gehört; sie stehen für Verteidigung statt Angriff, für den Schutz der Unschuldigen gegen die Habgierigen und die Unersättlichen. Sie stehen für Selbstaufopferung, für den Triumph der Liebe über den Hass, für das Ideal, die Welt mit ihrer Existenz ein klein wenig besser zu machen, als sie es vorher war.« Jetzt konnte er leidenschaftliche Anteilnahme in ihrer Stimme hören, und ihm wurde angst. Die Überzeugung hatte ihr die Röte in die Wangen getrieben, und jetzt hob sie das Kinn und funkelte ihn an wie die Parata, die sie war, die sie aber nur selten herauskehrte – und er wusste, dass ihm das, was nun kommen musste, nicht gefallen würde. Sie sagte: »Die Falken können nicht länger an dem Versprechen der Stadt Paranne festhalten, aber die Dinge, für die sie während der letzten tausend Jahre gekämpft haben, sind heute noch ebenso gültig und ebenso wichtig wie an dem Tag, an dem Vincalis begann, die Prophezeiungen für die Geheimen Texte niederzuschreiben.« Kait erhob sich, und sie hatte jetzt keine Ähnlichkeit mehr mit einer Statue. Sie kam auf ihn zu und legte ihm eine Hand auf den Arm. »Ry, die Falken gehören zum Besten, was die Welt der Alten hervorgebracht hat. Sie können zum Besten unserer heutigen Welt gehören.«

Sie sahen einander einen langen, unbehaglichen Augenblick lang an. »Du wirst den Eid ablegen«, sagte er schließlich. »Du hast deine Entscheidung bereits getroffen.«

Sie schien ein wenig überrascht zu sein. »Ich hatte noch nicht entschieden, bevor du versucht hast, mich davon zu überzeugen, dass es das Falsche sei. Da konnte ich plötzlich die Wahrheit sehen. Ja. Ich werde ein Falke.« Jetzt blitzte Schmerz in ihren Augen auf. »Und du wirst den Eid nicht ablegen.«

Er sagte: »Ich werde es tun, wenn du es tust.«

Sie schüttelte den Kopf. »Ich habe es dir doch bereits erklärt, wenn du nicht wahrhaft wünschst, ein Falke zu werden, sind die Worte nicht bindend für dich.«

Er wandte sich von ihr ab. »Wie kann ich mir wünschen, der Sklave einer fremden Philosophie zu werden?«

»Wenn du in Haus Sabir geblieben warest, wärest du im Laufe der Zeit ein vollwertiger Wolf für die Familie Sabir geworden«, erwiderte Kait ruhig. »*Dieser* Philosophie hättest du dich mit Freuden angeschlossen.«

Ihre Worte waren wie ein kleines Messer, das sich in sein Fleisch bohrte und nach Schwächen tastete. Er sagte: »Versuch nicht, mich zu manipulieren, Kait. Vielleicht hätte ich getan, was meine Familie von mir verlangte, vielleicht aber auch nicht. Ich habe beträchtlich mehr Rückgrat gezeigt, als ich mich gegen die Wünsche *meiner* Familie auflehnte, als du es in Bezug auf die deine getan hast. Du bist diejenige, die um der Familie willen eine Mauer zwischen uns errichtet hat, um der Familie willen und … um des äußeren Scheins willen. An dem Tag, an dem du deine Schwester gefunden hast, habe ich eine eigene Wohnung im Haus erhalten – und nicht einmal eine mit einer Tür, die zu deinen Räumen geführt hätte. Diese Wohnung hat *sie*. Ihr gehört deine Zeit am frühen Morgen, dein erstes Lächeln des Tages, die ersten Worte aus deinem Mund bei jedem Sonnenaufgang. *Ich* habe eine Wohnung, die ich nicht will, eine Distanz, die ich nicht will, und das Gefühl, dass du dich meiner schämst – dass ich nicht mehr gut genug für dich bin, jetzt, da deine große Schwester hier ist, um sich als Richterin aufzuspielen.«

»Es ist nicht wahr, dass ich so empfinde, und du weißt es. Ich liebe dich. Ich möchte den Rest meines Lebens mit dir verbringen. Ich möchte lediglich in der Lage sein, mein Leben – zu dem auch du gehörst – mit dem kleinen Rest meiner Familie zu teilen. Alcie wird sich schon noch mit der Situation abfinden«, sagte Kait. »Sie wird dich akzeptieren.«

»Und ich bin der Meinung, sie würde mich schneller akzeptieren, wenn wir öffentlich bekannt gäben, dass wir *incanda* sind, wenn wir unsere eigene Wohnung hätten und unser Bett teilen würden.«

»Das ist zu … plötzlich. Auf meine Art dauert es länger, ist aber auch besser. Unsere Alcie begreift, dass du kein echter Sabir bist …«

Ry bekam plötzlich eine Gänsehaut. Er fuhr herum und starrte Kait an, die daraufhin ins Stocken geriet und schwieg. Er fragte: »Was hast du da gesagt?«, und seine Stimme war tonlos und hart.

Kait errötete. »Ich habe meiner Schwester erklärt, dass du die Sabirs lieber verlassen hast, als die Führung der Familie zu übernehmen, und dass deine eigene Mutter dich infolge deines Tuns zum *Barzanne* erklärt hat und dass du in Wirklichkeit kein Sabir mehr bist …«

»Und das ist alles, was mich in ihren Augen annehmbar macht? Dass ich ein kastriertes, gezähmtes, in Ketten gelegtes Geschöpf bin, das mit dir zusammenlebt, weil es kein eigenes Zuhause mehr hat?«

Kait schüttelte den Kopf. »Nein … nein, natürlich nicht …«

»Ich hätte das kommen sehen müssen. Ich hätte begreifen müssen, dass wir keine gemeinsame Zukunft haben – ich hätte es in dem Augenblick erkennen müssen, als du mir ein eigenes Quartier zugewiesen hast, mit der törichten Erklärung, es sei nur vorübergehend und rein äußerlich.« Er machte einen Schritt von ihr weg. »Ich bin immer noch ein Sabir«, flüsterte er. »Meine Mutter hat mir mein Geburtsrecht genommen, aber mein Blut konnte sie mir nicht nehmen. Ich werde als Sabir leben und sterben, und du wirst als eine Galweigh leben und sterben, und alle Liebe und Toleranz des Wiedergeborenen kann daran nichts ändern, ebenso wenig wie dein Wunsch, ich möge ein anderer sein als der, der ich bin.«

Sie starrten einander an, und die Kluft ihrer Herkunft, die zwischen ihnen lag, wurde breiter und breiter.

Kait ballte die Fäuste, und Ry sah die Tränen, die sich in ihren Augenwinkeln bildeten. »Ich liebe dich«, sagte sie.

»Und ich liebe dich. Du bist die einzige Frau, die ich je gewollt habe. Die einzige Frau, die ich je geliebt habe.« Er holte tief Atem und fuhr fort: »Aber wenn du nicht akzeptieren kannst, wer ich bin, können wir nicht zusammen sein. Ich werde nicht deine Schande sein oder dein Fehler, die Dummheit, die du begangen hast und gern vor der Welt verstecken möchtest. Ich werde nicht heucheln und so tun, als sei ich kein Sabir mehr, nur damit deine Schwester mich akzeptiert.«

»Warum nicht? Du heuchelst doch oft genug. Jeden Tag tust du so, als seiest du kein Karnee, um dein Leben zu retten.«

»Dasselbe tust du.«

»Ja. Das tue ich. Wir heucheln *beide,* Ry. Keiner von uns hat die Welt je sehen lassen, wer wir sind. Keiner von uns ist je der gewesen, der er wirklich ist, es sei denn, dem anderen gegenüber. Wir teilen Geheimnisse miteinander, an denen kein anderer jemals Anteil haben wird. Wir kennen einander – wir sind die Einzigen, die einander kennen. Warum kannst du nicht deine Zugehörigkeit zu den Sabirs aufgeben, damit uns das alles bleibt?«

Er sah sie an und sah eine Fremde in dem vertrauten Körper. »Dass du mir auch nur diese Frage stellen kannst, sagt mir, dass nichts von dem, das ich mit dir zu teilen glaubte, wirklich existiert. Ich habe dich nie darum gebeten, dass du dich um meinetwillen selbst aufgibst. Ich würde dich niemals um so etwas bitten, denn das, was du bist, ist ein großer Teil dessen, was ich an dir liebe. Wenn du keine Galweigh wärest, wärest du nicht du.« Er hielt inne, dann fügte er hinzu: »Und wenn ich kein Sabir wäre, wäre ich nicht ich.«

Er wollte, dass sie ihre Worte zurücknahm. Er wollte von ihr hören, dass sie im Irrtum gewesen sei, dass es ihr Leid tue, etwas

Derartiges von ihm verlangt zu haben, dass sie auf ihn zugelaufen kam und sich in seine Arme warf. Aber sie tat nichts von alledem. Sie blieb, wo sie war, und sah ihn weinend an, und schließlich wandte er sich ab. Er hatte seine Antwort.

»Wo gehst du hin?«

Er drehte sich nicht noch einmal um. »Packen. Sobald ich damit fertig bin … ich weiß nicht. Die Welt ist groß. Irgendwo muss es einen Platz für mich geben.«

Sie sagte: »Ry … bitte, geh nicht. Ich … brauche dich. Es gibt auf der Welt keinen anderen Mann für mich.« Ihre Stimme klang sehr jung und sehr furchtsam, als sie das sagte. Und da drehte er sich doch um, aber nur für einen Augenblick. »Wenn du mich wirklich brauchen würdest, Kait, würde ich bleiben. Aber du brauchst einen Mann, der kein Sabir ist, um in all die Schablonen zu passen, die du in deinem Kopf hast und die dir sagen, was von einer guten Tochter verlangt wird. Ich kann nicht der sein, der ich für dich sein müsste, und ich werde es auch nicht versuchen.«

Er ging zurück ins Haus, packte seine geringe Habe zusammen, dann machte er sich auf die Suche nach Yanth und Jaim, um ihnen zu sagen, was passiert war. Und die ganze Zeit über hoffte er, dass sie zu ihm kommen und etwas sagen würde – irgendetwas –, das ihm bewies, dass sie ihn ohne Bedauern lieben konnte; dass sie einen Weg finden würde, ihrer beider Vergangenheit hinter sich zu lassen und ihn zu akzeptieren, wie er war. Aber sie kam nicht.

Zu guter Letzt verließ er mit seinen Leutnants Haus Galweigh. Er versuchte, nicht zurückzublicken, konnte sich aber nicht bezähmen. Kait stand oben auf der Mauer und sah ihm schweigend nach. Als der Wind ein wenig drehte, wehte er ihren Duft zu ihm herüber, und seine Sehnsucht nach ihr war so ungeheuer, dass er kaum mehr atmen konnte. Aber sie lief ihm nicht nach. Sie flehte ihn nicht an, zu bleiben. Sie nahm ihre Worte nicht zurück.

Also wandte er sich ab und trottete auf den Dschungel zu, wo die verborgenen Pfade lagen, die ihn nach unten in die Stadt führen würden. Er wusste nicht, wohin er sich von dort aus wenden würde. Es kümmerte ihn nicht. Wer er war und was er tat, zählte für ihn nur, wenn er mit Kait zusammen war.

Ohne sie war die Welt leer und ohne Trost, genau wie er selbst es war.

Kapitel 22

Kait saß in der hinteren Ecke ihres Wohnzimmers, mit dem Rücken zur Tür, und blickte durchs Fenster hinaus in den verwüsteten Garten, wo sie und Ry ihren letzten Streit ausgefochten hatten. Sie hätte ihm sagen sollen, dass es sie nicht kümmerte, ob er ein Sabir war oder nicht. Sie hätte ihn halten können, wenn sie die Worte ausgesprochen hätte, die er hören wollte – das wusste sie. Aber es wäre nicht die Wahrheit gewesen, und wenn sie ihn nur mit einer Lüge haben konnte, würde sie ohne ihn leben.

Sie hörte das Klopfen an ihrer Tür und beachtete es nicht. Diesmal jedoch wurde die Tür, im Gegensatz zu den letzten solchen Versuchen, dennoch geöffnet.

»Du kannst nicht ewig hier drin sitzen bleiben«, sagte Alcie. »Irgendwann musst du ja doch rauskommen.«

»Warum?«

»Sei nicht dumm. Doghall ist außer sich. Er verlangt, dass du nach unten kommst, etwas isst und mit ihm redest. Er sagt, ihr beide hättet unerledigte Angelegenheiten und die Welt würde nicht ewig darauf warten, dass dein gebrochenes Herz heilt.«

Kait erwiderte nichts. Sie starrte nur weiter aus dem Fenster und blendete die Stimme ihrer Schwester aus ihren Gedanken aus.

»Oh, um Himmels willen, Kait«, fuhr Alcie sie an, »du bist ohne ihn bei weitem besser dran. Du warst vernarrt in ihn, und ich verstehe durchaus, warum. Er war hübsch, er war klug, er war voller Leidenschaft – aber er war ein *Sabir*. Eines Nachts hätte er sich daran erinnert, und er hätte dich im Schlaf erwürgt. Und dann wäre er durch das Haus geschlichen und hätte alle anderen dort ebenfalls getötet.«

Kait spürte den heißen Zorn, der langsam in ihr aufkeimte, aber sie ließ sich nichts anmerken. Mit ruhiger Stimme sagte sie: »Du hast ihn nicht gekannt.«

»Ich brauchte ihn auch nicht zu kennen. Ich weiß, was die Sabirs uns anderen angetan haben. Du und ich, wir sind alles, was von unserer Familie übrig geblieben ist, praktisch alles, was überhaupt von dem calimekkanischen Zweig der Galweighs noch übrig ist. Vielleicht waren es nicht seine Hände, die das Schwert führten, mit dem Maman und Papan getötet wurden und mein Omil, meine Kinder und deine Geschwister, aber in Rys Adern fließt das Blut der Mörder.«

»Das stimmt«, sagte Kait gelassen. »Aber der größte Teil seiner Familie ist ebenfalls tot, gestorben in demselben Kampf, am selben Tag und so ziemlich auf dieselbe Art und Weise. Wir haben Magie benutzt, wir haben die Übereinkünfte und die Vertragsbestimmungen gebrochen, und du kannst mit der gleichen Aufrichtigkeit sagen, dass das Blut von Mördern durch deine Adern fließt. Die Hände der Galweighs waren keineswegs sauber.«

»Vielleicht nicht, aber wir haben diesen Kampf nicht begonnen. Der Verrat lag auf Seiten der Sabirs … und du gibst zu, dass Ry an diesem Verrat Anteil hatte.«

Kait wandte sich vom Fenster ab und sah ihrer Schwester in die Augen. »Der Verrat mag *diesmal* auf Seiten der Sabirs gelegen haben. Wir beide können nicht wissen, wie es bei anderen Gelegenheiten, bei anderen Vertragsbrüchen ausgesehen haben mag. Vierhundert Jahre Hass liegen zwischen uns und den Sabirs, und ich kann nicht glauben, dass die Galweighs immer nur unschuldige Opfer waren oder die Sabirs immer die abgrundtief schlechten Angreifer. Ry hat getan, was seine Familie ihm auftrug; er hat seiner Pflicht gehorcht. Genau wie du. Genau wie ich. Wir alle haben unseren Familien gehorcht …«

»Und jetzt ist er fort, und du kannst aufhören, dich mit Schande zu bedecken«, sagte Alcie. »Es hätte niemals funktioniert, Kait. Jede Leidenschaft stirbt nach einer gewissen Zeit, und der Reiz des Neuen verblasst, und dann bleiben den Liebenden nur die Dinge, die sie gemeinsam haben. Du hättest niemals eine gemeinsame Existenz mit dieser … dieser Bestie aufbauen können.«

Kait drehte sich wieder zum Fenster um. Ich könnte niemals eine gemeinsame Existenz mit irgendeinem anderen Mann als dieser Bestie aufbauen, dachte sie. Wir sind beide Karnee. Beide Außenseiter in unseren Familien, weil wir anders sind. Besudelt. Wir sind verbunden durch etwas, das Alcie nicht verstehen und nicht glauben würde – ich könnte ihr sagen, dass ich weiß, wo er sich in diesem Augenblick aufhält, dass ich, wenn ich schlafe, noch immer seine Hände in meinen spüren kann oder dass ich, so wie ich hier stehe, spüren kann, dass er seit zwei Tagen nichts gegessen hat – dann würde sie mir erklären, ich litte an Visionen und dem Spott der Geister, dass ich solche Dinge unmöglich wissen könne. Oder dass ich schlicht und einfach verrückt sei. Aber ich bin nicht verrückt. Wir teilen etwas, das nur uns allein gehört – auf der ganzen Welt gibt es keinen zweiten Mann wie Ry für mich.

»Ich hätte mir durchaus mit ihm einig sein können«, sagte sie. »Wir *waren* uns einig. Es ist vorbei, aber ich werde mich für den Rest meines Lebens nach ihm verzehren.«

»Du wirst ihn eines Tages vergessen.«

»So wie du Omil vergessen hast?«

In dem eisigen Schweigen, das ihrer Frage folgte, drehte Kait sich schließlich um und musterte ihre Schwester. Alcies Lippen waren blutleer, ihr Gesicht war bleich und ihr Körper starr vor Zorn. »Wie kannst du es wagen, Omil mit einem Sabir zu vergleichen oder deine kleine, dumme Zuneigung mit etwas, von dem du überhaupt keine Ahnung hast?«

Kait nickte. »Wenn es sich um deine Liebe handelt, ist sie etwas Heiliges; wenn es sich um meine handelt, ist es etwas ohne jeden Wert. Ist es das, was du denkst?«

Alcie machte auf dem Absatz kehrt und stolzierte ohne ein Wort aus dem Raum. Kait sah ihr nachdenklich hinterher, dann kehrte sie zu ihrem Platz am Fenster zurück. Aber Alcies Worte und ihre ganze Einstellung drängten sich immer wieder in Kaits Tagtraum ein. Und Alcie war wie Ian, der geblieben war, und wie Doghall. Keiner von diesen dreien wollte begreifen, was sie verloren hatte; keiner von ihnen wollte das Ausmaß ihres Schmerzes verstehen. Keiner von ihnen konnte es. Sie sahen nur Kaits Pflicht und die Tatsache, dass sie diese Pflicht aus Kummer vernachlässigte.

Zu guter Letzt trat Kait vor ihren Kleiderschrank hin und nahm eins ihrer Galagewänder heraus – rote Seide aus Galweigh-Tuch, mit einem steifen Kragen aus der schwarzen Rosen- und Dornenspitze der Galweighs, dem weichen, ebenfalls schwarzen Unterkleid mit dem keuschen Ausschnitt; die Ärmel waren abgeschnitten und gewendet worden und mit schwarzem Seidenzwirn bestickt, sodass die Rosen sich beinahe wie echte Blumen von dem Tuch abhoben. Kait schlüpfte mit langsamen Bewegungen hinein. Sie zog Abendschuhe an, deren Juwelen das Morgenlicht auffingen, während sie die Schnürsenkel durch die Haken auf der Rückseite schlang. Sie bürstete sich das Haar, flocht es zu Zöpfen und steckte diese dann im Nacken auf.

Schließlich durchstöberte sie ihr Zimmer, bis sie ein kleines Köfferchen fand, das sie im Zuge ihrer diplomatischen Ausbildung bekommen hatte; sie öffnete es, stellte fest, dass sein Inhalt unversehrt war – Puder, Bürsten, Kleber und Juwelen – und lächelte grimmig. Dann setzte sie sich mit dem kleinen Koffer vor ihren Spiegel und puderte sich das Gesicht mit *Iliam*, einem Gemisch aus gemahlenem Gold, Knochenstaub und Substanzen, die die Götter allein kannten und die ihr ein Aussehen verliehen, als sei sie aus einem kostbaren Metall gegossen. Dann pinselte sie sich Lampenschwarz auf die Augenlider und die Wimpern und klebte sich mit Spiritusgummi kleine Rubine in die Augenwinkel. Als sie anschließend vorsichtig eine rote Linie von der Mitte ihrer Stirn bis hinunter zu ihrer Nasenspitze malte, zitterten ihre Hände nur ein klein wenig – sie hatte schon früher solche Linien gemalt, aber niemals auf ihr eigenes Gesicht.

Zu guter Letzt suchte sie sich noch die Schachtel, in der ihr bester Kopfschmuck lag – der mit dem gewebten Platinband, das auf ihrer Stirn auflag und eine Kaskade von Edelsteinen hielt, die ihr den Rücken hinunterfielen. Als sie es auf ihrem Kopf befestigt hatte und sein gewaltiges Gewicht spürte, war es, als lasteten vierhundert Jahre Geschichte der Familie Galweigh auf ihren Schultern; vierhundert Jahre der Geister sagten ihr, was sie denken und fühlen musste und was sie zu tun hatte, um ihre Ahnen zu ehren.

Sie verbeugte sich vor dem Spiegel und vor den Geistern, dann ging sie ins Sonnenzimmer hinunter, um ihren Onkel zu begrüßen.

Als Kait, gekleidet wie zu ihrer eigenen Beerdigung, ins Sonnenzimmer trat, widerstand Doghall nur mit Mühe dem Drang, seinen Kopf gegen die kühle Steinmauer zu schlagen. Er hatte gehofft, Kait gegenüber Frohsinn zu heucheln und so zu tun, als sei Rys Abwesenheit nicht mehr als ein vorübergehendes Missgeschick, aber offensichtlich kam diese Möglichkeit nicht mehr in Frage. Er konnte ihr nicht einfach etwas zu essen anbieten und während des Mahls über Nichtigkeiten reden. Sie präsentierte sich auf eine Weise, als wäre sie bereits tot, und er konnte beim besten Willen nicht entdecken, wie er mit einiger Höflichkeit auf diese Tatsache reagieren sollte.

Allerdings konnte er die melodramatische Geste der Jugend missbilligen, und das tat er auch.

»Nein, wie reizend du aussiehst«, sagte er nach einem kaum merklichen Zögern, und Kait warf ihm einen harten Blick zu.

»Ich bin gekommen, meine Pflicht zu tun«, sagte sie.

»Oh, da können wir uns aber glücklich schätzen.« Er lehnte sich an die Wand und verschränkte die Arme vor der Brust. »Und wie sehr dich die Aussicht darauf begeistert! Es gibt wahrlich nur wenige Leichen, die sich von ihren Scheiterhaufen erheben, um sich um die Bedürfnisse der Lebenden zu kümmern.«

»Ich tue die Pflicht meiner Familie gegenüber, weil es meine Pflicht *ist.*« Kait stand vor ihm wie ein Paraglesa, das Kinn in die Höhe gereckt, den Rücken durchgedrückt, die Schultern gerade. Sie hätte ein wahrhaft prächtiges Bild abgegeben, dachte Doghall, wäre da nicht die Kleinigkeit gewesen, dass es etwas unbestreitbar Lächerliches hatte, einen wandelnden Leichnam vor sich zu sehen.

»Pflicht um der Pflicht willen … Ich will dir etwas sagen, das dir in Zukunft vielleicht eine Hilfe sein mag. Familien, denen auf diese Weise gedient wird, sind besser dran, wenn man sie in der Hölle verwesen lässt.« Er sah sie an, wie sie in ihrer ganzen zornigen Pracht vor ihm stand, und gab dem Impuls nach, sie auszulachen.

Was natürlich die gleiche Wirkung hatte wie ein Eimer Wasser, den man über einer Katze ausgoss. »Ich zumindest kenne meine Pflicht«, fauchte sie.

»Stimmt. Stimmt. Und du wirst uns dieses ungeheure Opfer,

das du uns bringst, ständig unter die Nase reiben – du hast geliebt und verloren, und du bist innerlich tot, aber du wirst tapfer weitermachen und dein Leben geben, um deiner Familie und der Welt zu dienen, und du hast nur den einen Wunsch, von uns bemitleidet und bewundert zu werden, weil du so ein armes, tapferes Geschöpf bist.«

Er hatte sie bis zur Sprachlosigkeit schockiert. Der Kiefer klappte ihr herunter, und sie starrte ihren Onkel an, der beobachtete, wie sie die Fingernägel in die Handflächen grub – und er sah auch, dass diese Fingerspitzen leicht verschwammen, als könnten ihre Hände sich nicht entscheiden, ob sie Nägel oder Krallen hatten. Da erst fiel ihm ihr Karnee-Erbe wieder ein, und er befand, dass es vielleicht klug wäre, sie nicht allzu sehr herauszufordern.

»Ich behaupte nicht, dass die Welt dich nicht braucht, Kait«, erklärte er. »Aber sie braucht dich nicht als Märtyrerin.«

»Ach ja? Du sagst, ich müsse nicht sterben. Ich könne lediglich nicht meine Familie *und* den Mann haben, den ich liebe. Ist es das?«

»Du *hattest* den Mann, den du liebtest. Du hast ihn weggeschickt.«

»Er hat mich verlassen.«

»Du hattest nichts damit zu tun, dass er fortgegangen ist?«

»Unsere Familien standen zwischen uns.«

»Eure Familien standen von Anfang an zwischen euch, aber damit scheint ihr bisher durchaus zurechtgekommen zu sein. Und plötzlich geht er fort, und du erscheinst in Trauerkleidung und erklärst, das Problem seien eure Familien gewesen. Ich kann das nicht so sehen.« Er erwähnte nicht, welchen Anteil er selbst bei ihrem Zerwürfnis gespielt hatte – er war sich noch immer nicht ganz sicher, wie bedeutend sein Anteil gewesen war oder warum das, was er getan hatte, notwendig war.

Kait schwieg sehr lange. Als sie endlich zu einer Entscheidung zu kommen schien, sagte sie mit einer leiseren und weniger wütenden Stimme als zuvor: »Er konnte sein Sabirsches Erbe nicht hinter sich lassen.«

Doghall schüttelte den Kopf. »Du hast von ihm verlangt, seine Zugehörigkeit zu den Sabirs aufzugeben?«

»Ja. Ich musste es tun – für dich und für Alcie, für alle Galweighs, die gestorben sind.«

»Ich verstehe. Und hast du auch von ihm verlangt, dass er dir gleichzeitig seine Eier auf einem silbernen Tablett überreicht?«

»Was?«

»Nun, das hättest du gleich mit erledigen können. Du kannst nicht von einem Mann verlangen, dass er um deinetwillen ein anderer wird.«

»Je länger ich hier in diesem Haus war, umso klarer wurde mir, dass ich ihn nicht würde haben können, solange er im Herzen noch ein Sabir war.«

Doghall seufzte. »Du bist jung, Kait-cha, und die Jugend mag ihre Reize haben, aber dieser starrköpfige Idealismus, den du wie ein Banner vor dir her trägst, gehört nicht dazu. Du glaubst immer noch, die Welt bestehe aus scharfen Kanten und klaren Abgrenzungen, aus Gutem, das niemals etwas Böses gekannt hat, und aus Bösem, das niemals etwas Gutes in sich trug – und trotz all dem, was du gesehen und getan hast, glaubst du, du könntest die Welt wirklich dazu zwingen, dass sie sich deinem Idealbild unterwirft, wenn du es nur stark genug willst.«

»Das ist nicht wahr«, wandte Kait ein, aber Doghall hob die Hand, um ihr Schweigen zu gebieten.

»O doch, das ist es. Du warst immer ein braves Mädchen, und du hast deine Eltern und Geschwister geliebt und der Großfamilie der Galweighs mit deinem ganzen Herzen gedient. Und dann hast du ein kleines Puzzlestück deines Lebens entdeckt, das nicht in den Rest des Bildes passte … Aber dieses Stück passte zu dir. Ry passte zu dir, Mädchen, und du hast zu ihm gepasst. Euch beide hat mehr verbunden als simples Begehren; die Magie, die zwischen euch war, kam durch den Schleier selbst. Ihr wart füreinander geschaffen, von den Mächten des Schicksals oder von den Göttern.«

»Du sagst also, ich soll ihm nachreisen.«

»Nein. Ich weiß nicht, ob du ihn damit zurückholen würdest. Du verstehst noch nicht, warum das, was du getan hast, Unrecht war. Du wirst es vielleicht niemals verstehen oder jedenfalls nicht wahrhaft verstehen, und solange das so ist, darfst du dich nicht der Hoffnung hingeben, du könntest den Bruch, den du zwischen euch beiden verursacht hast, irgendwie kitten. Also lautet meine Antwort nein. Lauf ihm nicht nach. Du würdest die Dinge wahrscheinlich nur schlimmer machen.«

Kait nahm ihren schweren Kopfputz ab und warf ihn auf eine mit Brokat bezogene Bank. Der Kopfputz klirrte und klapperte, und Doghall zuckte zusammen. Kait ließ sich in einen tiefen Sessel fallen, ohne an den Schaden zu denken, den sie damit ihrem Kleid zufügte, das nicht zum Sitzen geschaffen war. Schließlich beugte sie sich, die Ellbogen auf die Knie gestützt, vor. »Du glaubst also wirklich, unser Streit sei ganz allein meine Schuld gewesen, ja?« Jetzt erst bemerkte er, dass sie weinte; die Tränen meißelten sich schmale Schneisen durch den Goldpuder auf Kaits Gesicht.

Doghall schob einen anderen Sessel vor ihren und ließ sich darin nieder. »Du siehst in Ry ein Opfer, das du für deine Familie gebracht hast«, sagte er. »Und du wirst im Laufe deines Lebens tatsächlich Opfer bringen müssen – einige davon mögen genauso schmerzlich sein wie der Abschied von ihm. Aber …« Doghall hob einen Finger, »ein Geschenk, das die Götter dir gemacht haben, kannst du nicht opfern.«

»Du sagst das so obenhin – dass er ein Geschenk der Götter an mich gewesen sei. Woher willst du das wissen? Warum sollten die Götter mir ein Geschenk machen, das mich meiner Familie entfremden musste?«

»Warum die Götter das tun sollten … und du hinterfragst das Geschenk selbst …« Doghall stützte den Kopf in die Hände und schloss die Augen. Plötzlich sah er seine eigenen Schwächen vor sich, die unerträglichen Gespenster des Scheiterns, der Unzulänglichkeit. »Ah, Vodor Imrish, gib mir die richtigen Worte ein.« Er seufzte und blickte zu seiner Nichte auf. »Die Liebe – die wahre, beständige Liebe – ist das größte Geschenk, mit dem die Götter einen Menschen segnen können. Solander hat diese Liebe für jedes lebende Geschöpf empfunden – so sehr hat diese Liebe ihn bewegt, dass er Zeit und Tod überwinden konnte, um uns mit ihr zu berühren. Vincalis hat das Gleiche für seinen Freund Solander empfunden und für Janhri, die seine Gemahlin wurde, und die Liebe hat ihn solchermaßen verwandelt, dass er die Zukunft mit seinen Worten vorgezeichnet und vielen von uns einen Weg gegeben hat, dem wir folgen, und einen Stern, an dem wir uns orientieren konnten.

Die Liebe ist keine Kleinigkeit, keine schwache Kraft. Sie ist die größte Macht im Universum, stärker als Hass oder Tod, stärker als jede Magie.« Er zuckte mit den Schultern und blickte auf seine Hände hinab. »Viele sagen, die Liebe sei die wahre Quelle der Magie oder gar des Lebens selbst, obwohl ich mir, was das betrifft, nicht sicher bin. Es gibt zu viel Böses und zu viel Grausamkeit auf der Welt, als dass das wahr sein könnte, denke ich. Ich bin ein alter Mann, auch wenn ich diesen jungen Körper bewohne. Ich habe zu meiner Zeit Freundschaft und Zuneigung gekannt, Leidenschaft und Barmherzigkeit. Ich habe mit vielen Frauen das Bett geteilt und bin im Dienste ihrer Fruchtbarkeit sogar zu einer niederen Gottheit ernannt worden. Aber als Solander mich mit seiner Liebe berührte, war das das erste Mal, dass ich eine solche Liebe empfunden habe. Und es war auch das letzte Mal. Was immer in dir ist, das es dir gestattet, von ganzem Herzen und mit deiner ganzen Seele zu lieben … es ist nicht in mir. Oder wenn ich es doch in mir habe, so habe ich die eine Person oder die eine Sache, die ich mit solcher Absolutheit lieben könnte, noch nicht gefunden. Weder die Falken noch eine Geliebte noch sonst etwas.« Doghall blickte Kait in die Augen und wünschte, er hätte sie zwingen können, die Dinge zu empfinden, die er in diesem Moment selbst empfand. »Ich würde mein Leben geben, meine Seele, meine Ewigkeit, um diese Art von Liebe fühlen zu können, diese Liebe, die du aus einem irregeleiteten Pflichtgefühl heraus weggeworfen hast, und weil du dich schuldig fühlst, schuldig, weil du überlebt hast und deine Familie nicht.«

Wieder sah er auf seine Hände hinab – auf die starken, jungen Hände, deren Jugend nicht ihm gehörte, sondern Alarista; Alarista, die so tief geliebt hatte, dass sie allein auf die winzige Chance hin, das Leben ihres geliebten Hasmal retten zu können, die ihr zugemessenen Jahre Doghall geschenkt hatte. »Die Toten sind tot, Kait, und die Lebenden können blind und dumm und leichtfertig sein – und wenn du das Beste und Vollkommenste in deinem Leben aufgibst, sei es für die Lebenden oder die Toten, bist du wahnsinnig … und verdienst den Segen nicht, mit dem die Götter dich ausgezeichnet haben.«

»Und doch sagst du, ich solle ihm nicht nachreisen.«

»Das sage ich.«

»Weil ich damit wahrscheinlich alles nur noch schlimmer machen würde. Weil ich alles zerstören würde.«

»Ja.«

»Aber was soll ich denn dann tun?«

Doghall richtete sich auf und holte tief Atem. »Geh und wasch dir das Gesicht. Leg diese lächerliche Aufmachung ab. Komm hierher zurück und nimm eine gute Mahlzeit zu dir, und wenn du damit fertig bist, überlegen wir uns, was wir als Nächstes tun müssen – denn ich nehme an, dass Ry kein Falke werden wollte, und das macht eine Änderung unserer Pläne notwendig.« Er stand auf, ging auf Kait zu und legte ihr eine Hand auf die Schulter. »Und dann werden wir beide uns zusammen hinsetzen und überlegen, auf welche Weise du die Künste der Diplomatie, auf die du dich verstehst, in den Dienst der Liebe stellen kannst, von der du offensichtlich keine Ahnung hast. Und wir werden eine Möglichkeit finden, wie du dir deinen Liebsten zurückerobern kannst.«

Kait erhob sich und wischte sich mit dem Handrücken die Tränen ab, was ihr Gesicht noch weiter verschmierte. Sie nickte. »Ich bin gleich wieder da.«

Doghall nahm sie in die Arme und sagte: »Verschwende nicht noch mehr von deinem *Iliam* für die Lebenden. Echte Leichen pflegen niemals zu weinen und deine Kunstfertigkeit so rüde zunichte zu machen.«

Kait brachte ein kleines Lächeln zustande, bevor sie sich umwandte und aus dem Zimmer lief.

Kapitel 23

Mir ist noch kein Hurensohn untergekommen, der so schwer umzubringen war wie du«, sagte der Fremde, und Crispin schlug die Augen auf. Sein Schädel schrie vor Schmerz – weiße Lichter blitzten vor seinen Augen auf, die einzigen Bilder in einem Meer aus Dunkelheit. Seine Knochen, seine Haut, seine Muskeln, seine Därme … ja sogar sein Haar fühlte sich so an, als brenne es.

»Ich weiß, dass du wieder wach bist. Wenn du nicht bald anfängst, mit mir zu reden, werde ich dir all diese hübschen Zähne in deinem Mund einschlagen.«

Wo war er? Der Gestank, der ihn umgab, war unerträglich: fauler Fisch, Schmutz und Verwesung, dazu das Plätschern von Wasser und die Rufe von Meeresvögeln und in der Ferne das

Stimmengewirr von tausend durcheinander rufenden Menschen, das Rattern von Wagenrädern, das Klappern von Hufen …

Und wie war er hierhin gekommen, wo immer er auch sein mochte?

»Ich hole jetzt meinen Stock.«

Mit Mühe brachte er endlich einige Worte heraus: »Was willst du wissen?« Er hatte die vage Erinnerung an einen Knüppel, der wieder und wieder auf ihn eindrosch, an sich auf ihn herabsenkende Dunkelheit und die Verwandlung, die über ihn gekommen war, ohne ihm jedoch auch nur das Geringste zu nützen.

Er hörte ein raues Lachen. »Ich dachte schon, du kannst nicht reden. Erzähl mir, wer du bist, du Bastard. Als ich dich in der Gasse fand, hast du auch nicht geredet. Wenn du nicht so ein interessanter Fang gewesen wärest, hätte ich dich für den Leichenwagen liegen gelassen.«

Die Gasse, dachte Crispin. Und er erinnerte sich an ein Messer.

»Jemand hat versucht, mich zu erdolchen.«

»Als wenn ich das nicht wüsste! Und ausgeraubt hat man dich außerdem. Nackt wie ein Säugling hast du auf dem Pflaster gelegen, bloß viel, viel hässlicher. Die Hände ganz und gar zu Krallen verzogen, aus dem Hintern wuchs dir ein Stück Schwanz, und dein Gesicht war so komisch lang wie das eines Wolfs. Oder eines Löwen. Überall war Blut, und du hattest Löcher im Balg, die ein Dutzend Männer getötet hätten, und trotzdem atmetest du noch. Das Unheimlichste, was ich je gesehen hab – also hab ich dich hergebracht, um dich für ein Weilchen zu pflegen. Um festzustellen, welchen Nutzen du für mich haben könntest, sozusagen.«

Welchen Nutzen er haben könnte?

Er hatte seine eigenen Ziele, nicht wahr?

Er erinnerte sich daran, jemanden verfolgt zu haben. Wütend gewesen zu sein. Er hatte töten wollen – und dann explodierte sein Gedächtnis plötzlich geradezu, und er erinnerte sich, dass sein Vetter Ry seine Tochter entführt hatte, und ihm wurde bewusst, dass ihm die Zeit unter den Händen zerrann. Ry konnte inzwischen mit Ulwe geradezu überall sein – wenn er sie nicht bereits getötet hatte, würde er es vielleicht in Bälde tun. Crispin musste weg von hier. Er musste seine Tochter retten. Er versuchte, auf den Mann loszustürzen, ihn zu töten, um ihn aus dem Weg zu schaffen.

Irgendetwas hielt ihn fest. Bohrte sich in seine Kehle, seine Handgelenke, seine Beine, seine Brust, seine Schenkel. Er kämpfte gegen die unsichtbaren Fesseln, heulte seinen Schmerz und seinen wortlosen Zorn heraus und hörte seinen Peiniger sagen: »Bei allen Höllen, du machst das immer wieder. Es hat ja gar keinen Sinn, dass ich versuche, dich gesund zu pflegen – du wirst mir niemals etwas nützen.«

Diese Worte ließen Crispin innehalten. Noch einmal sah er vor seinem inneren Auge jenen Knüppel, der auf ihn herabstürzte und Dunkelheit mit sich brachte, und er rührte sich nicht mehr. Diesmal blieben die Schläge aus.

»Na, wenigstens lernst du langsam. Wurde aber auch Zeit, verdammt.« Er hörte schlurfende Schritte; der Mann hatte offensichtlich direkt neben ihm gestanden, entfernte sich jetzt aber.

»Ich brauche Wasser«, sagte er. »Und etwas zu essen.«

»Und ich brauche Antworten.«

Der Mann wollte wissen, wer er war. Was würde ihm besser dienen: eine Lüge oder die Wahrheit? Die Wahrheit hatte ihre eigene Kraft, war auf ihre Weise jedoch unglaubwürdiger als Lügen.

»Mein Name ist Crispin Sabir«, sagte er nach einer kurzen Bedenkzeit.

Der Mann schwieg daraufhin so lange, dass Crispin schon glaubte, er hätte vielleicht zu leise gesprochen. Mit lauterer Stimme wiederholte er: »Mein Name ist Crispin Sabir.«

»Ja … ja. Ich habe dich schon beim ersten Mal verstanden.«

Crispin konnte langsam ein wenig deutlicher sehen und Licht und verschwommene Gestalten erkennen. Jedenfalls konnte er genug sehen, um festzustellen, dass er in einem verdunkelten Raum mit zwei kleinen, hohen Fenstern lag und dass er umringt war von Kisten und Kästen und seltsam geformten Gegenständen. Gewiss eine Art Lagerhaus. Von dem Mann, der ihn gefangen hielt, konnte er nichts als vage Umrisse erkennen. Diese jedoch sagten ihm genug, um zu wissen, dass der Mann ein Riese war – mit breiten Schultern und Stiernacken.

»Ich hatte mir so etwas schon gedacht«, sagte der Mann nun leise. »Wer außer einem Mitglied der großen Familien oder zumindest mit Verbindungen zu den Familien würde schon ein Karnee-Kind über den Gaerwantag hinaus retten können, wo doch überall die Parnissas ihre Nase hineinstecken, schreiende Bälger hin und her wenden und die, die ihnen komisch vorkommen, umbringen.«

Crispin witterte eine Chance und ergriff sie. »Ich könnte dir gewaltige Vorteile verschaffen«, sagte er. »Ich kann dir meine Familie und meine Verbindungen zur Verfügung stellen – ich kann dir eine sichere Position bei den Sabirs verschaffen. Du hast mir das Leben gerettet – das ist eine Menge Geld wert und Macht …«

Das Gelächter des Mannes ließ ihn jäh innehalten. »Es ist gar nichts wert, Jungchen, nicht einmal ein Häufchen Scheiße in einer Kanalrinne. Da sieht man mal wieder, dass du in letzter Zeit nicht unter Leuten warst. Die Sabirs sind nicht mehr das, was sie an dem Tag waren, als man dich niedergestochen hat, verstehst du? Wir in Calimekka sind fertig mit den Fünf Familien – genauso wie wir mit den Parnissas fertig sind. Mit unseren Rebellionen haben wir deinesgleichen in die Flucht getrieben – die Sabirs, die es noch gibt, verstecken sich, um ihre Haut zu retten, oder sind in freundlichere Städte weitergezogen. Wenn du mir nicht mehr zu bieten hast als deinen Namen, werde ich dich hier und jetzt umbringen und dein Fleisch an den Abdecker verkaufen.«

»Du hast bereits gesagt, es sei schwer, mich umzubringen.«

»Schwer heißt nicht unmöglich. Ich denke, ich brauche dir nur den Kopf abzuschlagen, dann wirst du schon nicht mehr zurückkommen, um mich zu plagen.«

Der Mann sprach die Wahrheit. Crispin schwieg. Er dachte über die Veränderungen nach, die sein Peiniger ihm beschrieben hatte – den Sturz der Familien, die Vertreibung der Parnissas, die Überlebenden, die aus der Stadt geflohen waren –, und er überlegte, was er diesem Mann anbieten konnte, um sein Leben zu retten und seine Freiheit zu erwirken.

»Ich kann dir Gold geben.«

»Gold ist heutzutage ungefähr genauso viel wert wie Kieselsteine. Man kann es nicht anbauen, man kann es nicht essen, und man kann es nicht anziehen – und bei den gegenwärtigen Unruhen in der Stadt ist der Schiffsverkehr erstorben wie Gras in der Trockenzeit. Wenn du weißt, wo ich eine große Menge Nahrungsmittel herbekommen könnte, nun dann …?«

Crispin wusste es tatsächlich. Seine Familie hatte in Haus Sabir und an anderen leicht erreichbaren Orten Belagerungsvorräte angelegt. Crispin hatte mehrere solcher Lager für seinen persönlichen Bedarf – an Orten, die er allein kannte. Von dem, was er in seinen Lagerräumen versteckt hatte, würde er wahrscheinlich auf Jahre in Calimekka leben können.

»Ich habe Belagerungsvorräte«, sagte er.

»Erzähl mir, wie ich zu einem dieser Lager hinkomme, und wenn ich das Essen habe, kehre ich zurück und lasse dich frei.«

Crispin lächelte. »Ah, nein. Ich fürchte, wenn du erst das Essen hast, vergisst du vielleicht den Rückweg hierher. Ich muss darauf bestehen, dass du mich freilässt, bevor ich dir sage, wo sich das Lager befindet.«

»Und riskieren, dass du dich in eine Bestie verwandelst und

noch einmal versuchst, mir an die Kehle zu gehen … nein. So wird das auch nicht funktionieren.«

Sie sahen einander quer durch den Raum an. »Wir müssen zu irgendeiner Übereinkunft finden. Du willst die Vorräte, ich will meine Freiheit.«

»Und ich möchte nicht, dass mir die Kehle aus dem Leib gerissen wird.« Der Mann beäugte Crispin nachdenklich, die Daumen in den Hanfgürtel gehakt, den er sich zweimal um seinen fülligen Leib geschlungen hatte. Er schwieg sehr lange – Crispin bezweifelte, dass konzentriertes Nachdenken zu seinen gewohnten Beschäftigungen zählte, daher sagte er nichts, während der Fremde sich durch das für ihn ungewohnte Terrain mühte. Endlich lächelte der Mann und sagte: »Ja. Das wird funktionieren.«

Crispin hätte ihn gern gefragt, was funktionieren würde, aber er hatte keine Zeit dazu. Der Mann stürzte sich auf ihn, ließ den Knüppel auf seinen Kopf herunterkrachen, und danach war alles nur Dunkelheit und Schmerz.

»Tut mir Leid, dass ich dich nicht vorwarnen konnte. Ich dachte mir, es würde leichter für dich sein, wenn du es nicht vorher weißt.«

Crispins Kopf hüpfte auf rauen Brettern auf und ab, und das Rattern der hölzernen Räder auf Pflastersteinen brachte ihm jeden Knochen im Leib schmerzhaft zu Bewusstsein. Er war gefesselt worden, und zwar in einer überaus unbequemen Position – alles tat ihm weh, und er konnte nichts als die Augen bewegen. Das Einzige, was er sah, waren schmutziges Stroh und die Bretter unter ihm.

»Wie aufmerksam von dir«, sagte Crispin.

Der Fremde lachte. »Oh, ich bin ein Schatz, jawohl. Da kannst du jede der Huren in der Roten Schüssel fragen.«

Crispin lachte leise auf und sagte: »Sei versichert, dass ich das nicht versäumen werde«, aber gleichzeitig prägte er sich den

Namen gut ein. Die Rote Schüssel. Eine Taverne mit Huren oder ein Gasthaus mit Huren, vielleicht aber auch lediglich ein Bordell. Irgendwo im Hafenbezirk vielleicht – das würde ihm helfen, das Gebiet einzuschränken. Möglich, dass er den Fremden nicht sofort würde töten können, aber diese unbedachte Bemerkung würde er sicher nicht vergessen. Den Mann später zu finden und ihn langsam zu töten, würde ihm noch mehr Vergnügen bereiten, als die Angelegenheit gleich an Ort und Stelle zu erledigen.

»Wir sind auf dem Weg in den Sabir-Bezirk«, sagte der Mann. »Du wirst mir verraten, wo deine Vorratskammern sind. Ich gehe dorthin, lade das Essen zu dir in den Wagen, und dann fahren wir zum nächsten Lager weiter. Wenn ich alle Vorräte eingeladen habe, fahre ich diesen Wagen an einen Ort, der weit entfernt ist von meinem Zuhause, und binde die Pferde an, wo sie bei Nacht nicht gesehen werden. Am nächsten Tag wird dann schon jemand vorbeikommen und dich finden, und wenn du Glück hast, befreit derjenige dich von deinen Fesseln, statt dir die Kehle durchzuschneiden.«

»Das scheint für mich kein besonders guter Handel zu sein«, bemerkte Crispin.

»Du bist nicht tot, oder? Ich werde dich nicht umbringen, oder? Ich hätte dich dazu bringen können, dass du mich zu deinen Lagern führst, und dich dann trotzdem töten, aber ich werde zu meinem Wort stehen, wenn du zu deinem stehst. Du sollst deine Chance bekommen, selbst wenn sie nicht groß ist und es keine Garantie für dich gibt. Keiner von uns bekommt im Leben irgendwelche Garantien.«

Crispin sagte: »Nein, es gibt keine Garantien. Ich werde das im Kopf behalten und mich bei dir bedanken. Also, du musst in die Manutasstraße fahren, wo der Drachenbaum steht, und ein Stückchen weiter biegst du darin in die Fördegasse ein und fährst Richtung Töpferstraße ... Kennst du dich im Sabir-Bezirk aus?«

»Ich werde es schon finden«, erwiderte der Mann gelassen. »Zerbrich dir deshalb nicht den Kopf.«

Kapitel 24

Ian arbeitete in den verwüsteten Gärten von Haus Galweigh, rettete die Pflanzen, die noch zu retten waren, und grub diejenigen aus, die tot oder zu schwach waren. Es war eine sinnlose Arbeit – es gab keine Scharen von Menschen mehr, die auf der Suche nach ein wenig Abgeschiedenheit durch diese Gärten streiften, und tatsächlich hielt Ian es durchaus für möglich, dass er der Einzige war, der dieses entlegene Fleckchen überhaupt wahrgenommen hatte. Abgesehen davon, dass er Vorräte aus den Lagerungskammern in die Küche getragen hatte, konnte er sich nicht weiter nützlich machen. Aber er fand ein wenig Trost in der Arbeit, und da die Atmosphäre zwischen Doghall, Kait und Alcie derart angespannt war, zog er es vor, allein und weit fort von allen anderen zu arbeiten. Die Erde war warm und dankbar und reagierte auf seine Bemühungen. Sie bot ihm Frieden und lud zum Nachdenken ein.

Ry war fort, Kait saß verzweifelt in ihrem Zimmer, und obwohl Ian versuchte, aus Rys Abschied die Hoffnung zu schöpfen, dass er jetzt vielleicht eine neue Chance bei Kait bekommen würde, so wusste er doch, dass es unmöglich war. Kait liebte ihn nicht und würde ihn niemals lieben, obwohl er glaubte, dass sie eine gewisse Zuneigung für ihn empfand. Aber Zuneigung war nicht genug. Selbst wenn Ry niemals zu ihr zurückkehren würde, selbst wenn sie sich entschließen sollte, ihn, Ian, als Ersatz zu akzeptieren, es würde nicht genug sein. Er konnte sie bis in alle Ewigkeit lieben, aber wenn sie seine Liebe nicht mit der gleichen

Leidenschaft und dem Begehren erwiderte, das er für sie empfand, würde er immer ein Verhungernder an einer reich gedeckten Festtafel sein – er würde die wunderbaren Dinge sehen können, nach denen es ihn verlangte und die er so sehr brauchte, und vielleicht würde er sie sogar berühren dürfen, aber es würde ihm nie gestattet sein, davon zu kosten.

Er hatte alles in seiner Macht Stehende getan, um Kait zu helfen, aber es gab einfach nichts mehr für ihn zu tun. Hier im Haus war er nutzlos. Er blieb aus Freundschaft oder aus der vergeblichen Hoffnung heraus, dass die Situation oder ein Ort von Magie ihn plötzlich in den Mann verwandeln würde, den Kait begehrte. Aber vielleicht blieb er auch um des masochistischen Vergnügens willen, sie jeden Tag zu sehen und zu wissen, dass er sie niemals haben konnte.

Er zog an einem Unkraut, legte es bis auf die Wurzelspitze frei und warf es auf den Haufen zu den anderen Pflanzen, die später verbrannt werden sollten. Er musste fort von hier. Er konnte hier keinen auch nur halbwegs wichtigen Beitrag leisten, und er musste langsam wieder sein eigenes Leben leben. Vielleicht würde er sich ein anderes Schiff suchen und die Meuterer aufspüren, die ihm die *Wanderfalke* gestohlen und ihn am anderen Ende der Welt seinem Schicksal überlassen hatten. Er hatte nichts zu schaffen mit Zauberern und Gestaltwechslern, mit Geheimgesellschaften und Bündnissen mit den alten Göttern.

Ulwe kam in den Garten hinaus und hockte sich neben Ian. Sie sagte nichts, sondern begann, an seiner Seite Unkraut zu jäten.

Er sah sie aus den Augenwinkeln heraus an und bemerkte, dass ihre Haut so bleich wie Knochen war; sie presste die Lippen fest zusammen, und in ihren Augen leuchteten ungeweinte Tränen. Er sagte nichts zu ihr, sondern machte sie lediglich auf ein Büschel Unkraut aufmerksam, das sie in bequemer Reichweite hatte. Und er wartete.

Das kleine Mädchen blieb lange still, während sie zusammen

arbeiteten. Endlich jedoch blickte sie zu Ian auf und sagte: »Er hat gerade jemanden getötet. Jemanden, der ihm *geholfen* hat, obwohl der Mann es aus Profitgier tat. Er hat ihn nicht aus Notwehr getötet, nicht aus Angst – er hat ihn getötet, weil es ihm Spaß machte und weil er gern tötet und weil er die Gelegenheit dazu hatte. Er hat seinen eigenen Schwur gebrochen.«

Ian kaute an seiner Unterlippe und spähte vorsichtig zu dem Mädchen hinüber. »Dein Vater?«

»Ja.«

Er seufzte und dachte an seinen eigenen Vater, der sich seine Mutter als Mätresse gehalten, sie aber von Herzen geliebt hatte; sein Vater hatte auch ihn, Ian, zumindest ein klein wenig geliebt, aber nach allem, was er hatte in Erfahrung bringen können, war er ein schlechter Mensch gewesen, den es nach Macht hungerte und der bereit war, alles zu tun, um seine Macht zu bewahren. »Du hast dir gewünscht, er möge ein guter Mensch sein«, sagte Ian schließlich. »Weil er dein Vater ist, wolltest du, dass er deiner Liebe und deiner Bewunderung würdig wäre.«

»Er liebt mich. Ich weiß, dass er es tut. Ich dachte, das müsse bedeuten, dass etwas Gutes in ihm ist. Dass er ein guter Mensch werden könnte.«

»Du hast gehofft, er würde sich ändern, wenn du ihn nur genug liebst.«

Sie nickte.

Ian sagte: »Er wird sich nicht ändern, Ulwe. Er ist gern so, wie er ist. Ich kenne ihn – ich habe ihn gekannt, seit wir beide Kinder waren, obwohl er älter ist als ich.«

»Alles, was ich von ihm spüren kann, ist schrecklich – bis auf seine Gefühle, wenn er an mich denkt. Ich berühre die Straße, und ich kann seine Liebe spüren. Sie ist wirklich. Ich weiß es.« Ulwe legte eine Hand auf Ians Arm und sah ihm direkt in die Augen. »Wie kann sich dieses eine Gefühl der Güte inmitten von so viel Schlechtigkeit halten?«

Ian wischte sich den Schmutz von den Händen und drehte sich zu Ulwe um. Er griff nach ihren Händen und sagte: »Ich werde dir etwas erzählen, was du sicher nicht gern hören möchtest. Aber du musst es verstehen. Willst du Geduld haben und mich aussprechen lassen?«

Sie sah ihn mit großen Augen an. »Ja.«

»Also gut. Die Tochter, die Crispin liebt, ist ein winziges, hilfloses, vollkommenes Baby, das er vor so langer Zeit fortgeschickt hat. Dieses Bild bewahrt er tief in seinem Innern auf, an einem Ort, den der Rest seines Lebens niemals berührt. Es ist wie … wie eine wunderschöne Stadt, die man nur ein einziges Mal gesehen hat, nur einen kurzen Augenblick lang, und die man nie vergessen konnte. Kennst du einen solchen Ort?«

Ulwe nickte.

»Gut. Du bewahrst diesen Ort in deinem Gedächtnis und hegst ihn, und für dich wird er immer vollkommen sein. Der Tag ist dort immer klar und hell, die Temperatur immer genau richtig – und wenn du ihn in deiner Erinnerung betrachtest, wird er dich nie enttäuschen. Deshalb kannst du diesen Ort lieben.« Ian seufzte. »Wenn du jetzt an diesen Ort zurückkehren würdest, wäre alles ganz anders. Und je länger du dort bliebest, umso deutlicher würde dir seine Veränderung werden. Früher oder später würde das Wetter umschlagen, und es würde kalt werden. Die Blumen würden sterben, es würde regnen, und Stürme würden die Zweige von den Ästen reißen. Vielleicht würde auch ein Feuer durch die Stadt peitschen und alles verändern. Der Ort wäre derselbe, aber er hätte eine andere Bedeutung für dich. Deine lang gehegte Erinnerung würde ausgelöscht werden. Was du davon aufbewahren würdest, hinge allein von dir ab. Du bist ein guter Mensch, deshalb würdest du wahrscheinlich eine Möglichkeit finden, die echte Stadt genauso zu lieben, wie du die Erinnerung geliebt hast.«

Ulwe sah ihm mit der Aufmerksamkeit eines Habichts, der

eine Maus fängt, ins Gesicht. »Aber mein Vater ist kein guter Mensch.«

»Nein, das ist er nicht.«

»Und ich bin kein kleines Baby mehr.«

»Nein, bist du nicht.«

»Ich habe jetzt schon Dinge getan, die ihn enttäuschen würden.«

»Ja?«

Sie zog eine Augenbraue hoch und lächelte schwach, und einen flüchtigen Moment lang sah sie sehr alt aus. »Ich habe Ry gestattet, mich zu euch Übrigen zu bringen, obwohl ich mich ohne weiteres hätte verstecken und auf meinen Vater hätte warten können. Ich war nicht dazu bereit, ihm zu begegnen. Und ich bin es noch immer nicht. Irgendwie glaube ich nicht, dass ihn mein Verhalten allzu glücklich machen würde.«

»Womit du wahrscheinlich Recht hast.«

Sie stand auf, und in ihren Zügen zeichnete sich eine Entschlossenheit ab, deren Intensität Ian beinahe erschreckte. »Das Leben ist voller schwieriger Entscheidungen, nicht wahr?«, fragte sie.

Er hätte um ein Haar laut aufgelacht, denn er musste an sein eigenes Dilemma denken, mit dem er sich beschäftigt hatte, bevor sie zu ihm gestoßen war. »Das Leben ist voll von höllischen Entscheidungen.«

»Er wird mich jetzt sehr bald suchen kommen, Ian. Er ist nach Hause gegangen, aber nicht, weil er besiegt wäre. Ich kann seinen … seinen Zorn spüren. Er ist nach Hause gegangen, weil er glaubt, er könne dort Hilfe finden. Er denkt an einen Bruder und einen Vetter … an Menschen, die ihm etwas schuldig sind … an Magie. Er wird jede Möglichkeit ausnutzen, um mich zu suchen. Er ist fest entschlossen, jeden zu vernichten, der ihm im Weg steht.«

Ein Schaudern überlief Ian bei diesem Gedanken.

Ulwe sagte: »Ich habe hier noch einige Dinge zu tun. Aber das gilt auch für dich. Die anderen brauchen dich hier, mehr als sie selbst wissen.«

Dann ging sie ohne ein Wort zurück ins Haus, und er sah ihr zutiefst beunruhigt nach. Sie war ein seltsames und beängstigendes Kind – sie konnte zwar nicht Gedanken lesen, aber sie konnte Wege lesen. Sie hatte ihn in seinem Versteck aufgespürt, etwas, das ihm erst jetzt klar wurde. Sie hatte gewusst, dass er daran dachte, weiterzuziehen – sie hatte nicht nur deshalb seine Nähe gesucht, weil sie selbst Trost brauchte, sondern weil sie ihm etwas zu sagen hatte, das seine Pläne ändern würde.

Sie war so allein auf der Welt, wie ein Kind es nur sein konnte – ihre Mutter war tot und ihr Vater ein Mensch, den sie fürchten musste –, und dennoch brachte sie es fertig, tapfer und entschlossen zu sein. Und gütig.

Und sie war Blut von seinem Blut. Ein Teil seiner Familie. Vielleicht konnte er ihr ein Vater sein, um das Monstrum zu ersetzen, das sie nicht allzu tief zu lieben wagte.

Ian wandte sich wieder dem Unkraut zu, aber seine Gedanken wanderten die labyrinthischen Pfade der Zukunft entlang, auf der Suche nach Zeichen, die ihm die richtige Richtung weisen würden.

Kapitel 25

Hat er dir zugehört?« Alarista wandte sich vom Fenster ab und ließ sich vorsichtig in einen gut gepolsterten Sessel sinken.

Ulwe nickte. »Ich spüre, dass er bleiben wird.«

»Gut. Das *Zanda* sagt, dass wir ihn nicht gehen lassen dürfen.« Sie schloss die Augen und rieb sich ihre zerbrechlich dünnen Arme; das papierne Gefühl ihrer Haut war ihr genauso zuwider wie die Steifheit ihrer Knöchel und die Trägheit ihres Blutes, das sie frieren ließ, auch wenn sie an einem windgeschützten Fleckchen in der Sonne saß.

Ulwe brachte ihr eine Decke und half ihr, sie sich um die Schultern zu legen.

»Kannst du deinen Vater auch jetzt spüren?«

»Nicht richtig. Er befindet sich jenseits der Straße, genau wie ich – der Strom verbindet uns nicht mehr.«

»Dann müssen wir wieder zurück auf die Straße. Ich muss in Erfahrung bringen, ob schon irgendwelche Falken angekommen sind – und ich muss wissen, was dein Vater tut, und ...« Alaristas Stimme verlor sich. Sie hasste ihren Körper – dass er so gebrechlich und nutzlos war, dass selbst ein einfacher Spaziergang zu der Straße gleich jenseits des Grundstücks zu viel für sie sein konnte.

»Wenn du erst ein Weilchen schlafen möchtest, werde ich auf dich warten«, sagte Ulwe. »Oder ich könnte jetzt allein hingehen und nachsehen, und dann komme ich wieder und erzähle dir alles. Ich weiß inzwischen, wie Falkenmagie sich anfühlt. Wenn Falken auf dem Weg zu uns sind, die sich nicht hinter ihren Schilden verstecken, werde ich sie für dich finden können.«

»Bitte. Ich fürchte, dass uns zu wenig Zeit bleibt. Ich ... werde mich nur ein Weilchen hier ausruhen, während du fort bist.«

Ulwe nickte. »Wenn ich zurückkomme, bringe ich dir etwas zu essen.«

»Ich habe keinen großen Hunger.«

»Ich weiß. Aber Doghall sagt, du sollst trotzdem essen.«

»Bring mir etwas Obst. Es macht mir kein Magendrücken, wie andere Dinge es tun.«

»Ich werde dir eine Schale mit besonders schönem Obst bringen.« Ulwe schenkte ihr ein strahlendes Lächeln und lief zur Tür hinaus.

Alarista sah ihr sehnsüchtig nach. Wenn sie mit Ulwe zusammen war, vermisste sie ihre eigene Jugend ganz besonders – die schier grenzenlose Energie, die unbezähmbare Hoffnung, die Gewissheit, dass sie irgendwie für jedes Problem eine Lösung finden würde. Das Alter warf ein hässliches Licht auf solch kindischen Optimismus – in diesem Augenblick sah sie sich einem Problem gegenüber, das wahrscheinlich ihr Tod sein würde. Wenn keine anderen Falken dem Ruf Antwort gaben, den sie ausgesandt hatte, und das sehr bald, würde sie die Dritte in Doghalls und Kaits *Thathbund* sein müssen, und diese Anstrengung würde sie töten.

Sie fürchtete den Tod nicht – jenseits des Gefängnisses ihres Fleisches wartete Hasmal auf sie, und sie sehnte sich mit einer Ungeduld, die sie niemandem mitteilte, nach ihrer Rückkehr zu ihm. Aber wenn sie zu bald starb, würde, so fürchtete sie, ihre Aufgabe unvollendet bleiben – eine Aufgabe, die niemand außer ihr zu Ende führen konnte. Dann hatte sie ihr Leben umsonst gelebt.

Sie wünschte, sie hätte sich daran erinnern können, worin diese Aufgabe eigentlich bestand. Es war alles so klar gewesen, so dringlich, als sie sich in dem Reich jenseits des Schleiers aufgehalten hatte. Sie hatte es gewusst – und obwohl es eine erschreckende Last gewesen war, hatte sie fest daran geglaubt, dass sie zurückkehren und das ihre würde tun können. Aber als sie dann in diesen plötzlich uralten und verfallenen Leib zurückgekehrt war, hatte sich die kristallene Klarheit jenes Wissens in einem Nebel verworrener Gedanken, körperlicher Bedürfnisse, Schmerzen und Sehnsüchte aufgelöst. Was war es gleich, das sie noch tun musste? Das *Zanda* wollte es ihr nicht sagen. Die Sprecher, die sie rief, wollten es ihr nicht verraten, und die Anstrengung des Orakels hatte sie solchermaßen geschwächt, dass sie keinen weiteren Versuch wagte. Doghall wusste es nicht, und auch seine Magie war nicht imstande, die Antwort für sie zu finden.

Alarista schloss die Augen, um nachzudenken, und die Wärme der Sonne sickerte durch ihre Haut und die weiche Decke, die sie sich um die Schultern gelegt hatte. Sie mühte sich ab, an das Wissen heranzukommen, das ihr einst so selbstverständlich zur Verfügung gestanden hatte. Und wieder einmal wurde sie von ihrem eigenen Fleisch besiegt.

Sie schlief ein.

Kapitel 26

Yanth drehte sich zu Ry um und sagte: »Du glaubst, Kait habe ein Patent auf Sturheit und Dummheit, aber sie ist nicht diejenige, die weggegangen ist.«

Jaim sagte: »Nun iss das verdammte Essen, bevor es verdirbt. Es ist wahrhaftig kein Spaß, zuzusehen, wie du wie ein Tier im Käfig durch den Raum stolzierst und einfach vor Kummer vergehst.«

Ry lief tatsächlich mit grauem Gesicht und toten Augen vor seinen Freunden auf und ab. »Ich habe alles, was ich hatte, aufgegeben, um mit ihr zusammen zu sein. Mein Zuhause, meine Position, meine Familie, meine Zukunft. Aber das alles war ihr nicht genug – sie wollte, dass ich auch noch mich selbst aufgebe, und dazu war ich nicht bereit.«

Yanth sagte: »Sie war im Unrecht. Das haben wir ja nun alles so oft durchgekaut, dass es nichts Neues mehr ist. Sie war im Unrecht, du warst im Recht … aber *du bist gegangen.* Du bist derjenige, der gesagt hat: ›Du bist es nicht wert, dass ich noch mehr Zeit mit dir verschwende. Ich erkläre hiermit, dass sich unsere Probleme nicht lösen lassen. Lebe wohl.‹ Also beschwer dich nicht darüber, dass sie dir nicht nachgelaufen ist. Wenn es dir so wichtig gewesen wäre, wärest du geblieben.«

»Es war mir wichtig«, stieß Ry hervor.

»Eine *wunderbare* Art, das zu zeigen«, bemerkte Yanth.

»Haltet endlich den Mund, alle beide. Ry – setz dich und iss etwas. Yanth – hör auf, ihn herauszufordern, ich habe dieses Thema satt. Ich habe eure Streitereien satt. Genau genommen habe ich euch beide satt.«

Ry und Yanth drehten sich beide nach Jaim um. »Dann kannst du gehen, genau genommen«, versetzte Ry. »Niemand hat die Tür verriegelt.«

Und Yanth sagte: »Ich zeige dir gern, wo es hinausgeht, wenn du möchtest.«

»Ich *kann* gehen«, erwiderte Jaim prompt. »Im Gegensatz zu dir, Ry. Ich gehöre weder zur Familie, noch bin ich *Barzanne*. Mir ist kein wütender Mob auf den Fersen – kein Fanatiker schreit nach meinem Blut. Niemand wird mich zwei oder drei Tage lang öffentlich foltern lassen, bevor er mich zerfetzt und die einzelnen Teile an die Stadtmauer nagelt, nur weil ich mich an diesem verdammenswerten Ort aufgehalten habe. Seht doch mal da raus.« Er zeigte auf das halb geschlossene Fenster, durch das man einen Blick auf die Bucht hatte. »Da unten liegen Schiffe. Schiffe. Warum sitzen wir nicht auf einem davon und fahren irgendwohin, statt uns hier zu verstecken, weil du es nicht wagst, dein Gesicht auf der Straße zu zeigen.«

»Ich werde die Stadt nicht verlassen.«

»Warum nicht? Weil sie vielleicht zu dir kommen und dir sagen wird, wie Unrecht sie hatte und wie Leid es ihr tut?« Jaim stand auf und sah seinen Freund durchdringend an. »Das wird sie aber nicht tun. Sie war im Unrecht, bis du sie verlassen hast – aber als du durch das Tor gegangen und nicht zurückgekehrt bist, hast du alles zerstört. Du hast ihr jede Möglichkeit genommen, sich zu entschuldigen. Du hast ihr erklärt, nichts, was sie noch sagen könne, würde eine Rolle für dich spielen. Also, wenn du hören willst, was sie zu sagen hat, wirst du zu ihr gehen müssen.«

Ry blieb lange still, bevor er antwortete. Schließlich sagte er: »Ich kann nicht zurück.«

Yanth schnaubte leise. »Und ob du kannst. Du hast gesunde Beine. Wir können diesen verdammten Berg hinaufsteigen und an das verdammte Tor klopfen. Aber du willst es nicht, du willst es nicht, weil es in diesem Falle Kaits Entscheidung wäre, ob sie das Tor öffnen will oder nicht – und du möchtest nicht entdecken müssen, dass sie es nicht offnet.«

Und Ry dachte: Ja, das ist wahrscheinlich die Wahrheit. Er hatte sie mit einer höllischen Aufgabe sitzen lassen, mit der Vernichtung des Spiegels der Seelen –, und er hatte absolut klar gemacht, dass er nicht tun würde, was er hätte tun müssen, um ihr dabei zu helfen. Er hatte sich geweigert, zusammen mit ihr ein Falke zu werden. Er verstand nicht, was in ihn gefahren war – er war so böse auf sie gewesen, aber er hatte *niemals* die Absicht gehabt, die Dinge zu sagen, die ihm dann am Ende über die Lippen gekommen waren.

Was nicht bedeutete, dass er nicht jedes Wort ernst gemeint hätte, bitterernst. Aber wenn Kait mit ihrer Forderung Unrecht gehabt hatte, dass er nicht länger ein Sabir sein solle, so war es vielleicht auch von ihm unrecht gewesen, sich nicht darum zu scheren, ob seine Anwesenheit in Haus Galweigh den letzten überlebenden Mitgliedern von Kaits Familie ein Dorn im Fleisch war. Jetzt, da er plötzlich keine eigene Familie mehr besaß, fiel es ihm schwer, Kaits Beziehung zu ihren Verwandten ernst zu nehmen.

Was pure Eifersucht war und überaus schäbig.

Am Ende aber gab dieselbe Überlegung den Ausschlag, die ihn veranlasst hatte, durch dieses Tor zu gehen – Kait hatte nicht versucht, ihn aufzuhalten. Er sah ein, dass es falsch von ihm gewesen war, wegzugehen. Aber wenn sie ihn wirklich geliebt hätte – wenn sie so für ihn empfand wie er für sie –, hätte sie ihn nicht einfach durch die Tore und aus ihrem Leben gehen lassen, ohne zumindest einen Versuch zu unternehmen, seine Meinung zu ändern.

Sein Kopf schmerzte, und sein Körper brannte, als hätte er

zwei Tage in seiner tierischen Gestalt verbracht und anschließend nichts gegessen. Als er Yanth und Jaim ansah, wünschte er von Herzen, Kait möge in eben diesem Augenblick durch diese Tür treten, aber er wusste, dass sie nach wie vor in Haus Galweigh war, dass sie ihm nicht nachlaufen würde. Dass sie nicht für ihrer beider Glück kämpfen würde. Er sagte: »Wir verlassen Calimekka. Besorgt uns ein Transportmittel.«

Jaim und Yanth tauschten einen argwöhnischen Blick, und Yanth sagte: »Wo willst du hin?«

Ry wandte seinen beiden Freunden den Rücken zu. »Glaubst du, dass mich das auch nur einen Deut schert? Glaubst du, dass ich mich *jemals* wieder für solche Fragen interessieren werde? Trefft einfach die notwendigen Vorkehrungen, und seht zu, dass wir hier wegkommen.«

Er hörte kaum das leise Klimpern der Münzen in ihren Börsen, die sie sich an die Gürtel banden, ebenso wenig wie das leise Klicken der Tür, die geöffnet und dann wieder geschlossen wurde. Als er sich umdrehte, waren sie fort.

Kapitel 27

Die Armee der Tausend Völker wälzte sich nach Norden, in wärmere Gebiete, wo sie ein Land erwartete, das sich nicht allzeit gegen den Ansturm von Eis und Schnee und Dunkelheit wappnen musste. Die Armee ließ den Zaubererring hinter sich, der einst aus den strahlenden Städten einer großen Zivilisation gebildet worden war; jetzt gab es dort nur noch glänzende Wassermassen, aus denen die Schreie der Toten zu hören waren. Luercas' Soldaten gingen zuerst nach Westen, dann nach Norden, und die Schar ihrer Kämpfer und ihrer Anhänger wuchs von Tag zu Tag, stahl den Dörfern all ihre starken und hoffnungsvollen jungen Menschen und wurde gewaltig. Und sehr hungrig.

Die Armee der Tausend Völker wurde zu einer Plage, die das Land heimsuchte, die ausschwärmte wie die giftigen Heuschrecken, die alle sieben Jahre schlüpften und in so dichten Wolken umherflogen, dass sie die Sonne verfinsterten. Wo die Armee vorbeizog, blieb das Land kahl und leer zurück, alles Essbaren beraubt, sei es Tier oder Pflanze. Die Armee wuchs – von zehntausend auf fünfzehntausend und weiter auf zwanzigtausend Krieger –, und sie kroch unerbittlich weiter.

Eines Tages jedoch kam sie zum Stehen, an den rauen, felsigen Gestaden des Glasburger Meeres, wo einst, in einer Stadt namens Glasburg, eine Million Menschen in nach Parfüm duftenden Straßen getanzt hatten und zwischen glänzenden weißen Bogengängen und eleganten Türmen durch grasbewachsene Gassen geschlendert waren. Die Armee plünderte das schluchzende Meer und das grausame, verwüstete Land. Und sie wartete. Geduldig. Hungrig. Vor den Augen die südlichsten Grenzen Iberas, des gelobten Landes.

Denn das letzte Wunder, auf das Luercas' Heerscharen warteten, war noch nicht eingetreten.

Kapitel 28

Kait kniete neben Doghall in der verdunkelten Kapelle. Sie trug eine schlichte graue Tunika mit eng anliegenden Ärmeln und dazu eine maßgeschneiderte Hose aus grauem Wildleder; auf Doghalls Beharren hin hatte sie keine Schuhe angezogen. Doghall hatte ihr ebenfalls erklärt, dass sie weder Schmuck noch irgendein anderes Material tragen dürfe und dass sie sich das

Haar zu einem geflochtenen Knoten zurückbinden müsse, der auf keinen Fall verrutschen durfte – eine Aufgabe, die sie ohne die silbernen Nadeln und Spangen bewerkstelligen musste, die sie bevorzugte. Sie hatte die Enden ihrer Zöpfe mit Lederriemen zusammengebunden, zur Befestigung zwei lange Holzstäbchen gewählt und gleichzeitig versucht, eine Antwort auf die Frage zu finden, warum das notwendig war.

Doghall war ähnlich gewandet, trug aber im Gegensatz zu Kait auch Schuhe. Jetzt ließ er sich anmutig vor ihr auf den Boden sinken. »Bist du dir ganz sicher, dass du es tun willst?«

Kait nickte.

Doghall zog aus einem zusammengerollten Tuch aus schwarzer Seide verschiedene Gerätschaften, Pulver und einige lange, haarfeine Silbernadeln. Er legte das Tuch zwischen sich und seine Nichte; es hatte in der Mitte einen großen, unterteilten Kreis, in dessen Zentrum eine einzige, mit Silberfaden aufgestickte Glyphe prangte. »Das *Zanda*«, sagte er und reichte Kait eine Hand voll schwerer Silbermünzen. »Wenn ich dir das Kommando gebe, musst du diese Münzen in die Mitte des Kreises werfen, etwa von hier aus.« Er streckte die Arme von sich und deutete die Bewegung an, die er meinte.

Kait nickte abermals.

Doghall warf ihr einen forschenden Blick zu und sagte: »Wenn du dir nicht ganz sicher bist, dann ist diese Zeremonie reine Zeitverschwendung. Du wirst nur dann ein Falke werden, wenn du es wirklich und von ganzem Herzen willst.«

»Ich will es«, sagte sie leise.

»Aber …?«

Sie ließ die klimpernden Münzen von einer Hand in die andere fallen und schloss die Augen. »Er hat Calimekka verlassen«, sagte sie. »Er befindet sich jetzt auf einem Schiff, das zu den Neuen Territorien unterwegs ist. Er ist fort, und ich habe ihn verloren.« Das Klimpern der Münzen wurde hektischer.

Doghall legte ihr eine Hand auf den Arm. »Mach die Münzen nicht kaputt«, sagte er. »Ich habe sie schon sehr lange.«

Kait schlug die Augen auf und sah ihn fassungslos an. »Hast du überhaupt zugehört?«

»Natürlich habe ich zugehört. Du hast doch nicht erwartet, dass er in Calimekka bleiben würde, oder? Überleg nur, was ihm zugestoßen wäre, wenn man ihn hier gefunden hätte.«

»Aber er ist fort.«

»Für den Augenblick, ja. Die Dinge ändern sich, Kait. Er lebt und du lebst, und Leben und Hoffen sind immer eins.«

Sie drückte die Schultern durch. »Ja. Und jetzt bin ich bereit.«

»Das will ich doch hoffen«, antwortete Doghall. Dann lächelte er ihr zu. »Ich bin davon überzeugt, dass du es bist. Ich wünschte nur, dass dir der Schock dieses ersten Augenblicks erspart bliebe.«

»Ich verstehe nicht, warum das so ein Schock sein soll. Ich bin schließlich vorgewarnt.«

Doghall lachte leise auf. »Die Worte sind nicht dasselbe wie das, wofür sie stehen. Wenn es so wäre, wäre das Leben so viel einfacher. Nun, dann lass uns jetzt anfangen. Schließ die Augen und atme tief ein und aus. Und hör auf, mit diesen verdammten Münzen zu spielen. Der Lärm, den du machst, treibt mich noch in den Wahnsinn.«

Sie zwang sich, ihre nervösen Hände still zu halten, und die Münzen legten sich warm auf ihre Haut.

»Jetzt musst du mit geschlossenen Augen nach oben blicken, als wolltest du von innen gegen deine Stirn schauen.«

Sie tat wie geheißen, und plötzlich wurde ihr schwindlig, als stürze sie rückwärts in einen tiefen Schacht. Ihr Puls hämmerte in ihren Ohren, und die Welt schien sich immer weiter und weiter von ihr zu entfernen.

»Du bist an einer Kreuzung«, erklärte ihr Doghall. »An dieser Verzweigung der Straße entscheidest du dich, ob du für dich leben willst oder für andere. Entlang der Straße des Ich gibt es viele andere Pfade, die dich, wenn das dein Wunsch ist, an diesen Punkt zurückführen werden, und es gibt viele andere Möglichkeiten, zu dienen – aber sobald du deine Füße auf die Straße der Falken gesetzt hast, gibt es kein Zurück mehr. Lausche auf die Stimmen deines Herzens und deiner Seele, die dich fragen, ob dies die Straße ist, der du folgen solltest.«

Ihre Knie schmerzten vom langen Knien auf den harten Kacheln. Das Kreuz tat ihr weh, und ihre Schultern waren verkrampft, und sie verspürte den Drang, sich zu bewegen, aber Doghall hatte ihr eingebläut, wie wichtig es war, dass sie während der ganzen Zeremonie ihre kniende Position beibehielt. »Auf diese Weise wirst du keinen Schaden davontragen«, hatte er ihr erklärt – sein Ausspruch war ihr ein wenig rätselhaft erschienen, und sie fragte sich noch immer, was er damit gemeint hatte. Da sie sich mit dem Gott Vodor Imrish noch immer ein wenig unwohl fühlte, betete sie zu den Göttern Iberas um ein Zeichen, dass der Weg, den sie einschlagen wollte, der richtige sein würde. Sie lauschte, aber ihre Gedanken überschlugen sich, und wenn sie tatsächlich eine Antwort von den Göttern erhielt, so ging sie in dem lärmenden Durcheinander ihres Geistes unter.

Nach einer, wie sie fand, sehr langen, unbequemen und wenig einträglichen Zeit sagte Doghall: »Jetzt streck mit geschlossenen Augen die Arme aus und wirf die Münzen auf das *Zanda*, um Leitung zu erbitten von Vodor Imrish.«

Sie hob die Arme und ließ die Münzen fallen – mit einem melodischen Klingeln kamen sie auf dem Seidentuch zu liegen. Dann wartete sie.

Doghall sagte lange Zeit gar nichts.

Dann endlich erhob er die Stimme: »Das Schicksal hat Pläne mit dir, ganz gleich, für welche Straße du dich entscheidest. Es ist dir bestimmt, deine Welt zu verändern – es ist dir bestimmt, das Leben der Menschen um dich herum zu berühren; du bist dazu ausersehen, eine Last von der alten Zeit in die neue zu tragen, wenn auch stets im Geheimen. Du wirst niemals von den Massen als Heldin gefeiert werden, du wirst niemals unter eigenem Namen herrschen, du wirst niemals Lob oder Dank erfahren für deine vielen Opfer, obwohl du eine Heldin sein, obwohl du herrschen wirst, und du wirst im Laufe deines Lebens gewaltige Opfer bringen, für die du großes Lob verdient hättest. Dein Leben wird, ganz gleich, welche Straße du wählst, die Narben von Härte und Verlust tragen, von Schmerz und Trauer und tiefem Bedauern. Du wirst einen guten Freund verlieren und eine große Liebe wiederfinden.« Doghall seufzte. »Und nach allem, was ich vor mir sehe, brauchen die Falken dich mehr, als du jemals sie brauchen wirst. Vodor Imrish beobachtet dich mit Interesse und einiger Bewunderung, denn du hast dich dafür entschieden, dich niemals auf den Trost oder die Versprechungen der Götter zu verlassen, und du hast wieder und wieder bewiesen, dass du deinen Weg ohne sie machen kannst. Nicht alles, was lebt, ist an die Götter gebunden – du bist es nicht und wirst es niemals sein, und obwohl du dich vielleicht mit Vodor Imrish verbünden wirst, wirst du ihm stets eine Gefährtin sein, keine Jüngerin.«

Kait behielt ihre Position bei, die Augen geschlossen und den inneren Blick nach oben gerichtet, während sie gleichzeitig versuchte, Doghalls Worten zu entnehmen, ob er ihr nun sagte, dass sie den Falken beitreten sollte, oder nicht. Die Falken brauchten sie mehr, als sie die Falken brauchte. Es war ihr bestimmt, zu herrschen, aber im Geheimen. Sie war dazu ausersehen, eine Heldin zu sein, aber auch dies im Geheimen. Sie sollte die Gefährtin der Götter sein statt einer Jüngerin. Sie würde einen Freund verlieren und eine Liebe wiederfinden.

Sie mochte keine Orakel, weil sie sie stets verärgerten. Sie wünschte, sie würden Ratschläge geben, die nicht in Zweideutigkeiten und Verwirrung gekleidet waren. Es wäre ihr lieb gewesen, wenn Doghall das *Zanda* für sie gedeutet und ihr gesagt hätte: *Die Götter bestimmen, dass du ein Falke sein sollst,* oder umgekehrt: *Die Götter bestimmen, dass du kein Falke werden sollst.* Einfach, direkt und klar.

»Ich wähle den Weg der Falken«, sagte sie schließlich. Kein Orakel hatte sie überzeugt, kein Gott hatte ihr ins Ohr geflüstert, und nicht einmal ihre Seele hatte es vermocht, ihr zwingende Gründe für ein Ja oder ein Nein zu liefern – am Ende traf sie ihre Entscheidung, einfach weil sie glaubte, die Falken hätten der Welt auch ohne das Versprechen Parannes viel zu bieten, und weil sie ihre Kraft in den Dienst der Falken stellen wollte.

»Dann öffne die Augen, und wiederhole deinen Entschluss, denn man sollte niemals einen Weg mit geschlossenen Augen einschlagen.«

»Ich entscheide mich für den Weg der Falken.«

»Dann sprich mir nach«, sagte Doghall.

»Ich biete dir alles, was zu geben ich das Recht habe:
ka-erea – meinen Willen;
ka-ashura – mein Blut;
ka-amia – mein Fleisch;
ka-enadda – meinen Atem;
ka-obbea – meine Seele ...«

Doghall hielt inne, und Kait sprach ihm die Worte nach, und während sie das tat, schien die Stille um sie herum immer schwerer zu wiegen. Als sie das letzte *ka* aussprach, spürte sie, dass noch jemand hier bei ihnen im Raum war, dass sie von Augen aus dem Rand der Dunkelheit beobachtet wurden, dass es an einem Ort jenseits der Zeit Ohren gab, die ihr lauschten.

Doghall fuhr fort.

»Ich werde dir nur anbieten, was zu geben ich das Recht habe,

jetzt und immerdar.
Ich werde nichts nehmen vom *ka* anderer
noch von solchermaßen gestohlenem *ka* profitieren.
Ich werde keinen Schaden anrichten, weder durch Magie,
noch durch meine Taten oder durch das Unterlassen von
Taten,
aber wenn Schaden unvermeidlich ist,
werde ich den Weg des geringsten Schadens wählen
und des größten Nutzens,
in dem Wissen, dass ich fehlbar bin
und dass, wenn der Weg nicht klar ist,
ich irren mag.«

Jedes Mal, wenn Doghall eine Pause machte und Kait seine Worte wiederholte, wuchs in ihr das Gefühl, dass sie nicht mehr allein waren. Sie nahm den kalten, klaren Geruch von frisch gefallenem Schnee wahr und spürte, wie sich hinter ihren Augen eine gewaltige Ebene auftat. Unvertrautes Gebiet in ihrem Geist. Orte, die sie nie gesehen, an die sie nie gedacht hatte, mit Wegen – viel beschrittenen –, die in alle Richtungen abzweigten, zu namenlosen, unerforschlichen Zielen … Zielen, die voller Gefahr waren.

»Ich werde die Last meiner Irrtümer
in meiner eigenen Seele tragen,
und ich nehme alle Strafen auf mich,
die die Magie und die Götter
über mein eigenes Fleisch verhängen.«

Und das war der Haken an dem Eid. Die Fehler, selbst solche, die in aller Unschuld und in bester Absicht gemacht wurden, diese Fehler würden immer auf ihr lasten. Sie konnte weder Verantwortung noch Strafe anderen zuweisen, und ebenso wenig konnte sie ihnen entrinnen. Ihre Fehler würden allein *ihre* Fehler sein, immer. Immer.

Das konnte sie akzeptieren. Sie hatte ihr Leben lang die Konsequenzen ihres eigenen Tuns getragen – sie war vielleicht nicht glücklich darüber gewesen, aber der Eid verlangte auch nicht von ihr, dass sie sich über Bestrafung freute. Er verlangte nur, dass sie die Strafe auf sich nahm, statt sie einem Unschuldigen zuzuschieben. Sie atmete langsam ein und aus und wiederholte die Worte, die einen metallischen Geschmack auf ihrer Zunge zurückließen. Und als sie das letzte Wort ausgesprochen hatte, flammte zwischen ihr und Doghall ein Licht auf, eine sanfte Flamme aus kaltem Weiß, die über jeden metallenen Gegenstand im Raum huschte und überall schlanke, hüpfende Schatten aufwarf.

Doghall zog die Augenbrauen hoch, führte die Zeremonie jedoch fort.

»Ich werde niemanden durch Magie unterdrücken
noch werde ich Anteil haben an solcher Unterdrückung
oder solche Unterdrückung mit ansehen und nicht handeln
zum Nutzen der Unterdrückten,
auch wenn solches Tun mich alles kostet, was ich habe,
und alles, was ich bin;
denn das Leben wird mir heilig sein,
das Leben des Fleisches wie das der Seele.«

Kait wiederholte auch dieses Versprechen, und das Feuer wuchs zu einer lodernden Flamme, und obwohl seine Farbe sich nicht veränderte und obwohl es keine äußere Wärme verströmte, schien es in dem Raum wärmer zu werden. Noch immer lag der Geruch von Schnee in der Luft, und Kaits Haut fühlte sich nach wie vor wie Eis an, aber irgendwo ganz tief in ihrem Innern flüsterte eine Stimme von Frühling und vom Tanzen der Knospen im

Morgenwind, von Apfelblüten, die wie Schneeflocken auf grüne Wiesen fielen, vom Stampfen des Meeres und von salziger Luft, die ihr scharf und schneidend übers Gesicht strich … und irgendwo, irgendwo waren, grün und üppig und erfüllt vom Reichtum von Verwesung und Wiedergeburt, ihre eigenen geliebten Wälder, die nur so strotzten von fruchtbarem, machtvollem Leben. Es waren ihre eigene Macht und ihre eigenen Erinnerungen, die sich jenen erschreckenden Erinnerungen von Fremden beigesellten, die Essenz ihres eigenen Seins, die sich in den Strom mischte, denn jeder Wassertropfen, der fließt, verändert die Gestalt des Flusses, und Kaits Leben, ihre Gegenwart, würde ein kleines Stück aus der Uferböschung herausmeißeln, würde einen Kieselstein glatt schleifen, würde die Wurzeln eines Baums nähren, und sie selbst würde weiterziehen, ebenfalls verwandelt.

Das alles spürte sie binnen eines Atemzugs, und gleichzeitig erfuhr sie ein Gefühl der Zusammengehörigkeit, das ihr bis in ihre tiefste Seele hinein fremd war.

Du bist wir, wir sind du.

Und Doghall räusperte sich, begann von neuem, hielt inne und begann wieder, das Gesicht voller Schmerz, aber auch Staunen – und gewiss empfand er das Gleiche wie Kait, die gleiche Berührung des Flusses, der Kait in seinen Fluten willkommen hieß. Die Veränderungen waren bereits fühlbar – sie spürte sie auf ihrer Haut, in ihrem Blut, in den Schwingungen der winzigen Knochen in ihren Ohren.

»Und … ich werde festhalten
an der Vision Solanders,
dass alle Menschen miteinander verbunden sind durch Liebe,
jetzt und immerdar.
Ich werde von ganzem Herzen festhalten
an Paranne.

Denn wenn es auch ein Traum sein mag, der sich nicht erfüllt,
so ist es dennoch ein Leitstern, an dem
ich mein Leben ausrichten kann.«

Neue Worte, ein neues Versprechen, eine neue Abzweigung des Stroms, und Kait sprach die Worte aus, und die lodernde Flamme erfüllte den Raum um sie herum und raubte ihr die Sicht, und der Fluss umarmte sie, und das Wasser floss auf diese neue Art und Weise zu jenem neuen Ort und wandte sich trotzdem weiter dem Meer zu. Das Leben, das Meer … und blind gemacht von der Flamme, die tausend Jahre Leben und Sterben war, zeigten Kaits Gedanken ihr Blutvergießen und Geburten, Paraden und Schlachtfelder und Herdfeuer; ihre Haut fühlte sanfte Küsse und den Ansturm von Leidenschaft, den Stich von scharfen Klingen und den Schlag von Peitschen; in ihren Ohren hallten Lieder und gewisperte Gespräche wider und Lügen und Schreie; ihre Zunge schmeckte Gift und Festmahle und dünnen Haferbrei; ihr Herz kannte Zorn und Rachsucht und Trost und Liebe.

Und Hinnahme. Sie war nicht allein. Würde nie wieder allein sein. Sie war ein Teil des Lebens und war es immer gewesen, aber jetzt war sie der Fluss und nicht mehr das Flussufer. Jetzt war sie der Formgeber und nicht der Geformte. Jetzt war sie gefunden worden, sie, die nie zuvor geahnt hatte, wie tief verloren sie gewesen war in den Korridoren ihrer eigenen Seele.

Du bist wir, wir sind du.

Ihr Blut war Feuer, ihr Atem tiefstes Purpur und wahrstes Grün, ihr Herz schlug Rosen, und jedes noch so leise Flüstern in der Welt glitt und rollte vor ihr her, in Gestalt und Farbe und Duft und Geschmack wiedergeboren als lebendes Wesen.

Und in diesem Gepränge, diesem Mahlstrom, diesem Wunder erklang ein einziger, einsamer Schmerzensschrei.

Nein! Verlass mich nicht.

Übertönt wurde dieser Ruf – da das Krachen des Meeres lauter ist als das Fallen eines einzelnen Wassertropfens auf ein Blatt in einem regendurchweichten Wald – von dem gewaltigeren Säuseln des Körpers, der Kait umschlang. *Du bist wir, wir sind du.* Wortlos, geräuschlos und nichtsdestoweniger verschlingend, Knochen schmelzend, die Sinne ertränkend … und wunderbar. So wunderbar.

Du bist wir.

Wir sind du.

Und das Begehren, der Hunger, das blinde, suchende, tastende, flehende, rohe Verlangen, ein Teil davon zu sein, ein Teil von dem, was sie nie besessen hatte, was sie nie gewesen war, was sie nie würde sein können. Teil einer Gruppe, Teil einer Herde, Teil der Massen. Eine von vielen, nicht mehr eine allein. Nie wieder eine allein. Um ihre Trauer zu heilen – um ihre Familie, ihre Großfamilie, ihre Kindheit, ihren Schmerz darüber, eine Narbige zu sein, und schließlich um Ry, der sie verlassen hatte.

Und dieser eine Wassertropfen fiel auf dieses eine feuchte Blatt auf jenem weit entfernten Baum, und jetzt begann dieser Wassertropfen von neuem zu wispern, und wieder spürte Kait seine Bewegung, hörte sein sanftes Plätschern, sah seine schimmernde Gestalt vor ihrem inneren Auge: *Du warst nicht allein mit mir.*

Langsam, ganz langsam erhob sie sich aus den Tiefen wie aus einem zauberhaften Traum. Sie erhob sich und schüttelte eine warme Schicht um die andere von ihrer Haut und ihrer Seele. Sie erhob sich und ließ hinter sich die fremden Bilder von tausend Jahren zurück, die süßen Berührungen von Brüdern und Schwestern, die sie willkommen hießen, die sanfte, einlullende Umarmung jenes zeit- und wasserlosen Meeres. Sie erhob sich, weil diese einzige, winzige Stimme abermals nach ihr rief – gegen die Zeit, gegen die Ebbe und Flut der Ewigkeit, gegen ihre eigenen Wünsche –, und weil diese Stimme es ihr gestattete, sich selbst so zu sehen, wie sie war. Sie hörte den Ruf dieser Stimme, und das allein machte sie zu etwas Besonderem, hob sie aus der großen Menge anderer hervor und schenkte ihr sowohl individuelle Identität als auch Distanz.

Sie war Karnee, geboren als etwas Starkes, dazu erzogen, allein zu sein, und vom Schicksal dazu ausersehen, eine Jägerin zu sein. Als Beschützerin … oder als Räuberin.

Aber nie, nie, niemals, um Teil der Herde zu sein.

Der sanfte und dämpfende Trost, den die Falkenseelen ihr geboten hatten, war jetzt weit weg. Sie stand jetzt über ihnen, als stünde sie auf der wogenden Oberfläche des Wassers. Sie konnte noch immer in diesen Sturm hineintauchen, diesen Sturm aus Erinnerungen und Gedanken, aus Hoffnungen und Ängsten, aber sie würde nie wieder ein Teil davon sein. Sie war nicht länger das Flussufer, aber ebenso wenig war sie der Fluss; sie war der Seefahrer geworden – auf dem Wasser, aber niemals wahrhaft ein Teil von ihm.

Ihre Sicht wurde klarer, und sie war wieder mit ihrem Onkel in dem engen, dunklen Raum, wo sie auf dem harten Kachelboden kniete, und ihr Rücken und ihre Knie taten ihr weh. Der Spann ihres rechten Fußes brannte, und sie musste gegen den Drang ankämpfen, ihr Gewicht zu verlagern und sich umzudrehen, um festzustellen, was diesen Schmerz verursachte.

Doghall schüttelte den Kopf und lächelte ihr zu. »Ich hätte es wissen müssen«, sagte er.

Sie wartete auf eine Erklärung, aber es kam keine.

Ärger flammte in ihr auf, und sie machte ihm Luft. »Was hättest du wissen müssen?«

»Dass die Falken dich niemals verschlingen würden. Du konntest dich ebenso wenig im Trost anderer verlieren, wie ich fliegen kann.«

»Ry hat zu mir gesprochen, als ich dort drin war«, sagte sie.

Doghall schüttelte den Kopf. »Das ist unmöglich. Nichts kann den Klang dieser Stimmen durchdringen, wenn sie dich in ihrem Griff haben …« Er blickte auf seine Hände hinab. »Aber du bist anders als ich. Dich unterwerfen sie nicht, so wie sie mich unterwerfen.«

Kait sagte: »Das war der Ort, von dem du zurückgekehrt bist, nicht wahr? Als der Wiedergeborene starb und du in Trance gefallen bist, war das der Ort, an dem du dich versteckt hast.«

»Ja … aber es war nicht der warme, tröstliche Ort, den du gespürt hast. Damals war dieser Ort voller Verzweiflung. Er war …« Doghall schüttelte den Kopf; ihm fehlten die Worte. »Er war Meer, das versuchte, sich selbst zu verschlingen. Er war die Hölle, und ich hatte mich in dieser Hölle verirrt.«

Kait dachte einen Augenblick lang nach, dann sagte sie: »Du musst sehr stark gewesen sein, um von dort zurückkehren zu können.«

»Das war ich auch. Es gibt nur eins, was verführerischer ist als dein eigenes Selbstmitleid, nämlich das Selbstmitleid, das du mit deiner ganzen Gruppe teilst. Du hast gut daran getan, meine Aufmerksamkeit zu erregen.«

Kait runzelte immer noch die Stirn. »Also … bin ich nun ein Falke oder bin ich es nicht?«

Doghall sagte: »Du bist es. Du bist gezeichnet worden.« Er wies auf die silbernen Nadeln, die zu Beginn der Zeremonie neben dem *Zanda* gelegen hatten. Sie waren bis zur Unkenntlichkeit verzogen und verbogen. »Die Falken haben deine Haut mit Silber gezeichnet – irgendwo. Die Stelle, an der du gezeichnet wurdest, wird bei dir anders sein als bei allen anderen, aber das Zeichen wird das gleiche sein.«

Kait dachte an den Schmerz in ihrem rechten Fuß und fragte: »Darf ich mich jetzt bewegen?«

»Jetzt, ja.«

Dankbar veränderte sie ihre Position und musterte, als sie mit untergeschlagenen Beinen dasaß, ihren rechten Spann. Das Zeichen auf der Haut dort war blau und dunkel, aber klar. Ein Kreis, nicht größer als der Abdruck ihres Daumens, mit einem stilisierten Falken darin. Der Falke stürzte mit geöffnetem Schnabel vom Himmel herab, und er hatte die Flügel weit geöffnet, um seinen Sinkflug zu verlangsamen, und die Krallen ausgefahren, um seine Beute zu packen.

Kait winkelte den Fuß an und zeigte Doghall ihr Zeichen, und er besah es sich kurz, fluchte dann leise und begann schließlich zu lachen. Dann streifte er sein Hemd ab und drehte den linken Arm so, dass sie die blasse Haut seines Unterarms sehen konnte. Der kleine blaue Kreis zeichnete auch ihn – aber von dem Falken in seinem Kreis war nur das Profil zu sehen, und er hielt in seinen Krallen einen kleinen Zweig.

»Das ist das Zeichen eines jeden Falken, den ich je gesehen habe. Dein Zeichen ist anders; sie erkennen damit an, dass du anders bist. Eine neue Art von Falke.«

»Und was für eine Art von Falke bin ich?«

»Das kann ich dir nicht sagen.«

»Warum überhaupt ein Zeichen?«, fragte sie ihn. »Mir scheint das nur eine hervorragende Möglichkeit zu sein, um entdeckt und hingerichtet zu werden, vor allem da man innerhalb dieses Zeichens die Anwesenheit der anderen spüren kann …« Sie fand keine Worte, um das Meer aus Seelen zu beschreiben, das über sie hinweggespült war.

»Die Falken nennen es *sha-obbea.*«

Unsere Seele. »Ja, aber dann … warum das Zeichen, da ihr einander doch innerhalb der *sha-obbea* berühren könnt?«

»Dafür gibt es mehrere Gründe. Erstens, weil die meisten Falken innerhalb der Masse der *sha-obbea* keine individuelle Seele wahrzunehmen vermögen. Zweitens, weil selbst jene Falken unter uns, die dazu in der Lage sind, stets ihre Schilde um sich herumhalten müssen, um sich nicht zu gefährden. Selbst wenn wir einander begegnen – mitunter ganz besonders in solchen Fällen –, wagen wir es nicht, uns der *sha-obbea* beizugesellen, weil stets die Gefahr plötzlicher magischer Angriffe droht, falls wir unsere Schilde senken. Die Zeichen – nun, du kannst ein Brennen in deinem Fuß spüren.«

»Ja.«

»Dieses Brennen sagt dir, dass ein anderer Falke in der Nähe ist. Besonders empfindlich ist das Zeichen allerdings nicht – das Brennen wird nicht stärker, je näher du einem Falken kommst oder je weiter du dich von ihm entfernst. Es ist entweder da, oder es ist nicht da, und ich fand seine Reichweite immer übertrieben. Ich habe manchmal monatelang in einer Stadt gelebt und die Anwesenheit eines anderen Falken gespürt, und ich habe ihn oder sie ohne Erfolg gesucht. Wir hätten auf derselben Straße oder im selben Distrikt sein können, ohne dass sich unsere Wege je gekreuzt hätten.«

»Dann habt ihr also keine ungefährliche Möglichkeit, einander zu erreichen?«

»Wir haben unsere Methoden. Sie sind unbeholfen, aber in Zeiten äußerster Gefahr, wenn die Schilde auf keinen Fall gesenkt werden dürfen, funktionieren diese Methoden immer noch einigermaßen gut. Eine Wandinschrift, die man auf die Ecke eines öffentlichen Gebäudes kratzt, ein Ausrufer, den man dafür bezahlt, dass er einen verschollenen Geliebten ausrufen lässt, und zwar mit den Codeworten ›Ich verzehre mich nach dir‹ irgendwo in der Botschaft versteckt. Wie auch immer, wenn wir uns begegnen, begrüßen wir uns in den meisten Fällen mit dem Falkengruß. Das ist keineswegs unüblich. Wenn wir Zweifel haben, zeigen wir einander unsere Zeichen.«

»Das Muster ist sehr simpel«, wandte Kait ein. »Ich könnte mir denken, dass es leicht zu fälschen ist.«

»Halte deinen Fuß dicht neben meinen Arm.«

»Was?«

»Halt deinen Fuß dicht neben meinen Arm.«

Kait hob ihren Fuß, bis der Spann neben Doghalls Zeichen war. Plötzlich, als die beiden Zeichen nicht mehr als eine Handbreit voneinander entfernt waren, flammte zwischen ihnen ein leuchtender Lichtstrahl auf. Kait stieß einen erschrockenen Schrei aus und zog den Fuß zurück, und Doghall lachte.

»Das dürfte wohl doch nicht so leicht zu fälschen sein, wie?«

»Nun, das dürfte draußen auf der Straße aber ziemlich lästig sein.«

»Es passiert nie. Kleider, Schuhe ... das alles blockiert den Funken.« Doghall machte sich daran, seine Utensilien zusammenzusuchen und zu verpacken. Kait bemerkte, dass er die Münzen säuberte, bevor er sie in den Beutel zurücklegte; alle Münzen waren schrecklich angelaufen, obwohl sie vor ihrer Trance nur so gefunkelt hatten. Außerdem ließ Doghall sie, als er fertig war, nicht einfach in den Beutel fallen, sondern legte sie eine nach der anderen vorsichtig hinein. Schließlich bemerkte er, dass sie ihn beobachtete, und lächelte. »Gutes Werkzeug ist kostbar.« Er sammelte die Überreste der zerstörten Silbernadeln ein und gab sie Kait. »Du musst dir dein eigenes Werkzeug machen. Aus diesen Nadeln sollen die Silbermünzen für dein *Zanda* werden. Auch das wirst du dir selbst anfertigen müssen. Ich werde dir so gut ich kann dabei helfen, aber es gibt keine zwei *Zandas* die gleich wären. Auf diese Weise kann kein anderer jemals das, was er von einem anderen Falken gelernt hat, ausnutzen, um sich an deinem Werkzeug zu schaffen zu machen oder zu verfälschen, was das *Zanda* dir sagt. Aber darüber können wir später noch reden. Für den Augenblick werden wir von Alarista erwartet.«

Erst da ging Kait auf, was Doghall ihr bisher verschwiegen hatte. Sie beide würden, mit Alarista als Drittem im Bunde, sofort zum Spiegel der Seelen gehen.

Kapitel 29

»Diese Stadt gefällt mir nicht«, sagte Yanth.

Jaim legte eine Hand auf den Griff seines Schwertes und blickte düster drein, was seine Pose insgesamt beeindruckender gemacht hätte, hätte er nicht ausgerechnet in diesem Augenblick niesen müssen. »Ein höllisches Drecksloch.«

Sie waren in den Neuen Territorien an Land gegangen, in Heymar, einer primitiven Handelsstadt an der Küste, die von den Heymarer Galweighs beherrscht wurde, und nach allem, was man von den Mitgliedern dieser Familie hörte, waren sie kaum besser als Piraten und Strauchdiebe. Große Reichtümer liefen durch Heymar, aber für Ry sah es nicht so aus, als blieben sie dort. Die Häuser waren fast alle aus schlecht gefertigten Lehmziegeln gebaut und mit Stroh statt mit Schindeln gedeckt; die Straßen waren schlammig, und die Bewohner hatten nur über den schlimmsten Morast ein paar Bretter geworfen, um arglose Passanten davor zu bewahren, bei Nacht zu fallen und zu ertrinken. Die Luft – die nach nächtlichem Unrat stank – ließ auf eine Stadt schließen, in der die Bewohner nichts dabei fanden, ihre Abfälle auf unachtsame Fußgänger draußen auf der Straße hinunterzuschütten. Das Aussehen der Frauen reichte von lediglich ungepflegt bis hin zu schlichtweg hässlich, und bei den Männern fing die Skala mit den Hässlichen an und verschlechterte sich von dort aus. Jeder trug ein Schwert und viele zusätzlich noch ein paar Dolche, und auch wenn die Waffen dem Aussehen nach von schlechter Qualität waren, reichten sie wahrscheinlich durchaus, um einen Mann zu töten. Und es gab auch Narbige auf den Straßen, mit verzerrten Leibern, undeutbaren Mienen und Augen, die alles und jeden beobachteten.

»Wenn ihr mich fragt, dann sollten wir uns jetzt langsam ein

Quartier für die Nacht suchen«, sagte Ry, »und morgen früh sehen wir dann besser zu, dass wir schnell weiterkommen.« Er hatte den Knauf seines Schwerts mit Stoff umwickelt, damit man das Sabir-Wappen nicht sah – er vermutete, dass allein das Wappen an einem primitiven Ort wie Heymar zu einer tödlichen Auseinandersetzung führen könnte, obwohl er die Kleidung eines einfachen Mannes trug – grobe Reithosen aus handgesponnener Wolle und ein dickes Wollhemd, das abscheulich kratzte. Außerdem konnte er leicht vornübergebeugt gehen, um seinen kampfgestählten Körper zu tarnen. Das Haar hatte er sich gefärbt, sodass es jetzt von einem schlammigen Braun war. Aber nichts konnte seine hellen Augen, sein energisches Kinn oder die Form seines Gesichts verstecken. Er sah immer noch wie ein Sabir aus, und er wusste es.

Yanth lächelte kalt, und die Narben auf seinen Wangen wurden weiß dabei. »Ich denke, dass wir hier ein wenig Abwechslung finden könnten, ohne allzu sehr danach suchen zu müssen. Meine Klinge hat schon viel zu lange kein anderes Blut mehr zu schmecken bekommen als mein eigenes.«

Ry sah ihn von der Seite an und sagte freundlich: »Und wenn du glaubst, die Leute hier würden zum Spaß mit dir kämpfen, dann bist du noch verrückter als der arme Valard.«

Die Erwähnung ihres abwesenden Freundes, der, besessen von irgendeinem dämonischen Geist, in den Dienst von Rys Mutter getreten war und ihn an sie verraten hatte, wischte das Lächeln von Yanths Gesicht. »So verrückt bin ich nun auch wieder nicht«, sagte er nach kurzem Schweigen. »Ich bin es nur einfach Leid, ständig wegzulaufen und mich zu verstecken und wieder wegzulaufen und mich wieder zu verstecken. Ich will einen Feind, gegen den ich kämpfen kann.«

Ry nickte. »Ich weiß. Es geht mir doch nicht anders. Wie froh ich wäre, ein vertrautes Gesicht in diesen Straßen zu sehen! Donnauk vielleicht oder Kithmejer.« Diese beiden waren Rivalen, mit denen Ry und seine Männer in den Straßen von Calimekka ihre Klingen gekreuzt hatten, in Tagen, da die Welt ihnen noch vernünftig erschienen war.

»Donnauk!« Yanth drehte sich mit trägem Blick zu Ry um und zitierte mit weicher, träumerischer Stimme:

»Du sagst, ich würde nichts tun für dich? Lügen!
Würde ich doch tausend Wickelkinder in Brand stecken,
um deinen Weg in die Hölle zu beleuchten.
So viel bedeutest du mir – und wenn das keine Fürsorge ist,
so kenne ich dieses Gefühl nicht und werde es nie kennen.«

Ry starrte auf seine Stiefel hinab, die langsam in den Morast einsanken, und dachte kurz nach. Die Lippen verärgert geschürzt, zuckte er schließlich mit den Schultern. »Das kommt mir irgendwie bekannt vor.«

Yanth zog die Augenbrauen in die Höhe. »Das sagt Oseppe in den *Tanzenden Klingen Von Wiwar* zu seinem Erzfeind Yourul. Wir haben das Stück zweimal gesehen, als die Truppe in der Stadt war – erinnerst du dich nicht? Die Schwertkämpfe waren besonders gut, vor allem der Teil, wo der Hauptmann der Wache sich auf einem Vorhang quer über die Bühne schwingt und … ah, vergiss es. Deine Gedanken sind immer noch in Calimekka. Ich habe mich nur deshalb an diese Zeilen erinnert, weil ich das immer zu Donnauk sagen wollte, wenn wir uns das nächste Mal begegneten … wozu es aber natürlich nie gekommen ist. Ich habe diese kleine Ansprache vor dem Spiegel einstudiert.«

Ry war verblüfft. »Ach ja?«

»Damit ich im Fall des Falles auch überzeugend geklungen hätte. Du weißt schon, ich wollte mich kalt und unnahbar geben, natürlich mit einer entsprechenden Portion Grimmigkeit. Außerdem musste ich den Text üben, damit ich mich nicht verhedderte. Das hätte die Wirkung zunichte gemacht. Ich hatte mir vorgestellt, Donnauk mit diesem Zitat zu kommen, wenn wir unsere Klingen kreuzen, kurz bevor der eigentliche Kampf beginnt.«

Jaim lachte verächtlich auf. »Ich sehe dich direkt vor dem Spiegel stehen, wie du mit deinem Schwert posierst und darüber nachdenkst, welches Hemd farblich am besten zu Donnauks Blut passen würde. ›Ah, Donnauk ... noch ein wenig Poesie, bevor ich dich aufspieße.‹« Er nahm eine geckenhafte Pose ein und lachte.

»Wenn du nicht mein Freund wärest, würde ich dich jetzt aufspießen«, sagte Yanth mit gerötetem Gesicht.

»Dann will ich den Göttern danken, dass mir das Glück weiter hold ist und ich unaufgespießt bleibe.« Jaim seufzte. »Mich verlangt es nicht nach Blut. Aber einen Plan hätte ich doch ganz gern.«

Ry lachte. »Da hast du deinen Plan: Wir suchen uns ein Gasthaus für die Nacht und etwas zu essen für unsere Bäuche, und morgen gehen wir dann in aller Frühe zurück zum Hafen ...«

»Wahrscheinlich werden wir eher schwimmen, wenn ich mir diese Straßen so ansehe«, murmelte Yanth.

»... und dann fahren wir mit dem ersten Schiff, das uns mitnehmen will, woanders hin.« Das zumindest erzählte er seinen Gefährten, aber in Wahrheit sah sein Plan anders aus. Er war viel zu weit entfernt von Kait – ein ganzes Meer lag zwischen ihnen, und er hatte seine Füße auf dem falschen Kontinent. Der Sog, der sie verband, quälte ihn wie ein unerreichbares Jucken, störte seinen Schlaf und plagte ihn, wenn er wach war. Einige schreckliche Augenblicke lang war ihm Kait entrissen worden, und er hatte gewusst, dass er sie verloren hatte – aber er hatte sich zu ihr zurückgekämpft, aber nur durch großen Schmerz und albtraumhafte Angst.

Beinahe hätte er sie verloren, und so etwas durfte nie wieder geschehen. Wenn auch ihr Zusammensein während jener letzten Wochen schmerzlich gewesen war, so war ihre Trennung pure

Qual. Ry beabsichtigte, dafür zu sorgen, dass das erste Schiff, mit dem sie fahren konnten, ein Schiff sein würde, das, wenn auch nicht direkt nach Calimekka, so doch wenigstens zurück nach Ibera fahren würde.

Die drei Gefährten trotteten unter einem grauen Himmel weiter die Straße hinauf, und ein elender, kalter Nieselregen hätte es ihnen unmöglich gemacht, die Tageszeit zu schätzen. Sie mussten sich in der Mitte der Straße halten, um nicht von den Balkonen und den Fenstern über ihnen von etwas Widerwärtigerem begossen zu werden als Wasser. Obwohl sie selbst kein Wort sagten und auch von niemandem angesprochen wurden, spürten sie, dass die Leute sie beobachteten, wohl um abzuschätzen, ob der Reichtum, den sie bei sich führten, einen Kampf gegen ihre langen Schwerter und ihre breiten Schultern lohnte. Heymar wäre ein denkbar ungeeigneter Ort gewesen, um als Fremder dort allein zu sein.

Pferde, Ziegen, Rinder und andere Tiere waren vor ihnen über die ausgetretene Mittelspur der schlammigen Straße gewandert, und der Geruch ihrer Hinterlassenschaften stieg ihnen in die Nase. Als sie zu dem ersten deutlich ausgewiesenen Gasthaus kamen, waren sie bis zu den Oberschenkeln grau und stanken wie ein Bauernhof.

Als sie den Raum betraten, läutete eine an der schweren Tür befestigte Kuhglocke. Das Innere des Großen Behagens war zwar hell erleuchtet, aber verräuchert. Ein fröhliches Feuer brannte im Kamin, und einige sehr hübsche Messinglampen mit Glaszylindern machten den Mangel an Fenstern wieder wett. Der Boden war mit einer dicken Schicht Sägespäne bedeckt, die stark nach Zedern und Kiefern dufteten, und die rot angestrichenen Tische und Bänke waren auf Hochglanz poliert.

»Setzt euch und überlegt euch, was ihr haben wollt«, rief jemand, den sie nicht sehen konnten. »Ich bin im Handumdrehen bei euch.«

»Zuerst etwas zu essen, meint ihr nicht auch?«, fragte Yanth.

Ry bemerkte die vielen leeren Tische. »Mir soll's recht sein. Und dann ein Zimmer, wo wir uns den Dreck abwaschen können.«

Sie entschieden sich für den Tisch, der am weitesten von der Tür entfernt war, und nahmen so Platz, dass sie sowohl den Eingang als auch die Treppe zum nächsten Stockwerk im Auge hatten. Sie ließen ihre Schwerter locker in der Scheide sitzen und vermieden es, andere Gäste direkt anzusehen – eine sichere Methode, um Streitigkeiten zu provozieren –, aber einige der anderen Gäste waren so exotisch, dass es schwer fiel, sie nicht anzustarren. Das Gasthaus zum Großen Behagen hatte offensichtlich keine Bedenken, Narbige zu bedienen, denn an dem Tisch, der dem Kamin am nächsten stand, saßen, zusammen mit drei Menschen, auch drei Narbige.

Zwei der drei Narbigen hatten schwere, sich überlappende Schuppen, wie man sie bei Klapperschlangen fand, und massige, untersetzte Körper; sie bewegten sich entweder gar nicht oder so schnell und plötzlich, dass einem ihre Bewegungen vor den Augen verschwammen. Ry kannte sie sowohl dem Namen als auch ihrem Ruf nach – man nannte sie Keshi-Narbige, und sie galten als geniale Seeleute und Ehrfurcht gebietende Kämpfer, so schwer umzubringen wie nur je eine Schlange. Den dritten Narbigen konnte Ry dagegen nirgendwo unterbringen.

Sie – zumindest ließ die Zartheit der Gesichtszüge darauf schließen, dass es sich bei dem Geschöpf um eine Frau handelte – hatte eine Haut, die so dunkel war wie eine sternenlose Nacht, aber schillernd wie Perlmutt. Ry sah verschiedene Edelsteine aufblitzen, Amethyste, Saphire, Smaragde und Rubine, wann immer die Narbige das Gesicht drehte. Ihr Haar war weiß und erinnerte ein wenig an Federn – einige verirrte Strähnen umrieselten ihren Kopf wie ein Lichtkranz, den der Schein des Feuers golden färbte. Sie hatte sich einen einzigen, unglaublich langen Zopf geflochten, den sie sich wie ein Stück Seil durch den Gürtel schlang; hätte sie das Haar offen getragen, würde es zweifellos die doppelte Länge ihres Körpers messen, und Ry fragte sich, ob in diesem Falle die Schwerkraft das Haar zu Boden ziehen oder ob es seine Trägerin wie eine Wolke umhüllen würde. Die Augen der Frau waren große, bodenlose Brunnen aus tiefstem Schwarz, über denen sich zwei schneeweiße Augenbrauen aus der gleichen federartigen, schwebenden Substanz wölbten. An den Enden war das Haar der Augenbrauen so lang, dass die Frau es ebenfalls geflochten hatte, und die Zöpfe waren geschmückt mit Perlen, kleinen Muscheln und Federn, die bis zu dem scharf geschnittenen Kinn hinunterhingen. Ihre Ohren, ebenfalls groß und geformt wie die einer Taube, konnten sich in verschiedene Richtungen drehen. Eins hatte sie stets auf die Leute gerichtet, mit denen sie sich unterhielt, das andere zuckte ständig in verschiedene Richtungen. Als sie lachte, erhaschte Ry einen Blick auf spitze weiße Zähne. Obwohl ihr Haar weiß war, sah sie insgesamt noch recht jung aus. Ry war noch niemals jemandem begegnet, der auch nur entfernteste Ähnlichkeit mit dieser Frau gehabt hätte. Und trotzdem konnte er sich des beharrlichen Gefühls nicht erwehren, dass sie ihm irgendwie vertraut erschien.

Ihr Blick glitt über ihn und wieder weg, eine augenblicksschnelle Prüfung, auf die Desinteresse folgte. Ry wandte seine Aufmerksamkeit wieder Yanth und Jaim zu, bevor seine Neugier ihn in Schwierigkeiten bringen konnte.

Nun kam auch der Wirt aus seinem Hinterzimmer hervor, die Arme schwer beladen mit Essenstabletts. Als er die drei Neuankömmlinge bemerkte, sagte er: »Ich bin gleich bei euch.« Er stellte das Essen vor die sechs anderen Gäste am Kamin, und Ry warf einen verstohlenen Blick auf ihren Tisch, um festzustellen, wie es aussah – es roch jedenfalls recht gut, und er stellte mit Befriedigung fest, dass die Portionen groß und mit einiger Sorgfalt angerichtet waren. Weniger gefiel es ihm dagegen, dass die Narbige ihn anstarrte, mit einem Gesichtsausdruck, der zwar undeutbar, aber nichtsdestoweniger beunruhigend war.

»Also dann«, sagte der Wirt, wischte sich die Hände an seiner weißen Schürze ab und kam an ihren Tisch geeilt. »Ich bin Boscott Shrubber, der Besitzer dieses Gasthauses. Meine Frau Kelje kocht. Womit kann ich euch dienen? Eine Mahlzeit? Zimmer?«

Ry antwortete mit dem flachen Akzent eines einfachen Mannes aus Wilhene: »Beides, denke ich. Die Mahlzeit zuerst. Dann ein Zimmer mit mehreren Betten – wir haben nicht viel Geld, und das, was wir haben, müssen wir für später sparen. Ein Bad wäre auch nicht schlecht, falls es nicht zu teuer ist.« Er musterte Shrubber, während er sprach. Der Mann war von durchschnittlicher Größe, aber trotz seiner muskulösen Hände und Unterarme kündete sein zerbrechlicher Knochenbau von harten Jahren und versäumten Mahlzeiten. Er trug einen Bart und hatte auf beiden Wangen leuchtend bunte Tätowierungen; in der rechten Tätowierung bemerkte Ry die Narben eines alten Brandmals. Obwohl das Mal selbst entfernt worden war und der Rest von der Tätowierung verdeckt wurde, erkannte er es dennoch sofort. Das Brandmal hatte einst aus zwei stilisierten Bäumen bestanden – was bedeutete, dass Boscott Shrubber früher einmal ein Sklave der Sabirs gewesen war. Ry registrierte das Zeichen, achtete aber darauf, dass er es nicht anstarrte – bei vielen Menschen änderten sich im Laufe ihres Lebens die Umstände. Wenn Shrubber früher einmal ein Sklave gewesen war, so war er es jetzt gewiss nicht mehr. Und wenn Ry selbst früher einmal dergleichen besessen hatte, so besaß er es heute nicht mehr.

Shrubber nickte. »Wir haben ein schönes Zimmer auf dem Dachboden – zwei Betten und eine stabile Tür mit einem kräftigen Schloss darin – ich kann ein zusätzliches Bett hineinstellen, wenn es euch nichts ausmacht, so beengt zu wohnen. Ihr bekommt bessere Konditionen für eine Woche als für einen Tag und noch bessere, wenn ihr das Zimmer gleich für einen Monat mietet; und wenn ihr bei den schweren Arbeiten im Haus helft, gebe ich euch einen weiteren Preisnachlass.« Er seufzte. »Wenn ihr Kurzarbeit sucht, gerade dieser Tage stellen die Galweighs im großen Haus Leute ein – sie brauchen Holzfäller für den Wald und Packer für die Fracht, die nach Norden gehen soll. Es sind erst kürzlich Läufer vorbeigekommen, um zu melden, dass die nächste Handelskarawane in zwei Tagen hier sein wird – dann werden wir etwa eine Woche lang mehr als genug Arbeit haben.«

»Wir sind Matrosen«, erwiderte Ry. »Wir suchen nach Stellen an Bord eines guten Schiffes.«

Shrubber seufzte und wandte sich zum Gehen. »Immer das gleiche alte Lied. Die Männer mit den kräftigen Schultern ziehen weiter, und die Schwächlinge, mit denen man nichts anfangen kann, die bleiben.« Er drehte sich noch einmal nach den drei Fremden um. »*Matrosen.* Hört mal, ihr – ich dulde keine Hurerei in meinem Haus, keine Glücksspiele, keinen Lärm und keine durchzechten Nächte. Wenn ihr deshalb an Land gekommen seid, gibt es näher beim Hafen Häuser, die euch das alles bieten können.«

Als der Wirt wieder in seine Küche zurückgekehrt war, lachte Jaim leise. »Du hast ihn schwer enttäuscht«, sagte er. »Ich glaube, er hat sich eingebildet, wir würden auf Dauer hier einziehen.«

»Er war lange nicht mehr so scharf auf uns, als du ihm erzählt hast, wir wären Matrosen«, sagte Yanth. »Warum hast du das übrigens getan …«

Ry tippte ihm auf den Unterarm und schüttelte warnend den Kopf, um ihn am Weitersprechen zu hindern. Yanth hatte gerade fragen wollen, warum Ry sie als Matrosen ausgegeben hatte, obwohl sie in Wirklichkeit nichts Derartiges waren. Die narbige Frau hatte jedoch die Ohren in ihre Richtung ausgerichtet, und Ry konnte spüren, dass sie sich für ihn und seine Freunde interessierte.

Yanth, der Rys Fingerzeig sofort verstanden hatte, formulierte seine Frage anders, als er es ursprünglich vorgehabt hatte. »… warum hast du keine getrennten Zimmer für uns bestellt? Für eine einzige Nacht hätten wir uns diesen Luxus doch sicher leisten können.«

»Wir wissen nicht, ob wir nur eine Nacht hier bleiben werden. Vielleicht brauchen wir ja eine ganze Woche oder sogar einen Monat, um ein Schiff zu finden, das uns anheuert. Ich dachte, es wäre das Beste, wenn wir unser Geld nicht allzu schnell ausgäben.« Er wandte den Kopf ganz leicht zur Seite, in die Richtung, wo die Frau saß, und bemerkte, wie Yanth und Jaim nacheinander einen Vorwand fanden, um ebenfalls in diese Richtung zu blicken.

Als Shrubber mit dem Bier zurückkam, vergoss Jaim etwas von seinem Getränk und schrieb mit dem Finger auf den Tisch: »Plötzlich beobachten sie uns alle. Warum?«

Ry zuckte die Achseln. Er lauschte auf das Gespräch der anderen Gäste und fing mit seinem Karnee-Gehör mehr auf, als sie ahnen konnten, aber sie sprachen über Angelegenheiten, die ihr Schiff betrafen, und sie hatten bisher nichts gesagt, das ihr Interesse an Ry, Yanth und Jaim erklärt hätte. Aber endlich, während sie auf den Sherrypudding warteten, den sie bestellt hatten, sagte die Frau: »Er kommt mir bekannt vor.«

»Er hat eine gewisse Ähnlichkeit mit Ian. Der gleiche Knochenbau, die gleiche Größe.«

Die Narbige sagte: »Ich glaube, du hast Recht. Er erinnert mich an Ian, das ist es.«

»Aber er ist kein Draclas. Der Mann ist irgendein hergelaufener Niemand.«

Rys Magen krampfte sich zusammen, und er hatte plötzlich keinen Appetit mehr.

»Natürlich.« Die Frau schob die Spitze ihres Dolchs unter ein Stückchen abgebröckelter roter Farbe auf dem Tisch.

»Er sieht so aus wie mein Ian, aber er hat nicht seine Haltung.«

»*Dein* Ian? Das wäre er vielleicht gewesen, wenn da nicht ...«

Das Gespräch endete abrupt mit dem dumpfen Geräusch eines Stiefels, der hart auf ein Schienbein krachte, und die narbige Frau bedachte den Mann, der sie um ein Haar herausgefordert hätte, mit einem langen, durchdringenden Blick. Im nächsten Moment standen die sechs Leute an dem Kamintisch wie auf ein geheimes Stichwort hin auf und riefen nach dem Wirt. Sie beglichen in aller Eile ihre Rechnung und wiesen ihren Nachtisch mit der Behauptung zurück, sie hätten vergessen, dass sie auf ihrem Schiff zurückerwartet würden. Dann stürzten sie auf eine Art und Weise zur Tür hinaus, als wollten sie sich den Anschein größter Ruhe geben, obwohl sie in Wirklichkeit beinahe rannten.

Als sie fort waren, fragte Ry Jaim und Yanth: »Habt ihr irgendetwas mitbekommen?«

»Von diesen sechs Figuren, die da gerade rausgelaufen sind? Ich fand es komisch, aber ich habe keine Ahnung, weshalb sie es plötzlich so eilig hatten.«

»Aber ich«, sagte Ry. Er schürzte die Lippen. Sie waren möglicherweise nicht die, für die er sie hielt, aber Kait hatte ihm das Kajütenmädchen auf der *Wanderfalke* mehr als einmal und mit einiger Bitterkeit beschrieben. Ihre Beschreibung passte sehr gut auf die Frau, die gerade das Wirtshaus verlassen hatte. Die Narbige ihrerseits hatte von einem Mann namens Ian Draclas gesprochen, und zwar in der Vergangenheitsform, und sie hatte seine, Rys, Ähnlichkeit mit besagtem Kapitän bemerkt. Ry war durchaus bereit, an Zufälle zu glauben, aber wenn die Narbige das Miststück war, das Kait in Novtierra sitzen gelassen hatte, würde er sie töten. »Ich glaube, sie gehörten zu der Mannschaft, die Ian und Kait in Novtierra ausgesetzt hat.«

»Du machst Witze«, sagte Jaim.

»Es dürfte nicht weiter schwierig sein, das herauszufinden.

Wenn die *Wanderfalke* hier im Hafen vor Anker liegt, wette ich mit euch, dass ich Recht habe.«

Yanth saß einen Augenblick lang wie vom Donner gerührt da. Dann begegnete er Rys Blick und lächelte. »Ich glaube, meine Klinge wird doch noch die Mahlzeit bekommen, nach der es sie verlangt.«

»Und ich glaube, wenn das die Bastarde sind, die Kait ihrem Schicksal überlassen haben, wird deine Klinge vielleicht mehr zu schmecken bekommen, als sie schlucken kann. Außerdem, wenn diese Frau tatsächlich die ist, für die ich sie halte, dann gehört sie mir. Ich werde ihr mit meinen eigenen Zähnen die Kehle herausreißen.«

»Wenn man bedenkt, dass wir nur zu dritt sind und möglicherweise gegen eine ganze Schiffsladung von diesen Figuren zu kämpfen haben werden, halte ich es für wahrscheinlich, dass wir sterben, bevor du mit deinen Zähnen auch nur in die Nähe ihrer Kehle kommst«, entgegnete Jaim. »Ich erwähne das nicht, weil ich erwarte, dass du auf mich hörst – aber die Götter sollen wissen, dass ich dich zur Vernunft gemahnt habe, bevor ich ihnen erklären muss, warum ich bei einer solchen Narretei mein Leben gelassen habe.«

Ry lachte leise. »Ich bin davon überzeugt, dass wir mit voller Billigung der Götter in diesen Kampf ziehen.«

Kapitel 30

Kait ging in Alaristas Zimmer; diese saß, wie fast immer, in einem Sessel, eine Decke um die Schultern gewickelt, den Kopf im Schlaf zurückgeneigt. Ihre Haut war so dünn, dass man beinahe hindurchsehen konnte, und ihr weißes Haar war nur noch ein

Flaum – weit entfernt von der dichten roten Mähne, die sie gehabt hatte, bevor sie Doghall ihre Jugend schenkte.

Kait legte der alten Frau eine Hand auf die Schulter und spürte die zerbrechlichen Knochen so deutlich, dass sie beinahe zurückgeschreckt wäre. »Alarista? Alarista? Wach auf. Es wird Zeit.«

Alarista öffnete die Augen – umwölkte Augen jetzt, die nicht länger klar und wachsam blickten –, dann hustete sie, holte zitternd Atem und richtete sich auf.

»Zeit?«

Kait nickte. »Ich bin jetzt ein Falke.«

Die alte Frau brachte ein Lächeln zustande, das für einen Augenblick die Jahre aus ihrem Gesicht vertrieb. *»Katarre kaithe gombrey; hai allu neesh?«* Es war der Falkengruß, Teil eines Rituals und einer Sprache, die über eine Spanne von tausend Jahren hinweg im Verborgenen überlebt hatten. Die Formel bedeutete: *Der Falke bietet dir seine Flügel; wirst du fliegen?*

»Alla menches, na gombrey ambi kaitha chamm«, sagte Kait, die ein wenig Mühe hatte, sich auf die Antwort zu besinnen. *Ich nehme das Angebot an und biete für die Flügel des Falken mein Herz.*

»Das waren fast die ersten Worte, die Hasmal und ich miteinander gesprochen haben«, sagte Alarista. »Sie haben uns gezeichnet. Sie haben uns verändert. Der Falke bietet seine Flügel an, aber das Fliegen hat seinen Preis.« Sie hustete noch einmal und beugte sich vor – ihre Lippen wurden blau, und ihr Gesicht nahm einen Grauton an, der Kait Angst machte. Als sie sich endlich wieder in ihrem Sessel aufrichtete, sagte sie: »Ich hasse es, alt zu sein. Es ist die Hölle. Nichts funktioniert mehr, mein Körper weigert sich, mir zu gehorchen, und ich muss mich sogar auf das Atmen konzentrieren.«

Kait wünschte, sie hätte Alarista erlauben können, weiterzuschlafen. Aber das war unmöglich. Doghall hatte ihr eingeschärft, dass sie Alarista auf der Stelle holen müsse, gewiss, dass sie fast zu spät kamen, dass der Spiegel der Seele seiner Gefangenschaft müde und rastlos geworden war und dass es ihn nach Veränderung dürstete. Doghall glaubte, spüren zu können, wie der Spiegel in dem verschlossenen Raum, tief im Herzen von Haus Galweigh, langsam wieder zum Leben erwachte.

Also hielt Kait Alarista einen Arm hin, und nach einem nur kurzen Zögern erhob sich die andere Frau. Sie gingen langsam durchs Haus, wobei Alarista immer wieder stehen bleiben musste, um Atem zu schöpfen, während Kait mit wohl verborgener Ungeduld und einem wachsendem Gefühl böser Vorahnung auf sie wartete. Die alte Frau war viel zu gebrechlich, um als Dritte in ihrem *Thathbund* zu dienen. Doghall hatte hart gearbeitet – er hatte den Zauber vorbereitet, von dem er glaubte, dass er Alarista ihre Jugend wiedergeben und ihn selbst wieder zu einem alten Mann machen würde, aber er wagte es nicht, diesen Zauber auszuprobieren, bevor der Spiegel der Seelen endgültig zerstört war. Alarista gebot über ganz andere magische Fähigkeiten als er – wenn im Spiegel noch irgendeine Art von Seele zurückgeblieben war, die durch einen lebenden Körper in den Schleier geleitet werden musste – und Kait und Doghall waren zu der Auffassung gelangt, dass es sich so verhielt –, dann könnte Doghall alles Notwendige tun. Alarista konnte es nicht.

»Wenn wir mit dem … wenn wir fertig sind«, sagte Kait, die es inzwischen nicht einmal mehr wagte, den Spiegel laut zu erwähnen, »wird Doghall versuchen, dir deine Jugend zurückzugeben.«

Alarista, die gebeugt und mit steifen Gliedern dastand, blickte langsam zu Kait auf. »Ich habe meine Jugend aus freien Stücken geschenkt. Er braucht sie mir nicht zurückzugeben.«

»Das weiß er. Aber ich glaube, er fühlt sich in seinem jungen Körper nicht mehr wohl. Er sagt, die Schuld sei eine schwerere Last als die Jahre.«

Alarista kicherte leise. »Er ist ein Idiot – oder er hat bereits vergessen, wie sich das Alter anfühlt. Ich würde die Jugend behalten und die Schuld auf mich nehmen – aber wenn er das anders sieht, will ich mich nicht beschweren.« Sie keuchte, holte mühsam Luft und fügte hinzu: »Vielleicht wird die Jugend mein Gedächtnis wieder auffrischen – ich weiß, dass noch eine wichtige Aufgabe auf mich wartet, aber bei meinem Leben, ich schwöre, ich kann mich nicht daran erinnern, was es war.«

Sie gingen immer weiter hinab, tief in das geheime Innere des Hauses, bis sie Doghall vor der verschlossenen Tür stehen sahen.

»Beeilt euch«, sagte er. »Der Spiegel wartet da drin bereits auf uns. Er ist wach.«

Doghall ließ vorsichtig die Hände über die Fingerschlösser wandern; ein einziger Fehler, und der Türmechanismus würde ihnen allen den Zutritt verwehren. Aber Doghall machte keinen Fehler, und das schwere Schloss klickte, und die Tür glitt auf.

Ein höllisches rotes Licht erhellte die Schatzkammer; es strömte durch den mittleren Seelenbrunnen des Spiegels empor, ein dicht gebündelter, greller Strahl, der sich in die Decke zu bohren schien.

»Oh, ihr Götter«, wisperte Kait.

Doghall sagte: »Ist das das Licht, das du schon früher gesehen hast?«

»Ja. Als der Spiegel die Sabirs rief, die Jagd auf uns machten, und dann wieder, als wir durch die Tausend Tänzer flohen. Das Licht hat den Schild gesprengt, den ich um uns und den Spiegel gebreitet hatte.«

»Ich vermute, dass die Struktur dieses Hauses für den Spiegel kaum von Bedeutung ist«, sagte Doghall. »Zweifellos ist inzwischen auf dem Gipfel des Berges ein Strahl aufgeflammt, der ganz Calimekka wissen lässt, dass sich hier jemand aufhält.«

»Der Spiegel ruft nicht irgendjemanden«, sagte Kait. Sie war sich dessen ganz sicher – weit hinten in ihren Gedanken lauerten noch immer dunkle Erinnerungen, die niemals ihr gehört hatten. »Er ruft Crispin Sabir. Crispin Sabir hat noch immer genug von dem Drachen Dafril in sich, um zu wissen, wie der Spiegel benutzt wird – und er ist Dafril ähnlich genug, um haben zu wollen, was der Spiegel geben kann.«

»Ja, der Spiegel weiß, was wir vorhaben«, pflichtete Alarista ihr bei.

Doghall stand mit gesenktem Kopf da und verstärkte den Schild, den er um sich herum aufgebaut hatte. »Ich hatte gehofft, ihn überraschen zu können.«

»Nun, das ist uns nicht gelungen. Also werden wir mit ihm kämpfen, Kraft gegen Kraft«, sagte Alarista. Kait sah sie überrascht an. Plötzlich wirkte sie nicht mehr gar so alt, nicht mehr gar so schwach. In ihren Augen brannte eine neue Entschlossenheit, ihr Rücken war gerader geworden, und in dem grellen roten Licht sah ihre Gesichtsfarbe beinahe gesund aus.

Doghall sagte: »Also dann, lasst uns den *Thathbund* schmieden.«

Die drei rückten näher zusammen, und Doghall dehnte seinen Schild aus, damit er sowohl Alarista als auch Kait einschloss. Der Schild würde zusammenbrechen, wenn sie den Zauber beendeten, der die Macht aller willigen Falken zu ihnen rief, und dann würden sie allem Bösen ausgesetzt sein, mit dem der Spiegel sie angreifen konnte. Aber während sie ihren Zauber woben, genossen sie einen gewissen Schutz.

Doghall, Kait und Alarista reichten einander die Hände, um einen Ring zu bilden, schlossen die Augen und versuchten, ihre Seelen mit dem Raum des Schleiers zu verbinden. Aneinander gekettet durch die Berührung von Fleisch und Seele, sprachen sie sodann laut die Worte des *Thathbund* – Worte, die uralt waren und aus der Not geboren, Zeugnis der großen Gefahren und Gräuel, denen die Falken von Anfang an ausgesetzt gewesen waren.

»Gombreyan enenches!
Inyan ha neith elleyari …«

Es war die alte Sprache, die niemand außer den Falken noch beherrschte und in deren Worten solche Macht verborgen lag, geboren aus der Kraft der vielen tausend Seelen, die sie gesprochen hatten, die sie gehört und ihnen gehorcht hatten im Laufe der tausend Jahre, seit es die Falken gab.

»Falken, höret uns!
Jetzt, in der Stunde unserer Not,
Jetzt, da wir tödlicher Gefahr ausgesetzt sind,
Jetzt, da unsere Feinde uns bedrohen
Und der Tod unser harrt,
Rufen wir den Thathbund aus.
Wir rufen alle willfährigen Seelen,
Wir flehen zu allen, die bereit sind,
Sich gegen die Herrschaft des Bösen zu stemmen,
Wir rufen alle, die uns hören und mit uns kämpfen wollen.
Kommt herbei!
Kommt herbei!
Kommt herbei!«

Das Bittgebet war kurz, und die Antwort kam schnell. Kait spürte den Fluss der Seelen, der unter ihren Füßen einherströmte und der nun anschwoll, um sie aufs Neue zu umfangen. Der Schild, der sie geschützt hatte, barst, weggespült von dem gewaltigen Ansturm. Ihr war gleichzeitig heiß und kalt, und ihr Körper schien zu vibrieren, schien an einem Ort zu schweben, wo es weder Mauern noch Türen gab, weder Fußböden noch Decken. Es war ein Ort ohne besondere Kennzeichen, abgesehen von dem roten Licht, das direkt vor ihr wie ein flammendes Schwert aufloderte. Sie konnte Doghall sehen, aber obwohl sie wusste, dass es Doghall war, hatte er keine Ähnlichkeit mit dem hageren, dunkelhaarigen Mann, der in der Welt des Fleisches ihre Hand hielt. Doghall stand wie ein feuerhaariger Gott auf ihrer linken Seite, ein dunkler Hüne, dessen bloßer Schritt Funken aufstieben ließ, als er nun auf den schauerlichen Lichtstrahl des Spiegels zutrat. Rechts von Kait stand Alarista, und auch sie war eine Riesin, eine leuchtende Göttin aus kaltem, weißem Licht, mit einem Mal wieder jung geworden, mit festem Fleisch und unbeugsamem Willen. Zwischen diesen beiden war Kait nur ein winziges Geschöpf, zerbrechlich und viel zu langsam und unsicher. Und nun begriff sie, dass im Reich der Magie sie selbst zum schwachen Glied in der Kette geworden war und nicht Alarista, wie sie befürchtet hatte.

Die Seelen der anderen Falken speisten sie mit ihrer Kraft, und sie alle wurden immer größer, stärker und leuchtender – aber Kait konnte die Magie, die sie auf diese Weise empfing, nicht mit der gleichen Geschicklichkeit formen wie ihre beiden Gefährten. Sie konnte nicht alles annehmen, was ihr angeboten wurde. Sie blieb nach wie vor die Kleinste und Schwächste in ihrer Gruppe – und sie spürte, wie der Spiegel sich mehr und mehr auf sie konzentrierte.

Sie würde das Ziel seines Angriffs sein. Wenn sie versagte, würden sie alle versagen.

In der Welt des Fleisches hatten die drei, die einander immer noch an den Händen hielten, inzwischen den Spiegel in ihre Mitte genommen. Sie berührten ihn nicht, aber seine Energie bedrängte sie; er suchte nach einer Schwäche. Innerhalb des Schleiers veränderte der Leitstrahl des Spiegels seine Gestalt. Er nahm die Form eines geflügelten Mannes mit Augen aus Feuer und Krallen wie Messern an. Der Spiegel schien seine drei Widersacher anzugrinsen, dann zog er aus hundert verschiedenen Richtungen blaue Lichtblitze an und begann sich auszudehnen. Er speiste sich von der Lebenskraft der Calimekkaner, machte sich ihre Stärke zu Eigen. Er streckte eine Hand aus, und die Messer seiner Krallen glitzerten wie Diamanten, als er schließlich direkt zu Kait sprach. »Komm, es gibt nichts, worum wir beide kämpfen müssten, du und ich. Du hast deinen Geliebten verloren, deine Familie, deine Vergangenheit – aber du brauchst deshalb nicht dein Leben zu verlieren, und du brauchst nicht länger ein Ungeheuer zu sein. Ich kann dir geben, wonach es dich am meisten verlangt. Ich kann dich zum Menschen machen.«

Doghall sagte: »Du hast gar nichts zu geben. Du kannst nur stehlen.«

Alarista sagte nichts, aber sie stemmte sich gegen die monströse Seele des Spiegels und versuchte, die Linien zu durchbrechen, durch die er das Leben der Menschen in der Stadt unter ihnen saugte.

Kait sagte: »Ich will nichts haben, was du geben könntest.«

Aber die Bilder waren in ihrem Kopf, heller noch als die Stimmen der Falken, die sie aufrecht hielten – Bilder ihrer eigenen Seele in den glatten, verführerischen Kurven eines vollkommenen Körpers. Eines Körpers, der sich niemals in ein wildes Tier verwandelte, der niemals eine lange Schnauze in das warme Blut eines noch zuckenden Kadavers tauchte; sie sah einen Körper vor sich, der ihr niemals mit seinen primitiven Begierden Schande bereiten würde, mit seinen primitiven Bedürfnissen, seiner primitiven Gestalt. Sie würde als Mensch nicht fliegen können, aber sie würde auch nicht kriechen. Sie würde zwar nicht die schwindelnden Höhen der Karnee-Ekstase erfahren, aber ebenso wenig würde sie die hässliche Abgestumpftheit kennen, die sie nach jeder Verwandlung niederdrückte. Ihre Narben würden fort sein. Ihr Schmerz würde vergessen sein.

Die stete Drohung des Todes, die über ihrem Haupt schwebte … nicht mehr da.

Ein Mensch sein.

Sie könnte wahrhaft ein Mensch sein.

Die Seelen der Falken schrien auf, riefen ihr zu, dass sie eine der ihren sei, aber obwohl sie ein Falke war, war sie doch anders als alle anderen. Kein Falke vor ihr war je ein Narbiger gewesen. Kein Falke vor ihr hatte je das Zeichen getragen, das sie trug, das Zeichen, das sie von allen anderen trennte, selbst an dem einen Ort, an dem sie hoffen durfte, rückhaltlos akzeptiert zu werden.

Dafrils Erinnerungen waren fest in ihrem Kopf verankert – es war so einfach, sie brauchte nur mithilfe des Spiegels ihren Körper zu vertauschen. Sie sah so deutlich vor sich, was sie tun musste, als hätte sie es schon einmal getan. Niemand würde sterben, niemand würde wirklich verletzt werden – sie würde ihren Körper einem Fremden geben, und der Fremde würde seinen Körper Kait geben. Kein Verlust – nur … eine Veränderung. Sie brauchte lediglich einige Glyphen zu drücken, und ihr Schmerz würde der Vergangenheit angehören.

»Stell dich auf meine Seite«, sagte die Seele des Spiegels. »Es ist nicht nötig, etwas zu zerstören. Es ist nicht nötig, zu leiden. Ich biete dir gute Dinge, gute Gaben, gute Magie. Das alles gehört dir, du brauchst es nur zu nehmen.«

Keine Stimme konnte sie durch den machtvollen Wall, den die Seele des Spiegels errichtet hatte, noch erreichen. Doghall war zum Schweigen gebracht worden, ebenso wie Alarista. Die ungezählten Seelen der Lebenden und der toten Falken konnten sie dort, wo sie jetzt stand, nicht berühren. Sie sah sich dem einen Traum gegenüber, den sie niemals auszusprechen gewagt hatte, und sie begriff, dass sie das, was der Spiegel ihr anbot, wirklich haben konnte. Sie begriff, dass das Geschenk real sein würde – kein Trick. Und sie begriff, dass niemand sie daran hindern konnte, dieses Geschenk anzunehmen, wenn sie sich dafür entschied. Sie war frei – wahrhaft frei – frei auf eine Art und Weise, wie sie niemals ein anderer Falke gekannt hatte, denn kein anderer Falke hatte jemals jenseits der Schwüre der Falkenschaft gestanden.

Mein Anderssein ist meine Kraft, dachte sie. Die Kraft, zu tun, was ich will, die Kraft, neue Wege zu finden, dorthin zu gehen, wohin ich will, frei von dem aufgezwungenen Schuldbewusstsein unzählbarer Geister.

Sie sah sich an, was ihr angeboten wurde, und die Versuchung war unaussprechlich groß. Ein Mensch zu sein, annehmbar zu sein, einen Platz in der Welt zu haben, die ihr Geburtsrecht war – sie würde alles dafür geben, das zu bekommen. Alles, was wahrhaft ihr gehörte.

Aber sie würde nichts nehmen, was nicht ihr gehörte.

Ich bin ein Falke, dachte sie. Auch wenn ich abseits von allen anderen Falken stehe, bin ich dennoch ein Falke, und ich habe meinen Eid gegeben, nur das zu geben, was zu geben mir freisteht, und nur zu nehmen, was mir aus freien Stücken angeboten wird.

»Irgendwo, mein liebes Mädchen«, sagte die Seele des Spiegels, »irgendwo gibt es eine Frau, die aus freien Stücken ihren Körper gegen deinen zu tauschen bereit wäre. Irgendwo gibt es ein Mädchen, das nicht zu schätzen weiß, was sie hat, das die Jagd lieben würde, das frische Blut, die Brunft, eine junge Frau, die es nicht scheren würde, wenn sie ihr Fleisch roh und mitsamt Fell und allem Schmutz verzehren müsste, um zu den zarten, stinkenden Gedärmen vorzudringen. Ich werde dir helfen, diese Frau zu finden, dann brauchst du nicht gegen deinen Falkeneid zu verstoßen.«

Aber das Bild, das die Seele des Spiegels ihr gezeichnet hatte, hatte seinen Glanz verloren. Die Verzückung löste sich in nichts auf, und Kait sah, wie nahe sie dem Versagen gewesen war, und sie schreckte zurück.

Doghall rief ihren Namen. »Kait? Kait? Kannst du mich hören?«

»Ich höre dich.«

»Wir müssen die Seele des Spiegels aus dem Spiegel hinaus und in den Schleier zwingen, und wir müssen es jetzt tun. Der Spiegel wird immer stärker – wir haben nicht mehr viel Zeit.«

Sie hatten den Zauber bereits vorbereitet – denselben Zauber, der die Seelen der Drachen aus ihren gestohlenen Körpern gezogen und sie dazu gezwungen hatte, sich in den winzigen, selbst gefertigten Seelenspiegeln niederzulassen. Aber für den Spiegel der Seelen hatten sie keinen solchen kleineren Spiegel hergestellt – sie wagten es nicht, diesem Spiegel irgendeine körperliche Gestalt zu geben, weil sie fürchteten, er könne Menschen in sich aufsaugen und sich an ihrer Lebenskraft nähren. Dann würde er wieder stark werden, auch wenn er in einem schlichten Goldring gefangen war. Aber wenn sie ihn in den Schleier verbannten, würde er sich den Göttern und den Zyklen von Geburt und Tod stellen müssen. Er würde vielleicht menschlich werden. Und vielleicht bekäme er die Chance, das Böse hinter sich zu lassen, das er getan hatte – das Böse, das zu tun er geschaffen worden war.

Ohne noch länger zu zögern, begannen sie zu singen:

»Folge unseren Seelen, Vodor Imrish,
Zu der Seele des Spiegels der Seelen,
Der das Leben der Calimekkaner gestohlen hat,
Der getreuen Kinder der iberischen Götter,
Und vertreibe ihn aus seinem falschen Metallkörper.
Bringe kein Unheil über diese Seele,
Die Seele des Spiegels,
Sondern gib ihr ein sicheres Heim und eine Zuflucht
Im Kreislauf von Geburt und Tod –
Um sie Liebe und Barmherzigkeit zu lehren,
Um ihre Unsterblichkeit zu bewahren und um
Die Essenz von Leben und Geist zu schützen.
Wir bieten dir unser Fleisch – alles, was wir gegeben haben,
Und alles, das du nehmen willst,
Freiwillig und mit klarem Bewusstsein,
Da wir kein Unrecht beabsichtigen,
sondern nur geschehenes Unrecht wieder gutmachen wollen.«

Und jetzt, jetzt wurde Kait immer schneller und heftiger von der Magie der Falken erfasst, und sie wurde stärker und strahlender und konnte Schritt halten mit Doghall und Alarista – aber nicht mit der Seele des Spiegels. Ihr explosives Wachstum übertraf alles, was ihre drei Widersacher zu bieten hatten – sie schoss in alle Richtungen davon wie ein Feuerwerkskörper am Ganjatag, der lautlos am Himmel explodierte.

Ihr Zauber griff nach der Seele des Spiegels, und Kait spürte zur Antwort wütende Strahlen der Macht, die sich in sie hineinbohrten und versuchten, ihr die Seele aus dem Leib zu ziehen, versuchten, sie aus ihrem eigenen Körper zu verdrängen und ihren Platz in ihrem Fleisch einzunehmen – aber obwohl eine blaue Feuerlinie sich zwischen der bösen, einzelgängerischen Seele und ihren drei Angreifern aufwölkte, hatten sie mit ihrem Zauber nicht den gewünschten Erfolg. Die Seele des Spiegels saugte immer mehr Kraft aus den Bewohnern Calimekkas und wurde immer stärker.

»Warum funktioniert es nicht?«, rief Kait.

»Wir haben nicht genug Macht«, sagte Doghall. »Selbst in tausend Jahren hat es nicht so viele Falken gegeben, wie es in diesem Augenblick Bürger in Calimekka gibt. Wir können niemals so stark sein wie der Spiegel.«

»Das brauchen wir auch nicht«, sagte Alarista. »Wir versuchen, den Spiegel aus etwas Bestehendem herauszuziehen und ihn ins Nichts zu zwingen – dazu ist brutale Gewalt vonnöten. Wenn wir ihn jedoch in einen Ring leiten könnten, wäre nur ein kleiner Anstoß unsererseits erforderlich.«

Doghall erwiderte: »Aber wenn wir seine Seele in einen Ring fließen lassen, haben wir immer noch das gleiche Problem.«

»Den Ring könnten wir anschließend zerstören«, sagte Alarista.

»Das wird nicht nötig sein.« Kait konzentrierte sich auf ihren Körper. Sie stand noch immer zwischen Doghall und Alarista, und, den Spiegel in ihrer Mitte, hielten sie einander an den Händen. Jetzt fügte sie hinzu: »Wir haben einen Ring, der in dem Augenblick zerbrechen wird, in dem wir einander loslassen.«

Sie konnte Doghalls Entsetzen spüren. »Du meinst, wir sollen unsere Körper als Ring benutzen. Nein. Der Spiegel ist so mächtig, dass er einen von uns übernehmen könnte. Mit einem Körper aus Fleisch und Blut wäre er noch viel furchtbarer als jetzt, wo er im Spiegel der Seelen gefangen ist.«

»Aber irgendetwas müssen wir tun«, wandte Kait ein.

Plötzlich ging ein Gefühl ungeheuren Friedens von Alarista aus. »Wir müssen es so machen. Das – das ist es, was ich noch tun muss, und ich muss es mit Erfolg tun. Doghall, Kait, wir haben keine Zeit mehr. Sprecht mit mir den Zauber, und bietet unsere Körper als Ring an.«

Die Widerhaken, die der Spiegel der Seelen in ihre Körper geschlagen hatte, zerrten immer heftiger und heftiger an ihrem Fleisch und Leben, zerrten sie in Richtung Tod … oder Vergessen. Es war ein gewaltiges, brennendes Licht, ein Grauen erregendes, blutrotes Ungeheuer, das die Leere des Schleiers ausfüllte und das schließlich so riesig wurde, dass sie nicht länger sagen konnten, ob es sich immer noch weiter ausdehnte oder nicht. In der Welt des Fleischs starben in jeder Minute Menschen, um diese obszöne Kreatur zu nähren. Und es würden noch mehr sterben, es sei denn, die Falken hatten Erfolg mit ihrer Aufgabe.

Sie sangen noch einmal den Zauber zur Entfernung einer Seele, aber diesmal gab Alarista den Wortlaut vor, und sie wandelte die Zeilen ein wenig ab.

»…aber gib dieser Seele ein sicheres Heim und eine Zuflucht
In dem ungebrochenen Kreis unserer drei Körper –
Ungebrochen, auf dass er behüten möge
Die Unsterblichkeit dieser Seele und auf dass er
Die Essenz von Leben und Geist bewahre …«

Der Energiefluss veränderte sich. Der grimmige Ansturm, mit dem die Seele des Spiegels sie attackierte, verebbte nur einen Augenblick lang, dann peitschte die rote Flut ihres Feuers mit furchtbarer Schnelligkeit auf die drei Falken zu, verschlang sie, verzehrte sie.

Kait spürte die Seelen zahlloser anderer Falken, die sich gegen den Angriff stemmten, und dann spürte sie nur noch die heulende Dunkelheit eines Zorns, der nicht der ihre war, in ihren Adern, in ihren Muskeln, in ihrem Schädel. Sie kämpfte mit aller Macht dagegen an, in diesem Ansturm zu ertrinken, nachdem sie aus der Leere des Schleiers in den in ihrem eigenen Körper tobenden Wahnsinn geworfen worden war, konnte sie sich nur noch an ihre Identität klammern und hoffen, dass die anderen mehr Erfolg gegenüber diesem Ungeheuer hatten, das sie alle zu verschlingen suchte.

Sie war das schwächste Glied in der Kette – sie war der Falke mit der geringsten Erfahrung auf dem Gebiet der Magie und der Beherrschung von Energieströmen, sie war am wenigsten dazu gerüstet, den Angreifer abzuwehren, der danach trachtete, ihr Fleisch seiner Seele zu entkleiden. Sie konnte Doghall und Alarista neben sich spüren, die versuchten, ihr zu helfen, aber die Seele des Spiegels war erbarmungslos, und wie ein Ozean, der durch ein einziges Loch am Grund des Meeres sickerte, so war auch sie unaufhaltbar.

Kait verlor den Boden unter den Füßen und glaubte in ihrer Panik schon, dass sie nie wieder das Licht eines neuen Tages sehen würde.

Doghall und Alarista taten ihr Bestes, um sie festzuhalten, aber sie spürte bereits den Triumph, die Häme und die Siegesgewissheit des Spiegels, und sie verlor die Hoffnung.

»Sie ist ein bloßes Kind und sehr schwach. Sieh mich an. Ich habe dir mehr zu bieten«, sagte Alarista, und die Seele des Spiegels hielt für einen halben Herzschlag inne und schätzte Kaits trübes Licht, ihre trägen Reaktionen und ihre stümperhaften Verteidigungsstrategien ab, bevor sie sich der brillanten Reinheit des Lichts zuwandte, das durch Alarista strömte. Darin wurde der Spiegel auf etwas aufmerksam – auf eine verborgene Schwäche, die er ausbeuten konnte, denn sowohl Kait als auch Doghall und Alarista wurden von jähen Krämpfen geschüttelt, und plötzlich war Alarista das Ziel der Angriffe.

Aber im Gegensatz zu Kait setzte Alarista sich nicht zur Wehr. Kait konnte noch immer Alaristas Leuchten sehen und die unauslotbare Kraft ihrer Seele spüren, aber diese Seele war nur ein Beobachter – Alarista erlaubte der Seele des Spiegels, sich tief in ihr Fleisch zu bohren und die Verankerungen ihrer eigenen Seele nach und nach aus dem Körper zu reißen, der rechtmäßig ihr, Alarista, gehörte. Doghall und Kait kämpften gegen das Ungeheuer an, das ihre Gefährtin verschlang, aber ohne Alaristas Hilfe steuerte ihr Kampf schnell einer Niederlage entgegen.

Doghall rief: »Alarista! Halt aus! Wehr dich!« In den Gedanken ihrer beiden Gefährten erklang noch einmal ihre Stimme. *Lasst mich gehen. Ich habe jetzt meine letzte Aufgabe vollendet.*

Und dann war ihre Seele fort und der *Thathbund* zersprengt. Kait gebot nicht länger über die Stärke und Weisheit von tausend Falken; sie verfügte nur noch über die Stärke eines einzigen. Zurückgeworfen in die begrenzte Realität ihres eigenen Fleisches, fiel sie geschwächt und elend zu Boden, und ihre Hände entglitten Doghalls und Alaristas Griff.

Auch Doghall sank auf die Knie und musste seinen Sturz mit beiden Händen bremsen, um nicht mit dem Gesicht auf dem Boden aufzuschlagen – und ein Häufchen von glitzerndem Metallstaub in alle vier Ecken des Raums zu verteilen. Denn mehr war nicht übrig geblieben vom Spiegel der Seelen – aber was die Seele des Spiegels betraf, das war etwas ganz anderes.

»Ich bin Fleisch!«, kreischte das Ungeheuer in Alaristas Körper. »Das ist *mein* Fleisch! Ich werde ein Gott sein!« Kait starrte Alaristas Körper an, der durch den Raum tanzte. Sie sah, wie die alten Knochen auf und ab sprangen, wie die alten Muskeln nur so strotzten vor Kraft. Die alten Augen richteten sich auf sie, erfüllt von einer neuen und schrecklichen Bosheit. »Ich werde … ein Gott sein, und du … sollst meine erste Mahlzeit werden.« Das Ungeheuer begann zu lachen.

Das Gelächter verwandelte sich in Husten.

Alaristas Lippen liefen blau an, und ihre Haut wurde grau und wächsern. Das Ungeheuer krümmte sich, ächzte und griff sich mit Fingern, die sich in Krallen verwandelt hatten, an die Brust. Seine Knie gaben unter ihm nach, und es fiel wie eine Stoffpuppe mit schlagenden Gliedern zu Boden. Es stöhnte, riss den Mund auf, um nach Luft zu schnappen, und spie mit jedem erstickten Hustenanfall blutigen Schaum aus.

»Nein«, brachte es noch mit einem Krächzen hervor, aber das war das letzte Wort, das es sprach. Das Ungeheuer starrte Kait und Doghall an, von innen erhellt durch den roten Schein seiner Magie – aber Alaristas Körper war dem Tode zu nahe. Das Monster hatte nicht genug Zeit, um all die zerstörten Organe, all das verwüstete Fleisch zu heilen. Seine Augen brannten rot, aber dieses Rot glich immer mehr den Kohlen in einem sterbenden Feuer; die zerbrechliche Brust hob und senkte sich wie ein unbrauchbar gewordener Blasebalg, und es kroch zuckend über den Boden. Und schließlich erlosch, mit einem letzten ächzenden Gurgeln, das Licht in seinen Augen, und es starb.

Kait weinte, auf Händen und Knien liegend, um den Tod ihrer Freundin Alarista, um ihren eigenen Verlust.

»Sie hat uns gerettet, Kait. Sie hat uns alle gerettet«, sagte Doghall. »Ohne sie hätte der Spiegel der Seelen gewonnen. Und jetzt ist sie bei Hasmal.« Der Ausdruck seiner Augen wurde nachdenklich, und er flüsterte: »Und das war auch der Grund …«

Kait sah ein jähes Aufblitzen von Schuldbewusstsein auf seinen Zügen, als er in ihre Richtung schaute, dann wandte er hastig den Blick ab.

»Was denn?«, fragte sie ihn.

»Hätte ich mit dir und Ry den *Thathbund* gebildet, wären wir gescheitert. Nur Alarista konnte tun, was sie getan hat.«

»Ich weiß«, sagte Kait und fragte sich gleichzeitig, was dieser schuldbewusste Blick bedeuten mochte. »Aber sie ist nicht mehr bei uns. Ich habe noch eine Freundin verloren.« Sie dachte an Alarista als die rothaarige Schönheit, die Hasmal auf dem Weg fort von Calimekka begegnet war – an die schlanke Frau, die sich in seine Arme geworfen hatte, mit einer Glückseligkeit, die so rein gewesen war, dass sie sie beide von innen hatte erstrahlen lassen; sie dachte an die Frau, die in ihrem Gyru-Wagen gesessen hatte, um eine Antwort auf die Bedrohung durch die Drachen zu finden. Sie dachte an die Frau, die Doghall ihre Jugend geschenkt hatte, nur um der Chance willen, vielleicht ihren Geliebten vor Folter und Tod bewahren zu können. Und jetzt hatte eben diese Frau ihren Körper und ihr Leben hingegeben, um die Menschen von Calimekka zu retten, um den Spiegel der Seelen zu besiegen, um Kait zu retten. »Die Welt ist ärmer geworden durch Alaristas Tod.«

Aus der Dunkelheit erhob sich eine leise Stimme – körperlos, blutlos – und berührte Kaits Ohren. »Wir kommen, um zu verlangen, was unser ist.«

Sie zuckte zusammen, drehte sich ganz um und sah Doghall erbleichen. »Die Geister der toten Galweighs«, flüsterte er.

Alaristas Leichnam begann von innen zu glühen, rot wie Licht, das durch einen Rubin fiel, und schrecklich anzusehen. Das Glühen wurde immer heller, und Alaristas Fleisch wurde so durchsichtig, dass Kait für einen kurzen Moment lang die Umrisse ihrer Knochen unter ihrer Haut sehen konnte, die Form ihrer Organe, die Adern, durch die einst ihr Blut geflossen war. Das Licht wurde noch strahlender, und Kait konnte Magie auf ihrer Haut spüren, in ihrem Körper, in ihrem Schädel – Magie, die seit dem Tag ihrer Rückkehr nach Hause unterschwellig vorhanden gewesen war und die sich jetzt in etwas Starkes und Gefährliches und Wachsames verwandelt hatte. Alaristas Leib wurde so durchsichtig wie Glas aus Strithia, und das Licht tat Kait in den Augen weh – bis plötzlich sowohl Alaristas Körper als auch das Licht verschwanden. Aber das Gefühl von Magie blieb zurück, geduldig, aufmerksam und irgendwie hungrig.

Kait drehte sich zu Doghall um und sah Tränen auf seinen Wangen. »Jeder Sieg verletzt uns tiefer als der vorherige und lässt uns blutend zurück«, sagte er. »Dies ist ein bitterer Tag.« Er erhob sich mit einiger Mühe und ging auf die Tür zu. »Die alten Iberer hatten Recht, die Magie aus ihrem Land zu verbannen und jeden Zauberer zu töten, den sie finden konnten. So viel Gutes die Falkenmagie auch tun kann, die Magie von Wölfen und Drachen bewirkt ein gleiches Maß an Bösem. Es wäre besser, wenn es gar keine Magie gäbe. Besser, wenn alle Zauberer tot wären.«

Er ging mit gesenktem Kopf und hängenden Schultern aus dem Raum, und Kait starrte auf den Boden, wo er gesessen hatte, und fragte sich, wie viel Wahres wohl in seinen Worten liegen mochte.

Kapitel 31

Die Glocken Calimekkas kündeten von Tod – ein schier endloses Geläut von Kummer und Gram. Die Leichen häuften sich auf den Straßen, die Lebenden fanden sich zu kleinen weinenden Grüppchen neben ihnen zusammen, um den Verlust eines Vaters oder einer Mutter, eines Kindes oder eines Freundes zu beklagen. Hier kniete eine Frau neben den Leichen ihres Mannes und ihrer drei kleinen Kinder, die äußerlich unversehrt dort lagen, wo sie gestorben waren, und so aussahen, als könnten sie jeden Augenblick einfach wieder lebendig werden. Die Frau betrachtete mit von Tränen verschwommenem Blick ihre reglosen Gestalten, fasste den Dolch in ihrer Hand ein wenig fester und stieß ihn sich mit einem verzweifelten Aufschrei durch die Rippen und ins Herz. Dort wanderte ein Kind weinend durch die Straße, auf der Suche nach jemandem, irgendjemandem, der seine Mama weckte. In der obersten Eckwohnung eines Hauses drückte ein junger Vater den Leichnam seines erst kürzlich geborenen Sohnes an sich und verfluchte mit lauten Schreien die Götter. Diese Szenen wiederholten sich tausend und abertausend Male – nur wenige Familien innerhalb der Grenzen Calimekkas überstanden die jähe, lautlose Rückströmung der Magie – die *Rewhah* – ohne Verluste; einige Familien wurden gänzlich vom Antlitz der Erde getilgt.

Trotz dieses furchtbaren Unglücks, das normale Männer und Frauen vielleicht mit dem Ausbruch einer Seuche verwechseln mochten, ging das Leben in Calimekka weiter – aber nur als ein grimmiger, höhnischer Schatten seiner selbst. Die Karren ratterten weiter durch die Straßen, aber sie trugen nicht länger Obst und Gemüse von den umliegenden Bauernhöfen oder wundersame Waren von Übersee; sie trugen nur noch Leichen. Die Männer arbeiteten noch immer, aber es waren Scheiterhaufen, die sie bauten und auf denen sie die sterblichen Überreste all derer verbrannten, die ihnen einst teuer gewesen waren. Die Frauen hielten keine Säuglinge mehr in den Armen, sondern die Seile der Glocken, die mit ihrem Geläut die toten Kinder durch den Schleier begleiten sollten. Sie wussten nicht, dass der Spiegel der Seelen, wäre ihm nicht Einhalt geboten worden, sie alle verschlungen hätte – dass allein die Tatsache, dass es in Calimekka überhaupt Überlebende gab, ein großer Sieg war. Sie konnten keinen Sieg sehen in den Bächen, den Flüssen und den Meeren der Toten, die in die Flammen gerollt wurden. Sie konnten nur unerklärlichen Schmerz sehen – unerklärliches Leid.

Ebenso wenig konnten sie die erste Welle eines neuen Meeres sehen, das sich auf sie zuwälzte. Sie konnten sie nicht sehen, die missgestalteten Leiber der Narbigen, die ihre Waffen wie heilige Versprechen an sich drückten, die ihre Träume vom Menschsein wie ein Banner vor sich her trugen. Auch den hübschen jungen Mann und die zierliche junge Frau konnten sie nicht sehen, die beide auf riesigen, mit Reißzähnen bewehrten Ungeheuern einen Berghang hinabritten und von dort aus weiter über die südlichste Grenze Iberas, an der Spitze einer Horde wilder Fanatiker auf einer heiligen Mission. Sie konnten nicht wissen, dass in den Herzen und den Köpfen der herannahenden Ungeheuer sie die Dämonen waren, die anderen ihr Geburtsrecht genommen hatten, diesen Narbigen, die irgendwo zwischen verwachsenem Fleisch und der Vollkommenheit einer ersehnten menschlichen Gestalt standen.

Sie konnten es nicht wissen.

Aber der Spiegel der Seelen war tot, und die Armee der Verdammten rückte näher.

Kapitel 32

Crispin stand auf dem Balkon seines alten Zimmers in Haus Sabir und blickte zum Haus der Galweighs empor. Der rote Leitstrahl war verschwunden, und das Gefühl, das sich seiner bemächtigte, war das von versprengter und restlos vernichteter Magie. Er musste annehmen, dass sie erfolgreich gewesen waren – dass Doghall, dessen Erinnerungen sich in sein Hirn eingebrannt hatten und dessen Seele er fast so gut kannte wie seine eigene, den Spiegel der Seelen mithilfe seiner Falken tatsächlich vernichtet hatte. Er blickte zu dem alabasternen Haus auf dem Gipfel hinauf und wünschte Doghall einen langsamen und schmerzhaften Tod – der Spiegel der Seelen lockte seine Fantasie noch immer mit dem Versprechen von Unsterblichkeit und einer Macht, die sich jeder Vorstellungskraft entzog. Er hätte einen guten Gott abgegeben.

Aber wenn er kein Gott sein konnte, konnte er immer noch ein Vater sein und mehr noch: ein Vater, der seine Rache bekam. Wo Doghall war, würde auch Ry sein – zusammen mit seiner kleinen Hure, Kait –, und dort würde Crispin seine Tochter Ulwe finden. Oder falls er sie nicht fand, würde er jemanden finden, der ihren Aufenthaltsort kannte und wusste, was aus ihr geworden war. Er konnte Ry und seine Verbündeten dazu zwingen, es ihm zu sagen. Und er konnte sie büßen lassen, wenn sie es gewagt hatten, seinem Kind etwas anzutun. Er konnte, und er würde es.

Haus Sabir hatte ebenfalls Verluste erlitten. Rys Mutter war tot aufgefunden worden, und sie hatte im Todeskrampf dem Dämon, den sie Valard nannte, die Kehle aus dem Leib gerissen. Noch vor Einbruch der Nacht würden viele Mitglieder des Diplomatenzweigs der Familie tot auf dem Scheiterhaufen liegen, unter ihnen der Paraglese. Auch viele Mitglieder des Handelszweigs hatten ihr Leben gelassen.

Aber die meisten der Wölfe waren mit heiler Haut aus dem Unglück hervorgegangen. Sie hatten das erste Erwachen von Magie in Haus Galweigh wahrgenommen und ihre Schilde hochgezogen. Jetzt warteten Anwyn und Andrew in Crispins Zimmer, und sie brannten förmlich vor Eifer. Sie sollten wieder auf die Jagd gehen, und sie wollten Blut schmecken.

»Jeder muss den Leitstrahl gesehen haben, der von Haus Galweigh ausgegangen ist«, sagte Anwyn, als Crispin Anstalten machte, den Balkon zu verlassen. »Wir können den Bewohnern Calimekkas erzählen, dass die letzten Galweighs mit Magie auf sie losgegangen seien – auf die ganze Stadt. Wir können ihnen erzählen, diese plötzliche Seuche sei ein Mord, ein Mord, begangen von den Galweighs. Wir können den Überlebenden Zuflucht bieten, im Austausch gegen ihren Beistand. Haus Galweigh würde jeder Belagerung standhalten, wenn eine Armee dort einquartiert wäre, aber das ist nicht der Fall. Wir können Leute über die Mauern werfen oder sie mit Fluggeräten auf das Gelände fallen lassen, wir können sie über die Klippen schicken, und wir können das Haus allein kraft unserer Zahl einnehmen.«

Crispin schüttelte den Kopf. »Das würde zwar funktionieren, aber ich will die Bewohner des Hauses lebendig. Sie alle.« Er dachte an seine Tochter und an ihre Chancen, einen derartigen Ansturm auf Haus Galweigh zu überleben. Das Risiko für sie war zu groß. »Ich glaube nicht, dass wir Ry, Doghall und die anderen, die bei ihnen sind, mit heiler Haut aus dem Haus bekommen, wenn wir die Massen aufwiegeln.«

Ausnahmsweise einmal versagte Andrew es sich, zu kichern oder etwas Idiotisches zu bemerken. Er musterte Crispin mit schmalen Augen und sagte: »Und warum interessiert es dich so sehr, sie alle mit heiler Haut herauszuholen? Beim gegenwärtigen Stand der Dinge würde ich meinen, dass diese Meute geradeso gut gleich sterben kann wie später – sie haben uns schwer geschadet, und je länger sie leben, umso mehr werden sie uns auch in Zukunft schaden können.«

Crispin dachte abermals, dass er Andrew würde töten müssen, und das sehr bald. Er hatte einen besseren Kopf auf den Schultern sitzen, als er es sich anmerken ließ, und die Tatsache, dass es ihm gelungen war, diesen Umstand so lange vor Crispin verborgen zu halten, machte Letzteren sehr nervös. »Doghall hat Zugang zu einigen Formen der Magie, die ich mir sichern möchte«, entgegnete er kalt. »Ry … was den betrifft, ich habe gewisse Pläne für diesen Hurensohn. Und die Übrigen könnten, alle wie sie da sind, etwas wissen. Vielleicht ist es etwas Nützliches, vielleicht nicht. Aber sie sind uns über einen so langen Zeitraum hinweg entkommen, sie haben den Spiegel der Seelen zerstört, sie haben die Drachen entmachtet – ich muss einfach annehmen, dass sie irgendetwas Nützliches wissen. Ich will, dass sie so lange leben, bis wir uns dieses Wissen sichern konnten.«

Anwyn ging im Raum auf und ab, und seine Hufe klapperten laut auf dem gekachelten Boden. »Ich habe genau wie Andrew meine Zweifel daran, ob das wirklich klug ist. Die Galweighs waren bis zum heutigen Tag unser Verhängnis. Meiner Meinung nach wären wir besser dran, wenn sie tot wären, ganz gleich, welches Wissen sie vielleicht mit sich ins Grab nehmen würden.«

Crispin konnte es nicht fassen. Anwyn – sein eigener Bruder – stellte sich auf Andrews Seite?

Er blickte seinem Bruder in die Augen und hoffte, dort zu sehen, dass Anwyn sich nur ein Spielchen mit ihrem Vetter erlaubte, aber es konnte kein Zweifel bestehen, dass es ihm todernst war. Anwyn, der sich stets Crispins Willen unterworfen hatte, schien plötzlich einen starken Hang zur Unabhängigkeit entwickelt zu haben, und das zum denkbar schlimmsten Zeitpunkt.

Crispin sagte: »Nein. Ich habe es euch doch schon erklärt, wir werden sie uns selbst vornehmen – nur wir drei und einige ausgewählte Soldaten.«

Anwyns Lächeln erinnerte an das eines Haifischs – seine rasierklingenscharfen Zähne glitzerten in dem grellen Mittagslicht, und seine Augen blitzten. »Und ich sage dir, wir werden sie uns nicht allein vornehmen. Während du so beschäftigt warst mit deinen eigenen kleinen Projekten, hatten Andrew und ich eine Menge Zeit, um nachzudenken und miteinander zu reden. Und zu planen. Wir haben nicht die Absicht, uns dir zuliebe umbringen zu lassen, damit für dich der Weg an die Macht frei ist. Wir werden jetzt, da das Paraglesiat der Familie offen ist, keinerlei Selbstmordmissionen für dich unternehmen; wir werden nicht allein gegen irgendwelche Zauberer oder Götter für dich kämpfen. Wir werden uns hübsch aus der Schusslinie halten und die gemeinen Soldaten für uns sterben lassen.«

»Wir reden heute noch mit den Parnissas im Prethin-Bezirk«, erklärte Andrew mit einem Lächeln. »Sie haben es geschafft, während der Aufstände die Kontrolle über ihre Leute zu behalten, indem sie so taten, als stünden sie auf ihrer Seite. Wir haben die ganze Zeit über sehr nützliche Informationen von ihnen bekommen, und wir haben uns im Prethin-Quartier eine gewisse Loyalität erkauft, trotz all der gegen die großen Familien gerichteten Aktivitäten überall sonst. Wir werden in diesem Bezirk den Grundstein für unsere Armee legen – der Zorn wird sich, sobald es sich herumspricht, schnell genug ausbreiten.« Jetzt kicherte er doch noch und drehte sich mit Fingern, die sich wie die Beine einer nervösen Spinne bewegten, seinen Zopf um seinen kahl rasierten Schädel. »Aber wir sollten ihnen zuerst erlauben, die Leichen zu verbrennen. Vielleicht könnte ich ihnen dabei helfen – und eine hübsche Leiche für mich selbst sichern. Ich könnte mir denken, dass da draußen viele süße kleine Mädchen geradezu auf mich warten.«

Crispin war sich nur allzu deutlich Andrews leuchtender, kluger Augen bewusst, die auf ihn gerichtet waren, wohl wissend, dass sein Vetter ihn unter der Fassade des Wahnsinns einzuschätzen versuchte, dass er ihn auf die Probe stellte und … irgendeine Entscheidung traf.

Wie viel davon war Schauspielerei? Andrew hatte tatsächlich eine Schwäche für kleine Mädchen, und es scherte ihn nicht, ob sie lebten oder tot waren – aber wann immer er und Andrew unterschiedlicher Meinung waren, erschien ihm dieser immer weniger als ein perverser Clown, sondern immer mehr als ein intriganter Rivale. In diesem Augenblick beschloss Crispin, Andrew eigenhändig zu töten. Und er würde es so bald wie möglich tun.

Aber zuerst musste er Ulwe aus der Hand ihrer Entführer befreien. Sie wurde wahrscheinlich in Haus Galweigh als Geisel gehalten. Crispin hatte zwar bisher keine Forderungen von Ry oder Doghall erhalten, aber diese Forderungen würden sicher kommen – und zwar sehr bald, da der Spiegel der Seelen das Versteck der Entführer preisgegeben hatte. Und da sein Bruder und sein Vetter es kaum erwarten konnten, die ganze Landbevölkerung gegen die Galweighs in den Kampf zu führen, würde Crispin schnell handeln müssen.

Ein Angriff aus der Luft, dachte er. Mit einem Fluggerät und einem genialen Piloten, einer Hand voll ausgewählter Soldaten und einer Landetruppe an Bord, die sich an Seilen hinunterlassen und das Luftschiff verankern konnten. Auf diese Weise würde er seine Tochter befreien und vielleicht die meisten seiner überlebenden Feinde töten können, bevor sein Bruder und sein Vetter auch nur begriffen hatten, dass er fort war.

Das letzte Mal, als er durch die Mauern von Haus Galweigh geschritten war, hatte es im Haus gespukt, aber wenn jetzt jemand dort wohnte, musste der Spuk nachgelassen haben. Er würde dem Haus ein paar neue Geister schenken.

Kapitel 33

Alcie stand oben auf der Mauer und blickte auf den Fluss aus Rauch hinab, der das Tal ausfüllte. »Der Rauchgestank und der Klang der Glocken wird mich noch in den Wahnsinn treiben«, sagte sie. »Und wie kommt es überhaupt, dass alle in unserem Haus überlebt haben, wo so viele den Tod fanden?«

»Wir hatten Schilde um euch herum errichtet.« Kait hatte ihr das alles schon einmal erklärt, aber Alcie schien es nicht zu begreifen. »Sei dankbar, dass du nicht über mein Gehör verfügst.

Ihr Wehklagen dringt bis zu mir herauf. Das ist weit schlimmer als die Glocken.« Die Menschen in den Straßen unter ihnen beweinten ihre Toten seit nunmehr zwei Tagen. Das Geräusch schien sich durch Kaits Haut zu bohren, in ihren Schädel hinein, hinter ihre Augen – und das Bewusstsein ihrer Schuld gestattete es ihr nicht, dem Weinen zu entfliehen. Sie hatte den Spiegel der Seelen nach Calimekka gebracht. Sie hatte den Brunnen vergiftet, auch wenn es ohne jede Absicht geschehen war. All diese Toten waren ihr Werk, so sicher, als hätte sie sie von eigener Hand ermordet. Ihre Asche stieg zu Kait empor und legte sich wie grauer Schnee auf die Hänge des Felsens, auf den Boden außerhalb des Hauses, auf die Blätter und Farne des Dschungels. Aber nicht auf das Haus selbst. Doghalls Zauber hatte seine Wirkung nicht verloren – die Geister der Galweighs sahen selbst die Asche der Toten als ihren Tribut an und verzehrten sie.

Am Fuß der Mauer hockte Ulwe auf der Straße, die in die Stadt hinabführte, die Augen fest geschlossen, die Finger auf die staubigen Pflastersteine gelegt, jede Faser ihres Körpers angespannt wie eine Feder. Ulwe war so grau wie die Asche, ihre Lippen weiß vor Anstrengung, das Gesicht verzerrt zu einer Maske des Schmerzes. Als sie sich endlich erhob und Kait und Alcie bedeutete, dass sie fertig sei, wirkte sie wie eine alte Frau.

Kait und Alcie gingen zu ihr hinunter.

»Er kommt«, sagte das Mädchen. »Er hat einen Piloten gefunden, der ihn in einem fliegenden Apparat herbringen wird, und Soldaten, die euch alle umbringen werden, und Männer, die es gelernt haben, den Apparat ohne eine Mannschaft zu landen, die ihnen hier auf dem Boden dabei zur Hand geht.« Sie taumelte leicht, und Kait fing sie auf.

Alcie fragte: »Bist du krank?«

»Die Straßen ... sie weinen«, sagte das Mädchen leise. »Jeder der Hinterbliebenen dort unten trägt seine Trauer zu den Scheiterhaufen. Die Straße erinnert sich an jeden, der gestorben ist –

und ich musste an jedem Einzelnen von ihnen vorbeigehen, um zu meinem Vater zu gelangen.«

Kait zog das Mädchen an sich. »Es tut mir Leid. Es tut mir Leid, dass du so viel Schmerz erfahren musstest.«

Ulwe erwiderte ihre Umarmung. »Er wird heute Abend hier sein – mein Vater. Und dann wirst du ihn töten müssen, nicht wahr?«

Kait ließ sich auf ein Knie hinunter, sodass sie zu dem Kind aufblicken musste. »Ulwe, ich kann dir nicht versprechen, dass ich ihn nicht töten werde. Er hat einen guten Freund von mir ermordet, und er hat die Absicht, uns alle zu töten. Wenn ich ihn töten muss, um meine Familie zu schützen, werde ich das tun.« Sie griff nach Ulwes Hand. »Aber ich verspreche dir, wenn ich ihn aufhalten kann, ohne ihn zu töten, dann werde ich sein Leben verschonen.«

»Du brauchst mir nichts zu versprechen.«

»Aber ich tue es trotzdem. Ich weiß nicht, wie sich die Dinge zwischen dir und deinem Vater vielleicht entwickeln werden, aber ich werde alles in meiner Kraft Stehende tun, um dafür zu sorgen, dass du eine Chance bekommst, es herauszufinden.«

Ulwe nickte heftig, dann wandte sie sich ab und lief zurück zum Haus. Alcie räusperte sich. Kait stand auf und sah ihre Schwester an.

»Du hast soeben versprochen, ein mordgieriges Sabir-Monstrum zu verschonen – einen Mann, vor dem selbst dein Ry sich gefürchtet hat.«

»Ich habe schon genug Blut an den Händen. Ich werde nicht versuchen, seinen Tod bewusst herbeizuführen. Aber ich habe nicht versprochen, ihn nicht zu töten. Ich habe versprochen, dass ich versuchen werde, ihn zu besiegen, ohne ihn zu töten. Das ist ein Unterschied.«

»Der Unterschied könnte dein Leben und unseres ausmachen. Wenn du dich in einem Kampf darauf konzentrierst, wie du deinen Feind schlagen kannst, ohne ihn zu töten, während er selbst nur danach trachtet, dich zu vernichten, dann wird er allemal im Vorteil sein.«

»Du willst doch nicht etwa, dass ich dem Kind sage: ›Ja, ich werde deinen Vater töten.‹«

»Mich kümmert es nicht, was du ihr sagst. Lüg sie an, wenn es sein muss. Sie glaubt jetzt, dass du versuchen wirst, ihn zu verschonen – das reicht. Wenn er kommt, dann töte ihn, und erzähl ihr, du hättest keine andere Wahl gehabt.«

Kait lachte erbittert auf. »Wenn es dich sosehr nach Blut dürstet, kannst du ihn ja töten, Alcie. Stoß ihm ein Schwert in den Leib – spüre, wie sein heißes Blut auf deine Hände spritzt, und koste es, wenn es deine Lippen benetzt. Rieche du den Gestank seiner Gedärme und seiner Blase, wenn sie ihm den Dienst versagen. Sieh du zu, wie das Leben aus seinen Augen weicht, und wisse, dass es deine Hand war, die dieses Leben beendet hat …«

Sie starrte ihre Schwester an. Als Alcie vor ihr zurückwich, brach sie ab.

»Der Gedanke gefällt dir nicht, Alcie?«

Alcie wandte den Blick von ihr ab. »Er muss sterben.«

»Ja, wahrscheinlich. Aber ich staune doch über deine Bereitschaft, laut nach seiner Hinrichtung zu schreien, wenn du nicht ebenfalls bereit bist, der Henker zu sein.«

Alcie weigerte sich immer noch, sie anzusehen. »Ich bin eine Mutter. Ich bin keine Mörderin.«

Kait ging um Alcie herum und stellte sich direkt vor sie hin, und als Alcie weiterhin versuchte, in eine andere Richtung zu blicken, streckte Kait die Hand aus und hielt ihr Gesicht mit beiden Händen fest. »Ich *bin* eine Mörderin, Alcie. Als Karnee erlege ich mir meine eigenen Mahlzeiten und töte sie mit Zähnen und Krallen. Ich habe Menschen getötet, die mich zu töten versuchten. Bei dem Versuch, meine Familie zu retten, habe ich den

Tod über die Hälfte der Bevölkerung in der größten Stadt der Welt gebracht.«

»Du weißt nicht, ob es so viele waren.«

Kait hielt ihre Verärgerung mühsam im Zaum. »Nein. Das weiß ich nicht. Der Himmel ist schwarz von der Asche der Menschen, die meinetwegen sterben mussten, aber ich gehe nicht in die Straßen hinunter und zähle die Leichen. Alcie – hör mich an. Um mit mir selbst leben zu können – um in meiner Haut und in meinem Kopf leben zu können –, muss ich wissen, dass ich nicht den Vater eines kleinen Mädchens töten werde – den Vater einer *Freundin* –, ohne nicht wenigstens nach einer Möglichkeit zu suchen, ihn am Leben zu lassen.«

»Er ist durch und durch böse.«

»Er liebt seine Tochter.«

»Das kannst du nicht wissen.«

Kait hatte noch immer Zugang zu Crispins Erinnerungen – wenn sie es sich gestattete, jenen Ort in ihren Gedanken aufzusuchen, wusste sie, was er wusste, und fühlte, was er fühlte. Inmitten all des Grauens, all der Schlechtigkeit und all der Verdorbenheit seiner Gedanken gab es eine einzige kleine Kammer voller Licht und Hoffnung, voll von dem Glauben an etwas Gutes. Diesen einen Raum hatte Crispin mit dem Namen seiner Tochter versehen. Diesen einen Teil seines Lebens hatte er von allen anderen getrennt gehalten, hatte ihn gehegt und dafür gesorgt, dass er unbesudelt blieb. Es war ein Geist, der in den Korridoren seines innersten Wesens spukte, der um all das weinte, was Crispin hätte sein können, und dessen bloße Gegenwart Kait frösteln machte und sie verwirrte. Sie musste sich einfach fragen, was geschehen würde, wenn diese Tür sich öffnete und Crispins Tochter, so wie sie wirklich war, den Raum betrat, den ihr Vater für sie bewahrt hatte. Würde all das Gute darin hinausströmen, oder würde das Böse auch in diesen Raum einziehen? Wie stark konnte ein winziger Splitter Liebe gegen ein Meer aus

Hass sein? »O doch. Ich weiß, dass er seine Tochter liebt«, antwortete Kait ihrer Schwester, ohne sich auf Erklärungen einzulassen.

»Du wirst ja doch tun, was du willst«, sagte Alcie bitter. »Und wir werden wahrscheinlich alle dafür sterben. Aber wenn wir sterben, wird es niemanden geben, der an unseren Scheiterhaufen betet, niemanden, der unseren Tod beklagt.«

Sie ging zurück in den Turm, durch den sie auf die Mauerkrone gelangen würde. Kait sah ihr kurz nach, dann machte sie sich auf den Weg zum Haus. Sie würde zusammen mit Doghall und Ian einen Plan für ihre Verteidigung machen müssen, und es blieb ihnen nicht mehr viel Zeit.

Kapitel 34

Es gab keine besseren Straßen in Heymar als den Schlammfluss der Meerblickstraße, keine nur selten befahrenen und mit Pflastersteinen ausgelegten Seitengassen, keine Gehsteige aus Holzbrettern, keine angenehmen Überraschungen, wo der Unrat plötzlich einem festen Straßenbett oder einem gemähten Rasen Platz machte. Die ganze Stadt schien von vornherein als eine Art Schweinesuhle angelegt zu sein, ohne einen Gedanken daran, dass Menschen vielleicht den Wunsch haben könnten, nicht mitten durch diesen Morast gehen zu müssen – oder überhaupt dazu imstande zu sein.

Ry, Yanth und Jaim waren von einem Ende des Hafens bis zum anderen durch den Unrat gewatet und hatten sich verschiedene Schiffe angesehen. Die meisten der Schiffe, die in der tiefen Bucht vor Anker lagen, waren auf den ersten Blick als Trampschiffe zu erkennen: Sie liefen jeden Hafen an, der ihnen Fracht für irgendeinen anderen Hafen überließ. Sie beförderten auch Siedler – Einwanderer aus dem überfüllten Zentral-Ibera, aus dem armen, erodierten Land an der Nordküste und aus dem Juwel der Zivilisation, dem Umland von Calimekka mit seinen schier endlosen Begierden. Auch Sklavenschiffe lagen im Hafen; sie brachten den Landbesitzern in den Neuen Territorien frische Arbeitskräfte. Allerdings landeten viele der weniger brauchbaren Sklaven auch in den neu erschlossenen Gebieten von Galweigia, Neu-Kaspera und der Sabirenischen Landenge, wo man sie zum Holzschlagen in den Wäldern und zum Abbau von Metallen und Edelsteinen einsetzte. Nur ein einziges Schiff war ein Diplomatenschiff – es fuhr unter der Flagge der Familie Masschanka und dem Banner von Brelst, dem wichtigsten Einflussgebiet der Masschankas. Die meisten vor Anker liegenden Schiffe sahen so aus, als seien sie den freundlichen Gewässern der Dalvianischen See nur mit knapper Not gewachsen; nur bei wenigen bestand die schwache Hoffnung, dass sie die anspruchsvolle Überquerung des Bregischen Meeres bewältigen könnten, wie die *Wanderfalke* sie geschafft hatte.

Aber am westlichen Ende des Hafens fanden die drei schließlich ein prächtiges Schiff Sabirscher Machart, eine dreimastige Schönheit, die erst kürzlich mit Grünerde und einem dunklen Azurblau gestrichen worden war, den kostbarsten Pigmenten überhaupt. Ferner war das Schiff mit funkelnden Messingbeschlägen versehen, mit Segeln, die für Rys erfahrenes Auge stark nach schwerer Seide aussahen, und mit einer frisch vergoldeten Galionsfigur – die im Übrigen einen Wanderfalken darstellte. Die Zierbemalung der Masten, der Kajüten und der Reling verriet, dass das Schiff für einige Zeit bei den Ko Patas in Varees gelegen haben musste. Die Ko Patas waren berühmt für ihre schönen Holzarbeiten. Merkwürdig war, dass die Sabirschen Schiffe traditionell keinerlei Bemalung aufwiesen, sondern nur mit der Schönheit der natürlichen Holzmaserung glänzten, die durch sorgfältige Politur herausgestrichen wurde. Das Schiff, das sie nun vor Augen hatten, war voller Widersprüche; es trug keine Namensglyphen und hatte keine Flagge gehisst, obwohl es mit dem Reichtum von Königen protzte. Und die Mannschaft mochte sich in Samt und Seide kleiden, aber sie setzte sich aus Menschen wie Narbigen zusammen, und die Seeleute trugen ihren kostbaren Staat nicht so, als seien sie in Reichtum geboren, sondern eher wie jemand, der plötzlich und mit nur geringer Vorbereitung zu Wohlstand gelangt war. Man hatte den Eindruck, als hätten sie sich von der ersten größeren Summe, die sie in die Hände bekamen, alles gekauft, was gut und teuer war, ohne auch nur einen Gedanken auf Eleganz oder Geschmack zu vergeuden.

Es standen zwar keine schimmernden, schneehaarigen Schönheiten an Deck, aber Ry zweifelte nicht daran, dass es sich bei dem Schiff um die *Wanderfalke* handelte und dass die Frau, die er im Gasthaus gesehen hatte, zu der Mannschaft dieses Schiffes gehörte.

Yanth schüttelte den Kopf. »Für mich sieht das Schiff aus wie eine Hure, die sich für die Arbeit zurechtgemacht hat«, bemerkte er.

»Ian hat erzählt, die Meuterer seien mit einem Frachtraum voller wertvoller Artefakte der Alten auf und davon gesegelt. Ich würde sagen, sie sind gut entlohnt worden für ihren Verrat.«

Jaim zeigte die Straße hinunter, weg von dem Schiff, und meinte: »Ich glaube, wir erregen einige Aufmerksamkeit. Am besten, wir tun so, als hätten wir anderswo gefunden, wonach wir suchen, und gehen langsam weiter.«

Ry würdigte die *Wanderfalke* keines Blickes mehr; er wusste jetzt, wo sie lag und wer sich an Bord befand. Zusammen mit seinen beiden Gefährten kehrte er in die Stadt zurück, in ihr Gasthaus und ihr verriegeltes Zimmer, wo das versprochene Bad auf sie wartete. Mehr noch: Es gab sogar sauberes, warmes Wasser dort.

Eine Frau kam auf sie zu. Ganz nach der Mode von Heymar, mit anderen Worten also ohne jede Eleganz, trug die Frau Gummistiefel, die ihr bis über die Knie reichten, eine eng anliegende Hose aus schwerer, selbst gesponnener Wolle und dazu einen formlosen Kapuzenumhang, der ihre Schultern, ihr Haar, ihre Kleidung und möglicherweise vorhandene Waffen verdeckte. Es war ein Zeugnis ihrer Schönheit, dass sie die hässliche Kleidung mit einer Haltung trug, die von Stolz und Kühnheit sprach. Sie lächelte und sagte: »Ihr seid Gäste im Großen Behagen, nicht wahr?« Ihr Akzent ließ an elegante Speisezimmer denken, an süße, leise gespielte Musik, an exquisite Seidenkleider und maßvolle Tanzabende, an gutes Essen, das auf silbernen Tabletts serviert und mit goldenen Messern geschnitten wurde. Die Fremde roch nach Jasmin und Moschus.

»Das ist richtig, wir sind zu Gast hier«, antwortete Ry, sorgsam darauf bedacht, auf keinen Fall argwöhnisch zu klingen. Mit einem höflichen Lächeln deutete er eine Verbeugung an.

»Dann seid ihr eingeladen, mit Kapitän Y'tallin von der *K'hbeth Rhu'ute* zu Tisch zu sitzen.« Diese fremdländischen Worte wurden mit großer Sorgfalt hervorgebracht; die Sprache des Kapitäns war offensichtlich nicht die Muttersprache der Frau.

»Ich kenne weder einen Kapitän Y'tallin noch ein Schiff namens *K'hbeth Rhu'ute*«, sagte Ry, »und obwohl ich mich durch die Großzügigkeit deines Kapitäns geehrt fühle, kann ich mir nicht vorstellen, warum er ausgerechnet mich so auszeichnet.«

In ihren Augen blitzte Erheiterung auf, die jedoch schnell wieder hinter gutem Benehmen verborgen wurde. »Ich bin die erste Konkubine des Kapitäns und habe als solche keine Kenntnis der Gründe für diese Einladung. Ich kann dir nur sagen, dass beim ersten Läuten von Dard vor der Tür des Großen Behagens eine Kutsche auf dich warten wird, solltest du beschließen, der Einladung Folge zu leisten. Und überdies hat der Kapitän mich beauftragt, dir ein Geschenk von ihm zu überreichen.« Sie drückte Ry ein kleines, geschnitztes Holzkästchen in die Hand; es war mit Vexierdraht und jener Art von Band umwickelt, wie sie die Fünf Familien in Mode gebracht hatten, und es würde eine ganze Zeit dauern, die Verpackung zu öffnen.

Ry nahm das Geschenk entgegen und verbeugte sich abermals vor der Frau. »Ich werde sehr wohlwollend über die Einladung deines Kapitäns nachdenken«, sagte er.

»Dann darf ich also hoffen, dich heute Abend zu sehen.« Sie schenkte ihm ein strahlendes Lächeln, und einen kurzen Augenblick lang öffnete sich ihr Umhang und enthüllte milchweiße Haut und feste, hohe Brüste, die nur notdürftig von einer hauchdünnen, durchsichtigen Seidenbluse bedeckt wurden. Zwischen ihren Brüsten baumelte ein dünnes Goldkettchen mit dem Wappen der Masschankas darauf. »Ich hoffe, noch viel mehr von dir zu sehen«, murmelte sie, aber so leise, dass nur er es hören konnte.

Der Umhang wurde wieder geschlossen, und die Frau wandte sich ab und stapfte davon; das glucksende Geräusch, das ihre Stiefel auf dem Boden machten, ruinierte die Aura von Rätselhaftigkeit und Abenteuer, die sie in den kurzen Augenblicken ihrer Begegnung mit Ry zu schaffen verstanden hatte.

Ry lachte leise.

»Was für ein hübsches Weibsbild!«, bemerkte Yanth. »Ich hätte nichts dagegen, sie in meinem Bett wiederzufinden.«

Jaim prustete leise. »*Mir* kam sie eher wie eine Frau vor, die für den richtigen Preis ihre eigene Großmutter zum Ehrengast bei einem Kannibalenfestmahl machen würde.«

Yanth blickte noch immer der Fremden nach, die in Richtung Hafen davonschlurfte. »Würde das nicht jede Konkubine tun? Ich habe lediglich festgestellt, dass sie einen süßen kleinen Leckerbissen abgeben würde, wenn man sie mir zwischen den Laken servierte, vorzugsweise roh.«

Jaim hatte für diese Bemerkung nur ein Kopfschütteln übrig und wandte sich nun an Ry. »Also, nehmen wir diese Einladung zum Abendessen an oder nicht?«

Ry musterte nachdenklich die Schachtel in seiner Hand. »Ich habe mich noch nicht entschieden. Lasst uns erst mal ins Gasthaus zurückkehren und sehen, was für eine Art von Geschenk der Kapitän uns hat zukommen lassen.«

Der Vexierdraht, der zwar sehr gefällig, aber dafür auch höllisch kompliziert gebunden war, offenbarte seine Geheimnisse nur langsam. Bevor Ry auch nur die Schachtel bloßlegte, fielen ihm drei weitere Geschenke in die Hände. Zuerst eine Perle von gewöhnlicher Größe und wunderschönem, leicht bläulichem Lüster. Dann ein kleiner durchscheinender weißer Stein, den irgendjemand mit außerordentlicher Geduld und zu viel freier Zeit in die Form eines winzigen und sehr fein gearbeiteten Obstbaums geschnitten hatte. Und schließlich eine Silbermünze, wie er sie noch nie im Leben gesehen hatte. Die Münze war nicht größer als die Spitze seines kleinen Fingers und wie der steinerne Baum exquisit gearbeitet. Auf der Vorderseite blickte eine Frau den Betrachter unter schweren Lidern an, und die vollen Lippen und das ovale Gesicht wirkten gleichzeitig verführerisch und königlich; auf der Rückseite war ein geflügelter Mann zu sehen, nackt und mit machtvollem Körperbau, der einen Langbogen und eine Art Flasche in Händen hielt. Der Rand der Münze war auf beiden Seiten mit Schriftzügen bedeckt, die jedoch so klein waren, dass man sie beinahe übersah, und selbst wenn die einzelnen Worte gut leserlich gewesen wären, so konnte Ry in den Schriftzeichen selbst jedoch nichts Vertrautes ausmachen.

Zusammen mit Yanth und Jaim besah er sich die drei winzigen Kostbarkeiten, dann zuckte er schließlich die Achseln. »Ich weiß nicht, was ich davon halten soll. Hat einer von euch irgendeinen Vorschlag?«

»Noch nicht«, antwortete Jaim.

Yanth war mutiger. »Der Kapitän möchte dir sagen, dass er ein Zwerg ist. Oder dass er nur sehr wenig Geld besitzt und gern einen Obstgarten am Meer hätte. Oder ... oder ...« Er grinste. »Mit anderen Worten, ich habe keine Ahnung.«

Das Schächtelchen selbst hatte keine sichtbaren Nähte; es war eine Art Geduldsspiel, wunderschön gearbeitet aus einem Dutzend verschiedener Hölzer und eingelegt mit geometrischen Mustern aus Elfenbein, winzigen, mit Blumen übersäten Reben aus Grünholz und Muschelstückchen. Die Schachtel allein hätte schon ein Geschenk sein können, aber sie klapperte vernehmlich, und was immer sie in sich barg, musste viel schwerer sein als Holz.

Ry wandte verschiedene Strategien an, um sie zu öffnen – er klopfte an die Ecken, versuchte, Paneele beiseite zu schieben, und drückte zu guter Letzt auf die Blumen in der Mitte. Dabei entdeckte er, dass sich jede Blume ein wenig hinunterdrücken ließ, aber wenn man auf eine der Blumen drückte, sprangen automatisch die anderen wieder heraus.

»Ich hole uns einen Ziegelstein«, meinte Yanth. »Dann schlagen wir das Ding einfach entzwei.«

Ry zog eine Augenbraue in die Höhe und sah seinen Freund an. »Nein. Ich werde sie schon noch aufbekommen.«

Er bearbeitete die Schachtel noch ein Weilchen, aber ohne Erfolg. Jaim, der ihm die ganze Zeit über die Schulter gesehen hatte, sagte schließlich: »Ich glaube, ich verstehe das Muster.«

»Ich will verdammt sein, wenn ich das auch von mir behaupten könnte.«

»Versuch mal, die Blumen in der Reihenfolge zu drücken, wie sie blühen.«

Ry starrte seinen Freund an. »In der Reihenfolge, wie sie *blühen*? Wie um alles in der Hölle soll ich das wissen?«

»Die Motive in der Mitte bilden allesamt gewöhnliche Gartenblumen ab, wie man sie in Calimekka findet.«

»Und du weißt ja, wie viel Zeit ich mit Gartenarbeit verbringe.«

Jaim streckte die Hand aus. »Darf ich?«

Ry überließ ihm die Schachtel ohne ein weiteres Wort.

»Seidenblume. Anfang des Frühjahrs«, sagte Jaim und drückte auf eine Blume in der Mitte einer der Flächen. Dann drehte er den Würfel um. »Nachtmärz – spätes Frühjahr. Dann das süße Teufelsherz – die erste Blume der Regenzeit, die ungefähr zwei Wochen lang blüht. Jetzt Climiptera, die man auch Janisrose nennt – sie blüht gleich nach dem süßen Teufelsherz und hält sich während der gesamten restlichen Regenzeit. Dann kommt der Derinderbolus – gleich zu Beginn der Trockenzeit.« Jaims Finger kam auf der letzten Blume zu liegen. Diesmal blieben die fünf anderen unten. »Die letzte ist der kühle Schlüpfling, der während des kühlsten und trockensten Teils des Jahres bei der ersten Morgendämmerung zu blühen beginnt.« Jaim gab Ry das Kästchen zurück. »Es ist dein Geschenk. Du solltest es öffnen.«

Ry seufzte. »Eines Tages musst du mir mal erzählen, woher du das alles weißt.« Er drückte auf die letzte Blume, und das Kästchen fiel in seiner Hand auseinander. Mitten zwischen den kleinen Holztäfelchen lag ein schwerer Ring aus dickem, massivem Gold, in den ein makelloser Cabochon-Saphir von der Größe eines Zaunkönigeis eingefasst war. In das Gold waren fantastische Formen eingeritzt worden – wieder die ineinander geschlungenen Reben wie außen auf der Schachtel und daneben Affen, Hirsche und Papageien, die hinter den Reben hervorlugten.

»Bei allen Göttern«, entfuhr es Yanth. »Mit diesem Ring könnte man sich eine Schiffspassage bis zum Ende der Welt und wieder zurück kaufen. Warum sollte der Kapitän dir so etwas schenken?«

Ry schüttelte den Kopf und schloss die Augen. Ein schwer fassbarer Geruch kitzelte sein Gedächtnis. Er hielt sich das Kästchen an die Nase und schnupperte. Verschiedene Hölzer, Leime und Harze, die Fingerspitzen der Person, die den Inhalt des Kästchens das letzte Mal berührt hatte – andere Hände als die, die das Kästchen selbst gehalten hatten. Er öffnete leicht den Mund und sog den Duft durch die Lippen ein, um ihn zu schmecken; dann benutzte er wieder seine Nase.

Schwach. Furchtbar schwach und überlagert von dem Holz, von den Harzen. Aber dennoch vorhanden.

Er leckte über das Holz, da wo der Geruch am stärksten war, und hoffte, etwas von dem zu schmecken, das ihm diesen rätselhaften Duft vielleicht erklären würde.

Als es ihm einfach nicht gelingen wollte, öffnete er die Augen und stellte fest, dass seine Freunde ihn mit geduldiger Neugier beobachteten. Schließlich waren sie mit seinen exzentrischen Gewohnheiten vertraut.

»Irgendwas gefunden?«, fragte Yanth.

»Nichts Klares. Der Duft kommt mir irgendwie bekannt vor, aber er ist so schwach, dass ich einfach keine Verbindung herstellen kann.«

»Bekannt. Meinst du, das bedeutet Schwierigkeiten?«

»Nun, das ist immer die sicherste Vermutung. Es würde mir helfen, wenn wir dahinter kämen, was das Geschenk bedeutet. Die Perle und der kleine Baum, die Münze und der Ring … bei allen Höllen, vielleicht sogar die Schachtel selbst – ich habe das Gefühl, dass sie irgendetwas bedeuten sollen und ich nur zu stumpfsinnig bin, um dahinter zu kommen.« Er sah Jaim an. »Du hast das Muster bei den Blumen erkannt. Siehst du hier vielleicht auch irgendeinen Sinn in dem Ganzen?«

Jaim seufzte. »Nun … vielleicht. Perlen standen schon immer für verschiedene Schichten. Wenn du die äußere Schicht einer Perle ablöst, erscheint darunter eine andere Perle, gleichermaßen vollkommen, aber kleiner. Und unter dieser Perle findest du wieder eine und wieder, bis du den Kern erreichst. Die Tatsache, dass die Perle blau ist ...« Er zuckte die Achseln und breitete die Hände aus. »Ich weiß nicht. Viele Menschen messen verschiedenen Juwelen und ihren Farben bestimmte Bedeutungen zu, aber ich habe mich nie viel um diese Dinge gekümmert. Ich habe keine Ahnung, was eine blaue Perle vielleicht bedeuten könnte.«

Ry sah zu Yanth hinüber, der leise auflachte. »Mich brauchst du gar nicht anzusehen. Wenn ich einen Edelstein kaufe, tue ich das nicht, um irgendeine dumme Botschaft zu übermitteln. Ich kaufe ihn, weil ich glaube, dass er mir gut stehen wird – oder dem Mädchen, dem ich ihn schenke.«

Ry wandte sich wieder zu Jaim um, der jetzt fortfuhr: »Der geschnitzte Obstbaum ... der steht für das Wappen der Sabirs, sofern wir davon ausgehen, dass unser freigiebiger Schenker etwas über dich weiß.«

»Im Wappen der Sabirs sind aber zwei Bäume, einer, der die Freunde der Sabirs mit guten Früchten versorgt, und einer, der ihren Feinden vergiftete Früchte zu essen gibt. Welchen von beiden Bäumen haben wir denn hier?«

»Geh am besten von Gift aus, solange nicht das Gegenteil erwiesen ist«, bemerkte Yanth.

Jaim nickte zustimmend. »Die Münze ... ich habe nicht die leiseste Ahnung, was die bedeuten soll. Vielleicht ist eins der Bilder darauf der eigentliche Sinn; vielleicht liegt ihre Bedeutung in dem Land, in dem sie geprägt wurde, oder in der Zeit ihrer Entstehung.« Er seufzte. »Die Schachtel und der Ring verwirren mich ebenso sehr. Sie scheinen zusammenzugehören, aber für sich allein betrachtet kann ich in ihnen keine Bedeutung entdecken, vielleicht einmal abgesehen davon, dass die Person, die dich zum Abendessen einlädt, reich genug ist, um solche Geschenke zu machen.«

»Vielleicht ist das tatsächlich die Lösung.« Ry stand auf, das Seidentuch noch immer in der Hand, während der Inhalt der

Schachtel und ihre einzelnen Bestandteile auf der dünnen Matratze seines Bettes lagen. »Aber nun weiß ich wirklich nicht mehr, was ich tun soll.«

»Ich finde, wir sollten hingehen«, sagte Yanth. »Und unsere Waffen mitnehmen.«

»Oh, ich wusste von Anfang an, dass ich hingehen würde. Meine Frage war, ob ich euch beide mitnehmen soll – was bedeutet, dass wir möglicherweise alle in die Falle gehen –, oder ob ich euch besser hier zurücklasse, damit ihr mich suchen kommt, falls etwas schief geht, obwohl ich weiß, dass ihr mich dann vielleicht gar nicht finden werdet. Ich bin mir nicht einmal sicher, ob sich die Einladung auch auf euch beide erstreckt.«

»Ein Grund mehr, uns mitzunehmen, falls du wirklich hingehst. Wenn diese Leute dich allein haben wollen, darfst du ihnen diese Chance gar nicht erst geben.«

Ry ging in ihrem Zimmer auf und ab. »Ich weiß nicht, was ich tun soll.«

In diesem Augenblick klopfte jemand an ihre Tür. Ry machte auf und sah sich Kelje gegenüber, Shrubbers Frau. »Euer Bad ist bereit«, sagte sie. »Aber ihr müsst euch beeilen – das Wasser ist jetzt zwar heiß genug, wird aber nicht lange heiß bleiben.« Sie lächelte scheu. »Ich habe euch einen Vorhang gespannt und einen Topf mit heißerem Wasser für jeden von euch bereitgestellt, wenn ihr ruft.«

Ry legte das Seidentuch aufs Bett. »Ich komme«, sagte er – das erste Bad in sauberem Wasser stand ihm zu, ein Vorrecht seines höheren Rangs. »Ihr bleibt hier, bis ich wieder da bin.«

Er nahm frische Wäsche zum Wechseln mit und zog sich in der Küche aus. Erst da bemerkte er, dass er nicht allein war. Aus der Speisekammer kam das leise Flüstern einer weiblichen Stimme. Er sah jedoch nicht hin, sondern reckte sich mit einem geheuchelten Gähnen und drehte sich, die Hände im Kreuz verschränkt, im Kreis, als habe er einen steifen Rücken. Als er dafür mit einigen bewundernden kleinen *Ohs* und *Ahs* belohnt wurde, erkannte er auch die Stimmen. Das Zimmermädchen und die Bedienung, die abends im Schankraum aushalf.

Er warf seine schmutzigen Kleider achtlos vor den Ofen, denn er hatte zuvor vereinbart, dass Keljes Dienstmagd sie für ihn waschen sollte; dann erst trat er hinter den Vorhang, der eine Ecke der Küche abteilte. Der Badezuber war recht groß, und Ry stellte zu seiner Freude fest, dass jemand ihn zuvor gereinigt hatte. Er hielt eine Hand ins Wasser, um die Temperatur zu testen – ein wenig zu heiß, aber das hatte ihn noch nie gestört. Schließlich ließ er sich in die Wanne gleiten und grinste, als er die Dienstmagd und das Schankmädchen in der Speisekammer neben der Küche tuscheln hörte.

»Er hat sehr schöne Schultern, findest du nicht auch?«

»Prächtige Beine.«

»Und seine Zähne! Ich habe sie gesehen, als er lächelte. Sie sind ganz weiß.«

Ry wusch sich langsam und hörte mit Genuss zu, wie die beiden Mädchen seine guten Eigenschaften auflisteten.

»Er sieht so stark aus. Und ich wüsste zu gern, wo er diese Narbe herhat.«

Er nahm den Krug, der neben der Wanne stand, füllte ihn mit Wasser, das er sich über den Kopf schüttete, und rieb sich das Haar dann mit der Seife ein, die Kelje ihm gegeben hatte. Als er sich abermals Wasser über den Kopf goss, verpasste er ein ganzes Stück von der Unterredung der beiden jungen Frauen. Nachdem seine Ohren wieder frei waren, hörte er eins der Mädchen sagen: »Wenn er nach dem Eimer mit frischem Wasser ruft, werde ich es ihm bringen.«

»Du ziehst dich aus?«

»Ich dachte, vielleicht hätte er gern etwas Gesellschaft bei seinem Bad.«

Ry erstarrte. Es machte ihm nichts aus, sich bewundern zu lassen, aber er wollte ganz entschieden *keine* Gesellschaft bei seinem Bad – aber wenn das Mädchen kam, ihm ihre nackten Reize darbot und er sie abwies, gab es, was ihre Reaktion betraf, nur zwei Möglichkeiten: Entweder würde sie ihn bezichtigen, es mit kleinen Jungen zu treiben, und ihm irgendwelche hässlichen Dinge in sein Bett legen oder unter sein Essen mischen, oder aber sie würde laut schreien und ihn einen Vergewaltiger schimpfen, und er würde sich ein neues Quartier suchen müssen. Natürlich nur unter der Annahme, dass die Einheimischen ihn nicht vorher aufknüpften – und das war eine sehr gewagte und gefährliche Annahme.

Also kein frisches Wasser mehr. Er fand, dass er sauber genug war.

Er stieg aus der Wanne, trocknete sich mit dem rauen Handtuch ab, das Kelje ihm hingelegt hatte, und stieg ohne Rücksicht auf seine äußere Erscheinung in seine Hose. Mit Schuhen, Socken oder Unterwäsche gab er sich gar nicht erst ab, und nachdem er seine Hose flüchtig zugebunden hatte, lief er aus der Küche und in sein Zimmer hinauf, wobei er hinter sich eine Andeutung gewisperter Enttäuschung hören konnte.

Yanth, der soeben den Mechanismus des geheimnisvollen Kästchens studiert hatte, blickte auf, sein Gesicht der Inbegriff der Überraschung. »Das war aber ein kurzes Bad, Ry. Das Wasser muss eiskalt gewesen sein.«

»Das Wasser war genau richtig. Mir gefiel bloß die Gesellschaft nicht.«

»Die … Gesellschaft?«

»Anscheinend habe ich für die Bäder zu viel bezahlt. Es scheint noch ein Mädchen im Preis inbegriffen zu sein.«

Yanths Miene hellte sich sichtlich auf. »Oh, erzähl!«

Ry berichtete über die beiden Mädchen, die sich in der Speisekammer versteckten.

»Und du bist nicht geblieben?«

»Welche der beiden hätte schon einem Vergleich mit Kait standgehalten?«

Yanth sah ihn mit sittenstrenger Miene an und sagte: »Nun, davon können wir nichts wissen, nicht wahr?«

Ganz gegen seine sonstige Gewohnheit musste Jaim lächeln. »Mir hat vom Aussehen her das Zimmermädchen besser gefallen«, erklärte er. »Ein hübsches kleines Ding, schöne Kurven, breite Hüften.«

Yanth sagte: »Was mich betrifft, ich würde sie beide nehmen.«

Ry sagte: »Dann könnt ihr unter euch ausmachen, wer von euch beiden zuerst runtergeht. Nur verausgabt euch nicht zu sehr im Wasser – wir wissen nicht, was uns heute Nacht noch alles blüht. Und achtet auf die Glocken – ich möchte nicht, dass wir in Eile sind, wenn wir aufbrechen.«

»Dann gehen wir also alle drei?«, fragte Jaim.

»Ja, ich denke schon. Was sie auch mit uns vorhaben mögen, wenn wir zusammen sind, haben wir allemal die besseren Chancen.«

Er zog sich seine Hose aus und kleidete sich von neuem an, diesmal mit größerer Sorgfalt. Er trug keine kostbare Kleidung – das hätte zu wenig zum Charakter des Mannes gepasst, der zu sein er vorgab –, aber seine Sachen waren sauber und nicht allzu abgetragen. Eine lederne Hose und ein hellgrünes Hemd aus weichem Leinen, darüber eine dunkelgrüne Lederweste und ein breitkrempiger grüner Filzhut, an dessen Band einige billige Schmuckstücke aus Kupfer befestigt waren.

Sobald er fertig angezogen war, setzte er sich mit den Geschenken, die er von der Konkubine bekommen hatte, hin und versuchte, auszuknobeln, welche Bedeutung sie möglicherweise haben konnten. Er hatte viel Zeit zum Nachdenken. Als Jaim und Yanth endlich zurückkamen, war mehr als eine Stunde verstrichen. Sie sahen beide sehr sauber, sehr satt und sehr selbstzufrieden aus.

Und Ry wusste genauso viel wie zu dem Zeitpunkt, als die Konkubine ihm die Geschenke überreicht und die Einladung ausgesprochen hatte.

Kapitel 35

Crispin und seine Männer drängten sich auf den Bänken des Fluggeräts. Ihre Waffen, die sie neben sich hatten, klirrten und klapperten, und ihre Rucksäcke türmten sich auf dem Boden übereinander. Sie saßen schweigend da, während die dröhnenden Motoren sie immer näher und näher an Haus Galweigh heranbrachten.

Crispin blickte auf die Stadt hinab, die unter ihm dahinglitt. Während des ganzen Flugs blinkten nur hier und da schwache Lichter durch die Rauchglocke über den Scheiterhaufen für die Toten. Was für ein Preis für die Zerstörung des Spiegels der Seelen – die halbe Stadt war tot, einschließlich der meisten Mitglieder seiner eigenen Familie, und wozu? Das Wissen war keineswegs ausgelöscht worden. Er, Crispin, konnte und würde einen neuen Spiegel bauen, sobald er seine Tochter zurückhatte. Er würde unsterblich sein. Er würde für den Rest der Ewigkeit als ein Gott durch Matrin schreiten.

Aber diese drei, Ry, seine Hure und Doghall, hatten ihm weit mehr angetan, als ihm nur seine Tochter zu stehlen. In der Sekunde, in der Ulwe in Sicherheit war, würden sie dafür zahlen.

»Wie weit ist es noch, Aouel?«, rief er.

Der Pilot drehte sich um und sagte: »Ihr könnt es durch mein Fenster sehen.«

Der Rauch, der die Täler erstickte, ließ Haus Galweigh vollkommen unberührt. Es hockte auf dem Berggipfel, als sitze es breitbeinig auf einer von weiß schäumender Gischt umtosten Insel. Im Haus selbst brannte nicht ein einziges Licht, aber Crispin wusste, dass seine Feinde sich dort versteckten. Der Spiegel war dort gestorben, die Magie war von dort aus explodiert, und seine Beute wartete dort auf ihn. In die Dunkelheit gekauert wie erschreckte kleine Kaninchen, deren Bau vom Wolf bestürmt wurde.

Er leckte sich die Lippen. Er konnte bereits den Tod seiner Feinde wittern, konnte ihr Blut auf seiner Zunge schmecken. Er allein trug keine Waffen bei sich, denn er würde seine eigene Waffe sein. Zuerst musste Ulwe in Sicherheit gebracht werden … und dann würde er es mit dem Karnee-Monstrum aufnehmen; er würde sein Blut kochen lassen und die Verwandlung umarmen. Er würde sich der Ekstase und dem Wahn des Tötens überlassen. Um Ulwes willen und um seiner selbst willen würde er den Tod jener, die ihm Unrecht getan hatten, bis zur Neige auskosten.

Der Pilot sagte: »Sagt den Männern, sie sollen an ihre Seile gehen. Sie werden nur eine einzige Chance haben, und wenn sie einen Fehler machen, werden sie gegen die Mauern krachen oder über die Klippen stürzen.«

Crispin nickte. Die Soldaten, die der Pilot eigens wegen ihrer ausgezeichneten Nachtsicht und ihrer speziellen Ausbildung für gefährliche Missionen wie diese ausgewählt hatte, glitten von ihren Sitzen, schoben sich durch die eigens zu diesem Zweck umgebaute Ausstiegsluke hinaus in die Nacht, zu den Ankerseilen, die zusammengerollt auf dem Außenumlauf lagen. Jeder der Männer trug dicke Lederhandschuhe, und auch die Hosen, Jacken und Stiefel der Soldaten waren aus schwerem Leder. Auf Aouels Zeichen hin wickelte sich jeder der Männer ein Seil um den Arm und sprang von dem Laufgang in die Tiefe, sodass die Seile sich im Fallen abwickelten.

Aouel wagte es, Crispin mit einem schnellen, harten Grinsen nachzusehen. Er hatte monatelang auf diese Nacht, auf diese

Chance hingearbeitet. Er hatte Loyalität geheuchelt, hatte den Kopf eingezogen und wie ein Maultier für Crispin geschuftet … und dafür gesorgt, dass die falschen Männer bei den Übungen unglückliche Unfälle erlitten und dass die richtigen Männer alles mit heiler Haut überstanden. Ein guter Pilot konnte so etwas deichseln.

Jetzt hing die Zukunft von der zahlenmäßigen Übermacht und vom Überraschungsmoment ab. Crispin hatte die Zahlen auf seiner Seite. Aber vielleicht … vielleicht … Aouel konnte die anderen immer noch überrumpeln.

Kait, Doghall und Ian beobachteten das Manöver aus dem Haupteingang des Erdgeschosses. Kait hatte das Fluggerät herannahen hören, noch bevor es über dem Meer aus Rauch aufgestiegen war wie ein Taucher, der nach Luft schnappt, aber als sie es dann tatsächlich sah, wurde ihr Mund trocken, und ihr Herz begann zu hämmern. Sie und ihre beiden Gefährten waren bereit – so bereit drei Menschen nur sein konnten, es mit einer Armee aufzunehmen, deren Größe und Schlagkraft sie nur ahnen konnten.

Crispin hatte seine Soldaten mit Schilden gegen Magie beschirmt, sodass Doghall sie nicht mit Zaubern attackieren konnte, selbst wenn er das vorgehabt hätte. Er sagte, er sei ganz sicher, dass die Toten des Hauses Galweigh die Lebenden immer noch verteidigen würden – aber sie bezogen ihre Kraft aus dem Fleisch, das ihnen geopfert wurde, und das einzige Fleisch, das sie seit langer Zeit bekommen hatten, war das Alaristas gewesen. Die Toten würden schwach sein. Doghall glaubte nicht, dass sie mehr tun konnten, als die Ankunft von Crispins Armee zu verzögern. Und vielleicht würden sie nicht einmal dazu imstande sein.

Das Luftgerät war mit summenden Motoren immer näher gekommen. Als es über dem Landefeld hing, stellte der Pilot die Motoren auf der einen Seite abrupt ab und drehte bei, sodass das

Fluggerät sich zwar immer noch dem Haus näherte, dabei aber rückwärts flog; der Pilot ließ die Motoren wieder an, und als der Flieger sein Gleichgewicht gefunden hatte und in der Luft zu stehen schien, wurden die Motoren wieder abgestellt – diesmal alle. In diesem kurzen Augenblick stürzten Dutzende von Männern aus dem Fluggerät heraus; wie Spinnenbabys, die aus dem Leib ihrer Mutter hervorbrechen, hingen sie an den Seilen.

Kait konnte kaum mehr atmen. »Ich kenne nur einen Piloten, der ein Fluggerät auf diese Weise bremst«, sagte sie. »Er hat versucht, es mir beizubringen, aber das Manöver ist sehr, sehr schwierig. Und er war einer der wenigen Piloten, die es wagen würden, bei Nacht zu fliegen.«

Ian und Doghall sahen sie erwartungsvoll an.

»Ich spreche von Aouel«, erklärte sie. »Meinem Freund.«

»Du meinst diesen stämmigen jungen Rophetianer, der uns aus Halles herausgebracht hat … und der mich und die anderen Gefangenen der Sabirs an dem Morgen nach unserer Gefangennahme aus unserem Gefängnis befreit hat … Ja. Ja. Ich erinnere mich gut an ihn«, sagte Doghall. »Ich habe ihn zur Rede gestellt, weil er dir Flugunterricht gegeben hat, glaube ich. Ich kann mir nicht vorstellen, dass er mich in allzu freundlicher Erinnerung behalten hat.« Doghall sah seine Nichte von der Seite an. »Die Frage ist, mit wie viel Freundlichkeit er an dich zurückdenkt.«

»Ich würde mein Leben in seine Hände legen.«

»Auch jetzt noch? Obwohl er die Soldaten herbringt, die dich in deinem Versteck aufspüren und töten wollen?«

»Ich würde ihm mein Leben anvertrauen«, wiederholte sie.

»Nun«, sagte Doghall nachdenklich, »ich nehme an, das ist ein gutes Zeichen. Wenn wir uns zu ihm durchschlagen können, wird er uns vielleicht von hier wegbringen. Denn ich fürchte, das ist unsere einzige Chance, diese Schlacht zu überleben. Ich kann vierzig Männer an den Seilen zählen, und im Fluggerät sitzen mit Sicherheit noch mehr als doppelt so viele. Ich denke, Crispin

Sabir will uns noch heute Nacht tot sehen, ganz gleich, wie hoch der Preis dafür wäre.«

Von ihrem Versteck hinter der verriegelten Tür aus beobachteten sie die Männer, die sich anmutig an ihren Seilen auf den Boden hinabließen und zu den Winden hinüberliefen. Binnen weniger Augenblicke hatten sie die Seile durch die Winden gefädelt und eingezogen, sodass das Fluggerät sicher auf dem Boden verankert werden konnte.

»Wirklich schön gemacht«, bemerkte Ian. Er zog sein Schwert aus der Scheide. »Die Männer, die dieses Schiff gelandet haben, sind mit die besten, die ich je gesehen habe. Es wird keine Schande sein, unter ihren Händen zu sterben.«

Doghall sagte: »Ein schwacher Trost. Als meine Knochen noch alt waren, sahen sie den Tod als einen Freund an, der in Bälde kommen würde, um sie zu holen und ihre Schmerzen zu vertreiben. Jetzt, da sie wieder jung sind, hüte ich mein Leben so eifersüchtig wie ein Mann seine neue Mätresse.«

»Dann schnapp dir deine Mätresse und halt sie gut fest«, erwiderte Kait leise. »Denn da kommen sie schon.«

Crispin ließ sich mitten in der Formation seiner Soldaten auf den Boden hinab. Er wollte sich Haus Galweigh in Menschengestalt nähern – er wollte, dass seine Tochter ihn als Mann sah, nicht als Tier. Er wollte, dass sie ihn liebte, dass sie in ihm ihren Retter sah. Sie sollte wissen, dass er all das nur für sie getan hatte, dass er dieses Risiko nur um ihretwillen auf sich nahm. Wenn es ans Töten ging, würde er wieder Karnee werden ... aber so sollte Ulwe ihn nicht sehen. Er würde sie vor der dunkleren Seite seines Wesens beschirmen. Sie würde sein Juwel sein, gehegt und beschützt, und wenn die Zeit reif war, würde sie zusammen mit ihm zu einer Göttin werden.

Seine Tochter, Fleisch von seinem Fleisch.

Er ging mit langen Schritten über den ungepflegten Rasen der

Landebahn auf das dunkle Haus zu, seine Offiziere neben sich, während die Soldaten um sie herum in alle Richtungen ausschwärmten.

Der Pilot wartete, wie er angewiesen worden war, neben dem Fluggerät auf dem Boden – als Sicherheit für Crispin, dass der Mann nicht an Bord seines Fliegers in Panik geriet, falls die Lage sich zuspitzen sollte, und die Streitmächte der Sabirs auf feindlichem Terrain im Stich ließ. Andererseits durfte der Pilot sich nicht zu weit von dem großen Fluggerät entfernen, um nicht im Notfall sofort hineinspringen und losfliegen zu können. Zudem hatte Crispin zwei Männer seiner persönlichen Wache bei dem Piloten zurückgelassen, eine weitere Garantie für dessen fortgesetzte Loyalität.

Aouel nahm seinen Platz neben der Rampe des Fluggeräts ein und wartete. Crispins Vertrauter, Guibeall, stand zu seiner Linken, und zu seiner Rechten hatte sich die Manerkanerin Ilari postiert – beide trugen ihre Loyalität zu Crispin wie Ehrentätowierungen vor sich her. Aouel konnte ebenso wenig etwas gegen die beiden ausrichten wie gegen das Aufgehen der Sonne. Und obwohl er beide persönlich mochte und ihre Aufrichtigkeit und ihren Mut bewunderte, kämpften sie doch auf der falschen Seite des Kriegs. Sie waren der Feind.

Zwei der Berufssoldaten waren bei ihnen zurückgeblieben; einer von ihnen flankierte Ilari, der andere Guibeall.

»Ich dachte, nur wir zwei sollten bei ihm bleiben«, sagte Ilari zu dem Mann neben ihr.

Die Soldatin, die ihr Antwort gab, hieß Hixcelie – auch sie war eine Schwertkämpferin aus Manarkas, tat aber nur gewöhnlichen Dienst in den Streitkräften der Familie Sabir. Jetzt sagte sie: »Parat Sabir hat uns erst im letzten Augenblick befohlen, die Wache zu verdoppeln. Er sagte, er könne etwas außerhalb des Grundstücks riechen – nicht, dass ich verstehen würde, was das heißen soll, er habe etwas *gerochen*. Aber er sagte, wir sollten jeder einen der vier Quadranten bewachen und uns bereithalten, und unter keinen Umständen dürfe dem Piloten etwas zustoßen.«

Crispins persönliche Leibwächter tauschten einen bedeutungsvollen Blick. Guibeall runzelte die Stirn. »Er sagte, er habe etwas gerochen?«

Tschulscoter, der andere Wachposten, meinte: »Genau das hat er gesagt. Habt ihr eine Ahnung, was das bedeuten kann?«

»Es bedeutet, dass wir die Augen offen halten sollen«, sagte Ilari. »Wenn er Schwierigkeiten riechen kann, dann gibt es Schwierigkeiten.«

Die vier Soldaten, die Aouel umstellten, blickten in verschiedene Himmelsrichtungen. Aouel lächelte.

Als die Truppe das Feld halb durchquert hatte, schrie einer der Soldaten auf und fiel zu Boden. Binnen eines Augenblicks lagen die Übrigen auf dem Bauch, und einer seiner Wächter hatte Aouel mit dem Gesicht nach unten in das hohe Gras gestoßen. Aouel stieß einen unwilligen Laut aus, aber sein Lächeln wurde breiter. In der Ferne konnte er weitere Schreie hören; neben sich hörte er ein Rascheln, dann zwei dumpfe Aufschläge und ein zweifaches leises Stöhnen.

Er hielt das Gesicht auf den Boden gedrückt und wartete auf das Zeichen. Alles schien plangemäß zu verlaufen, aber er konnte erst im letzten Moment sicher sein, ob er und seine Verbündeten Erfolg haben oder scheitern würden. Sie hatten den Vorteil, in der Überzahl zu sein und den Gegner zu überraschen, aber das allein war noch keine Garantie. Crispins Männer waren schlachterprobte Veteranen, die von ihm stets gut behandelt worden waren und es ihm mit aufrichtiger Loyalität dankten.

Aouel hörte das Geräusch von Klingen, die gekreuzt wurden, und die Schreie von Männern, die verletzt waren und vielleicht im Sterben lagen, und er betete, dass es keine von seinen Leuten waren. Er hoffte, dass niemand sterben würde, aber wenn es schon Tote geben musste, dann wenigstens nicht auf seiner Seite.

Die Kämpfe kamen zum Erliegen. Es gab kein Kratzen mehr von Metall auf Metall, kein Stöhnen, keine Flüche und kein lautes Stimmengewirr. Selbst die Schreie der Verwundeten waren schwächer geworden, wenn auch noch nicht vollends erstorben.

Und dann hörte er den Schlachtruf. *»Ebadloo tuoaneat?«* Es war die erste Zeile eines rophetianischen Seemannsliedes und bedeutete wörtlich übersetzt: »Ihr-die-ihr-dem-Meer-vermählt-seid, habt-ihr-euch-in-einem-Akt-der-ehelichen-Fortpflanzung-umarmt?« In diesem Moment hatten die Worte jedoch noch eine zweite und wichtigere Bedeutung, nämlich dass die Verschwörer die übrige Streitmacht überwältigt und Crispin gefangen genommen hatten.

Links und rechts von sich hörte Aouel ein erleichtertes Seufzen. Tschulscoter rief: *»Ooma, ama, Ooma, oora«,* die zweite Zeile des Liedes, die nur aus unsinnigen Silben bestand, um den Takt zu halten. Für die Verschwörer bedeuteten diese Worte, dass die Soldaten, die Aouel bewachten, keine Bedrohung mehr darstellten.

Jetzt erhoben sich aus dem hohen Gras die übrigen heimlichen Anhänger der Galweighs, die ihre Gefangenen gefesselt und geknebelt hatten. Crispin Sabir war in Eisen gelegt und mit einer Halsfessel unschädlich gemacht worden. Mit Mord in den Augen fluchte und wehrte er sich, und als er Aouel auf sich zukommen sah, stieß er hervor: »Dein Kopf wird der erste sein, den ich auf eine Lanze spieße. Du hast mein Geld genommen. Du hast den rophetianischen Neutralitätseid gebrochen.«

»Das habe ich nicht getan«, entgegnete Aouel leise. »Ich habe dein Geld genommen, weil mir gesagt wurde, dass man mich töten würde, falls ich es nicht tue. Nach rophetianischem Gesetz ist unser Eid nur dann bindend, wenn wir ihn freiwillig leisten –

wenn man uns gefangen nimmt und vor die Wahl stellt, den Eid zu leisten oder zu sterben, gestattet Tonn es uns, unser eigenes Leben zu retten. Ich kann mich vor dem Kapitänsrat als Kriegsgefangener verantworten – man wird mich weder bestrafen noch mir für meine Taten auch nur Vorwürfe machen.«

»Du wirst den Kapitänsrat nie zu sehen bekommen. Du wirst sterben, und zwar mit meinen Zähnen in der Kehle.«

»Vielleicht.« Aouel musterte ihn mit gelassenem Blick und sagte: »Aber du bist gefesselt, und ich bin frei. Du tätest besser daran, dich um deine eigene Kehle zu sorgen.« Er zuckte mit den Schultern und wandte sich an die Soldaten, die ihm bei dem Manöver geholfen hatten. »Habt ihr irgendwelche Zeichen aus dem Haus bekommen?«

»Noch nicht.«

Er nickte, legte seinen Dolch und seinen Gürtel ab und zog dann Hemd und Stiefel aus. Als er nur noch mit seiner Hose bekleidet dastand, sagte er: »In wenigen Sekunden werde ich entweder wieder bei euch oder tot sein. Wenn ich sterbe, tötet den Gefangenen und verlasst das Grundstück durch das Vordertor.«

Dann ging er auf das große Hauptportal von Haus Galweigh zu, und das Herz hämmerte ihm in der Brust. Es war nicht weiter schwer, die Worte zu sagen: »Ich werde entweder wieder bei euch sein oder tot«, aber es war bei weitem härter, sich in diesem Bewusstsein zu zwingen, seinen Weg fortzusetzen. Es war ihm nur allzu klar, dass ihm möglicherweise im nächsten Augenblick ein Pfeil in der Brust stecken konnte.

Er hob die Hände, zum Zeichen, dass er in Frieden kam. Er trug keine Waffen und hatte überhaupt nichts mehr am Leibe als eine Hose aus reinem Wolltuch und ein goldenes Medaillon Tonns, das ihm um den Hals hing.

Als Pilot in einer Vertrauensstellung hatte er die meisten der alten Codeworte und Signale der Galweighs gekannt. Er erinnerte sich zwar an sie, aber sie waren alt. Wenn Haus Galweigh neue

Codeworte und neue Wachen hatte, konnte er nur hoffen, dass irgendjemand dort war, der sich an die alten Losungsworte erinnerte. Oder dass ihn jemand erkannte und ihm glaubte, was er zu sagen hatte.

Kait, die neben Doghall und Ian vor einer der Schießscharten hockte, lauschte den langsam ersterbenden Kampfgeräuschen auf der Landebahn.

»Verrat in den eigenen Reihen«, bemerkte Doghall und brachte ein dünnes Lachen zustande. »Selbst wenn wir Pech haben und der Feind siegt, verringert sich doch die Zahl der Soldaten, mit denen wir es aufnehmen müssen.«

»Wir werden es bald erfahren, so oder so.«

Ian stand auf und hob seine Armbrust, und Kait hörte, dass er sich zu einer gleichmäßigen Atmung zwang. Sie blickte durch die schmale Öffnung in der Mauer vor ihr auf das verwilderte Feld hinab und sah, was Ians Aufmerksamkeit erregt hatte – ein Mann, der mit nichts als einer Hose bekleidet war und seine leeren Hände hoch über den Kopf hielt, während er auf sie zukam.

Ihre Augen waren besser als Ians – ihre Karnee-Sicht nahm Einzelheiten wahr, die Ians menschlichen Augen verborgen blieben. Im schwachen Licht der Sterne konnte sie die rophetianischen Zöpfe des Mannes sehen, das Amulett Tonns um seinen Hals, das runzlige Fleisch der alten Narbe, die quer über die linke Seite seiner Brust verlief.

Sie sagte: »Du kannst deine Waffe senken, Ian. Ich kenne den Mann.«

»Dass du jemanden kennst, heißt nicht, dass er dein Freund ist«, wandte Doghall ein. »Vincalis …«

Kait fiel ihm ins Wort. »Vincalis hat Aouel nicht gekannt. Ich kenne ihn. Wenn er zu uns kommt, dann tut er es als Freund.«

»Aouel?« Doghall schürzte die Lippen. »Ich bin geneigt, ihm zu vertrauen, zumindest als Unterhändler. Siehst du jemanden hinter ihm, der seine Waffen auf Aouel richtet und nicht auf uns?«

»Nein«, sagte Kait.

»Ich kann da draußen überhaupt niemanden sehen«, murmelte Ian. »Bis auf den Mann, der auf uns zukommt – und selbst den kann ich nur mit Mühe erkennen.«

Kait beobachtete, wie Ian seine Armbrust sinken ließ. »Ich beneide dich nicht um deine Augen.« Sie selbst hielt den Blick auf den Boden gerichtet und sagte: »Also, lassen wir ihn herein, oder gehen wir nach draußen, um mit ihm zu sprechen?«

»Ich bin dafür, dass wir uns durch die Schießscharte mit ihm unterhalten und dabei eine Armbrust auf seinen Bauch richten«, sagte Ian.

Doghall sagte: »Ich bin der gleichen Meinung wie Ian. Lasst uns hören, was er zu sagen hat, bevor wir irgendwelche Kompromisse schließen. Außerdem könnte ich Ulwe holen. Sie könnte seine Absichten lesen, während er näher kommt, und vielleicht würde sie auch erfahren, was die Soldaten auf der Landebahn denken.«

Kait nickte. »Hol sie.«

Ulwe, Alcie und Alcies Kinder versteckten sich in dem ersten Belagerungsraum hinter einem Geheimpaneel in der Mauer, gleich neben dem Hauptportal. Wahrscheinlich war das Versteck ursprünglich dazu gedacht gewesen, dass der Besitzer einen Zug seiner Soldaten dort postieren konnte, wenn er einmal seinen Besuchern nicht traute, aber die Galweighs, die sich ihrer eigenen Stärke immer so sicher gewesen waren, hatten den Raum nie auf diese Weise nutzen müssen. Für sie war das Versteck nur einer der vielen geheimen Räume gewesen, in denen sie Nahrungsmittel, Wasser, Waffen und andere notwendige Vorräte lagerten – und gleichzeitig war dies der erste von vielen Räumen gewesen, die die Sabirs bei ihrem Angriff geplündert hatten.

Doghall ging fort und kam gleich darauf zurück, das kleine Mädchen dicht hinter ihm. Ohne ein Wort zu sagen, ging Ulwe in die Hocke und schloss die Augen, und ihr Körper wurde steif, so sehr konzentrierte sie sich.

»Er hofft, dass ihr euch an die alten Losungsworte erinnert«, sagte sie leise, »denn er hatte keine Chance, die neuen in Erfahrung zu bringen. Er hat dieses … dieses Manöver geplant. Er hat meinen Vater überwältigt. Seine Leute haben *ihn* gefesselt und im hohen Gras versteckt, wo er von Soldaten umzingelt wird. Er ist sehr wütend.« Sie klang sehr traurig, als sie so von ihrem Vater sprach, der nun von den Männern gefangen gehalten wurde, von denen er geglaubt hatte, sie würden ihm helfen, seine Tochter zurückzubekommen. »Dein Freund will dir nichts Böses«, sagte sie zu Kait. »Er liebt dich noch immer – alles, was er für deine Familie tut, glaubt er zu deinem Andenken zu tun.«

»Zu meinem Andenken?«

»Er hält dich für tot.«

»Und er liebt dich auch, ja?«, sagte Ian mit einem Anflug von Bitterkeit in der Stimme.

»Er war nie mein Geliebter«, versicherte Kait ihm leise. »Er war nur ein Freund. Der Karnee-Fluch …«

»… garantiert dir einen unbegrenzten Nachschub an Männern, die offenkundig bereit sind, sich für dich in Schwertklingen zu stürzen und in ihren sicheren Tod zu gehen.« Ian hob die Armbrust an, zielte flüchtig auf Aouel, ließ die Waffe dann wieder sinken und seufzte. »Es tut mir Leid, Kait.«

»Ich verstehe dich. Und es tut mir auch Leid.« Ian hatte nach Rys Abreise keinen Versuch unternommen, ihre Liebesbeziehung wieder aufleben zu lassen. Bis zu diesem Augenblick hatte er nicht einmal auf diese Zeit angespielt, und Kait hatte gehofft, er habe seine Zuneigung zu ihr überwunden. Aber offensichtlich liebte er sie noch immer.

»Ich möchte meinen Vater sehen«, sagte Ulwe. »Wenn du deinem Freund die Tür öffnest, lass mich zu ihm gehen, damit ich mit ihm reden kann.«

»Das ist zu gefährlich«, sagte Doghall.

Das kleine Mädchen sah zu ihm auf. »Ich bin nicht dein Mündel, und du trägst nicht die Verantwortung für mich. Ich bin mit euch gekommen, weil ich es so gewollt habe. Jetzt habe ich mich dafür entschieden, zu meinem Vater zu gehen.«

»Ich möchte dir empfehlen, das auf später zu verschieben, wenn wir die Lage besser im Griff haben«, sagte Doghall, aber Kait wandte sich zu ihm um und legte ihm eine Hand auf die Schulter. »Lass sie mit ihm reden. Jetzt. Das Leben ist zu unsicher, um irgendetwas für später zu versprechen.« Dann wandte sie sich wieder der Schießscharte zu.

Doghall seufzte.

Aouel kam die Treppe hinauf und blieb auf der obersten Stufe stehen. »Ich bin hier, um euch zu sagen, dass eure Feinde in unsere Hände gefallen sind und dass wir sie besiegt haben, um euch unsere Dienste anzubieten«, erklärte er. »Ich biete euch zum Zeichen meiner guten Absichten mein eigenes Leben an und die Losungsworte ...«

Kait war bei seinem ersten Wort aufgestanden, um die Tür zu entriegeln. Jetzt öffnete sie sie und trat in Aouels Gesichtskreis, und eine Sekunde lang sah sie, wie in seinen Augen Hoffnung mit Ungläubigkeit rang. Dann verzog sein Gesicht sich zu einem breiten Lächeln, und er sagte: »Ah, Kait. Kait! Du lebst! Dafür schulde ich Tonn zwei weitere Existenzen.«

Kait spürte, wie Ulwe sich an ihr vorbeidrückte und die Treppe hinuntereilte, aber sie lachte nur und drückte Aouel herzlich an sich. »Mein alter Freund, ich schulde deinem Gott nun auch mindestens eine Existenz. Ich werde bestimmt als Rophetianerin wiedergeboren, denn ich habe ihm geschworen, dass ich ihm ein ganzes Leben widmen würde, wenn er mich nur mit heiler Haut aus diesem Fluggerät herausbrächte. Und ich habe oft an dich gedacht und gebetet, dass du in Sicherheit sein mögest. Wenn er auch dieses Gebet erhört hat, stehe ich tief in seiner Schuld.«

Sie trat einen Schritt zurück, und Doghall sagte: »Wir werden deine Hilfe brauchen, Aouel. Wie viele Soldaten hast du uns mitgebracht? Und wie viele Gefangene?«

Aouel beantwortete die Frage nicht, sondern musterte Doghall von Kopf bis Fuß. »Ich habe das unbestimmte Gefühl, Euch zu kennen.« Er runzelte die Stirn, und Kait hörte die Verwirrung in seiner Stimme. »Auf alle Fälle erinnert Ihr mich an jemanden, und Ihr kennt mich – aber ich schwöre, Parat, ich habe ein gutes Gedächtnis für Gesichter, und Eures habe ich noch nie gesehen.«

»Das ist Onkel Doghall«, sagte Kait. Sie wusste nicht, wie sie die plötzliche Jugend ihres Onkels in der gebotenen Kürze erklären sollte, und nahm schließlich Zuflucht zu einer vagen Bemerkung. »Er hat viel erlebt, seit du ihn das letzte Mal gesehen hast.«

Aouel zog eine Augenbraue hoch und lächelte über diese maßlose Untertreibung. »Das haben wir wohl alle. Ihr seid …« Er blickte zu Ian hinüber.

Wieder übernahm Kait die Vorstellung. »Ian Draclas, Kapitän der *Wanderfalke*.« Dann wandte sie sich an Ian: »Aouel fa Asloodke den Kalemeke Toar«, sagte sie unter Verwendung seines vollen rophetianischen Namens. *Aouel, Sohn des Asloodke, geboren in Calimekka, Flugkapitän mit vollem Patent.* »Der erste Kapitän der Galweighschen Luftflotte.«

Statt sich voreinander zu verbeugen, wie es zwei Landsleute normalerweise taten, nickten die beiden einander nur zu, Kapitäne unter sich. Die Anerkennung der Tatsache, dass sie in ihren eigenen Welten beide Könige waren und es ihnen daher erspart blieb, sich den Benimmregeln geringerer Männer zu unterwerfen.

Aouel wandte sich an Doghall. »Ich sehe jetzt, wer Ihr seid. Eines Tages würde ich liebend gern einmal hören, wie es möglich ist, dass diese letzten höllischen Jahre mit Euch so freundlich umgesprungen sind.« Er sah aus, als wollte er noch mehr in dieser Art bemerken, aber stattdessen hielt er kurz inne und fügte dann hinzu: »Sechzig der Männer rechne ich zu den Unseren. Sie haben achtzehn Gefangene gemacht. Drei davon sind Leutnants, einer ist Sergeant Hauptmann, und einer ist Crispin Sabir.« Bei diesen Worten zuckten seine Mundwinkel ein wenig. »Er dürfte über seine Gefangenschaft besonders unzufrieden sein.«

»In der Tat«, sagte Doghall. »Davon bin ich überzeugt.« Er schüttelte erstaunt den Kopf. »Ich hätte nicht gedacht, dass es in ganz Calimekka überhaupt noch sechzig Anhänger der Galweighs gibt.«

Aouel sagte: »Eure Annahme ist ganz korrekt. Einige dieser sechzig Leute haben sich von dem Gofter Zweig der Familie abgewandt, als er sich mit den Sabirs zusammentat. Einige sind aus den Territorien nach Hause gekommen und fanden hier eine vollkommen veränderte Welt vor. Wir haben eine ganze Weile gebraucht, um diese kleine Streitmacht zusammenzustellen, und wir haben auf eine Chance gewartet, uns den Galweighs zuzugesellen, obwohl wir nicht wussten, ob von den echten Galweighs überhaupt welche überlebt hatten. Als wir mit der Ausbildung für diese Mission begannen, ist einem der Leutnants herausgerutscht, dass wir das Haus Galweigh angreifen würden, bei Nacht … und plötzlich hatten die den Sabirs loyalen Soldaten beim Training unvorhersehbare Unfälle, verdarben sich beim Essen den Magen oder gerieten in ihrer dienstfreien Zeit in Schwierigkeiten. Es war alles sehr unauffällig.«

»Und jetzt haben wir mit einem Mal nicht nur eine kleine Armee zu unserer Verteidigung, sondern obendrein einige Geiseln, mit denen wir Handel treiben können«, sagte Kait.

Doghall sagte: »Weiß Crispin, wie viele von uns das Haus besetzt halten?« Dann schüttelte er den Kopf und beantwortete sich seine Frage selbst. »Wenn er das gewusst hätte, hätte er nicht eine solche Streitmacht benötigt.«

»Er wusste nicht, wen oder was Ihr hier drin versteckt habt. Er hat sich auf den schlimmstmöglichen Fall vorbereitet.«

Doghall nickte. »Dann wollen wir die Gefangenen jetzt hereinholen. Die Zellen unten im Kerker sind halbwegs sauber, und wenn Ihr Wachen aufstellt …«

»Ich kümmere mich darum. Wir haben diese Dinge mit der gleichen Sorgfalt geplant wie alles andere. Einen Augenblick.« Er trat in den Säulengang hinaus und stieß einen Pfiff aus. Der Kreis seiner Soldaten, die die Gefangenen in die Mitte genommen hatten, zog sich zu einer langen Reihe auseinander, wobei jeder der Gefangenen von insgesamt vier Soldaten umstellt war, zwei zu beiden Seiten, einen vor sich und einen im Rücken.

Kait beobachtete, wie die Formation langsam näher kam. »Du hast viele Frauen bei dir«, bemerkte sie.

»In der Stadt sind viele Menschen gestorben – Nahrung ist rar geworden und Geld praktisch wertlos. Die Unterhaltung einer Streitkraft wird von Tag zu Tag schwieriger. Die Leute, die bleiben, sind die, die sonst nirgendwohin können, und jetzt, da die Zeiten so hart geworden sind, hat sonst niemand für sie Verwendung.«

»Es gefällt mir nicht, sie ins Haus zu lassen«, machte Ian sich mit leiser Stimme bemerkbar. »Was ist, wenn unter den Leuten, die ihr für Anhänger der Galweighs haltet, Verräter sind? Was, wenn sie durch die Türen kommen, abermals die Seiten wechseln und wir feststellen müssen, dass wir uns dem Feind ausgeliefert haben?«

»Ich verbürge mich mit meinem Leben für alle, die sich mir angeschlossen haben«, sagte Aouel.

»Ulwe war auch der Meinung, dass sie auf unserer Seite sind«, rief Kait Ian ins Gedächtnis.

Trotzdem konnte sie sich eines gewissen Schauderns nicht erwehren, während sie beobachtete, wie diese Formation aus Soldaten und Gefangenen langsam näher kam; sie spürte, wie sich die Fäden des Schicksals spannten. Crispin Sabir, dachte sie, würde sich gewiss nicht stillschweigend ins Gefängnis führen lassen – und Crispin Sabir hatte Mittel und Wege, eine Menge Lärm zu schlagen.

Ulwe stand außerhalb des Rings der Soldaten. »Vater«, sagte sie leise. »Ich bin gekommen.«

Sie betrachtete den Mann, dieses wunderschöne Geschöpf, das ihr Vater war. Seine hageren Gesichtszüge und die hellen Augen hatten ihren Widerhall in Ulwes eigenem Gesicht gefunden – sie hätte niemals daran zweifeln können, dass er ihr Vater war. Als sie ihn so musterte, konnte sie kein äußeres Zeichen der Grausamkeit und Verderbtheit entdecken, die sie in ihm gespürt hatte. Wie leicht es wäre, ihn zu lieben. Wie leicht, ihm zu vertrauen. Wenn sie nur nicht hätte sehen können, was er in Wirklichkeit war, wäre sie mit Freuden seine Tochter gewesen.

Einen kurzen Augenblick lang verfluchte sie das Sieben-Affen-Volk, das sie gelehrt hatte, auf die Straße zu gehen und ihre Geschichten zu hören. Blind und taub für die Wahrheiten, die die Straße ihr zu erzählen hatte, hätte sie in seine Arme laufen und sagen können: *Papa, ich habe so lange gewartet.* Genauso hatte sie sich diese Begegnung während ihrer langen Reise übers Meer vorgestellt. Niemals hätte sie auch nur im Traum erwartet, ihren Vater in Ketten gefesselt zu sehen, und noch weniger hätte sie es für möglich gehalten, dass sie darüber erleichtert sein würde.

»Ulwe«, flüsterte er. »Meine wunderschöne Tochter. Mir war bisher nicht klar, dass du so groß geworden bist.« Sie sah, wie seine Augen sich mit ungeweinten Tränen füllten, sah, wie er schluckte und den Blick abwandte. »Du hast große Ähnlichkeit mit deiner Mutter. Auch sie war … sehr schön.«

»Ich hatte gehofft, dass wir uns unter besseren Umständen kennen lernen würden«, sagte sie, und es fiel ihr schwer, Worte zu finden, die gleichzeitig aufrichtig und freundlich waren.

Er erwiderte ihr Lächeln, und sein Lächeln war voller Selbstironie. »Ich scheine es bei der Planung unseres Wiedersehens etwas übertrieben zu haben.« Sein Blick flackerte über den Ring der Soldaten und dann hinunter zu den Metallfesseln um seine Hände, und er seufzte.

Die Soldaten beobachteten sie und Crispin. Ulwe hielt sich ein gutes Stück von ihnen entfernt, weil sie ihren Argwohn spürte – sie mochte noch ein Kind sein, aber sie stellte nichtsdestoweniger einen Unsicherheitsfaktor dar. Die Soldaten befürchteten, sie könnte ihren Vater irgendwie in Rage bringen oder versuchen, seine Wärter abzulenken, damit er fliehen konnte. Vielleicht würde sie aber auch plötzlich eine Waffe ziehen und sich auf den erstbesten Gegner stürzen, um Crispin selbst zu retten, ein Unterfangen, das zum Scheitern verurteilt gewesen wäre, aber dennoch zu Unannehmlichkeiten führen könnte. Um jeden Verdacht im Keim zu ersticken, blieb sie ganz still stehen und hielt ihre Hände so, dass jeder sie sehen konnte; außerdem sah sie nur ihren Vater an und sonst niemanden.

»Es tut mir Leid, dass ich nicht rechtzeitig gekommen bin«, sagte er. »Es tut mir Leid, dass ich nicht am Hafen war, als dein Schiff ankam. Es tut mir Leid, dass man dich als Geisel genommen hat und dass du um meinetwillen leiden musstest. Das war genau der Grund, warum ich dich weggeschickt habe.«

»Ich weiß«, sagte sie. »Ich ...« Es gab so viele Dinge, die sie ihm nicht erzählen konnte. So viele Dinge, die sie ihm nicht einmal anzudeuten wagte. Sie durfte ihn nicht wissen lassen, dass sie niemals eine Geisel gewesen war – dass sie freiwillig zu den Galweighs gegangen war, weil sie ihm, ihrem Vater, hatte ausweichen wollen. Also blickte sie betroffen zu Boden und sagte: »Ich bin gut behandelt worden. Ich werde immer noch gut behandelt. Und sie haben mir versprochen, dass sie dir nichts antun werden.«

Crispin lachte, und es war ein helles, fröhliches, echtes Lachen. »Wie gütig von ihnen, dir das zu versichern. Meine liebste Ulwe, vielleicht haben sie dich so lieb gewonnen, dass sie dir keine Angst machen oder dich bekümmern wollen.« Das Lachen war aus seinem Gesicht verschwunden, und an seine Stelle traten nun Schmerz und Bedauern. »Sie werden mich töten. Sie müssen es tun, denn sonst werde ich eine Möglichkeit finden, sie zu töten.«

»Sie glauben, du würdest ihnen ein gutes Lösegeld einbringen.«

»Dann sind sie im Irrtum. Niemand in Haus Sabir würde für mein Leben bezahlen. Nicht zu dieser Zeit. Nicht so, wie die Dinge jetzt liegen. Mein eigener Bruder würde sicher an dem Tag, da man ihm meinen Tod meldet, vor den Göttern tanzen.« Er lächelte verschlagen, und Ulwe bekam zum ersten Mal etwas von dem anderen Crispin zu sehen – dem Mann, der nicht ihr Vater war, sondern ein Mörder, ein Folterer, ein Mann, der Macht und Schmerz liebte. »Aber trotzdem, ich würde gern sehen, wie sie es versuchen. Die Verhandlungen würden ... zum Schreien komisch sein.«

»Ich werde nicht zulassen, dass sie dich töten.«

»Ulwe, *chepeete,* pass nur auf, dass sie nicht *dich* töten.«

Einer der anderen Gefangenen sagte: »Parat, ist die Kleine wirklich Eure Tochter?«

»Ruhe, Sergeant«, sagte einer der Wachtposten.

Ihr Vater musterte den Sergeant. Der Mann trug eine andere Uniform als die meisten der übrigen Soldaten. Er und vier der anderen Gefangenen trugen rein schwarze Kleidung statt mit Grün und Gold durchmischte Uniformen. Diese schwarzen Uniformen und der Blick in den Augen der Männer und der einen Frau, die diese Uniformen trugen, etwas Feierliches und tief Ernstes, erschreckte Ulwe so sehr, dass ihr Magen sich zusammenkrampfte. Sie wünschte, sie hätte es wagen können, die Fingerspitzen auf den Boden zu legen, um zu hören, was die Straße ihr zu sagen hatte – sie hätte gern gewusst, warum diese Soldaten so anders aussahen; sie hätte gern gewusst, warum sie die Einzigen unter den Gefangenen waren, in deren Augen kein Anflug von Furcht aufflackerte. Crispin beantwortete dem Mann seine Frage: »Sie ist meine wahre Tochter, meine erwählte Erbin.«

Einer der Wachsoldaten drehte sich zu Ulwe um und sagte, durchaus freundlich: »Geh jetzt wieder ins Haus, Kind. Hier draußen ist es zu gefährlich für dich.«

Ulwe nickte, obwohl sie eigentlich nicht gehen wollte. Es gab noch viele andere Dinge, über die sie gern mit ihrem Vater gesprochen hätte. Aber Kait würde ihr sicher erlauben, später noch einmal mit ihm zu reden, dachte sie. Kait hatte versprochen, dass sie ihn nicht töten würden, wenn es sich irgend vermeiden ließe – und ihr Vater war ganz friedlich. »Ich werde später noch einmal zu dir kommen, damit wir reden können«, sagte sie zu ihm. »Ich verspreche es.«

Ihr Vater schüttelte den Kopf. »Versäume nie eine Gelegenheit, Lebewohl zu sagen, Tochter. Das ist etwas, das ich gelernt habe, als ich noch jünger war als du jetzt – es gibt keine Garantie dafür, dass wir uns wiedersehen werden. Tu, was sie von dir wollen – flieh, wenn du kannst. Ganz gleich, was sie dir über mich erzählt haben, ganz gleich, wie viele Lügen dir zu Ohren gekommen sein mögen, vergiss niemals, dass ich zu dir gekommen bin, so schnell ich nur konnte.« Seine Stimme wurde sanfter. »Und wisse, dass ich dich liebe.«

Ulwe biss sich auf die Unterlippe. Sie hätte am liebsten geweint, und tatsächlich quollen ihr trotz heftigen Zwinkerns die Tränen aus den Augen und rollten ihr über die Wangen. Sie war der Grund dafür, warum man ihren Vater gefangen genommen hatte. Seine Ketten waren ihre Schuld. Und sie glaubte ihm, wenn er sagte, dass er sie liebe – er kannte sie nicht, aber er hatte in seinem Herzen einen Platz für die Person geschaffen, für die er sie hielt, und diese Person liebte er mit absoluter Aufrichtigkeit.

»Es tut mir Leid, dass das passiert ist, Papa«, sagte sie. »Ich bete, dass noch lange Jahre vor uns liegen, in denen wir einander kennen lernen können.«

Sie wandte sich ab und ging zurück zum Haus.

»Sage mir Lebewohl, Ulwe. Wenn du es nicht tust, wird vielleicht in deinem Leben eine Zeit kommen, da du das bedauerst.«

Sie wandte sich noch einmal um und sagte mit einem Kloß in der Kehle: »Lebe wohl, Papa.«

»Lebe wohl, Ulwe.«

Dann setzte sie sich abermals in Bewegung, kämpfte auf ihrem Weg zurück zum Haus weiter mit den Tränen und hasste sich für ihre Schwäche und ihre Kindlichkeit.

Der Mann, der als Friedensbringer zu Doghall, Kait und Ian gegangen war, trat auf die große steinerne Treppe hinaus und pfiff.

Die Wachen hinter Ulwe begannen, Befehle zu erteilen und Drohungen auszustoßen.

»Du da, auf die Beine mit dir!«

»Bleib stehen, oder ich ramme dir ein Schwert in den Leib!«

»Wir marschieren jetzt aufs Haus zu, und wenn einer von euch aus der Reihe heraustritt, stolpert, hustet oder mich auch nur falsch ansieht, wird er das Privileg haben, dafür zu sterben.«

Ulwe beschleunigte ihren Schritt – sie wollte der sich langsam heranwälzenden Marschkolonne nicht in den Weg kommen. Sie wollte nicht die Ursache dafür sein, dass irgendjemand zu Fall geriet oder stolperte; sie wollte nicht für den Tod eines Menschen verantwortlich sein, und sei es auch unbeabsichtigt. Schon hörte sie die ersten Schritte, das Stöhnen der Verwundeten, die von ihren Kameraden getragen wurden, und das Klappern leichter Fesseln; sie rannte die Treppe hinauf und ins Haus hinein, mit dem einen Gedanken, niemandem im Weg zu sein.

Aber als die Soldaten ihre Gefangenen die Treppe hinauf und ins Haus geleiteten, kam es innerhalb der Marschkolonne zu einem Aufruhr. Jemand schrie auf, und Ulwe hörte Schmerzenslaute, das Klirren von Ketten und dumpfe Aufschläge. Unter ihren Füßen hallte der kühle weiße Stein von Schmerzen in der unmittelbaren Nähe wider, und die Straße schrie vor Angst und Qual, schrie von plötzlichem Tod.

Ulwe sah die schwarz gekleideten Soldaten kämpfen, obwohl sie gefesselt und ihrer Waffen beraubt worden waren – sie benutzten stattdessen ihre Ketten. Die schwarz gekleidete Frau fiel zu Boden, mit einem Schwert in der Brust, und ihr rotes Blut erblühte auf dem weißen Stein wie eine Rose im Schnee, aber in ihren toten Armen hielt sie einen Mann in grünschwarzer Uniform gefangen, dessen Hals in einem unnatürlichen Winkel nach hinten gebogen war; sie hatte ihm ihre Fesseln um die Kehle geschlungen, und seine Augen starrten blicklos in das Reich jenseits der Welt. Zwei der Krieger standen Rücken an Rücken da, schwangen ihre Ketten mit einer für das Auge nicht mehr wahrnehmbaren Geschwindigkeit und traten gleichzeitig mit den Füßen nach jedem, der sich in ihre Nähe wagte. Mit ihren Fesseln fingen sie die Klingen ihrer Angreifer ab, und einen Augenblick lang glaubte Ulwe, sie würden Erfolg haben, aber ihre Gegner begriffen schnell, dass die größte Gefahr von diesen Ketten ausging, und griffen nun massiert an.

Und sie fielen, schreiend vor Schmerz und blutend, und ihre Schreie verwandelten sich in ein ächzendes Gurgeln, und auch sie starben.

Die Luft um Haus Galweigh herum wurde kalt. Sie schien die Geräusche des Kampfes zu verschlingen; sie blies die Fackel aus, die die Anhänger der Galweighs nach der Niederlage der Sabirs angezündet hatten, und tauchte die große Eingangshalle in Dunkelheit. Dann blinkten in der finsteren, luftlosen, Grauen erfüllten Halle schwache Lichter auf – blutrote Lichter, die anfangs so aussahen, als hätte jemand in den Leibern der Gefallenen Kerzen entzündet. Dann verwandelten sich diese Lichter in Feuer, die im Innern der Toten aufloderten, bis sie wie einzelne kleine Sonnen aussahen, die Fleisch, Knochen, Haare und Blut verzehrten und nur Kleidungsstücke zurückließen, an den Stellen, an denen die Krieger ihr Leben gelassen hatten.

»Ahh«, wisperte etwas in Ulwes Ohr, und sie hätte laut aufgeschrien, wenn es nicht an ihr vorbeigegangen wäre. Im nächsten Augenblick erstarrte sie und wagte es nicht, einen Laut von sich zu geben oder einen Muskel zu bewegen, aus Angst, dass dieses unheimliche Etwas kehrtmachen und auch sie verschlingen würde, so wie es die Leichen verschlungen hatte.

»Ahh.« Sie hörte wieder dieses leise Wispern, und es war ein Laut, der nicht ihrer Welt angehörte; stattdessen gemahnte er an das Beinhaus, an den Scheiterhaufen, an Grabhügel und kalte, dunkle Gruften.

Unendlich langsam, so langsam, dass sie ihre eigenen Bewegungen kaum selbst spürte, ließ Ulwe sich auf die Knie nieder. Sie breitete die Fingerspitzen auf dem glatt geschliffenen Stein aus, schloss die Augen und suchte die Stimme der Straße.

Und hörte die hungrigen Gedanken ungezählter Toter, die sich gegen die Lebenden erhoben, die Ausschau hielten nach jenen, die sie ihre Feinde nannten, und mit ihnen rangen und sie hoch in die Luft hoben. Sie verzehrten sich nach dem Fleisch ihrer lebenden Feinde und nach ihrem Blut, aber es waren ihnen magische Fesseln auferlegt – sie durften niemandem schaden; sie durften weder verstümmeln noch töten, sie durften nur nehmen, was bereits tot war.

Ulwe hatte nur einen Augenblick Zeit, um sich zu entscheiden, nur einen Augenblick, um zu handeln. Sie sprang auf und rannte zu ihrem Vater zurück. »Ich liebe dich«, hatte er gesagt, und sie hatte die Wahrheit seiner Worte gespürt. »Papa!«, rief sie und warf sich in seine gefesselten Arme, ungeachtet der Geister der Toten, die ihn umstellt hatten. Sie klammerte sich an ihn, und er klammerte sich an sie, während die Geister mit eisigen Fingern versuchten, sie auseinander zu reißen – und als die Toten sie beide in die Luft hoben, hielten sie einander nur umso fester umfangen.

Wispernd, zischelnd und begierig nach einem Weg, den Eid zu brechen, an den sie gefesselt waren, stahlen sich die Geister des Hauses Galweigh mit ihren Gefangenen davon – fort vom Haus, quer über den überwucherten Rasen, über die Mauern hinweg und auf die Straße, die hinter Haus Galweigh lag, wo Doghalls Zauber nicht mehr wirksam war. Dort setzten die Geister ihre Beute ab und zogen sich dann zurück.

Ulwe öffnete die Augen.

Sie und ihr Vater lagen auf dem Waldboden. Die Erde unter ihrer Hand sprach bebend von nahem Tod. Die schützende Mauer von Haus Galweigh lag westlich von ihnen; das große Tor, das sie bisher geschützt hatte, hatte sich vor ihnen geschlossen.

Kapitel 36

Direkt nach dem ersten Läuten von Dard kamen, wie versprochen, die Sänften für Ry, Jaim und Yanth – drei elegante, offene Tragstühle mit ausklappbaren Schlammrampen, getragen von jeweils sechs muskulösen Einheimischen, ein Umstand, der gleichzeitig Antwort auf die Frage gab, ob Rys Gefährten ebenfalls zum Essen erwartet wurden oder nicht. Ry hatte die Sänften schon zuvor auf den Straßen gesehen und wusste, dass man sie mieten konnte, aber in seiner Verkleidung als armer Mann aus dem einfachen Volk hielt er es für das Beste, zu Fuß durch den Schlamm zu gehen. Jetzt stieg er voller Dankbarkeit in die Sänfte; was für eine Wohltat, sich tragen zu lassen, statt sich mühsam selbst durch den Morast zu quälen.

Er und seine beiden Leutnants wurden zur Bucht hinuntergebracht, wo an einer der kleinen Anlegestellen ein schönes, in leuchtenden Blau- und Rottönen gestrichenes Beiboot lag. Die Männer, die darauf warteten, sie zu ihrer Abendeinladung zu fahren, waren samt und sonders Menschen, aber dem Holz und den Rudern haftete der starke Reptilgeruch der Keshi-Narbigen an. Ry fragte sich, ob es wirklich nur Zufall war, dass ihr Empfangskomitee nur aus echten Menschen bestand oder vielleicht ein Versuch, die Anwesenheit der Keshi vor ihnen zu verbergen. Er saß mit Yanth und Jaim schweigend auf der Mittelbank des Bootes, mit acht Ruderern hinter ihnen und acht vor ihnen, zwei an jedem Riemen.

Wie erwartet, fuhren sie zu dem Schiff hinüber, in dem er einige Stunden zuvor die *Wanderfalke* erkannt hatte. Noch einmal rief er sich ins Gedächtnis, dass er diesen Namen unter keinen Umständen erwähnen durfte. Er hatte mit Yanth und Jaim ihre verschiedenen Möglichkeiten erörtert und sich für eine entschieden, die ihren eigenen Interessen am meisten dienen würde: Sie würden so tun, als hätten sie von der wahren Identität des Schiffes keine Ahnung, zumindest bis sie herausgefunden hatten, warum der Kapitän sie sprechen wollte.

Nachdem sie die Jakobsleiter hinaufgestiegen und an Deck geklettert waren, wurden sie dort von einer schlanken, dunkelhaarigen Frau begrüßt. Sie verbeugte sich tief, nach Art derer von Wilhene, und sagte: »*Salanota.* Ich bin Katanapalita, eure Dienerin für heute Abend.« Sie sprach mit einem schweren Akzent, den man deutlich Wilhene zuordnen konnte. »Wenn ihr irgendetwas benötigt, braucht ihr nur zu fragen – ich werde tun, was ich kann.«

Ry musterte sie eingehend. Im Gegensatz zu der Konkubine des Kapitäns hatte sie ihren Worten keinen zweideutigen Unterton gegeben. Ry erwiderte ihre Verbeugung und antwortete auf Tagata, dem in Wilhene vorherrschenden Dialekt. »Unsere Bedürfnisse werden gering sein und unsere Dankbarkeit reichlich.«

Ihre Miene hellte sich auf, und sie antwortete ihm in ihrer Muttersprache. »Ihr sprecht Tagata? Es ist so lange her, dass ich es zum letzten Mal gehört habe.«

Jaim verbeugte sich und erklärte, ebenfalls im Dialekt von Wilhene: »Meine Freunde und ich haben früher einmal einige Zeit in eurer schönen Stadt verbracht. Wir waren dort, als die Kirschen in voller Blüte standen und die Straßen rosa waren von ihren zarten Blättern. Es war ein liebreizender Anblick.« Sein Tagata war auf alle Fälle besser als das von Ry.

Die Frau lächelte breit. »Ich glaube, es gibt keine schönere Stadt als Wilhene, und jetzt, da ich so viel von der Welt gesehen habe, bin ich dessen sogar gewiss.« Ihr Lächeln wurde sehnsüchtig. »Ich hatte ein kleines Haus in der Nähe des Tempels des Großen Frühlingserwachens – durch das Fenster an der Hinterfront meines Hauses konnte ich den Wasserfall hören und die Priesterinnen beobachten, wenn sie die heiligen Gärten pflegten.«

Ry fragte nicht, warum sie nicht zurückkehrte – Menschen, die sich ihr Leben auf See verdienten, taten das oft deshalb nicht, weil etwas in ihrer Vergangenheit sie vom festen Land vertrieben hatte. Nur wenige ließen sich gern an das erinnern, was sie zurückgelassen hatten. Also sagte er stattdessen: »Ich hoffe, dass Euch solche Freuden eines Tages wieder vergönnt sein werden, falls das Euer Wunsch ist.«

Ihr Lächeln war voller Dankbarkeit. »Ich führe Euch jetzt in den Speisesaal des Kapitäns. Sie erwartet Euch bereits.«

Die drei Männer tauschten einen überraschten Blick. Sie?

Katanapalita hatte ihnen jedoch den Rücken zugewandt und sah deshalb ihre Reaktion nicht. Sie führte sie über das gebleichte, steinpolierte Deck und eine Gangway hinunter. Ry fielen etliche kleine Stellen an dem Schiff auf, wo das Holz Anzeichen vergangener Reparaturen erkennen ließ; hier mischten sich offensichtlich neue Dinge mit sehr viel älteren. Das Schiff war erst kürzlich überholt worden, und zwar von sehr tüchtigen Schiffsbauern, aber Ry entdeckte auch einige Stellen, wo gepfuscht worden war, und die meisten der Veränderungen waren kosmetischer Natur, wie er mühelos erkennen konnte.

Katanapalita führte sie zu einer dick vergoldeten Tür, in die fantastische Tiere eingeschnitzt waren. »Ihr müsst eure Stiefel draußen lassen«, sagte sie. Ry bemerkte ein in die Wand eingebautes Schuhregal, das offensichtlich in jüngster Zeit häufig benutzt worden war – dieses Regal hatte man also nicht eigens für ihn und seine beiden Gefährten geschaffen. Er nickte, zog seine Stiefel aus und schob sie in eine der dafür vorgesehenen Vertiefungen. Jaim und Yanth folgten seinem Beispiel mit einem winzigen, kaum wahrnehmbaren Zögern. Als sie alle drei auf Strümpfen dastanden, führte Katanapalita sie in eine Kapitänsmesse, wie Ry sie noch nie gesehen hatte. Der fest im Boden verankerte Tisch mit dem traditionellen hohen Rand, der dafür sorgte, dass die Teller bei starkem Seegang nicht herunterrutschten, hätte ohne weiteres in jedem der vornehmen Häuser Calimekkas stehen können. Das Holz, das mit Hand poliert war und einen wunderschönen Glanz aufwies, war mit den gleichen kostbaren und raffinierten Einlegearbeiten versehen wie das Geschenkkästchen, das Ry vor einigen Stunden bekommen hatte – winzige, kompliziert angeordnete Blätter und Blüten umrandeten das Bild eines Dorfs tief in den Bergen. Bei jedem Blatt eines jeden Baumes konnte man die Nerven und die Ränder genau erkennen, jede der winzigen Personen auf den eingelegten Straßen hatte einen anderen Gesichtsausdruck und eine bis in die Einzelheiten ausgearbeitete Bekleidung, und eine jede verrichtete eine andere Aufgabe. Das fließende weiße Haar dieser winzigen Figuren war aus Elfenbein gemacht, ihre durchscheinende Haut aus Perlmutt – es waren keine menschlichen Wesen, die dort abgebildet waren, sondern Narbige von der Art, wie Ry sie am Mittag mit den Keshi am Tisch hatte sitzen sehen.

Die Tischfläche selbst war das Meisterwerk eines genialen Künstlers – Ry fragte sich, wie der Kapitän es über sich brachte, einen Teller darauf zu stellen.

Der Tisch war keineswegs das Einzige im Raum, was dem Betrachter ins Auge stechen musste. An den Wänden wechselten sich Stoffbahnen aus goldfarbener Rohseide mit solchen aus dickem, schwarzem Samt ab, und der Boden wurde von einem Plüschteppich bedeckt, der erstaunlich weich war und ebenfalls ein kompliziertes Muster aufwies – ein schwarzes Labyrinth vor goldenem Hintergrund, abgesetzt mit roten Akzenten, sodass das Ganze perfekt mit den Wandbehängen aus Samt und Seide harmonierte. Der Kronleuchter an der Decke bestand unverkennbar aus massivem Gold, wobei das Licht selbst nach Art der Alten hervorgebracht wurde – eine Kältelampe, die jede Verwendung von offenem Feuer in diesem winzigen Spiegel der Pracht von Palästen unnötig machte. Die Decke aus hellem Zypressenholz war von Hand gewachst worden und ließ den Raum zum einen größer, zum anderen gedämpfter erscheinen. Und um dem Ganzen das i-Tüpfelchen aufzusetzen, standen an den Wänden mit elfenbeinfarbener Seide bespannte Liegesofas, wie man sie in Strithia kannte.

Opulenz. Dekadenz. Macht. All das verriet dieser Raum – und obendrein, ging es Ry durch den Kopf, verriet er einen guten Geschmack, etwas, das ihm bei der übrigen Ausstaffierung des Schiffes nicht aufgefallen war.

»Bitte, nehmt doch Platz«, sagte Katanapalita, die nach wie vor Tagata sprach. Ry bemerkte, dass auch sie die Schuhe ausgezogen hatte und nun stattdessen zierliche Satinpantoffeln trug. Nachdem sie jedem der drei Besucher ein Paar Pantoffeln aus weichem, schwarzem Hirschleder gegeben hatte, verbeugte sie sich und zog sich zurück. »Ich werde dem Kapitän eure Ankunft melden. Und falls ihr, während ihr wartet, irgendetwas benötigt, zögert nicht, darum zu bitten.«

»Wir freuen uns darauf, euren Kapitän kennen lernen zu dürfen«, sagte Ry und nahm auf einem der Sofas Platz.

Katanapalita verließ mit einer letzten Verbeugung den Raum und zog die Tür hinter sich zu.

»Sie hat uns nicht aufgefordert, unsere Schwerter draußen abzugeben«, meinte Jaim.

Yanth prustete leise. »Oder sie festzuzurren.«

»Ich fand sie recht charmant.«

»Ein bisschen zu alt für meinen Geschmack.« Yanth zuckte mit den Schultern. »Aber tatsächlich ganz hübsch, und an euch hat sie ja ganz offensichtlich einen Narren gefressen – ihr und euer Wilhene-Kauderwelsch!«

Jaim sah Yanth verärgert an. »Muss denn jede Frau, die dir unter die Augen kommt, zuerst auf die Frage hin geprüft werden, ob du sie in deinem Bett haben möchtest oder nicht, bevor du dir ein Urteil über ihre anderen Qualitäten bilden kannst?«

»Welche anderen Qualitäten braucht eine Frau denn schon?« Yanth fuhr mit dem Finger über den Tisch und zog eine Augenbraue hoch. »Das ist doch bei dir auch immer der erste Gedanke, Jaim – du hast bloß so viele Jahre damit verbracht, diese Tatsache vor dir selbst zu verbergen, dass es dir gar nicht mehr auffällt.«

»Und jetzt weißt du, was ich denke.«

»Ich weiß, was jeder Mann denkt.« Er zeigte mit dem Daumen auf Ry. »Er wird es dir erklären. Du bist nicht einen Deut besser als wir anderen, nur weil du so tust, als seist du eine besonders vornehme und kultivierte Ausnahme von der Regel. Du machst dich damit nur zum Narren. Habe ich nicht Recht, Ry?«

Ry sah sich in der Kapitänsmesse um und hörte nur mit halbem Ohr dieser jüngsten Wiederbelebung ihres ältesten Streitpunktes zu. Da seine nächste Verwandlung unausweichlich näher kam, waren seine Sinne so geschärft, dass es beinahe schmerzte, und er konnte die frische Luft riechen und auf seiner Haut spüren, obwohl die Tür geschlossen war, aber von seinem Platz aus vermochte er nicht zu entdecken, woher dieser frische Luftzug stammte. Außerdem argwöhnte er, dass sie beobachtet wurden; er verspürte jene Art von Anspannung, bei der sich die feinen Härchen in seinem Nacken und auf seinen Armen aufzustellen pflegten, obwohl er nichts hören konnte, das ihn auf das Versteck eines möglichen Beobachters aufmerksam gemacht hätte.

Er stand auf, stellte sich vor den Tisch hin und sagte: »Ich nehme an, es ist das Erste, woran die meisten Männer denken. Ich kann nicht behaupten, dass das für alle gilt.« Er sah keinen seiner beiden Freunde direkt an, konnte sie aber aus den Augenwinkeln klar erkennen. Sie hatten auf den beiden anderen Sofas Platz genommen; Yanth lümmelte sich auf dem seinen, den Kopf zurückgelehnt, einen Fuß aufs Polster gelegt, während der andere zu Boden hing. Er schien absolut entspannt zu sein, aber seine rechte Hand lag in der Nähe seines Schwertknaufs, und Ry hatte schon früher miterlebt, wie er sich aus einer ähnlichen Haltung mit einem einzigen Sprung ins Kampfgetümmel stürzte. Jaim, der auf dem dritten Sofa saß, hatte dagegen beide Füße auf dem Boden, die Hände auf dem Schoß und den Rücken durchgedrückt. Er spielte die Rolle des Bauerntölpels, der sich fehl am Platze fühlte, geradezu perfekt, was genauso eine Pose war wie Yanths Lässigkeit.

»Aber es ist nicht das Erste, woran du denkst?«

»Natürlich nicht.«

»Da hast du es!«

Ry fuhr mit der Hand über den Tisch und sagte: »Das ist wirklich eine wunderschöne Arbeit«, ohne dabei seine Suche nach der Quelle der frischen Luft aufzugeben.

Ja. Die hintere Wand, und zwar die mittlere Stoffbahn aus

Samt. Er blickte nicht direkt in diese Richtung, aber er hätte sein Leben dafür verwettet, dass hinter dieser Stoffbahn keine hölzerne Wand lag. Vielleicht verdeckte der Samt eine Tür, durch die bewaffnete Kämpfer in die Kapitänsmesse eindringen konnten, oder vielleicht befand sich dahinter zumindest eine Nische, in die sich ein einzelner Spion vom Deck aus hinunterlassen konnte.

Ry konnte keinen Geruch wahrnehmen, der darauf schließen ließe, dass sich ein solcher Spion bereits dort versteckt hielt, und er hörte auch keine verdächtigen Geräusche. Aber seine Sinne mochten zwar ungeheuer scharf sein, waren jedoch keineswegs vollkommen. Und die Gänsehaut in seinem Nacken ließ ihn argwöhnen, dass er und seine Männer tatsächlich beobachtet wurden.

Aus dem ihnen bekannten Korridor erklang jetzt ein Chor winziger klimpernder Glocken und der leichte Schritt mehrerer Personen.

Die Tür wurde geöffnet, und die drei Männer in der Messe erhoben sich und wandten sich dem Eingang zu.

Katanapalita trat als Erste ein und verbeugte sich abermals vor ihnen. Dann trat sie zur Seite und sagte: »Ich habe die Ehre, Euch Kapitän Rrru-eeth Y'tallin vorzustellen, Prinzessin der Jerrpu aus Tarrajanta-Kevalta, und ihre erste Konkubine, Greten Kastawoehr.«

Ry erwiderte ihre Verbeugung und sagte: »Ich bin Ry dem Arin, und dies hier sind meine Freunde und Gefährten, Jaim dem Naore und Yanth dem Fanthard.«

Die mit großer Pracht ausstaffierte Prinzessin – der Kapitän – trug eine maßgeschneiderte Tunika aus roter Seide und eine dazu passende Hose sowie wadenhohe schwarze Stiefel mit Wildledersohlen. Sie war das Geschöpf mit der seltsam schimmernden Haut, das Ry und seine Freunde beim Mittagessen im Gasthaus mit den Menschen und den Keshi-Narbigen gesehen hatten. Jetzt lächelte sie und sagte: »Sonderraner dem Namen nach, mit calimekkanischem Akzent und den Gesichtern und dem Gehabe, wie man es nur bei denen findet, die aus einer der Großen Familien kommen. Welch ungewöhnliche Vögel seid ihr doch, dass ihr in mein Nest geflogen kommt. Ich darf doch davon ausgehen, dass Greten dir mein Geschenk übergeben hat?«

Greten verbeugte sich und sah Ry direkt in die Augen, mit einer Miene, die gleichzeitig Herausforderung und Verführung war. Die Glocken, die an den Saum ihres fast durchsichtigen Seidenkleides genäht waren, klimperten leise.

Ry sah zwischen dem Kapitän und der Konkubine hin und her und streckte dann ohne ein Wort die rechte Hand aus – der Ring schmückte seinen Zeigefinger.

Rrru-eeth lächelte breit und enthüllte dabei kleine spitze Zähne von makellosem Weiß. »Und die anderen Geschenke?«

»Auch die habe ich bekommen, obwohl ich nicht die leiseste Ahnung habe, was sie bedeuten.« Er streckte die linke Hand aus und hielt ihr die Perle, den Baum, die Münze und das kleine Schächtelchen hin. »Ich bedanke mich – Eure Gaben sind exquisit – und sie wurden mir auf exquisite Weise überreicht.« Er verbeugte sich leicht nach Art der Calimekkaner und schenkte sowohl Rrru-eeth als auch ihrer Konkubine Greten ein warmes Lächeln.

Aus Rrru-eeths Gesicht wurde er jedoch nicht schlau – ihre Gestalt war fast menschlich, aber das Mienenspiel der Frau sprach eine andere Sprache. Was ihren Geruch betraf, fiel Ry eine Deutung erheblich leichter. Sie war aufgewühlt, erregt, ja, mehr noch … Sie triumphierte über irgendetwas. Er fragte sich, für wen sie ihn wohl halten mochte; er fragte sich, was sie hoffte, von ihm bekommen zu können. Und er fragte sich, wie er sie den Menschen würde ausliefern können, die sie verraten hatte.

Kapitel 37

Rrru-eeth und Greten verwickelten sie im Laufe des Essens in ein oberflächliches Gespräch über alle möglichen Themen, sie sprachen über das Reisen, den Handel, das Wetter, den grässlichen Gestank in Heymar und über verschiedene Abenteuer, die sie auf See erlebt hatten – obwohl Ry in diesem letzten Falle den Verdacht hatte, dass jeder, der eine Geschichte erzählte, sorgsam darauf bedacht war, nur ja nichts Wichtiges preiszugeben. Bis das Dessert schließlich kam, hatte Ry bemerkt, dass nur Frauen, und zwar menschliche Frauen, zu ihrer Bedienung in die Messe kamen und dass keine der Frauen irgendwelche Waffen bei sich führte. Alle Dienstbotinnen trugen ein Kleid ähnlich dem Gretens, wenn auch ohne die Glocken – sie hätten genauso wenig eine Waffe an ihrem Leib verstecken können, wären sie nackt aus dem Bad gestiegen.

Ry, Jaim und Yanth fiel es nicht weiter schwer, charmant und unterhaltsam zu sein; aber sie ließen dennoch keinen Augenblick ihre Vorsicht fahren. Sie nippten nur an ihrem Wein, obwohl der Kapitän und Greten reichlich tranken. Sie sorgten stets dafür, dass sie ihre Schwerter locker neben sich hatten, der Knauf lose in der Scheide und jederzeit erreichbar. Sie aßen erst dann von einer Speise, wenn der Kapitän oder Greten einen Bissen davon genommen und heruntergeschluckt hatte.

Als das Dessert ebenfalls hinter ihnen lag, seufzte der Kapitän. »Ihr seid Kämpfer und stets wachsam, während wir Frauen sind und für die Künste des Vergnügens und der Liebe geboren. Wollt Ihr Euch nicht ein klein wenig entspannen und uns erlauben, Euch zu unterhalten?«

Jaim, der an einem Likör nippte, bekam ihn in die falsche Kehle und musste husten, bis ihm winzig kleine smaragdgrüne Tröpfchen aus der Nase kamen. Yanth wandelte ein verblüfftes Auflachen schnell in ein Hüsteln um.

Ry jedoch zeigte den Frauen – und den Wachposten, von denen er vermutete, dass sie hinter der geheimen Stoffbahn das Geschehen beobachteten – nichts als ein schwaches Lächeln. Er sagte: »Kapitän Rrru-eeth, Euer Angebot ist ebenso großzügig, wie es verlockend ist, aber wir sind Fremde für Euch, und Ihr seid es für uns. Wir haben keine Ahnung, warum Ihr uns eingeladen habt, mit Euch zu speisen, noch wissen wir, was Ihr Euch von dieser Begegnung erhofft. Bitte … erklärt mir, warum Ihr mir so kostbare Geschenke gemacht habt, warum Ihr mich willkommen geheißen habt, als sei ich ein Prinz, warum Ihr ausgerechnet uns drei auserwählt habt, heute Abend Eure Gäste zu sein.«

Rrru-eeth erhob sich und ging in den hinteren Teil des Raums, wo sie vor der Stoffbahn stehen blieb, in der Ry den heimlichen Beobachter argwöhnte, den er weder riechen noch hören konnte. Rrru-eeth stand mit dem Rücken zum Tisch, sodass Ry ihren Zopf sehen konnte, der ihr fast bis zu den Knien über den Rücken fiel, wo er eine Schlaufe bildete, die vom Gürtel gehalten wurde. Von hinten betrachtet, sah man, wie schmal ihre Schultern waren; ihre Taille war beinahe stängelgleich und ihre Hüften wohlgerundet. »Würde es Euch so schwer fallen, zu glauben, dass ich Euch begehre, seit ich Euch an jenem Tisch sitzen sah?«

»Ich erinnere mich, wie ich aussah und wie ich roch, als ich an diesem Tisch saß, und ich würde auf eine solche Bemerkung Eurerseits erwidern, dass ich Euren Geschmack in Frage stellen müsste, wenn Ihr mich in diesem Augenblick begehrenswert finden konntet.« Er deutete auf den Raum, in dem sie saßen. »Und nach der Einrichtung Eurer Messe zu schließen, steht Euer guter Geschmack völlig außer Frage.«

Sie drehte sich um und lachte. »Was für eine hübsche Art und Weise, mich eine Lügnerin zu nennen.« Ihre spitzen kleinen Zähne glitzerten in dem weichen Licht. »Und vielleicht bin ich das in gewisser Weise auch, obwohl nicht so, wie Ihr es vielleicht denkt.« Sie ließ sich auf einem der weißen Sofas nieder und seufzte. »Ah, mein hübscher Freund, meine Geschichte ist traurig. Ich habe einst einen Mann geliebt, den letzten Kapitän dieses Schiffs, um genau zu sein. Und er liebte mich. Lange Jahre haben wir miteinander die Meere befahren, und in diesen langen Jahren gab es für mich nie einen Augenblick des Kummers. Wir fanden dann zusammen eine Stadt der Alten, an den fernen Gestaden von Novtierra, und brachten unvorstellbare Schätze an uns, und als unsere Frachträume bis zum Rand gefüllt waren, segelten wir zurück nach Ibera, in der Hoffnung, unsere Reichtümer dort verkaufen zu können. Von dem Erlös unserer Schätze wollten wir eine Insel kaufen, die wir beide liebten, weit fort von einer Welt, die unsere Liebe niemals akzeptiert hätte. Ian hatte mir versprochen, dass er das Meer aufgeben würde. Aber das Schicksal war … grausam. Wir segelten in einen Zaubererkreis, und die Magie in diesem Kreis ließ uns zuerst in eine Flaute geraten, dann verschlang sie viele von den Kameraden an Bord des Schiffes. Ian starb, um jemandem das Leben zu retten, der es nicht wert gewesen wäre, die Planken zu schrubben, über die mein Liebster schritt.«

Eine winzige Träne stahl sich aus ihrem Augenwinkel und rollte ihre Wange hinunter, die so schön war wie ein Juwel. Das Beben in ihrer Stimme klang nach echtem, herzzerreißendem Kummer. Ry war gegen seinen Willen beinahe beeindruckt. »Das tut mir Leid«, sagte er und brachte es fertig, Mitleid und Aufrichtigkeit in seine Worte zu legen.

Sie lächelte tapfer, und ihre Unterlippe zitterte gerade so sehr, dass man es sehen konnte. Selbst der Geruch, den sie verströmte, ließ auf absolute Ehrlichkeit schließen. Hätte er nicht die Wahrheit gekannt, hätte er sie niemals im Verdacht gehabt, zu lügen.

»Als ich Euch im Gasthaus zum Großen Behagen sitzen sah,

dachte ich zuerst, ich hätte einen Geist gesehen. Dann glaubte ich, dass mich vielleicht meine Augen getrogen hatten, als ich sah, wie er von dem Zaubererwasser verschlungen wurde. Ich versuchte, mir einzureden, dass er stattdessen über Bord gespült worden war und es irgendwie geschafft hatte, zu überleben, und dass er, was ein noch größeres Wunder gewesen wäre, den weiten Weg quer über den Bregischen Ozean gefunden hatte, direkt in meine wartenden Arme hinein.« Sie blickte auf ihre Hände hinab, die zierlich und vollkommen bewegungslos auf ihrem Schoß lagen, und sie schüttelte traurig den Kopf. »Und dann wurde mir klar, dass Ihr nur große Ähnlichkeit mit Ian habt, und ich musste in aller Eile fort aus diesem Gasthaus, bevor ich vor den Augen meiner Offiziere in Tränen ausgebrochen wäre.« Sie sah mit einem schwachen Lächeln zu Ry auf und fuhr in vertraulichem Tonfall fort: »Solche Dinge sind schlecht für die Disziplin an Bord eines Schiffes.«

»Das kann ich mir denken«, pflichtete Ry ihr bei.

»Also habe ich mich nach Euch erkundigt – nur ein klein wenig. Ihr habt niemandem Eure Gründe verraten, warum Ihr Euch in diesem abscheulichen Drecksloch aufhaltet. Sehr verdächtig.«

Ry nickte, erwiderte aber nichts, und nach einem kurzen, unbehaglichen Schweigen flackerte Rrru-eeths Lächeln von neuem auf. »Und jetzt wollt Ihr Euer verdächtiges Benehmen mir gegenüber fortsetzen.« Sie legte den Kopf wie ein kleiner Vogel zur Seite, und ihre riesigen schwarzen Augen schimmerten.

Sie warteten beide ab, ob der andere etwas sagen würde. Ry hatte das Gefühl, dass Rrru-eeth sich langsam ihrem eigentlichen Ziel näherte, doch er hätte nicht sagen können, was sie von ihm und seinen Männern wollte, und hätte es sein Leben gegolten.

Wieder lächelte sie und sagte in die Stille hinein: »Da Ihr mir nicht von Euren Schwierigkeiten erzählen wollt, will ich das auf später verschieben. Vielleicht werdet Ihr eines Tages den Wunsch haben, Euch mir anzuvertrauen.« Sie zuckte mit den

Schultern. »Ihr habt offensichtlich schon bessere Zeiten gesehen, und Ihr seid genauso wenig Sonderraner, wie ich es bin. Ihr seid Calimekkaner reinsten Wassers, und wenn ich mich nicht schrecklich irre, habt Ihr Euch Eurer Familie entfremdet und steht, bis auf Eure beiden Freunde, ganz allein auf der Welt. Und Ihr seid knapp an Geld und unsicher, welche Richtung Ihr Eurem Leben als Nächstes geben wollt.«

Ry lachte und sagte: »Ihr habt den Nagel auf den Kopf getroffen, Parata. Was für einen Blick Ihr doch für die Wahrheit habt.«

Rrru-eeth legte den Kopf auf die gepolsterte Armlehne des Sofas und sah Ry unter schweren Lidern an. »Wenn ich Glück habe, stellt sich heraus, dass ich auch einen guten Blick für den Charakter eines Menschen habe.«

Ry wartete ab.

»Ich vermisse meinen Geliebten und meinen Freund. Ich weiß, du bist nicht Ian. Aber ich kann nichts tun, um ihn zurückzuholen, und du erinnerst mich so sehr an ihn, dass es mir fast den Atem verschlägt, wenn ich dich ansehe. Ich möchte, dass du meine Konkubine wirst.«

Ry dankte sämtlichen Göttern, deren Namen er in diesem Augenblick anrufen konnte, für seine jahrelange diplomatische Ausbildung, zu der noch die Tatsache hinzukam, dass er sein Leben lang vor der Welt hatte verbergen müssen, was er wirklich war; hätte er nicht diese harte Schule durchgemacht, wäre er in lautes Gelächter ausgebrochen. Oder vielleicht hätte er sie erwürgt. Stattdessen nickte er nur. »Ein … *faszinierendes* Angebot, Parata.«

Ihr Lächeln war gewollt verführerisch. »Ja, nicht wahr?«, fragte sie. »Natürlich werde ich Greten behalten – sie und ich, wir haben so viel Freude aneinander. Und zweifellos würdet Ihr Eure Freude mit uns beiden haben. Zusammen. Es wird Euch an nichts fehlen.« Ihr Lächeln wurde noch anzüglicher. »An gar nichts.«

Yanth, der links von Ry saß, war so still geworden, als hätte er aufgehört zu atmen. Aber unter dem Tisch wippte sein rechter Fuß, den er über das linke Knie gelegt hatte, so schnell auf und ab, dass die Bewegung nur ein verschwommenes Flackern in Rys Augenwinkel war. Rechts von Ry schob Jaim ein Stückchen Kruste auf seinem Dessertteller hin und her, das er anstarrte, als wollte er in diesen Krümeln seine Zukunft lesen, so wie die Seher die Muster des Teesatzes in einer geleerten Tasse deuteten.

Und Ry versuchte, all die verschiedenen Bedeutungen von Rrru-eeths Angebot abzuwägen, und überlegte, was er sagen konnte, um zu bekommen, was er wollte. Es war eine Falle, dieser Raum, Rrru-eeths Worte, ihr Verhalten und das kleine Rätsel, das sie ihm mit ihrem Geschenk aufgegeben hatte – Ry konnte die Falle spüren. Es war die Art, wie die Luft in seinen Lungen plötzlich schwerer zu werden schien, die Art, wie Rrru-eeth und Greten ihn beobachteten, während er sich nach Kräften bemühte, seine Neugier zu verhehlen. Er musste sich irgendwie durch diese Falle winden, ohne den Mechanismus zuschnappen zu lassen, und dabei konnte er nicht einmal sehen, was die Falle war, oder auch nur, wo sie lag.

Schließlich und endlich kam er zu dem Schluss, dass er nur als der Mann auftreten konnte, der er in Wahrheit war. »Ich bin ein freier Mann. Und ein Kämpfer«, sagte Ry leise. »Ebenso wie meine Freunde. Wir sind nicht dazu geboren, unsere Tage damit zuzubringen, uns baden und parfümieren und pudern zu lassen. Ebenso wenig, wie wir es gewohnt sind, unsere Nächte zu durchtanzen und zur Unterhaltung eines anderen einherzustolzieren und zu posieren. Ich glaube nicht, dass ich mich für Geld in einen Zuchthengst verwandeln könnte. Ich will nicht behaupten, dass wir nicht in Schwierigkeiten sind – das wäre eine Lüge. Und ich will nicht behaupten, dass das Angebot eines sicheren Bettes und eines sicheren Lohns nicht einen sehr angenehmen Klang hätte. Aber nicht so. Meine Männer und ich könnten Euch unsere Dienste als Leibwächter anbieten«, sagte er. »Wir könnten

Euch und Euren Freunden und Dienstboten unseren Schutz geben.« Er sah sie an und zuckte leicht mit den Schultern. »Aber, Kapitän, ich kann mich nicht als Spielzeug an Euch verkaufen. Ich könnte nicht dafür garantieren, dass das, ähm, dass das Spielzeug unter solchen Umständen überhaupt funktionieren würde.«

Sie schloss die Augen und seufzte, aber ihr Lächeln wurde sichtlich breiter. Die drückende Atmosphäre im Raum zerstreute sich, und Ry spürte, dass seine Antwort genau die richtige gewesen war.

»Du klingst genauso wie er.« Rrru-eeth richtete sich auf, die Rolle der Verführerin fiel von ihr ab, und stattdessen hatten sie eine Frau vor sich, die es gewohnt war, zu bekommen, was sie haben wollte. »Auch er hätte niemals das Spielzeug einer Frau sein können.« Sie rieb sich energisch die Hände und sagte: »Bitte, zeig mir jetzt die Geschenke, die ich dir geschickt habe.«

Er nahm die verschiedenen Gegenstände aus seinem Beutel, streifte sich den Ring vom Finger und brachte alles zu Rrru-eeth hinüber. »Wollt Ihr die Sachen zurückhaben?«, fragte er, während er sie ihr in die Hand legte.

Sie tat seine Frage mit einer kurzen, abschätzigen Drehung ihres Handgelenks ab. »Ich mache doch keine Geschenke, nur um sie zurückzuverlangen, wenn ich meinen Willen nicht durchsetzen kann. Aber ich möchte Euch etwas über diese Dinge hier erzählen«, sagte sie. »Der kleine Baum – Ian hat ihn für sich machen lassen, als wir auf den Inseln der Teufelsspur waren. Er sagte, der Baum sei das Wappen seiner Familie. Angeblich war er ein Sabir von Geburt, aber sein Name war Ian Draclas, und obwohl dieses Schiff, das nach Sabirscher Art gebaut ist, ihm gehörte, hat er doch niemals die Sabirsche Flagge gehisst.«

Ry erklärte: »Wenn er einer der *Uvestos* war, wäre das nicht weiter verwunderlich.«

»Uvestos?«

»In den höchsten Familien werden außerehelich geborene

Kinder von dem Elternteil anerkannt, das zu der betreffenden Familie gehört, wenn auch nicht von dem legitimen Ehepartner dieses Elternteils. Trotzdem haben solche Kinder gewisse Familienrechte. Sie dürfen zwar den Namen der Familie nicht führen, ebenso wenig wie sie eine Position innerhalb der Familie einnehmen können oder einen Titel oder Land erben. Aber sie können sich auf ihre Verwandtschaft mit der Familie berufen und Vermögenswerte der Familie erben oder als Geschenke entgegennehmen, und sie geben dieses Recht an ihre Kinder weiter. Diese Leute und ihre Söhne und Töchter werden *Uvestos* genannt.«

»Ian hat diesen Ausdruck mir gegenüber nie benutzt, aber die Geschichte, die er mir erzählte, spricht dafür, dass er einer von ihnen war.« Sie sah Ry an. »Das war er also, ein *Uvesto*. Im Gegensatz zu ihm seid Ihr ein echter Sabir, nicht wahr?«

»Nicht mehr.«

Sie runzelte leicht die Stirn. »Ihr habt das Aussehen, den Knochenbau, die Haltung der Sabirs. Und das Wappen auf dem Knauf Eures Schwertes. Heute Mittag habt Ihr es verdeckt gehalten, aber jetzt kann ich es deutlich sehen. Verzeiht mir, dass es mir aufgefallen ist, aber ich erkenne es wieder. Und wenn Ihr jemals ein Sabir wart, dann seid Ihr das noch immer. Blut ist Blut.«

»Nicht calimekkanisches Blut«, erwiderte Ry. »Man kann jedem Bürger sein Geburtsrecht absprechen, ganz, als sei er nie geboren worden, und man kann ihn mit ewiger Verbannung und Schlimmerem bestrafen. Das ist kein glückliches Los.« Das Lächeln, mit dem er Rrru-eeth bei diesen Worten bedachte, fühlte sich für ihn selbst sehr angestrengt an. Es fiel ihm schwer, das Schicksal, das er erwählt hatte, auf die leichte Schulter zu nehmen. *Barzanne.*

»Dann hat man Euch also verstoßen?«

»*Verstoßen* ist so ein einfaches Wort. Ich wurde zum *Barzanne* erklärt, was nicht so einfach ist und nicht so angenehm.«

»Dann braucht Ihr umso dringender einen Gönner. Viele

zweite Söhne und auch die ersten Söhne der niedereren Familienzweige gehen diesen Weg. Und Ihr habt jenes kantige, hungrige Aussehen, in dem ich den Jäger wiederfinde, den hungrigen Sohn, denjenigen, den es nach mehr verlangt, als er bekommen kann. Wenn ich mich nicht sehr täusche, habt Ihr ein gewaltiges Verlangen nach Macht und den tiefen Wunsch, all das zurückzubekommen, was Ihr verloren habt.«

Ry hatte keine Lust, ihr zu sagen, wie weit sie mit ihrer Vermutung in die Irre gegangen war. Das Einzige, was er zurückhaben wollte, war Kait. Seine Familie – oder das, was davon übrig geblieben war – kümmerte ihn keinen Deut mehr. Aber Rrrueeth würde viel glücklicher sein, wenn sie sich für allwissend halten konnte, und wenn sie glaubte, ihn zu verstehen, würden sie viel leichter mit ihr fertig werden können. Also sagte er: »Danach verlangt es mich von ganzem Herzen.«

»Nun, auch ich habe viele Wünsche. Ich will mehr als dieses Schiff, mehr als Geld. Ich will mein eigenes Haus in Calimekka – ein großes Haus und eine große Familie, die den Fünf Familien als ebenbürtig erachtet wird. Ich will, dass man mich anerkennt, ich will auf Feste eingeladen werden, ich will von menschlichen Frauen beneidet und von menschlichen Männern begehrt werden.«

»Ihr seid nicht menschlich.« Ry sprach das Offensichtliche aus und hoffte, dass er seine Gastgeberin damit nicht erzürnen würde.

»Nein, das bin ich nicht. Und in Ibera gibt es keinen Platz für die Nicht-Menschlichen als den Platz des Gesetzes oder den Galgen. Habe ich Recht?«

»Ja.«

»Und trotzdem will ich all diese Dinge haben. Ich habe in meinem Leben so viel erreicht. Ich habe mich von der Sklavin zur Freien erhoben und von der Freien zum Kapitän eines Schiffs, und ich werde noch weiter aufsteigen. Ich bin noch jung. Bevor ich alt werde, werde ich eine Parata in Calimekka sein und eine

Paraglesa und das Oberhaupt einer mächtigen Familie.« Sie blickte an ihm vorbei, und er konnte sich des Gefühls nicht erwehren, dass sie weit über die Wände dieses Raums hinausblickte, weit über den Hafen von Heymar hinaus. Ihre Stimme wurde leise und war jetzt von einem Unterton des Zorns erfüllt ... »Ich werde Sklaven und Land und unvorstellbaren Reichtum besitzen, und man wird sich mir auf Knien nähern.«

Dann verfiel sie in Schweigen, und Greten und ihre drei Gäste vermieden es angelegentlich, sie anzusehen.

Mit einem scharfen Lachen zog sie die Aufmerksamkeit der anderen wieder auf sich. »Nun – ich habe meine Pläne.« Sie strich über eins der anderen Geschenke, die sie Ry hatte überbringen lassen. »Und Ihr habt einen Platz in diesen Plänen. Einen Ehrenplatz.« Sie berührte noch einmal den kleinen Baum. »Ihr habt die richtigen Blutlinien, um zu wissen, was Ehre ist – und anscheinend seid Ihr nicht käuflich.«

Als Nächstes legte sie den Finger auf die winzige Münze, die sie Ry geschenkt hatte. »Dies ist eine Münze von meinem Volk, aus meinem Land – ich stamme aus der Gegend um den Zaubererkreis herum, einer Gegend, die Ihr den Jirin-See nennt. Mein eigener Clan existiert nicht mehr, obwohl es andere meinesgleichen gibt, die in dieser Region immer noch zu Hause sind. Diese Münze begleitet mich nun, seit ich ein kleines Kind war. Jahrelang war sie mein einziger Besitz, und wenn mein Herr von ihr gewusst hätte, hätte er auch sie mir genommen.« Sie lächelte kalt, und er fragte sich unwillkürlich, was wohl aus ihrem Herrn geworden sein mochte. Kait hatte Rrru-eeths schlimme Vergangenheit erwähnt und auch gesagt, sie habe den Mann töten müssen, der ihr rechtmäßiger Besitzer war, um eine ganze Anzahl von Kindern zu retten – aber Ry vermutete, dass sie sich zu guter Letzt für den Mord an ihrem Herrn und Meister reichlich Zeit gelassen hatte, dass sie sich nicht für ein schnelles, barmherziges Töten entschieden hatte, sondern für einen langsamen Akt der Rache. »Diese

Münze«, sagte sie mit eisiger Stimme, »war der Preis für das Leben meiner Schwester. Und bevor sie verbraucht ist, wird sie tausend Leben wie das des Mannes kaufen, der sie getötet hat.«

Als Nächstes nahm Rrru-eeth die blaue Perle in die Hand und betrachtete sie eingehend. »Diesen Perlen wird Zauberkraft nachgesagt. Angeblich sind sie ein Symbol der Treue und noch mehr – es wird behauptet, mit ihrer Hilfe könne man Treue erzwingen. Wenn Ihr sie im Ganzen herunterschluckt, so wollen es die Legenden, werdet Ihr fürderhin nicht mehr imstande sein, denjenigen zu verraten, dem Ihr Gefolgschaft geschworen habt.«

Jetzt griff sie nach dem Ring. »Und dies hier hat Ian gehört. Der Ring ist eins der wenigen Dinge, die ich in meinem Besitz habe, die Ian teuer waren. Es ist der Ring eines strithianischen Königs, und Ian hat mir nie erzählt, wie er ihn bekommen hat. Und nun werde ich es auch niemals erfahren. Aber für mich ist dieser Ring ein Symbol für viele Dinge. Für meine unsterbliche Liebe zu ihm. Für die Macht, nach der es mich verlangt. Für die Vergänglichkeit des Lebens und für die Art und Weise, wie Macht von einer Hand zur nächsten weitergereicht werden kann.« Sie erhob sich und blickte auf Ry hinab. Wenn er ebenfalls aufstand, würde ihm ihr Kopf nur bis an die Mitte seines Brustbeins reichen, aber er blieb sitzen und erlaubte Rrru-eeth, jene Aura von Macht zu verströmen, die sie zu begehren schien.

Ry sagte: »Eine ungewöhnliche kleine Sammlung, die Ihr da habt. Warum wollt Ihr sie mir schenken?«

»Ihr weigert Euch, Euch selbst zu verkaufen, obwohl Ihr durchaus bereit seid, Eure Dienste zu verkaufen. Ein feiner Unterschied, aber einer, den ich akzeptiere. Ich möchte Euer Wissen kaufen. Und Eure Loyalität. Und Euren Ehrgeiz. Ich möchte, dass Ihr mich lehrt, was ich wissen muss, um mit den Großen Familien fertig zu werden – ich will alles über die Strukturen dieser Familien wissen, wie sie zu Macht kommen, wie sie sie festhalten, wie sie miteinander umgehen.«

»Ich könnte Euch all das lehren, aber zu welchem Zweck?«, fragte Ry. »Die calimekkanische Gesellschaft wird Euch nicht akzeptieren, auch wenn Ihr lernen würdet, Euch wie eine perfekte calimekkanische Parata zu benehmen. Ihr seid nicht menschlich.«

»Aber Greten ist es. Und Greten wird meine … meine *Irrarrix* sein.« Das Wort klang wie ein Trällern. »Ich kenne keinen solchen Ausdruck in Eurer Sprache, aber bei meinem Volk wirkt derjenige, der wahre Macht in Händen hält, stets im Verborgenen. Niemand kennt seinen Namen, niemals. Der *Irrarrix* spricht für ihn, handelt für ihn und ist in jeder Weise sein Vertreter. Dieses Arrangement schützt sowohl den wahren Herrn als auch den Diener, denn es hätte keinen Sinn, den *Irrarrix* zu töten, wenn das Volk unzufrieden ist – der wahre Herr wird den *Irrarrix* lediglich durch einen anderen ersetzen und so weitermachen wie zuvor.«

»Ich nehme an, man könnte sie Marionetten nennen«, meinte Ry. »Aber Ihr habt Recht, ich kenne kein solches Wort auf Iberisch.«

»Dann begreift Ihr also, wie ich meinen Plan in die Tat umsetzen könnte?«

»Wenn Ihr Euch versteckt haltet. Aber wenn Ihr Euch versteckt, wie wollt Ihr dann die Früchte Eurer Macht genießen? Die *Irrarrix* …« Ry stolperte ein wenig über das Wort, denn die beiden doppelten, geträllerten *R's* machten ihm schwer zu schaffen. »… scheint mir diejenige zu sein, die den größten Nutzen aus dem Arrangement zieht. Mag sein, dass Männer und Frauen ihre Knie beugen werden, aber sie werden sie vor Greten beugen.«

»In der Öffentlichkeit«, sagte Rrru-eeth. »In der Öffentlichkeit. Was sie im kleinen Kreis tun, ist etwas ganz anderes.«

»Ich verstehe.«

»Wirklich?« Die zarten Augenbrauen hoben und senkten sich, und die kleinen, federgleichen Haarbüschel tanzten in der leichten Brise. Rrru-eeth musterte ihn eingehend, und er konnte keine Regung in ihrem Gesicht ausmachen. »Vielleicht versteht Ihr mich wirklich«, sagte sie nach einer Weile. »Ihr habt keinen Grund, diejenigen zu lieben, die Euch in die Verbannung geschickt haben. Vielleicht begreift Ihr die Notwendigkeit der Rache, die Gerechtigkeit, die darin liegt, Rache zu üben.«

Er lächelte langsam. »Gerechtigkeit ist etwas, das ich verstehe. Das verstehe ich mit jeder Faser meines Seins.«

»Dann werdet Ihr Euch mir anschließen? Ihr werdet mich unterrichten? Ihr werdet mit mir nach Calimekka reisen und mir helfen, Greten dort zu einer Parata zu machen?«

Ry sah Jaim und Yanth an. »Ich folge dir, wo immer du hingehst«, sagte Yanth.

Jaim nickte. »Du kannst auf mich rechnen, wenn du mit ihr segeln willst.«

»Ihr habt gute Männer, die Euch folgen«, sagte Rrru-eeth.

»Ja, ich weiß.«

»Dann streift den Ring, den ich Euch geschenkt habe, wieder über«, sagte sie. »Tragt den Baum und die Münze bei Euch, zur Erinnerung an den, der Ihr einst wart, und an die, die ich einst war. Und damit Ihr niemals vergesst, wer wir eines Tages sein werden. Und …« Sie hielt ihm die blaue Perle hin und legte sie vor ihn auf den Tisch. »Schluckt das und schwört mir, dass Ihr mir immer treu sein werdet.«

Er griff nach der Perle und hielt sie zwischen Daumen und Zeigefinger hoch. Wie konnte man nur eine solche Perle so verschwenden, dachte er. Aber er führte die Perle zum Mund, und als er sie sich auf die Zunge legte, dachte er: Was, wenn in den Geschichten ein Körnchen Wahrheit ist? Wie konnte er Rrru-eeth die Treue schwören; er hatte die Absicht, diese Frau Ian auszuliefern und dafür zu sorgen, dass man sie für ihren Verrat hängte.

»Ich kann Euch als Frau keine Treue schwören«, sagte er und nahm die Perle wieder aus dem Mund. »Was das betrifft, hat bereits eine andere Frau meinen Eid. Und meine Liebe.«

»Ich will Eure Liebe nicht, und ich brauche Euren Körper

nicht. Ich habe bereits eine Konkubine, und wenn ich Euch auch gern in meinem Bett hätte, kann ich mich doch auf andere Weise befriedigen.«

»Dann werde ich Euch in Eurer Eigenschaft als Kapitän die Treue schwören«, sagte Ry, »denn diesen Eid kann ich aus freien Stücken leisten, aus ganzem Herzen und ohne Vorbehalte.«

»Als Euer Kapitän nehme ich diesen Eid an.«

Er nickte und schluckte die Perle hinunter. Während er ihren sanften Abdruck noch in der Kehle spüren konnte, sagte er: »Ihr Götter, hört mich.« Er sah in Rrru-eeths unergründliche Augen. »Ich schwöre dem wahren und rechtmäßigen Kapitän dieses Schiffs ewige Treue; ich schwöre es bei meinem Leben. Ich bin Euer Schwert, Kapitän, um für Euch Gerechtigkeit zu üben, und ich bin die Hand, die Eure Rache ausführen wird. Ich schwöre, dass ich Eure Passagiere, Eure Mannschaft, Eure Ehre und Euren Namen schützen werde.« Er richtete seine Worte an Rrru-eeth, aber vor seinem inneren Auge beschwor er das Gesicht seines Halbbruders herauf und begehrte von den Göttern, dass sie seine Worte als die Wahrheit erkannten: Er schuldete sein Leben und seine Ehre dem wahren Kapitän der *Wanderfalke* und den rechtmäßigen Passagieren des Schiffs, die von diesen Meuterern verraten worden waren – Ian, Kait, dem toten Hasmal und Ians getreuen Matrosen, die inzwischen ebenfalls den Tod gefunden hatten.

Rrru-eeth beobachtete ihn genau, dann nickte sie steif und sagte: »Ein aufrichtiger Schwur – gewiss haben die Götter Euch gehört. Aber Ihr solltet vor den Göttern nicht mehr schwören, als ich es von Euch erbeten habe. Ihr schuldet weder meiner Mannschaft noch meinen Passagieren Treue. Ihr schuldet nur mir Treue, und nur für mich sollt Ihr Gerechtigkeit erwirken. Greten und etwaige Passagiere, die wir an Bord nehmen, müssen eben auf sich selbst Acht geben.« Sie lächelte, aber es war ein sehr angespanntes Lächeln.

Die Perle lag warm in Rys Magen, und er glaubte zu spüren, wie diese Wärme sich ausbreitete und durch sein Blut strömte. Ian würde lachen, dachte er, wenn er hören könnte, was ich gerade getan habe. Dass ich ihm ewige Treue geschworen habe, ihm und dem Andenken der Männer, die ihm gedient haben – ausgerechnet ich, der ich einst geschworen habe, ihn mit eigener Hand zu töten.

Er wandte sich von solchen Gedanken ab und konzentrierte sich wieder auf die Erfordernisse des Augenblicks. »Wir müssen noch einmal ins Gasthaus zurück und unsere Sachen holen«, sagte Ry.

Rrru-eeth erhob sich und strich sich ihre Tunika glatt. Die mit Perlen und Federn geschmückten Zöpfe an den Außenwinkeln ihrer Augen schwangen sachte hin und her, eine Bewegung, die etwas Hypnotisches an sich hatte. »Ja, gewiss. Und wir müssen an Bord einen Platz für euch drei finden. Im Augenblick steht keine der Kajüten leer, und ich möchte nicht, dass Ihr mit den gemeinen Matrosen schlaft. Ihr müsst Euch von Anfang an den Respekt der Mannschaft sichern. Also, geht für heute Nacht in Euer Gasthaus, und morgen sollt Ihr dann Eure Plätze unter uns einnehmen. Aber kommt nicht zu früh. Seid rechtzeitig vor der nächsten Flut bei uns, dann werden wir nach Calimekka segeln.«

Kapitel 38

Crispin war immer noch gefesselt. Das Metall an seinen Handgelenken schürfte die Haut ab, und der Eisenring um seinen Hals, der ihn zwang, die Hände auf die Brust zu drücken, saß enger denn je. Aber jetzt lag Crispin unter dem Baldachin der Bäume im weichen Gras, und dieses grauenhafte Etwas, das nach

Tod stank, Perversitäten flüsterte und ihn voller Hunger an seinen empfindlichsten Stellen berührt hatte, war fort. Die Mauer, die Haus Galweigh umringte, lag jetzt vor ihm, und er war nicht länger ihr Gefangener. Er befand sich außerhalb des Grundstücks. Seine Tochter hockte neben ihm auf dem Boden und versuchte, mit ihren Fingern seine Fesseln zu öffnen. Er hatte triumphiert! Er hatte Ulwe befreit, er befand sich außer Reichweite des Hauses und seiner Bewohner – irgendwie hatte er aus dem Abgrund der Niederlage einen Sieg errungen.

Er richtete sich auf und wog die Vorteile ab, die eine Verwandlung ihm bringen würde: Die Halsfessel würde noch strammer sitzen, aber die Ketten um seine Hand- und Fußgelenke würden so locker sitzen, dass er sie abschütteln konnte. Die Frage war, würde die Halsfessel so eng werden, dass sie ihn erwürgte, bevor er die Verwandlung durchführen und in seine menschliche Gestalt zurückkehren konnte? Er hatte nicht den Wunsch, auf eine derart lächerliche Art und Weise zu sterben. Außerdem wollte er nicht, dass Ulwe ihn als Tier sah. Er wusste, dass er es eines Tages nicht würde vermeiden können, aber nicht heute. Nicht heute.

»Parat«, flüsterte eine Stimme ganz in seiner Nähe, »Ihr seid also ebenfalls entkommen.«

»So sieht es aus.« Er hielt nach dem Besitzer der Stimme Ausschau und stellte fest, dass es Ilari war, eine seiner persönlichen Wachen. »Wie bist du rausgekommen?«

»Ich hatte nichts damit zu tun. Ich wurde von einem Gräuel gepackt und hier herausgeschleift, und das Ding erzählte mir die ganze Zeit über, was es mit mir machen würde, wenn es könnte, und begrapschte mich dabei auf einfach ekelhafte Weise.« Ilari kroch um die Bäume herum auf Crispin zu, nicht ohne sich immer wieder nach dem Tor umzudrehen, um nach etwaigen Verfolgern auszuschauen. Sie warf einen Blick auf Ulwe. »Ihr habt sie also befreit.«

»In gewisser Weise.« Er lächelte seiner Tochter zu.

»Gut. Ich freue mich für Euch. Aber …« Ilari zeigte mit dem Kopf auf das Haus. »Nicht mehr lange, und sie werden uns verfolgen. Ich muss Euch von Euren Fesseln befreien, bevor wir fliehen können.«

»Kannst du das denn?«

»Ich verstehe mich recht gut auf Schlösser. Und ich habe meine Haarnadeln – niemand ist auf die Idee gekommen, sie mir wegzunehmen.«

Jetzt erst ging ihm auf, dass Ilari nicht mehr gefesselt war.

»Wer hat sich sonst noch befreien können?«

»Ich bin mir nicht sicher. Irgendwie waren wir plötzlich in alle vier Winde zerstreut. Von den unseren habe ich Guibeall sterben sehen – er und Hixcelie haben einander getötet. Und auch Theth ist gefallen.«

Crispin und Ilari konnten mit Ulwe fliehen, wenn es sein musste – wenn noch weitere Mitglieder seiner persönlichen Wache sich befreit hatten, umso besser. Er vermutete, dass diese Albtraumgestalten aus dem Haus die übrigen seiner überlebenden Soldaten über die Mauer in den Wald geworfen hatten; in dem Falle dürften noch andere seiner Gefolgsleute überlebt haben, um ihm den Rücken zu decken. Und das verschaffte ihm einen unerwarteten und gewaltigen Vorteil. Das Letzte, womit die Galweighs rechnen würden, war ein sofortiger neuer Angriff. Er würde Aouels Kehle zwischen den Zähnen haben, noch bevor die Nacht zu Ende war – er hatte es sich geschworen. Und er würde alle Galweighs auslöschen, die noch lebten – er würde sie dafür zahlen lassen, dass sie ihm sein Kind geraubt hatten.

Ilari ging hinter ihm in die Hocke und ließ mit einigen wenigen geschickten Handgriffen die Schlösser seiner Fesseln aufspringen. Crispin rieb sich kurz Hände und Füße, dann schließlich seinen wunden Hals und erklärte: »Lasst uns die anderen suchen, die entkommen sind. Wir gehen wieder hinein. Diesmal wird die Überraschung wahrlich auf unserer Seite sein.«

Ulwe legte ihm eine Hand auf den Unterarm und schüttelte den Kopf. »Nein, Papa. Das darfst du nicht. Es brauen sich schlimme Dinge zusammen, und du musst weit fort von hier sein, bevor eintritt, was wir fürchten müssen.«

Crispin blickte auf dieses ernste junge Gesicht hinab – das Gesicht, in dem er sowohl einen Spiegel seiner selbst sah als auch die einzige Frau, die er vor so langer Zeit irrtümlicherweise geliebt hatte –, und eine Sekunde lang zögerte er. Er konnte Ulwe von hier fortbringen, ohne Rache zu nehmen; schließlich hatte er den wichtigsten Teil seiner Mission ausgeführt. Aber tief in seinem Innern trug er Doghalls und Rys Erinnerungen mit sich herum. Er spürte den Abscheu, den sie ihm entgegenbrachten, ihren mangelnden Respekt für den Mann, der er war, und für die Dinge, die er sowohl als Zauberer als auch als Mensch erreicht hatte, und er wusste, dass sie sich hämisch die Hände reiben würden, wenn er sich davonstahl, ohne sie bezahlen zu lassen. Und sie würden überall in der Stadt Geschichten über seine Schwäche ausstreuen.

Crispin hatte zu viele Feinde, von denen jeder einzelne nur auf ein Zeichen wartete, dass er seinen Biss verloren hatte; er konnte es nicht wagen, jemanden am Leben zu lassen, der ihn bestohlen, der ihn beschämt hatte.

Ganz sachte hob er Ulwes Kinn und sagte: »Wir gehen wieder hinein, Ulwe. Aber du wirst in Sicherheit sein. Dafür werde ich sorgen.« Dann wandte er sich an Ilari und sagte: »Lass uns auf die Jagd gehen. Jetzt.«

Ilari grinste, und es gefiel Crispin, wie ihre Zähne in der Dunkelheit aufblitzten. »Wir kriegen sie, Parat.«

Er erwiderte ihren Blick. »Das werden wir, ganz sicher.«

»Sie werden wiederkommen«, sagte Doghall.

»Unmöglich!«, widersprach Kait. »Sie sind mit knapper Not entkommen – von Rechts wegen sollten sie jetzt unsere Gefangenen sein.«

Doghall nickte. »Aber das sind sie nicht. Sie sind entkommen, und sie haben Ulwe … und jetzt muss Crispin an seinen Stolz und an seinen Ruf denken. Wir haben seine Tochter geraubt. Für dieses Vergehen muss er uns töten oder bei dem Versuch sterben.«

Kait hob zu der Frage an, warum er so dachte, aber sie kannte die Antwort bereits. Crispins Erinnerungen schlummerten auch in ihrem Kopf, und wenn sie es sich gestattete, an diese Dinge zu rühren, spürte sie, dass Doghalls Worte absolut der Wahrheit entsprachen. »Aber wir werden sie besiegen. Wir können Ulwe zurückholen.«

Doghall schüttelte den Kopf. »Sie hat ihre Wahl getroffen. Aus welchem Grund auch immer, sie hat sich dafür entschieden, bei ihm zu sein. Wir müssen sie gehen lassen.« Er blickte in die Nacht hinaus und fügte hinzu: »Mir gefällt diese Nacht nicht, sie fühlt sich falsch an. Es gefällt mir nicht, wie die Luft sich bewegt und wie die Geräusche sich fortpflanzen. Irgendetwas stimmt da nicht.«

»Du meinst, es steht uns noch Schlimmeres bevor als ein Angriff durch Crispin?«

Doghall wandte sich an Aouel. »Wie viel Brennstoff ist noch im Fluggerät?«

»Nicht mehr viel. Und der Motor hinten rechts hat bei der Landung vorhin schon geklopft.«

Doghall sagte: »Habt ihr genug Männer, um diese Dinge in Ordnung zu bringen?«

»Wir sollten eigentlich das meiste von dem, was wir brauchen, hier finden – die Sabirs sind nie dazu gekommen, sämtlichen Brennstoff aus dem Brunnen abzulassen. Das Haus hat sich zu heftig zur Wehr gesetzt.«

»Dann geht jetzt. Wir haben wahrscheinlich nicht viel Zeit.«

»Warum müssen wir fliehen? Warum können wir es nicht dem Haus selbst überlassen, den Angriff abzuwehren?«, fragte Kait.

Doghall sagte: »Weil die Stimmen ungezählter toter Falken mir zuflüstern, dass jetzt der Zeitpunkt für einen strategischen Rückzug gekommen ist. Wenn nur genug Feinde sich gegen uns werfen, werden die Lebenden stärker sein als die Toten. Das Haus kann einer kleinen Armee auf unbegrenzte Zeit standhalten, wenn es genug Leichen hat, um dem Zauber Nahrung zu geben. Und es kann letzten Endes auch eine große Streitmacht aufreiben – aber auch in diesem Falle müssen genug Menschen sterben, um die Geister zu nähren. Wenn wir jedoch überrannt werden, könnte es sein, dass wir verlieren. Flucht ist *immer* besser als ein sinnloser Tod.«

Kait blickte aus dem Fenster. »Aber da draußen steht keine große Armee. Es sind nur noch die übrig, die wir bereits einmal besiegt haben – und es sind jetzt weniger als beim ersten Mal.«

»Manchmal, Kait, zahlt es sich aus, auf seinen Instinkt zu hören.«

Kait sah ihn nachdenklich an. Sie hätte gern Einwände erhoben ... aber tief innerlich verspürte auch sie den jähen Drang, überall sonst zu sein als in diesem Haus. Vielleicht waren es ihre Karnee-Sinne oder auch nur das Gefühl, dass mit der Nachtluft irgendetwas nicht stimmte. Was es auch war, es gab den Ausschlag für sie. »Es gibt ein paar Sachen, die ich mitnehmen möchte.«

»Dann hol sie, aber mach schnell.«

Anwyn, der seine Missbildungen unter einer Maske, einem Umhang und eigens für ihn geschneiderter Kleidung verbarg, hatte seine Hälfte des Mobs über den flacheren Teil der Allee des Triumphs geführt. Sein Vetter Andrew hatte die andere Hälfte den »Pfad der Götter« hinaufgebracht. Beide Gruppen bewahrten Schweigen – was für sich genommen schon eine überraschende Leistung war, da es sich nicht um ausgebildete Soldaten handelte, sondern in erster Linie um wütende Überlebende der Katastrophe, die den Tod der Menschen rächen wollten, die sie geliebt hatten.

Von seinem Aussichtspunkt oben auf der großen Straße der Alten konnte Anwyn die flackernden Fackeln sehen, die sich stetig den »Pfad der Götter« hinaufbewegten. Seine eigenen Leute hatten ihr vorläufiges Ziel bereits erreicht und mehr oder minder in Reih und Glied am Fuß der Mauer von Haus Galweigh Aufstellung genommen, die von Westen nach Norden verlief. Andrews Truppe sollte das Haus von Osten nach Norden umstellen. Der Süden des Hauses war unerreichbar, da er über den Palmetto-Felsen hinausragte.

Jetzt ließ er die Leute, die die Leitern trugen, vor den unordentlichen Haufen seiner Truppe treten, und als er davon überzeugt war, dass seine Leute ihre Plätze eingenommen hatten, und ziemlich überzeugt, dass sie standhalten würden, lief er zwischen ihnen hindurch zu der Stelle, wo er sich mit Andrew verabredet hatte. Von dort aus wollten sie das Zeichen zum Angriff geben.

Aber es war nicht Andrew, der an der großen weißen Mauer entlanggelaufen kam, sondern Crispin. Sein Bruder kam auf ihn zugerannt, im Schlepptau ein hübsches junges Mädchen, einige seiner persönlichen Leibwächter und eine Hand voll Sabirscher Soldaten. Auf seinem hübschen Gesicht stand ein wildes Grinsen.

Anwyn lächelte unter seiner Maske und hob die Hand, die in einem schweren Panzerhandschuh steckte. »Stehen bleiben!«

Crispin verlangsamte seinen Schritt und hielt inne. Sein Grinsen zerfiel. »Bruder«, sagte er, »du kommst genau zur richtigen Zeit. Wenn wir uns beeilen, können wir sie allesamt da drin erwischen.«

»Bruder?« Anwyns Stimme klang hohl unter der metallenen Rüstung. »Wer bist du, mich Bruder zu nennen?« Der Mob hinter ihm wurde unruhig. Ein leises Flüstern – wie das Zischeln aus einem Sack voller Schlangen, die nur darauf warteten, angreifen zu können – stieg über den Reihen der wartenden Menschen auf. Andrew und ein Teil seiner Horde schlossen die Lücke zwischen ihnen und keilten auf diese Weise Crispin und seine Leute von der anderen Seite ein.

Crispins Augen wurden schmal, und er sagte: »Anwyn, was für ein Spiel spielst du hier?«

»Ich spiele kein Spiel. Wir sind hergekommen, um diejenigen zu finden, die für den Tod von halb Calimekka verantwortlich sind. Und wir finden … dich. Dich und den Balg, den du vor deiner eigenen Familie versteckt gehalten hast. Du behauptest, du hättest nichts mit dem Unglück zu tun gehabt?«

»*Natürlich* hatte ich nichts mit dem Unglück zu tun. Ich bin aus dem gleichen Grund hier wie du.«

»Und doch bist du nicht mit uns gekommen, und du bist nicht mit Andrew gekommen. Und niemand war vor uns auf diesen Straßen. Wir haben Wachen aufgestellt und Späher vorausgeschickt. Wie kannst du behaupten, dass du nicht bereits hier warst, dass du nichts zu tun hast mit dem Bösen, das von diesem Ort ausgeht?«

»Wir sind hierher gekommen, um meine Tochter zu retten – die Galweighs hatten sie entführt. Wir sind mit einem Fluggerät gekommen«, fauchte Crispin. »Du Idiot, du *weißt*, wie wir hierher gekommen sind.«

Andrews Leute hatten Crispin und seine Tochter von Crispins Soldaten abgeschnitten; jetzt machten Andrew und drei seiner Männer Anstalten, sie zu umzingeln. »Wenn er tot ist, bekomme ich die Kleine«, sagte Andrew und kicherte.

Anwyn war zutiefst angewidert. Er würde Andrew bald töten müssen. Aber nicht heute Nacht. Heute Nacht brauchte er ihn noch. »Du kannst das Mädchen haben«, sagte er. »Wenn wir mit allem hier fertig sind.«

Eine Hand auf Ulwes Schulter gelegt, ging Crispin langsam rückwärts, bis er mit dem Rücken zur Mauer von Haus Galweigh stand, von seinen eigenen Leuten getrennt durch Andrew und Anwyn und den Pöbel, den sie auf den Berg hinaufgeschleppt hatten. Er saß in der Falle. Er hatte nur Ulwe neben sich, und das Kind war in einem Kampf gewiss nutzlos. Schlimmer als nutzlos, dachte Crispin. Eine schwere Verantwortung. Er blickte auf sie hinab, und es ging ihm durch den Kopf, dass er kleine Mädchen wie sie ungezählte Male als Opfer benutzt hatte, um seine Magie mit Nahrung zu versorgen – aber als Blutopfer würde Ulwe ebenso hoch über diesen Mädchen stehen, wie eine Paraglesa über einer Frau aus dem einfachen Volk stand; immerhin war sie seine eigene Tochter, sein eigenes Blut. Mit der Kraft, die er aus ihrem Leben beziehen konnte, konnte er alle vernichten, die sich hinter den Mauern von Haus Galweigh verschanzten – Doghall, Ry, Kait und die Übrigen. Er würde seine Rache bekommen. Außerdem glaubte er, dass er sich mit einem schnellen Transportzauber vor seinem Bruder, seinem Vetter und ihren Pöbelhorden in Sicherheit würde bringen können. Wenn er den Zauber sorgfältig ausrichtete, konnte er sowohl Anwyn als auch Andrew töten; ein so gewaltiges Opfer wie eine eigene Tochter würde ungeheure Kräfte freisetzen. Auf diese Weise würde er vielleicht auch Ilari oder seine übrigen Leibwächter retten können. Mit Sicherheit aber konnte er sich selbst retten. Mit Sicherheit durfte er dann auf die Unsterblichkeit hoffen, nach der es ihn so sehr verlangte. Er würde nicht besiegt werden.

Andrew leckte sich die Lippen und grinste Ulwe böse an, und Crispin konnte unter seiner Hand spüren, wie seine Tochter erschauerte. Ein schneller Tod würde für sie besser sein als das, was Andrew mit ihr vorhatte. Und wenn er, Crispin, nicht irgendetwas unternahm, würde er mit Gewissheit sterben, und mit der gleichen Gewissheit würde Ulwe Andrews Spielzeug werden. Zu guter Letzt würde sie ebenfalls sterben. Dieses »zu guter Letzt« war es, das ihm das Blut in den Adern erstarren ließ.

Ulwe blickte zu ihm auf, und in ihrem Gesicht sah er sich selbst und das quälende Bild einer in ferner Vergangenheit verlorenen Liebe, zu einer Zeit, da er noch ein besserer Mensch gewesen war. Damals hatte es ihn noch nicht mit solchem Hunger nach Macht verlangt, er hatte nicht solche Angst vor dem Leben gehabt und war noch nicht von seinen eigenen Entscheidungen verbogen gewesen.

Also, welche Möglichkeiten hatte er? Ein barmherziger Tod für Ulwe von seiner Hand oder sein Tod von Händen eines wütenden Mobs und Ulwes langsame, grauenvolle Ermordung durch Andrew?

Und plötzlich drängte sich ihm eine dritte Möglichkeit auf. Sie entsprang nicht seinen eigenen Gedanken, sondern Erinnerungen, die nicht ihm gehörten, die aber dennoch in seinem Kopf schlummerten.

Er konnte Falkenmagie benutzen, und mithilfe der Falkenmagie konnte er Ulwe retten.

Er war noch nie dem Weg der Falken gefolgt – er hatte natürlich von ihm gewusst, so wie Gelehrte einer jeden Zunft etwas über abtrünnige Narren wissen, die bizarre Auswüchse der eigenen vernünftigen Disziplin praktizieren. Aber als Crispin nun die Erinnerung des alten Mannes in seinem Kopf berührte, konnte er die Magie der Falken spüren. Er konnte etwas von seiner eigenen Lebenskraft nehmen, von seinem eigenen Willen, seinem Blut und Fleisch und Geist, und durch dieses Opfer seiner selbst konnte er seine Tochter in Sicherheit bringen. Er konnte die Magie der Falken nicht als Waffe benutzen, denn jede Magie, die einem anderen schadete, verlangte ein Opfer und fiel überdies auf ihren Schöpfer zurück. Also konnte er seine Feinde mit Falkenmagie nicht vernichten. Auch konnte er die Reichweite seiner Kraft deutlich spüren und schätzte diese Kraft ab, so wie Doghall es getan hätte – mit dem Ergebnis, dass er begriff, wie schwach er war. Er hätte nicht ein Leben lang darauf verwandt, die Stärke seines Charakters und die tiefen Reserven von Ehre und Anstand zu entwickeln, wie der alte Zauberer es getan hatte – er hatte seine Magie auf das Leben anderer gestützt und nie selbst den Preis gezahlt. Infolgedessen hatte er keine Hoffnung, mit Falkenmagie nicht nur Ulwe, sondern auch sich selbst retten zu können. Er würde von Glück sagen können, falls es ihm gelang, sie zu retten.

Und wenn er sich selbst opferte, wo würde Ulwe Zuflucht finden? In diesem Augenblick bedauerte er die Tatsache, dass er sich sein Leben lang nur Feinde gemacht hatte, zutiefst. Er hatte keinen guten Freund, keinen geliebten Gefährten, keinen barmherzigen Mitstreiter, dem er das Leben seiner Tochter anvertrauen konnte.

Andrew sagte: »Ich will sie sofort« und kicherte wahnsinnig.

Crispin hörte, wie Anwyn einen Laut des Abscheus ausstieß, aber dann erklang hinter der metallenen Maske seine dröhnende Stimme. »Gib Andrew das Kind! Wenn du es schnell und ohne Schwierigkeiten tust, können wir für dich vielleicht eine Lösung finden.«

Crispins Gedanken überschlugen sich. Er hatte so wenig Zeit, so viel zu tun. Beide Zauber standen ihm klar vor Augen, die beiden Texte, die er würde sprechen müssen, waren so einfach und offensichtlich, als wären sie in seinen Kopf gemeißelt. Und auch seine Alternativen waren klar. Er konnte Ulwe opfern und alles bekommen, was er wollte – vielleicht sogar eine Chance, eines Tages Unsterblichkeit zu finden. Oder er konnte seine gerechte Rache opfern, seinen Stolz, seine Zukunft und sein Leben, um seine Tochter zu retten.

Oder aber er tat gar nichts und verlor diese letzte Möglichkeit, einzugreifen, und mit ihr alles andere – seine Rache, seine Zukunft und seine Tochter.

»Papa, gib mich dem bösen Mann«, flüsterte Ulwe, die zu ihm aufsah. »Dann werden sie dich freilassen.« Ihr Gesicht war blass, ihr Körper zitterte, und Crispin konnte Tränen in ihren Augen aufsteigen sehen.

Seine Hände umkrampften ihre Schultern, und ihr Blick schnürte ihm die Kehle zu, sodass er kaum mehr atmen konnte. »Nein, nicht das«, erwiderte er genauso leise und küsste sie sachte auf den Kopf. Ihr Haar war weich und roch nach Heu und Sonnenlicht und kleinem Mädchen; ihre Haut war warm, und jetzt, da er sich so dicht über sie beugte, konnten seine Karnee-Ohren mühelos das vogelschnelle Jagen ihres Herzschlags hören.

Seine Hand fuhr wie von selbst zu dem Dolch an seiner Hüfte, und er zog ihn hastig aus der Scheide, bevor er sich gestatten konnte, darüber nachzudenken, was er tun sollte, welches das richtige Vorgehen wäre. Er drückte Ulwe mit dem linken Unterarm an sich, sodass sie nicht weglaufen konnte, und hielt die Innenseite seiner linken Hand nach oben, dann schlitzte er mit dem Dolch sein nacktes Fleisch auf, und als sein Blut aus dem tiefen Schnitt hervorquoll, schrie er mit Donnerstimme:

»Mein Fleisch, mein Blut, meine Seele,
Vodor Imrish!
Alles soll dir gehören für ihr Leben,
Für ihre Freiheit,
Für ihre Sicherheit.
Nimm, was du willst,
Aber gib zuerst mir, was ich will.«

»Papa, nein!«, schrie Ulwe schrill. »Sie werden dich töten!« Sie versuchte, sich aus seinem Griff zu befreien, aber er hob sie mit beiden Händen von den Füßen, warf sie durch die Luft und konzentrierte seinen Willen wie einen Pfeil auf die Zinnen der Mauer hoch über ihm. Der einzige Ort, wo er auf Sicherheit für seine Tochter hoffen durfte, war bei seinen Feinden – bei Doghall, Ry und Kait. Es war der Gipfel seiner Schande … aber Ulwe würde weiterleben.

Sie flog durch die Luft wie eine Puppe, die ein Kind von sich geschleudert hatte, und landete sachte auf der anderen Seite. Die verwirrten Gesichter des Pöbels wandten sich von Ulwe wieder Crispin zu; Andrew schrie wie ein Schwein beim Schlachter, und Anwyn fluchte und rief seine persönlichen Wachen zu sich.

Crispin erhaschte einen kurzen Blick auf Ulwes Gesicht, als sie zu ihm hinuntersah, dann hörte er sie schreien: »Kait! Kait! Komm und hilf ihm! Sie werden ihn töten.«

Er hatte keine Zeit, zu beobachten, was weiter auf der Mauer geschah, denn im nächsten Augenblick stürzte sich Andrew mit gezücktem Messer und dem Knurren eines Wahnsinnigen auf ihn. Die Falkenmagie hatte Crispin vollkommen entkräftet; es gelang ihm, Andrews ersten Stoß abzuwehren, aber der zweite Stoß traf ihn zwischen den Rippen und hinterließ einen Schmerz, der wie weiß glühendes Feuer war. Crispin schrie auf und spürte, wie das Tier in ihm erwachte, wie es knurrte und verlangte, dass er sich ihm auslieferte. Crispin konnte die Bestie für gewöhnlich beherrschen – er hatte es vor langer Zeit gelernt, die Verwandlung seinem Willen zu unterwerfen –, aber diesmal tat er es nicht. Stattdessen ließ er die Verwandlung kommen, ließ die Fesseln seiner Menschlichkeit wie die Symptome einer Krankheit von sich abfallen und gab dem mit Reißzähnen bewehrten, vierbeinigen Ungeheuer seinen Willen.

Er hörte Schreie, die er jedoch nur am Rande wahrnahm. Mit den Zähnen riss er sich die Ärmel seiner Tunika herunter, schüttelte seinen Umhang ab und befreite sich mit einer schnellen Bewegung von Stiefeln und Hosen. Ein Grinsen machte sich auf seinen Zügen breit, und seine Lippen gaben Reißzähne, so lang wie der Daumen eines Mannes, frei, dann legte er die Ohren flach an den Kopf und grollte mit durch die Verwandlung verstümmelten Stimmbändern: »Komm ein klein wenig näher, Andrew.«

Die Wachen um sie herum zogen sich zurück. Andrew sagte: »Tötet ihn, ihr Narren«, aber vielleicht hatte die lüsterne Gier, mit der Andrew das kleine Mädchen betrachtet hatte, ihnen nicht gefallen. Jedenfalls machte keiner von ihnen Anstalten, näher zu kommen, und Crispin setzte zum Sprung an, flog durch die Luft, Fleisch gewordener Zorn mit dolchscharfen Krallen, und riss acht lange Wunden in Andrews linke Schulter und die linke Seite seines Gesichts, während er an ihm vorbeischnellte.

Als er wieder auf dem Boden aufkam, wirbelte er mit der Anmut einer großen Katze herum und duckte sich zum nächsten Sprung.

Andrew fluchte, und Crispin registrierte, dass der Karnee-Duft, der in der Luft lag, deutlich stärker wurde. Er wartete ab; Andrew begann sich zu verwandeln. Crispin griff von neuem an, als sein Cousin mitten in der Verwandlung gefangen war – ein unbeholfenes Geschöpf, das weder Mensch noch Tier war. Er kratzte dem Ungeheuer ein Auge aus und zerfetzte seine Kehle zu einer blutigen Masse. Aber der Karnee-Fluch gestattete es seinen Geschöpfen nicht, so schnell zu sterben. Obwohl das Auge aus der Höhle gerissen worden war und deshalb nicht mehr geheilt werden konnte, wuchsen die klaffenden Wunden an Andrews Kehle wieder zusammen, und die Blutung hörte genauso schnell auf, wie die Wunde auf Crispins Brustkorb verheilt war.

Crispin und Andrew machten sich bereit und griffen von neuem an. Andrew war der Schwerere und Stärkere von beiden; Crispin war schneller und beweglicher. Sie sprangen aufeinander los, machten Finten und ließen auf dem Boden um sie herum Fleischbrocken aus ihrem eigenen Körper zurück und Pfützen ihres eigenen Blutes. Schnelligkeit, Vorsicht und sein gerechter

Zorn verliehen Crispin jedoch gewaltige Kräfte, und Andrews Blut floss immer schneller, und seine vielen Verletzungen verlangsamten ihn, bis Crispin schließlich über ihm lag, Andrews Kehle zwischen den Zähnen, und sagte: »Ich will dich um Gnade betteln hören.«

»Gnade!«, schrie Andrew, und das Geräusch war ein dunkles und Grauen erregendes Zerrbild der menschlichen Sprache.

»Lauter.«

»GNADE!«

»GNADE.«

»GNADE!«

»Du hast niemals einem anderen Gnade erwiesen, du sollst selbst keine Gnade erfahren.« Crispin bohrte die Zähne tief in Andrews Kehle und schüttelte den Kopf heftig hin und her – bis er das befriedigende Knacken von Andrews Rückgrat spürte. Sein Vetter erschlaffte, und solange er noch gelähmt war und bevor der Karnee-Fluch Zeit hatte, zerfetztes Fleisch und zerrissene Nerven zu heilen, durchtrennte Crispin mit seinen scharfen Zähnen Andrews Halsschlagadern und bohrte ihm mit einer Pfote, die für diese Aufgabe nur schlecht geeignet war, seinen Dolch in die Rippen und tief in sein Herz.

Einen Augenblick lang war Crispin schwindlig, und er trieb auf einer Wolke des Triumphs. Er hob den Kopf von der verstümmelten Leiche, und während Andrews Blut ihm noch von der Schnauze tropfte, sah er sich um.

Die Gesichter, die seinen Blick erwiderten, waren voller Hass, voller wilder, an Wahnsinn grenzender Entschlossenheit.

Sie waren Menschen – wahre Menschen –, und Crispin hatte verraten, dass er mehr war als nur ein Komplize von Zauberern. Er hatte sich als Zauberer aus eigener Kraft und als Ungeheuer zu erkennen gegeben.

Er blickte zu Anwyn hinüber und fragte sich, ob er ihn vielleicht würde töten können, bevor er selbst niedergerissen wurde, aber Anwyn steckte von Kopf bis Fuß in einer Rüstung, die ihn schützte. Nur schade, dass ich Andrew nicht geopfert habe, dachte Crispin – ich hätte mit seinem Tod mehr Gutes tun können, als er es mit seinem ganzen Leben getan hat.

»Tötet die Bestie!«, schrie der Pöbel.

»Tötet die Bestie!«

Crispin spannte die Muskeln an, ging in die Hocke und sprang auf Anwyns Kopf zu. Er spürte, wie die Schlösser von Anwyns goldener Maske zerbrachen, aber die Maske, die sich vielleicht auf seinen Hörnern verfangen hatte, blieb fest auf seinem Kopf sitzen. Und eine zweite Chance bekam Crispin nicht. Anwyns Leibgarde griff ihn mit Schwertern an, und als er vor ihnen floh, lief er direkt in die Arme des Mobs, der Haus Galweigh umstellt hatte. Die Menschen hoben ihre Knüppel, ihre Mistgabeln und ihre Speere und gingen damit auf ihn los.

Er spürte, wie die ersten Schläge ihn trafen – furchtbare, lautlose Explosionen, die seine Muskeln zerrissen und seine Knochen bersten ließen, die ihm dem Atem aus dem Leib rammten. Und dann landete ein donnernder Schlag auf seinem Nacken, und nach einem kurzen, betäubenden Schmerz, der schlimmer war als alles, was er je erlebt hatte, durchströmte ihn ein Gefühl der Wärme. Er fühlte sich besser.

Er fühlte sich … gut.

Sein Augenlicht schwand, und an dessen Stelle trat tröstliche Dunkelheit, eine Dunkelheit wie im Mutterschoß. Das Wahrnehmungsvermögen verebbte. Er spürte keinen Schmerz mehr, spürte keine Berührung mehr, spürte gar nichts mehr. Er schwebte behaglich dahin. Die Gerüche verblassten. Der Gestank von Schweiß und Schmutz, von Furcht und Hass ausgelöscht, zusammen mit den süßen Düften der Nachtluft und dem fernen, lockenden Wispern des Jasmins, des letzten Duftes, an den er sich erinnern konnte. Und schließlich verebbten auch die Geräusche. Das leise Pulsieren seines sich verlangsamenden Herzschlags, beruhigend wie das einlullende Geräusch von Wellen, die sich am Strand brachen, all diese Dinge wischten die Schreie und das Lärmen fort, ebenso wie die dünne, hohe Stimme von Ulwe, die kreischte: »Papa, nein! Nein!«, das Wispern des Windes und das Rascheln der Palmblätter. Und dann war auch diese beruhigende, pulsierende Decke aus Geräuschen fort.

»Ungeheuer und Verräter!«, rief Anwyn, dessen Stimme weit über den gerodeten Boden um das Haus herum trug. »Zwei sind bereits tot. Die Übrigen verstecken sich hinter diesen Mauern.«

Er zeigte auf die Zinnen, auf das kleine Mädchen, das noch immer auf die Menschenmenge hinabstarrte und auf die blutigen Fetzen, die alles waren, was von ihrem Vater übrig geblieben war.

Crispins Balg. Seine Erbin. Anwyn wollte sie tot sehen.

Dann erschien eine Frau neben dem Mädchen oben auf der Mauer und blickte in die Richtung hinunter, in die das Kind zeigte. Sie kam ihm quälend bekannt vor, und im nächsten Moment wusste Anwyn auch, warum. Sie war die Frau, die er aus dem obersten Stock des Sabirschen Turms in den Tod hatte stürzen sehen – die Frau, deren Körper anschließend spurlos verschwunden war. Sie war eine Galweigh – und sie war noch etwas darüber hinaus. Karnee. Die Hüterin einer ungeheuren Magie. Eine Frau, die sterben musste.

Die Galweigh-Frau hielt dem Kind die Augen zu und zog es von der Brustwehr weg. Sie selbst sah jedoch noch einen kurzen Augenblick lang auf ihn, Anwyn, hinab, bevor sie verschwand, und in ihrem Gesicht las er eine kühle Musterung und das Versprechen seines eigenen Verderbens.

Er unterdrückte sein Schaudern. Sie würde nicht lange genug leben, um dieses Versprechen zu halten. Er würde dafür sorgen.

»Die Leitern!«, rief er. »Holt euch den Rest der Ungeheuer!«

Der heulende Mob, den er und Andrew zusammengetrommelt

hatten, stürzte zurück zu den Leitern und lehnte sie an einem Dutzend verschiedener Stellen an die Mauer. Die Leitern waren nicht hoch genug, um bis auf die Mauerkrone zu kommen, aber hoch genug, um die Seilmeister mit ihren Enterhaken in Position zu bringen.

Etliche Seile flogen über die Brustwehr, und einige rutschten wieder zurück, weil ihre Haken keinen Halt gefunden hatten. Aber andere trafen ihr Ziel. Und ein halbes Dutzend Männer kletterte die unverteidigten Mauern hinauf, dann ließen sie sich auf der anderen Seite hinunter und zogen die Strickleitern hinauf, über die die restlichen Angreifer folgen sollten.

Aber sie hatten kaum die Leitern ausgehängt, als unsichtbare Mächte sie ergriffen und sie, vorsichtig und sehr sanft, wieder auf die andere Seite der Mauer zurückwarfen.

»Macht weiter«, schrie Anwyn, und der Mob stürmte die Mauern hoch.

Auch diese Angreifer wurden ergriffen, sobald sie innerhalb der Mauern waren, und unverletzt wieder auf die andere Seite getragen.

»Schneller«, rief Anwyn.

Die Menschen, die festgestellt hatten, dass diese Prozedur ohne Verletzungen vonstatten ging, nahmen ihren ganzen Mut zusammen, gaben ihm mit ihrem Zorn zusätzliche Kraft und versuchten abermals, die Mauer zu stürmen.

Und zu guter Letzt waren die unsichtbaren Kräfte so sehr geschwächt, dass die Menschen, die die Mauer überwanden, dort auch blieben.

Jetzt strömten immer mehr und mehr von dieser von Trauer und Rachsucht beseelten Gemeinschaft herbei. Sie kamen über die Mauern. Und auf den geweihten Grund von Haus Galweigh. Anwyn Sabir folgte der Meute, feuerte sie an und lenkte sie auf das Haus selbst zu. Aber sie waren nicht schnell genug gewesen. Die unsichtbaren Wachen des Hauses hatten sich gerade genug

Zeit verschafft, denn als der Mob sich seinem Ziel näherte, waren die wenigen Bewohner von Haus Galweigh bereits entkommen. Die Angreifer konnten nur noch zusehen, wie die ersten Strahlen des Sonnenlichts sich auf der Außenhaut des Fluggeräts fingen, das sich lautlos und mit abgestellten Motoren ihrem Zugriff entzog, getragen nur von dem Morgenwind.

Anwyn schrie vor Zorn, fluchte und warf den Kopf wie ein wütender Bulle hin und her.

Und die Maske, die seine grauenvolle Missbildung vor dem Pöbel verbarg, fiel zu Boden. Das fahle Licht der neuen Morgendämmerung enthüllte sein nacktes, mit Hörnern und Schuppen verunstaltetes Gesicht dem Mob, dem gerade seine Beute entschlüpft war.

Er hörte, wie sie scharf den Atem einsogen. Er sah das Entsetzen in ihren Augen. Er suchte verzweifelt nach einem Fluchtweg, aber es gab nichts dergleichen für ihn.

Der Mob, den es nach Blut dürstete und der sich seiner rechtmäßigen Beute beraubt sah, wandte sich gegen Anwyn.

Dieser hielt sich gut, zumindest für eine Weile.

Und dann bekamen die Geisterwächter des Hauses ihr letztes Geschenk für diese Nacht.

Kapitel 39

Die letzten Ausläufer der Dunkelheit hielten das Gasthaus zum Großen Behagen noch umfangen, als ein Dutzend schattenhafter Gestalten durch die Seitentür hereinschlüpften. Shrubber, der Wirt, lief ihnen in den Weg, als er Holz in den Schankraum bringen wollte – da er von jeher ein Frühaufsteher gewesen war, hatte er bereits das Herdfeuer für den neuen Tag vorbereitet.

Einer der Männer schlitzte ihm die Kehle auf, bevor er auch nur schreien konnte, und als er aufhörte, mit Armen und Beinen um sich zu schlagen, schoben die Eindringlinge seine Leiche in die Herdstelle und schichteten das Holz so vor dem Toten auf, dass es ihn vor unmittelbarer Entdeckung schützte. Niemand sonst stolperte über die Fremden, und sie gingen leise die Treppe hinauf zu den Gästezimmern, wo sie mit großer Zielsicherheit das Zimmer ansteuerten, in dem Ry, Yanth und Jaim schliefen.

»Zieht eure Messer«, sagte einer der Männer. »Wenn sie tot sind, entkleidet die Leichen und nehmt alles aus dem Zimmer mit, was irgendwie von Wert ist. Es muss wie ein Raub aussehen.«

Das war das einzige Geräusch, das von den Eindringlingen kam, aber Ry genügte es.

Er hatte immer einen leichten Schlaf, aber jetzt war er der Verwandlung nahe und besonders empfänglich für Veränderungen von Geräuschen und Gerüchen, und er stand vor seinem Bett und hielt sein Schwert in der Hand, bevor Yanth oder Jaim auch nur aufgewacht waren. Er trat gegen ihre Betten und zischte: »Hoch mit euch, schnell, oder wir sind alle tot.« Dann stürzte er durch den Raum, während seine Freunde hinter sich nach ihren Waffen tasteten.

Als die Angreifer durch die Tür stürzten, in der Erwartung, drei schlafende Männer vorzufinden, fand der erste stattdessen eine blanke Klinge und einen schnellen Tod; den zweiten erwartete ein Wahnsinniger, der in dem engen Raum wie ein besessener Dämon kämpfte.

Und als die Masse der Angreifer sich an Ry vorbei in den Raum gedrängt hatte, standen sowohl Yanth als auch Jaim an seiner Seite.

Sie kämpften ohne ein Wort, und das einzige Geräusch war das Scharren von Stiefeln und das Klatschen nackter Füße auf dem Bretterboden, das Klirren von Schwertern auf Dolchen, von

Schwertern auf Schwertern, dann hier und da ein dumpfer Aufprall von Fleisch, ein Schmerzensschrei.

Und schließlich gelang es einem der Angreifer, Jaims Deckung zu durchdringen, und seine Klinge bohrte sich in einem Stoß zwischen Jaims Rippen, in Herz und Lunge hinein und auf der anderen Seite wieder aus seinem Fleisch heraus. Jaim schrie nur ein einziges Mal auf, dann krümmte er sich und fiel zu Boden, während sein Mörder die Klinge aus seiner Brust riss, sich umdrehte und heiser hervorstieß: »Für Kapitän Draclas!«

»Für Kapitän Draclas!«, brüllten auch die anderen Angreifer.

»Ian Draclas ist mein *Bruder*!«, schrie Ry. »Haltet ein! Haltet ein! Wir kämpfen auf derselben Seite!«

Yanth rief: »Ich will keinen Frieden – sie haben Jaim getötet!«

Aber die Angreifer hatten sich zurückgezogen, und Ry fing Yanths Handgelenk auf. Sie standen schwitzend und keuchend in dem kleinen Raum, und zwischen ihnen lagen Jaim und zwei der Angreifer in ihrem eigenen Blut tot auf dem Boden; sie waren Fremde, die einander mit erschrockenen, verwirrten Mienen musterten.

In dem Stockwerk unter ihnen begann jemand zu schreien, und die Angreifer befahlen: »Lauft! Durch die Hintertür, bevor sie die Wachen rufen.«

Yanth riss sich mit einem wütenden Fauchen von Ry los und sagte: »Ich will, dass sie sterben.«

Ry schwang sich sein Bündel über die Schulter und wischte das Blut von seiner Klinge an der Matratze ab, auf der er noch wenige Minuten zuvor gelegen hatte. »Lauf mit ihnen, oder man wird uns diese Morde zur Last legen. Wir haben keine Freunde hier und niemanden, der für uns sprechen würde; man würde uns hängen.«

Yanths Gesicht wurde hart und kalt. »Was ist mit Jaim?«

Ry ließ sich auf die Knie nieder und tastete hastig nach irgendeinem Lebenszeichen in Jaims Körper. Der Puls war fort, die Augen starrten – halb geöffnet – blicklos zur Decke, und das Fleisch war von einem blutleeren, geisterhaften Weiß. Ry ballte die Faust und schluckte die Tränen hinunter. »Seine Leiche wird bei denen der anderen bleiben. Sein Geist wird uns vergeben, hoffe ich.«

Yanth fluchte, dann packte er sein eigenes Bündel und stürzte zusammen mit Ry hinter den Angreifern her durch den Korridor. Mit verschwommenen Augen sah Ry Gesichter, die ihnen durch die Ritzen fast verschlossener Türen nachblickten.

Sie liefen die Treppe hinunter, wobei sie immer drei Stufen gleichzeitig nahmen, und sprangen von der letzten Treppenflucht mit einem dumpfen Aufprall in den Flur. Im Erdgeschoss fanden sie Kelje und das Küchenmädchen, die über dem toten Boscott Shrubber hockten; anscheinend hatten sie die Leiche aus der Feuerstelle gezogen. Im nächsten Augenblick waren Ry und Yanth bereits auf der Straße und liefen durch den Schlamm, der an ihren nackten Füßen saugte und an ihren Hosen zerrte.

Ry bedauerte den Verlust seiner Stiefel, aber nicht so sehr, wie er den Verlust seiner Freiheit bedauert hätte. Er und Yanth überholten zuerst die langsamen Keshi-Narbigen, dann schließlich auch die Menschen. Dennoch kamen sie alle gleichzeitig bei dem wie eine Hure bemalten Beiboot der *Wanderfalke* an, sprangen hinein und stießen sich vom Ufer ab. Ry und Yanth griffen nach den Riemen und legten sich mit aller Kraft ins Zeug.

Während sie auf die *Wanderfalke* zuruderten, griff einer der Angreifer den Faden des Gesprächs dort wieder auf, wo Ry ihn abgeschnitten hatte. »Ihr seid Ian Draclas' Bruder?«

»Sein Halbbruder.«

»Warum in allen Höllen habt Ihr dann Rrru-eeth Eure Seele verschrieben?«

»Ich diene Ians Interessen.«

»Ihr dient diesem verräterischen Miststück«, sagte sein Gegenüber. »Ich habe mit eigenen Ohren gehört, wie Ihr ihr Loyalität geschworen habt. Wir alle haben es gehört.«

»Ich habe dem *wahren* Kapitän der *Wanderfalke* Treue geschworen. Der wahre Kapitän ist mein Bruder.«

»Der wegen dieser Frau gestorben ist.«

»Er ist nicht tot. Ich habe ihn aus der Stadt der Alten in Novtierra gerettet, nicht lange nachdem Rrru-eeth ihn dort ausgesetzt hatte. Er ist jetzt in Calimekka, und ich habe die Absicht, ihm sein Schiff zurückzubringen – mit Rrru-eeth an Bord. Dann mag er entscheiden, was er mit ihr machen will.«

»Er hat tatsächlich dem wahren Kapitän Treue geschworen«, bemerkte nun einer der anderen Männer. »Genau das waren seine Worte: ›Ich schwöre dem *wahren und rechtmäßigen Kapitän* dieses Schiffs ewige Treue.‹ Gestern fand ich es komisch, weil ich wusste, dass sie nicht wirklich der Kapitän des Schiffes ist, aber ich dachte, er hielte sie dafür.«

Einer der Keshi sagte: »Und er wusste, dass das Schiff *Wanderfalke* heißt und nicht so, wie diese verdammte Kapitänshure es getauft hat.« Die Eidechsenaugen musterten Ry mit einem trägen Blinzeln, und die Eidechsenzunge schnellte zwischen seinen Lippen vor und zurück, wie um die Luft zu kosten. »Er schmeckt nicht so, als lüge er.«

Ry dachte an Jaim, der grundlos gestorben war, und er wollte Blut sehen, um seinen Tod zu rächen. Aber wenn er seine Rache bei jenen suchte, die seine Verbündeten werden konnten, und das zu einer Zeit, da er Verbündete dringender brauchte als irgendetwas sonst, dann wäre er erst recht ein Narr gewesen. Wenn jemand für Jaims Tod bezahlen musste, dann war es Rrru-eeth. Er wollte *ihr* Blut – für das, was sie Kait angetan hatte, und jetzt auch als Vergeltung für Jaim.

Er zog seinen Riemen mit Macht durch. Mit tiefer Bitterkeit sagte er dann: »Wenn ihr Ian treu ergeben wart, warum habt ihr dann nicht verhindert, dass Rrru-eeth ihn und Kait und Hasmal und eure eigenen Leute einfach zurückließ? Warum habt ihr nicht zusammen mit den anderen gekämpft?«

»Rrru-eeth hat uns überrumpelt«, sagte der Mann, der bisher am meisten gesprochen hatte. »Sie hat diejenigen von uns, von denen sie wusste, dass sie Ian treu ergeben waren, in die Stadt geschickt, angeblich um die letzten Schätze zu holen, bevor Ian, Kait und dieser Zauberer mit ihrer Beute zurückkämen. Einige von ihren eigenen Leuten sind mit ihnen gegangen, und als Ians Männer sich weit genug vom Schiff entfernt hatten, kamen Rrru-eeths Leute zurückgelaufen; sie dachten, sie bräuchten nur die Beiboote zu nehmen und einfach alle an Land setzen zu lassen, die nicht für Rrru-eeth waren. Aber Ians Männer haben auch nicht geschlafen. Sie sind zum Strand zurückgelaufen, haben um die Beiboote gekämpft ... und verloren.« Er ließ den Kopf hängen. »Wir haben nie so ein Getue um unsere Gefühle für den Kapitän gemacht, und wahrscheinlich haben wir ebenso wie die anderen daran Anstoß genommen, eine Gestaltwandlerin und einen Zauberer auf unserem Schiff zu haben. Daher dachte Rrru-eeth wohl, wir seien auf ihrer Seite. Im Übrigen haben wir die Meuterei verschlafen – wir waren den ganzen Tag in der Stadt gewesen und hatten uns die Seele aus dem Leib geschuftet; wir waren todmüde ...«

Der Keshi, der zuvor bereits gesprochen hatte, sagte: »Als wir erwachten, waren wir auf hoher See, und dieses Miststück hatte sich zum Kapitän des Schiffs aufgeschwungen, und wir Leute, die wir Kapitän Draclas unterstützt hätten, befanden uns in der Minderzahl. Also hielten wir den Mund. Wir warteten ab – das ist etwas, das wir alle sehr gut können: warten. Wir sind bei ihr geblieben, um dafür zu sorgen, dass sie für ihre Tat bezahlt. Die Götter sagen zwar, sie würden Rache üben, wenn es den Menschen selbst nicht gelingt, aber wir wollten nicht auf irgendwelche Götter vertrauen. Wir wollten sie mit unseren eigenen Augen hängen sehen.«

»Warum ist sie dann noch nicht tot?«

»Sie ist sehr vorsichtig«, erklärte der Keshi. »Sie traut niemandem, und sie hat bessere Ohren und eine bessere Nase als irgendjemand sonst – sie wittert ein Unheil, lange bevor es sie erreicht.«

Ry drückte seinen Riemen nach vorn und stieß das Blatt in das immer wilder werdende Meer hinein. »Ich will sie tot sehen. Diesen Schwur habe ich bereits um meinetwillen geleistet und auch für Kait und Ian. Ich wollte sie für das, was sie getan hat, eigenhändig töten, aber sie hat Ian und Kait schlimmeren Schaden zugefügt als mir. Die beiden haben es verdient, über Rrru-eeths Schicksal zu entscheiden – vor allem Ian, denke ich. Wenn sie nach Calimekka segelt, werde ich dafür sorgen, dass sie es nie wieder verlässt.«

»Dann sind wir auf deiner Seite. Hast du einen Plan, wie du sie töten willst?«

»Den habe ich.«

»Dann führe uns.« Der Mann an dem Riemen neben seinem sagte: »Ich werde dir folgen – und die Männer werden mir folgen. Also kann ich für uns alle sprechen.«

Die anderen nickten.

Ry sah Yanth an.

»Sie haben Jaim getötet«, sagte er. »Sie haben versucht, dich und mich zu töten.«

»Sie sind unsere Verbündeten«, erwiderte Ry.

»Dann sind sie eben unsere Verbündeten.« Yanths Gesicht blieb kalt. »Aber sie sind nicht unsere Freunde, und wenn ich eines Tages, nachdem Rrru-eeth tot ist, die Gelegenheit habe, *diesem* Bastard meine Klinge ins Herz zu rammen …« Er zeigte mit dem Kopf auf den Mann, dessen Waffe Jaim getötet hatte. »Dann wird mein Schwert sein Blut zu schmecken bekommen, bevor er auch nur Atem holen kann.«

Der Mann, auf den Yanth gezeigt hatte, zuckte mit den Schultern. »Nenne mir Zeit und Ort, und ich werde da sein. Ich habe deinen Freund nicht aus niederen Gründen getötet; wenn ich gewusst hätte, dass ihr Rrru-eeths Feinde seid, hätte ich überhaupt nicht gegen euch gekämpft. Und ich entschuldige mich für meinen Irrtum. Aber wenn dir das nicht genügt und du deine Waffe gegen meine erproben willst, habe ich keine Einwände.«

»Nein, es genügt mir nicht«, sagte Yanth. »Wenn diese erste Angelegenheit geregelt ist, werden wir beide unsere eigene Rechnung begleichen.«

Kapitel 40

Die *K'hbeth Rhu'ute*, die einstige *Wanderfalke*, segelte in einem Hagel von Anschuldigungen aus dem Hafen; die Einheimischen verlangten die Auslieferung der Mannschaft und stießen wüste Drohungen gegen alle Beteiligten aus, sollten sie jemals wieder einen Fuß nach Heymar setzen. Rrru-eeth Y'tallin stand zu ihren Leuten und erklärte, dass sie als eingetragener und vereidigter Kapitän die alleinige Herrschaft über ihre Mannschaft habe und daher auch für die Rechtsprechung verantwortlich sei. Sie sagte, sie werde über die Mörder zu Gericht sitzen, sobald sie auf See seien, und sie werde dafür sorgen, dass sie ihrem verdienten Schicksal nicht entgingen. Zunächst aber wolle sie die Leichen ihrer drei Matrosen zurückhaben, damit sie ihnen eine ordentliche Bestattung auf See zuteil werden lassen könne.

Es war ein Beweis ihrer Schrecken gebietenden Wildheit, dass unverzüglich die Leichen von Jaim und der beiden anderen Toten zum Hafen gebracht und von Hafenarbeitern zur *K'hbeth Rhu'ute* hinübergerudert wurden. Rrru-eeth erfuhr, dass die Frau, die am Hafen die Verladung der Leichen überwachte, Kelje Shrubber war, die Ehefrau des Mannes, dessen Ermordung Rrru-eeths Männern zur Last gelegt wurde. Sie bat die stämmigen Hafenarbeiter, die die Leichen zum Schiff gerudert hatten, zu warten, ging in ihren Frachtraum hinunter und kam mit zwei kleinen Lederbeuteln zurück. »Sorgt dafür, dass die Frau das bekommt. Und zwar alles«, sagte Rrru-eeth. »Es ist eine Entschädigung für den Verlust ihres Gatten, und obwohl ich natürlich weiß, dass Geld in Zeiten wie diesen kein Trost ist, so wird es der armen Frau doch helfen, die Steuereintreiber und die Zwangsvollstrecker von ihrer Tür fern zu halten.« Sie lächelte so breit, dass beide Männer die Spitzen ihrer Zähne deutlich sehen konnten, und fügte hinzu: »Ich bleibe hier stehen und behalte Euch im Auge, um sicherzugehen, dass die Frau auch wirklich alles bekommt.«

»Was habt Ihr ihr gegeben?«, fragte Ry.

»Gold«, antwortete Rrru-eeth. Aus ihrer Stimme waren weder Ärger noch Mitleid herauszuhören. »Mit Gold lassen sich viele Sünden zudecken.«

Nachdem die Hafenarbeiter Kelje die beiden Beutel ausgehändigt hatten, wandte Rrru-eeth sich vom Ufer ab und gab die Order, Segel zu setzen. Ry hielt sich dicht neben ihr.

»Ich möchte wissen, was passiert ist«, sagte sie. »Warum haben meine Männer Euch verfolgt, warum haben sie diesen Gastwirt getötet, warum habt Ihr mit ihnen gekämpft und seid dann mit ihnen geflohen? Noch dazu mit nackten Füßen!«

Ry beobachtete die Matrosen, die durch die Takelage kletterten und die großen Seidensegel hissten. Er spürte, wie das Schiff unter seinen Füßen zu summendem Leben erwachte, als es sich in Bewegung setzte. Schiffe waren nur Dinge, leblose Konstruktionen aus Holz und Metall, aus Tuch und Knochen – aber wenn der Wind den Segeln sein Leben einhauchte, begannen eben diese toten Dinge zu atmen. Ry wunderte sich nicht darüber, dass die Menschen ihnen Namen gaben, dass sie ihnen ein Geschlecht zuwiesen und ihnen huldigten und sie liebten – in mancher Hinsicht hatten sie die Liebe ebenso verdient wie die Menschen. Und manchmal – er warf einen Seitenblick auf Rrru-eeth – waren sie der Liebe würdiger als mancher Mensch.

»Eure Männer … haben unsere Loyalität in Zweifel gezogen. Die Schwierigkeiten zwischen uns beruhten auf einem Missverständnis, und zwar auf einem bösen. Wir haben auf Leben und Tod gekämpft, und ich kann von Glück sagen, dass ich jetzt hier stehe.«

»Das möchte ich meinen – sie waren vier zu eins in der Überzahl. Es wundert mich, dass Ihr unter diesen Umständen überlebt habt.«

»Hätten wir weitergekämpft, wären Yanth und ich mit Jaim gestorben. Aber der Kampf fand vorher ein Ende. Wir konnten Eure Männer davon überzeugen, dass wir keine Verräter sind. Dann sind traurigerweise die Leute unter uns aufgewacht und haben den Gastwirt tot aufgefunden – was genauso eine Tragödie ist wie der Rest dieser Geschichte, denn er war ein guter Mann und hätte ein besseres Ende verdient. Wie dem auch sei, als das einmal passiert war, mussten wir fliehen.«

»Aber warum musstet *Ihr* fliehen? Ihr seid angegriffen worden – gewiss hätte man Euch doch nur gebeten, Eure Aussage zu machen. Aber durch Eure Flucht habt Ihr Eure Schuld eingestanden, wo Ihr vollkommen unschuldig wart.«

»Eure Matrosen wären nicht an Land geblieben, um sich einer Verhandlung zu stellen. Yanth und ich wären allein gewesen, mit drei toten Männern in unserem Zimmer und einem weiteren unten in der Feuerstelle, und wir hätten nur einander gehabt, um zu beschwören, dass wir angegriffen wurden, und zwar ohne unser Dazutun. Niemand hätte uns geglaubt, dass wir nichts mit dem Tod Shrubbers zu tun hatten. Zwei Fremde ohne jeden Rückhalt in der Stadt, die einen beliebten und geschätzten Einheimischen verloren hat … ich fand, dass unsere Chancen nicht gut standen.«

»Wenn Ihr die Dinge so darlegt, kann ich Euch nur Recht geben.«

Sie standen zusammen auf Deck und sahen zu, wie die

K'hbeth Rhu'ute sich durch die vielen anderen Schiffe im Hafen einen Weg hinaus aufs offene Meer bahnte.

»Ich werde meine eigenen Männer vor Gericht stellen müssen«, sagte Rrru-eeth. »Und Euch und Euren Begleiter ebenfalls.« Ihre Stimme klang genauso unbeteiligt wie kurz zuvor, als sie den Hafenarbeitern das Gold gegeben hatte, um Shrubbers Witwe abzufinden. »Der Tod einer Landratte macht mir kaum Kopfzerbrechen; davon gibt es ohnehin mehr, als die Welt braucht, und wenn ein oder zwei davon versehentlich ins Gras beißen, kümmert mich das keinen Deut. Was mir aber Kopfzerbrechen macht, ist die Frage, warum meine Männer Eure Loyalität derart in Zweifel ziehen sollten, dass sie ohne mein Wissen dieses Schiff verließen, um Euch zu töten. Ebenso sehr staune ich über die Art und Weise, wie Ihr so schnell von Feinden zu Verbündeten werden konntet.«

»Ich habe doch erklärt ...«

»Das habt Ihr. Aber eine Verhandlung fördert Wahrheiten zutage, die Erklärungen häufig nur verschleiern. Ihr könnt mir alles erklären, sobald Ihr bei den Göttern Euren Schwur getan habt. Wenn Eure Seele auf dem Spiel steht, könnt Ihr mir die gleiche Geschichte noch einmal erzählen, und die Angelegenheit wird vergessen sein.«

Ry nickte.

Rrru-eeth lächelte ein winziges, nachdenkliches Lächeln. »Aber vielleicht kommt ja auch eine ganz andere Geschichte dabei zutage – und dann werde ich den Galgen aufbauen lassen und ein oder zwei Hinrichtungen anordnen müssen. Es ist eine böse Zwickmühle für einen Kapitän, wenn die Aktivitäten seiner Mannschaft ihm allzu viele Rätsel aufgeben und er nicht weiß, warum seine Leute sich so benehmen sollten, wie sie es getan haben.«

»Ihr habt keinen Grund, Euch zu sorgen«, sagte Ry.

»Nein. Ich werde mich auch nicht sorgen.«

In dem Augenblick wusste er, dass mit dem Angriff im Gasthaus all seine Hoffnungen gestorben waren, seine Ziele und seine wahre Loyalität geheim zu halten, bis er nach Calimekka kam. Er und Yanth und Ians Anhänger würden Rrru-eeth gefangen nehmen und ihr den Prozess machen müssen, um sie dann Ians Urteil auszuliefern, sobald dieser endlich wieder als rechtmäßiger Kapitän der *Wanderfalke* eingesetzt war.

Ry fragte sich, wie viele der Matrosen mit Rrru-eeth nach Novtierra gesegelt waren und wie viele von diesen ihr die Treue wahren würden. Wahrscheinlich viele, dachte er. Die Artefakte der Alten hatten der Mannschaft großen Reichtum eingebracht, eine Tatsache, die ihr bei ihrer Mannschaft eine Menge Wohlwollen sichern musste.

Es sah so aus, als würde sich diese Geschichte in ein einziges blutiges Chaos verwandeln. Ry fragte sich, ob er Kait jemals wiedersehen würde – außer vielleicht jenseits des Schleiers.

Ry? Kannst du mich hören?

Ry, der nach dem Mittagessen in seiner neuen Koje lag, öffnete die Augen und spürte zum ersten Mal seit langer Zeit Kaits Anwesenheit. Er wagte beinahe zu hoffen, dass sie wirklich ganz in der Nähe war, aber als er sich nach ihr ausstreckte, konnte er die langen Meilen spüren, die sie trennten – und die Entfernung zwischen ihnen wurde von Sekunde zu Sekunde größer. Kait hatte ihre Schilde jedoch gesenkt, und er wusste sofort, dass sie zwar in schrecklicher Gefahr gewesen war, ihr für den Augenblick aber nichts geschehen konnte.

Ich höre dich.

Mein Geliebter, bitte verzeih mir. Es war falsch von mir, dass ich dich ändern wollte, und falsch, zu verlangen, dass du ein anderer sein sollst als der, der du bist.

Ich habe dir verziehen, noch bevor ich fortging.

Ich liebe dich.

Er wünschte, er hätte sie unverzüglich in die Arme nehmen können – aber er musste sich damit begnügen, sie in seinen Gedanken zu berühren. *Ich liebe dich auch.*

Komm zu mir. Bitte. Du musst mich wiederfinden. Ich möchte nicht länger ohne dich sein.

Was ist passiert?

Eine Vielzahl von Bildern jagte durch seine Gedanken: von Crispins Angriff, von dem Verrat in Crispins eigenen Reihen und von dem Mob, den Anwyn und Andrew angeführt hatten. Ry konnte auch sehen, wie die beiden Vettern Crispin töteten, bevor sie sich anschickten, Kait und alle in ihrer Nähe anzugreifen. Die Bilder in seinem Kopf machten ihn frösteln. Er hätte Kait in jener Nacht leicht verlieren können, und er hätte die Wahrheit erst im Augenblick ihres Todes erfahren, wenn sie ihre Schilde nicht länger hätte aufrechterhalten können.

Jetzt saß sie mit Ian, Doghall, Alcie und den anderen in einem Fluggerät, auf der Flucht nach Süden.

Ich habe ebenfalls Neuigkeiten für dich, erzählte er ihr und zeigte ihr die Bilder des Schiffs, auf dem er sich befand, und von der Frau, die zurzeit dort Kapitän war.

Soll ich es Ian sagen?

Nein. Wenn ich siege, bringe ich euch das Schiff und die Meuterer nach Calimekka, und Ian wird seine Gerechtigkeit bekommen. Wenn ich versage, ist er besser dran, wenn er nicht weiß, was ich zu erreichen gehofft hatte.

Du darfst nicht versagen. Ich brauche dich.

Er spürte ihre Besorgnis und versuchte, sie nach bestem Vermögen zu beruhigen. *Wenn ich versagen würde, würde ich dich nie wiedersehen. Also kann ich nicht versagen – es ist mein Schicksal, in deinen Armen zu sterben.*

So wie es das meine ist, in deinen Armen zu sterben. Versprich es mir.

Ich verspreche es, sagte er.

Die Anstrengung, die es sie kostete, einander über solche Entfernungen hinweg zu berühren, wurde schließlich zu viel, und Kait begann ihm zu entgleiten. Solange sie irgend konnten, hielten sie einander fest, aber schließlich war sie aus seinen Gedanken verschwunden.

Aber jetzt konnte er nicht mehr verlieren.

Ich verspreche es dir, sagte er noch einmal zu ihr, obwohl sie ihn nicht länger hören konnte. Ich werde zu dir zurückfinden, und ich werde dich nie wieder verlassen.

Kapitel 41

Als die Hauptmasse der Armee der Tausend Völker den Pass hinaufzog, breitete sie sich, so weit das Auge reichte, wie ein lebendiger Teppich über die Landschaft aus. Sie wälzte sich in einer breiten Säule vorwärts, berittene Späher zu beiden Seiten, davon eingeschlossen die reguläre Reiterei, die wiederum die dicht geschlossenen Schlachtreihen der Fußsoldaten flankierten, in deren Mitte die Zivilisten gingen – die Mütter mit Kindern, die Alten, die Frauen, Söhne und Töchter der Offiziere – und auf Schlitten, Wagen und Tragen die Vorräte befördert wurden.

Oben auf dem Pass stand Har und beobachtete das Näherrücken der Armee. Har war der Jüngste von Doghalls Söhnen, die dem Vater gefolgt waren, als dieser Freiwillige für den Kampf gegen eine Bedrohung suchte, die zu jener Zeit noch rein hypothetisch gewesen war.

»Wir verfügen nicht einmal über den Bruchteil der Männer, die sie haben«, sagte er jetzt. »Und selbst wenn unsere Waffen besser sind, spielt das keine große Rolle, weil ihre Waffen um so vieles zahlreicher sind.«

»Geh.« Sein älterer Bruder Namid, der mit ihm zusammen den Pass beobachtete, schloss die Augen und rieb sich die Schläfen. »Sag Ranan, was da kommt. Wir brauchen Männer zur Bedienung der Felsfallen am Langfall, am Dritten Punkt und an der Hochbrücke. Dann einen ordentlichen Vorrat an Feuerpfeilen. Die Säcke mit dem Giftpulver für die Katapulte …« Er starrte auf ihre Feinde hinab, die auf der anderen Seite des Passes so zahlreich waren wie aus der Erde sprießende Grashalme, wie Sandkörner am Meer. »Und um der Götter willen, sag ihm, er soll sich beeilen.«

Har, der den Tod bereits auf seinen Fersen spürte, rannte los. Die feindlichen Späher würden nun bald am Pass sein, und sie mussten in dem Glauben gewiegt werden, dass dort kein Widerstand wartete. Wenn sie meldeten, dass alles unverdächtig sei, würde der Feind arglos in den Pass einmarschieren, und vielleicht, nur vielleicht, konnte Doghalls Armee die Fremden in die Falle locken und niedermetzeln, ohne dabei selbst ausgelöscht zu werden. Har kannte die Geschichten von kleinen Streitmächten, die riesige Armeen abgewehrt hatten, entweder weil das Gelände für sie günstig war, oder weil sie intelligenter und vorausschauender gewesen waren als ihre Feinde – und er und seine Brüder hatten zusammen mit ihren Soldaten Pläne geschmiedet und Vorbereitungen getroffen, und sie nutzten jetzt jede Nische und jeden Winkel und jedes Gefälle in den Bergen.

Aber wer hätte auch ahnen können, dass es so viele sein würden, gegen die sie kämpfen mussten? Das Land war schwarz von Feinden, so weit das Auge reichte. Wie viele Pfeile hatten sie? Wie viele Säcke Giftpulver? Wie viele Baumfallen, wie viele Steine?

Har rannte ins Lager, und viele hoben den Kopf, um ihm nachzusehen, viele Augen wurden ausdruckslos, viele Gesichter grimmig. Die Soldaten legten ihre Gitarren weg, schoben ihre Mädchen beiseite, ließen ihre Kochtöpfe im Stich, standen auf und schüttelten alles Leichte und Spielerische ab. In Hars Augen und seiner Miene sahen sie einen kleinen Widerhall dessen, was er gesehen hatte, und sie wussten Bescheid.

Als Har zu Ranans Zelt weiterstürzte, vertrat dieser ihm den Weg und fasste ihn an den Schultern. »Sprich.«

»Sie … kommen …«, stieß er atemlos hervor. »Tausende und Abertausende. In unendlichen Reihen wie … Treiberameisen. Namid sagte … Feuerpfeile. Und Männer zur Hochbrücke und … zum Dritten Punkt und an den Langfall. Und das Giftpulver für die Katapulte. Und schnell.«

»Späher?«

»Noch nicht.«

Ranan nickte.

Ein weiterer Bruder, Tupi – er kam von der Insel Bitterkessel und von einer Mutter, die ihn angefleht hatte, nicht fortzugehen –, eilte von der Westseite her ins Lager und auf Ranan zu. »Jetzt sind Männer am Zweiten Pass«, keuchte er. Einen Augenblick lang hielt er, die Hände auf die Knie gestützt, inne und ließ den Kopf hinunterhängen, während er versuchte, wieder zu Atem zu kommen. Der Wachposten über dem Zweiten Pass war weiter vom Lager entfernt als der über dem Hauptpass.

»Wie viele?«, fragte Ranan.

»Wir dachten zuerst, ein Schatten bewege sich über die fernen Hügel in unsere Richtung, aber es waren keine Wolken am Himmel. Wir konnten nicht glauben, was wir da sahen.«

»Späher?«

»Wir konnten in der Ferne sehen, wie sie sich vom Rest der Armee lösten. Sie sind beritten, zumindest einige von ihnen. Und der Feind hat irgendwelche Flieger.«

»Das ist bei Narbigen zu erwarten.«

»Wir sind gut versteckt. Aber wir brauchen so viel Verstärkung, wie wir bekommen können.«

Ranan nickte. »Dann also beide Pässe.«

Har sah seinem ältesten Bruder in die Augen und schauderte

angesichts ihres trostlosen Ausdrucks. Viele Menschen würden heute sterben, und Ranan war derjenige, der sie in den Tod schicken musste. Und einer von denen, die einen solchen Befehl bekamen, würde vielleicht er sein.

»Geh zurück auf deinen Posten«, sagte Ranan, und obwohl er Har dabei anschaute, schien er ihn nicht zu sehen. »Sag Namid, dass er mit der vollen Truppe rechnen kann. Lasst die Späher so lange in Ruhe, bis ihr in Gefahr seid, entdeckt zu werden, und wenn ihr sie töten müsst, versucht, es diskret zu tun.«

Har nickte.

»Jetzt lauf«, sagte Ranan und wandte sich an Tupi.

Har lief dorthin zurück, woher er gekommen war, und betete, dass er noch einen weiteren Sonnenaufgang erleben möge.

Die Späher kamen als Erste – ein Dutzend furchtbar anzusehender Reiter, die auf ihren missgestalteten Reittieren in den Pass galoppierten, und ein Dutzend fliegender Narbiger, die wie Fledermäuse aussahen, trieben über ihren Gefährten in der Luft. Die Männer in den vordersten Reihen lagen flach unter ihrer Tarnung, Tüchern, die in der Farbe von Felsen bemalt waren, und sie waren in diesem Augenblick von Herzen dankbar für Ranans Festhalten an Halifrans Maxime: »Was der Feind wahrscheinlich tun *wird*, ist unwichtig; wappnet euch gegen das, was er tun *kann.*«

Als sie ihre Unterstände aufgebaut hatten, hatten sie gemurrt: »Können unsere Feinde durch massiven Stein sehen? Können sie fliegen?« Und Ranan hatte die Achseln gezuckt und gesagt: »Vielleicht. Wir werden es erst wissen, wenn wir herausgefunden haben, wer unsere Feinde sind.«

Und jetzt hatten sie es herausgefunden – sie, die die ganze Übung für Zeitverschwendung gehalten hatten und Doghall und Ranan für verblendet, sie, die geglaubt hatten, das Geld, das Ranan für Männer ausgegeben hatte, die in die Berge zogen, um Felsen aufzuschichten und Segeltuch zu bemalen und tödliche

Fallen anzulegen. Jetzt priesen sie im Stillen Ranan als genialen Feldherrn, während die Späher über sie hinwegflogen, blind gegen die Fallen, die vor ihnen lagen, sodass sie kurz darauf wieder zu ihrer Armee zurückkehrten.

Als die Späher fort waren, bezogen Ranans Truppen in voller Stärke ihre Positionen. Immer noch verborgen unter bemalten Stellschirmen, beluden sie ihre Katapulte mit Giftpulver und versicherten sich noch ein letztes Mal der Windrichtung, um sich davon zu überzeugen, dass das tödliche Pulver in den Pass vor ihnen hinuntergetragen würde. Sie schoben ihre Feuerkästen dicht an die Feuergruben heran, wo Holz und Zunder trocken und säuberlich aufgestapelt nur darauf warteten, den Feuern Nahrung zu geben, an denen die Soldaten ihre Pfeile entzünden würden. Sie testeten die Klingen, mit denen sie die Seile durchtrennen würden, die noch die tödlichen Felsbrocken zurückhielten. Dann gingen sie in die Hocke, wagten kaum zu atmen und beobachteten die gewaltige Streitkraft der Ungeheuer, die sich nun in Bewegung setzten, und ihre Gedärme krampften sich zusammen, ihre Herzen schlugen wild gegen ihre Rippen, der Mund wurde ihnen trocken, und auf ihrer Zunge schmeckten sie bittere Furcht.

Har, der immer noch in der vordersten Reihe hockte, betete inbrünstig zu den Inselgöttern seiner Heimat und fügte gleich noch ein hastiges, hoffnungsvolles Gebet an die iberischen Götter hinzu, die über die Berge wachten und über das kalte, fremde Land, in dem er seines Schicksals harrte.

Dann kamen die ersten Reihen der kämpfenden Truppen an, und Har und die Männer an seiner Seite warteten auf das Signal. Har wusste, dass sie noch lange würden warten müssen – es mussten möglichst viele Feinde im Pass sein, bevor die Verteidiger einen Angriff wagen konnten.

Also schleppten die ersten Hundertschaften narbiger Monster ungehindert ihre Katapulte und Belagerungsmaschinen unter den wartenden Menschen hindurch über den Pass. Neben diesen

Dingen führten sie auf großen Wagen mit hölzernen Rädern auch Waffen bei sich, die Har nicht identifizieren konnte. Der Pass war so breit, dass ein Dutzend Männer nebeneinander hindurchreiten konnten – er stellte kein Problem für die Angreifer mitsamt ihren Waffen und ihren grauenvollen Reittieren dar. Der Feind kam vorsichtig näher und hielt seine Späher ständig in Bewegung, aber die Truppen der Narbigen zeigten keine Angst und verrieten auch mit nichts, dass sie sich der Falle bewusst waren, der sie sich näherten – sie plauderten miteinander, kleine Grüppchen gewaltiger, grauer, zottiger Tiere, deren Stimmen wie ein Bellen war, und kleine, schwarzsilberne, pelzige Kreaturen, die zirpten und kreischten, dass man sie für Affen hätte halten können, wären sie nicht bekleidet gewesen, und daneben Ungeheuer mit braunem Fell und Gesichtern wie freundliche Bären, deren Sprache abwechselnd wie ein Knurren und wie ein Trällern klang; ihre Ohren zuckten, während sie unausweichlich auf die Katastrophe zusteuerten.

Der vordere Teil des Passes füllte sich nun, die Truppen unter ihnen zogen um eine scharfe Biegung – die Verteidiger nannten sie den Ersten Punkt – und gerieten dahinter außer Sicht. Die Masse derer, die noch herbeiströmten, schien sich nicht im Mindesten verringert zu haben. Jetzt kamen auch einige der nicht kämpfenden Truppenteile in Reichweite, die in der Mitte der ausgedünnten Säule marschierten. Frauen mit ihren Säuglingen im Arm, Kinder, die zwischen den Wagen einherliefen oder mit auf dem Kutschbock saßen und spielten und lärmten; daneben die Alten und Gebrechlichen, die sich auf den gepolsterten Bänken spezieller Wagen zusammendrückten. Als Har sie sah, befiel ihn eine Übelkeit ganz anderer Art. Er hatte bisher nur seinen eigenen Tod in den Händen der Soldaten dort unten gefürchtet – hatte ihre Vergeltungsschläge gefürchtet, falls ihre Späher ihn und seine Gefährten entdeckten und zum Handeln zwangen, bevor sie den Hauptangriff in Gang setzen konnten.

Aber jetzt musste er feststellen, dass auch Unschuldige mit seinen Feinden reisten, dass diese Unschuldigen sterben würden und dass er seinen Anteil daran haben würde. Da er von den Imumbarranischen Inseln kam, hatte er die Narbigen nie so gehasst, wie die Iberaner es taten – die Narbigen trieben häufig mit seinem Volk Handel, und einige von ihnen hatten sich sogar auf den äußeren Inseln niedergelassen. Für ihn waren die Geschöpfe dort unten Menschen – er hätte am liebsten geweint. Wie konnten Krieger ihre Frauen und Kinder mitbringen? Wie konnten sie alles aufs Spiel setzen, das ihnen teuer war? Was hofften sie damit zu gewinnen?

»Sie wollen Ibera für sich selbst«, sagte Namid, als Har es wagte, ihm eine Frage zuzuflüstern. »Sie verlassen die Länder der Narbigen in den Veral-Territorien und sind auf der Suche nach einer Heimat, die weit genug entfernt ist vom Gift der Zaubererringe.« Er seufzte. »Ich nehme an, es erscheint ihnen einfacher, Ibera anzugreifen als Strithia.«

»Nun ... *Strithia* ...«, sagte Har und verfiel in Schweigen. Niemand konnte verrückt genug sein, um zu versuchen, das Land der Strithianer zu erobern.

Sie blickten hinab auf die schier unendliche Marschkolonne, die unter ihnen dahinströmte. Die Kämpfer behielten ihre Plätze zu beiden Seiten der Kolonne, die fliegenden Späher rauschten vorüber, im Allgemeinen immer noch unterhalb von Hars Position hoch am Berghang, manchmal aber auch darüber. Die Zivilisten marschierten mit den Waffen und den Vorräten in der Mitte, und die ganze Streitmacht sah für Har so aus, als würde sie niemals ein Ende nehmen.

»Bei der Geschwindigkeit, mit der sie sich bewegen, müssten sie jetzt bald den Dritten Punkt erreichen.«

Har sagte: »Es sind noch nicht genug im Pass.«

»Mehr gehen aber nicht hinein. Wir können nichts dagegen tun, dass immer noch zu viele von ihnen davor stehen.«

»Ihre Kämpfer werden die Hänge zu uns herauf erklimmen.«

Namid nickte. »Wenn wir unsere Last abgeworfen haben, werden wir fliehen müssen. Diejenigen, die noch außerhalb des Passes sind, werden unsere Position schnell ausmachen können, und einige ihrer fliegenden Späher sind bewaffnet. Ihnen werden wir wohl kaum viel Schaden zufügen können.«

»Also laufen wir zum Ersten Punkt.«

»Bleibt uns nichts anderes übrig. Dort haben wir Bogenschützen. Sie werden uns Deckung geben.«

Har nickte. »Wenn ich nicht überlebe, sag meiner Mutter, ich hätte mich gut gehalten, willst du das tun? Und sag ihr, dass ich an sie gedacht habe.«

Namid hielt ihm die Hand hin. »Ich schwöre es. Und falls ich sterbe, sagst du meiner Mutter das Gleiche.«

»Was ist mit Vater?«

»Er wird es ohnehin wissen. Er hat immer gewusst, was mit uns geschehen ist, mit uns allen.«

Har nahm Namids Hand und sagte: »Du hast Recht. Also schwöre ich, dass ich es deiner Mutter sagen werde.« Sie schüttelten sich die Hände, dann kehrten sie eilig zum Pass zurück.

Vom Dritten Punkt hörten sie einen Hornstoß – hoch und klar und klagend durchzog er die frühe Morgenluft.

Keiner der beiden zögerte, obwohl Har gegen die Tränen kämpfen musste, während er arbeitete. Die Brüder durchtrennten die dünnen Seile, welche dickere hielten und mit diesen eine kühne Konstruktion, hinter der unter den bemalten Planen große Mengen von Fels und Geröll aufgetürmt lagen, die nun ins Tal donnerten. Schon wurden die ersten Schreie laut, und die wohl geordnete Marschkolonne stob auseinander wie Ameisen, die mit einem Stock aufgerührt wurden – die Feinde rannten wie wahnsinnig durcheinander, einige flüchteten aus dem Pass, andere rannten ihrem Unglück förmlich in die Arme, wieder andere trampelten ihre eigenen Gefährten nieder oder liefen auf ihrer verzweifelten Suche nach einer sicheren Zuflucht im Kreis herum. Die Steinlawinen blockierten den Pass am Dritten Punkt und bei der Hochbrücke und am Langfall ebenso wie den Eingang des Passes. Sobald der Feind – oder so viel davon, wie eben möglich war – in der Falle saß, schossen die Verteidiger mit ihren Katapulten die Giftsäcke ab. Die Säcke waren so konstruiert, dass sie beim ersten Aufprall platzten – das Pulver war leicht und stob in riesigen Wolken auseinander, wenn ein Sack einschlug. Aus dem Innern der weißen Wolken hörte Har gequältes Husten, dann Schmerzenslaute, Schreie und Würgen.

»Los jetzt«, rief Namid und rannte aus ihrem Versteck. Har folgte ihm, wobei er den Blick auf den schmalen, trügerischen Pfad gerichtet hielt, der an dem holprigen Felssims entlang zum Ersten Punkt führte. Die fliegenden Späher des Feindes waren nirgends zu sehen, die erste Welle der feindlichen Armee, die im Pass in der Falle saß, starb, und in Har keimte ein Hoffnungsschimmer auf, dass einige der Götter vielleicht seine Gebete gehört hatten und ihm und seinen vielen Brüdern sowie den Soldaten, die mit ihnen kämpften, vielleicht doch noch ein neuer Tag vergönnt sein würde.

Er versuchte, die gequälten Schreie, die von unten zu ihm hinaufdrangen, nicht zu hören. Er versuchte, sich das Grauen nicht auszumalen, das dort unten herrschte – die Leiber von Männern, Frauen und Kindern der Tausend Völker, zerschmettert unter Felsen, sich windend in den Giftschwaden, in Brand gesteckt von dem Hagel der Feuerpfeile. Er beschützte sein eigenes Volk, und das Böse, das er getan hatte, hatte er für die seinen getan. Für die Männer und Frauen und Kinder der kleinen Dörfer in den Bergen, die vor sich hin lebten, in glücklicher Unkenntnis der Todeskolonne, die auf sie zumarschierte.

Har gab sich alle Mühe, aber er war kein gewissenloser Mörder. Er war ein Junge, weit fort von zu Hause und von den Menschen, die er sein Leben lang geliebt hatte, und er war gezwungen gewesen, zu töten, weil er glaubte, keine andere Wahl gehabt zu haben. Er glaubte *noch immer*, keine Wahl zu haben.

Aber er hätte am liebsten sein Gesicht versteckt, vor Scham, dass ein solches Gemetzel die einzige Lösung sein sollte, um die Gefahr abzuwenden, der sein Volk ausgesetzt war.

Er und Namid erreichten den Ersten Punkt und gingen unter den Tarnschirmen in Deckung, während die Bogenschützen auf alles anlegten, was sich in dem mit Pulver überzogenen Chaos unter ihnen noch bewegte.

»Es wird jetzt bald Zeit sein, zum Rückzug zu blasen«, sagte einer der Männer.

»Wir werden siegen«, sagte Namid. »Warum sollten wir uns jetzt zurückziehen?«

»Weil uns gleich das Gift ausgeht, weil uns die Pfeile ausgehen und weil wir nicht mehr Steinschläge angelegt haben. Und *sie* reißen bereits den ersten Steinschlag ein. Hast du sie nicht gesehen?«

Das Einzige, was sie von ihrem Platz aus nicht hatten sehen können, war der Bereich direkt unterhalb ihres Felsvorsprungs – wo der erste Steinschlag niedergegangen war.

»Nein«, sagte Namid. »Wir haben sie nicht gesehen.«

»Wir werden diese Position nicht mehr lange halten können. Ranan hat uns bereits gewarnt, dass wir uns bereithalten müssten, uns beim nächsten Stoß der Hörner zum Dritten Punkt zurückzuziehen. Wir sollen aus den Höhlen dort Nachschub an Waffen holen. Vielleicht können wir noch eine zweite Welle ihrer Armee besiegen, bevor uns sämtliche Munition ausgeht – aber die zweite Welle wird nicht einfach in den Pass einmarschieren, wie die erste es getan hat. Wir werden kämpfen müssen wie Dämonen.«

»Und was tun wir dann?«, fragte Har.

Die Lippen des alten Soldaten verzogen sich zu einem müden Lächeln. »Dann werden wir Fersengeld geben, als sei der Leibhaftige hinter uns her.«

Ranan konnte von seinem luftigen Ausguck oben auf der Hochbrücke sowohl den Hauptpass als auch den kleinen Nebenpass einsehen und frohlockte. Die gescheiterte zweite Welle der Angreifer gab den Kampf auf, und die wenigen Überlebenden flohen zurück zu dem Rest der Truppe. Ranan zählte seine eigenen Verluste; einige Männer waren bei dem Luftangriff oder unter feindlichem Katapultfeuer gestorben, andere bei einem Unglück, das ihre Ursache in ihren eigenen Reihen gehabt hatte: Ein Sack mit Giftpulver war mitten in der Luft geplatzt und auf eine kleine Abteilung seiner eigenen Männer herabgeregnet. Er vermutete, dass von den annähernd tausend Mann, die er am Morgen angeführt hatte, etwa siebenhundert in Kampfform überlebt hatten. Beide Pässe waren mit Leichen des Feindes gefüllt, an manchen Stellen lagen sie zu dritt, zu viert oder gar zu fünft übereinander; Ranan konnte die Zahl der Toten auf Seiten des Feindes nur schätzen, aber seine Schätzung belief sich auf etwa zehntausend. Wenn es nur nach Zahlen ging, würde ihn diese Schlacht der Zwei Pässe als einen der großen Generäle in die Geschichte eingehen lassen.

Er war jedoch keineswegs stolz auf seinen Sieg. Die meisten Feinde waren in der ersten Welle gefallen, und gut die Hälfte davon waren Zivilisten gewesen. Die Leichen von Müttern und Säuglingen, von Kindern und alten Leuten lagen niedergetrampelt und verkrümmt zwischen denen der Soldaten, denen sie gefolgt waren. Und es war noch keineswegs vorüber. Ranan hatte gehofft, dass die Armee zum Rückzug blasen würde, nachdem sie zweimal von einem Gegner niedergemetzelt worden war, den sie weder töten noch einschüchtern konnten. In diesem Falle hätten die Feinde nicht entdeckt, dass er und seine Männer all ihre Vorräte aufgebraucht hatten und einer dritten Angriffswelle keinen Widerstand entgegensetzen konnten.

Er hatte sich sogar der Hoffnung hingegeben, dass diese Armee der Tausend Völker, wenn sie sich vielleicht auch nicht zurückzog, doch wenigstens für eine Weile Halt machen würde, um ihre Angriffspläne zu überdenken, sodass er selbst und seine Männer Zeit gehabt hätten, sich neu zu gruppieren und neue Vorräte herbeizuschaffen.

Die Feinde machten sich jedoch für eine dritte Angriffswelle bereit – eine Streitmacht, die sich im Schutz der hereinbrechenden Dunkelheit auf beide Pässe gleichzeitig werfen würde. Nach allem, was Ranan von der Hochbrücke aus sehen konnte, war diese dritte Truppe genauso groß wie die beiden ersten zusammen – und diesmal würde es keine Zivilisten unter ihnen geben.

Zehntausend bewaffnete Kämpfer gegen siebenhundert Männer, die nichts mehr hatten als ihre persönlichen Waffen – Schwerter, Dolche, Knüppel, Schleudern und Schilde. Hinter der dritten Welle, die sich soeben formierte, waren noch genug Narbige übrig geblieben, um eine vierte und vielleicht sogar eine fünfte Angriffswelle zu bilden. Ranan und seiner Truppe war es gelungen, das Vorankommen des Feindes zu verzögern – mehr nicht. Die Armee der Narbigen würde zwar Geröll und Leichen aus dem Weg räumen müssen, bevor sie ihre Kriegsmaschinen durch die Pässe befördern konnte, aber sobald das geschehen war, würde sie weitermarschieren. Unausweichlich.

Ranan wandte sich dem jungen Mann an seiner Seite zu, dem Sohn der besten Freundin seiner Lieblingsfrau, und sagte: »Blas zum Rückzug.«

Kapitel 42

Danya, die rittlings auf ihrem riesigen Lorrag saß, überwachte die Entfernung der Toten auf dem Pass. Es waren auch einige Kinder der Karganesen dabei: Kinder, die sie einst zum Beerenpflücken über den Sokemafluss gerudert hatte, Kinder, die sie in die Feinheiten von Sprache und Kultur ihrer neuen Heimat eingeführt hatte, Kinder, die sie gemocht hatte.

Ihre Wirbelsäulen waren verbogen, ihre Münder waren zu lautlosen Schreien geöffnet, ihre Augen traten angstvoll aus den Höhlen, und die Hornhaut war nicht mehr klar und leuchtend, sondern trüb, stumpf und mit Schmutz und Pulver bedeckt.

Kinder.

Danya sah zu Luercas hinüber, der am Eingang des Passes stand und einer Gruppe Trakkath-Soldaten Befehle zur Entfernung der Leichen gab. Die Toten ließen ihn kalt, aber wie konnte sie nur auf den Gedanken kommen, Luercas werde vielleicht an dieser Tragödie Anteil nehmen? Er hatte zugelassen, dass sie ihr eigenes Kind tötete, und dann dessen Körper gestohlen. Was konnte der Tod anderer unschuldiger Geschöpfe ihm schon bedeuten?

Er bemerkte, dass sie ihn ansah, stieg auf seinen Lorrag und ritt zu ihr hinüber. »Mutter. Liebe Mutter. Wenn dich das hier zu sehr aufregt, solltest du dich vielleicht mit den anderen Hilflosen verstecken.«

Sie entgegnete: »Es regt mich nicht auf.«

»Ich konnte deine Bekümmerung bis zum Eingang des Passes spüren.« Er zeigte mit dem Kopf auf den wachsenden Haufen von Leichen. »Man kann keinen Krieg ohne ein paar Leichen führen.«

Sie hob das Kinn und sah ihn kalt an. »Aber warum diese Leichen? Warum Mütter und Säuglinge? Warum Großväter? Warum kleine Jungen und kleine Mädchen?«

»Wenn du solche Fragen schon stellen musst, warum sollte dann überhaupt jemand sterben?« Luercas zuckte mit den Schultern. »Warum ist das Leben eines kleinen Mädchens beweinenswerter als das Leben eines ausgebildeten Soldaten? Warum vergießt du Tränen um die toten Kinder, aber nicht um die toten Männer?«

Danya, die Tochter von Galweighs, die von Geburt an die

Pflicht der Familie gegenüber als das Herzstück ihrer Existenz anzusehen gelernt hatte, hatte in dieser Hinsicht keine Zweifel. »Wer die Pflicht hat, zu dienen, muss darauf gefasst sein, Opfer zu bringen, sogar wenn es sich um das eigene Leben handelt.«

»Aber lieben sie das Leben denn weniger als andere, dass sie so unbetrauert bleiben, dass ihre Opfer so selbstverständlich hingenommen werden? Hat der Soldat in der Blüte seiner Männlichkeit weniger verloren oder mehr als das unwissende Kind oder der Säugling, der sich seiner eigenen Existenz kaum bewusst ist?«

Danya funkelte ihn wütend an. »Willst du mir jetzt, da wir so weit gekommen sind, diesen Krieg ausreden? Willst du dich wieder in die Ödnis der Veral-Territorien zurückziehen?«

»Ganz und gar nicht.« Luercas drehte sich um und beobachtete die Soldaten, die soeben die letzten Leichen aus dem Pass zogen und auf den Scheiterhaufen legten. »Ich möchte dich nur auf deine eigene Scheinheiligkeit hinweisen. Du tust so, als würde der Wert eines Menschenlebens durch Unwissenheit und Unschuld vergrößert, als glaubtest du, diejenigen, die am meisten zu gewinnen haben, hätten am wenigsten zu verlieren. Aber die Tatsache, dass diese Soldaten für dich in den Pass gegangen sind, wissend, dass sie vielleicht sterben würden – diese Tatsache bedeutet nicht, dass sie einen geringeren Preis gezahlt hätten als die Kinder, die nichts von der Gefahr wussten. Vielmehr möchte ich meinen, dass sie im Gegenteil einen höheren Preis gezahlt haben, und ich würde sie dafür umso höher schätzen.« Luercas drehte sich um, um Danya ins Gesicht zu sehen, und als er feststellte, dass sie ernsthaft über seine Worte nachdachte, lachte er. »Das heißt, ich würde sie hetzen, wenn sie wahre Menschen wären. Diese Kreaturen sind nicht mehr als kluge Tiere – aber diejenigen, die sie in den kommenden Tagen auf dein Wort hin töten werden, werden so menschlich sein wie du.«

Er machte Anstalten, davonzureiten, drehte sich aber noch einmal kurz um und grinste sie an.

»Das heißt, so menschlich, wie du es einst warst.«

Sie verspürte den Impuls, ihn anzuschreien, bezähmte sich jedoch – eine solche Befriedigung gönnte sie ihm nicht. Stattdessen begnügte sie sich damit, sich auszumalen, wie er jammernd vor ihren Füßen lag und um sein Leben bettelte, zusammen mit allen anderen, die sie bezahlen lassen würde für all das, was sie ihr angetan hatten – ihre Verwandten, die das Lösegeld für sie nicht zu zahlen bereit gewesen waren, die Sabirs, die sie vergewaltigt, sie verletzt und mit ihrer Magie verunstaltet hatten, die Karganesen, die ihr den Rücken gekehrt hatten, als sie ihre menschliche Gestalt zum größten Teil wiedererlangt hatte, und all die anderen seit jener Zeit, die sie gekränkt und sie schief angesehen hatten, als bezweifelten sie ihr Recht, sich Ki Ika zu nennen, die Sommergöttin. Und nun kamen auch noch die Soldaten hinzu, die die karganesischen Kinder vergiftet hatten – diese Kinder, die sie, Danya, geliebt hatten, selbst als sie nicht länger Gathalorra, die Meisterin der Lorrags, gewesen war.

Sie würde sie alle um Gnade winseln lassen. Sie würde sie betteln und flehen lassen. Sollten sie in ihrer Verzweiflung ruhig Buße anbieten! Und dann würde sie das Blut all jener fließen sehen, die ihr wehgetan hatten. Die Aussicht auf Rache an denen, die ihr Leben zerstört hatten, war alles, was sie aufrecht hielt, alles, was ihr die Kraft zum Weitergehen gab. Aber es war genug.

Kapitel 43

Das große Fluggerät *Morgenstern* schleppte sich mit zwei Motoren durch die Dunkelheit, fast ohne Treibstoff, ein Spielball der Winde und immer weniger dazu imstande, zu kämpfen.

»Wir müssen jetzt bald landen«, sagte Aouel.

Kait blickte auf das zerklüftete Küstengebiet, das vom Licht des Mondes nur schwach erleuchtet wurde. »Wo sind wir?«

»Noch nicht ganz in Costan Selvira. Ich wäre viel lieber dort gelandet. Wir hätten bei der Botschaft der Galweighs Brennstoff beziehen und vielleicht auf der Landebahn die Motoren reparieren lassen können, um dann weiterzufliegen. Wenn wir da unten landen, werden wir das Fluggerät losschneiden müssen.«

»Warum?«, fragte Kait.

»Um die Geheimnisse der Motoren zu bewahren.« Kait legte ihm eine Hand auf die Schulter. »Die Tage der Fünf Familien sind längst Vergangenheit. Meine Familie kann die Geheimnisse der Fluggeräte nicht länger für sich behalten. *Keine* Familie wird in Zukunft noch Handwerker kaufen können, um sie in aller Heimlichkeit die Entwürfe der Alten nachbauen zu lassen – die Leute, die diese Macht kontrolliert haben, sind tot, und die Mechanismen, die ihnen diese Macht gesichert haben, sind mit ihnen gestorben. Wenn wir das Fluggerät losschneiden und es dem Meer überantworten, dann verurteilen wir damit all die Arbeit, die in seine Herstellung geflossen ist, zu ewiger Vergessenheit – und aus den Werkstätten der Galweighs werden keine neuen Motoren mehr kommen, um diese hier zu ersetzen.«

Aouel sah sie mit einem Stirnrunzeln an. »So dürft Ihr nicht denken. Die Galweighs haben immer noch Land in den Territorien. Sie halten noch Wegpunkt und Pappas und Hillreich. Und in Süd-Novtierra auch Galweigia. Ihr könnt die Familien noch nicht für tot erklären.«

»O doch, ich kann. Viel Geld ist aus Calimekka in die Territorien geflossen, in die Tochterstädte und die neuen Kolonien, und dafür sind Handelswaren zurückgekommen. Wenn unsere Kolonien ihre Schiffe nicht weiter mit Gold und Vorräten gefüllt bekommen, werden sie uns entgleiten wie Wasser, das durch offene Finger rinnt. Die wahre Familie hatte ihren Sitz in Calimekka. Das alles gehört jetzt der Vergangenheit an.«

»Aber was sollen wir dann mit dem Fluggerät machen?«

»Es landen. Es verankern. Es verlassen. Höchstwahrscheinlich wird es unbrauchbar sein, bevor irgendjemand es benutzen kann, aber mir wäre es lieber, irgendjemand findet eine Möglichkeit, die Motoren zu reparieren und sie vielleicht nachzubauen, als mir vorzustellen, dass die Kunst des Fliegens der Menschheit wieder verloren gehen könnte – für hundert Jahre, für tausend oder vielleicht für immer.«

Aouel sagte: »Wer soll denn etwas damit anfangen können? Die Fischer, die an diesem Ufer leben? Die Bauern, die weiter landeinwärts den Boden bestellen?«

»Wenn wir es hier zurücklassen, besteht immerhin eine Chance«, beharrte Kait. »Keine große Chance, ich weiß. Aber jede Chance ist besser als gar keine.« Kait strich mit den Fingern über die Kontrollschalter und seufzte. »Meine Familie hat fünfzig Jahre gebraucht, um die Geheimnisse in den Diagrammen und Schautafeln der Alten zu entziffern und die Maschinen zu schaffen, mit deren Hilfe man solche Motoren bauen kann. Die Galweighs haben das Gold einer ganzen Nation darauf verwandt, die Fluggeräte zu bauen, sie zu erproben und ihre Konstruktionspläne geheim zu halten – und erst seit zehn Jahren haben wir überhaupt einen verlässlichen Flugdienst. Ich möchte nicht, dass das alles verloren geht.«

»Ich verstehe.« Aouel blickte zu Boden, und Kait sah den Kummer in seinen Augen. »Wenn ich aus diesem Fluggerät steige, werde ich wahrscheinlich nie wieder den Himmel berühren. Aber auch ich hoffe, dass es eines Tages andere wieder tun werden.«

Die Männer und Frauen, die den Galweighs die Treue geschworen hatten, stiegen aus der Kabine auf den äußeren Umgang, um die Seile hinunterzulassen und in dem rauen Gebiet unter ihnen einen Ankerplatz für das Fluggerät zu finden. Kait beneidete sie nicht um ihre Aufgabe – sie würden nicht auf ein weiches, grasbewachsenes Feld hinabspringen, sondern auf ein felsiges Stück Land, das auf der einen Seite an die Klippen grenzte und auf der anderen an den Wald, und sie würden ihren Sprung noch dazu im Dunkeln wagen müssen. Hinter dem Navigationsstand konnte Kait Alcie hören, wie sie beruhigend auf ihre Kinder einsprach und ihnen versicherte, dass alles gut werden würde, dass ihnen keine Gefahr drohe und dass sie auf sie aufpassen würde.

Einen flüchtigen Augenblick lang wünschte Kait sich, auch jemanden zu haben, der von ihr abhing, jemanden, für den sie tapfer und gelassen sein musste.

Aouel zog an der Kette, die die Dampfpfeife auslöste, und die Wachposten gingen in die Hocke, um auf ihr zweites Zeichen zu warten. Er versuchte mit aller Macht, seinen beiden letzten Motoren noch etwas Energie abzutrotzen, und wendete das Fluggerät. Sie waren so dicht an die Bäume herangeflogen, wie er es nur wagte, weil er glaubte, dass die Baumstämme gute Anker abgeben würden, aber er konnte nicht so nah heranfliegen, wie er es gern getan hätte, aus Angst, dass er einige seiner Soldaten in die Bäume hineinschleifen und sie aufspießen würde.

Kait hielt den Atem an, und Aouel sagte: »Sie werden uns schon runterbringen. Wir haben dieses Manöver in den letzten Monaten häufiger geübt, als ich zählen kann, und wir haben mit jedem nur denkbaren Hindernis gearbeitet. Keiner von uns ist so weit gekommen, um hier den Tod zu finden.«

Sie legte ihm eine Hand auf die Schulter und nickte. »Verzeih mir. Es war ein langer Tag nach einer schwierigen Nacht.«

»Von jetzt an wird alles besser werden.« Aouel lächelte, obwohl er keine Sekunde lang den Blick von den Instrumenten und Kontrollschaltern auf seinem Armaturenbrett abwandte. »Das verspreche ich Euch.«

»Ich glaube dir«, sagte Kait und wünschte, ihre Antwort wäre keine Lüge gewesen.

Doghall hatte es nicht für möglich gehalten, dass ein Fluggerät zu einer derart rauen Landung imstande war. Die Außenhaut verfing sich in einigen Bäumen, die ganze verdammenswerte Konstruktion kreischte wie ein Schwein im Schlachthaus, dann stellte sich das eine Ende ohne Vorwarnung steil auf, während das andere nach unten abfiel, bis das Ding auf der Nase stand.

Doghall verlor den Halt und rutschte gegen das erste Schott hinter der Pilotenkabine, das seinen Füßen jetzt als Boden dienen musste. Er bekam gerade noch Lonar zu fassen, als der Junge an ihm vorbei auf die Tür in der vorderen Kabine zuschlitterte; Ulwe landete anmutig wie eine Katze und ohne Zwischenfall auf dem Schott. Alcie hatte jedoch Rethen auf dem Arm, die plötzlich aufgewacht war, und hing auf der Couch in der Luft. Das auf dem früheren Boden befestigte Möbel war zu einem luftigen Sitz geworden. Alcie selbst heulte lauter als der schreiende Säugling, aber nur ein einziges Mal. Doghall hörte, wie Aouel unter ihm seinen Leuten Befehle zubrüllte, sie sollten die Luke öffnen, und Kait fluchte beständig vor sich hin.

Das sanfte Licht der Glühlampen im Fluggerät machte es Doghall unmöglich, irgendetwas von dem zu sehen, was draußen in der Dunkelheit geschah, aber er konnte verzweifelte Schreie und dumpfe Aufschläge neben der Kabine und dem Passagierbereich hören.

»Wir haben die hintere Gaskammer verloren!«, rief Aouel. »Geht aus dem Weg, damit ich den vorderen Festmacher entlasten kann!«

Das klang nicht gerade viel versprechend.

»Wie soll ich von hier runterkommen?«, fragte Alcie Doghall mit beinahe beiläufigem Tonfall; jahrelange Erfahrung mit Not und Entbehrung, eine gute Erziehung in einer der großen Familien und die Tatsache, dass sie ihre eigenen Kinder erschreckt hatte, gaben ihr die Kraft, tapfer zu wirken, obwohl sie auf einer Schräge saß, die sich bei jedem Luftzug prekär weiter nach vorn neigte und sie mit ihrem Baby aus ihrer Position drei Mannshöhen über Doghalls Kopf in die Tiefe zu stürzen drohte.

»Mama!«, weinte Lonar und klammerte sich an Ulwe, die ihm den Kopf tätschelte und ihn fest an sich zog.

Kait streckte den Kopf durch das Loch im Fußboden, das einst die Tür zu der Kabine gewesen war, und sah Alcie und den Säugling hoch über sich.

»Halt aus«, sagte sie zu ihrer Schwester. »Die vordere Gaskammer ist zerrissen worden, als wir auf die Bäume aufgeschlagen sind, aber Aouel wird das Schiff bald wieder in eine horizontale Position gebracht haben. Versuch nicht, auf eigene Faust herunterzukommen.«

Alcie drückte Rethen fest an sich und nickte, und Kait verschwand wieder in der Kabine.

Das nächste Geräusch, das sie hörten, war das Sprudeln von Wasser. »Das wird der Ballast sein«, erklärte Doghall.

Das hintere Ende des Schiffes senkte sich langsam, langsam genug, um sowohl Alcie als auch Doghall Zeit zu geben, ihre Haltung an die veränderte Lage anzupassen.

Trotzdem fiel das Gefühl, nur knapp dem Tod entronnen zu sein, auch dann noch nicht von ihm ab, als er endlich wieder festen Boden unter den Füßen hatte. Er war dankbar für jeden Atemzug, den er tat, und für jede Schramme, die er am Leib trug. Die gefahrvolle Flucht aus Haus Galweigh, der raue Flug und die beängstigende Landung trugen allesamt dazu bei, dass andere Dinge ihm vergleichsweise nichtig erschienen, so zum Beispiel die Tatsache, dass er weit fort von seiner Heimat war und nicht die leiseste Ahnung hatte, was er als Nächstes tun sollte.

Er ging durch die Dunkelheit zum Strand und stellte plötzlich fest, dass er nicht allein war.

»Als ich an diesem Achterseil hing und das Schiff mit dem Schwanz nach oben ging, dachte ich, dass mit Sicherheit mein letztes Stündlein geschlagen haben müsse«, bemerkte eine weibliche Stimme aus der Finsternis.

Eine der Soldatinnen, fuhr es Doghall durch den Kopf, und er lachte leise. »Da warst du nicht allein. Als die Kabine plötzlich vorwärts kippte, hätte ich mir um ein Haar in die Hose gemacht. Ich habe uns schon gesehen, wie wir über den Ozean stürzen und tausend Meilen vom Land entfernt ins Wasser fallen.«

»Habt Ihr Euch sehr wehgetan?«

»Nur ein paar Kratzer. Und du?«

»Ich habe mir das rechte Handgelenk so höllisch verstaucht, dass ich beim Entladen nicht mithelfen kann – ich kann nicht mal eine Feder irgendwohin tragen.«

Sie kamen zu dem felsigen Ufer und betrachteten das Mondlicht, das sich auf den Wellen widerspiegelte.

»Habt Ihr jemals etwas so Schönes gesehen?«, fragte die Frau ihn.

»Nein«, sagte er, und es war ihm ernst damit. »Ich kann mich nicht erinnern, wann das Leben das letzte Mal einen so süßen Geschmack gehabt hätte.«

Eine Hand schob sich in seine – schwielig, aber zart, warm und stark und voller Leben –, und er rieb mit dem Daumen über die Finger der Frau und verspürte eine Erregung, wie er sie seit Jahren nicht mehr gekannt hatte. Sein wieder junger Körper kostete plötzlich etwas von dem Hunger, den er ihm bislang verweigert hatte; Doghall drehte sich zu der Frau um, strich ihr mit der anderen Hand über die Wange und spürte, wie ihre Lippen sanft über seine Fingerspitzen glitten.

»Wir haben überlebt. Tanz mit mir«, sagte sie mit einem leisen Lachen, und er fand sich gefangen im Zauber des Mondlichts, das sich in ihren Augen widerspiegelte. An einem verborgenen Plätzchen am Strand streiften sie beide ihre Stiefel ab und tanzten auf dem rauen, feuchten Sand, einer in den Armen des anderen, bis ihre Kreise langsamer und enger wurden und sie schließlich schwer atmend stehen blieben und eng umschlungen die Unausweichlichkeit dessen begriffen, was nun folgen musste.

Wortlos suchten sie sich einen flachen Felsen, den die Wellen mit ihrer Gischt nicht erreichen konnten. Der Stein verströmte noch etwas von der Wärme des Tages; als Doghall seine vom Wasser geglättete Oberfläche berührte, erschien sie ihm beinahe lebendig. Er legte der Frau die Hände um die Taille, hob sie auf den Felsen und stieg dann hinter ihr her. Als sie beide auf dem warmen Gestein knieten, begannen sie, einander zu streicheln und zu küssen.

Ich lebe! sang sein Körper. Ich lebe! Ich bin frei! Entkommen!

Die Frau machte sich mit der linken Hand an den Bändern seiner Hose zu schaffen, bis er sie in seiner Ungeduld schließlich selbst aufband und das Kleidungsstück abstreifte. Was für eine lästige Angelegenheit das Ausziehen doch war – etwas, das er seit vielen Jahren vergessen hatte, Jahren, in denen die Liebe, wenn sie denn überhaupt kam, in den wohl geordneten Räumlichkeiten eines Schlafzimmers kam, in Kleidern, die dazu geschaffen waren, abgelegt zu werden.

Mit wachsender Begierde zogen er und die junge Soldatin einander aus, begegneten sich, vereinigten sich und tanzten den Tanz der Liebe im Gleichklang mit dem stetigen Tosen und Brodeln des Meeres. Sie waren Geschöpfe der Wildnis, verloren in einer Glückseligkeit von solchen Ausmaßen, dass sie beinahe zum Schmerz wurde. Lust, Leidenschaft und über allem anderen die pure, dankbare Freude, auf wundersame Weise überlebt zu haben, fachten ihren Hunger so sehr an, dass sie nach dem ersten Mal nur einige kurze Augenblicke erschöpft nebeneinander lagen, bevor ihre Körper wie von selbst wieder auf die Suche nach einander gingen.

Als sie ihres Tuns endlich müde wurden, hielten sie einander lachend in den Armen und blieben noch eine Weile am Ufer sitzen, um zu beobachten, wie der Himmel im Osten langsam grau wurde. Die Soldatin zog eine Flasche aus ihrem Hüftbeutel und drehte den Schraubverschluss ab. Dann nahm sie einen kurzen Schluck und reichte Doghall die Flasche. Er folgte ihrem Beispiel, und das köstliche Feuer von gutem sonderranischem Schnaps brannte in seiner Kehle und wärmte ihn auf denkbar angenehme Weise.

»Sieh nur«, sagte sie. »Genau dort wird gleich die Sonne aufgehen. Ich finde, es hat etwas Magisches, den Sonnenaufgang zu beobachten.«

Sie saßen, beide nur halb bekleidet, dicht nebeneinander auf dem Felsen, während der Himmel sich erst purpurn, dann rosa und schließlich orange färbte.

Und dann sah er ihn. Nur für die Dauer eines Blinzelns zuckte ein Strahl aus reinstem grünem Licht über den Horizont. Das Licht verschwand, bevor Doghall seine Begleiterin auch nur darauf aufmerksam machen konnte, es wurde verschluckt vom Leuchten der Sonne, die ihm dicht nachfolgte, aber die junge Frau an seiner Seite hatte es ebenfalls gesehen. Er hörte, wie sie leise die Luft einsog und flüsterte: »Der smaragdenen Sonne folgt glückliches Geschick.«

Aber Doghalls Gedanken waren bei diesem Aufblitzen von grünem Licht jäh zu dem Tag zurückgekehrt, an dem der sich von Ranan verabschiedet hatte – und mit einem Mal erinnerte er sich auch wieder an die Segenswünsche seines ältesten Sohns. »Liebe eine Frau, bevor du deine Jahre wieder auf dich nimmst«, hatte Ranan gesagt.

Plötzlich erschienen ihm diese liebevollen Segenswünsche beinahe wie ein Fluch – in einer einzigen Nacht hatte er all die Dinge erfahren, die das wahre Leben ausmachten und die sein Sohn ihm gewünscht hatte – alle bis auf eins: Er hatte fast das Gefühl, dass zwischen ihm und seinem unmittelbar bevorstehenden Verhängnis nur noch der Kampf stand, den er noch nicht ausgefochten hatte.

Ernüchtert begann er zu zittern und brach den Bann, der ihn und die junge Soldatin umfangen gehalten hatte. Sie drehte sich zu ihm um und lächelte, aber ihr Lächeln war traurig. »Eine gute Nacht«, sagte sie leise. »Aber jetzt wartet die Arbeit des Tages. Ich muss zurück.«

Er nickte und stahl sich schnell noch einen Kuss von ihren Lippen. »Die beste Nacht, die ich in mehr Jahren erlebt habe, als ich zählen kann«, flüsterte er. Er drückte ihre linke Hand sachte und sagte: »Ich danke dir. Vielleicht …«, und er dachte: *Vielleicht können wir das noch einmal tun,* aber er gebot sich Einhalt, bevor er die Worte aussprechen konnte. Dieser Augenblick würde nie wiederkehren – auf festem Boden wurde sie wieder eine Soldatin, während er zu einem Mitglied der Familie wurde, in deren Dienst sie stand; zwischen diesen beiden Punkten gab es keine Straße, die regelmäßig begangen werden konnte, ohne sich selbst zu zerstören. Für die Dauer einer einzigen Nacht waren sie einander ebenbürtig gewesen – Überlebende an einem felsigen Gestade. Aber mit dem Tageslicht war auch die Welt zu ihnen zurückgekehrt.

Die Frau lächelte traurig und erwiderte seinen Kuss. »Diese Nacht wird, solange ich lebe, in meinem Herzen sein. Solange ich lebe.«

Und Doghall nickte und griff Zuflucht zu galanten Worten. »Mir wird es genauso ergehen, meine Schöne.«

Er fragte nicht nach ihrem Namen. In den kommenden Tagen würde er ihn gewiss erfahren, und wenn er ihn kannte, würde er ihn in sein Herz nehmen, aber er würde ihn niemals laut aussprechen.

Sie zogen sich ganz an und gingen zusammen das Ufer hinauf, um ihre Stiefel zu holen, die immer noch über der Hochwasserlinie lagen. Sie schüttelten die kleinen blauen Krebse hinaus, die dort Quartier bezogen hatten, lachten leise über das Verhalten der Tiere und gingen dann langsam zurück zum Fluggerät.

»Ich weiß, dass er nicht hier ist«, sagte Ian, »aber diese Angelegenheit kann nicht warten. Wo ist er hingegangen?«

Kait wusste genau, wo Doghall war, und wusste ebenso gut, womit er sich während der Stunden der Dunkelheit beschäftigt hatte. »Er wird sicher bald zurück sein. Was ist denn passiert?«

»Ulwe hat mich gebeten, sie zur Straße zu bringen. Was sie dort in Erfahrung gebracht hat, lässt Schlimmes für uns alle ahnen. Sie wartet an der Straße, und sie hat Angst. Sie sagte, sie werde noch einmal zu dem zurückkehren, was sie entdeckt hat, aber sie möchte es nicht zweimal tun müssen.«

Kait stand auf. »Ich geh ihn holen«, sagte sie, aber es erwies sich als unnötig. Doghall kam soeben ins Lager, und ein kleines Lächeln bog noch immer seine Mundwinkel nach oben. Kait tat es aus tiefster Seele weh, dieses Lächeln schwinden zu sehen – sie bemerkte einen sehnsüchtigen Ausdruck in seinen Augen, der sie um seinetwillen bekümmerte. Trotzdem, sie durften Ulwe und ihre Neuigkeiten, worin diese auch bestehen mochten, nicht warten lassen.

Ian führte Kait und Doghall zur Straße und zu dem kleinen Mädchen, das daneben stand.

»Wir sind da«, sagte Doghall. »Was hast du herausgefunden?«

»Ein großes Unheil kommt auf uns zu«, sagte Ulwe, »auf zu vielen Füßen, um sie zu zählen. Die Straße schreit den Schmerz der Sterbenden heraus, und sie weint um die Toten. Sie bringt mir Geschichten von Leid und Angst und Tod, aber die Ursache ist keine Krankheit. Die Ursache ist ein Krieg.«

»Aus welcher Richtung kommt dieser Krieg?«, fragte Doghall. Kait sah, dass seine Lippen dünn geworden waren; sein Gesicht verwandelte sich in eine Maske der Gelassenheit, aber sie konnte seine plötzliche Angst riechen.

»Von dort«, sagte Ulwe und zeigte nach Südwesten.

Sie zeigte direkt auf die Berge oberhalb von Brelst, dorthin, wo Doghalls Söhne mit der Armee warteten.

»Was erzählt dir die Straße sonst noch?«, fragte Doghall, und seine Stimme zitterte, obwohl er versuchte, es zu verbergen. »Kannst du mir sagen, wer noch lebt und wer gestorben ist?«

Ulwe schüttelte den Kopf. »Für mich sind sie alle Fremde und zu weit weg. Einzelne Stimmen gehen in all dem Lärmen unter.« Sie hielt kurz inne, dann fügte sie hinzu: »Ich kann spüren, dass viele überlebt haben und jetzt um ihr Leben fliehen, dass viele andere sie verfolgen. Mehr kann ich nicht sagen, nur dass sie in unsere Richtung kommen.«

Ian, Doghall und Kait tauschten einen Blick. Kait sagte: »Ist das der Angriff, den du vorhergesehen hast?«

»Ich denke, ja«, antwortete Doghall. »Mein Herz sagt mir, dass es so ist. Und mein Magen auch. Gebt mir etwas Zeit, damit ich mein *Zanda* befragen kann. Wenn ich das getan habe, kann ich euch eine genauere Antwort geben.«

Er ging fort, und Kait hockte sich neben Ulwe und zog das kleine Mädchen fest an sich. »Wie fühlst du dich?«

»Ich wünschte mir, mein Vater wäre ein besserer Mensch gewesen«, antwortete Ulwe. »Ich wünschte mir, er würde noch leben und ein Mensch sein, den ich lieben kann.«

»Ich weiß. Es tut mir Leid.«

»Ich habe nach irgendeinem Zeichen von ihm gesucht, als ich von dem Krieg erfuhr, der auf uns zukommt«, sagte Ulwe leise. »Ich wollte seinen Geist finden, um zu erfahren, dass er immer noch nach mir sucht.« Jetzt liefen ihr die Tränen über die Wangen, und ihre Stimme brach, aber sie sprach dennoch weiter. »Ich wollte mich davon überzeugen, dass er mich wirklich geliebt hat. Er wollte mich doch holen, das stimmt doch, oder?«

Kait sagte: »Du warst das Beste, an dem er je einen Anteil hatte, Ulwe. Und er hat dich wirklich geliebt. Ich habe noch immer seine Stimme in mir; ich kann in seinen Erinnerungen lesen. Der Raum, den er für dich in seinem Herzen geschaffen hat, war etwas durch und durch Gutes. Lass dir das einen Trost sein.«

Kapitel 44

Doghall ging mit seinem *Zanda* zurück zu dem Felsen, wo er die Nacht mit der Soldatin verbracht hatte. Er breitete die schwarze Seide auf dem von Wind und Wetter geschliffenen Stein aus, dann setzte er sich mit untergeschlagenen Beinen davor und nahm die Silbermünzen in die linke Hand.

Alles, was wir im Leben tun, tun wir irgendwann ein erstes Mal und irgendwann ein letztes Mal. An das erste Mal erinnern wir uns für gewöhnlich, während wir das letzte Mal kaum je kommen sehen. So lauteten Vincalis' einführende Worte in seinem *Buch der Qualen*. Diese beiden Sätze gingen Doghall ständig durch den Kopf, obwohl er sie gern aus seinen Gedanken vertrieben hätte. Die Sonne schien ihm warm aufs Gesicht, der Rhythmus der Brandung und der Geruch des Salzwassers schenkten ihm ein wenig innere Ruhe, genau wie die leisen Rufe der Ufervögel, die zum Wasser hinunterjagten und dann eilig zurückkehrten, als hätten sie Angst, sich die Füße nass zu machen.

Trotz seines jungen Körpers war er immer noch ein alter Mann, mit den Erinnerungen eines alten Mannes, mit den Ängsten eines alten Mannes. Junge Männer konnten sich nicht vorstellen, etwas zum letzten Mal zu tun; alte Männer dachten an kaum etwas anderes. Rückblickend hatte er die dunkle Ahnung, dass die vergangene Nacht ein solches letztes Mal gewesen war.

Die Münzen in seiner Hand wogen schwer. Er schloss die Augen, zwang sich zu einer Ruhe, die er nicht empfand, und ließ die Silberstücke auf den zerschlissenen Seidenstoff fallen. Dann saß er noch eine ganze Weile mit geschlossenen Augen im Morgenlicht da, denn er hatte gar nicht den Wunsch, zu sehen, was die Zukunft für ihn bereithielt.

Am Ende sah er doch hin.

Nun, dies war die unangenehme Reise, die seine frühere Befragung des Orakels prophezeit hatte – der Marsch, den er auf sich nehmen musste, wenn er nicht alle Hoffnung auf einen Sieg fahren lassen wollte. Und jener unbekannte Feind, den er entdeckt hatte, war auf dem Weg zu ihm. Es handelte sich mit ziemlicher Sicherheit um den Drachen an der Spitze der Armee, die seine Söhne verfolgte, dachte er düster.

Der Quadrant der Pflicht sagte ihm, dass er bald seinen Lohn empfangen würde, und er fragte sich unwillkürlich, was genau die Götter eigentlich von ihm wollten, wenn er in ihren Augen noch immer nicht seine Pflicht getan hatte.

Nur der Gottlose kann wahres Glück kennen, hatte Vincalis in einem seiner dunkleren Augenblicke geschrieben, *denn man kann nichts von ihm verlangen, was er geben müsste, um seine Seele zu retten.* Später hatte er diese Meinung im *Buch der Qualen* revidiert, aber Doghall schöpfte einen gewissen Trost aus der Tatsache, dass Vincalis dieser Gedanke überhaupt je gekommen war.

Ein Teil der Deutung schien ihn direkt auf Kait und Ry hinzuweisen – Liebende, die durch seine Schuld wie auch durch ihre eigene Schuld getrennt worden waren und denen zum Wohle aller der Tod bevorstand … oder auch nicht.

Der rätselhafteste Teil des vor ihm liegenden Orakels war der Umstand, dass alle Ergebnisse auf einer Entweder-oder-Position lagen, entweder stand den Menschen, die er liebte, die absolute Vernichtung bevor – oder auch nicht. Entweder würde die feindliche Armee, die im Anmarsch war, Matrin zerstören, oder sie würde es nicht tun. Entweder würde er sich weiterhin einer guten, robusten Gesundheit erfreuen und sein Reichtum würde anwachsen … oder eben nicht.

Er hatte noch nie eine so sinnlose Anordnung der Münzen gesehen, dachte er. Und dann versuchte er, die Bedeutung der Münze zu enträtseln, die für das *Selbst* stand. Diese Münze lag mit der Kehrseite nach oben und mit dem Bild darauf auf dem Kopf stehend genau in der Mitte des *Zanda*-Tuchs, genau in dem Kreis, in dem sich alle Quadranten überschnitten.

Das Gegenteil zum *Selbst* war die *Selbstlosigkeit*. Und zwar nicht jene Selbstlosigkeit, die aus bewusstem Überlegen entsprang, auf die die Münze hingewiesen hätte, hätte sie umgekehrt, aber – was das Bild der Rückseite betraf – aufrecht gelegen. Nein. Hier war jene Selbstlosigkeit gemeint, die aus dem Kern des Wesens kam, die ihren Ursprung nicht in seinem Denken, sondern in seiner Person hatte. Eine unbewusste Offenheit, etwas, das dem Körper so selbstverständlich war, dass er nicht erst den Geist zu Rate ziehen musste, bevor er sich für ein bestimmtes Verhalten oder einen bestimmten Weg entschied.

Das war das Herzstück des Orakels, das das Ergebnis eines jeden Quadranten gleichermaßen berührte – das war es, was die Götter von ihm verlangten. Eine Selbstlosigkeit, die aus tiefster Seele kam.

Und er glaubte, keinen zweiten Menschen auf der Welt zu kennen, der egoistischer war als er selbst.

Irgendwann in der nahen Zukunft würde er aufgefordert werden, eine Entscheidung zu treffen. Er würde diese Entscheidung unter hohem Druck treffen müssen, und sie würde sehr schmerzhaft sein. Er würde etwas aufgeben müssen, das er liebte – das *Zanda* legte diesen Verdacht sehr nahe, obwohl es nicht auf irgendetwas Spezielles hinwies. Wenn er sich für den einen Weg entschied, würde er gesund und wohlhabend sein, Matrin würde blühen und gedeihen, die Menschen, die er liebte, würden überleben. Entschied er sich dagegen für den anderen Weg, würde Matrin vernichtet werden, die Menschen, die er liebte, würden ausgelöscht werden, und er selbst würde Gesundheit, Wohlstand und wahrscheinlich auch sein Leben verlieren.

Oder aber, dachte er grimmig, die Kombination der Teilergebnisse würde eine andere sein. Das *Zanda* ließ keineswegs darauf schließen, dass ausschließlich gute und ausschließlich böse Dinge jeweils zusammengehörten. Möglich, dass er die Menschen, die er liebte, würde opfern müssen, um Matrin zu retten, oder er würde seine Gesundheit oder seinen Reichtum opfern müssen, um seine Freunde und Verwandten zu retten. Und vielleicht musste er aber auch das Matrin opfern, dem er sein Leben lang gedient hatte, um die Bewohner des Landes zu retten. Die sonnenüberhauchten Münzen blinkten von dem schwarzen Seidentuch zu ihm auf – silberne Möglichkeiten, die von der Sonne berührt wurden, vom ewigen, goldenen Feuer des Universums. Und in diesem Augenblick saß er im Zentrum all jener Möglichkeiten, wie eine Spinne im Zentrum ihres Netzes hockt. Die Götter sagten ihm, dass sie gedachten, ihm die Probleme der Welt in den Schoß zu werfen, dass sie vorhatten, ihm zu erklären: *Hier, entscheide du,* obwohl es sich um eine Entscheidung handelte, die zu treffen selbst ein Gott kaum wagen würde.

Mit zitternden Fingern sammelte Doghall die Münzen ein, wickelte sie behutsam in das Seidentuch und verstaute sie in ihrem Beutel. Er stand jedoch nicht gleich auf, sondern blieb noch eine Weile sitzen, um nachzudenken. Selbst wenn er sich weigerte, eine Entscheidung zu treffen, würde das eine Entscheidung sein – und mit ziemlicher Sicherheit die falsche. Er konnte vor den Feinden davonlaufen, die unaufhaltsam näher kamen. Er konnte vor seiner Pflicht davonlaufen. Die Götter ließen immer ein Hintertürchen offen für jene, die fanden, Flucht sei die beste Wahl. Aber wenn er das tat, so zweifelte er kaum, dass sich die schlimmsten Bilder, die das *Zanda* ihm gezeigt hatte, bewahrheiten würden.

Schließlich stand er auf und hob das Gesicht der Sonne entgegen. »Ich bin nach wie vor dein Schwert, Vodor Imrish«, sagte er. Seine Stimme war ruhig, fest und entschlossen. »Bediene dich meiner nach deinem Willen, benutze mich, wie du es tun musst.«

Kapitel 45

Fünf Tage nach ihrem Aufbruch segelte die *K'hbeth Rhu'ute* durch die nördlichen Ausläufer der Tausend Tänzer in den Gofter Hafen ein. Ry, der noch immer um Jaim trauerte und dem dessen Bestattung auf See schwer zusetzte, war noch nicht bereit für das, was er als Nächstes tun musste, aber dies würde seine beste Chance sein und vielleicht seine einzige.

Er gab den Matrosen, die Ian immer noch treu ergeben waren, ein vorsichtiges Zeichen; alle, die mit ihm an Bord bleiben konnten, ohne Verdacht zu erregen, sollten dies tun, während die Übrigen der Getreuen sich bei der Korallengöttin mit Yanth treffen sollten. Er und Yanth waren während der dunklen Stunden, in denen alle anderen schliefen, beide Teile ihres geplanten Angriffs durchgegangen und hatten sich die Dinge fest eingeprägt, die sie nicht dem Papier anzuvertrauen wagten. Wenn sie Erfolg hatten, wenn sie Ian erreichten und beweisen konnten, dass er noch lebte, würden sie Helden sein; wenn ihr Plan fehlschlug, würden sie und alle, die ihnen folgten, als Meuterer verurteilt werden – man würde sie am Mast der *K'hbeth Rhu'ute* aufhängen und ihnen nicht einmal die notdürftigste Seebestattung zuteil werden lassen; ihre Körper würden einfach wie Abfall aus der Kombüse über die Reling gekippt werden, als Futter für die Fische.

Als die meisten der Matrosen zu ihrem kurzen Landgang aufgebrochen waren, rief Rrru-eeth alle Übrigen zusammen. Sie lud ihren Ersten Maat ein, der ihr treu ergeben war, ihre gleichfalls treue erste Konkubine, ihren Schatzmeister, der seine Treue zu Ian vor ihr verbarg, und Ry.

Draußen vor der Tür standen zwei Keshi-Narbige Wache.

Zu fünft setzten sie sich an den Tisch, auf dem ein üppiges Festmahl stand – gebratene und mit Honigbutter glasierte Bananen; ganze Berge gezuckerter Bohnen; leicht gesüßte Cocovas, die zu hübschen kleinen Fischen geformt waren; Schüsseln mit gedämpftem Delfin auf schwarzem Reis, gekochter Tunfisch und gebackene Knollenfrüchte mit einer Füllung aus verschiedenen Sorten Käse, Fleisch und Trauben; winzige Küchlein, saure Pasteten und Konfekt. Zu trinken gab es Wasser, so klar wie die Luft selbst, aus einem Kelch, der bis zum Rand mit kleinen Eiskugeln mit Limonengeschmack gefüllt war – eine Köstlichkeit von solcher Seltenheit und so gewaltigem Preis, dass Ry, ein Abkömmling aus einer der beiden reichsten Familien der Welt, dieses Getränk bisher nur dreimal im Leben gekostet hatte.

»Esst und trinkt, meine lieben Freunde, meine geliebten Gefährten«, sagte Rrru-eeth und breitete ihre zierlichen Hände zu einer weit ausholenden Geste über dem Festmahl aus.

»Ihr bewirtet uns wie Könige«, sagte Ry.

Rrru-eeth lächelte. »Wir werden bald alle Könige sein, mein Freund. Morgen segeln wir nach Calimekka und in das neue Leben, das wir uns dort erobern werden.« Sie legte eine Hand flach auf den Tisch und drückte sich die andere aufs Herz. »Ein Trinkspruch auf uns alle – auf Bemyar, der uns zu unserem neuen Ziel segeln und die Mannschaft befehligen wird, die uns dort bewachen soll; auf Kithdrel, der die Reichtümer verwalten soll, mit denen wir unser Königreich kaufen werden; auf Ry, der uns die Sitten und Gepflogenheiten von Königen lehren und uns zu unserem Paraglesiat führen wird; auf Greten, die dem Namen nach Paraglesa sein und vor der die Welt das Knie beugen wird; und zu guter Letzt auf mich selbst, die ich in Wahrheit Paraglesa sein werde und der sich eines Tages alle Herzen voller Ehrfurcht und Anbetung zuwenden sollen.«

Die anderen vier legten gleichfalls eine Hand auf den Tisch und eine aufs Herz und sagten: »Auf uns.«

Während des Essens überließen sie das Reden Rrru-eeth – sie sprach über ihre Träume für die Zukunft, über die großartigen

Rollen, die ein jeder der Anwesenden spielen würde, und über den Ruhm und die Ehre, die ihnen zuteil werden würden, sobald Rrru-eeth erst eine Paraglesa mit eigener Familie war und in einem großen Haus auf einem hohen Hügel in einer der prächtigsten Städte der Welt leben würde. Ry ließ sie das Gespinst ihrer Träume ausspinnen, und als er fand, dies sei der richtige Zeitpunkt, bemerkte er: »Ich möchte Euch nur eines zu bedenken geben, Kapitän, damit Ihr Euch im Zweifelsfalle zu schützen wisst. Calimekka ist eine Stadt der Gerüchte und Geschichten, wo Klatsch und Tratsch als mindere Gottheiten gelten können, denen selbst in den höchsten Häusern gehuldigt wird. Es gibt Leute in der Stadt – man nennt sie Finder –, deren ganzes Leben um die Aufdeckung der Geheimnisse der Mächtigen kreist, Geheimnisse, die sie sodann an den Meistbietenden verkaufen. Wenn in Eurer Mannschaft jemand ist, der auch nur ein einziges böses Wort über Euch zu sagen hat, das der Wahrheit entspricht, dann solltet Ihr den Betreffenden an diesen Gestaden zurücklassen und ihn durch jemanden ersetzen, der Euch durch keine üble Nachrede schaden kann.«

»Wollt Ihr damit andeuten, ich hätte Geheimnisse?«, fragte Rrru-eeth.

»Ich weiß, dass Ihr Geheimnisse habt. *Jeder* hat Geheimnisse. Ich nehme an, dass Ihr allein wisst, ob eines dieser Geheimnisse Euch schaden könnte – ob nicht vielleicht eines Tages ein Finder einem Eurer Matrosen tausend Goldstücke bieten wird, damit er ihm alles über Euch erzählt, das vielleicht Geld wert sein könnte. Ihr müsst immer mit der Möglichkeit rechnen, dass einer Eurer Leute das Gold nehmen und reden wird.«

Rrru-eeth runzelte die Stirn und sah der Reihe nach Bemyar, Kithdrel und Greten an. Alle drei schüttelten kaum merklich den Kopf, und Kithdrel sagte: »Wir sind alle Offiziere und tragen Mitschuld an jeder Entscheidung, die Ihr irgendwann einmal getroffen haben mögt.«

»Aber die einfachen Matrosen tun das nicht«, sagte Rrru-eeth.

»Nein.« Greten blickte mit düsterer Miene in ihr geeistes Wasser. »Die gemeinen Matrosen nicht.«

»Gibt es etwas, das man gegen Euch verwenden könnte?«

»Ja, das gibt es.«

»Wie viele von Euren Leuten wissen davon?«

»Mehr als die Hälfte der Mannschaft.«

Ry stieß einen leisen Pfiff aus und sagte: »Ihr könnt unmöglich auf die Loyalität so vieler Leute bauen.«

»Das ist wahr. Also muss ich handeln.« Sie schloss die Augen und rieb sich mit zwei Fingern den Nasenrücken.

»In Goft gibt es mehr als genug Seeleute, um eine provisorische Mannschaft zusammenzubekommen«, sagte Kithdrel.

Bemyar nickte. »Es ist ein guter Hafen; ich hatte keine Schwierigkeiten, hier Ersatz für die meisten Matrosen in unserem Dienstbuch zu finden. Allerdings könnten es einige Eurer Leute missbilligen, wenn man sie hier zurückließe.«

»Dieses Problem ließe sich mit einer großzügigen Abfindung gewiss aus der Welt schaffen«, sagte Kithdrel.

»Aber nicht so großzügig, dass es meine Pläne gefährden könnte.«

»Natürlich nicht. Das wäre sinnlos.«

Greten sagte: »Vielleicht könnt Ihr der alten Mannschaft die Nachricht zuspielen, Ihr hättet von einer Krankheit in Calimekka erfahren und würdet selbst zwar weitersegeln, Eure Gefährten aber keinesfalls diesem Risiko aussetzen wollen.«

»Nein«, sagte Ry. »Die einfachsten Geschichten sind immer die besten – und wo keine Geschichte von echtem Nutzen ist, sollte auch keine erzählt werden. Sagt Euren Leuten lediglich, dass Ihr sie entlasst, gebt ihnen mehr als das ihnen zustehende Geld und heuert eine neue Mannschaft an. Wenn Eure Leute nicht verstehen, warum Ihr so handelt …« Ry zuckte mit den Schultern. »Nun, das ist Euer Vorrecht als Kapitän.«

Bemyar nickte. »Ihr habt Recht. In diesem Fall ist es das Beste, keine Erklärungen abzugeben. Ich werde mit Euch die Besatzungsliste durchgehen, um zu entscheiden, wen wir behalten und wen wir entlassen werden.«

»Entlasst alle. Es soll nicht so aussehen, als würde irgendjemand bevorzugt.«

Gretens Augen weiteten sich, und sie wollte schon zu einem Protest anheben – aber dann schloss sie, ohne auch nur den geringsten Laut von sich zu geben, den Mund und blickte auf den Tisch hinab; ihr Gesicht war blass geworden, und ihre Lippen hatten sich zu einer dünnen, harten Linie verzogen. Rrru-eeth bemerkte es nicht. Interessant, dachte Ry. Mit welchem der Besatzungsmitglieder, von denen sie sich in Bälde trennen würden, teilte Greten ein Geheimnis? Und wie bedeutend war dieses Geheimnis? Ob es ausreichte, um in Greten möglicherweise eine Verbündete zu finden?

Ry mochte Greten – und Yanth, der Verstecke an Bord des Schiffes gefunden hatte, wo er sich seit ihrer Abreise jeden Tag mit ihr traf, nun, Yanth betete sie an. Ry glaubte, dass es für sie alle erfreulicher wäre, wenn sie Greten nicht zusammen mit ihrer Herrin würden hängen müssen – und wenn sie half, das Schiff seinem rechtmäßigen Kapitän zurückzugeben, konnte man sie von jeder alten Schuld freisprechen.

Das war etwas, worüber man nachdenken musste, etwas, worüber er mit Yanth sprechen würde.

Als sie ihre Mahlzeit beendet hatten, sagte Rrru-eeth zu Bemyar: »Lasst die restliche Mannschaft an Deck antreten und erzählt den Leuten, das ganze Schiff bekäme eine Woche lang Urlaub. Geht mit ihnen an Land, und macht Euch unauffällig daran, eine neue Mannschaft anzuheuern. Wenn wir genug Leute an Bord haben, um sicher sein zu können, dass man uns nicht überrennt, werden wir offiziell erklären, dass die alte Mannschaft unwiderruflich entlassen ist.« Als Nächstes wandte Rrru-eeth sich an Kithdrel. »Ihr werdet den Leuten ihren letzten Lohn und einen Abfindungsbonus aushändigen. Jeder, der Streit anfängt, soll nur den Lohn erhalten, nicht aber den Bonus. Das solltet Ihr von Anfang an klarstellen.«

Sie schloss die Augen. »Ich glaube allerdings, dass ich meine Keshi-Wachen behalten werde. Sie schulden mir ihr Leben – ich kann ihnen ebenso sehr vertrauen, wie ich einem jeden von euch vertrauen kann.«

Vielleicht sogar noch mehr, dachte Ry und musste das Lächeln unterdrücken, das seine Lippen zu erreichen versuchte. Kithdrel würde diejenigen unter den Matrosen, die Ian treu ergeben waren, wieder zurück an Bord schmuggeln, und die neue Mannschaft würde gewiss alles tun, um zu vermeiden, dass die Meuterei einer alten Mannschaft auf sie zurückfiel; so wie die Dinge standen, würden sie kaum Probleme haben dürfen, Rrru-eeth, ihre wenigen verbleibenden Anhänger und zwei oder drei Keshi-Narbige in Schach zu halten.

Bemyar und Greten hatten sich bereits unwissentlich als Verbündete erwiesen. Ry hoffte, dass sie ihm im nächsten Stadium seines Plans genauso nützlich sein würden.

»Ich finde keinen einzigen Matrosen, der bereit ist, auf einem Schiff nach Calimekka anzuheuern«, sagte Bemyar am nächsten Tag. »Die Stadt ist von einer Seuche völlig verwüstet worden, und alle, die davon gehört haben, bangen um ihr Leben, falls sie auch nur in den Hafen von Calimekka einlaufen sollten. Es heißt, dort lägen Schiffe vor Anker, auf denen die Leichen toter Seeleute vor sich hinfaulen, seit sie den Tod fanden. Man erzählt sich von Ratten, die sich in Strömen durch die Straßen ergießen, und von einem Fluss, der von Leichen so überfüllt ist, dass das Wasser nicht mehr fließen kann, und von Fliegen, die an manchen Stellen in solcher Zahl auftreten, dass sie die Sonne am Himmel verdunkeln.«

Ry dachte an den Austausch von Magie, den er bis nach Heymar gespürt hatte, die gewaltige Entladung, die ihm den Tod des Spiegels der Seelen mitgeteilt hatte. Der Spiegel war nicht allein gestorben – das hatte Ry tief im Innern sehr wohl gewusst, auch wenn er die damit verbundenen Konsequenzen nicht durchdacht hatte. Die Matrosen würden durchaus zufrieden sein, wenn sie wüssten, dass sie an der Südküste entlangsegeln sollten; in diesem Falle würde Ry keine Schwierigkeiten haben, eine komplette Mannschaft zu bekommen. Aber er konnte dem Ersten Maat nicht die Wahrheit sagen; Bemyar war Rrru-eeth treu ergeben.

Kithdrel war die Lösung des Problems. Mit einem Lächeln wandte Ry sich an Bemyar. »Bemyar, lasst Kithdrel eine Mannschaft anheuern. Er weiß bis auf den Cent genau, was Ihr Euch an Heuer für die Mannschaft leisten könnt. Ich wette, dass er wenigstens ein paar Leute findet, die für den richtigen Preis bereitwillig mitten in das Maul des Todes segeln würden.«

Bemyar dachte kurz darüber nach, dann zuckte er die Achseln. Er sah fragend zu Kithdrel hinüber, der sagte: »Ich werde tun, was ich kann. Ich habe zwar nicht seine Zuversicht, aber vielleicht kann ich zumindest eine notdürftige Mannschaft zusammenstellen, gerade genug Leute, um uns in den Hafen zu bringen – obwohl wir die Wachzeiten vielleicht werden verlängern müssen. Und mir ist natürlich klar, dass ich mehr als den üblichen Lohn zahlen muss.«

»Das wird es wert sein.« Ry lächelte Bemyar zu. »Der Kapitän möchte in die Gesellschaft Calimekkas Einlass finden. Wenn sie jetzt dort in Erscheinung tritt, solange diese Gesellschaft noch in Aufruhr ist, wird ihr dieser Umstand zum Vorteil gereichen. Wenn sie zu einer Zeit Stabilität bieten kann, da die Bewohner Calimekkas nichts dringender brauchen als eben diese Stabilität, dann kann sie sich eine Basis aufbauen, die später durch nichts mehr zu erschüttern ist.« Bemyar erhob sich von seiner

Bank und sagte: »Ich werde mit ihr reden. Vielleicht könntet Ihr mich begleiten, Ry, um ihr zu erzählen, was ihr mir erzählt habt.«

Einen Tag später stachen sie in See, wobei ihre kleine, neu angeworbene Mannschaft insgeheim durch Ians Anhänger verstärkt wurde, obwohl diese sich zwangsläufig fürs Erste in den Frachträumen verstecken mussten. Sobald sie unterwegs waren, erzählte man den neuen Leuten, dass Rrru-eeth eine Meuterei angestiftet und das Schiff seinem rechtmäßigen Kapitän gestohlen und diesen sowie einige seiner Leute in Novtierra ausgesetzt habe. Die alte Mannschaft bestätigte diese Berichte und fügte hinzu, dass das Schiff seinem wahren Kapitän zurückgegeben werden müsse. Die Dankbarkeit des rechtmäßigen Kapitäns wurde in den strahlendsten Farben gezeichnet, desgleichen die Belohnung, die er gewiss all denen zukommen lassen würde, die ihm zu seinem Recht verhalfen.

Als sie daher die südlichste Spitze von Goft hinter sich wussten und sich endgültig auf hoher See befanden, gab Ry das Zeichen, und Ians Männer nahmen Rrru-eeth, Bemyar, Greten sowie Rrru-eeths Keshi-Wachen gefangen und brachten sie mit vorgehaltenem Schwert aufs Hauptdeck.

Als schließlich die gesamte neue Mannschaft um sie versammelt war, trat Kithdrel vor, hielt ein Dokument in die Höhe und begann es zu verlesen: »Ihr, Rrru-eeth Y'tallin, Kabinenmagd der *Wanderfalke*, die unter Kapitän Ian Draclas gesegelt ist, werdet der schweren Meuterei angeklagt, der Aufwiegelei sowie der Anstiftung zum Mord und der gemeinschaftlichen Ermordung von Besatzungsmitgliedern, begangen durch absichtliche Aussetzung derselben an einem dem Überleben von Menschen feindlichen Ort. Ferner wird Euch versuchter Mord an Eurem rechtmäßigen Kapitän, begangen auf gleiche Weise, zur Last gelegt, die Anmaßung des Amtes eines wirklichen Kapitäns und der Raub eines Schiffes. Wie lautet Eure Antwort auf diese Anklage? Schuldig oder unschuldig?«

Rrru-eeth sah sich um, sah in die Gesichter der Fremden, die an Deck versammelt waren, und sie lächelte Kithdrel an. »Hast du ihnen das erzählt, Kith? Dass ich eine Meuterin sei? Verfolgst du mit deinen Lügen vielleicht die Absicht, dich selbst zum Kapitän der *K'hbeth Rhu'ute* zu machen? Du weißt genauso gut wie ich, dass ich unter Draclas der erste Maat dieses Schiffes war und dass er und viele seiner Matrosen an der Küste von Nord-Novtierra bei einer Schlacht mit einem Zaubererring ihr Leben gelassen haben. Du hast dafür gesorgt, dass niemand von der alten Mannschaft übrig geblieben ist, der sich für die Wahrheit verbürgen kann ... aber du scheinst vergessen zu haben, dass auch niemand mehr an Bord ist, der sich für deine Lügen verbürgen würde.«

»Ruft die Zeugen auf«, befahl Kithdrel.

Ians treue Gefolgsleute kamen aus den Frachträumen nach oben an Deck, und Rrru-eeths Gesicht wurde hart. »Ah! Ich sehe, du hast ein paar Leute gefunden, die deine Lügen bestätigen werden; wahrscheinlich weil sie hoffen, davon profitieren zu können. Welche Reichtümer hast du ihnen versprochen, Kith? Hast du ihnen meinen Anteil an der Beute in den Frachträumen versprochen?« Sie wandte sich den neuen Matrosen zu und sagte: »Hört gut zu, ihr alle. Wenn ihr euch mit diesen Verrätern zusammentut, dann macht ihr euch ebenso der Meuterei schuldig wie sie – und ich werde dafür sorgen, dass ihr für eure Verbrechen hängt. Der Einzige, der die Wahrheit dieser Anschuldigungen beurteilen könnte, ist Kapitän Ian Draclas, und wenn er noch am Leben wäre, wäre er der Erste, der meine Tapferkeit als sein erster Maat rühmen und euch von meinen mutigen Bemühungen erzählen würde, sein Leben zu retten.«

Ry trat aus der Menge vor und machte eine höhnische Verbeugung vor Rrru-eeth. »Ich bin ja so froh, Euch das sagen zu hören, verehrter Kapitän, denn wir befinden uns in eben diesem Augenblick auf dem Weg zu Kapitän Draclas.«

Einen Augenblick lang sah er panische Angst auf ihrem glatten, dunklen Gesicht aufblitzen. Dann verschwand diese Regung, und die gewohnte Arroganz trat wieder an ihre Stelle. »Wenn Kithdrel euch erzählt hat, er wisse, wo Kapitän Draclas zu finden sei, dann lügt er. Er hat jemanden gefunden, der die Rolle des Kapitäns spielen wird, und er hat seine Zeugen dazu verleitet, auszusagen, der Betrüger sei der echte Draclas.«

»Das glaube ich nicht«, sagte Ry. »Ich dürfte meinen eigenen Bruder wohl erkennen.«

»Lügen!«, kreischte Rrru-eeth. »Lügen! Ian ist tot! Ihr habt euch alle gegen mich verschworen.« Schließlich wandte sie sich Hilfe suchend an Greten. »Sag es ihnen! Sag ihnen die Wahrheit!«

Greten antwortete: »Ich war nicht bei Euch, als Ihr nach Novtierra gesegelt seid. Ich kenne die Wahrheit nicht.«

»Bemyar! Ihr wart bei uns. Ihr wisst, was wir durchgemacht haben! Sagt es ihnen.«

Bemyar sah Rrru-eeth an und erkannte, dass sein Hals in der Schlinge steckte, denn er schüttelte langsam den Kopf und entfernte sich so weit von ihr, wie die Schwerter in seinem Rücken es zuließen. »Sie sagen die Wahrheit, Rrru-eeth. Ob der Kapitän lebt oder nicht, das weiß ich nicht. Aber ich weiß, dass Ihr alles getan habt, was man Euch zur Last legt.«

Ihre Augen wurden schmal, und sie fauchte: »Du Feigling! Glaubst du, wenn du dich jetzt gegen mich stellst, wirst du damit deinen Hals aus der Schlinge retten, die du so gründlich verdienst? G'graal, G'gmorrig, sagt diesen armen Narren die Wahrheit und rettet sie um ihrer selbst willen.«

Die beiden Keshi-Narbigen warfen einander lange, forschende Blicke zu und starrten dann einmütig auf ihre Füße hinab.

Rrru-eeth rief: »Sagt es ihnen! Ich befehle es euch!« Aber keiner der beiden Keshi sagte auch nur ein Wort. »Ich bin der Kapitän dieses Schiffes«, schrie Rrru-eeth, »der Herr über euer aller Geschick! Ich werde dafür sorgen, dass ihr alle für euren Verrat sterbt!«

»Sperrt sie ins Schiffsgefängnis«, sagte Kithdrel. Dann wandte er sich an Bemyar. »Wenn du uns jetzt hilfst, kannst du dich von einer Anklage wegen schwerer Meuterei reinwaschen. Übernimm das Schiffsruder und bring uns nach Costan Selvira. Dort werden wir Kapitän Draclas treffen – Ry weiß, wo er ist.«

Bemyar blickte auf seine Hände hinab. »Ich bin ein Feigling, Kith. Bin es immer gewesen. Ich würde mich auf deine Seite schlagen, nur um mein eigenes Leben zu retten.«

Ry sagte: »Wenn die Wahrheit das ist, was Euer Leben retten kann, ist es keine Schande, den Weg der Sicherheit zu wählen. Ihr brandmarkt Euch keineswegs als Feigling, wenn Ihr Euch so entscheidet.«

»Nein. Ich habe mich als Feigling gebrandmarkt, als ich auf Rrru-eeth hörte. Von diesem Mal werde ich mich niemals befreien können.« Er ließ den Kopf hängen. »Aber ich werde Euch von nun an dienen. Wenn ich auch den Schaden, den ich in der Vergangenheit angerichtet habe, nicht wieder gutmachen kann, so kann ich es doch zumindest verhindern, in der Gegenwart neue Schuld auf mich zu laden.«

Kithdrel sagte: »Dann übernehmt jetzt das Ruder, Erster Maat. Ian Draclas wird erfahren, dass Ihr ihm wohl gedient habt.« Als Nächstes wandte er sich an die Konkubine. »Greten, Ihr hattet keinen Anteil an der Meuterei, aber Ihr seid Rrru-eeth treu ergeben. Wenn Ihr versucht, uns Schwierigkeiten zu machen, werden wir Euch töten müssen. Habt Ihr den Wunsch, mit Eurer Herrin ins Schiffsgefängnis gesperrt zu werden? Ihr seid keines Kapitalverbrechens angeklagt, aber Ihr werdet das Schiff verlassen, wenn wir Kapitän Draclas und seine Leute an Bord nehmen.«

»Ich weiß nicht, was ich will«, sagte Greten. »Sperrt mich in mein Quartier, wenn das Euer Wunsch ist – ich schwöre beim Gotte Dark, dass ich keine Schwierigkeiten machen werde.«

»Ich höre Euren Eid und bezeuge ihn«, sagte Kithdrel und sah Ry an.

»Auch ich bin Zeuge Eures Eides. Die Götter mögen über Euch richten, wenn Ihr Euer Gelübde brecht.«

»Ihr dürft auch in Zukunft Euer Quartier verlassen, aber Ihr dürft Euch keinesfalls dem Schiffsgefängnis nähern. Der Rest des Schiffes steht Euch wie eh und je zur Verfügung.«

Greten nickte und ging von Deck.

Damit blieben nur noch die beiden Keshi-Narbigen übrig. »Ihr beide seid Rrru-eeths persönlicher Besitz«, sagte Kithdrel. »Besitzt sie auch eure Loyalität?«

Keiner der beiden Keshi sagte ein Wort.

»Als amtierender Befehlshaber dieses Schiffes«, erklärte Bemyar, »habe ich die Macht, den beiden ihre Freiheit zu schenken. Sobald sie nicht mehr Rrru-eeths Besitz sind, dürfen sie sprechen, wie es ihnen beliebt, und sich für oder gegen sie entscheiden, ohne die Todesstrafe zu riskieren, weil sie ihren Besitzer verraten haben.«

»Dann gib ihnen die Freiheit«, sagte Kithdrel.

Bemyar sagte: »Vor den Augen Tonns, des Gottes der Meere, erkläre ich euch zu freien Männern. Von diesem Tag an seid ihr nur noch euren Göttern und eurem Gewissen verantwortlich.«

»Ich höre und bezeuge euren Eid«, sagte Kithdrel.

Und Ry wiederholte: »Ich höre und bezeuge.«

»Die Götter mögen euch richten, wenn ihr euren Schwur brecht«, fügte Kithdrel hinzu.

Die Keshi sahen einander an, und einer von ihnen, obwohl Ry nicht erkennen konnte, ob es G'graal oder G'gmorrig war, sagte: »Dann werde ich als freier Mann beeiden, dass die Anklagen, die Kithdrel vorgebracht hat, der Wahrheit entsprechen.« Seine

Stimme war so tief und sein Akzent so stark, dass Ry Mühe hatte, seine Worte zu verstehen.

Der andere Keshi sagte: »Ich schließe mich meinem Bruder an.«

Und Kithdrel erwiderte: »Dann dürft ihr euch an Bord des Schiffes frei bewegen, sofern ihr euch nicht dem Schiffsgefängnis nähert. Wenn ihr diesem Befehl zuwiderhandelt, werdet ihr sterben.«

Die beiden Keshi nickten.

Zu guter Letzt richtete Kithdrel das Wort noch an die Matrosen. »Die Angelegenheit ruht, bis wir Kapitän Draclas an Bord haben. Hiermit übergebe ich das Schiff dem amtierenden Kapitän Bemyar Ilori. Kapitän.« Er verbeugte sich. »Ry Sabir wird Euch erklären, wo Ihr den Kapitän findet.«

Ry sagte: »Im Süden. In Costan Selvira.«

Bemyar zeigte auf einen von Ians Männern und befahl: »Du da, Wootan. Du bist mein amtierender Erster Maat. Sag den Männern sofort, sie sollen alle Segel setzen und uns in die Innere Strömung bringen.«

»Jawohl, Kapitän.« Wootan begann, die entsprechenden Befehle zu geben, und die Matrosen stoben auseinander, um ihre Plätze einzunehmen. Die weißen Segel fielen herab und blähten sich im Wind, die Leinen sangen in der steifen Brise, und das Schiff pflügte sich durch die Wellen wie ein Messer durch knochenloses Fleisch.

Ich bin unterwegs, Kait, dachte Ry. Und ich bringe Hilfe.

Kapitel 46

Kait trug ihr Bündel mit den Dingen, die sie aus dem Haus hatte retten können, auf dem Rücken und trottete zusammen mit den anderen Flüchtlingen die Straße nach Costan Selvira entlang. Wenn sie zurückblickte, konnte sie noch immer die Umrisse der oberen Hälfte des Fluggeräts hinter der wachsenden Wand aus Bäumen erkennen. Auf der anderen Seite des Hügels, den sie soeben bestiegen, würde sie diesen Anblick für immer hinter sich lassen.

Diesmal hatte es ihr weniger zu schaffen gemacht, Haus Galweigh zu verlassen. Sie hatte ihre Schwester, ihre Nichte und ihren Neffen bei sich, nicht zu vergessen Doghall. Und Ry würde zu ihr zurückkehren. Sie konnte seine Anwesenheit tief in ihren Gedanken spüren; er benutzte sie als Kompass, an dem er sein über den Ozean fliegendes Schiff ausrichtete.

Sie hätten an dem Strand bleiben können, an dem das Fluggerät gelandet war, aber die Straße südlich von Calimekka war gefährlich und wurde von Banditen unsicher gemacht, die das Fluggerät gewiss bald anlocken würde. Kait und die übrigen gestrandeten Flüchtlinge wollten nicht kämpfen, und Kait wusste, dass Ry sie finden würde, wo sie auch war, solange sie nur ihren Schild nicht vollkommen hochzog.

Sie hoffte, dass die Banditen das Fluggerät nicht zerstören würden, wenn sie es leer vorfanden, gemäß der Vorstellung, dass etwas, das sie nicht verstanden, auch für niemanden sonst von Nutzen sein konnte. Falls sie aber das Luftschiff behielten, würden sie die Maschinen mit Gewinn verkaufen können; die Gyrunalle bezahlten hohe Preise für alles Mechanische, sofern es noch funktionierte, und zwei der Flugmotoren waren immer noch vollkommen in Ordnung. Die beiden anderen konnten ausgeschlachtet werden. Die Außenhülle mochte zwar schwer beschädigt sein, bestand aber aus hochwertiger, wasserdichter Seide, die sich gewiss noch für irgendetwas verwenden ließ; die Gasblasen im Innern waren aus speziell behandelten luftdichten Häuten gemacht – auch sie mussten gewiss noch für irgendetwas gut sein, obwohl Kait im Augenblick nicht hätte sagen können, was das sein sollte. Selbst die Möbel und die Verstrebungen würden auf dem Tauschmarkt einen gewissen Wert haben, vorausgesetzt, dass die Banditen einen Käufer finden konnten, der ihnen glaubte, dass sie wirklich rein zufällig auf das verlassene Luftschiff gestoßen waren und keine hoch gestellten Persönlichkeiten ermordet hatten, um in seinen Besitz zu kommen.

Aber vielleicht würde das heutzutage auch keine Rolle mehr spielen – vielleicht würden die Menschen nicht einmal die Augenbrauen hochziehen, wenn sie von der Ermordung eines Mitglieds der Fünf Familien erfuhren. Gewiss würde jedenfalls nicht mehr die halbe Landbevölkerung aus Angst um ihr Leben in Deckung gehen. Wer war denn schließlich noch übrig geblieben, um den Tod eines Familienmitglieds zu rächen?

Nicht einmal umringt von den Soldaten, die ihr die Treue geschworen hatten, fühlte sie sich ganz sicher. Die nächste Verwandlung stand ihr dicht bevor, und sie wusste, dass sie sich sehr bald von den anderen trennen und allein auf die Jagd würde gehen müssen. Die alte Ordnung mochte zwar zerfallen, die Ehrfurcht vor den Fünf Familien lag im Sterben oder war bereits tot, aber die Tradition, jeden zu töten, der nicht ganz und gar menschlich war, diese Tradition würde sicher nicht untergehen. Kait blickte sehnsüchtig zu dem Wald hinüber, der vor ihnen lag. Sie hörte die Tiere, die gerade außerhalb ihres Gesichtsfelds über den Boden huschten, sie konnte ihre Beute bereits riechen, und es verlangte sie mit allen Sinnen nach der Jagd und nach der strahlenden Schönheit der Karnee-Welt, nach der gedankenlosen Einfachheit dieser Existenz – jagen und gejagt werden, töten oder getötet werden. Im Dschungel war nur wenig Raum für Diplomatie. Um sich von ihrem Hunger nach diesen Dingen abzulenken, lief sie zu ihrem Onkel nach vorn.

»Du bist so still«, sagte sie. Er ging zwischen zwei gleichermaßen schweigsamen Soldaten die Straße entlang, den Kopf gesenkt, sein Bündel achtlos geschultert.

Zuerst schien er sie gar nicht zu hören, und sie wollte ihre Bemerkung gerade wiederholen, als er sich zu ihr umdrehte und sie mit trostlosen Augen ansah. Wieder einmal verspürte sie einen gelinden Schock, sein Haar so schwarz und sein Gesicht ungefurcht zu sehen – aber diesmal empfand sie diese Dinge umso stärker, als Doghalls Augen einen unendlich alten und gehetzten Ausdruck hatten.

»Bei Brethwan, Onkel, du siehst aus, als hättest du mit den Geistern getanzt!«

Er nickte, erwiderte aber nichts.

»Du hast gesagt, mit deiner Sehung sei alles gut gegangen, und aus anderen Quellen haben wir keine schlechten Neuigkeiten bekommen … Oh! Wie dumm von mir. Du machst dir Sorgen um deine Söhne.«

Er seufzte. »Ich habe Angst um uns alle.«

Sie zeigte auf die Soldaten, die sie umringten. »Uns?«

»Um die ganze Welt, Kait. Um die ganze Welt.«

»Warum? Was hast du gesehen, das so schrecklich war?«

»Eine Wahl, die ich treffen muss. Ein Opfer, das ich aus freien Stücken bringen muss.«

»Welches Opfer? Und wann?«

Er brachte ein freudloses Lachen zustande. »Das weiß ich nicht. Weder wo noch wann noch was es sein wird. Ich weiß nur, dass es eine höllische Entscheidung sein wird, die man von mir verlangt, und dass sie mich auf die Probe stellen wird bis an den Kern dessen, was ich bin … und wenn ich versage, werden wir verlieren … nicht nur einen Krieg, sondern die ganze Welt. Ich habe das *Zanda* in den letzten Tagen hundertmal geworfen. Ich habe einen Sprecher um den anderen gerufen, bis ich auf der Suche nach Antworten fast verblutet bin, und ich weiß, dass irgendwo eine Antwort existiert, ich kann sie nur nicht finden. Ich bin blind und taub für diese Antwort, eingesperrt in einen fensterlosen, lichtlosen Raum, allein mit meinem Wissen, dass irgendein Verhängnis naht.« Er sah zu seiner Nichte hinüber, und sie las die Furcht in seinen Augen. »Und mit diesem Wissen, das weiß ich, werde ich nie wieder Schlaf finden.«

Kait legte ihm eine Hand auf die Schulter, um ihn zu trösten, und in diesem Augenblick hörte sie weit hinten in ihren Gedanken eine Stimme.

Das, was du so verzweifelt suchst, hast du bereits.

Sie erstarrte. Die Stimme, die da zu ihr sprach, kam von den Toten. Oder irrte sie sich?

Hasmal, dachte sie, *ich würde deine Stimme überall erkennen. Wo bist du? Hast du eine Möglichkeit gefunden, zu uns zurückzukehren? Was kannst du uns erzählen?*

Hasmal beantwortete keine ihrer Fragen. Stattdessen hörte sie wieder den einen Satz, den sie bereits zuvor gehört hatte. *Das, was du so verzweifelt suchst, hast du bereits.* Die Worte hallten in ihrem Schädel wider und entglitten ihr wie die Schemen eines Geistes; je mehr sie danach greifen wollte, umso unfassbarer wurden sie.

Das, was du so verzweifelt suchst, hast du bereits.

Sie schloss die Augen und blieb reglos mitten auf der Straße stehen, um nach der Quelle dieser Stimme zu forschen, denn sie hatte aus bitterer Erfahrung gelernt, Stimmen zu fürchten, die in ihrem Kopf laut wurden. Sie jagte der Stimme nach und fand die Stelle in ihrem Innern, die sie verriegelt und mit einer hohen Mauer umgeben hatte – es war der Ort, an dem sie Hasmals Erinnerungen begraben hatte, Doghalls Erinnerungen, Crispins … und Dafrils.

Dafrils Erinnerungen.

Ja.

Sie hatte sie weit weggedrängt, weil sie es nicht ertragen konnte, an diese Verderbtheit in ihrem Innern zu rühren. Sie konnte den Gedanken nicht ertragen, dass ein Teil jenes Ungeheuers, das zu einem so gewaltigen Preis aus der Welt entfernt worden war, in gewisser Weise noch immer lebendig war, und als sie nun an diesen Erinnerungen entlangstrich, konnte sie spüren, wie Dafril selbst sich in ihr regte.

Aber sie *hatte* diese Erinnerungen berührt, und bei dieser einen flüchtigen Berührung hatte sie etwas erfahren. Etwas über das Böse, das auf dem Weg zu ihnen war, das Böse, das Doghall fürchtete. Sie *wusste* etwas.

Oder vielleicht wusste sie es nicht. Aber sie wusste, wo sie es in Erfahrung bringen konnte.

Mit fest geschlossenen Augen ließ sie die Schilde herunter, mit denen sie bisher verhindert hatte, dass Dafrils Gift sich über sie ergießen konnte. Zaghaft berührte sie die Erinnerungen des Drachen, obwohl es ihr zutiefst verhasst war, diese Kreatur zu spüren. Vordergründige Bilder blitzten hinter ihren Augen auf, Bilder eines großen, gut aussehenden Mannes, winzige Bruchstücke von Gesprächen, ein Anflug von Furcht.

Dafril hatte vor irgendjemandem panische Angst gehabt. Und Kait dachte: Warum sollte der mächtigste Zauberer, der je gelebt hat, irgendjemanden fürchten?

Sie drang tiefer in seine Erinnerungen ein, nahm sie in sich auf, akzeptierte sie und folgte schließlich dieser Furcht.

Doghall drängte die Soldaten von Kait weg, die mitten auf der Straße stand. Sie hatte die Augen geschlossen, ihr Körper war steif, und sie reagierte auf nichts und niemanden.

»Wartet einfach ab«, sagte er. »Dies hier hat nichts mit Magie zu tun, und sie ist auch nicht krank.«

»Aber was ist denn dann mit ihr?«, verlangte Ian zu wissen.

»Warte«, sagte Doghall noch einmal.

Sie standen lange so da; Doghall erforschte das Falkenmeer, das er in sich trug. Er suchte nach Anzeichen dafür, dass die Flut der Falkenschaft seine Nichte verschlungen hatte, aber sie befand sich nicht im Zugriff der Falken. Keine Schilde beschirmten sie, aber ihr Zustand hatte auch nichts mit Magie zu tun.

Sie hatte ihren eigenen Geist verlassen, ihren eigenen Körper vergessen, und Doghall dachte, dass er eigentlich hätte Angst haben sollen. Aber er hatte keine. Kait tat etwas, was sie selbst wollte – davon war er überzeugt.

Plötzlich riss sie die Augen auf und fiel mit einem Aufschrei zu Boden. Sie landete mit dem Gesicht nach unten im Schmutz der Straße und schaffte es kaum, ihren Sturz mit den Armen abzufangen. Sie übergab sich, und als sie ihren Magen geleert hatte, konnte sie nicht aufhören zu würgen.

Ian rief: »So hilf ihr doch, verdammt!«

Doghall wusste nicht, was er tun sollte. »Kait! Was brauchst du? Was ist passiert?« Er legte ihr eine Hand auf den Rücken, aber sie schüttelte sie ab. »Kait? Kannst du mich hören?«

Sie schüttelte schwach den Kopf, wischte sich mit dem Unterarm über den Mund und zog sich so weit hoch, dass sie auf der Straße kniete. Sie ließ den Kopf hängen und hielt den Blick in weite Ferne gerichtet.

»Ich weiß es«, sagte sie schließlich, und sie sprach mit der Stimme eines Menschen, der eine Woche lang tot im Wasser gelegen hatte und nun kraft einer albtraumhaften Magie die Fähigkeit erlangte, aus dem Grab heraus zu sprechen.

»Du weißt es?«

Da blickte Kait in Doghalls Augen, und ein furchtbarer Krampf bemächtigte sich seiner Eingeweide. Die Angst schlug ihm ihre scharfen Krallen ins Rückgrat und erschütterte ihn bis ins Mark.

»Ich weiß es«, sagte sie schlicht. »Ich weiß, wer kommt, ich weiß, was er will … und ich weiß auch, warum wir niemals zulassen dürfen, dass er bis nach Calimekka kommt, und wenn es auch jeden Menschen in unserer Nähe das Leben kostet.«

»Erzähl es mir.«

»Sein Name ist Luercas. Er war der einzige Zauberer, den Dafril gefürchtet hat – während Dafril und seine Gefährten den Spiegel der Seelen schufen, hat Luercas allein die Seelenblume erdacht und konstruiert.«

»Die Seelenblume?«

»Die Seelenblume war die magische Vorrichtung, die auf die großen Städte der Hars Ticlarim losgelassen wurde, jener Zivilisation, über die die Drachen herrschten. Die Seelenblume war es, die fünfeinhalb Milliarden Menschen tötete und die Hexerzirkel schuf.«

Doghall hatte das Gefühl, als drehe die Welt sich vor seinen Augen. Niemand hatte bisher wirklich gewusst, wie diese Zirkel, die sie auch Zauberkreise nannten, entstanden waren – nur dass ihre Geburtsstunde mit dem Ende des Zaubererkriegs zusammenfiel und dass es Orte gab, an denen unendlich viel Tod und unendlich viel Böses existierte. »Luercas … die Zirkel …«

Kait nickte. »Fünfeinhalb Milliarden Seelen, die alle noch immer dort gefangen sind. Festgehalten in den Hexerzirkeln durch einen sorgfältig angelegten Zauber, sodass sie dort ausharren müssen bis zu dem Tag, da sie den letzten, kostbarsten Brennstoff für die Unsterblichkeitsmaschine der Drachen darstellen sollten. Jetzt werden sie Luercas allein als Nahrung dienen.« Kait zog die Flasche aus ihrem Gürtel, nahm einen Schluck Wasser und stand zitternd auf. »Es ist kein Zufall, dass Calimekka vor der Zerstörung bewahrt blieb, die die meisten der großen Städte der Drachen damals verschlang. Zu jener Zeit war Calimekka noch eine unbedeutende Stadt, und dort schufen die Drachen für sich eine Rückzugsposition, falls in Oel Artis etwas schief ging.«

Sie brachte ein schwaches Lächeln zustande. »Alles, was von Oel Artis übrig blieb, war der Hexerzirkel, der uns beinahe getötet hätte, als wir ihn passierten, um den Spiegel der Seelen zurückzuholen. Wir können daher wohl davon ausgehen, dass tatsächlich etwas schief ging. Aber wie dem auch sei, Calimekka ist der Seelenblume nicht zum Opfer gefallen; seine Türme sind unversehrt geblieben.«

»Welche Türme?«

»All die hübschen Türme der Alten, die die Stadt zieren.«

»Oh. Diese Türme. Was ist denn mit ihnen?«

»Die Türme selbst sind eigens dazu konstruiert, der Zeit standzuhalten. Mit dem richtigen Zauber kann man sie zum Leben erwecken; ein Teil dieses Zaubers ist bereits einmal benutzt worden, als der Spiegel unschuldigen Menschen ihre Seelen aus dem Leib zog, damit die Drachen ihre Körper stehlen konnten.« Kait wandte abermals den Blick ab, und in ihren Augen sah Doghall noch einmal das Grauen der Vision, die sich ihr enthüllt hatte.

»Wir haben den Spiegel der Seelen zerstört«, sagte er. »Wir haben die Drachen zerstört. Dieser Luercas kann doch sicher nicht alles ersetzen, was zu erschaffen die übrigen Drachen so harte Arbeit gekostet hat …«

Kait hob die Hand, und Doghall ahnte, was sie sagen würde, noch bevor sie zu sprechen begann. »Das braucht er auch gar nicht. Er allein weiß alles über die Seelenblume, was es zu wissen gibt. Die anderen Drachen haben nur deshalb so hart gearbeitet, weil sie über diese Kenntnisse nicht verfügten und nicht in der Lage waren, den Zauber zu enthüllen, mit dem die Seelenblume sich wecken lässt. Was sie mit mechanischen Hilfsmitteln zu erreichen hofften, kann Luercas mit einem einzigen Wort bewerkstelligen.«

»Und welches Wort ist das?«

Kait zuckte die Achseln. »Dafril wusste es nicht, daher weiß ich es auch nicht. Aber wenn Luercas im Herzen von Calimekka steht, braucht er nur das eine Wort zu sprechen, und die Türme werden ihn hören, und dann werden zuerst alle lebendigen Wesen innerhalb der Stadtmauern sterben, um die Magie der Türme zu nähren ... und dann werden fünfeinhalb Milliarden gefangene und gequälte Seelen für immer sterben. Und Luercas wird ein leibhaftiger Gott sein.«

»Und jedes andere Lebewesen auf diesem Planeten wird sein Sklave sein.«

»Bis die Zeit selbst zu Staub zerfällt. Ja.«

»Ich verstehe. Und wann werden wir Luercas finden, auf dass wir ihn aufhalten können?«

Kaits Stimme wurde leise. »Er ist bereits auf dem Weg zu uns; er kommt aus den Veral-Territorien, an der Spitze einer Armee zahlloser Narbiger, und er trägt den Körper, den er gestohlen hat, als Danya den Wiedergeborenen ermordete. Ulwe hat uns berichtet, dass sich etwas von Süden nähert, auf unzählbaren Füßen – dieses Etwas sind Luercas und seine Armee. Wenn wir den Spiegel der Seelen noch hätten, könnten wir ihn gegen Luercas verwenden und seine Seele aus seinem Fleisch reißen – wir würden das zwar auf Kosten unseres eigenen Lebens und unserer eigenen Seelen tun, aber zumindest hätten wir dann eine Waffe gehabt, mit der wir gegen ihn kämpfen könnten. Er ist der rechtmäßige Besitzer des Fleischs, das er im Augenblick bewohnt, daher kann die Magie, mit der wir die Seelen der anderen Drachen aus ihren gestohlenen Körpern gezogen haben, ihm nichts anhaben.«

Doghall lachte verbittert auf. »Zerstöre nichts, was du nicht wieder reparieren kannst.«

Kait runzelte die Stirn. »Wie bitte?«

»Das war ein praktischer Rat, den ich einmal von einer Sprecherin bekam. Als ich von ihr verlangte, dass sie mir etwas Nützliches mit auf den Weg geben solle, sagte sie: ›Zerstöre nicht, was du nicht wieder reparieren kannst.‹«

»Wir *mussten* den Spiegel der Seelen vernichten.«

Doghall schnalzte mit der Zunge und zog eine Augenbraue in die Höhe. »Zu der Zeit schien es uns das Beste zu sein, das stimmt. Aber du musst zugeben, dass es jetzt nützlich wäre, wenn wir ihn noch hätten.«

»Wenn man bedenkt, dass wir keine anderen Waffen haben, mit denen wir gegen dieses Ungeheuer kämpfen können ... ja.« Doghall registrierte jetzt erst, dass er und seine Nichte mitten auf der Straße standen. Und dass Ian, die Soldaten, Alcie und Ulwe sie anstarrten. Keiner ihrer Zuhörer schien es zu wagen, auch nur zu atmen.

»Nun«, sagte Doghall leise. »Ich weiß immer noch nicht, welche Entscheidung man von mir verlangen wird, aber zumindest weiß ich jetzt, was passieren wird, wenn ich die falsche Entscheidung treffen sollte.« Er bedachte die Umstehenden mit einem grimmigen Lächeln und sagte: »Ein wenig Druck soll ja ganz gut für die Seele sein, höre ich. Kommt jetzt. Lasst uns nach Costan Selvira gehen; vielleicht erwarten uns dort ja bessere Neuigkeiten.«

Kapitel 47

Die Armee der Tausend Tänzer ließ den Pass hinter sich und ergoss sich über die befestigte Bergstraße, die nach Ibera und in Richtung Zivilisation führte. Niemand stellte sich Danya und Lucercas und ihrem Gefolge in den Weg – die ersten drei Dörfer, durch die sie kamen, waren Geisterdörfer, die Häuser waren verlassen, obwohl niemand etwas daraus mitgenommen hatte.

Die Soldaten suchten nach den Bewohnern und fanden niemanden. Da der erhoffte Kampf ihnen versagt blieb, plünderten sie Häuser und Läden und beluden ihre Vorratswagen mit Nahrungsmitteln, mit Fässern voller Wein und Bier und sogar mit kleinen Truhen voller Silber und noch kleineren Truhen mit Goldmünzen. Sie waren durchaus zufrieden mit ihrer Beute. Aber die Qualität der Gebrauchsgegenstände, die sie vorfanden, enttäuschte sie dann doch – diese Dinge waren nicht viel anders als die, die sie selbst daheim gehabt hatten, und die exotischen Formen und Muster änderten nichts an der Tatsache, dass die Schätze, auf die sie alle gehofft hatten, ihnen versagt blieben.

Bisher sahen die Grünen Länder, die Himmlischen Felder genauso trostlos und felsig aus wie ganz gewöhnliche Berge, und die Soldaten begannen untereinander zu tuscheln, wenn sie glaubten, weit genug entfernt zu sein von ihrer Ki Ika und ihrem Iksahsha.

Danya sagte zu Luercas: »Sie haben Kinder und Gatten verloren, und langsam verlieren sie auch ihren Glauben.«

»Unsinn. Es liegt nur daran, dass ihre angeborene Habgier nicht entsprechend befriedigt worden ist. Sie werden schon wieder munter werden, wenn wir erst eine wohlhabende Stadt erreichen. Ein harter Kampf, einige Vergewaltigungen und Morde und ein guter Beutezug – und dazu der Anblick von üppigem, grünem Bauernland und prächtigen Stadthäusern –, und sie werden nur noch nach mehr verlangen.«

»Du bist verabscheuenswert.«

»Mag sein. Aber ich habe Recht. Wir werden nach Calimekka kommen, und wir werden die Stadt ohne Mühe erobern. Das ist meine Prophezeiung.«

»Wie ich lachen werde, wenn sich herausstellen sollte, dass du dich irrst.«

»Lachen wirst du, ja? Aber wenn ich mich irre, wirst du nicht deine Rache bekommen.« Er lächelte, rammte seinem Lorrag die Fersen in die Rippen und galoppierte davon.

Und die Armee zog weiter.

Glaswherry Hala fiel in weniger als einer Stunde, und jedes menschliche Wesen, das sich innerhalb seiner Mauern aufhielt, als die Narbigen die Stadt einnahmen, starb unter den Händen der Eindringlinge.

Brelst hielt nicht länger stand als zwei Stunden, nachdem seine Mauertruppen sich schließlich den Luftangriffen der fliegenden Streitkräfte der Narbigen ergeben mussten und den Tunnelbauern, die die Mauern von unten aufbrachen. Eine Woge von Narbigen wälzte sich in das Herz der Stadt hinein und tötete alles, was sich ihnen in den Weg stellte.

Die Menschheit floh in einem stetigen Strom, der sich nach Norden ergoss, gefolgt von der unversöhnlichen, unaufhaltsamen Flutwelle, die immer näher kam. Die Dörfer und Städte entlang der Großen Küstenstraße leisteten keinen Widerstand; ihre Bewohner – denen ihr Hab und Gut weniger teuer war als ihr Leben – stürzten in fliegender Hast nach Calimekka, das ihnen Sicherheit versprach.

Calimekka, dessen gewaltige Mauern von den Alten geschaffen worden waren und dessen Soldaten als die wildesten und tüchtigsten auf der Welt galten. Wenn Calimekka den nahenden Horden nicht standhalten konnte, welche Stadt auf der Welt sollte es dann können?

Kapitel 48

Die Flüchtlinge aus Calimekka erfuhren die Neuigkeiten von den ersten Flüchtlingen aus dem Süden, etwa eine Woche, nachdem Glaswherry Hala gefallen war – und es waren wahrhaft schlimme Neuigkeiten. Einige versprengte Teile der Armee, die versucht hatten, den Pass so lange wie möglich zu halten, hatten das Gemetzel überlebt, und die Soldaten führten nun Partisanenangriffe auf die äußeren Flanken der Armee der Narbigen, aber der Schaden, den sie anrichten konnten, war minimal.

»Wann werden sie denn hier sein?«, fragte Doghall einen der Männer.

»Unsere Armee – oder vielmehr das, was davon übrig ist –, morgen. Die erste Welle der feindlichen Streitkräfte wird nur wenige Stunden später eintreffen. Die komplette Armee der Verdammten in zwei Tagen. Vielleicht in drei. Ich werde nicht hier sein, wenn sie eintreffen. Sie nehmen keine Gefangenen, und sie lassen keine Überlebenden zurück.«

Doghall, der in einem kleinen Gasthaus in der Nähe des Hafens saß, stützte den Kopf in die Hände und schloss die Augen.

»Was ist los mit ihm?«, fragte der Mann Kait.

Kait ließ sich nicht auf Einzelheiten ein. »Seine Söhne führen unsere Armee.«

»Ja? Es sind gute Männer, sie alle – aber wenn sie noch ein Weilchen leben wollen, sollten sie ihre Leute besser nach Calimekka führen und sich hinter den Mauern dort verschanzen. Wir haben nur eine Chance, noch einen neuen Tag zu erleben, wenn nämlich die Großen Familien es mit diesen Ungeheuern aufnehmen.«

Kait sagte ihm nicht, dass Calimekka von innen heraus gefallen war und dass etwaige Überlebende der Großen Familien machtlos sein würden, den herannahenden Feind aufzuhalten. Der Mann verließ das Gasthaus in dem Glauben, in Calimekka Sicherheit und Menschen zu finden, die sich um ihn und seine Kinder kümmern und dafür sorgen würden, dass sie überlebten.

»Doghall«, sagte sie, als der Mann fort war, »ich kann den schlimmen Nachrichten zumindest eine kleine gute Neuigkeit hinzufügen.«

»Du bist Falken begegnet, die meinem Ruf geantwortet haben?«

»Nein – noch nicht. Aber Ry ist gerade in den Hafen eingelaufen.«

»Ich danke dir, Vodor Imrish«, flüsterte Doghall. »Dafür zumindest können wir wahrhaft dankbar sein.«

Weder Kait noch Doghall hatten Ian erzählt, was im Hafen auf ihn wartete. Da Ry das Schiff gefunden und es für seinen Bruder zurückerobert hatte, fanden sie, dass ihm die Ehre zustehe, die *Wanderfalke* ihrem rechtmäßigen Kapitän zurückzugeben. Ry war sich nicht sicher, ob er dieser Begegnung mit seinem Bruder mit Freude oder Schrecken entgegensah.

Sie trafen sich in der Taverne zur Kupferwand; Kait kam mit Ry vom Hafen, während Doghall Ian aus dem Gasthaus herbrachte, in dem sie alle die Nacht verbracht hatten.

Ry sah den Schmerz in den Augen seines Bruders, als zum ersten Mal sein Blick auf Kait und Ry fiel und er bemerkte, dass sie einander in den Armen hielten; Ian verbarg seine Betroffenheit sehr schnell und sehr gründlich, aber Ry wusste, dass Ian sie immer noch liebte. Seine eigenen, verworrenen Gefühle, die diese Erkenntnis begleiteten, überraschten ihn – Triumph und Eifersucht, wilde Besitzgier und heftige Schuldgefühle, all diese Dinge wallten gleichzeitig in ihm auf. Aber stärker noch war ein anderes Gefühl: Er empfand eine tiefe, ruhige und verlässliche Liebe zu seinem Bruder – etwas, womit er niemals gerechnet hätte. Sie hatten so viel zusammen durchgestanden, und an jeder Biegung des Weges hatte Ian sich Ry untergeordnet. Jetzt war endlich der Moment gekommen, dass Ry etwas für Ian tun konnte.

An Stelle einer Begrüßung sagte Ry zu Ian: »Ich habe dir etwas von meinen Reisen mitgebracht, Bruder.« Er benutzte nicht die förmliche, in den Großen Familien gebräuchliche Bezeichnung für Bruder, *sibarru*, sondern den inoffiziellen, liebevollen Begriff *boshu*.

Ian sah ihn überrascht an. »Wenn man bedenkt, welche

Schwierigkeiten du unterwegs zu bewältigen hattest, erstaunt es mich, dass du noch Zeit gefunden hast, an mich zu denken.«

Ry zuckte mit den Schultern, und es war ihm plötzlich peinlich, seine neu entdeckte Zuneigung zu Ian in Worte fassen zu müssen. »Du bist mir ein echter Bruder geworden.« Er wandte den Blick ab und sagte mit einer Schroffheit, mit der er vergeblich versuchte, seine Verlegenheit zu übertünchen: »Lasst uns gehen. Komm – ich will dir geben, was ich gefunden habe.«

Niemals würde er den Augenblick vergessen, als sie zusammen in den Hafen traten und Ians Blick sich auf die von Grund auf überholte *Wanderfalke* richtete, die in der Bucht vor Anker lag, und ihm der Mund nach unten klappte. Ian drehte sich um und starrte erst Ry an, dann wieder sein Schiff. »Wo …?« Sein Gesicht war totenbleich, seine Augen glitzerten, und einen Moment lang fürchtete Ry, dass Ian ihm vielleicht mitten im Hafen ohnmächtig werden würde. Aber er sagte nur: »Du hast mir mein Schiff gebracht?«

»Dein Schiff. Und Rrru-eeth. *Sie* ist im Schiffsgefängnis. Die Mannschaft hat mir geholfen, die *Wanderfalke* für dich zurückzugewinnen – es sind jetzt deine Männer, Kapitän.«

Ian presste die Lippen zu einer dünnen Linie zusammen, und in seinen Augen glitzerten ungeweinte Tränen. Er drückte seinem Bruder den Arm. »Ich danke dir«, sagte er leise.

Ry nickte nur – die Worte, die er sich für diese Begegnung mit seinem Bruder zurechtgelegt hatte, waren plötzlich vergessen, und er konnte nur stumm dastehen.

Die Matrosen, die neben dem Beiboot auf die letzte Fahrt hinaus zum Schiff warteten, waren die Überlebenden der Meuterei auf der *Wanderfalke*. Jeder der Männer verbeugte sich tief und sehr förmlich, als Ian in das Beiboot stieg, und der Erste Maat, Bemyar, umarmte ihn und flüsterte ihm ins Ohr: »Er hat mehr bezahlt, als Ihr ahnen könnt, um Euch Euer Schiff zurückzubringen.« Ry konnte die Worte mit seinem Karnee-Gehör ohne weiteres verstehen, ließ sich aber nichts anmerken. »Wir haben versucht, ihn und seine Freunde zu töten, weil wir dachten, er wolle *ihr* helfen, nach Calimekka zu kommen – und wir haben einen seiner Freunde ermordet. Er hat uns verziehen und mit uns zusammengearbeitet. Um Euretwillen.«

Ians Gesicht gab nichts von seinen Gefühlen preis, aber seine leise Antwort – »Danke, dass Ihr es mir gesagt habt. Ich wusste nichts davon« – verriet eine Leidenschaft, die Ry bei seinem Bruder bisher nur in Bezug auf Kait erlebt hatte.

Ian ging mit langen Schritten zur Ruderpinne des Beiboots hinüber und übernahm den Platz des Mannes, der dort gesessen hatte. Als Doghall, der letzte Passagier an Bord, sich auf die Ruderbank setzte, legte Ian eine Hand aufs Ruder und sagte: »Bringt uns nach Hause, Männer.«

Und die Männer antworteten: *»Jawohl, Kapitän«*, und legten sich mit aller Macht in die Riemen. In der Sekunde, in der er sein Schiff betrat, machte Ian eine Veränderung durch. Die Verbitterung, die sein steter Begleiter gewesen war, seit Ry ihn aus Novtierra gerettet hatte, fiel von ihm ab. Seine Augen wirkten klarer, er reckte das Kinn vor, und ein winziges Lächeln hob seine Mundwinkel.

Ry wusste, was ihnen noch bevorstand – er wusste, dass das einzige Schicksal, das in Calimekka noch auf sie wartete, möglicherweise der Tod war. Aber zum ersten Mal, seit Ry seinen Halbbruder kannte, sah er Ian als ebenbürtig und verstand sowohl die Macht, die Ian in Händen hielt, als auch die Loyalität, die er sich verdient hatte.

Die Reise hatte ihn seinen Freund Jaim gekostet. Das konnte er nicht vergessen, obwohl er den Schuldigen, die lediglich Ian zu dienen glaubten, längst verziehen hatte. Und jetzt begriff Ry, dass er damit einen Bruder gewonnen hatte, der wirklich zu ihm gehörte, zu seiner Familie, und nicht nur einer von vielen war – und das war etwas, was er noch nie zuvor besessen hatte.

Kait kannte den Jungen nicht, der vor der Tür der Kajüte stand, die sie mit Ry teilte. Er gehörte zu der Mannschaft, die Rrru-eeth angeheuert hatte, um die Seeleute zu ersetzen, die in Novtierra getötet oder dort zurückgelassen worden waren. Er war ein dünnes, schlecht gekleidetes Kerlchen und sah nicht so aus, als hätte er von den Reichtümern profitiert, die den Meuterern in die Hände gefallen waren. Jetzt blickte er mit großen, sorgenvollen Augen zu Kait auf. »Was willst du, Junge?«, fragte sie mit durchaus freundlicher Stimme.

»Euer Onkel lässt Euch eine wichtige Nachricht schicken. Er bittet Euch, ihn sobald wie möglich in seiner Kabine aufzusuchen.« Der Junge sah sich hastig um, dann wandte er sich wieder Kait zu. »Ist er wirklich Euer Onkel, der *Themmuburra* Doghall?«

»Er ist der ältere Bruder meiner Mutter.«

»Dann seid auch Ihr ein *Themmuburra*«, flüsterte er. Er küsste ihr schnell die Hand und berührte mit dem Kopf die Knie, um jene tiefe Verbeugung zu vollziehen, wie sie in Imumbarra üblich war. Dann machte er, ohne Kait noch einmal anzusehen, kehrt und lief davon.

Ry war hinter sie getreten. »Und das war …?«, fragte er.

»Einer von Onkel Doghalls Jüngern«, antwortete Kait leise. »Sie tauchen an den seltsamsten Orten auf.«

»Ist er auf den Inseln wirklich ein Gott?«

»Der Gott der Fruchtbarkeit.« Kait ging zum Kleiderschrank der Kajüte und nahm das einzige wirklich anständige Kleid heraus, das sie besaß. Während sie es anlegte, fuhr sie mit ihren Erklärungen fort. »Vor vierzig Jahren war die Geburtenrate auf den Inseln weit unter die Sterberate gefallen. Die Männer zeugten keine Kinder, die Frauen waren unfruchtbar. Die Imumbarraner beteten, dass ihr Volk nicht vollends ausgelöscht werden würde – und dann bekam Onkel Doghall im Zuge seines turnusmäßigen Amtswechsels im Diplomatischen Dienst einen Posten auf den Inseln. Er … kam gut zurecht mit den Einheimischen. Und er hat offensichtlich einige Wunder bei den Mädchen gewirkt, mit denen er so gut zurechtkam. Also schickten viele junge Ehemänner ihre Frauen zu ihm, und auch sie wurden schwanger. Es kamen immer mehr Frauen, und sie alle gingen glücklich nach Hause.« Kait zog sich ihre Tunika über den Kopf und schnallte sich den Perlengürtel um. »Er war die Antwort auf die Gebete der Insulaner – was wiederum die Antwort auf die Gebete der Galweighs war. Im Austausch für seine Dienste, die er anscheinend mit großem Genuss geleistet hat, bekamen wir die Exklusivrechte für den Handel mit den Inseln, und wir durften uns das beste Caberra aussuchen, das dort angebaut wurde. Als die ersten von Doghalls Töchtern das gebärfähige Alter erreichten, fanden die Insulaner heraus, dass die jungen Frauen auch mit einem Imumbarraner Kinder haben konnten. Auch die später geborenen Töchter waren wieder fruchtbar. Und Doghalls Wunder war komplett. Das war der Punkt, an dem die Insulaner ihn zum Gott erklärten.« Kait zuckte die Achseln. »Er hat Hunderte von Kindern. Mittlerweile sind es vielleicht Tausende. Und ungezählte Enkelkinder. Noch eine Generation weiter, und die meisten Inselbewohner werden in irgendeinem Verwandtschaftsgrad zu ihm stehen. Und sie haben anscheinend alle die Fruchtbarkeit der Galweighs geerbt.«

»Mit anderen Worten, sie vermehren sich wie die Kaninchen.«

Kait seufzte. »Ja. In einigen Jahren werden sie überall sein.«

Ry lachte. »Stell dir nur vor, wie die Insulaner reagieren werden, wenn Doghall als junger Mann zu ihnen zurückkehrt.«

Auch Kait lachte, aber dann schüttelte sie den Kopf. »Er hat keinen Grund mehr, nach Imumbarra zurückzukehren. Es gibt kein Haus Galweigh mehr in Calimekka, das er repräsentieren müsste.«

»Er könnte zu *seiner* Familie zurückkehren.«

»Ich hatte nie das Gefühl, dass es so war … dass er bei seinen … Pflichten das Gefühl hatte, eine Familie zu begründen. Er spricht viel von seinen Kindern, und ich habe etliche von meinen Vettern und Kusinen kennen gelernt, die er zu Besuch mit in die Stadt brachte, aber Doghall war niemals ein wirklicher Vater für sie. Ihre Mütter hatten immer imumbarranische Ehemänner, und diese Männer haben die Kinder als ihre eigenen großgezogen. Meine Vettern und Kusinen nannten Doghall zwar ›Vater‹, wenn sie bei uns zu Besuch waren, aber ich habe erst Jahre später erfahren, dass sie ihn in ihrer Muttersprache mit dem formellen *ebemurr* angesprochen haben – während die liebevolle Anrede, die Kinder für ihre Väter benutzen, auf Imumbarranisch *peba* lautet.« Sie war inzwischen fertig angezogen und bürstete sich nun schnell noch das Haar. »Ich glaube nicht, dass irgendjemand ihn jemals *peba* genannt hat. Und ich denke, dass er sein Leben lang unter diesem Mangel gelitten hat.«

»Wie traurig.«

»Ja, es ist traurig. Ich hatte immer den Verdacht, dass er mich als Ersatz für die Kinder betrachtete, die er zwar zeugte, aber nicht behalten durfte.«

Nur wenige Augenblicke später klopften Kait und Ry an Doghalls Tür. Er begrüßte sie mit grimmiger Miene, ließ sie hastig herein und bat sie, Platz zu nehmen. Er war sehr blass, wie Kait bemerkte, seine Augen waren rot gerändert, und er roch nach Trauer und Verzweiflung.

Kait hatte kaum einen Blick für die luxuriöse Einrichtung des Raums übrig, sondern sah nur das *Zanda*, das auf dem kleinen Tisch ausgebreitet lag. Die Münzen auf dem Seidentuch ergaben keinen Sinn für sie, aber ihr Herz setzte dennoch einen Schlag aus.

»Ich entschuldige mich bei euch beiden, dass ich euch von euren anderen Betätigungen weggerufen habe«, sagte Doghall. Er benahm sich wie ein Mann, dem man gesagt hatte, dass er am nächsten Tag sterben müsse. »Ihr habt bisher nur sehr wenig Zeit miteinander verbringen können, aber was ich euch zu sagen habe, kann nicht länger warten.« Als sie auf den beiden Stühlen neben dem Tisch Platz genommen hatten, wandte Doghall sich von ihnen ab, um aus dem winzigen Bullauge seiner Kajüte zu blicken.

Kait beobachtete ihn. Die seltsame Ruhe, die er verströmte, und die Aura von Untergang und Verhängnis, die ihn umgab, waren ihr zutiefst verhasst.

»Du hast endlich die Antwort auf deine Fragen bekommen«, sagte sie.

»Ja.«

»Du weißt jetzt, welche Entscheidung von dir verlangt wird, wenn der Augenblick kommt.«

»Ja.«

Kait griff unter dem Tisch nach Rys Hand und hielt sie fest.

Ry sagte: »Kait hat mir von den Orakeln erzählt, die du gefragt hast. Von der verwirrenden Antwort, die du erhalten hast.«

Doghall drehte sich zu ihnen um. »Die Antwort ist nicht mehr verwirrend. Sie ist schrecklich klar geworden.«

»Und ..?«

»Und ich bin Vodor Imrishs Schwert. Ich habe ihm bei meinem Leben geschworen, ihm zu dienen, den Falken zu dienen, dem Guten in der Welt zu dienen. Ich treffe diese Entscheidung in diesem Augenblick.«

Kait spürte ein schwaches Brennen im Spann, wo die Falken sie gebrandmarkt hatten. Ganz weit hinten in ihren Gedanken, wie der Sog des Mondes bei Flut, spürte sie, wie die Falken an ihr zogen. Auch sie war ein Falke – anders als die anderen und von ihnen getrennt, aber dennoch durch ihren Schwur verpflichtet, zu dienen. *Hör zu*, sagten sie ihr. *Hör zu.*

Doghall, der immer noch aus dem Bullauge blickte, sagte: »Luercas kommt mit Verbündeten, die so zahlreich sind, dass sie die Erde zittern lassen, wenn sie sich bewegen; er verfügt über eine

Magie, die durch tausend Jahre des Wartens geschliffen wurde, und er hat einen Appetit, der die Welt verschlingen wird. Jedes *Zanda*, das ich in den letzten Tagen geworfen habe, ist in einem Punkt ganz klar gewesen – in einem normalen Kampf können wir ihn nicht besiegen. Selbst wenn wir alle Falken zusammenbringen könnten und einen Kampf Mann gegen Mann, Armee gegen Armee ausfechten würden, würde Luercas uns dennoch auslöschen.«

Kait nickte. »Das haben wir bereits vermutet. Sag uns jetzt, was du *weißt*.«

»Ich weiß, dass wir sterben werden«, sagte er leise. »Aber wir werden versuchen, es auf eine Weise zu tun, dass die Welt nach uns überleben wird.«

Bei diesen Worten wurden Kait und Ry beide sehr still – so still, dass Kait nicht einmal mehr sicher war, ob sie noch atmeten. Ob sie es noch konnten. Sie warteten beide darauf, dass Doghall diese Bemerkung näher erklärte, dass er ihnen ein wenig Hoffnung geben, ihnen irgendetwas anbieten würde, abgesehen von jener nüchternen Ankündigung ihres bevorstehenden Todes. Aber Doghall sagte nichts.

Schließlich ergriff Ry das Wort: »Du meinst, wir werden *vielleicht* sterben, nicht wahr? Ich meine, du kannst dir des Ausgangs dieser Schlacht nicht sicher sein, solange wir nicht gekämpft haben …«

Aber Doghall schüttelte den Kopf. »Ich bin mir sicher. Ich habe Vodor Imrish um einen Weg angefleht, der nicht mit unserem sicheren Tod endet … aber es gibt keinen solchen Weg. Wenn unsere Welt weiterleben soll, werden wir drei zusammen sterben müssen.«

Kait umfasste Rys Hand noch ein wenig fester und spürte, wie seine Finger sich um ihre schlossen. Sie drehte sich zu ihm um und sagte: »Es tut mir Leid, dass ich uns um die letzte Zeit gebracht habe, die wir hätten zusammen sein können.« Sie ging um den Tisch herum, ließ sich auf die Knie nieder und legte den Kopf an seine Brust. Sie konnte sein Herz unter ihrer Wange hämmern hören; sie konnte das glatte, süße Geräusch der Luft hören, die in seine Lungen ein- und wieder ausströmte. Sie konnte seinen Schmerz riechen, seine Trauer, seine Sehnsucht nach ihr. Er hielt sie in den Armen und strich ihr übers Haar.

»Sobald wir wussten, wer Luercas war, war uns klar, dass dies unser Schicksal sein könnte. Das Einzige, was sich jetzt geändert hat, ist die Tatsache, dass wir es nun wissen. Verschwende nicht die kurze Zeit, die uns in diesem Leben noch bleibt, um dir Vorwürfe zu machen, Kait. Du warst nicht mehr im Unrecht als ich. Es tut mir Leid, dass ich weggegangen bin.«

Kait wischte sich über die Wangen und war selbst erschrocken, festzustellen, dass sie feucht waren; sie hatte nicht gemerkt, dass sie weinte. Sie hatte beinahe das Gefühl, außerhalb ihres Körpers zu stehen – als gehe sie bereits auf den Schleier und auf das nächste Leben zu.

Ry legte ihr eine Hand unters Kinn und drehte ihr Gesicht sanft zu sich herum. »Wir werden zusammen sterben«, sagte er. »Und jenseits des Schleiers werden wir einander wiederfinden. Ich habe dich nicht so lange und unter solchen Mühen gesucht, um zuzulassen, dass wir durch eine solche Kleinigkeit wie den Tod getrennt werden. Du und ich, wir gehören für immer zusammen.«

Sie nahm seine Hände in ihre. »Versprich es mir«, sagte sie wild. »Du hast gesagt, du würdest mich nie wieder verlassen.«

»Ich verspreche es. Weder im Leben noch im Tod noch jenseits der Ewigkeit.«

»Auch ich werde dich nie wieder verlassen.«

Irgendetwas stimmte nicht mit Doghall. Kait konnte es spüren, und als sie sich von Ry abwandte, konnte sie es auch sehen. Sie konnte es beinahe riechen. Seine Wangen waren tränenüberströmt, er weigerte sich, ihr in die Augen zu sehen, und seine

Hände waren so fest ineinander verschlungen, als kämpften sie um ihr Leben. Er verbarg etwas vor ihnen – etwas Wichtiges.

»Was ist es, das du uns nicht sagen willst?«, fragte sie.

»Das … Opfer unseres Lebens … das ist nur der Anfang«, antwortete Doghall mit zitternder Stimme.

Kait schüttelte den Kopf. »Was können die Götter denn noch mehr von uns verlangen als unser Leben?«

»Um überhaupt eine Chance zu haben, gegen Luercas zu siegen, müssen wir ihn in den Schleier ziehen und ihn dort schlagen. Alle Falken, die in Haus Galweigh zu uns stoßen, werden den Schild aufbauen, durch den der Rest von Calimekka geschützt ist. Aber wir drei werden keine Schilde um uns haben. Ich bin der Einzige von uns, der stark genug ist, um Luercas gegen seinen Willen in den Schleier zu ziehen und ihn dort festzuhalten, aber ich kann ihn nicht festhalten und gleichzeitig gegen ihn kämpfen. Du und Ry, ihr seid durch ein Band verbunden, das mein Verständnis übersteigt – ihr könnt, ohne Anstrengung, ohne Worte und ohne Magie zu Hilfe zu nehmen, miteinander kommunizieren. Deshalb seid ihr beiden die Einzigen, die vielleicht eine Chance haben, Luercas in die Falle zu locken, die ich ihm stellen werde, um ihn einzufangen.« Doghall blickte auf seine Füße hinunter und flüsterte: »Aber das Wesen dieser Falle ist es, dass ihr ihn nur dann hineinziehen könnt, wenn ihr mit ihm geht.«

»In die Falle?«

Doghall nickte.

»Und was wird in der Falle sein?«, fragte Ry. »Wie sollen unsere Seelen wieder daraus entfliehen?«

»Überhaupt nicht.« Doghall seufzte. »In der Falle wird das Nichts sein. Die totale Vernichtung.« Er schüttelte den Kopf, und seine Finger drehten sich unaufhörlich umeinander. »Wenn es einen Ausweg aus der Falle gäbe, würde Luercas sich daraus befreien – früher oder später würde er in die Welt zurückkehren und von neuem versuchen, sie zu zerstören und mit ihr die Menschen darin. Also muss seine Seele sterben.«

Kait sagte: »Aber das Zerstören von Seelen – das ist es doch, was die Drachen tun.«

»Ja. Und nein. Die Drachen benutzen die Seelen anderer, um den Preis für ihre Magie zu zahlen. Wir sind Falken und werden diesem Weg nicht folgen.«

Ry sagte: »Mit anderen Worten, wir werden für unsere Magie mit unseren eigenen Seelen zahlen.«

»Das ist der Weg der Falken«, erwiderte Doghall.

Endlich begriff Kait. »Wenn wir tun, was du von uns verlangst, werden Ry und ich mit Luercas in die Falle gehen. Und wir werden mit Luercas aufhören zu existieren. Für immer.«

Zu guter Letzt sah Doghall ihr nun doch in die Augen. »Wenn ihr das tut, wird es keine zweiten Chancen für euch geben, kein Wiedersehen jenseits des Schleiers, keine Wiedergeburt.« Er saß auf der Kante seiner Koje, und seine Bewegungen waren so schwach und zittrig, dass sie mehr wie ein Zusammenbruch wirkten als etwas Willentliches. Er schlang die Arme um die Knie und schloss die Augen. »Das war die Bedeutung des schrecklichen Orakels, das ich geworfen habe. Ich kann nicht meine eigene Seele hingeben, um diesen Kampf zu gewinnen – wenn ich es könnte, täte ich es. Ihr und nur ihr beide allein könnt diese Aufgabe erfüllen, um unsere Welt zu retten. Zwei Seelen, um Millionen zu retten, von denen manche geboren und manche noch nicht einmal geboren sind, und dazu die Milliarden Seelen, die seit tausend Jahren in Schmerz und Wahnsinn gefangen gehalten werden.«

»Und was ist mit der Tatsache, dass wir beide Karnee sind?«, fuhr Ry den anderen Mann an. »Was ist mit der Tatsache, dass die Menschen, für die wir unser Leben, unsere Seele und unsere Ewigkeit hingeben sollen, uns töten und unseren Tod bejubeln würden, wenn sie wüssten, was wir sind?«

Doghall sagte: »Wenn es dich nach Rache an all jenen verlangt, die die Karnee verfolgt haben, könntest du keine dauerhaftere Vergeltung finden als die Verweigerung deiner Hilfe in diesem Fall.«

»Es *verlangt mich* nach einer Ewigkeit mit meiner Kait«, sagte Ry erbittert.

»Ich weiß. Wenn du dich jetzt von uns abwendest, wirst du diese Ewigkeit vielleicht irgendwie doch noch bekommen. Vielleicht hast du eine Chance, Luercas zu entfliehen. Gewiss würdet ihr einander länger haben, als es der Fall sein wird, wenn ihr tut, worum ich euch bitten muss.«

Kait blickte in Rys Augen und sah dort das Abbild ihres eigenen Schmerzes, ihrer eigenen Verzweiflung und ihres eigenen Unglaubens. Dass sie sich dem Tod stellen mussten – ja, damit hatte sie bereits umzugehen gelernt. Aber dass sie sich dem absoluten Nichts stellen mussten …

Rys Gedanken berührten die ihren. Das feine Band, das durch ihre Trennung nur umso stärker geworden war, erfüllte sie mit seiner Liebe und mit einer bitteren Ironie; genau dieses gemeinsame Band war es, das sie zu ewiger Vernichtung verurteilte, wenn sie sich für den Kampf gegen Luercas entschieden. Niemand sonst konnte tun, wozu sie in der Lage waren. Niemand konnte an ihre Stelle treten. Wenn sie sich weigerten, würde es keine tapferen Freiwilligen geben, die ihre Plätze einnahmen und an ihrer Stelle kämpften.

Kait berührte Rys Gedanken mit Bildern von all den Dingen, auf die sie verzichten würden, nicht nur für diese eine Existenz, sondern für alle Ewigkeit. Lachen und Musik, der süße Duft des Windes, der über eine sonnengewärmte Wiese wehte, das Gefühl von warmem Regen auf der Haut, der Geschmack frisch gepflückter Beeren. Sie würden niemals Kinder miteinander haben; sie würden niemals miteinander alt werden; sie würden nie wieder kämpfen, noch würden sie je wieder die Freude erfahren, sich einander hinzugeben. Für sie würden all diese Dinge aufhören zu existieren. Sie selbst würden aufhören zu existieren. Es war unvorstellbar – und doch war es der Weg, den einzuschlagen man von ihnen verlangte.

Doghall hatte einst Kait Vincalis zitiert, und in diesem Augenblick kamen ihr die Worte wieder in den Sinn: *Die Menschen schmieden Schwerter aus Stahl und Feuer, die Götter schmieden Schwerter aus Fleisch und Blut und Tragödien.*

Ry las das Zitat in ihren Gedanken, und sie reagierten beide gleich. *Wir wurden vom Tag unserer Geburt an für diesen Augenblick ausgewählt. Wir wurden dazu geboren, uns diesem Weg stellen und diese Entscheidung treffen zu müssen. Jeder Kampf, jede Verletzung, die wir je erfahren haben, hat uns stärker gemacht und uns auf diesen Tag ausgerichtet.*

Endlich lösten sie sich voneinander, und als sie Doghall ansahen, fanden sich ihre Hände wieder wie von selbst, und sie hielten sich fest umschlungen.

Ry blickte auf Kait hinab. »Ich habe bisher an der Hölle der Philosophen gezweifelt«, sagte er. »Ich war im Irrtum mit meinen Zweifeln. Es gibt eine Hölle, und das ist sie – den Himmel zu kennen und lieber selbst darauf zu verzichten, als zuzusehen, wie er für alle anderen vernichtet wird.«

Kait lächelte ihn an, obwohl ihre Lippen zitterten und ihre Tränen sich in den Mundwinkeln sammelten, sodass sie ihr Salz schmecken konnte. »Du wirst nicht allein auf den Himmel verzichten. Ich werde bei dir sein – in jedem Augenblick, den wir noch atmen dürfen, werde ich an deiner Seite sein, um mit dir zu atmen.«

»Dann bist du also dazu bereit?«

Kait drehte sich zu ihrem Onkel um. »Ich bin eine Galweigh«, sagte sie. »Er ist ein Sabir. Wir sind beide in eine der großen Familien hineingeboren worden. Wir kennen unsere Pflicht gegenüber der Familie, gegenüber Calimekka und Matrin. Gegenüber den Göttern. Endlich begreife ich nun die Bedeutung des Mottos der Galweighs: *Kaithaeras tavan.*«

»Alles andere vor mir selbst«, sagte Ry.

»Auf dass die Götter niemals sagen können, ich hätte im Augenblick ihrer größten Not versagt.« Ihre Stimme begann so heftig zu zittern, dass sie nicht weitersprechen konnte. Sie drückte das Gesicht an Rys Schulter und versuchte, die Tränen zu unterdrücken.

»Wir werden tun, was wir tun müssen«, sagte Ry zu Doghall. Dann fügte er leise und nur für Kait bestimmt hinzu: »Trotzdem bleibt uns noch ein wenig Zeit zusammen, bevor wir Calimekka erreichen. Wenn uns schon die ganze Ewigkeit verwehrt werden soll, lass uns nicht das Wenige vergeuden, was uns noch bleibt.«

Kait sah Doghall nicht noch einmal an. Stattdessen hielt sie das Gesicht von ihm abgewandt, als sie Ry in ihre gemeinsame Kajüte folgte. »Wie sollen wir es nur anstellen, dass diese wenigen Tage für die Ewigkeit reichen?«, fragte sie ihn.

Er lächelte, schüttelte den Kopf und küsste sie. »Wir können die Zeit nicht stillstehen lassen«, flüsterte er. »Aber wir können ihr die Sporen geben.«

Ian stand an der Tür des Schiffsgefängnisses. Rrru-eeth, die mit Ketten an die Wand gefesselt war, funkelte ihn wütend an. Er holte tief Atem – niemand wusste, wo er sich in diesem Augenblick aufhielt, oder falls es doch jemand wusste, so ahnte er gewiss nicht, was er hier wollte.

»Bist du gekommen, um mir zu sagen, dass es Zeit für meine Hinrichtung sei?«, fauchte sie an.

»Nein.« Er musterte sie kurz. Sie war – wie immer – auf ihre eigene, seltsame Weise schön. Er hatte sie früher einmal sehr gern gehabt, hätte ihr bedenkenlos sein Leben anvertraut, hatte sie für eine Freundin gehalten. Und dann hatte sie ihn verraten. Aber er war nicht wie sie. »Ich bin gekommen, um mit dir über unsere Freundschaft zu sprechen.«

Sie stieß einen verächtlichen Laut aus. »Wir sind keine Freunde.«

»Früher einmal waren wir es.«

»Früher. Wir hätten mehr sein können – früher. Ich habe dich geliebt.«

»Ich hatte dich sehr gern.«

»Aber du hast mich nicht geliebt. Ich dachte, es sei deshalb, weil ich eine Narbige bin – damit hätte ich leben können. Ich bin eine Narbige, und du bist es nicht, und das war die Mauer, die zwischen uns stand.«

»Das war es nicht.«

Rrru-eeth drehte sich mit dem Gesicht zur Wand. »Natürlich war es das nicht. Denn dann kam sie, und auch sie ist eine Narbige, und du hast sie trotzdem geliebt. Also lag es nicht daran, dass ich eine Narbige bin. Es war einfach … dass du mich nicht geliebt hast.«

»Aber wir waren Freunde«, rief er ihr ins Gedächtnis. »Wir waren gute Freunde.«

Sie sah ihm mit einem Zorn in die Augen, der ihn frösteln machte. »Nicht so gut, wie du es vielleicht gedacht hast.«

Er starrte auf seine Stiefel hinab und suchte nach den richtigen Worten. »Ich werde dich freilassen, Rrru-eeth. Ich will dich nicht hängen. Ich kann dir nicht vergeben – niemand kann eine Meuterei verzeihen. Aber ich kann dich fliehen lassen … ich kann dir bei der Flucht helfen. Wir werden bald am westlichen Rand der Kleinen Sommerkette entlangsegeln. Dort gibt es etwa ein Dutzend Inseln – sie sind bewohnbar, und von Zeit zu Zeit kommen Handelsschiffe dort vorbei. Du könntest dich dort verstecken, bis du auf irgendeinem anderen Schiff weiterfahren kannst.«

»Ich will deine Hilfe nicht. Ich will überhaupt nichts von dir.«

»Wenn du an Bord des Schiffes bleibst, Rrru-eeth, muss ich dich hängen lassen. Das Seerecht wird mir keine andere Wahl lassen.«

»Dann häng mich. Du wirst mein Blut an den Händen und meine Seele auf dem Gewissen haben. Und du sollst wissen, dass mein Geist dich durch diese Existenz und alle weiteren verfolgen wird, um jeden einzelnen deiner Schritte zu verfluchen.« Sie wollte ihn anspucken, verfehlte aber ihr Ziel.

Er trat zurück und schüttelte den Kopf. »Wenn du während der nächsten drei Stunden deine Meinung ändern solltest, ruf die Wache. Der Mann wird wissen, wo ich zu finden bin, falls du darum bittest. Falls nicht ...« Er wandte sich zum Gehen. »Dann wirst du sterben, aber dein Tod wird nur deine eigene Schuld sein, weil es der Weg ist, den du erwählt hast.«

Kapitel 49

In Costan Selvira, der letzten Stadt, die zwischen der Armee der Tausend Völker und Calimekka stand, fielen die Haupttore mit einem Klirren ins Schloss, und die Bewohner, die Ranan vor der näher kommenden Horde gewarnt hatte, machten sich hinter den Mauern sogleich an die Arbeit. Sie stapelten Sprengstoffe, Fackelbomben und Giftpulver für die Katapulte auf, sie drehten aus Tüchern Dochte für die gläsernen Ananasprojektile, knüpften neue Sehnen auf ihre Bögen und schärften Schwerter und Piken. Die wenigen, die außerhalb der Mauern blieben, säuberten die Gräben und gruben gespitzte Pfähle darin ein, legten Fußangeln und Druckminen aus, um das Vorankommen des Feindes zu verlangsamen. Noch lange nach der Schlacht würde außerhalb der Stadtmauern kein Kind mehr spielen dürfen, dachte Ranan – falls überhaupt irgendwelche Kinder nach Costan Selvira zurückkehrten.

Sie wurden nämlich weggeschickt, zusammen mit ihren Müttern und all denen, die entweder zu krank, zu alt oder zu schwach waren, um zu kämpfen – drei Schiffe sollten zu einer der winzigen, der Küste vorgelagerten Inseln segeln, um den Ausgang der Schlacht abzuwarten. Wenn die Neuigkeiten schlecht waren oder wenn es überhaupt keine Nachrichten gab, sollten die Kapitäne dieser drei Schiffe vom Schlimmsten ausgehen und nach Norden segeln, nach Calimekka, oder falls sich die Gerüchte von einer dort wütenden Seuche als wahr erwiesen, so hatten sie Order, noch weiter zu fahren.

Ranan stand oben auf der Mauer und blickte den Hügel hinunter, auf dem die Stadt gebaut war, um die Vorbereitungen zu verfolgen, die seine Männer und die Einwohner von Costan Selvira trafen. Außerdem behielt er die Straße, die nach Süden führte, im Blick. Wenn die Narbigen ihrem bisherigen Angriffsmuster folgten, würden die feindlichen Späher von der Seite kommen, ein gutes Stück entfernt von der Straße, aber die Hauptarmee würde sich die Straße sicher zunutze machen – sie befand sich in ziemlich gutem Zustand, und falls nicht ein plötzlicher Regen die lehmigen Abschnitte in Schlamm verwandelte, würde sie auch dem Aufmarsch einer riesigen Armee standhalten, ohne großen Schaden zu nehmen.

Ranan sah am Rand der Lichtung etwas Rotes aufblitzen, und ein Reiter brach plötzlich aus dem Dschungel hervor, gefolgt von zwei Ungeheuern, die jeweils ein Dutzend Beine hatten, aber nichtsdestoweniger aufrecht gingen wie Menschen.

Zwei Narbige Späher. Ranan schauderte und zeigte auf die Soldaten neben sich, zwei davon ausgestattet mit Bögen, zwei mit Armbrüsten. Ein Hagel von Pfeilen und Bolzen wölbte sich über den Himmel und ergoss sich auf den herannahenden Feind. Die Verfolger des Reiters stürzten zu Boden, sodass er weitergaloppieren konnte.

Ranan lief von der Mauer hinunter ans Tor, um mit ihm zu reden. Wenige Augenblicke später hatte der Reiter – einer von Ranans Spähern – das Tor erreicht. Sein Pferd zitterte und schwitzte sichtlich, und es ließ den Kopf zwischen die Knie hängen. Der Späher sah nicht viel gesünder aus. Er blutete aus mehreren Wunden, und obwohl keine einzige davon tödlich war, konnte der Mann wahrscheinlich von Glück sagen, wenn nicht allein die Vielzahl seiner Verletzungen ihn tötete.

»Der Dschungel hat die Nebenkolonnen des Feindes aufgehalten, mit Ausnahme ihrer geflügelten Angreifer. Der ganze Rest ihrer Streitmacht kommt jetzt über die Hauptstraße. Wenn Ihr Eure Bodentruppen aufteilt, um Euch gegen einen Angriff aus drei Richtungen zu verteidigen, werden sie Eure Hauptarmee im Handumdrehen überwältigen, und alles ist verloren. Lasst nur die Bogenschützen auf Euren Flanken, zur Abwehr ihrer Flieger.«

Ranan nickte. »Was sonst noch?«

»Ihre Katapulte, die Belagerungsmaschinen und die Rammböcke befinden sich in der Vorhut. Die geflügelten Soldaten haben vom Boden abgehoben und fliegen direkt über den Baumwipfeln auf die Stadt zu. Sie tragen irgendetwas bei sich … aber ich weiß nicht, was es ist.«

»Wie lange wird es dauern, bis sie uns erreichen?«, fragte Ranan.

»Sie müssten jetzt fast da sein.«

Dann würde die Armee der Narbigen also ankommen, solange sie sich noch das volle Tageslicht zunutze machen konnte – obwohl das, nach allem, was Ranan von den Narbigen wusste, kaum einen Unterschied machen würde; sie hatten gewiss Leute bei sich, die kein Tageslicht brauchten. Er hatte sie schließlich aus dem Hinterhalt beobachtet, wie sie in den Pass eingezogen waren, und er hatte unter ihnen Kreaturen ohne Augen gesehen, Kreaturen mit Ohren oder Nasen, die so riesig und so komplex entwickelt waren, dass ihre Augen für sie nur von untergeordneter Bedeutung sein konnten, etwa so, wie seine Nase es für ihn war; dann wieder waren Geschöpfe vorbeimarschiert, die eine leuchtende, bläuliche Wolke einhüllte, auf die Ranan sich überhaupt keinen Reim machen konnte. Wenn es tatsächlich zur Schlacht kommen sollte, hatte er nicht die leiseste Ahnung, wozu der Feind imstande sein würde. Er und seine Männer hatten bisher aus dem Hinterhalt gekämpft. Sie hatten versucht, den Feind nach besten Kräften aufzureiben und die Menschen aus den kleineren Städten, die der herannahenden Armee im Weg lagen, dazu zu bringen, in sicherere Gegenden zu fliehen. Dies würde das erste Mal sein, dass sie genug Männer hatten, um echten Widerstand zu wagen.

Er wandte sich an seinen Signalmeister und sagte: »Gebt den Schiffen mit den Frauen und Kindern das Zeichen, den Hafen zu verlassen.«

»Es sind noch nicht alle an Bord, Herr.«

»Das weiß ich. Aber wenn sie jetzt nicht ablegen, werden sie überhaupt nicht wegkommen.«

»Was ist mit denen, die noch nicht an Bord sind?«

»Schickt sie nach Hause. Und betet, dass wir als Sieger aus dieser Schlacht hervorgehen.«

Die Armee der Tausend Völker legte das schnellste Marschtempo vor, dessen sie fähig war. Die Flügeltruppen flankierten die Hauptmarschsäule vom Luftraum aus – drei Lanzen, die auf Costan Selvira zielten.

Danya, die auf ihrem Lorrag saß, nahm zusammen mit Luercas ihren Platz an der Spitze der Bodentruppen ein. Beinahe zu Hause, dachte sie. Der Widerstand, den man ihnen entgegengesetzt hatte, war bis zu diesem Punkt praktisch gleich Null gewesen. Die Riesenarmee hatte ihren Gegnern beim Marsch durch den Pass so viele Verluste beigebracht, dass diese seither zu keinerlei wirklich verheerenden Angriffen mehr fähig gewesen waren. Ein paar Mal hatten sie sie von der Seite angegriffen und hier ein Dutzend und dort vielleicht einmal hundert Narbige getötet, aber sie waren schlecht bewaffnet und hoffnungslos in der Minderzahl – sie konnten nicht ins Herz der Kolonne vordringen, um die Vorratswagen zu bedrohen oder die riesigen Belagerungswaffen zu beschädigen. Den fliegenden Schwadronen konnten sie erst recht nichts anhaben; sie konnten nur stören und sticheln. Und all das beherrschten die Truppen ihrer gewaltigen Armee weit besser; die feindlichen Kräfte hatten während der letzten Wochen viele Kämpfer aus ihren Reihen verloren.

Nun schienen sie sich der Schlacht stellen zu wollen.

Gut. Danya war bereit, ihnen den Rest zu geben.

Die Vorhut der Marschsäule kam unter dem dichten Dach des Dschungels hervor auf eine gewaltige Lichtung. Costan Selvira lag vor den Angreifern wie eine Schatztruhe – ungeplündert, jungfräulich, voller Versprechungen.

Für die Narbigen war nach der Enttäuschung, dass sie sowohl Brelst als auch Glaswherry Hala verlassen und fast all ihrer Reichtümer entblößt vorgefunden hatten, diese schöne, mit weißen Mauern umgebene Stadt, die mit geschlossenen Toren und Soldaten auf Brustwehren und Wehrgängen vor ihnen lag, ein lang ersehntes Geschenk der Götter. Sie lechzten förmlich danach.

»Bringt die Rammböcke in Position!«, rief Luercas.

Die großen, selbstfahrenden Rammen trennten sich von der Marschkolonne und strebten vorwärts. Ihre Mannschaften, die gegen Pfeilbeschuss durch metallene Dächer auf dem Mittelteil der Rammen geschützt waren, schoben ihr Belagerungsgerät mit gesenkten Köpfen auf die Stadttore zu.

Danya blieb stehen. In Calimekka gab es Menschen, die sie hasste. Dort hatte sie guten Grund, blutrünstig zu sein, nach Vernichtung und Tod zu verlangen, aber hier ...? Die Menschen in dieser Stadt hatten ihr nichts getan. Was hatte sie mit ihnen zu tun, und wie konnte sie ihr Gewissen beruhigen, wenn hier Blut vergossen wurde? Sie biss die Zähne zusammen und sah mit zusammengekniffenen Augen zu den Brustwehren der Stadtmauer hin, sah dort Gestalten von Fremden, die in ihre Richtung starrten. Dies war die Straße nach Calimekka – falls sie diese Stadt nicht einnahmen, falls sie deren Verteidiger nicht töteten, würden sie einen bewaffneten Feind in ihrem Rücken dulden und sich selbst zwischen die Knochen brechenden Kiefer einer tödlichen Vorrichtung begeben. Sie hob einen Arm. »Die Leitermannschaften in Position!«

Hinter den Rammen rannten in einem gewaltigen Gedränge die Leitermannschaften los, die versuchen würden, die Mauern zu nehmen, indem sie ihre Leitern dagegenlehnten und sich ihren Weg in die Stadt erzwangen, bevor sie heruntergeschossen oder mit ihren Leitern umgeworfen werden konnten. Mit jeder Leitermannschaft machten sich zwanzig Bogenschützen auf den Weg, die jedem Feind, der es wagen sollte, seinen Kopf über die Mauern zu strecken, um eine Leiter umzustürzen, einen Denkzettel verpassen würden.

»Die Maulwürfe in Position!«

Die Mineure der Narbigen, die mit Spitznamen »Maulwürfe« genannt wurden, trotteten nach vorn, die kleinen Augen vor dem Tageslicht durch vorgeschnallte, runde Obsidiansteine geschützt. Sie trotteten hinter den Leitermannschaften und den zu diesen gehörigen Bogenschützen her, und knapp außerhalb der Reichweite von Prellschüssen warfen sie sich in den Schmutz und begannen zu graben. Sie würden die Stadt untertunneln, die Mauern schwächen, Zugänge für die Kämpfer schaffen und Waffenkammern aufspüren, damit diese ausgeräumt werden konnten und den Narbigen mehr Waffen verschafften, während gleichzeitig die menschlichen Verteidiger geschwächt wurden.

Danya erhob eine rotgoldene Fahne und schwenkte sie. Das war das Signal für die Flügeltruppen, ihre Flieger, die Stadt einzukreisen und alle Stellungen der Verteidiger von hinten anzugreifen. Ihre Flügeltruppen trugen Beutel mit Giftstaub bei sich, den die Narbigen am Pass aufgekehrt und mitgenommen hatten – es war nur recht und billig, dachte Danya, den Feind mit seinen eigenen Waffen zu töten.

Sie blinzelte und sah, dass zwei Reihen von Geflügelten auf die Seeschiffe zuhielten, die aus dem Hafen ausliefen. Sie konnte die dunklen Gestalten ihrer Flieger kaum erkennen, aber sie wusste, dass, wer immer sich an Bord dieser Schiffe versteckte, innerhalb von Minuten sterben würde.

Ich hoffe, dass sie leiden, dachte sie. Ich hoffe, dass sie um Gnade betteln. Ich hoffe, dass sie die Schmerzen empfinden, die ich empfunden habe.

Aber all dieser Schmerz der vielen würde nicht ausreichend sein. Er konnte nicht ausreichend sein, niemals, denn ganz gleich, wie sehr ihre Feinde litten, würde deren Schmerz ihren Schmerz nicht auslöschen. Aber zumindest wusste sie, dass sie jetzt, jetzt, nicht mehr allein litt.

Über den Ruinen von Costan Selvira stieg Rauch auf, und die Feuer von hundert kleinen Scharmützeln erhellten die Dunkelheit wie die Augen dämonischer Jäger. Ranan, der blutend und zerschunden am Boden lag, gab Har seine Befehle. Sein jüngerer Bruder war ihm während der letzten Stunden des Kampfes nicht von der Seite gewichen. »Du musst fliehen. Bring Vater in Calimekka die Nachricht, dass wir die Schlacht verloren haben.« Sein Bruder würde nach Haus Galweigh laufen, wenn er es schaffte, lebend aus Costan Selvira herauszukommen. Er würde Doghall wissen lassen, dass jetzt nichts mehr zwischen Calimekka und den Narbigen stand.

Har nickte. Ranan zog sich einen Ring vom Finger, drückte ihn dem Jungen in die Hand und sagte: »Bring ihm diesen Ring, damit er ihn meiner Mutter gibt, und sag ihm, wir hätten alles getan, was wir konnten. Und nun lauf.«

Har rannte die Treppe des zentralen Turms hinunter, von dem

aus Ranan die letzten verzweifelten Etappen des Kampfes kommandiert hatte. Schließlich kam er in die Dunkelheit des langen Tunnels, der unter diesem Turm lag, und er stahl sich, so lautlos wie nur möglich, durch die Finsternis, ohne sich auch nur das Licht einer Kerze zu gönnen, aus Angst, sich damit vielleicht zu verraten. Er tastete sich an den feuchten, mit Moos bewachsenen Steinmauern entlang, die er keinen Augenblick lang losließ, um sich nicht zu verirren. Er ging schnell, wagte es aber nicht mehr, zu rennen. Blind, wie er war, hörte er tausend Geräusche, die vielleicht von narbigen Ungeheuern rühren konnten, die ihn verfolgten; die die Atemgeräusche irgendeines grauenvollen Monstrums mit Krallen statt Händen sein konnten, das vor ihm auf dem Weg hockte und nur darauf wartete, ihm die Augen auszukratzen oder den Schädel aufzubeißen; vielleicht kamen die Geräusche aber auch von jemandem, der von der Decke herabhing und sich auf ihn werfen würde, wenn er vorbeikam, um ihm die Lebenssäfte aus dem Fleisch zu saugen.

Er hatte von seinem Platz an Ranans Seite auf dem hohen Turm unvorstellbares Grauen gesehen. Er hatte beobachtet, wie die Ungeheuer herankamen, hatte mit angesehen, wie die Menschen ihnen zum Opfer fielen und auf verschiedenste Art und Weise den Tod fanden; er hatte Dinge mit angesehen, wie er sie sich in seinen schlimmsten Albträumen nicht hätte vorstellen können. Die Ungeheuer kannten keine Gnade; sie nahmen keine Gefangenen, sie verschonten kein lebendes Wesen.

Die Kinder, die man aus der Stadt fortgeschickt hatte, waren alle tot und mit ihnen ihre Mütter und die Kranken und die Alten – Rache, dachte Har, für jene Augenblicke im Pass. Einige von ihren Kindern. Einige von unseren. Was für schreckliche Dinge wir alle einander antun.

Sein Entsetzen lähmte ihn beinahe – einzig der Gedanke, dass die Ungeheuer eher hinter ihm auftauchen würden als vor ihm, hielt ihn überhaupt auf den Beinen.

Nach Calimekka, dachte er. Nach Calimekka, zu Doghall, dem ich meine Botschaft bringen muss.

Nach Calimekka. Ich werde in Calimekka sicher sein, wenn ich nur hinkomme.

Nach Calimekka.

Er würde nie wissen, wie viel Zeit er unter der Erde verbracht hatte oder wie weit er gelaufen war, bevor der Tunnel endlich nach oben führte und ihn mitten in das Herz eines Dschungels entließ. Aber er weinte, als frische Luft über seine Wangen strich und als er aufblickte und Sterne über sich sah, die ihm aus Ritzen im Baldachin der Bäume entgegenblinkten.

Er würde nie wieder imstande sein, sich in einen so engen Raum zu begeben, nie wieder würde er das schleimige Gefühl von Moos unter seinen Händen ertragen können. Und noch Jahre später würde ihn das Geräusch von tropfendem Wasser und von Wind, der durch steinerne Durchgänge pfiff, in Panik versetzen, und er würde dorthin rennen, wo es hell war, wo ein Kaminfeuer Wärme spendete und andere Menschen zugegen waren.

Er lief durch den Dschungel, nach Norden, immer weiter, weiter, nur nach Norden, nur nach Calimekka, wo man ihm Sicherheit versprochen hatte.

Ganz Costan Selvira gehörte jetzt ihr. Danya ritt auf ihrem Lorrag durch die Straßen, starrte die übereinander liegenden toten Menschen an, winkte mit ihrer narbigen Hand den Leichen zu und lachte. »Ihr hättet mich getötet!«, rief sie. »Ich hätte niemals eine von euch sein können, nicht wahr? Aber ich lebe, und ihr seid tot! Tot!«

Die Toten beobachteten sie mit blicklosen Augen, mit Gesichtern, die von Grauen oder Trauer oder Schmerz verzerrt waren, und das Glücksgefühl, mit dem Danya herbeigeritten war, schwand rapide dahin, je näher sie dem Herzen der Stadt kam. Sie stieß auf eine Ansammlung junger Mädchen – Schwestern gewiss –, die auf gleiche Art gekleidet waren, die ihr Haar nach der gleichen törichten Mode geschnitten hatten und die in einer säuberlichen Reihe auf der Straße lagen. Es waren acht, die Jüngste nicht mehr als zwei oder drei Jahre alt, die Älteste vielleicht achtzehn oder neunzehn. Alle tot, alle zur Schau gestellt, alle bekleidet mit den Farben und der Spitze ihrer Familie.

Sie hätten Galweighs sein können – sie hätten Danya und ihre drei Schwestern sein können. Dunkles Haar, dunkle Augen, von zierlichem Wuchs – sie hätte die Züge dieser Mädchen in ihrem eigenen Spiegel sehen können. Ihre jungen Gesichter klagten sie schweigend an, und sie starrte wütend auf sie hinab. »Genau das ist es, weshalb ich hierher gekommen bin«, sagte sie sich, während sie weiterritt. »Ich bin hergekommen, um meine Feinde im Staub zu sehen. Ich bin gekommen, um all die, die mich im Stich gelassen haben, zu meinen Füßen zu sehen, sie vernichtet zu sehen. Dies ist das erste Mal, dass ich etwas von meinem Lohn zu kosten bekomme. Dies ist mein erster Triumph.«

Die Toten scherten sich nicht um Triumph oder Rache. Ihre Gesichter klagten an, und Danya spürte die toten Blicke, die sich in ihren Rücken bohrten, und hörte aus ihrem Schweigen die simple Wahrheit: *Wir haben dir nichts Böses getan, weder durch Wort noch durch Tat.*

Und langsam erstarb ihr Jubel.

Costan Selvira ist nicht meine Stadt, beschwichtigte sie sich. Also kann ich nicht erwarten, wenn ich durch diese Straßen reite, die Freude zu verspüren, die ich verdient habe. Genauso wenig darf ich mich für die Toten hier verantwortlich fühlen, denn wir müssen durch diese Stadt, um nach Calimekka zu kommen, und wir können keine lebenden Feinde in unserem Rücken gebrauchen.

Ich werde meine Freude in Calimekka auskosten, wenn meine Familie vor mir kniet und um ihr Leben bettelt, und wenn die Sabirs auf dem Bauch zu mir gekrochen kommen, wenn sie ihre

Eingeweide durch den Schmutz der Straße hinter sich herschleifen und mich anflehen, ihrem Leiden ein Ende zu machen.

Und wenn ich zusehe, wie Crispin Sabir, Anwyn Sabir und Andrew Sabir langsam an tausend winzigen Schnittwunden sterben – wenn ich ihnen selbst Schmerzen zufüge und ihre Schreie höre und wenn ich ihnen ihr Leben nehme, so wie sie mir meines nahmen, *dann* werde ich echte Zufriedenheit erfahren. Dann werde ich glücklich sein.

Sie wandte das Gesicht von den grotesken Bildern des Todes in Costan Selvira ab und suchte die Nähe der Lebenden; sie wollte Luercas sehen. Sie wollte sich vorstellen, wie er neben Crispin Sabir, dem Vater seines Fleischs, auf den Knien lag. Sie wollte Luercas beobachten und sich ausmalen, wie diese beiden Seite an Seite um ihr Leben winselten.

Ich werde sie so vor mir sehen, gelobte sie sich. Sehr bald jetzt werde ich die Befriedigung haben, mir meine Träume zu erfüllen.

Kapitel 50

Doghall beugte sich über den Tisch in der kleinen Kajüte und versuchte, so gut es ging den unregelmäßigen Bewegungen des Schiffs Rechnung zu tragen. Er hatte alle Mühe, seine Feder auf dem Pergament zu halten, aber die Form des Zaubers, den er ersinnen musste, um Luercas in die Falle zu locken, wollte ihm nicht einfallen. Er suchte in Gedanken nach dem Abbild dieses Zaubers – er hatte gehofft, ihn so zu gestalten, dass er einen falschen Anschein erweckte, dass er Luercas vorgaukelte, er könne ihm Zuflucht oder gar Unterstützung in seinem Kampf geben, aber was Doghall geschaffen hatte, war nur eine Seelen verschlingende Leere. Sein Verstand weigerte sich, an dieser Tatsache vorbeizusehen und sich irgendwelche Verschnörkelungen und sinnlosen Kunststückchen auszudenken, von denen Luercas sich ohnehin nicht täuschen lassen würde. Er war kein Narr, der sich durch Trugbilder überlisten ließ. Er war ein Hexenmeister, der größte Hexer seines Zeitalters und weitaus mächtiger und talentierter, als Doghall es jemals sein würde.

Weit hinten in seinen Gedanken spürte Doghall, wie sich die lebenden Falken regten. Alle, die dazu in der Lage waren, antworteten auf den Hilferuf, den er ausgeschickt hatte, und nun kamen sie aus ganz Ibera nach Calimekka und wanderten durch die Stadt und den Pfad der Götter hinauf nach Haus Galweigh. Sie würden in dem Dschungel außerhalb der Mauern warten – zumindest jene, die die Reise überlebt hatten –, um in der letzten Schlacht zwischen Falken und Drachen das ihre beizutragen. Einige von ihnen, dachte Doghall, würden vielleicht überleben und den neuen Tag begrüßen können.

Aber das alles half ihm nicht bei seiner Aufgabe. Der wichtigste Zauber, den er je ersonnen hatte, musste perfekt sein – er musste gleich beim ersten Mal in die richtige Form gegossen werden, und er durfte keine Schwächen, keine Fluchtwege aufweisen. Er würde nur eine einzige Chance haben, den Zauber zu weben, und von seinem Erfolg oder Misserfolg hing das Leben oder Sterben der Seelen auf Matrin ab. Nur eine Chance.

Doghall schloss die Augen, löste seine zu Fäusten verkrampften Hände und rieb sich mit steifen Fingern die linke Schläfe.

Dann öffnete er die Augen wieder, bestreute die Tinte mit Sand, legte diesen Bogen Pergament beiseite und zog einen neuen heraus. Die Falle war nur der erste Teil von Doghalls letztem Zauber. Der Schleier war nicht leer, er hatte seine eigenen Bewohner und seine eigenen Möglichkeiten.

Langsam nahm die Schlacht, die bevorstand, in seinen Gedanken Gestalt an, und er begann, wie ein Wilder zu schreiben, die

Zauber zu skizzieren, die er weben würde, und während er schrieb, betete er:

Ich befehle meine Seele in deine Hände, Vodor Imrish,
Auf dass du meiner gedenken mögest in der Stunde meiner Not.
Ich befehle meine Seele in deine Hände, Vodor Imrish,
Auf dass du dich meiner bedienen mögest in der Stunde deiner Not.
Ich befehle meine Seele in deine Hände, Vodor Imrish,
Auf dass ich dir in meinen letzten Augenblicken nicht zur Schande gereichen werde.
Mache mich zum Instrument deines Willens.
Mache mich zum Schwert in deiner Hand.
Und ein einziges Mal, bevor ich sterbe, Vodor Imrish,
Lass mich die Liebe verstehen,
Für die Solander zweimal gestorben ist.
Nur ein einziges Mal, bitte, lass mich diese Gnade erfahren,
Für die ich mich opfere.

Kapitel 51

Die lang gezogene Bucht von Calimekka lag fast menschenleer da. Einige verlassene Schiffe zerrten an ihren Ankerketten, und auf den Decks schienen die Skelette ihrer Mannschaften nur auf die fetten Möwen zu warten, die das letzte Fleisch von ihren Knochen rissen. Als die *Wanderfalke* als einziges Schiff in den Hafen einlief, kamen ihr keine Boote entgegen, um sie zu begrüßen. Das Schiff lag schweigend da, und die Mannschaft, die sich auf Deck versammelt hatte, starrte den menschenleeren Kai an.

»Meine Mannschaft und ich werden mit euch gehen«, sagte Ian zu Kait, Doghall und Ry. »Ich werde dafür sorgen, dass ihr alle sicher in Haus Galweigh ankommt, zusammen mit Alcie, ihren Kindern und Ulwe. Wenn die Kämpfe vorüber sind, werde ich auf die *Wanderfalke* zurückkehren – vorausgesetzt natürlich, dass ich überlebe – und wieder Handel treiben. Wenn es euer Wunsch ist, dass ich für Haus Galweigh Geschäfte mache, werde ich euer Banner hissen.« Er zuckte die Achseln.

»Was ist mit Rrru-eeth?«, fragte Kait.

»Du musst bei ihrer Hinrichtung anwesend sein. Bei der Urteilssprechung musst du gegen sie aussagen, da du einer derjenigen bist, denen sie Unrecht getan hat.«

Kait und Ry sahen einander an, und Kait sagte: »Dafür haben wir im Augenblick keine Zeit.«

»Dann also nach der Schlacht.«

»Nach der Schlacht ... du setzt einiges voraus.«

»Mag sein.« Ian blickte auf die Mündung der lang gestreckten Bucht hinaus und auf den Ozean, der dahinter aufschien. »Ihr solltet euch nicht nach eurem Kampf mit Luercas in der Stadt noch einmal in Gefahr bringen müssen. Trotzdem, Rrru-eeth muss gehängt werden. Es macht mir keine Freude – ich werde nie vergessen, dass sie einst eine gute Freundin war. Aber Meuterei kann nicht verziehen werden, denn das Kapitänsgesetz wäre nur noch ein Farce, wenn auch nur ein Einziger es ungestraft brechen dürfte.« Er seufzte. »Ich würde sie lieber bis zum letzten Augenblick im Schiffsgefängnis behalten, aber ich werde sie in Ketten legen lassen und mit uns nehmen. Sie kann genauso gut auf den Mauern von Haus Galweigh gehängt werden wie an meinem Mast.«

»Und wenn ich sterbe, bevor ich gegen sie aussagen kann?«

»Dann bleiben noch viele andere übrig, die es tun können und tun werden.«

Eine schwache Vorahnung regte sich in Kait, fast als könnte

sie in die Zukunft blicken, und sie sagte: »Bring alle mit, die gegen sie aussagen können. Jeden Einzelnen.«

»Das kann ich nicht. Viele von denen, denen sie Unrecht getan hat, sind Narbige. Innerhalb der Mauern von Calimekka würden sie auf der Stelle zum Tode verurteilt werden.«

»Nein. Die Stadt ist halb leer, ganze Straßenzüge sind verlassen worden, und im Hafen hausen nur noch Geister. Deine Narbigen werden ungehindert nach Haus Galweigh durchkommen. Bring sie mit – sie müssen gleichfalls das Wort erheben dürfen, und auch ihnen muss Gerechtigkeit widerfahren. Wir werden sie verstecken, wenn wir können, und sie unter dem Galweighschen Banner marschieren lassen, wenn wir müssen, aber ich habe das Gefühl, dass sie bei der Verhandlung unbedingt anwesend sein müssen, um ihre Anklagen vorzubringen.«

»Also gut«, sagte Ian. Er runzelte die Stirn und legte Kait eine Hand auf den Arm. »Ich will eine ehrliche Antwort, Kait: Glaubst du, wir werden überleben, was da auf uns zukommt?«

»Eine ehrliche Antwort …« Sie blickte auf seine Hand auf ihrem Arm hinab und sagte: »Ich denke, dass du vielleicht überleben wirst. Deine Mannschaft wird vielleicht überleben. Ry und ich … wir werden nicht überleben. Das wissen wir.«

»So etwas Ähnliches habe ich mir bereits gedacht. Ich könnte dich von hier fortbringen. Auf die andere Seite des Meeres in die Novtierras; dort gibt es Länder, die so gewaltig und so reich sind, dass du ein ganzes Leben lang dort umherwandern könntest und niemals all der Wunder müde würdest, die du dort findest. Wir könnten zusammen dort hingehen, wir alle. Luercas würde dich niemals finden.« Er drückte ganz sachte ihren Arm und sagte: »Es ist noch nicht zu spät. Für keinen von euch.«

Kait sah erst ihn an, dann Ry. »Es war schon in dem Augenblick zu spät, als wir geboren wurden. Wir sind, wer wir sind, Doghall, Ry und ich – wir wurden für diesen Augenblick geboren. Wir könnten beschließen, unser Schicksal nicht zu akzeptieren, aber wenn wir das täten, wüssten wir, dass wir ungezählte unschuldige Menschen zu Tod und Schlimmerem verurteilt haben. Drei Menschenleben für eine ganze Welt – das ist kein so schlechter Handel.«

»Doch, das ist es – wenn du einer von den dreien bist, die geopfert werden.«

Kait blickte lächelnd zu ihm auf, und er sah die bittersüße Bestätigung dessen, was sie einst miteinander geteilt hatten. »Vergiss mich nicht«, sagte sie.

»Niemals.«

Kapitel 52

Die Beschaffung von Kutschen war kein Problem gewesen; bei den Pferden war es schon schwieriger, und Fahrer, die bereit waren, die Straße nach Haus Galweigh hinaufzufahren, waren weder für Geld noch für gute Worte zu bekommen. Also kutschierten jene von Ians Matrosen, die über ein wenig Erfahrung mit Pferden und Kutschen verfügten, sie durch die fast leeren Straßen der Stadt, vorbei an endlosen Reihen von Häusern mit geschlossenen Fensterläden, vorbei an Horden ausgezehrter, schmutziger Kinder, die sie aus dem Schatten beobachteten, vorbei an jungen Männern, die binnen weniger Monate alt geworden waren, an jungen Frauen, die Schmerz und Trauer niedergebeugt hatten, vorbei an schweigenden Beobachtern.

Von Süden näherte sich die Armee der Narbigen, und ihre Nähe trieb jene, die in den Kutschen saßen, zur Eile an.

Kait stieg als Erste aus ihrer Kutsche, als sie oben am Pfad der Götter ankamen und vor dem Tor von Haus Galweigh hielten. Sie lief zu dem Wagen, in dem Alcie mit ihren Kindern und Ulwe gefahren war. Als Alcie ausstieg, schlang Kait die Arme um ihre Schwester. Dann umarmte sie auch ihren Neffen und Ulwe und küsste ihre Nichte auf den Kopf.

»Ich muss daran glauben können, dass du überleben wirst«, sagte Alcie. »Wir haben einander nicht wiedergefunden, nur um uns jetzt zu verlieren.«

Kait sagte: »Vergeude deine Zeit nicht mit falschen Hoffnungen. Versprich mir nur, dass du jedes Mal, wenn du die Sonne aufgehen siehst oder den Regen auf deinem Gesicht spürst, an mich denken wirst.«

»Das ist nicht gerecht«, sagte Alcie, und Kait zog eine Augenbraue in die Höhe. Alcie brachte ein brüchiges kleines Lachen zustande. »Ich weiß, was die Familie gesagt hat: *Die Suche nach Gerechtigkeit ist nichts als die Einmischung von Menschen in die Angelegenheiten der Götter.* Aber es ist trotzdem nicht fair. Du bist meine Schwester und meine Freundin. Ich liebe dich.«

»Ich liebe dich auch, Alcie. Deshalb muss ich das hier tun.«

Alcie schloss die Augen und ballte ihre freie Hand zu einer kleinen, festen Faust. »Wenn ich dich in dieser Welt nicht wiedersehe, werde ich dich in der nächsten finden.«

»Ja«, sagte Kait, obwohl sie wusste, dass sie log. Aber sie wusste auch, dass Alcie sich weigern würde, die Wahrheit zu akzeptieren. »Dann lebe wohl, bis wir uns wiedersehen.«

Alcie räusperte sich, und Kait wartete. »Ich habe mich geirrt, was Ry betrifft«, sagte sie leise. »Ob er nun ein Sabir ist oder nicht, er ist ein guter Mann, und ihr beide habt einander und alles Glück verdient, das ihr in diesem oder einem anderen Leben finden könnt. Solltet ihr dies hier überstehen …« Sie hob eine Hand, um Kaits Erwiderung abzuwehren. »Und ich weiß, du glaubst, dass ihr nicht überleben werdet, aber solltet ihr es doch tun … dann habt ihr meinen Segen.«

Kait kämpfte gegen die Tränen. »Ich danke dir. Ich bin froh darüber, dass du mir das noch gesagt hast.«

Als Nächstes ließ sie sich auf ein Knie nieder, umarmte Ulwe und blickte in ihr ernstes, junges Gesicht auf. »Dein Weg ist hinter Wolken verborgen, Kait«, sagte Ulwe. »Ich kann das Ende deines Lebensfadens nicht finden, das weiter als zu Haus Galweigh führt.«

Kait zog das kleine Mädchen noch fester an sich. »Halt Ausschau nach deinem eigenen Weg, Ulwe. Die Welt kann so wunderbar sein – finde ihre Schönheit und ihr Glück und lass beides nie wieder los.«

Ulwe sagte: »Ich habe etwas für dich.«

Kait strich mit dem Daumen über die Wange des Kindes. »Da, wo ich hingehe, werde ich nicht viel Verwendung für Geschenke haben.«

»Es ist auch kein Geschenk. Es ist ... eine Nachricht. Ein Mann ist im Traum zu mir gekommen und bat mich, dir Folgendes zu sagen: *Ich warte im Schleier auf dich, Kait. Ich habe dich nie verlassen.«*

Ein kalter Schauder lief Kait über den Rücken. »Wer hat dir das gesagt?«

»Das weiß ich nicht. Ich konnte kein Gesicht sehen. Ich habe nur Licht gesehen ... aber ich habe ... Liebe gespürt.«

»Oh.« Kait atmete kaum noch.

»Du weißt, wer es war.«

»Ich ... vielleicht. Ich werde suchen. Vielleicht werde ich ... ihn ... finden.«

»Er war ein guter Mensch«, sagte Ulwe. »Er war sehr freundlich.«

»Ja.« Sie stand auf. »Ich muss jetzt gehen. Aber ... vielen Dank.«

Sie wandte sich ab, um sich ihrer Zukunft zu stellen – dem Wenigen davon, das ihr noch blieb. Vor ihr erhoben sich die Mauern von Haus Galweigh, und das Tor stand offen. Das Haus war wieder einmal leer.

Natürlich, dachte Kait. Die Geister der Galweighs hatten gewiss die Leichen der Gefallenen für sich gefordert, und nachdem sie wieder stark geworden waren, hatten sie dann den Pöbel aus dem Haus entfernt, die Männer, die gekommen waren, um alle zu töten, die hinter diesen Mauern Zuflucht gesucht hatten. Doghalls Zauber hielt sie noch immer in seinem Bann. Er würde sie noch ein wenig länger festhalten – solange er lebte. Dann würden die Geister sich in ihre Gräber oder den Schleier zurückziehen, und das Haus würde demjenigen in die Hände fallen, der es für sich forderte.

Aber noch, zumindest noch für eine kurze Zeit, gehörte es ihr.

Ein einzelner Duft vom Waldrand erregte ihre Aufmerksamkeit. Als sie den Kopf hob und die Witterung aufnahm, wurde ihr klar, dass der Wald viele Männer und Frauen verbarg. Sie begann, auf sie zuzugehen, ohne jedoch ihr Schwert aus der Scheide zu lösen. Ihre Gerüche, ihre Bewegungen und der schwache Sog ihrer Gedanken wies sie als Freunde aus.

Erst trat nur einer aus der Dunkelheit hervor, dann eine Hand voll, schließlich ein Dutzend und noch ein Dutzend. Es waren Männer und Frauen, alte und junge, hässliche und wohl gestaltete; sie alle musterten Kait mit alt gewordenen Augen, alt geworden, weil sie zu viel von dem Bösen gesehen hatten, das die verschiedenen Stämme der Menschheit einander zufügten. Sie alle waren gekommen, um gegen dieses letzte und schlimmste Übel zu kämpfen und, wenn nötig, im Dienst am Leben selbst zu sterben. In ihren Augen sah Kait hundert verschiedene Gestalten der Furcht – das gleiche Grauen, das sie empfand, die gleiche Angst, die sie würde niederringen müssen, wenn ihre Zeit kam.

Sie kannte diese Menschen, obwohl sie noch keinem von ihnen je begegnet war. Sie fand sie in der Falkenflut, die durch sie hindurch wogte – fand die Formen ihrer Gesichter und ihrer Gedanken und wusste, dass sie alle gute Verbündete waren – dass sie zwar Angst haben mochten, dass sie aber nicht weglaufen würden. Und sie konnte in den Augen dieser Menschen sehen, dass sie sie kannten – dass sie wussten, wer sie war und was sie war. Sie wussten, was sie in Haus Galweigh erwartete. Das furchtbare Schicksal, das sie, Kait, gezeichnet hatte, berührte auch die übrigen Falken, und sie streckten die Hände nach ihr aus, als sie an ihnen vorbeiging, und gaben ihr einen wortlosen Dank für ihr Opfer mit auf den Weg. In diesem Augenblick gehörte sie auf eine Weise zu ihnen, wie sie noch nie zuvor irgendetwas oder irgendwem angehört hatte, mit Ausnahme von Ry und dem Wiedergeborenen. In diesem Augenblick waren die schrecklichen Geheimnisse um ihre Geburt und ihr Leben verziehen und vergessen, und Kait gehörte zu ihnen, vollkommen und ohne jeden Vorbehalt, so, wie die Falken zu ihr gehörten.

Dann hatte sie sie hinter sich gelassen und trat durch das Tor hinein in Haus Galweigh, und sie sah alles mit frischen, neuen Augen, als hätte sie sich soeben verwandelt, um zum letzten Mal Karnee zu werden.

Ich werde nie wieder durch dieses Tor gehen, dachte sie. Ich werde nie wieder auf diese Steine treten, nie wieder die Süße dieser Luft riechen, nie wieder den Wind in diesen Palmwedeln hören. Dies sind meine letzten Bilder, meine letzten Geräusche, meine letzten Gerüche, das Letzte, was ich berühre und schmecke.

Sie sog alles in sich auf, und es war nicht genug. Es konnte niemals genug sein, denn es war das Letzte von allem, und sie war noch nicht bereit, Lebewohl zu sagen.

Ry trat hinter sie und legte ihr eine Hand auf den Rücken. »Kaum zu glauben, wie schön alles ist, nicht wahr?«

Sie nickte wortlos.

»Ich wünschte, wir könnten ein letztes Mal zusammen Karnee sein. Wie gern hätte ich in diesen Hügeln mit dir gejagt, wie gern wäre ich mit dir über diese Klippen gelaufen.«

»Ich weiß. Aber wir … hatten ein schönes Leben. Wir sind auf mannigfache Weise miteinander geflogen.«

»Ich hätte dich für alle Ewigkeit geliebt, wenn die Ewigkeit unser gewesen wäre.«

Sie blieben am Fuß der Treppe stehen, die zu dem mächtigen Eingangsportal von Haus Galweigh hinaufführte, und küssten einander langsam. »So wie ich dich geliebt hätte«, antwortete Kait ihm leise. »Ich wünschte, die Ewigkeit hätte uns gehört. Ich möchte gern glauben, dass wir sie wohl genutzt hätten.«

Doghall war nur wenige Schritte hinter ihnen und blieb nun stehen. Kait und Ry sahen einander in die Augen, dann lösten sie sich mit einem traurigen Lächeln aus ihrer Umarmung. »Es wird Zeit, nicht wahr?«, fragte Kait ihren Onkel.

»Ja. Es tut mir Leid. Die Armee der Tausend Völker nähert sich der Stadt. Mein Sohn Har hat hier auf mich gewartet – er sagt, er sei der einzige Überlebende unserer Armee. Costan Selvira fiel am Tag, nachdem wir es verlassen hatten, und die Narbigen sind von dort aus in höchster Eile hierher marschiert. Wir haben nur noch wenig Zeit.«

»Die Falken werfen ihren Schild über all jene, die in Calimekka überleben?«, fragte Ry.

»Sie haben damit begonnen. Sie haben nur auf unsere Ankunft gewartet, bevor sie ihre Arbeit aufnehmen konnten. Wenn Luercas versucht, Lebenskraft aus den Seelen Calimekkas abzuziehen, um seine Magie zu stärken, wird er nur seine eigenen Soldaten vorfinden. Das wird ihn vielleicht aufhalten, zumindest für eine Weile. Und es dürfte ihn schwächen.«

Kait sagte: »An unserem Schicksal wird sich dadurch nichts ändern, oder?«

»Nein«, antwortete Doghall. »Das wissen wir bereits. Entweder wir drei siegen zusammen und sterben zusammen, oder Luercas siegt, und die ganze Welt wird allmählich sterben.«

»Nun … dann fangen wir jetzt wohl besser an«, sagte Kait.

Sie griff nach Rys Hand, und Seite an Seite stiegen sie die Treppe hinauf.

Kapitel 53

Die Falken umringten die Außenwand, die um Haus Galweigh herumlief – es waren fast hundert Menschen, die alle mit untergeschlagenen Beinen dasaßen, den Rücken gegen den glatten, durchscheinenden Stein-der-Alten gelehnt, die Augen geschlossen und so reglos, dass man hätte glauben können, sie atmeten nicht mehr. Sie hatten gesagt, sie würden einen Schild über die Menschen in Calimekka werfen, um sie vor der bevorstehenden Schlacht zu schützen. Ian konnte nichts spüren, aber er vermutete, dass sie die gleiche Art von Schild benutzten, mit dem Kait sich selbst und ihre Gefährten bei ihrer Flucht mit dem Spiegel der Seelen durch die Tausend Tänzer geschützt hatte. Trotzdem brachte es ihn vollkommen aus der Fassung, die Falken schweigend dasitzen zu sehen – er hätte sich besser gefühlt, wenn Magie mehr nach etwas Nützlichem ausgesehen hätte und weniger nach einem geruhsamen Schläfchen. Wenn ihre Träger nicht wie Leichen ausgesehen hätten.

Ian postierte Wachen seiner eigenen Männer an beiden Straßen, die in die Stadt hinunterführten. Genau wie sie, genau wie die Falken, ja so wie Alcie und die Kinder, hielt auch Ian sich außerhalb der Mauern von Haus Galweigh auf – Doghall hatte verlangt, dass niemand außer den dreien, die mit Luercas kämpfen würden, vor Ende der Schlacht durch diese Tore ging.

Im Haus, das wusste er, machten Kait, Ry und Doghall sich für einen Krieg bereit. Da es sich um eine magische Schlacht handelte, die sie ausfechten würden, trafen sie ihre Vorbereitungen wahrscheinlich im Sitzen, ging es Ian durch den Kopf. Sie würden mit geschlossenen Augen dasitzen und aussehen, als schliefen sie.

Ian selbst hasste die Magie. Er konnte sich nicht mit ihr anfreunden; er konnte all ihre Absonderlichkeiten nicht verstehen, geschweige denn den Punkt, an dem sie zu einem Kampf zwischen zwei Menschen wurde. Ich wünschte, ich könnte den Bastard mit Schwertern bekämpfen, dachte er. Ich wünschte, ich könnte ihn wie jeden anderen Mann fordern, mit ihm die Klingen kreuzen und seine Brust durchbohren. Oder soll er meine Brust durchbohren, und die Sache ist endgültig vorbei. Das war die Art und Weise, wie Männer kämpfen sollten – mit ihren Händen, ihren Körpern und ihrem Verstand. Derjenige, der schneller oder klüger oder stärker war, siegte, und der Verlierer starb, und das Problem war aus der Welt geschafft. Es kroch nicht tausend Jahre später wieder herbei, wenn der Bastard jemand anderem den Körper gestohlen hatte und von den Toten zurückkehrte, um von neuem zu kämpfen.

Ian ging im Halbkreis an der hinteren Mauer des Hauses auf und ab, vom östlichen Felsrand bis zum westlichen Felsrand und wieder zurück, und jedes Mal blieb er in der Mitte stehen, um Rrru-eeth anzusehen, die auf der Lichtung saß. Sie war um den Hals, an Hand- und Fußgelenken und um die Taille gefesselt, und man hatte ihre Ketten mit kräftigen Bolzen an einem riesigen Weißgummibaum am Rand der Lichtung befestigt. Vier Männer bewachten sie – alle vier gehörten zu jenen, die bei ihrer letzten Verurteilug gegen sie aussagen würden. Nur einer der vier war ein Mensch. Die anderen drei waren Keshi-Narbige.

»Du weißt, dass ich dich liebe«, rief Rrru-eeth ihm nach, als er wieder einmal an ihr vorbeikam. »Ich war eifersüchtig auf sie. Ich wollte, dass du mich liebst, nicht sie. Du kannst mich nicht wegen Eifersucht hängen.«

Er sah sie an und sagte nichts. Meuterei und Eifersucht waren zweierlei, und das wusste sie sehr wohl, aber sie versuchte, bei ihm und den anderen, denen sie Unrecht getan hatte, Mitleid zu erregen. Sie wollte die Dinge verdrehen, wollte die Vergangenheit verbiegen, damit sie ein günstiges Licht auf sie warf. Er dachte an die junge Frau, die ihr Leben riskiert hatte, um all diese Sklavenkinder zu retten, und er fragte sich, wie aus diesem jungen Mädchen eine Frau hatte werden können, die ihre Gefährten in einem feindlichen Land dem Tod überließ und die den Mann verriet, der ihr Zuflucht und ein neues Leben und ihre Freiheit hätte geben können – noch dazu einen Mann, den zu lieben sie behauptete.

»Keine gute Tat bleibt unbestraft«, flüsterte er vor sich hin, aber das war zu zynisch gedacht, zu verbittert. Die Kinder, die Rrru-eeth gerettet und die er auf seinem Schiff in Sicherheit gebracht hatte, hatten als freie Menschen weitergelebt. Einige von ihnen hatte er in den Tausend Tänzern aufwachsen sehen. Andere waren weitergezogen. Keines dieser Kinder hatte es bisher zu Reichtum gebracht, aber es war auch keins von ihnen als das Spielzeug der Triebe perverser, brutaler alter Männer geendet, um achtlos beiseite geworfen zu werden, wenn es zerbrochen war.

Mein Einsatz hat sich gelohnt, dachte er. Wenn sich auch nicht alles zum Besten gewendet hatte – nun, das konnte man nicht erwarten.

Es war wie mit Kait. Er hatte sie geliebt, hatte an ihrer Seite gekämpft, hatte sich mehr als irgendetwas sonst gewünscht, sich mit ihr eine Zukunft aufzubauen, und dann hatte sie sich von ihm abgewandt und einen anderen gefunden. Aber es tat dem, was sie miteinander geteilt hatten, keinen Abbruch. Jetzt sagte Kait, dass sie in einer Schlacht kämpfen und sterben würde, in der er nicht einmal ein Schwert heben konnte, um ihr beizustehen, und er fühlte sich nutzlos und schwach; er hätte mit Freuden an ihrer Stelle gekämpft. Er wäre mit Freuden gestorben, wenn sie dafür hätte leben dürfen. Aber er konnte nicht tun, was sie tun musste, daher ging er zwischen den beiden Straßen auf und ab und hielt Ausschau nach Drohungen, die keine Gestalt annahmen, und Feinden, die nicht kamen.

Was er und Kait miteinander geteilt hatten, war gut gewesen, aber es war für alle Zeit verloren. Er versuchte, diese Tatsache zu akzeptieren, versuchte, mit der Realität seiner Welt in Einklang zu kommen.

Und schließlich begriff er es: Er würde die Vergangenheit nicht verändern. Er hätte nur gern dafür gesorgt, dass sie länger dauerte.

Kapitel 54

Die Geflügelten der Armee der Tausend Völker überflogen Calimekka und kehrten dann zu Luercas und Danya zurück, um Bericht zu erstatten.

»Die Stadt scheint so gut wie verlassen zu sein«, meldete der Hauptmann des Goldfeuergeschwaders. Er legte seine ledrigen Schwingen unbeholfen zusammen und zog den Kopf unter seinen linken Flügel, um eine widerspenstige Hautfalte zu bändigen. Als er wieder auftauchte, fuhr er fort. »Vor den meisten Türen hängen graue Lumpen, und die meisten Läden sind geschlossen. Die Lagerhäuser sind leer, und im Hafen liegen nur tote Schiffe vor Anker, und auf jedem der großen Plätze liegen gewaltige, rauchende Knochenhaufen.«

Luercas runzelte die Stirn. »Ich frage mich, warum die Stadt leer sein sollte. Das ergibt keinen Sinn – alle Bewohner der Dörfer und Kleinstädte im Süden sind vor uns her nach Calimekka geflohen. Die Stadt müsste aus allen Nähten platzen. Es müsste überall vor den Mauern überfüllte Lager geben mit Flüchtlingen.«

Jetzt meldete Danya sich zu Wort: »Graue Lumpen, sagst du?«

Der Hauptmann nickte.

»Dann hast du deine Antwort.« Sie drehte sich zu Luercas um

und sagte: »In Calimekka herrscht die Pest. Die grauen Lumpen sind das Zeichen dafür, dass in einem Haus jemand an der Pest gestorben ist oder gerade in den Todeskrämpfen liegt. Man hängt auch graue Lumpen vor die Tore, um jeden Neuankömmling zu warnen, dass er den Tod finden wird, falls er die Stadt betritt. Die Menschen, die vor uns in diese Stadt geflohen sind, werden weitergelaufen sein – wahrscheinlich haben sie sich nach Westen gewandt, nach Crati, nach Manale oder nach Halles, oder sie sind weiter nach Norden gezogen, nach Radan.« Sie musterte Luercas und fing an zu lachen. »All deine Pläne, all deine Sorgfalt, all deine großen Ideen, und wohin führst du uns zu guter Letzt? In ein Pestloch, in eine Seuchenhölle, in eine von Krankheiten zerfressene Jauchegrube.« Sie stand auf und konnte nicht an sich halten vor Lachen. »Du wolltest doch König sein – kannst du der König von Leichen sein? Kannst du die Seelen der Toten deinem Willen unterwerfen?«

Luercas lächelte langsam, und seine Augen wurden schmal. »Wirklich komisch, dass ausgerechnet du mich das fragst – es ist nämlich tatsächlich etwas, das ich schon lange geplant habe. Aber du, meine hündische Mutter – sag mir doch bitte, wie du an den Toten Rache nehmen willst?«

Danya runzelte die Stirn. »Aber die Pest ist doch sicher nicht bis zu den großen Häusern vorgedrungen. Die hohen Familien haben eigene Lager und dicke Mauern – bei der ersten Nachricht von einer Krankheit hätten sie ihre Tore verschlossen und abgewartet, bis die Seuche weiterzieht, wie sie es immer getan haben. All die, die mir ihr Leben schulden, harren inmitten ihrer Reichtümer des Tages, da ich kommen werde, um sie für mich zu fordern.«

»Bist du dir da so sicher?«

»Absolut.«

»Warum gehst du dann nicht zu ihnen? Warum überzeugst du dich nicht selbst davon?« Er lächelte sie an, selbstgefällig und verstohlen. Seine Augen sagten: *Ich weiß etwas, das du nicht weißt*, und in diesem Augenblick hätte sie ihm mit Wonne ihren Dolch ins Herz gestoßen, um zuzusehen, wie er sich wand und krümmte und unter ihrer Klinge starb. Aber sie hatte nicht die Macht, ihn zu töten. Das wusste sie.

Sie war fest davon überzeugt, dass die Galweighs und die Sabirs mit heiler Haut hinter ihren Mauern saßen, während die verheerende Seuche den Rest von Calimekka verschlang. Sie beschloss, Luercas den Beweis dafür zu erbringen. Erzogen als Galweigh-Wölfin, ausgebildet in der dunkelsten aller bekannten magischen Künste und hart gemacht durch bittere Erfahrung, spürte sie die schleimigen, verführerischen Kräfte der Wolfsmagie wie schwarzes Feuer in Muskeln, Blut und Knochen. Sie hieß diesen magischen Strom in Gedanken willkommen und wob daraus eine Kugel aus weißem Licht, die sie umschlang. Und in dieses Licht sandte sie ihre Vision. Dann schickte sie die Lichtkugel mitsamt der Vision fort, in die Stadt hinüber, zu den Häusern der großen Familien. Als Erstes ging sie in die Zitadelle der Sabirs und sah, dass das Tor dort verschlossen war. Aber zu beiden Seiten des Tores spannte sich ein Flaggentuch aus grauer Seide über den glatten, weißen Stein der Alten, und als sie das Licht ihrer Vision hinter das Tor führte, fand sie dort Scheiterhaufen, in denen, wie leuchtende Kohle, geschwärzte Knochensplitter lagen. Sie fand Diener vor, die durch riesige, leere Hallen huschten und sich in Lagerräumen versteckten. Sie fand den Leichnam einer alten Wolfsfrau, durch Narben so sehr entstellt, dass sie keine Ähnlichkeit mehr mit einem Menschen hatte, aufgebläht und halb verwest; man hatte die Frau dort liegen gelassen, wo sie gestorben war, ihre Finger noch immer in die zerfetzte Kehle eines toten Mannes gebohrt. Danya suchte weiter und fand schließlich einen Mann auf einem Bett liegend vor, der mit leeren Augen ins Nichts starrte, lebendig und unversehrt, aber verloren im Dunkel seines eigenen Geistes, und in einem leeren Lagerraum entdeckte sie ein halb verhungertes Kind, das dem Tode schon zu nahe war, um noch länger zu weinen oder mit den Fingernägeln an der Tür zu kratzen.

Aber Crispin fand sie nicht, und sie fand auch weder Anwyn noch Andrew. Sie konzentrierte ihre Magie auf diese drei Männer – auf ihre Erinnerung an die Gestalt ihrer Körper und die Form ihrer Seelen –, und sie schickte ihr Visionslicht über das Land jenseits von Haus Sabir, um dort zu suchen. Sie fand nichts. Sie packte einen der Narbigen, der neben ihrem Thron stand, und grub ihre beiden Krallen in seine Kehle, und als sein Blut über ihre Hand auf den Boden spritzte, saugte sie ihm die Lebenskraft aus dem Leib und schickte, gestärkt durch dieses Opfer, das Visionslicht noch weiter aus. Aber sie fand immer noch nichts. Die unheilige Dreiheit war tot.

Als Nächstes durchsuchte sie ihr eigenes Elternhaus, und dort fand sie die Mauer umringt von Fremden, und hinter dieser Mauer ... Leere. In einem der zentral gelegenen Räume fand sie ihre Kusine Kait, ihren Onkel Doghall und einen Fremden, die um eine Silberschale auf dem Boden herumknieten, aber in diesem ganzen riesigen Haus waren sie die einzigen lebenden Wesen.

Goft, dachte sie. Die Familie ist nach Goft geflohen. Sie schickte ihre Vision noch weiter aus. Aber die Tore von Haus Cherian waren aus den Mauern herausgerissen worden, und Händler und Vagabunden hatten auf dem Grundstück der Familie einen Markt errichtet, und im Haus selbst hatten Tagediebe und Huren ihr Lager aufgeschlagen.

Tot. Sie waren alle tot. Ihre Familie, die Familie der Sabirs, all jene, die ihr Unrecht getan und sie im Stich gelassen hatten. Sie hatten nicht nur ihre Häuser verlassen, sondern das Antlitz Matrins. Sie waren tot. Alle tot.

Sie hatte ihr Leben dem Ziel geweiht, ihre Feinde vor sich im Staub liegen zu sehen, sie hatte sie flehen und um Gnade winseln hören wollen; sie hatte ihr eigenes Kind ihrem Schwur geopfert, und nun stand sie hier, vor den Toren der Stadt, in der ihre Feinde hätten sein müssen, sie hatte ihre Armee um sich versammelt, die Zeit für ihre Rache war gekommen – und ihre Feinde waren alle tot und vernichtet.

Sie ließ das Visionslicht mit einem wilden Schrei zerspringen, erhob sich von ihrem Thron, beförderte die Leiche der Kreatur, die sie geopfert hatte, mit einem Fußtritt auf den Boden und drehte sich zu Luercas um.

»Du hast es gewusst!«, tobte sie.

Er lächelte sie an und sagte nichts.

»Du hast gewusst, dass sie alle tot sind! Du hast es gewusst!«

»Natürlich wusste ich es. Wenn du dich mehr um die Dinge gekümmert hättest, die in Calimekka vorgegangen sind, hättest du es ebenfalls gewusst.«

»Wenn du von der Pest wusstest, warum bist du dann hierher gekommen?«

»Es hat keine Pest gegeben. Die Zerstörung des Spiegels der Seelen hat ein paar Menschen umgebracht – das ist alles. Niemand in der Stadt ist krank. Niemand stirbt an irgendeiner schrecklichen, ansteckenden Krankheit.«

»Ein paar Menschen! Die Stadt ist fast leer.«

»Die Bewohner dachten, es sei die Pest«, erklärte Luercas mit einem Achselzucken. »Närrische Kreaturen. Alle, die dazu imstande waren, sind geflohen. Zurückgeblieben sind nur diejenigen, die zu arm oder zu schwach waren, um wegzulaufen, und solche, denen es einfach nicht mehr wichtig ist, ob sie leben oder sterben. Mir soll es recht sein.«

»Wir sollten die Reichtümer der Stadt bekommen«, sagte einer der Narbigen. »Wir sollten die Oberherren der größten Stadt Matrins werden.«

»Und so soll es auch sein«, versprach Luercas. »Die Tatsache, dass ihr nur wenig Widerstand überwinden müsst, bevor ihr euch holt, was euch zusteht, ist keine große Tragödie. Die Stadt selbst ist der Preis – die Menschen, die sie bewohnten, waren lediglich Hindernisse.«

»Und was ist mit mir?«, schrie Danya. »Was ist mit meiner Rache?«

»Was kann ich sagen? Du hast einen schlechten Handel getroffen. So geht es den meisten, die nur für ihre Rache leben. Sie bekommen nie die Befriedigung, die sie sich vorstellen; dass es in deinem Falle nicht anders war, überrascht mich nicht.«

Danya stürzte sich auf ihn und ging mit ihren beiden Krallen auf seine Kehle los, aber die Wachen, die links und rechts von Luercas Thron postiert waren, packten sie und hielten sie mit vereinten Kräften fest. Danya heulte ihren Zorn heraus, und Luercas lachte. »Das hat zwar ein wenig länger gedauert, als ich erwartet hatte, aber dafür war es genauso unterhaltsam, wie ich es mir erhofft hatte. Wie charmant, beobachten zu dürfen, dass du endlich doch etwas Rückgrat zur Schau stellst. Themmias, hol die Ketten.«

Einer der Dethu-Narbigen lief aus dem Zelt und kam kurz darauf mit schweren Ketten und Fesseln zurück. Die Wachen legten Danya die Fesseln an und ketteten sie an Luercas Thron, obwohl einige von ihnen Luercas ein wenig schief ansahen, während sie seine Befehle ausführten. Luercas sagte: »Ich glaube, du hast deine Waffen jetzt lange genug gehabt.« Er berührte sie mit dem Zeigefinger, und ihre rechte Hand, die sie mit ihren beiden Krallen zu einer Narbigen gemacht hatte, begann zu schmelzen. Weiß glühendes Feuer wütete durch ihre Hand; wie sehr sie sich auch bemühte, sich vor seiner Magie zu beschirmen, er brauchte lediglich die Richtung seines Zaubers zu verlagern und konnte sie weiterverbrennen. Der Schmerz trieb sie auf die Knie – sie schrie und bettelte; sie brachte Schande über sich selbst und ihre Familie … aber nein, sie hatte keine Familie mehr. Sie hatte gar nichts.

Er hörte erst auf, als ihre rechte Hand nur noch ein Stumpf an ihrem Unterarm war.

»Das sollte fürs Erste genügen«, sagte er und tätschelte ihren Kopf. »Du darfst zu meinen Füßen sitzen wie der brave kleine Schoßhund, der du bist, und später werde ich mir vielleicht ein paar unterhaltsame Tricks ausdenken, die ich dich lehren kann. Ich glaube, Demütigung ist gut für die Seele, meinst du nicht auch?«

Sie konnte nur noch wimmern. Der Schmerz, wo früher ihre Hand gewesen war, war immer noch so überwältigend, dass er sie fast blind machte.

»Und nun«, hörte sie ihn sagen, »ist, wenn ich mich nicht irre, für meine Feinde die Zeit gekommen, mich zu einem direkten Kampf herauszufordern. Ich spüre, wie sie ihre Magie aufbauen – sie müssten mich jetzt eigentlich jederzeit zu sich rufen.«

»Warum gehst du nicht in die Stadt und forderst sie selbst heraus?«

»Es gibt da noch eine Kleinigkeit, um die ich mich kümmern muss, wenn ich die Stadt betrete – keine große Sache, und es wird nur einen Augenblick dauern. Wenn ich das erledigt habe, werde ich euch als die Eroberer Calimekkas durch die Straßen führen, und man wird uns zu Königen und Fürsten ausrufen. Aber wenn ich nicht zuerst meine Feinde besiege, dann werden sie vielleicht gerade dann zum Schlag gegen mich ausholen, wenn ich meinen Angelegenheiten nachgehe, und mich in dem einzigen Augenblick treffen, in dem ich … verletzlich sein werde. Daher ziehe ich es vor, sie zu einer Zeit und an einem Ort meiner Wahl zu treffen und in einem Augenblick der Stärke.« Seine Stimme wurde weich und schmeichlerisch. »Schließlich möchte ich doch nicht, dass sich noch irgendetwas zwischen euch, mein Volk, und euren wohl verdienten Triumph stellen kann.«

Kapitel 55

Doghall stand Kait und Ry gegenüber. »Gleich nach eurer Ankunft im Schleier werdet ihr eine dunkle, von Lichtern umringte Sphäre sehen. Das ist die Leere, die ich geschaffen habe, um Luercas zu vernichten. Ihr dürft unter keinen Umständen zulassen, dass ihr in die Kugel hineinfallt oder euch hineindrängen lasst, es sei denn, ihr könnt Luercas mit euch reißen. Wenn ihr in eurer verwandelten Gestalt in den Schleier hinübergeht, habt ihr vielleicht einen gewissen Vorteil Luercas gegenüber – er dürfte kaum damit rechnen, dort auf Jäger wie die Karnee zu stoßen.«

»Was für einen Unterschied würde das schon machen? Im Schleier haben wir ohnehin keine echten Körper – nur scheinbare Körper, die so substanzlos sind wie Licht«, wandte Kait ein.

Doghall sagte: »Euer Verstand reagiert auf das, was er weiß. Wenn ihr in menschlicher Gestalt in den Schleier geht, nehmt ihr eure menschlichen Sinne mit. Geht ihr aber in Karnee-Gestalt hinüber, werdet ihr dort über die Schnelligkeit und die Talente der Karnee verfügen.«

»Und über den Zorn der Karnee«, fügte Ry hinzu.

Kait nickte. »In Karnee-Gestalt lasse ich mich leicht in Wut bringen, es verlangt mich nach Blut und Fleisch, ich bin dann ein wildes Tier und kaum in der Lage, meine eigenen Triebe zu beherrschen.«

Doghall ließ sich Kait und Ry gegenüber auf die Knie nieder und beugte sich vor, seinen Blick fest auf ihrer beider Gesichter geheftet. »Ich weiß. Das ist einer der Gründe, warum ich glaube, dass die Götter gerade euch beide für diese Aufgabe erwählt haben. Luercas hat gewiss schon gegen viele Wesen gekämpft, aber er hatte es bestimmt noch nicht mit einem Karnee-Paar zu tun – in der Welt, in der er das letzte Mal als Mensch gelebt hat, gab es euresgleichen noch nicht. Ihr werdet über die gleiche Magie gebieten wie in eurer Menschengestalt; ihr werdet in Gedanken miteinander in Verbindung treten können, wie es nur euch beiden möglich ist, ohne zu diesem Zweck Zuflucht zu magischen Mitteln nehmen zu müssen … und ihr werdet so denken, wie Karnee denken – wie wilde Tiere, die es nach der Jagd verlangt und die keine Angst kennen. Ich glaube, wenn überhaupt irgendetwas es vermag, so wird *dies* der Schlüssel sein, der uns in der bevorstehenden Schlacht den Sieg einträgt.«

»Und trotzdem zweifelst du.«

»Ihr seid unterlegen. Wir drei zusammen sind unterlegen. Selbst wenn wir alles geben, was wir haben – selbst wenn wir alles verlieren, was wir haben –, so ist uns ein Scheitern doch so gut wie sicher. Und dennoch müssen wir kämpfen.«

Kait führte sich die Gesichter der Menschen vor Augen, die sie liebte. Ihre Schwester Alcie und Alcies reizende Kinder; Ulwe, die so jung und so verängstigt und so tapfer war im Angesicht von Kummer und Enttäuschung; Ian, der alles für sie, Kait, getan hätte. Das waren die Menschen, die sie retten konnte. Und dann war da noch Ry, den sie mehr liebte als ihr eigenes Leben, und Doghall, der für sie Freund und Vaterfigur und Inspiration geworden war. Diese beiden konnte sie nicht retten; sie würden mit ihr kämpfen und mit ihr sterben. Um sie herum lag eine Welt, ihre Welt, die sie zutiefst liebte, angefangen vom kleinsten Grashalm bis hin zum Sonnenlicht und den Sandkörnern am Strand mit den Menschen, die für sie ohne Gesicht und ohne Namen waren – auch sie würden von ihrer Tat profitieren, aber am Ende würde sie nicht für diese Menschen kämpfen, nicht für diese Menschen sterben. Sie würde für Alcie sterben, für Ulwe, für Lonar, für Rethen, für Ian, für Ry, für Doghall. Für das Andenken an Hasmal, der als Held gestorben war, auf dass sie vielleicht würde weiterleben können. Für das Andenken an Solander, der aus Liebe zu allem Lebendigen zweimal sein eigenes Leben hingegeben hatte.

Jetzt wandte Kait sich Ry zu und legte ihm eine Hand auf den Oberschenkel. »Ich bin bereit«, sagte sie.

»Noch nicht.« Er nahm sie in die Arme und küsste sie leidenschaftlich, und sie antwortete ihm mit jeder Faser ihres Wesens. Gleichzeitig kämpfte sie die Stimme in ihrem Hinterkopf nieder, die schrie: *Der letzte Kuss* – sie zwang sich, im Augenblick zu verweilen, sich ganz auf Rys Berührung und seinen Duft zu konzentrieren, auf den Geschmack seiner Lippen, und in diesem einen Augenblick war sie von überfließender Freude erfüllt – ihr Geist berührte den Rys, und sie wurden eins, genauso sehr, als hätten sie sich im Fleisch vereinigt.

Als sie sich endlich voneinander lösten, sagte Ry: »Jetzt sind wir bereit.«

Doghall fasste Kait und Ry an den Händen und sagte: »Ich bin stolz darauf, euch beide gekannt zu haben. Ich liebe euch beide wie meine eigenen Kinder. Nun bleibt mir nur noch, euch Glück, Mut und Kraft zu wünschen.« Er drückte ihre Hände, dann beugte er sich vor und gab ihnen beiden einen Kuss auf die Wange. »Nun lasst uns tun, was wir tun müssen.« Er ließ ihre Hände los, holte tief Atem, und der ängstliche, bekümmerte Mann, der er gewesen war, fiel von ihm ab. Doghall schien größer zu werden. Er hob das Kinn, nahm die Schultern zurück, und ein grimmiges, entschlossenes Lächeln huschte über sein Gesicht. »Verwandelt euch zuerst«, sagte er. »Dann begebt euch in den Schleier. Wartet in der Nähe der Leere, die ihr dort finden werdet. Ich werde die Herausforderung an Luercas ergehen lassen – er wird darauf reagieren. Er weiß, dass er uns erst besiegen muss, bevor er seine weiteren Pläne in Angriff nehmen kann.«

Kait schauderte und sah in Rys Augen. Dann spürte sie die Wildheit in ihrem Wesen auf, den Karnee-Hunger, und ihr Blut begann zu schäumen, und ihre Muskeln wurden heiß und schlüpfrig unter ihrer Haut. Sie stand auf und legte hastig ihre Kleider ab. Ry tat das Gleiche. Binnen weniger Augenblicke waren sie vierbeinige, pelzige Jäger in einer Welt, in der die Farben leuchtender waren, die Gerüche schärfer, die Geschmackssinne voller – und jetzt sehnte sich Kait nur noch nach der Jagd, nach dem Beutezug, nach dem letzten Schlag, mit dem die Beute erlegt wurde. Jetzt war der Tod ein Fremder für sie, und obwohl die menschliche Kait in ihrem Innern noch immer ihre Trauer um alles Verlorene herausschrie, wollte Kait, das Tier, nur noch freigelassen werden, um gegen das Ungeheuer zu kämpfen, das ihre Beute war.

In der Blutschale schimmerte das Licht, und Kait ließ sich auf alle viere hinunter, drückte den Bauch gegen den kühlen Steinfußboden und schloss die Augen, während Kait, der Mensch, die Gedanken von Kait, dem Tier, beruhigte und sie beide zu dieser letzten Aufgabe zusammenführte, die sie zu lösen hatten. Und Kait, die Geächtete, trat aus ihrem narbigen Fleisch heraus, hinein in die unbegreifliche Unendlichkeit des Schleiers.

Ry, der genau wie sie die Geistergestalt eines vierbeinigen Jägers trug, gesellte sich zu ihr. Sie standen mitten in der furchtbaren Unendlichkeit des Schleiers. Vor ihnen lag ein Kreis aus absoluter Dunkelheit, etwas Kaltes und Böses, das sich im Stoff des Universums wand und krümmte. Dieses Etwas war umringt von winzigen, funkelnden Lichtern, die seine Grenzen nachzeichneten; dies war die Leere, die Doghall geschaffen hatte; ihr Mörder; ihr Grab; ihr Ende. Es war auch das Tor zur Rettung der Welt und all jener, die sie liebten. Kait heulte in der Dunkelheit auf, ein Schrei, der den Schleier durchschauerte und die Ewigkeit berührte. Rys Stimme mischte sich in ihre und sagte ihr in einem wortlosen, wilden Gesang, dass sie zusammen waren, dass sie zusammen sein würden, solange sie Leben und Atem und Seele besaßen.

Dann verfielen sie wie auf ein geheimes Zeichen beide in

Schweigen und warteten auf das Kommen desjenigen, mit dem sie in das ewige Nichts eingehen würden.

»Da kommt er«, sagte Luercas, und Danya, die zu seinen Füßen hockte, ließ ihre Ketten klappern und fauchte.

»Ich wünsche dir den Tod. Tod und Schmerz, Schande und Demütigung.«

Luercas warf ihr einen gekränkten Blick zu. »Ich hätte dir niemals etwas Derartiges gewünscht. Du solltest meine Verbündete sein. Meine Gefährtin. Ich habe versucht, dir zu geben, wonach du verlangt hast«, sagte er. »Es tut mir ehrlich Leid, dass ich deine Feinde nicht lange genug am Leben halten konnte, damit du sie eigenhändig töten konntest. Es ist wirklich unvernünftig von dir, mir deswegen einen Vorwurf zu machen.«

»Ich habe deinetwegen mein Kind geopfert, meine Seele, meine Ehre!«, schrie sie.

»Was du auch getan hast, du hast es aus freiem Willen getan, mit eigener Hand und weil du es so wolltest. Für mich hast du gar nichts getan. Du hast das alles nur für dich selbst getan.« Er lächelte auf sie hinab und zuckte die Achseln. »Niemand tut hier etwas anderes.«

Die Finsternis des Zeltes erhellte sich plötzlich, und am Fuß von Luercas' Thron erschien ein kreisendes Licht, das die Narbigen allesamt zurückprallen ließ. Als Nächstes flackerte die geisterhafte Gestalt eines Mannes auf, so groß wie der größte Krieger, so wild wie nur je ein Lorrag, mit einem Umhang, der aus dem Gewebe der Nacht selbst gemacht zu sein schien; ein Wind umpeitschte seine Gestalt, der jedoch seine Zuschauer nicht erreichte. Er lächelte Luercas kalt an, und mehr als einer der Narbigen schauderte. Sein Lächeln war tot, das Funkeln in seinem Auge war tot, und als er sprach, war seine Stimme die eisige Stimme aus dem einsamen, vergessenen Grab. »Im Schleier erwarten dich unsere besten Kämpfer. Komm und kämpfe, besiege sie oder stirb; du wirst nicht auf dem Thron der Welt sitzen, bevor nicht die Falken gefallen sind.«

Luercas erzitterte nicht beim Anblick der Erscheinung zu seinen Füßen. Er lächelte nur, machte eine wegwerfende Handbewegung und sagte: »Geh. Spielt eure kleinen Spielchen, du und deine Kämpfer. Ich komme gleich nach – ich gebe euch genug Zeit, um eure Seelen euren Göttern zu befehlen, denn wenn ich komme, werden sie mein Festmahl sein.«

Er ließ seine Fingerknöchel knacken, und der Bote löste sich in Rauch auf, und in dem atemlosen Schweigen des Zeltes wirkte der erschrockene Aufschrei des Boten, der so jäh unterbrochen worden war, wie ein Hohn auf das tapfere Gesicht, das er gezeigt, und die wilden Drohungen, die er ausgestoßen hatte.

»Sie sind so klein und so schwach«, sagte Luercas zu den Narbigen, die ihm aufwarteten. »Sie würden mit den Göttern Krieg führen, aber sie sind nur aus Fleisch und Blut.« Er machte es sich auf seinem Thron bequem und schickte sich mit der Anmut jahrhundertelanger Übung an, durch den wegelosen Schleier zu wandern. »Wartet hier auf mich«, sagte er. »Lasst keinen Eindringling herein. Ich werde in Kürze wieder bei euch sein, und wenn ich zurückkomme, reiten wir weiter, um unsere Welt zu erobern.«

Er spann den Silberfaden, der aus dem Reich des Fleisches in das Reich des Geistes führte, und folgte ihm in die kalte Dunkelheit unendlicher Nacht.

Kait, die in der form- und gestaltlosen Dunkelheit des Schleiers hing, erinnerte sich wieder an Ulwes Botschaft – die besagt hatte: *Ich warte im Schleier auf dich. Ich habe dich nie verlassen.*

Vielleicht werde ich ihn hier finden, dachte sie und fragte sich, wo sie suchen sollte – aber sie brauchte nicht zu suchen. In dem Augenblick, in dem sie an Solander dachte, war ihr ganzes Sein wieder von dieser allumfassenden Liebe erfüllt, von der Berührung jener Seele, die ihr das erste Mal die Hoffnung gegeben hatte, dass man sie so lieben könnte, wie sie war – dass sie vielleicht doch wahrhaft würdig wäre, geliebt zu werden.

Kleine Schwester, flüsterte das strahlende Licht in ihren Gedanken, *ich bin nur gekommen, um dir zu erzählen, was ich erfahren habe – vielleicht findest du eine Möglichkeit, daraus Nutzen zu ziehen.*

Erzähl es mir, sagte sie.

Ich habe mich geirrt, erzählte Solander ihr. *Ich dachte, ich müsste ausharren, müsste die Drachen ein zweites Mal besiegen, weil sie ohne mich bei jenem ersten Mal nicht besiegt worden wären.*

Aber wir brauchten dich, sagte Kait.

Nein. Ich dachte, ihr brauchtet mich, deshalb habe ich ausgeharrt und mich von der natürlichen Ordnung von Leben und Tod fern gehalten und darum gekämpft, wiedergeboren zu werden, ohne durch das, was jenseits des Schleiers liegt, verändert zu werden. Ich konnte die Tatsache nicht akzeptieren, dass in jedem Zeitalter, in dem es Not tut, neue Helden geboren werden; ich konnte die Tatsache nicht akzeptieren, dass mein Kampf vorüber war oder dass die Welt sich auch ohne mich weiterdrehen würde. Auf meine Art und Weise habe ich mich ebenso sehr geirrt wie die Drachen. Deine Welt war nie die meine, noch war deine Zeit je meine Zeit. Dies ist deine Stunde, Kait. Deine Zeit auf der Bühne, um zu kämpfen und zu triumphieren oder geschlagen niederzusinken. Und was auch geschieht, wenn es vorbei ist, wird deine Zeit verstreichen, und du wirst loslassen müssen. Dann wird die Welt und ihr Schicksal anderen gehören.

Wieder berührte sie Solanders Liebe, umfing sie und tröstete sie. *Liebe, solange der Augenblick währt … und dann lass los. Wisse, dass das Böse immer schwach ist, denn es ist geboren aus Feigheit. Mut ist ewig, denn er ist aus Liebe geboren. Und die Liebe stirbt nie.*

Dann war Solander fort, und Kait sah sich wieder der Dunkelheit gegenüber.

In der Ferne bewegte sich ein Licht – ein Leuchten, das sich aus dem Nichts aufblähte, das wogte und wirbelte, bis es die Gestalt eines Mannes annahm. Luercas kam. Er war schön, dachte Kait – so schön, wie nur ein Gott es sein konnte. Er verströmte schimmernde Kraft und Leben – er war in seiner Nacktheit perfekt gestaltet und lächelte sanft, als er nun auf sie zuschritt. Sein langes, goldenes Haar wogte im Wind des Schleiers, und ein Schleier aus Sternenlicht sprang auf, wo er seinen Fuß hinsetzte.

Auf seiner linken Brust war sein Fleisch von zwei dunklen Narben verunstaltet – zwei verwachsene Dreiecke, die sich wie Gift in sein Herz bohrten. Kait sah diese Narben und wurde von einer jähen Kälte erfasst; sie wusste, ohne zu wissen, woher sie es wusste, dass diese Narben Luercas' Ursprung waren und dass ihr Gift ebenso sehr ein Teil von ihm war, wie er ein Teil der Narben war.

Geh ein Stück weiter, sagte Ry, der direkt in ihre Gedanken hineinsprach. *Achte darauf, Abstand zu halten.*

Sie glitt nach links weg und bewegte sich mit einem langsamen und mühelosen Gang fort, die Ohren gespitzt, die Nase erhoben, um jeden noch so schwachen Duft aufzufangen, den Mund leicht geöffnet, um ihre dolchscharfen Zähne bereitzuhalten.

»Oh, na kommt schon«, sagte Luercas mit einem Lachen. »Ich habe vor meinen Soldaten einen dramatischen Abgang gemacht, aber im Grunde will ich nur, dass wir unsere Meinungsverschiedenheiten beilegen und wieder getrennte Wege gehen. Ihr könnt nicht allen Ernstes von mir erwarten, dass ich wirklich gegen euch kämpfe. Ihr hättet keine Chance gegen mich, und ich möchte niemanden töten, der mir eines Tages noch von Nutzen sein könnte – und der überdies so hübsch ist. Ich bin kein Barbar, dass ich Schönheit nur deshalb zerstöre, weil sie nicht mir gehört.«

Kait und Ry erwiderten nichts. Sie umkreisten Luercas weiter und suchten nach einer Möglichkeit, um anzugreifen.

Luercas seufzte. »Ihr habt mir da wirklich eine ganz abscheuliche Falle gestellt«, sagte er. »Beeindruckend, der Einsatz von Magie dabei. Der Bursche, der die Falle ersonnen hat, hatte, wie ich sehe, nicht den Mut, euch hierher zu folgen, aber dafür scheint ihr beide ja genug Mut für eine ganze Armee zu haben – wenn auch nicht ebenso viel Verstand.«

Er warf einen Blick über die Schulter auf Doghalls Leere, und in diesem Moment sah Kait ihre Chance und schnellte vor. Mit ausgefahrenen Krallen riss sie Luercas' Oberschenkel auf und brachte sich mit einem geschickten Satz außer Reichweite, bevor er reagieren konnte. Er knurrte und hob die Hand, und Kait begriff, dass er heilende Kräfte beschwören wollte.

Und sie erlebte ihren zweiten Sieg in diesem Kampf, als ein verblüffter Ausdruck auf Luercas' Gesicht trat, weil die Magie seinem Ruf nicht Folge leistete. Luercas blickte von Kait zu Ry und sagte dann: »Nett gemacht. Ich gratuliere euch. Es wird euch jedoch nichts nützen, dass ihr die Seelen der Calimekkaner beschirmt habt. Auch meine Narbigen haben Seelen. Wenn nötig, werden sie mir im Tod genauso gut dienen wie im Leben.« Er machte Anstalten, abermals die Hand zu heben, und während er das tat, schoss Ry nach vorn und grub seine Zähne in Luercas' Handgelenk. Im selben Augenblick setzte Kait, wohl wissend, was Ry im Sinn hatte, zu einer Finte an und riss ihm mit den Zähnen bis zum Knie das Bein auf, bevor sie sich mit einem Sprung wieder in Sicherheit brachte.

Sie hatten sich in Blitzesschnelle außer Reichweite gebracht. Aber diesmal gehorchte Luercas die Magie, die er rief – seine Wunden heilten so schnell, wie sie sie ihm geschlagen hatten, und der schwache Schild, der ihn von Anfang an umgeben hatte, wurde leuchtend und hart.

»Haltet ein, bevor ich etwas tun muss, das ihr bedauern werdet«, sagte er leise. »Hört mir einen Augenblick zu. Wir drei können zu einer Übereinkunft kommen. Eure Welt wird besser und schöner sein, wenn sie die Geschenke annimmt, die ich ihr bringe. In Matrin wimmelt es nur so von Mördern, Vergewaltigern, Sklavenhaltern und Dieben; es wird niedergedrückt von Krankheiten und Armut, von Süchten nach tausenderlei Giften und der Abhängigkeit von tausend Lastern. So muss es nicht sein. Es gibt einen besseren Weg.«

»Den Weg der Drachen?«, fauchte Kait, die gegen ihre Karnee-Gestalt ankämpfen musste, um sprechen zu können. »Diesen Weg haben wir bereits gesehen. Die Drachen hätten eine wunderschöne Welt erbaut, aber sie wollten zu diesem Zweck die Seelen Unschuldiger benutzen, als seien menschliche Seelen nur Appetithäppchen vor einem Festmahl, die zu Dutzenden oder zu Hunderten verschlungen und dann vergessen werden können.«

»Dafril und seine Kameraden waren verschwenderisch und habgierig.«

»Und du bist das nicht?«, fragte Kait. Sie und Ry umkreisten Luercas immer noch, sie warteten auf eine neue Chance, aber er war vorsichtiger geworden.

»Das ist richtig. Ich bin weder verschwenderisch noch habgierig. Ich bin ein Mann mit einfachen Bedürfnissen und einfachen Leidenschaften. Ich verfolge absolut vernünftige Ziele.« Er seufzte. »Ich möchte ewig leben; welcher vernünftige Mann möchte das nicht? Ich unterscheide mich von den meisten Menschen nur insofern, als ich einen Weg gefunden habe, um zu bekommen, was ich will. Ich möchte sicherstellen, dass ich die Ewigkeit glücklich und behaglich zubringen kann und in einer angenehmen, freundlichen Umgebung, frei von Sorgen und Leiden und Hässlichkeit. Auch in dieser Hinsicht sind meine Wünsche nicht anders als die eines jeden menschlichen Wesens. Ich unterscheide mich nur insofern von allen anderen, als dass ich intelligent genug und entschlossen genug war, um die beträchtlichen Hindernisse zu überwinden, die zwischen mir und meinen Träumen stehen. Ich kann nur dann ewig leben, wenn ich ein Gott bin – ich kann nur dann für mich selbst und alle anderen ewigen Luxus und ewiges Glück gewährleisten, wenn ich die Welt, in der ich lebe, beherrsche.«

Er breitete die Hände zu einer versöhnlichen Geste aus. »Ich wünsche mir eine angenehme Umgebung und Schönheit, daher muss ich eine Welt erschaffen, die diese Dinge für all ihre Bewohner in gleichem Maße bereithält. Versteht ihr nicht? Hässlichkeit ist anstößig, ob man sich ihr nun alltäglich gegenüber sieht oder lediglich gezwungen ist, zu wissen, dass sie irgendwo im Zwielicht noch existiert. Ich werde nicht leichtfertig Menschenleben oder Seelen vergeuden – der beste Wildhüter ist der, der eines nie vergisst: Wenn er heute all sein Vieh tötet, wird er morgen Hunger leiden. Ich akzeptiere jedoch das Prinzip, dass niemand Wildbret essen kann, der nicht bereit ist, einen Hirsch zu erlegen.«

Komm etwas näher zu mir, sagte Ry in Kaits Gedanken. *Du musst ihn langsam auf die Leere zutreiben.*

Sie bewegten sich, und Luercas lachte und war plötzlich hinter ihnen, weiter von der Falle entfernt, als er es zuvor gewesen war. »Ich werde nicht in eure Falle gehen«, sagte er freundlich. »Bitte versucht nicht länger, mich hineinlocken zu wollen. Hört auf die Stimme der Vernunft. Nicht alle Seelen verdienen Unsterblichkeit. Nicht alles Leben ist gleich. Wollt ihr mir wirklich sagen, dass ein Straßenhändler, der das Fleisch kleiner Kinder feilbietet, der Ewigkeit ebenso würdig wäre wie ihr zwei? Oder was ist mit seinem Kunden, der die Kinder kauft, der sie eine Zeit lang als Spielzeuge seiner Triebe benutzt und sie dann wegwirft, zerstört und gebrochen für den Rest ihres Lebens – falls sie überhaupt überleben? Warum hätte die Frau, die ihren Ehemann und ihre Kinder vergiftet, um die Herrschaft über den Familienbesitz zu erlangen und Parata zu werden, die Ewigkeit verdient? Sagt mir – was ist mit dem Mann, der fremde Menschen grausam ermordet, nur um des Vergnügens willen, sie sterben zu sehen; was ist mit dem Vergewaltiger der Hilflosen, was mit dem Dieb, der im Namen seiner Familie, seines Gottes oder seiner Stadt die Armen bis zum Letzten aussaugt und seinen Diebstahl Steuer nennt und behauptet, er handle mit vollem Recht?«

Ry knurrte: »Was ist mit dem engstirnigen Demagogen, der Seelen für sich beansprucht, die nicht ihm gehören, um sich damit die Ewigkeit zu erkaufen?«

Luercas lächelte nachsichtig. »Man baut keine bessere Welt ohne einen gewissen Preis. Ich werde den Straßen Frieden und Sicherheit bringen; ich werde Essen auf die Tische der Armen bringen und den Alten Schutz in der Zeit ihrer größten Not geben, ich werde all denen, die jetzt unwissend und ohnmächtig sind, Erziehung, Zivilisation und Arbeit bringen. Unter meiner Obhut wird keine Stadt mehr von Krankheiten verwüstet werden, kein Kind wird missbraucht werden oder Hungers sterben.«

»Und alles, was du als Gegenleistung dafür begehrst«, sagte Kait, die ihren Feind unaufhörlich weiter umkreiste, »ist unser freier Wille. Unsere Körper. Unsere Seelen.«

»Nur die Körper derer, die nicht zu behebenden Schaden gelitten haben. Die Seelen der Bösen und Verdorbenen. Jeder gute Wildhüter merzt die kranken und faulen Tiere aus seiner Schar aus – das verbessert die Qualität der Herde.« Luercas zuckte mit den Schultern. »Und was den freien Willen betrifft ...«

»Der freie Wille«, unterbrach ihn Kait, »ist das, was uns von einer Herde Vieh unterscheidet, aus der Einzelne ausgemerzt werden, um die *Qualität zu verbessern*. Der freie Wille verleiht uns den Drang, uns selbst zu verbessern. Oder nicht, wenn wir uns dafür entscheiden.«

Ry stahl sich langsam näher heran, die Zähne zu einem wilden Grinsen gebleckt, die Krallen ausgefahren. »Alle Menschen sind bisweilen schlecht und verdorben. Es sind die Unsterblichkeit der Seele und die Sterblichkeit des Fleisches, die jedem von uns die Möglichkeit geben, wiedergeboren zu werden – um zu lernen und zu wachsen und bessere Menschen zu werden. Eben die Eigenschaft, deren du uns berauben willst, ist die Eigenschaft, die wir am meisten benötigen.«

»Was? Ein endloser Kreislauf von Pissen, Scheißen, hilfloser Säuglingszeit, der eine unwissende, schwache Kindheit und eine starrköpfige Jugend folgen; dann einige kurze, herrliche Jahre der Blüte, bevor Alter, Gebrechlichkeit und Verfall über uns hereinbrechen – und zu guter Letzt eine unrühmliche Rückkehr in die Welt scheißender, pissender Hilflosigkeit in Gestalt einer zweiten, älteren Kindheit? Und dann das Sterben. Ah, das Sterben. Grauenvolle, demütigende Tage, Wochen, Monate oder gar Jahre, die einem Menschen noch den kleinsten Funken Selbstachtung entreißen, bis er röchelnd nach dem kleinen bisschen Luft schnappt, das er noch atmen kann – wie ein Fisch am Ufer? Bis er seine Götter anbettelt, dem Schmerz ein Ende zu machen, bis er greinend nach diesem simpelsten aller Gnadenerweise schreit, nach dem Ende von allem, was ihm einst so teuer war, nur damit die Menschen, die er geliebt hat, nicht länger Zeugen seiner jämmerlichen Feigheit und seiner Schmach werden? Und dann der Tod selbst, der das Ende von alledem sein sollte – aber das *ist* er nicht. Denn wir müssen zurückkommen und alles noch einmal machen. Und noch einmal. Und noch einmal. Jedes Mal lernen wir dazu. Jedes Mal werden wir ein wenig *besser* – oder zumindest verleiten uns die Götter gern zu diesem Irrglauben.«

Kait und Ry rückten näher an Luercas heran, und er schlug mit seiner Magie nach ihnen – nicht heftig genug, um ihnen Schaden zuzufügen, nur gerade genug, um sie von sich wegzuschleudern, als seien sie Spielzeuge.

Er fauchte: »*Das* ist das Schicksal, das ihr für jeden von uns verlangen wollt, ohne Unterschied. Nun, ich applaudiere eurem

Idealismus und eurem schönen, strahlenden Glauben daran, dass alle Seelen, wenn man ihnen nur Zeit gibt, eines Tages des Lebens würdig werden, aber ich teile euren Optimismus nicht. Die Schlechten bleiben schlecht; die Guten werden zermürbt von der Last aneinander gereihter bitterer Existenzen, bis sie schließlich ebenfalls schlecht werden. Ich kann mir eine bessere Möglichkeit vorstellen, um die Ewigkeit zu verbringen. Meine Methode hilft vielen, verletzt nur jene, die es verdienen, verletzt zu werden, und entfernt mich aus einem Kreislauf des Lebens, den ich sinnlos, demütigend und widerwärtig finde.«

»Und was ist mit den Milliarden Seelen, die in den Hexerzirkeln gefangen sind?«, fragte Kait.

Sie sah, wie ein Anflug von Überraschung über Luercas' Züge glitt, aber dann zuckte er die Achseln. »Sie sind ohnehin verloren, sie wurden schon vor tausend Jahren zerstört, auf eine Weise, die sich jetzt nicht mehr wieder gutmachen lässt. Ihr Wahnsinn wird mit jedem verstreichenden Tag gewaltiger und schrecklicher, und das magische Gift, das sie in die Welt hinausspeien, wird immer schlimmer. Für sie – und für das Überleben Matrins – wird das ewige Nichts eine Gnade sein. Im Grunde tue ich etwas Gutes. Für die Seelen in den Hexerzirkeln. Für alle, die in Matrin leben oder jemals wieder dort leben werden.«

»Du machst dir etwas vor, wenn du glaubst, dass dein Plan nicht durch und durch böse und verkommen ist«, sagte Kait.

»Du kannst glauben, was du möchtest, aber ich bin ein guter Mensch, und ich werde es dir beweisen. Du kannst dich unversehrt aus dieser Schlacht zurückziehen, sofort, wenn du nur bei euren Seelen schwörst, dass keiner von euch oder von euren Falken noch einmal versuchen wird, mich aufzuhalten. Die einzige andere Möglichkeit, die euch bleibt, ist der Tod, was ihr ebenso wenig wollt wie ich. Ihr könnt nicht gewinnen. Das verstehst du doch sicher; ihr habt weder das Talent noch die Kraft, mir standzuhalten.«

Kait spürte, wie er ihre Gedanken erforschte, während sie einander umkreisten; er drang immer tiefer in ihren Geist ein. Sie beschirmte sich, so gut sie konnte, und Ry tat das Gleiche, aber Luercas hatte Recht: Er war stärker als sie beide zusammen, und er pflügte sich durch ihre kümmerlichen Schilde und drang in die Geheimnisse ein, die sie zu verbergen suchten; er tat dies mit der gleichen Mühelosigkeit, mit der ein Kind die Schleife und das Papier eines Päckchens aufreißen würde, um das Geschenk darin zu entblößen. Kait konnte nicht verhindern, dass er in ihren und Rys Gedanken grub.

Aber das, was er dort fand, weckte keine neuerliche Heiterkeit in ihm. Stattdessen wurde er sehr still und sah seine beiden Gegner mit einer jähen Unsicherheit an, die an Furcht grenzte.

»Ihr habt *geplant*, zu sterben«, flüsterte er. »Ihr habt geplant, mit mir in die Leere zu gehen – ihr akzeptiert das ewige Nichts für euch selbst als den Preis für meinen Tod. Euer Onkel hat euch mir ausgeliefert, und dennoch, obwohl ihr wisst, dass ihr nicht siegen könnt, dennoch wollt ihr immer noch kämpfen. Was ist das für ein Wahnsinn, der euch in seinen Fängen hält? Hat euer Leben denn gar keinen Wert für euch?«

Er machte wieder diese Handbewegung, die sie bereits zweimal bei ihm gesehen hatten, und sein Körper wurde wiederum strahlender und größer. »Wie kann ein Gott mit Kreaturen feilschen, die ihre eigene Auslöschung willig in Kauf nehmen? Ich kann euch kein Paradies anbieten; ich kann euch nicht mit der Hölle drohen. Ich kann euch nur mit Bedauern vernichten und darin aus der Energie, die ich aus eurer Vernichtung beziehe, etwas Gutes schaffen.«

Kait tänzelte zwischen Luercas und der Leere hin und her und sorgte dafür, dass Ry stets in einer Position blieb, wo einer von ihnen vielleicht die Chance bekam, noch einmal anzugreifen, falls Luercas Aufmerksamkeit auch nur einen Augenblick lang erlahmte.

Doghall hätte wirklich hier sein sollen, dachte Kait. Er hatte gesagt, er würde bei ihnen sein – wenn er hier gewesen wäre, hätten sie Luercas zu dritt ablenken können, und vielleicht hätten sie oder Ry sich in Luercas' Kehle verbeißen und ihn in die Leere hinabreißen können.

Was war mit Doghall passiert? War er im letzten Augenblick schwach geworden? Hatte seine Furcht ihn übermannt?

In ihren Gedanken spürte sie Rys tröstende Berührung. *Wenn es nur uns zwei treffen soll, dann werden es eben nur wir zwei sein. Lass uns jagen, meine Liebste. Geh mit mir auf die Jagd, wie wir es in den Hügeln zusammen getan hätten. Wir haben nur diesen Augenblick. Machen wir das Beste daraus.*

Luercas, der zwischen seinen beiden Angreifern und der Leere stand, schüttelte den Kopf. »Also gut, es ist eure Entscheidung. Ich habe euch Vernunft angeboten, ihr habt die absolute Vernichtung gewählt.« Er machte eine einzige, simple Handbewegung, und die Macht strömte in ihn hinein, als sei sie Wasser von einem gebrochenen Deich. Luercas dehnte sich aus und wurde immer strahlender, bis ihn ein kaltes, weißes Licht erfüllte und er sich in alle Richtungen reckte.

Sie würden ihn nicht vernichten können, das war Kait jetzt klar. Sie hatten nicht die leiseste Chance.

Trotzdem stürzte sie sich auf ihn, und im selben Augenblick setzte auch Ry zum Sprung an.

Kapitel 56

Doghall, dessen Zauber nur auf ein einziges Ereignis ausgerichtet waren, hockte in seinem Kreidekreis und starrte die reglosen Karnee-Gestalten seiner Nichte Kait und ihres Seelengefährten

Ry an. Sie lagen eng umschlungen da, wunderschöne Geschöpfe selbst in ihrem veränderten Fleisch. Er würde sie vermissen, ging es ihm durch den Kopf – und dann dachte er, nein, das würde er wahrscheinlich nicht tun. Wahrscheinlich würde er *gar nichts* vermissen.

Er blickte durch die winzige Verbindung, die er in seinem Köder verborgen hatte, in den Schleier. Sein Köder war eine hübsche kleine Kugel aus Nichts, umringt von Lichtern mit der Aufschrift GEFAHR, NICHT BETRETEN, und so gefährlich diese Falle auch wirklich war, so war sie doch vollkommen nutzlos für das, was er angeblich damit vorhatte.

In gewisser Weise war seine kleine Erfindung jedoch durchaus nützlich, denn sie gab ihm die Möglichkeit, das Geschehen zu beobachten, ohne selbst gesehen zu werden.

Er hatte Kait und Ry die Wahrheit gesagt, als er ihnen erzählte, sie müssten im Schleier gegen Luercas kämpfen. Aber in allem anderen hatte er sie belogen. Er hatte keine andere Wahl gehabt. Hätten sie die Wahrheit gekannt, hätten sie sie vielleicht unwissentlich Luercas verraten – dieser unschuldige Verrat würde sie nicht nur ihr Leben kosten, nicht nur ihre eigene Ewigkeit, sondern eine ganze Welt.

Doghall betrachtete ihre beiden reglosen Körper lange, und er schauderte. Wie sehr er sie auch in ihren Illusionen bestärkt haben mochte, er hatte die ganze Zeit über gewusst, dass weder Kait noch Ry, noch sie beide zusammen auch nur die geringste Chance hatten, Luercas zu besiegen.

Er hatte allerdings befürchtet, dass sie vielleicht doch Luercas' sorgfältig formulierten, so vernünftig klingenden Argumenten zum Opfer fallen könnten. Er hörte, wie der Drache ihnen ein Leben in seiner sicheren neuen Welt anbot, und bei der Arroganz dieses Bastards entfuhr Doghall ein wütendes Knurren. Luercas bot Kait und Ry den gleichen Handel an, den ein Hirte wilden Tieren anbieten mochte: *Kommt zur mir, und ich werde euch vor den Jägern beschützen, ich werde für eure Alten und eure Jungen sorgen, ich werde eurem Leben einen Sinn geben, ich werde euch ein Heim geben, euch ernähren und euch und die euren zu etwas Besserem machen, als ihr heute seid. Und alles, was ich dafür verlange, ist, dass ihr mit mir zusammenarbeitet.*

Und was er verschwieg, war das, was kein Hirte jemals aussprach: *Ich werde euch eure Jungen entreißen, weil es mich nach dem Geschmack ihres zarten Fleisches gelüstet, und außerdem möchte ich eure Milch lieber für mich selbst haben, als euch zu gestatten, eure Jungen damit zu füttern; ich werde für eure Alten sorgen, indem ich sie töte, denn sie würden mich nur aufhalten, ihre Ernährung würde mich teuer zu stehen kommen, und sie können mir als Gegenleistung nichts geben, was ich begehre. Ich werde euch ein Heim geben – in einem Käfig aus meinen Händen, und ich werde jeden töten, der zu fliehen versucht, ich werde euch mit den billigsten und widerwärtigsten Abfällen ernähren, die ich finden kann, denn wenn auch eure fortgesetzte Existenz meinen Zwecken dienlich ist, so ist euer Glück doch ohne jede Bedeutung für mich. Ich werde euch verbessern, damit es mir und meinen Bedürfnissen zugute kommt, nicht euren, und ausmerzen werde ich die Intelligenten und die Neugierigen unter euch, die Abenteuerlustigen; begünstigen werde ich die Fügsamen und die Dummen und die Langsamen, denn Fügsamkeit und Duldsamkeit machen mir die Arbeit leichter. Ihr werdet jede Last tragen, die ich euch aufzubürden wünsche, und nichts, was ihr jemals tut, wird genügen, um euch meine Dankbarkeit zu verdienen oder eure eigene Freiheit; wenn der Tag kommt, da ihr mir eure letzten Kinder geboren oder mir euren letzten Tropfen Milch gegeben habt, werde ich euch schlachten, um eurer Knochen und eurer Haut und eurer Zähne willen, denn wer mir nicht länger im Leben dienen kann, muss mir im Tod dienen.*

Und der Handel, den ihr mit mir schließt, wird auch für eure Kinder und eure Kindeskinder bindend sein, bis ans Ende der

Zeit. Ihr werdet für die Illusion der Sicherheit mit allem bezahlen, was ihr habt, und mit allem, worauf ihr jemals hättet hoffen können, und dasselbe gilt für eure Erben. Und am Ende werde nur ich von diesem Handel profitieren, denn Geborgenheit ist nur eine Illusion, und Sicherheit ist ein Gefängnis. Nur wer es riskiert, zu variieren, darf jemals hoffen, etwas zu gewinnen.

Wenn auch nur einer von beiden Luercas' Lüge geglaubt hätte, so wäre die Schlacht vorüber gewesen, bevor sie wirklich begonnen hatte – aber weder Kait noch Ry ließen sich auch nur eine Sekunde lang beirren.

Doghall nickte grimmig; dann würde es also für ihn bald Zeit, zu handeln, denn wenn Luercas herausfand, dass er Ry und Kait nicht zu seinen Sklaven machen konnte, würde er sie töten müssen. Kein Hirte wagte es, Einzelgänger zu dulden.

Doghall hockte mit zusammengepressten Händen in seinem Kreis und biss sich auf die Lippen. Er hatte Angst, eine so tiefe und verzehrende Angst, wie er sie noch nie erlebt hatte. Er allein hatte eine Chance, Luercas zu besiegen. Er allein gebot über eine Macht, die stark genug war, um für den tausend Jahre alten Drachen auch nur die geringste Herausforderung darzustellen. Wenn er die Gelegenheit bekam. *Wenn* er schnell genug und mutig genug war, sie zu ergreifen.

Er hielt das letzte Wort des letzten Zaubers auf seiner Zunge fest, er hielt die Magie fest, die er gesammelt und mit äußerster Konzentration geformt hatte. Er schwitzte und zitterte vor Anstrengung – und kämpfte gleichzeitig gegen die Angst an, die ihn verzehrte. Sein Körper bebte, und seine Seele schrie um Gnade. Noch nie war er so allein gewesen.

Jetzt spürte Doghall, wie sein Feind auf der anderen Seite begann, die Seelen seiner eigenen Gefolgsleute zu verschlingen, um sich die Macht zu verschaffen, Kait und Ry zu vernichten. Doghall spürte, wie Kait und Ry ihre Muskeln anspannten, sich gleichzeitig zum Sprung in die Luft erhoben, obwohl sie noch im selben Augenblick wussten, dass es nutzlos war und ihr Versuch zum Scheitern verurteilt.

Die Zeit glitt ihm wie Quecksilber durch die Finger; je mehr er versuchte, sie festzuhalten, umso schneller zerrann sie ihm. *Gebt mir die Kraft, zu tun, was ich tun muss*, betete er zu allen Göttern, die zuhören mochten. Er warf sich der Energie entgegen, die ihn durch das von ihm selbst geschaffene Nichts mit dem hoffnungslosen Drama verband, das sich im Schleier abspielte. Gleichzeitig verschaffte er sich Abstand von dem Schrecken, der von seinem Geist Besitz zu nehmen drohte, und von dem sicheren Wissen um Dinge schrie, die schlimmer waren als der körperliche Tod.

Er fand die Dunkelheit des Schleiers und in ihr die hellen Lichter, die Kait und Ry waren, und das grelle, harte Licht, das Luercas war. Die drei waren in ein furchtbares Knäuel verstrickt, ganz miteinander beschäftigt. In diesem kurzen Augenblick ließ Luercas seine Schilde sinken, damit er seine gestohlene Macht in einem einzigen schnellen, vernichtenden Strahl aussenden konnte, der die Seelen seiner beiden Widersacher auslöschen würde.

Und in diesem Bruchteil einer Sekunde, nachdem Luercas' Schild heruntergelassen war, aber noch bevor die Magie frei wurde, brach Doghall durch die von ihm geschaffene Verbindung in den Schleier ein, schrie das letzte Wort seines letzten Zaubers heraus und stürzte auf Luercas und in ihn und durch ihn, sodass die Essenzen ihrer beider Seelen denselben Raum einnahmen. Ihre Lebensenergien verschmolzen miteinander, und das Feuer ihrer übereinander gelagerten Existenzen loderte wie ein explodierender Stern auf. *Haltet Abstand von uns,* schrie er Kait und Ry zu und spürte, wie Kait protestierte, spürte, wie Ry sie packte und sie weit vom Schauplatz des Kampfes fortbrachte. Doghalls Zauber umschlossen in einem Wirbel ihn selbst und Luercas; einer hüllte sie in einen spiegelgleichen Ball ein, der beständig jeden Zauber, den sie aussprachen, auf sie zurückschleuderte – eine sofortige und brutale *Rewhah*, die es ihnen unmöglich machte, irgendjemandem Schaden zuzufügen außer einander ... womit sie gleichzeitig und im selben Maße sich selbst schadeten.

Der zweite Zauber jagte in die Dunkelheit des Schleiers davon, schreiend wie eine Todesfee, lodernd wie ein Meteor, bis er schließlich, so schnell wie er gekommen war, wieder verschwand.

Der Zauber, den Luercas freigelassen hatte, um Kait und Ry zu vernichten, fiel stattdessen auf ihn und Doghall zurück, und seine Energie wurde von dem Inneren des Wirbels reflektiert, der die beiden Zauberer gefangen hielt. Ein furchtbarer Schmerz durchzuckte Luercas und Doghall, eine Übelkeit erregende, weiß glühende Qual, die sie blind und taub machte, die ihre Seelen schmolz, sie verzerrte und sie aneinander kettete, sodass sie eine einzige Seele wurden – aber eine Seele mit zwei Willen.

»Lass mich frei oder stirb«, heulte Luercas. »Ich besitze die Kraft von tausend Männern ... und tausend Frauen ... und mehreren tausend Kindern. Du und deine Falken, ihr seid mir nicht ebenbürtig und könnt es niemals sein.«

»Ich weiß, was ich tun kann«, sagte Doghall. »Und was ich nicht tun kann.«

»Ich sage dir, was du nicht tun kannst. Du kannst nicht siegen, du Narr. Du wirst dich vollkommen erschöpfen, wenn du gegen mich kämpfst, und du wirst nichts gewinnen, nur verlieren. Du hättest dich weiter in deinem Haus auf dem Hügel verstecken sollen. Vielleicht hätte ich dich dort in Ruhe gelassen – vielleicht hätte ich dein kleines Häuflein Zauberer und Ungeheuer am Leben gelassen.«

»Ich kann nicht siegen«, gab Doghall zu. »Aber ich kann kämpfen.«

»Du kannst einen ewigen Tod sterben. Und wenn ich mit dir fertig bin, werden die anderen ebenfalls sterben, auch sie einen ewigen Tod.«

Doghall spürte eine Veränderung in der Dunkelheit, die sie umgab. Er ruhte sich nur einen Augenblick lang aus, dann versuchte er mit aller Kraft, Luercas zu der von ihm geschaffenen Leere hinüberzuzerren.

»Du glaubst, du kannst mich mit dir ins Verderben reißen?« Luercas begann zu lachen. Es war ihm ein Leichtes, sich Doghalls Bemühungen zu widersetzen, er brauchte lediglich immer mehr Kraft in sich hineinzusaugen, um Doghalls Anstrengungen genug entgegenzuhalten. Der Spiegel, der sie beide umgab, hinderte ihn nicht daran, seinen Dienern die Seelen aus dem Leib zu ziehen – der Spiegel machte es ihm lediglich unmöglich, diese Energie gegen ein anderes Ziel zu richten als sich selbst. »Du nobler Narr.«

»Ich bin das Schwert der Götter«, sagte Doghall, der ein unvorstellbares Gewicht näher kommen spürte; er wusste, dass das Ende nun nicht mehr lange auf sich warten lassen würde. »Ich bin ein Schwert, das aus Not geschmiedet wurde, für diesen Tag, für diesen Augenblick. Die Götter haben mich aus der Scheide gezogen und auf dein Herz gerichtet, und in diesem Augenblick führe ich meinen Schlag.«

Und tatsächlich hörte Luercas plötzlich die ersten leisen Geräusche, die sich schnell in die schrillen Schreie der Todesfeen verwandelten, und sah das erste Aufflackern von Licht, das sich als die Rückkehr von Doghalls meteorgleichem zweiten Zauber erwies, das durch den Schleier direkt auf sie zuraste.

Eine Sekunde später erkannte er, was dem Licht lautlos folgte.

»Nein«, flüsterte er, und in diesem Augenblick spürte Doghall, dass sein Feind wirklich Angst hatte.

Luercas versuchte, sich von Doghall zu lösen, aber sie waren vollkommen ineinander verwoben. »Lass mich frei«, sagte er. »Schnell. Einer von jenen, die zwischen den Welten jagen, kommt auf uns zu.«

»Ich weiß«, sagte Doghall. »Ich habe ihn gerufen.«

»Nein!« Luercas kämpfte noch heftiger. »Jene, die zwischen den Welten jagen, verschlingen Seelen. Das Ding wird … es wird uns fressen. Wir werden für immer aufhören zu existieren.«

»Ich weiß.«

»Das ist etwas anderes als der verdammte Spiegel der Seelen, du Hurensohn! Und es ist auch kein Tor – wir können uns, wenn wir uns beeilen, einen Spiegel oder ein Tor machen, und selbst wenn wir tausend Jahre darin gefangen wären, werden wir irgendwann einen Ausweg finden. Das da – *das* da wird unser Ende sein. Unser beider Ende!«

Jetzt klang Doghalls Stimme ehrlich bekümmert. »Ich weiß.« Er widersetzte sich Luercas' immer verzweifelter werdenden Versuchen, den sie umfangenden Wirbel zu zerbrechen und einen Zauber zu weben, der für sie beide einen Fluchtweg eröffnen würde; Doghall verstärkte den alle Kraft reflektierenden Wirbel mit jedem Funken Energie, den er besaß, und jedem Funken Magie, mit dem die kollektiven Seelen der Falken ihn speisen konnten. Und er hielt sie fest, sich selbst und seinen Gegner, mitten auf dem Weg des immer näher kommenden Jägers. Die Energie, die in sie hineinströmte, brannte immer heller und lockte den unbeseelten Jäger nur umso gewisser in ihre Richtung.

»Ich weiß, dass ich aufhören werde zu existieren. Aber die Werkzeuge der Götter werden häufig zerbrochen in deren Dienst – und ich werde dienen. Die ungezählten Seelen, die du verschlungen hast, haben dir nicht das Geringste bedeutet. Und mit deiner Vernichtung wird das Böse, das von dir ausgeht, endgültig aufhören.«

Luercas hörte plötzlich auf, sich zu wehren. Stattdessen begann er, die Verbindungen zu durchtrennen, die ihn an all seine gefangenen Seelen ketteten. »Wenn wir dunkel werden, wird er uns nicht bemerken«, sagte er. »Unsere Energie zieht ihn an. Schick deinen Zauber an uns vorbei, und lass uns unsere Kraft verströmen und uns in der Dunkelheit verstecken. Es ist noch nicht zu spät. Wir können uns immer noch retten.« Das Licht, das von den beiden Zauberern ausging, begann sich zu verdüstern, als Luercas eine gefangene Seele nach der anderen freigab.

»Es war in dem Moment zu spät, als du dich dafür entschieden hast, für die Unsterblichkeit in der Welt des Fleisches mit den Seelen anderer zu zahlen. In diesem Augenblick haben die Götter das Los gegen dich geworfen. Und ich wurde dazu auserwählt, das Medium deiner Vernichtung zu sein.«

»Um den Preis deiner eigenen Unsterblichkeit? Lass mich gehen, Doghall. Lass uns beide gehen – sollen doch die Bastarde, die dich in den Tod schicken wollten, selbst versuchen, mich zu vernichten. Du hast mein Wort – ich werde weder dir noch den deinen jemals wieder Schaden zufügen. Mein Wort – ich schwöre es bei meiner Seele.«

»Nein. Ich akzeptiere mein Schicksal.«

»Warum?«, schrie Luercas. Der Albtraum hatte sie inzwischen fast erreicht. »Warum solltest du die ewige Vernichtung akzeptieren?«

Doghall sagte nichts, sondern beobachtete nur die gewaltige, dunkle Gestalt, die auf sie zuglitt.

»Warum?«

»Weil ich sie liebe«, sagte Doghall und begriff in diesem Augenblick, dass es die Wahrheit war. »Ich liebe sie alle. Das war Solanders letztes Geschenk an mich, dass ich erfahren durfte, was es bedeutet, wahrhaft zu lieben – alles, was lebt, mit meiner ganzen Seele zu lieben.«

»Welche Götter könnten behaupten, dich zu lieben, und dich dann für alle Ewigkeit vernichten?«

»Kein Gott könnte mich dazu bringen, dies hier zu tun. Ich war das erwählte Schwert der Götter, aber ich allein führe den Schlag, der dein Ende sein wird. Das ist der Weg der Falken – im letzten Augenblick können wir nur uns selbst anbieten, und auch nur dann, wenn wir uns freiwillig hingeben.«

Mittlerweile waren sie wie eine kleine, düstere Sonne. In dem winzigen Bruchteil eines Herzschlags, der verstrichen war, seit Luercas zum ersten Mal die Anwesenheit des Seelenfressers gespürt und versucht hatte, sich zu verstecken, hatte er sich von all den Seelen getrennt, mit denen er seinen Körper gespeist hatte.

Allein, ohne die Kraft, die er von anderen gestohlen hatte, war Luercas schwach, begriff Doghall nun. Schwach genug, dass Doghall vielleicht hoffen konnte, ihn in einem Seelenspiegel gefangen zu setzen und sich selbst zu retten – aber Luercas hatte die Wahrheit gesagt, als er behauptete, dass er mit der Zeit eine Möglichkeit finden würde, zu entfliehen.

Die Entscheidung der Götter war endgültig – musste endgültig sein. Luercas hatte das einzige Verbrechen begangen, für das es kein Verzeihen geben konnte, und wenn Doghall sicher sein wollte, dass der Gerechtigkeit der Götter Genüge getan wurde, gab es für ihn nur eine einzige Möglichkeit: Er musste bei Luercas bleiben und ihn festhalten, bis der Seelenfresser sie beide verschlang.

Also harrte er aus, während die Kälte und die absolute Lichtlosigkeit des Jägers zwischen den Welten auf ihn herabstieß, mit weit aufklaffendem Maul.

Er dachte an das Leben – an Sonnenlicht und an die Wärme von Sommerabenden auf den Imumbarranischen Inseln. In den letzten Augenblicken seines Lebens erinnerte er sich an das Geräusch von Gelächter auf den Straßen, an die Berührung von Lippen auf seiner Wange, erinnerte sich daran, wie die Hand seiner ersten Tochter sich angefühlt hatte, als sie, ein Neugeborenes, nach seinem Finger gegriffen und in seine Augen geblickt hatte. Ihre Seelen hatten sich immer gekannt, das wusste er jetzt. Ihre gemeinsame Zeit war ein Geschenk gewesen. Er erinnerte sich an Haus Galweigh und an die Bemühungen der Falken, die Liebe nach Calimekka zu bringen. Er dachte an Kait und Ry und konnte einen Augenblick lang all die Schlachten sehen, die noch vor ihnen lagen – ein Leben voller Kämpfe, zahllose Möglichkeiten, besiegt zu werden, ein einziger Weg, der vielleicht, wenn sie stark und aufrichtig waren, zum Triumph führen würde. Aber inmitten all der Kämpfe würden sie stets einander haben … und wenn alles vorüber war, würden sie die Ewigkeit haben.

Er hatte ihnen diese Chance gegeben. Die Chance zu kämpfen, die Chance zu leben. Die Chance, sich eines Tages wieder den Göttern anzuschließen.

»Lass mich los!«, schrie Luercas. »Lass mich!«

Doghall vermischte sich noch absoluter mit Luercas und hielt ihn fest. »Vodor Imrish«, betete er, »ich biete mich selbst aus freiem Willen, auf dass andere leben mögen. Ich weiß, dass es keine andere Möglichkeit gibt, dies zu tun … aber ich habe Angst. Ich liebe das Leben. Ich möchte nicht für alle Ewigkeit sterben. Wenn ein Teil von mir überleben kann, dann bitte …«

Er konnte sich gerade noch bezähmen, bevor er um Gnade flehte. Was er tat, tat er für Kait, für Ry, für Solander und Vincalis, für Hasmal und Alarista, für seine vielen Söhne und Töchter und deren Söhne und Töchter, für seine Freunde, für die Falken, für Fremde, die er niemals kennen lernen würde und deren Seelen trotzdem gut waren und zu leben verdient hatten. Was er tat, tat er für das Leben selbst.

Was er tat, tat er für die Liebe.

Ich liebe sie alle, dachte er und war erfüllt von diesem unendlichen Wunder, denn in diesem Augenblick war er nicht länger allein.

Er war erfüllt von Liebe und wurde dabei immer strahlender und wärmer, dehnte sich aus und reckte sich, bis er seinerseits das Universum erfüllte. Luercas dagegen schrumpfte in ihm zusammen, prallte zurück vor dieser alles akzeptierenden Liebe. Ich liebe sogar Luercas, wurde Doghall plötzlich bewusst. Es darf ihm nicht gestattet werden, weiter Böses zu tun, aber ich liebe ihn dennoch.

Du bist in Wahrheit mein Bruder, flüsterte eine Stimme in seinen Gedanken. *Und du wirst nicht allein in das Dunkel gehen.*

In diesem letzten Augenblick, bevor der Seelenfresser Doghall und Luercas erreichte, verband Solander seine Seele mit den ihren. Ihr vereintes, strahlendes Licht wurde zu einem Feuer, das die Dunkelheit des Schleiers auslöschte – ihre Liebe ergoss sich in die absolute Leere und erfüllte sie einen Herzschlag lang mit vollkommener Musik, mit vollkommener Hoffnung.

Dann wurden sie vom ewigen Nichts verschlungen.

Kapitel 57

Von ihrem Platz, in sicherem Abstand von dem von Doghall geschaffenen Nichts und den kämpfenden Seelen der beiden Zauberer, konnte Kait eine dunklere Gestalt wahrnehmen, die in der Finsternis des Schleiers immer größer wurde. Diese Gestalt war gewaltig, unaussprechlich, ein Krebsgeschwür im Fleisch der Ewigkeit.

Kait wusste, was es war, ohne je zuvor etwas Derartiges gesehen haben zu müssen – ihre Seele wusste es und schrie auf vor Entsetzen, und sie versuchte, über den silbrigen Faden, der sie noch immer mit ihrem fleischlichen Ich verband, in die Realität zurückzufliehen.

Aber Ry, der selbst zitterte, hielt sie fest an seiner Seite und sagte: »Warte. Vielleicht werden wir hier noch gebraucht.«

Sie rang um Fassung – und um Mut. Sie dachte an Doghall, der gekommen war, um sie und Ry vor Luercas zu retten, und das genau in dem Augenblick, da sie selbst so sicher gewesen war, dass alles verloren sei. Und als sie dann daran dachte, was er in diesem Augenblick tat, um dem Grauen von Luercas' Herrschaft ein Ende zu bereiten, wurde sie ganz ruhig, konzentrierte sich auf ihre innere Mitte und sagte: »Ich habe meine Kraft wiedergefunden. Ich werde warten.«

Einen kurzen Moment lang wurde die Lichtkugel, die Luercas und Doghall war, dunkel, und Kait fürchtete, dass Luercas Doghall besiegt hatte und dass die Dunkelheit die Zerstörung von Doghalls Seele bedeutete. Aber dann wurde die Kugel plötzlich immer heller und heller, bis sie leuchtender strahlte als jede Sonne. Aus weiter Ferne konnte Kait die Wärme dieser kleinen Sonne spüren, konnte ihr Licht und ihre Liebe spüren. Und bei der Berührung dieser Liebe frohlockte sie.

»Doghall hat gesiegt! Er hat gesiegt!« Sie tanzte durch den unendlichen Schleier und jubelte angesichts des Wunders, dass sie und Ry und Doghall am Leben geblieben waren, obwohl sie fest mit dem Tod gerechnet hatten. »Spürst du das – es ist nichts mehr von Luercas übrig.« .

Ry sagte: »Da irrst du dich, Kait. Er ist immer noch da. Aber er ist schwach, und Doghall ist sehr mächtig. Und gib Obacht ... da drüben, das sind nicht mehr Doghall und Luercas allein. Hör genau hin ... du kannst sie hören, wenn du ganz leise bist. Solander ist bei ihnen.«

Sie konnte sie tatsächlich hören. Doghall und Solander – und tief im Innern dieses leuchtenden Balls, versteckt, geduckt, hasserfüllt und voller Angst, Luercas – der immer noch um sein Leben flehte. Wie konnte nur jemand, der so schwach und so jämmerlich war, so viel Unheil stiften? Umringt von dem gewaltigen, liebenden Licht, das Doghall und Solander verströmten, war Luercas nur ein Nichts. Das Licht der beiden anderen füllte alles aus.

Bis auf den Jäger, der auf sie herabstieß. Solander und Doghall waren riesig – aber der Jäger war noch größer, und er dehnte sich, als er sie erreichte, immer weiter aus, überschwemmte das Leuchten ihrer Liebe zum Leben, überflutete ihre Freude an der schieren Existenz, und dann löschte er sie aus, löschte sie vom Antlitz des Universums, als hätte es sie nie gegeben.

»Nein!«, schrie Kait. »Nein! So darf es nicht enden.«

Aber das tat es. Das unaussprechliche Maul des Jägers zwischen den Welten klappte zu, und da, wo noch kurz zuvor Licht und Wärme, Hoffnung und Freude gewesen waren, war jetzt nur noch die kalte Leere des unendlichen, teilnahmslosen Schleiers und das aufgeblähte Grauen des Jägers.

»Nein«, weinte Kait.

Ry stand vollkommen starr neben ihr – benommen und von Entsetzen überwältigt. »Ich habe diese Liebe zweimal in meinem Leben gespürt«, flüsterte er. »Und zweimal wurde sie mir entrissen, zweimal zerstört. Was bedeutet Unsterblichkeit«, schrie er in den Himmel, »wenn sie so endet? Wenn die Liebe stirbt und das Böse zurückbleibt, welchen Sinn hat dann überhaupt irgendetwas?«

Der Jäger zwischen den Welten fuhr fort, sich auszudehnen, und seine Umrisse veränderten sich, während er wuchs. Ein dünnes Geräusch durchschnitt die Stille des Schleiers, ein einziges, tiefes, bebendes Dröhnen.

»Lauf!«, rief Ry, aber diesmal war es Kait, die ihn festhielt.

»Irgendetwas verändert sich«, sagte sie und presste sich so dicht an ihn, dass ihre Seelen sich an den Rändern vermischten. »Irgendetwas geht da in dem Seelenfresser vor.«

Die Umrisse des schwarzen Nichts, die den Körper des Seelenfressers umrandeten, begannen sich zu kräuseln und aufzulösen. Das Dröhnen wurde lauter, es war immer noch derselbe tiefe Ton, den man jetzt jedoch eher spüren als hören konnte, als zerrte etwas an der Substanz des Universums selbst. Der dunkle Ton dehnte sich aus, und Kait spürte, wie die Vibrationen sie erfassten, sie schüttelten und sie wie eine Mücke in einem Wirbelsturm durch die Leere schleuderten; sie und Ry klammerten sich aneinander, und jeder Gedanke an Flucht schwand dahin, als die unerträglich reißende, zerrende und schreiende Mauer explodierender Geräusche sie zu Boden warf und sich über sie hinwegwälzte, als winzige Risse aus Licht sich in dem undenkbaren

Nichts bildeten, das die Haut des Jägers war. Und dann platzten diese Risse zu flammenden Wunden auf, und die Wunden explodierten, und unzählbare Springbrunnen von vielfarbigem, schimmerndem Licht sprangen im Nichts des Schleiers auf und übertönten mit ihrer Musik das Brüllen ihrer eigenen Geburt.

Und über allem ertönten jäh Klänge der Ehrfurcht und der Glückseligkeit und eine Stimme, die sie kannte, eine Stimme, die sie liebte, eine Stimme, die geboren war aus Doghall und Solander, geboren aus Liebe und Barmherzigkeit, aus Opferbereitschaft und Hoffnung und dem Glauben, dass es Dinge gab, für die zu leben und zu sterben es sich lohnte. Diese wunderbare Stimme formte sich nun zu Worten und sagte: *Am Ende ist die Liebe alles, und nichts geht je verloren. Die Liebe gibt dem Bösen eine neue Form, sie gebiert neues Leben, sie erschafft das Universum. Die Liebe … überlebt.*

Beim Klang dieser Stimme erinnerte sich Kait der Worte, die Doghall einst zu ihr gesagt hatte:

»Ich würde mein Leben, meine Seele, ja sogar meine Ewigkeit hingeben, um diese Art von Liebe erleben zu dürfen …«

In diesem Augenblick und trotz ihres Schmerzes um das, was sie verloren hatte, verstand sie, und sie jubilierte für ihn – und für sie alle.

Kapitel 58

Danyas Seele war aus ihrem Fleisch gerissen und in Dunkelheit, in höllischen Lärm und höllischen Schmerz gestürzt worden; sie hatte bereits gespürt, wie sie der ewigen Vernichtung entgegenströmte. Aber im letzten Augenblick gewährte der Gott der Rache ihr doch noch einen Aufschub. Luercas gab ihr die Freiheit zurück, und sie schoss wieder in ihr eigenes, fleischliches Ich zurück – mit einer Macht versehen, wie sie sie noch nie zuvor besessen hatte.

Sie verstand ungefähr, was vorgefallen sein musste; Luercas war im Schleier in eine Falle gegangen, und so gering die Chancen gewesen waren, er schien seine Schlacht tatsächlich zu verlieren, und seine einzige Hoffnung auf Überleben bestand darin, sich von all der Macht zu lösen, die er aus dem Leben und den Seelen seiner Opfer bezogen hatte.

Was bedeutete, dass sie, um deren Chancen es so schlecht bestellt gewesen war, ihre eigene Schlacht doch noch gewinnen konnte.

Sie öffnete die Augen und sah, dass die Narbigen um sie herum zu Boden gefallen waren. Einige atmeten, andere nicht, aber keiner von ihnen hatte sich so schnell erholt wie sie selbst – es waren keine Zauberer unter ihnen, und die scharfen Schmerzen dieser plötzlichen Begegnung mit der Magie würden sie für kurze Zeit besinnungslos machen.

»Brethwan meint es wirklich gut mit mir«, murmelte sie und nutzte die geschenkte Magie, die Luercas in ihren Körper hatte fließen lassen, um dem nächsten der am Boden liegenden Wachtposten das Schwert wegzureißen und es direkt auf Luercas zufliegen zu lassen – in die runzligen Narben auf seiner Brust, wo sie einst ihre Krallen in sein Fleisch gebohrt hatte. Das Schwert ging durch sein Herz hindurch, trat aus seinem Rücken aus und blieb in dem harten Holz des Throns hinter ihm stecken.

Die Klinge verkeilte sich dort, und heißes Blut quoll aus Luercas' Brust – und während sein fleischliches Ich starb, sog Danya die Macht aus seinem durch Magie veränderten Körper heraus und führte sie ihrem eigenen verwundeten Fleisch zu. Sie baute ihre Hand wieder auf, doch Luercas starb noch immer nicht, also machte sie sich stärker, größer und schneller. Sie bezog Kraft aus seinem Tod, und als sein Körper das letzte Mal gezuckt hatte und kein roter Schaum mehr aus seinen Mundwinkeln sickerte, legte Danya beide Hände um die Halsfessel, mit der sie an den Thron des Leichnams gekettet war, und riss sie entzwei. Das Metall kreischte protestierend, und eine wilde Freude erfüllte Danyas Herz. Ihr Geist hatte jedoch Platz nur für einen einzigen unwiderstehlichen Gedanken. In Haus Galweigh gab es noch Galweighs – zwei, um genau zu sein, zwei, die nicht gelitten hatten, wie sie gelitten hatte, die nicht gedemütigt oder gefoltert worden waren, die nicht hatten miterleben müssen, wie ihr Fleisch zu einer grauenhaften Karikatur seiner selbst verzerrt wurde. Zwei waren noch übrig – Doghall, der geliebte Onkel und Botschafter der Familie, und Kait, die bevorzugte Tochter.

Vielleicht würde sie sich nicht an den Sabirs rächen können und auch nicht an den Galweighs, die ihr direkten Schaden zugefügt hatten. Aber sie konnte sich dennoch Befriedigung verschaffen.

Und sie würde es tun.

Die Narbigen zu ihren Füßen begannen sich zu regen. Als sie sich aufrichteten, zitternd und verängstigt, trat Danya neben Lucercas' Leichnam und sagte: »Ich, Ki Ika, habe den falschen Iksahsha getötet und eure Seelen aus dem ewigen Nichts zurückgeholt. Reitet jetzt mit mir, und wir werden uns diese Stadt und diese Welt unterwerfen, die euer Geburtsrecht sind … und meins.«

Erschütternd und unsicher, aber nichtsdestoweniger gehorsam, folgten die Narbigen Danya aus dem großen Zelt und brachten ihr ihren Lorrag, wie sie es befahl. Sie sammelten Danyas Waffen zusammen und sattelten ihr Reittier – und als sie auf die vornehmste Kavallerietruppe in der Armee der *Tausend Völker* zeigte, um den Männern zu bedeuten, dass sie und nur sie ihr folgen sollten, da zögerte nicht einer unter ihnen. Einmütig galoppierten sie hinter Danya her durch die grau verhangenen Tore von Calimekka, hinein in die geisterhaften, stillen Straßen, auf das Herz der Stadt zu und zu dem großen Haus, das vor langer Zeit Danyas Heim gewesen war – und es jetzt wieder sein würde.

Ian sah das Unheil kommen, lange bevor es ihn erreichte – die Kompanie Narbiger auf ihren monströsen, sechsbeinigen Reittieren jagte die Allee des Triumphes in einem Tempo hinauf, das gewöhnliche Pferde getötet hätte. Angeführt wurde die kleine Streitmacht von einer dunkelhaarigen Frau, die auf einem Albtraum mit knochigem Gesicht und gebleckten Zähnen ritt, einem Geschöpf, das gewiss nicht als Lasttier erschaffen worden war. Ian postierte seine Männer, so gut er konnte – die Pikenträger nach vorn, die Bogenschützen nach hinten. Er und seine Männer waren in der Minderheit, aber er hatte den Vorteil, sich auf einem Hügel zu befinden, und der Feind kam nur über eine einzige Straße angerückt, eine Kurzsichtigkeit, die ihn zwar verwirrte, ihn aber gleichzeitig auch mit Dankbarkeit erfüllte. Die feindliche Kommandantin hätte ihn zwingen können, seine dürftige Truppe und seine wenigen Waffen aufzuteilen, und sie hätte ihn in die Zange nehmen können, wäre sie gleichzeitig über die Allee des Triumphes und den Pfad der Götter herangerückt.

Aber vielleicht war der Angriff nicht das einzige Ziel, das sie verfolgte.

Die Matrosen, die zum Kriegsdienst eingespannt worden waren, beobachteten schwitzend das Näherkommen der Narbigen-Kompanie. Sie wichen nicht zurück, aber Ian glaubte, dass einige von ihnen beim ersten Schlagabtausch schwach werden und desertieren würden. Er runzelte die Stirn und wartete mit angehaltenem Atem ab.

Die Falken, die noch immer rings um die Mauer verteilt saßen, hielten weiter ihre schweigsame Wache.

Wenn ich sie doch nur dazu zwingen könnte, mit dem, was sie tun, aufzuhören, um mir bei der Bewachung der Straße zu helfen, dachte er. Aber er belästigte die Falken nicht. Sie hatten ihre

Pflicht zu erfüllen, wie sinnlos diese in seinen Augen auch aussehen mochte, und er hatte seine zu erfüllen. Die feindliche Kompanie machte direkt vor dem Punkt Halt, an dem Ians Bogenschützen sie mit ihren Pfeilen hätten erreichen können, und die menschliche Frau, die auf diesem Albtraum von einem Reittier saß, hob die Hand. »Mein Name ist Danya Galweigh!«, rief sie. »Ich bin gekommen, um meinen Eid und meine Pflicht zu erfüllen. Wenn du beiseite trittst und mich ungehindert in mein Haus einmarschieren lässt, werden meine Soldaten dich am Leben lassen. Solltest du aber versuchen, dich mir in den Weg zu stellen, werden sie dich und deine Männer wie Schafe schlachten, und ich werde eure Seelen aus eurem sterbenden Fleisch reißen und sie für alle Zeit zerstören, um meiner Magie zusätzliche Kraft zu geben. Und *dann* werde ich mein Haus betreten und meine Pflicht tun.«

Die Narbigen-Soldaten hinter ihr jubelten.

Ian sah, dass seine eigenen Reihen in der Mitte zauderten, aber er hielt die Männer an den Außenflanken für gute Krieger, und keiner seiner Leute desertierte. Jedenfalls noch nicht.

Er machte einen Schritt nach vorn, wobei er genauso sorgfältig auf Abstand achtete, wie sie es zuvor getan hatte. Die Narbigen waren mit seltsam konstruierten Bögen bewaffnet, massig, aber relativ kurz und mit kurzen Pfeilen. Ian war sich nicht sicher, ob sie ihn dort, wo er stand, wirklich nicht treffen konnten, aber er fand, dass seine Chancen ziemlich gut waren. »Danya Galweigh – die Frau, die ihren eigenen Sohn ermordet hat?«

»Ich habe den Göttern ein Kind geopfert, das bei einer Vergewaltigung empfangen wurde«, sagte sie kalt, »als Gegenleistung für das Versprechen, dass ich meine Rache an den Sabirs und den Galweighs bekommen würde. Die Sabirs sind tot. Aber jetzt werde ich mich zumindest an den Galweighs rächen.«

»Wie das?«, fragte Ian. »Die Galweighs sind genauso tot wie die Sabirs.«

»Zwei von ihnen leben noch«, sagte Danya. »Doghall Draclas und Kait Galweigh. Mit dem Tod dieser beiden werde ich mich begnügen.«

Hinter Ian bewegte sich jemand. »Ich bin auch nicht tot, Danya!«, rief Alcie mit klarer, fester Stimme. Ian seufzte leise. Es wäre ihm lieber gewesen, Alcie hätte Schweigen bewahrt – stattdessen hatte sie es fertig gebracht, sich dem Feind, falls es tatsächlich zum Kampf kam, als besonderes Ziel zu erkennen zu geben. »Du wirst dich sicher an mich erinnern.«

»Verwöhntes, verhätscheltes Miststück!«, rief Danya. »Ich erinnere mich an dich. Wie nett von dir, mich auf dich aufmerksam zu machen. Ich werde gewiss nicht versäumen, dich im Vorbeigehen zu töten.« Sie sah sich um und entdeckte hinter Alcie den kleinen Jungen, der seine Schwester auf dem Arm hielt, und Danyas Mund verzog sich zu einem grausamen Lächeln. »Und deinen Sohn und dein Baby werde ich ebenfalls töten. Seit einiger Zeit hasse ich Kinder.«

Ian zuckte resigniert die Achseln und murmelte: »Geh aus dem Weg, Alcie.« Dann rief er: »Du hast den besten Teil deines Ziels übersehen, Danya. Nicht alle Sabirs sind tot. *Ich* bin ein Sabir. Und ich werde dich mit Freuden bei dem Versuch unterstützen, mich zu töten – *falls* …«

»Falls?«

»Falls du meine Herausforderung zum Kampf Mann gegen Mann annimmst. Wenn ich siege, unterwerfen sich deine Soldaten meinem Kommando; wenn du siegst, gehören meine Soldaten dir.« Er schätzte, dass sie einen halben Kopf größer war als er und eine dementsprechend größere Reichweite hatte. Er hatte keine Ahnung, wie gut sie mit einem Schwert umgehen konnte, aber er wusste, dass Kait eine furchtbare Gegnerin war und dass die großen Familien dafür sorgten, dass ihre Mitglieder sich wenn nötig verteidigen konnten. Diese Frau würde keine leichte Beute sein.

Sie lachte, und Ian sah, wie ein Lichtblitz zwischen ihren Fingern aufleuchtete. Zu spät erkannte er seinen Irrtum. Ihre Behauptung, sie werde den Sterbenden die Seelen aus dem Leib ziehen, um ihre Magie damit zu speisen, war keine bloße Prahlerei gewesen; sie war eine Zauberin – eine Galweigh-Wölfin.

»Ich nehme deine Herausforderung an«, sagte sie und sprang leichtfüßig von ihrem Reittier. Auf einen kurzen Befehl von ihr senkten ihre Bogenschützen ihre Bögen und nahmen die Pfeile heraus.

Ah, bei allen Höllen, dachte er. Dabei wollte ich doch nur einen ehrlichen Kampf, den ich vielleicht hätte gewinnen können. Dabei wollte ich doch nur eine Möglichkeit, Kait zu helfen.

»Ihr habt unseren Handel mit angehört!«, rief er seinen eigenen Soldaten zu, und Narbige wie Menschen senkten ihre Waffen. »Wenn ich siege, gehören ihre Männer zu uns; verliere ich, werdet ihr dieser Frau gehorchen. So oder so, wenn dies vorbei ist, werdet ihr und diese Männer Verbündete sein.« Er zeigte auf die Kompanie der Narbigen.

Danya kam mit langen Schritten und blankem Schwert auf ihn zu, und er zog seine eigene Waffe.

»Wo?«, fragte sie, als sie sich an dem Punkt der Straße trafen, der von beiden Truppen gleich weit entfernt war.

»Wir können genauso gut hier kämpfen wie anderswo.«

Danya zuckte mit den Schultern. Jetzt erst bemerkte er, wie schön sie war – sie sah aus wie eine sehr viel größere und sehr viel stärkere Version von Kait, aber in ihrem Gesicht war nichts von der Güte oder der Weichheit, die er in Kaits Zügen wahrgenommen und die ihn so sehr berührt hatten. Dieser Frau war Grausamkeit nicht fremd. Jetzt sagte sie: »Wenn du auf der Stelle deine Niederlage eingestehst und mich für die Sünden deiner Familie um Verzeihung bittest, werde ich vielleicht ein klein wenig Milde bei dir walten lassen. Vielleicht werde ich dich nicht dazu zwingen, deine Eingeweide zu essen, bevor ich dich endgültig niedermetzele. Vielleicht werde ich deine Seele auch nur für tausend Jahre in die Hölle verdammen, statt sie in unzählbare Fetzen zu zerreißen und die Fetzen zu verschlingen.«

»Ja. Und vielleicht wirst du am Ende auch noch Gold scheißen«, sagte Ian. »Lass uns tun, wozu wir hier sind.«

Sie lächelte. »Wie du wünschst.« Sie hob ihr Schwert, und sein Schimmer loderte zu einer grellen, grünen Flamme auf, und im nächsten Augenblick sprang sie auf ihn zu. Seine eigene Klinge fuhr in die Höhe, ein bloßer Reflex, und er tauchte unter dem Schlag ab, ohne zu straucheln. Aber sie war schnell – schneller, als sie es von Rechts wegen hätte sein dürfen, und stärker, als es selbst die glücklichste Kombination von Muskeln und Knochen, Nerven und Sehnen hätte erklären können. Sie bezog ihre Kraft durch Magie, und die Magie verlieh ihr eine Schnelligkeit, mit der er es nicht aufnehmen konnte. Sie würde ihn töten. Das Beste, worauf er hoffen durfte, war Zeit, Zeit, die er Kait, Ry und Doghall verschaffen konnte, damit sie tun konnten, was getan werden musste.

Sie bedrängte ihn von neuem mit blitzendem Schwert, und als er diesmal parierte, schlug sie mit ihrer Klinge die Spitze seines Schwerts ab. Er spürte den Schock des Aufpralls der Klingen aufeinander bis in die Knochen seiner Schultern.

»Gib auf«, sagte sie mit zusammengebissenen Zähnen und einem brutalen Lächeln, das ihre Zähne entblößte.

»Warum gibst du nicht selbst auf?«

Sie schlug mit jähem Zorn auf ihn ein, und die Flamme ihrer Klinge wurde immer leuchtender – bis sie plötzlich und unvorstellbarerweise erlosch. Danyas Augen weiteten sich vor Überraschung, und sie rief Worte in einer Sprache, die Ian nicht kannte, und zeigte auf seine Soldaten. Nichts geschah – Danyas Schwert blieb einfach ein Schwert, und während auf ihrem Gesicht noch ein Ausdruck frustrierten Zorns stand, griff Ian sie an, erhob seine Klinge, umfasste sie mit beiden Händen und ließ sie mit solcher Wucht auf seine Gegnerin hinunterschnellen, dass er sie in zwei Hälften gespalten hätte, hätte sie sich nicht im letzten Augenblick mit einem Sprung in Sicherheit gebracht. Trotzdem hatte er sie an der Schulter verletzt; ihr Blut war das erste, das in diesem Kampf floss.

Aber sie war auch ohne Zuhilfenahme von Magie eine gute Schwertkämpferin. Tänzelnd brachte sie sich außer Reichweite, hob ihre Waffe und ging erneut auf ihn los, und er hatte alle Mühe, ihren Schlag zu parieren.

Wieder rief sie diese fremdartigen Worte, und diesmal zeigte sie auf ihre eigenen Leute. Wieder blieb das Ereignis, das sie sich offensichtlich erhofft hatte, aus, denn sie schrie vor Zorn und zeigte mit dem Zeigefinger ihrer linken Hand auf die Männer und Frauen, die nach wie vor die Mauer von Haus Galweigh umringten.

Ian begriff in diesem Augenblick zwei Dinge gleichzeitig. Das erste war, dass Danya gehofft hatte, aus dem Leben der Menschen um sie herum Magie ziehen zu können, um ihren Zauber zu stärken, wie die Wölfe es zu tun pflegten; das zweite war, dass der Schild, mit dem die Falken die Bewohner Calimekkas vor Luercas schützten, auch vor Danya Schutz bot. Zu welcher Magie sie auch immer Zugang haben mochte, sie hatte sie aufgezehrt, und solange die Falken ihren Schild aufrechthielten, würde sie keine neue Magie bekommen. Das bedeutete, dass er jetzt tatsächlich den Kampf bekam, den er sich die ganze Zeit gewünscht hatte – einen Kampf, in dem Fleisch und Blut, Geist und Körper gefragt waren und sonst nichts.

Ian lachte und ging erneut zum Angriff über, während seine Feindin mit ihrer größeren Reichweite, ihrer größeren Kraft und ihrer größeren Geschwindigkeit unter seinem Ansturm zusammenschrak.

»Gib auf!«, rief er, als er sie an der Mauer der Allee des Triumphs in die Enge getrieben hatte. »Gib auf, und du wirst weiterleben.«

Sie fauchte ihn an und schrie: »Die Götter werden mir meine Rache geben!« Dann holte sie zum Schlag aus, hatte die Wucht ihres Hiebes aber offensichtlich falsch eingeschätzt. Ian erwischte die Parierstange ihrer Waffe mit der abgebrochenen Spitze seiner Klinge und riss ihr das Schwert aus der Hand. Es flog hoch in die Luft, drehte sich um ihre eigene Achse, fing das Sonnenlicht auf und landete träge kreiselnd tief unter ihnen am Hang.

»Gib auf«, sagte er. Er sprach leise, aber in seiner Stimme lag ein unverkennbarer Befehl.

Danya zeigte auf ihre Soldaten und schrie: »Greift sie an! Rettet mich!« Aber ihre Soldaten standen, reglos wie Steine, auf der Brücke und hielten die Hände ein gutes Stück von ihren Waffen weg.

Vielleicht kannten auch sie wahre Ehre, dachte Ian. Andererseits hatte Danya sich, als sie von ihren Feinden keine Magie beziehen konnte, gegen ihre eigenen Leute gewandt, was diesen möglicherweise missfiel. So oder so, Ian hatte Danya besiegt.

»Gib auf«, sagte er ein drittes Mal.

In ihren Augen sah er Angst und Zorn und eine plötzliche, kalte Entschlossenheit. »Ich ergebe mich nur dem Tod«, fauchte sie ihn an und stürzte sich rückwärts über die Mauer den Felshang hinunter. Sie fiel vollkommen lautlos – in den letzten Augenblicken ihres Lebens flehte sie die Götter nicht um Gnade an, noch schrie sie vor Angst auf. Stattdessen streckte sie die Arme vor sich aus, wie ein Perlentaucher es tat, wenn er von einem Kliff ins Meer sprang, und stürzte auf den Felsvorsprung unter ihr zu, als wäre er ein Freund, von dem sie erwartete, dass er sie mit offenen Armen empfangen würde.

Er tat es nicht.

Danya schlug so heftig auf dem Grund des Felsens auf, dass Ian den Aufprall dort, wo er stand, hören konnte. Lange blickte er auf die zerschmetterte Gestalt hinab, die auf dem flachen Felsen lag, auf den leuchtenden Stern aus Blut, der den bleichen

Körper einhüllte, auf das schwarze Banner ihres Haars, das ein leichter Wind hin und her wehte.

Hinter sich hörte er eine Bewegung. Er drehte sich wachsam um und erkannte zu seiner maßlosen Verblüffung Kait und Ry, die auf ihn zukamen, während seine Männer sich teilten, um sie durchzulassen. Und hinter ihnen erhoben sich die Falken von ihren Plätzen und fielen einander mit tränenüberströmten Wangen schweigend in die Arme.

»Ihr lebt«, sagte er leise.

»Wir leben.«

»Und Doghall?«

Ein scharfer Schmerz huschte über Kaits Gesicht, durchmischt mit einem tiefen Staunen. »Nein. Er … hat nicht überlebt. Und doch …«

»Heißt das, dass wir verloren haben?«

Kait schüttelte langsam den Kopf, und ein ungläubiges Lächeln breitete sich auf ihrem Gesicht aus. »Wir haben gesiegt«, sagte sie. »Bei allen Göttern, die uns jemals geliebt haben, Ian … wir haben gesiegt.«

Kapitel 59

Alle, denen Rrru-eeth Unrecht getan hatte, sagten einer nach dem anderen gegen sie aus, Menschen wie Narbige Seite an Seite, wobei die Kompanie der Narbigen, die Danya begleitet hatte, die Geschehnisse schweigend verfolgte. Und als der Letzte gesprochen hatte, erhob sich Ian und sagte: »Die Strafe für Meuterei ist der Tod durch den Strang, und alle hier Versammelten sind sich einig, dass diese Frau der Meuterei schuldig ist. Falls jemand unter uns ist, der dem widerspricht, so möge er jetzt aufstehen und sagen, was er zu sagen hat, oder für immer schweigen.«

Niemand erhob sich.

Rrru-eeth schrie: »Mein einziges Verbrechen war die Liebe. Er hat mich verraten!«

Zwei der Keshi-Narbigen trafen Anstalten, ihr das Seil um den Hals zu legen, aber Ian hob die Hand. »Nach dem Kapitänsgesetz würde ich die Durchführung der Todesstrafe verlangen; denn wenn das Gesetz nicht auf jeden Menschen ohne Ausnahme angewendet wird, sind wir alle nichts.« Die Keshi wollten wieder vortreten, aber wieder hielt Ian sie mit einer kurzen Geste zurück. »Andererseits gibt es einen weiteren Grundsatz des Kapitänsgesetzes zu berücksichtigen, nämlich dass der Kapitän der Herr seines Schiffes ist, als sei es sein Königreich. Hier, auf festem Boden, habe ich keine Autorität. Ich kann Rrru-eeth nicht zum Tode verurteilen, auch wenn sie für schuldig befunden wurde.«

Kait, die neben ihm stand, zuckte zusammen. Sie wusste, wie sehr er Rrru-eeths Verhandlung gefürchtet hatte und wie sehr er sich dagegen sträubte, sie hängen zu müssen. Er wollte nicht, dass sie starb – nach allem, was sie ihm und seinen Gefährten angetan hatte, war ihm die Freundschaft, die ihn einst mit dieser Frau verbunden hatte, noch immer zu teuer.

Die Keshi starrten ihn an, und Ry sagte: »Was willst du dann mit ihr machen? Sie ist der Meuterei schuldig. Sie ist eine Verräterin. Eine Mörderin. Du kannst unmöglich daran denken, sie freizulassen.«

»Ich kann sie in deine Obhut überstellen«, sagte Ian, und seine Stimme trug bis in die hintersten Reihen der Armee der Tausend Völker. »Als Mitglied einer der Großen Familien und innerhalb deines Hoheitsgebietes fällt Rrru-eeth unter deine Zuständigkeit.«

Aber jetzt hob Kait die Hand. »Sie hat ihren Verrat auf See begangen. Als der letzte Yanar, der letzte Sprecher für die Familie Galweigh, kann ich nicht über ihre Taten hier an Land zu Gericht sitzen. Wenn niemand gefunden werden kann, der für die Angeklagte zuständig ist, erkläre ich, dass sie aufgrund eines fehlerhaft geführten Prozesses freigelassen werden soll.«

In den Reihen der Armee der Tausend Völker breitete sich ein Raunen aus, und die Stimmen wurden rasch lauter und schärfer. Plötzlich sprangen drei Bogenschützen auf und ließen Pfeile in Rrru-eeths Richtung fliegen. Alle drei trafen sie in der Brust. Rrru-eeth stöhnte, dann brach sie zusammen. Ian schrie auf und ließ sich auf ein Knie nieder, um ihr eine Hand auf die Schulter zu legen. Kait sah, wie ihm die Tränen über die Wangen liefen und er schließlich das Gesicht der Mauer zuwandte.

Einer der Bogenschützen, ein hageres Geschöpf mit einem silbernen Rückenschild, trat vor und sah Ian, Kait und die anderen, die vor der Menge standen, mit geradem Blick an. Mithilfe des Übersetzers, der bei der Verhandlung gedolmetscht hatte, sagte er: »Wir beanspruchen die Gerichtsbarkeit über diese Frau, denn sie ist eine Narbige, und wir sind Narbige. Sie hat unter Menschen gelebt und wurde von Menschen akzeptiert. Sie wurde behandelt wie ein Mensch, und sie hat sich mit Menschen angefreundet. Sie hat Schande über sich gebracht und damit Schande über uns alle, die wir nicht menschlich sind. Daher ist sie von ihresgleichen gerichtet worden – von den Verdammten und den Vergessenen. Denn selbst die Verdammten und die Vergessenen haben ihre Ehre, und wir lassen es nicht zu, dass jemand wie Rrru-eeth uns in den Schmutz zieht. Das ist unser Geschenk an euch … unser Versprechen, dass wir, wenn ihr uns haben wollt, wie Menschen in den menschlichen Ländern leben werden, nach menschlichem Gesetz. Und jene unter uns, die sich ehrlos zeigen … werden sterben.«

Kait drehte sich zu den Beobachtern um – Menschen, Keshi-Narbigen und Narbigen der Tausend Völker, und sie begann zu sprechen, zuerst auf Iberisch, dann in der Handelssprache: »Wir stehen heute einer neuen Welt gegenüber – in Calimekka werden die Narbigen, die als Eroberer gekommen sind, einen Platz in der Stadt für sich fordern, aber die Menschen, die für ihre Stadt gekämpft haben, werden gleichfalls ihren Platz verlangen. Wenn der alte Hass weiterhin regiert, dann wird einer den anderen verschlingen, und keinem wird es wohl ergehen. Wenn der alte Hass regiert, werden wir alle verlieren, worum wir gekämpft haben – Calimekka selbst.«

Sie holte tief Atem. »Die Armee der Tausend Völker ist jetzt Calimekkas Armee – Danya hat die Armee mit ihrem Kampf angeboten und den Handel mit ihrem Tod besiegelt. Ihr ...« Sie zeigte auf die Kompanie der Narbigen. »Ihr seid jetzt ein Teil von uns. Als letzter Yanar der Familie Galweigh erkläre ich euch zu Menschen, auf dass ihr in Freiheit und ohne Furcht oder Verfolgung innerhalb der Grenzen Iberas und der Mauern Calimekkas leben mögt – ich widerrufe die Urteile des Parnissats und schaffe ein neues Gesetz: Jedes Lebewesen, das durch Wort, Gedanken, Geste oder Tat beweisen kann, dass es menschlich ist, soll fürderhin als Mensch gelten. Ich erlasse dieses Gesetz kraft meines Blutes.« Sie zog ihren Dolch und schnitt sich die Innenseite ihrer Hand auf, sodass Blut aus der Wunde hervorquoll, dann hob sie die Hand hoch über ihren Kopf, damit alle Versammelten das Blut sehen konnten, das ihren Arm hinunterrann. »Mögen Götter und Menschen meine Zeugen sein.«

Dann wandte sie sich an die Keshi und sagte: »Sorgt dafür, dass sie ein ordentliches Begräbnis bekommt. Ich möchte nicht, dass sich irgendjemand am Spektakel des Todes weidet. Nicht in dieser Zeit.« Sie ließ sich neben Ian auf ein Knie nieder und berührte ihn sachte an der Schulter. »Sie haben nur getan, was getan werden musste, Ian. Kannst du ihnen verzeihen?«

Er hob den Kopf und nickte langsam. »Hätte sie weitergelebt, wäre sie Gift gewesen. Aber ich konnte nicht an die junge Frau denken, die einst ihr Leben riskiert hatte, um all diese Kinder zu retten, und sie zum Tode verurteilen.«

»Auch ich konnte es nicht.« Kait schloss die Augen. »Aber du hast Recht, sie wäre Gift gewesen.«

Er erhob sich. »Ihr Tod ist ein Segen.«

»Wenn du das einzusehen vermagst, möchte ich dich um einen Gefallen bitten. Könntest du mit der Armee der Tausend Völker in ihr Hauptlager reiten? Sag den Leuten dort, was heute entschieden wurde. Hol sie her. Bring sie in Häuser, in denen sie leben können. Es gibt genug Platz in Calimekka für sie alle.«

Ry sagte: »Die Leute, die draußen vor den Toren warten, haben Menschen getötet.«

»Und die Leute innerhalb der Mauern haben Narbige getötet und sich an ihrem Sterben ergötzt. Dies wird keine leichte Aufgabe sein – eine Stadt zu erbauen, in der tausendundein Volk ein Zuhause finden kann. Aber Ian hat uns eine Chance gegeben, diese Schlacht zu gewinnen ... den ganzen Krieg zu gewinnen.«

Ian sah sie an und lächelte. »Ich hatte immer gehofft, den Tag erleben zu dürfen, an dem die Leute, die an Bord meines Schiffes gedient haben, in der Stadt meiner Geburt willkommen geheißen werden. Ich werde es ihnen sagen.«

Er nahm sich ein Pferd und einige seiner Männer, und in Begleitung der Kompanie der Narbigen ritt er die Allee des Triumphs hinunter. Einer neuen Welt entgegen, die Kait sich kaum vorzustellen wagte.

»Dafür werden die Calimekkaner versuchen, dich zu töten«, sagte Ry dicht an ihrem Ohr. »Sie werden niemals wissen oder niemals glauben, was wir getan haben, um sie zu retten – sie werden sich nicht vorstellen können, was aus der Welt geworden wäre, wenn wir versagt hätten. Sie werden nur wissen, dass du diejenige warst, die den Narbigen erlaubt hat, in der Stadt zu bleiben, und sie werden alles in ihrer Macht Stehende tun, um dich zu vernichten.«

»Wahrscheinlich. Aber Haus Galweigh ist stark. Und wir haben jetzt die Falken hier. Wir haben Ulwe, deren Ohren jederzeit die Stimme der Straße hören können. Wir haben einander. Und wir haben die Liebe, Ry, und wie kann etwas so Kleinliches wie der Hass auch nur die leiseste Chance haben gegen etwas so Machtvolles wie die Liebe?«

»Dann willst du also in Calimekka bleiben?

»Wie könnten wir von hier fortgehen? In den Hexerzirkeln sind Milliarden von Seelen gefangen – sie müssen freigelassen werden. Ibera ist heute nicht stabiler oder sicherer als zu anderen Zeiten, und Calimekka ist eher schwächer geworden. Wir haben viel zu geben … du, ich … die Falken. Unten in der Stadt erwartet uns eine neue Welt – und vielleicht wird es, wenn wir bleiben und für unsere Ziele kämpfen, zum ersten Mal eine Welt sein, in der wir beide einen Platz finden werden.«

Danksagung

Mein Dank gilt Matt, Mark und Becky, die ungezählte Überstunden gemacht und mir auf tausenderlei Weise geholfen haben, Zeit zum Schreiben zu finden.

Ich bedanke mich bei Russ Galen dafür, dass er den Wolf von meiner Tür fern gehalten und mich angetrieben und ermutigt hat, bis ich Matrin und Kait geschaffen hatte.

Ich bedanke mich auch bei Peter James und Nick Thorpe, dessen *Ancient Inventions* mir eine Gänsehaut über den Rücken gejagt und der mich zu einem guten Teil der primitiven Technik in allen drei Büchern dieser Trilogie inspiriert hat.

Und zu guter Letzt möchte ich mich bei sämtlichen Mitgliedern des Lisle'schen Vereins Verrückter bedanken, die alles in ihren Kräften Stehende getan haben, damit in *The Courage of Falcons* mein Leichenpensum erfüllt wurde: Robert und Keely Bush, Gretchen Woehr, Kathy Napolitano, Celia Hixon, Guy Beall, Ilari, Jacob Somner und Scott Schuler.

BLANVALET

R.A. SALVATORE • DIE VERGESSENEN WELTEN

Das mitreißende Epos von Krieg und Frieden, Freundschaft und Verrat, Liebe und Magie.

Die silbernen Ströme
24551

Der gesprungene Kristall
24549

Brüder des Dunkels
24706

Kristall der Finsternis
24931

GOLDMANN

Das Gesamtverzeichnis aller lieferbaren Titel erhalten Sie im Buchhandel oder direkt beim Verlag.
Nähere Informationen über unser Programm erhalten Sie auch im Internet unter:
www.goldmann-verlag.de

★

Taschenbuch-Bestseller zu Taschenbuchpreisen
– Monat für Monat interessante und fesselnde Titel –

★

Literatur deutschsprachiger und internationaler Autoren

★

Unterhaltung, Kriminalromane, Thriller
und Historische Romane

★

Aktuelle Sachbücher, Ratgeber, Handbücher und
Nachschlagewerke

★

Bücher zu Politik, Gesellschaft, Naturwissenschaft und Umwelt

★

Das Neueste aus den Bereichen
Esoterik, Persönliches Wachstum und Ganzheitliches Heilen

★

Klassiker mit Anmerkungen, Anthologien und Lesebücher

★

Kalender und Popbiographien

★

Die ganze Welt des Taschenbuchs

★

Goldmann Verlag • Neumarkter Str. 18 • 81673 München

Bitte senden Sie mir das neue kostenlose Gesamtverzeichnis

Name: ________________

Straße: ________________

PLZ / Ort: ________________